FANTASY

Raymond Feist, geboren 1945 in Los Angeles, studierte an der Universität von San Diego und arbeitete unter anderem als Fotograf und Erfinder von Spielen, ehe er sich dem Schreiben zuwandte. Mit seinen Romanen erscheint er seither regelmäßig auf der amerikanischen Bestsellerliste. Der in den achtziger Jahren begonnene Midkemia-Zyklus gilt als Meisterwerk der modernen Fantasy. Raymond Feist lebt mit seiner Familie im Süden Kaliforniens.

Aus dem Midkemia-Zyklus von Raymond Feist bereits erschienen:

Die Midkemia-Saga: 1. Der Lehrling des Magiers (24616), 2. Der verwaiste Thron (24617), 3. Die Gilde des Todes (24618), 4. Dunkel über Sethanon (24611), 5. Gefährten des Blutes (24650), 6. Des Königs Freibeuter (24651)

Die Schlangenkrieg-Saga: 1. Die Blutroten Adler (24666), 2. Die Smaragdkönigin (24667), 3. Die Händler von Krondor (24668), 4. Die Fehde von Krondor (24784), 5. Die Rückkehr des Schwarzen Zauberers (24785), 6. Der Zorn des Dämonen (24786), 7. Die zersprungene Krone (24787), 8. Der Schatten der Schwarzen Königin (24788)

Die Krondor-Saga: 1. Die Verschwörung der Magier (24914), 2. Im Labyrinth der Schatten (24915)

Zusammen mit Janny Wurts:

Die Kelewan-Saga: 1. Die Auserwählte (24748), 2. Die Stunde der Wahrheit (24749), 3. Der Sklave von Midkemia (24750), 4. Zeit des Aufbruchs (24751), 5. Die Schwarzen Roben (24752), 6. Tag der Entscheidung (24753)

Weitere Bände sind in Vorbereitung.

FANTASY

Raymond Feist

Des Königs Freibeuter

Die Midkemia Saga 6

Aus dem Amerikanischen
von Andreas Helweg

BLANVALET

Die amerikanische Originalausgabe erschien unter dem Titel
»The King's Buccaneer« bei Doubleday, New York

Umwelthinweis:
Alle bedruckten Materialien dieses Taschenbuches
sind chlorfrei und umweltschonend.
Das Papier enthält Recycling-Anteile.

Blanvalet Taschenbücher erscheinen im Goldmann Verlag,
einem Unternehmen der Verlagsgruppe Bertelsmann.

Umschlaggestaltung: Design Team München
Umschlagillustration: Ferenc Regös, Oderding
Satz: deutsch-türkischer fotosatz, Berlin
Druck: Elsnerdruck, Berlin
Verlagsnummer: 24651
V.B. · Herstellung: Peter Papenbrok
Made in Germany
ISBN 3-442-24651-2
www.blanvalet-verlag.de

5 7 9 10 8 6

Für Ethan und Barbara

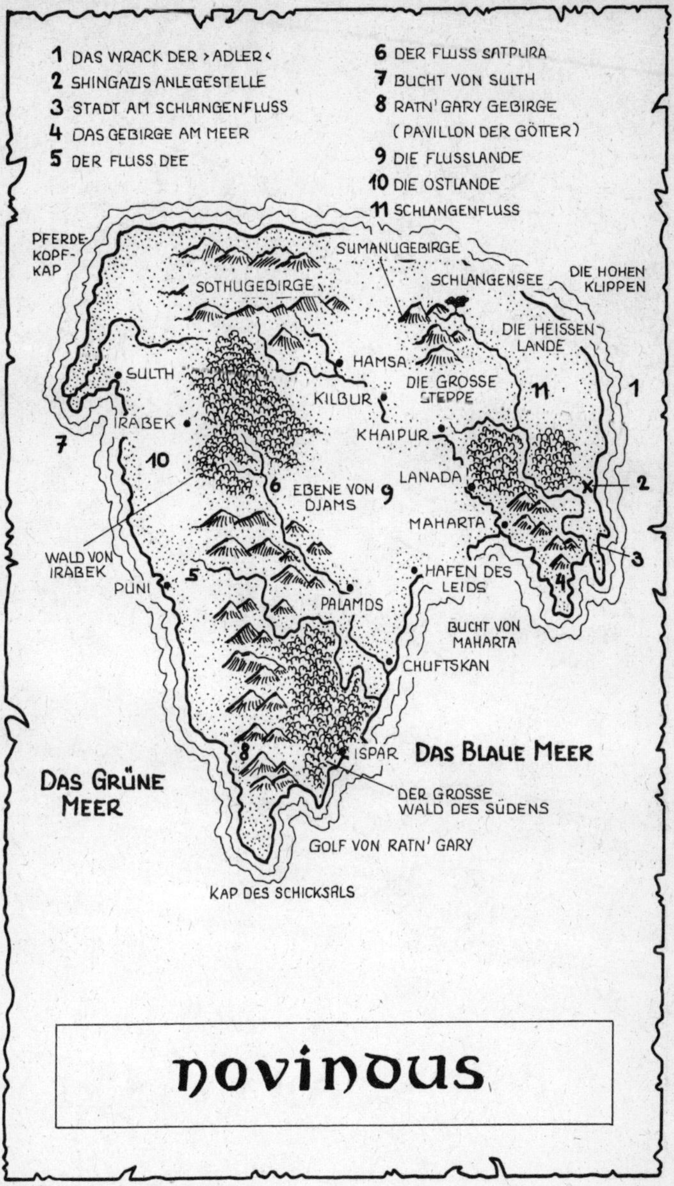
1 DAS WRACK DER >ADLER<
2 SHINGAZIS ANLEGESTELLE
3 STADT AM SCHLANGENFLUSS
4 DAS GEBIRGE AM MEER
5 DER FLUSS DEE
6 DER FLUSS SATPURA
7 BUCHT VON SULTH
8 RATN' GARY GEBIRGE (PAVILLON DER GÖTTER)
9 DIE FLUSSLANDE
10 DIE OSTLANDE
11 SCHLANGENFLUSS
PFERDE-KOPF-KAP
SUMANUGEBIRGE
SOTHUGEBIRGE
SCHLANGENSEE
DIE HOHEN KLIPPEN
DIE HEISSEN LANDE
HAMSA
SULTH
DIE GROSSE STEPPE
KILBUR
IRABEK
KHAIPUR
LANADA
EBENE VON DJAMS
MAHARTA
WALD VON IRABEK
PUNI
HAFEN DES LEIDS
PALAMDS
BUCHT VON MAHARTA
CHUFTSKAN
ISPAR
DAS BLAUE MEER
DAS GRÜNE MEER
DER GROSSE WALD DES SÜDENS
GOLF VON RATN' GARY
KAP DES SCHICKSALS
NOVINDUS

NORDBERGE
NORDLANDE
BERGENSTEIN
5
ELVANDAR
4
CRYDEE
DIE GRAUEN TÜRME
YABON
TYR-SOG
HOHE BURG
LORIEL
LA MUT
FALKENHÖHLE
HOGEWALD
10
WALINOR
YLITH
CALASTIUS GEBIRGE
CARSE
JONRIL
HUSH
NATAL
DIE ENDLOSE SEE
NATALHAVEN
BORDON
TULAN
QUESTORS SICHT
SETHANON
QUEG
SARTH
1
FINSTERMOOR
STRASSE DER FINSTERNIS
MARGRAVS HAFEN
PALANQUE
2
KRONDOR
SALADOR
DAS BITTERE MEER
LANDRETH
SEE DER TRÄUME
ELARIAL
DURBIN
SHAMATA
TAL DER TRÄUME
9
CARALYAN
TROLLHEIM-GEBIRGE
DIE STERNPFEILER
WÜSTE VON JAL-PUR
MIDKEMIA
N
W
S

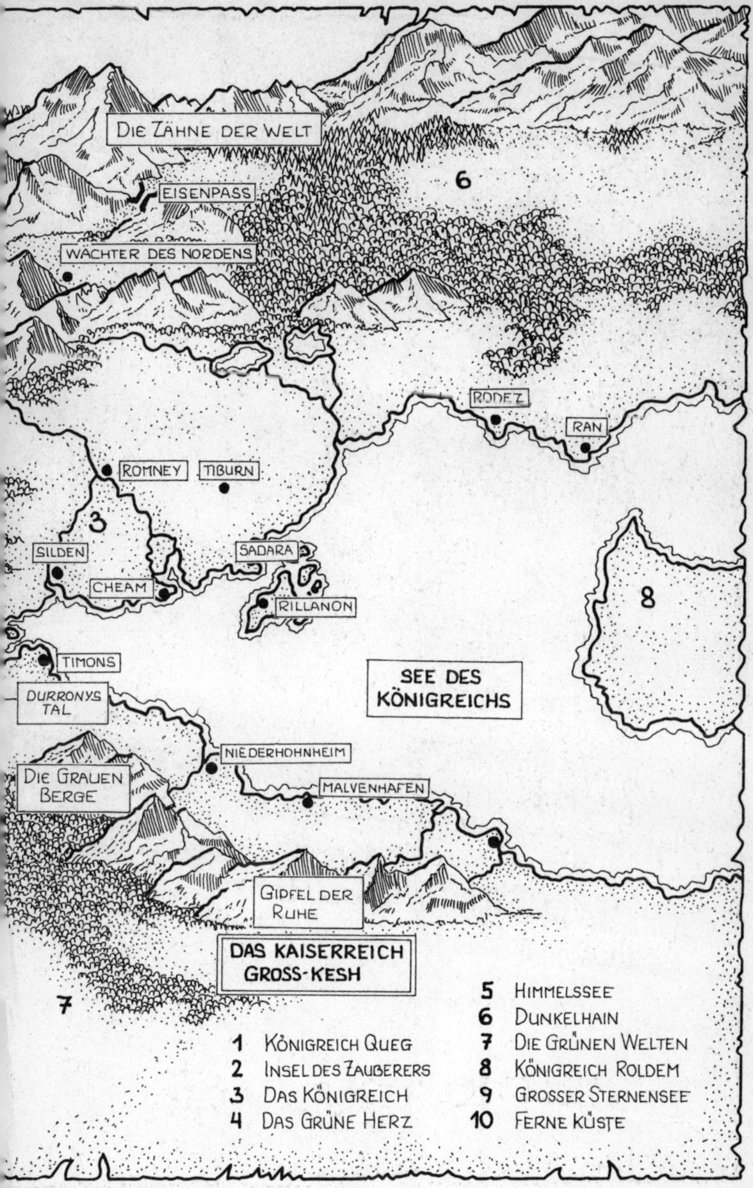

Die Zähne der Welt
6
Eisenpass
Wächter des Nordens
Rodez
Ran
Romney
Tiburn
3
Silden
Sadara
Cheam
Rillanon
8
Timons
See des Königreichs
Durronys Tal
Niederhohnheim
Die Grauen Berge
Malvenhafen
Gipfel der Ruhe
Das Kaiserreich Gross-Kesh
7
1 Königreich Queg
2 Insel des Zauberers
3 Das Königreich
4 Das Grüne Herz
5 Himmelssee
6 Dunkelhain
7 Die Grünen Welten
8 Königreich Roldem
9 Grosser Sternensee
10 Ferne Küste

Prolog – Besuch

Ghuda reckte sich.

Durch die Tür hörte man die Stimme einer Frau: »Los, hau hier ab!«

Der frühere Söldner lehnte sich auf der Veranda seines Wirtshauses im Stuhl zurück und legte die Füße auf das Geländer. Hinter ihm ging die gleiche Leier los wie jeden Abend. Während reiche Reisende in den großen Herbergen der Stadt oder palastartigen Gasthäusern entlang des silbrigglänzenden Strandes abstiegen, wurde das Gasthaus zum Verbeulten Helm, das Ghuda gehörte, von rauheren Gästen besucht: Bauern, die ihre Ernte in die Stadt brachten, Fuhrleute, Söldner und Soldaten vom Lande.

»Muß ich erst die Stadtwache holen!« rief die Frau in der Schankstube.

Ghuda war ein großer Mann, und im Gasthaus gab es genug Arbeit. Der Söldner hatte somit kein Fett angesetzt, und auch seine Waffen hatte er in Schuß gehalten; zu oft war er schon gezwungen gewesen, den einen oder anderen Gast unsanft hinauszuwerfen.

Der frühe Abend, kurz vorm Essen, war ihm die liebste Zeit des Tages. Er saß in seinem Stuhl und sah zu, wie die Sonne über der Bucht von Elarial unterging, wie sich das helle Licht des Tages in ein sanftes Rot verwandelte und die weißen Gebäude mit einer samtenen Patina aus Orange- und Goldtönen überzog. Das war eine der wenigen Freuden, die er sich in seinem sonst harten Leben hatte bewahren können. Ein lautes Krachen ertönte im Innern des Hauses, und Ghuda widerstand dem Drang, den Ursprung des Geräusches näher zu untersuchen. Seine Frau würde es ihn schon wissen lassen, wenn er einschreiten sollte.

»Los, raus hier! Macht eure Händel draußen ab!«

Ghuda zog einen Dolch, einen von zweien, die er gewöhnlich im Gürtel trug, und begann, ihn abwesend zu polieren. Aus der Schankstube hallte das Klirren von zerbrochenem Steingut nach draußen. Kurz darauf folgte das Kreischen eines Mädchens, dann hörte man den Lärm eines Faustkampfes.

Ghuda polierte seinen Dolch, während er weiterhin den Sonnenuntergang betrachtete. Seine fast sechzig Jahre hatten auf der ledernen Haut seines Gesichts tiefe Furchen eingegraben – man konnte die Arbeit als Karawanenwächter ablesen, die vielen Kämpfe, das häufig schlechte Wetter, das miserable Essen und den schlechten Wein – und gekrönt wurde es von der gebrochenen Nase. Die meisten Haare waren ausgefallen, nur ein Kranz, der knapp über den Ohren ansetzte, war ihm geblieben; diese Haare ließ er sich jedoch bis auf die Schultern wachsen. Auch wenn er nie ein wirklich stattlicher Mann gewesen war, die Leute mochten seine ruhige, offene Geradheit und vertrauten ihm.

Er ließ den Blick über die Bucht wandern, wo das silberne und rosafarbene Licht auf dem smaragdgrünen Wasser funkelte und Seevögel kreischten und nach ihrer Mahlzeit tauchten. Die Hitze des Tages war vorüber, und in der Bucht wehte eine sanfte, kühle Brise, mit der der salzige Geruch des Meeres herangetragen wurde, und einen Moment lang fragte er sich, ob das Leben für einen von seiner Herkunft überhaupt schöner sein konnte. Dann blinzelte er in die Sonne, die gerade den Horizont berührte; von Westen her kam eine Gestalt zielstrebig auf das kleine Gasthaus zu.

Zunächst war sie nicht viel mehr als ein schwarzer Punkt im grellen Licht der untergehenden Sonne, doch schließlich konnte man Einzelheiten erkennen. Irgend etwas an dieser Gestalt erzeugte einen Juckreiz an Ghudas Hinterkopf, und er ließ den Fremden nicht aus den Augen, bis er deutlich zu erkennen war. Es war ein schlanker, o-beiniger Mann, der eine staubige und zerschlissene blaue Robe trug, die über einer Schulter hing. Es war ein Isalani, ein Mann aus einem der Völker im Süden des Kaiserreichs von Groß-Kesh. Über der einen Schulter trug er einen alten schwarzen Rucksack, und ein langer Stab diente ihm als Wanderstock.

Als der Mann nahe genug heran war, daß Ghuda seine Gesichtszüge deutlich erkennen konnte, sandte der frühere Söldner ein Stoßgebet zum Himmel: »Götter, nicht er.«

Während Ghuda aufstand, hörte man aus dem Innern des Gasthauses einen jammernden Wutschrei.

Der Mann erreichte die Veranda und setzte seinen Rucksack ab. Ein Ring von Flaum säumte den ansonsten kahlen Schädel; und auf dem Geiergesicht stand ein feierlicher Ausdruck, der sich jedoch sofort in ein Lächeln verwandelte, als der Mann Ghuda ansah. Die schwarzen Augen zusammengekniffen, grinste er Ghuda an. Er öffnete den staubigen alten Rucksack und fragte mit vertrauter, knarrender Stimme: »Willst du eine Orange?« Er griff in den Rucksack und holte zwei große Orangen hervor.

Ghuda fing die Frucht auf, die er ihm zuwarf, und fragte: »Nakor, was, bei den Sieben Tiefsten Höllen, treibt dich zu mir?«

Nakor der Isalani, ein gelegentlicher Falschspieler und Betrüger, in gewisser Weise auch ein Zauberer und für Ghuda vor allem ein Verrückter, war ein einziges Mal mit dem früheren Söldner unterwegs gewesen. Vor neun Jahren hatten sie sich kennengelernt und waren mit einem jungen Herumtreiber gereist, der Ghuda überredet hatte – Nakor hatte der Kerl nicht beschwatzen müssen –, mit ihm in die Stadt Kesh zu gehen, in das Herz von Politik, Verrat und Mord. Der Herumtreiber hatte sich als Prinz Borric herausgestellt und war der Thronfolger des Königreichs der Inseln. Ghuda hatte bei dieser Gelegenheit eine Menge Gold verdient, war anschließend durch die Gegend gereist und hatte dieses Gasthaus gefunden, einschließlich der Witwe des früheren Besitzers und der prächtigsten Sonnenuntergänge, die er je gesehen hatte. So etwas wie diese Reise nach Kesh wollte er in seinem Leben nicht noch einmal mitmachen. Und jetzt sank ihm das Herz in die Hose, weil er ahnte, ihm könnte höchstwahrscheinlich gerade so etwas abermals bevorstehen.

Der O-beinige kleine Mann sagte: »Ich wollte dich abholen.«

Ghuda lehnte sich in seinem Stuhl zurück, als ein Bierkrug durch die Tür der Schenke segelte. Nakor duckte sich und meinte: »Da ist aber ein schöner Kampf im Gange. Fuhrleute?«

Ghuda schüttelte den Kopf. »Heute sind es nicht die Gäste; nur die sieben Kinder meiner Frau, die wie gewöhnlich den Schankraum verwüsten.«

Nakor ließ seinen Rucksack fallen, setzte sich auf das Geländer der Veranda und sagte: »Also, gib mir etwas zu essen, und dann können wir gehen.«

Ghuda polierte seinen Dolch weiter und fragte: »Wohin sollen wir gehen?«

»Krondor.«

Ghuda schloß einen Moment lang die Augen. Die einzige Person, die sie beide in Krondor kannten, war Prinz Borric. »Das Leben hier ist vielleicht nicht das allerbeste, Nakor, aber ich bin zufrieden damit. Und jetzt geh weg.«

Der kleine Mann biß in seine Orange, zog ein großes Stück Schale ab und spuckte es aus. Er biß tief in die Frucht hinein und schlürfte dabei laut. Dann wischte er sich den Mund mit dem Handrücken ab und meinte: »Zufrieden mit dem hier?« Er zeigte auf die Tür, durch die man das Jammern eines Kindes hörte, welches das sonstige Geschrei noch übertönte.

Ghuda sagte: »Vielleicht ist das Leben manchmal ein bißchen hart, aber wenigstens versucht selten jemand, mich umzubringen; ich weiß jede Nacht, wo ich schlafe, und ich esse gut und nehme regelmäßig ein Bad. Meine Frau ist liebevoll, und die Kinder –« Das laute Kreischen eines anderen Kindes wurde durch das entrüstete Schreien des ersten unterstützt. Ghuda sah Nakor an. »Es wird mir hinterher leid tun, weil ich gefragt habe, aber warum sollen wir nach Krondor gehen?«

»Wir müssen jemanden besuchen«, sagte Nakor, der einen Fuß hinter einem Pfosten des Geländers verhakte, um das Gleichgewicht zu halten.

»Das ist das Schöne an dir, Nakor, du langweilst einen nie mit überflüssigen Einzelheiten. Welchen jemand?«

»Weiß nicht. Werden wir aber herausfinden, wenn wir erst einmal dort sind.«

Ghuda seufzte. »Als ich dich das letzte Mal gesehen habe, bist du von Kesh aus Richtung Norden geritten und wolltest zur Insel der Magier, nach Stardock. Du hast einen großen Umhang und eine blaue Robe aus wunderbarem Stoff getragen, dein Pferd war ein schwarzer Wüstenhengst, der den Verdienst eines ganzen Jahres wert war, und dazu hattest du noch einen Rucksack voller Gold von der Kaiserin.«

Nakor zuckte mit den Schultern. »Das Pferd hat das falsche Gras gefressen, eine Kolik bekommen und ist gestorben.« Er befingerte die schmutzige, zerrissene blaue Robe, die er trug. »Mit dem großen Umhang bin ich immer überall hängengeblieben, also hab ich ihn weggeworfen. Die Robe habe ich noch an. Doch die Ärmel waren zu lang, da hab ich sie abgerissen. Und das Ding schleifte dauernd über den Boden, also hab ich es mit meinem Dolch kürzer gemacht.«

Ghuda betrachtete die zerlumpte Erscheinung seines früheren Gefährten und meinte: »Du hättest dir auch einen Schneider leisten können.«

»Hatte zuviel zu tun.« Er sah zum türkisgrünen Himmel, der mit rosafarbenen und grauen Wolken gesprenkelt war, und fuhr fort: »Ich habe mein ganzes Geld ausgegeben, und Stardock hat mich bald gelangweilt. Da hab ich mich entschlossen, nach Krondor zu gehen.«

Ghuda spürte, wie er langsam die Beherrschung verlor. »Als

ich das letzte Mal auf eine Karte gesehen habe, hätte ich schwören können, es wäre ein Umweg, wenn man von Stardock über Elarial nach Krondor geht.«

Nakor zuckte mit den Schultern. »Ich mußte dich doch finden. Also bin ich zurück nach Kesh gegangen. Du hattest gesagt, du würdest vielleicht nach Jandowae wollen, also bin ich dorthin. Da sagte man mir, du wärst nach Faráfra aufgebrochen, also ging ich dorthin. Dann folgte ich dir nach Draconi, Caralyan und dann hierher.«

»Du scheinst ja einmalig entschlossen gewesen zu sein, mich zu finden.«

Nakor beugte sich vor, und seine Stimme klang auf einmal verändert; Ghuda hatte diesen Tonfall schon früher gehört, immer dann, wenn der kleine Mann wirklich etwas Wichtiges zu sagen hatte. »Große Dinge, Ghuda. Frag mich nicht warum. Wir brechen zu Orten auf, wohin kaum jemand aus Kesh jemals gekommen ist. Jetzt hol dein Schwert und dein Bündel und komm mit. Morgen bricht eine Karawane nach Durbin auf. Ich habe dir einen Posten als Wächter besorgt – an Ghuda Bulé erinnert man sich noch. In Durbin suchen wir uns ein Schiff nach Krondor. Wir müssen schon bald dort sein.«

Ghuda meinte: »Warum soll ich dir überhaupt zuhören?«

Nakor grinste, und seine Stimme klang wieder so halb spöttisch und halb lustig, wie es typisch für den Isalani war. »Weil du dich hier langweilst, nicht wahr?«

Ghuda hörte, wie sein jüngstes Stiefkind heulte, weil die sechs anderen es wieder geärgert hatten, und sagte: »Nun ja, hier draußen passiert nicht gerade viel ...« Als das nächste Kind zu kreischen begann, fügte er hinzu: »Es ist auch nicht wirklich friedlich.«

»Komm. Sag deiner Frau auf Wiedersehen, und laß uns gehen.«

Ghuda stand auf, und er fühlte sich gleichermaßen resigniert wie erwartungsvoll. »Am besten gehst du schon mal zu der Karawanserei und wartest dort auf mich. Ich muß meiner Frau noch ein paar Dinge erklären.«

»Bist du verheiratet?« fragte Nakor.

»Wir sind irgendwie nie dazu gekommen.«

Nakor grinste: »Dann gib ihr ein bißchen Gold, wenn du noch welches hast, und sag ihr, du kämst irgendwann zurück. Innerhalb eines Monats wird auf deinem Stuhl ein anderer Mann sitzen und auch mit ihr das Bett teilen.«

Ghuda blieb einen Moment an der Tür stehen, betrachtete das letzte Licht der untergehenden Sonne und meinte: »Ich werde die Sonnenuntergänge vermissen, Nakor.«

Der Isalani grinste, als er von dem Geländer heruntersprang und seinen Rucksack aufhob und schulterte. »An anderen Meeren gibt es auch Sonnenuntergänge, Ghuda. Es gibt viele erhabene Anblicke und großartige Wunder zu bestaunen.« Ohne ein weiteres Wort drehte er sich um und machte sich zu der Straße auf, die nach Elarial führte.

Ghuda Bulé betrat die Schankstube des Gasthauses, das er fast sieben Jahre lang sein Heim genannt hatte, und fragte sich, ob er eines Tages wieder hierher zurückkommen würde.

Entscheidung

Der Ausguck zeigte auf etwas.

»Boot geradeaus!«

Amos Trask, der Admiral der Flotte des Prinzen der Königlichen Marine, schrie: »Was?«

Der Hafenlotse, der neben dem Admiral stand und das Flaggschiff des Prinzen von Krondor, die *Königlicher Drache*, in den Hafen des Palastes steuerte, schrie seinem Gehilfen im Bug zu: »Mach ihnen ein Zeichen, sie sollen zur Seite fahren!«

Der Lotsengehilfe, ein griesgrämiger junger Mann, schrie zurück: »Sie haben die fürstliche Flagge gehißt.«

Amos Trask schob sich ruppig an dem Lotsen vorbei. Auch wenn er die Sechzig schon überschritten hatte, war er doch noch ein breitschultriger, stiernackiger Kerl, und mit den sicheren Schritten eines Mannes, der die längste Zeit seines Lebens auf See verbracht hatte, eilte er zum Bug. Er hatte Prinz Aruthas Flaggschiff fast zwanzig Jahre lang aus Krondor heraus und wieder hinein gesegelt, und er hätte mit verbundenen Augen anlegen können, doch die Vorschriften erforderten die Gegenwart des Hafenlotsen. Amos mochte es ganz und gar nicht, das Kommando auf seinem Schiff irgend jemand anderem zu überlassen, vor allem nicht einem übereifrigen und nicht besonders angenehm anzusehenden Mitglied des Fürstlichen Hafenmeisterbüros. Amos hatte den Verdacht, die zweite Anforderung für dieses Amt war eine abstoßende Persönlichkeit. Die erste schien darin zu bestehen, eine der zahlreichen Schwestern und Töchter des Hafenmeisters zu heiraten.

Amos erreichte den Bug und sah nach vorn. Er kniff die dunklen Augen zusammen und beobachtete die Szene, die sich da vor ihm abspielte. Während das Schiff auf den Kai zuglitt, versuchte ein kleines Segelboot, das kaum länger als fünf Meter war, in den offenen Raum vor dem Schiff zu stoßen. An der Spitze des Mastes war ungeschickt ein Wimpel befestigt, eine kleine Version des Marineabzeichens des Prinzen von Krondor. Zwei junge Männer machten sich wie wild am Segel und am Ruder zu schaffen; der eine versuchte, eine gerade Linie auf den Anlegesteg zu halten, während der andere den Klüver abrollte. Beide lachten angesichts des Rennens mit dem großen Schiff.

»Nicholas!« schrie Amos, als ihm der Junge, der den Klüver herunterließ, zuwinkte. »Du Idiot! Wir schneiden euern Kurs! Wendet gefälligst!« Der Junge im Heck wandte sich Amos zu und grinste ihn unverschämt an. »Ich hätte es mir denken können«, sagte Amos zum Gehilfen des Lotsen. Dem grinsenden Jungen schrie Amos zu: »Harry! Du Wahnsinniger!« Amos sah sich um. Das letzte Segel seines Schiffes wurde gerade gerefft. »Wir steuern genau auf den Anlegesteg zu, wir haben nicht genug Raum zum Wenden, selbst wenn wir wollten, und anhalten können wir auch nicht.«

Alle Schiffe, die nach Krondor kamen, ankerten in der Mitte des Hafens und warteten auf Beiboote, die sie zu den Anlegestellen schleppten. Amos war der einzige, dessen Rang den Hafenlotsen genug einschüchterte, damit dieser ihn geradewegs auf den Anlegesteg zusteuern ließ. Er war stolz darauf, weil es ihm immer gelang, an der richtigen Stelle zu landen, ohne irgend etwas zu rammen oder geschleppt werden zu müssen. Er hatte dieses Manöver in den letzten zwanzig Jahren hundert Mal durchexerziert, doch noch nie hatten zwei verrückte Jungen dabei vor seinem Bug herumgespielt. Er betrachtete das kleine Boot, das nun zunehmend an Fahrt verlor, und meinte: »Sag mal, Lawrence, wie fühlt man sich, wenn man der Mann am Steuer ist und den jüngsten Sohn des Prinzen von Krondor ertränkt?«

Das Gesicht des Lotsengehilfen verlor jede Farbe, als er sich dem kleinen Boot zuwandte. Mit schriller Stimme schrie er den Jungen zu, sie sollten den Weg freimachen.

Amos kehrte dem Schauspiel den Rücken und lehnte sich kopfschüttelnd an die Reling. Er fuhr sich mit der Hand über den fast kahlen Schädel. Nachdem er einen Moment lang versucht hatte, das Tun der Jungen zu ignorieren, gab er nach. Er drehte sich um und beugte sich vor, damit er am Bugspriet vorbeisehen konnte. Unten hatte Nicholas ein Ruder über den Bug hinaus nach vorn gerichtet und stemmte sich mit einem Fuß am Mast ab. Er wirkte entsetzt. Amos konnte hören, wie er schrie: »Harry! Du mußt nach Backbord steuern!«

Amos nickte zustimmend, denn wenn Harry das Boot hart nach Backbord brächte, würde es mit der Breitseite gegen das schwerfällige Schiff stoßen und zwar vielleicht überschwemmt werden, aber die Jungen würden das Ganze wenigstens überleben. Sollten sie allerdings nach Steuerbord ziehen, würde das Boot zwischen dem Rumpf des Schiffes und den nahen Pfählen des Anlegestegs zermalmt werden.

Lawrence, der Lotsengehilfe, sagte: »Der Prinz kümmert sich schon darum.«

»Ha!« Amos schüttelte den Kopf. »Er läßt sich von uns gegen den Steg drücken, meinst du.« Er legte die Hände an den Mund und schrie: »Harry! Hart nach Backbord!«

Der Junker stieß nur ein verrücktes Schlachtgeheul aus, während er mit dem Ruder kämpfte und das Boot vor dem Bug des Schiffes hielt.

»Als würde er einen Ball auf einer Schwertspitze balancieren«, seufzte Amos. Der Geschwindigkeit und der Position des Schiffes nach hätte er eigentlich schon die Leinen breitmachen lassen müssen. Er wandte sich wieder den Jungen zu.

Von unten hörte man das frohlockende Geheul von Harry, als das sich rasch bewegende Schiff das kleine Boot mitriß. Lawrence sagte: »Der Prinz hält das Boot vor uns.«

Amos rief: »Macht die Bugleinen fertig! Macht die Heckleinen fertig!« Seeleute an Bug und Heck nahmen die Leinen, um sie den unten wartenden Hafenarbeitern zuzuwerfen.

»Admiral!« sagte Lawrence aufgeregt.

Amos schloß die Augen. »Ich will es nicht hören.«

»Admiral! Sie haben ihr Boot nicht im Griff! Sie schwenken nach Steuerbord!«

Amos meinte: »Ich hab gesagt, ich will es nicht hören.« Er wandte sich dem Lotsengehilfen zu, der voller Panik dastand, und im nächsten Augenblick drang ein Krachen an ihre Ohren, als das Boot zwischen Schiff und Anlegersteg zermalmt wurde. Die Männer auf dem Kai schrien auf.

Der Lotsengehilfe meinte: »Mein Fehler war es jedenfalls nicht.«

Amos' silbergrauer Bart teilte sich zu einem unfreundlichen Lächeln. »Das werde ich vor Gericht bezeugen. Jetzt laßt die Leinen werfen, oder wir fahren noch gegen den Kai.« Da der schockierte Mann jedoch nicht auf die Bemerkung reagierte, rief Amos: »Werft die Bugleinen!«

Einen Augenblick später ließ der Lotse auch die Heckleinen werfen. Das Schiff bewegte sich kaum noch vorwärts, und nachdem die Leinen angezogen waren, kam es völlig zum Stillstand. Amos schrie: »Macht die Leinen fest! Laßt das Fallreep herunter!«

Er drehte sich zum Anlegesteg um und spähte hinunter in das aufgewühlte Wasser. Zwischen dem treibenden Holz, Leinen und Segel stiegen Blasen auf, und er schrie den Hafenarbeitern zu: »Werft den beiden Verrückten da unten ein Tau zu, ehe sie ertrinken!«

Als Amos schließlich das Schiff verlassen hatte, waren die beiden Jungen schon auf den Steg geklettert. Amos ging zu ihnen und betrachtete das durchnäßte Paar.

Nicholas, der jüngste Sohn des Prinzen von Krondor, stand da und hatte sein Gewicht leicht nach rechts verlagert. Sein linker Stiefel hatte einen erhöhten Absatz, um die angeborene Mißbildung des Fußes auszugleichen. Ansonsten war Nicholas ein gutgebauter, schlanker Junge von siebzehn Jahren. Er erinnerte stark an seinen Vater, besaß die gleichen kantigen Gesichtszüge und das gleiche dunkle Haar, doch ihm fehlte die Kraft von Prinz Arutha, wenn er diesem auch, was die Schnelligkeit anbelangte, den Rang streitig machte. Von seiner Mutter hatte er die ruhige und sanfte Art geerbt, die sich in seinen Augen niederschlug, obwohl die genauso dunkelbraun wie die seines Vaters waren. Im Augenblick stand er allerdings eher verlegen da.

Bei seinem Gefährten war das hingegen ganz anders. Henry, den man am Hof Harry nannte, um ihn von seinem Vater, dem Grafen Henry von Ludland, unterscheiden zu können, grinste, als hätte er etwas unwahrscheinlich Lustiges gemacht. Er war genauso alt wie Nicholas, jedoch einen halben Kopf größer, hatte lockiges rotes Haar und ein rotbackiges Gesicht, und er wurde von den jüngeren Damen am Hof als ausgesprochen hübsch angesehen. Er war ein verspielter junger Kerl, dessen abenteuerlustige Art oft die Oberhand gewann, und von Zeit zu Zeit überschritt er mit seinen Späßen die Grenzen des guten Geschmacks. Meistens zog Nicholas dann mit. Harry fuhr sich mit der Hand durch das nasse Haar und lachte.

»Was ist denn so lustig?« fragte Amos.

»Tut mir leid wegen des Boots, Admiral«, erwiderte der Junker, »doch wenn Ihr das Gesicht des Lotsengehilfen gesehen hättet ...«

Amos sah die beiden Jungen böse an, doch dann konnte er sich selbst nicht mehr halten und lachte ebenfalls. »Hab ich. Den Anblick sollte man sich merken.« Er breitete die Arme aus und drückte Nicholas an sich.

»Schön, daß du wieder da bist, Amos. Nur schade, du hast das Mittsommerfest versäumt.«

Amos schob den Prinzen mit angeekeltem Gesicht von sich und meinte: »Puh! Du bist ja ganz naß. Jetzt muß ich mich noch umziehen, ehe ich zu deinem Vater gehe.«

Die drei gingen auf den Kai zu, der dem Palast am nächsten lag. »Was gibt's Neues?« fragte Nicholas.

»Alles ist ruhig. Handelsschiffe von der Fernen Küste, Kesh und Queg, und der gewohnte Verkehr von den Freien Städten. Es war ein friedliches Jahr.«

Harry meinte: »Und wir haben auf ein paar aufregende Geschichten von Euch gehofft.« Es klang ein wenig spöttisch.

Amos gab ihm mit der flachen Hand einen leichten Klaps auf den Hinterkopf. »Ich werd dir Abenteuer verschaffen, du Verrückter. Was hast du dir eigentlich dabei gedacht?«

Harry rieb sich den Hinterkopf und zog eine gekränkte Miene. »Wir hatten Vorrang.«

»Vorrang!« meinte Amos und blieb ungläubig stehen. »Vorm Hafen, vielleicht, wenn man genügend Platz zum Ausweichen hat, doch ›Vorrang‹ bringt ein dreimastiges Kriegsschiff nicht zum Stehen, wenn es geradewegs auf dich zukommt und keinen Platz zum Wenden und keine Möglichkeit zum Halten hat.« Er schüttelte den Kopf, während er seinen Weg zum Palast fortsetzte. »Vorrang, wirklich.« Er sah Nicholas an und fragte »Was hast du überhaupt zu dieser Tageszeit in der Bucht verloren? Ich dachte, ihr hättet Unterricht.«

»Prälat Graham hatte eine Besprechung mit Vater«, antwortete Nicholas. »Also sind wir Fischen gegangen.«

»Und, was gefangen?«

Harry grinste. »Den größten Fisch, den Ihr je gesehen habt, Admiral.«

»Jetzt, wo er wieder in der Bucht schwimmt, ist er der größte, willst du wohl sagen«, entgegnete Amos lachend.

Nicholas meinte: »Wir haben nichts Erwähnenswertes gefangen.«

»Nun, dann lauft mal los und zieht euch etwas Trockeneres an. Ich werd mich ein bißchen frisch machen und dann bei deinem Vater vorsprechen.«

»Kommst du zum Abendessen?« fragte der junge Prinz.

»Ich nehme an.«

»Gut; Großmutter ist in Krondor.«

Amos' Gesicht hellte sich bei dieser Neuigkeit auf. »Dann werde ich sicherlich kommen.«

Nicholas lächelte schief, wobei er wie das Ebenbild seines Vaters aussah, und meinte: »Ich glaube, niemand wird es für Zufall halten, daß sie gerade dann Mutter besucht, wenn deine Ankunft erwartet wird.«

Amos grinste nur. »Das ist mein grenzenloser Charme.« Er gab beiden Jungen einen Klaps auf den Hinterkopf und sagte: »Jetzt geht! Ich muß Herzog Geoffrey Bericht erstatten, und dann ziehe ich mir etwas Passenderes zum Abendessen an.« Er zwinkerte Nicholas zu und ließ die beiden allein.

Nicholas und Harry machten sich zu den Gemächern des Prinzen auf. Die Strümpfe quietschten in den Stiefeln. Harry wohnte als Junker des Prinzen in einem kleinen Zimmer neben dem von Nicholas.

Der Palast war dicht am Wasser erbaut worden, da er in alten Zeiten das Verteidigungsbollwerk des Königreichs zum Bitteren Meer hin dargestellt hatte. Der fürstliche Hafen war vom Rest des Hafens abgetrennt, denn die Mauern des Palastes umschlossen ein Stück offenen Ufers. Nicholas und Harry überquerten diesen Platz und näherten sich dem Palast von der Wasserseite her.

Der Palast erhob sich majestätisch auf einem Hügel, der in den nachmittäglichen Himmel ragte; eine Reihe von Wohnungen und Sälen drängten sich um den ursprünglichen Bergfried, der immer noch den Mittelpunkt des ganzen Komplexes bildete. Obwohl er längst von anderen Türmen und Gebäuden überragt wurde, die in den letzten Jahrhunderten angebaut worden waren, zog der alte Bergfried weiterhin die Blicke auf sich und erinnerte an die vergangenen Zeiten, in denen die Welt ein weitaus gefährlicherer Ort gewesen war.

Nicholas und Harry drückten ein altes Eisentor auf, das jenen, die in der Küche arbeiteten, Zugang zum Hafen erlaubte. Die Gerüche des Hafens nach Fisch, Salz und Teer machten appetitlicheren Düften Platz, als sich die Jungen der Küche näherten. Sie eilten am Waschhaus und an der Bäckerei vorbei durch einen kleinen Gemüsegarten und dann eine niedrige Steintreppe hinunter, die zu den Hütten der Diener führte.

Sie erreichten den Dienstboteneingang zu den Gemächern der fürstlichen Familie, und nichts wäre ihnen weniger lieb gewesen, als mit jemanden aus dem Stab des Prinzen von Krondor oder gar mit ihm selbst zusammenzutreffen.

Nicholas öffnete die Tür, die am nächsten an ihren eigenen Zimmern lag. Zwei Dienstmädchen, die Bündel von Leinentüchern trugen, kamen ihnen entgegen und wollten zum Waschhaus hinter dem Palast. Nicholas trat zur Seite, weil sie so schwer trugen, obwohl ihm sein Rang Vortritt gewährte. Harry schenkte den beiden Mädchen, die nur ein paar Jahr älter waren als er selbst, ein verworfenes Lächeln. Das eine Mädchen kicherte, während ihn das andere ansah, als suche es in der Speisekammer nach einer Maus.

Die Mädchen eilten, sich ihrer Wirkung auf die beiden heranwachsenden Jungen bewußt, davon. Harry grinste und meinte: »Sie will mich.«

Nicholas gab Harry einen Stoß, und dieser stolperte daraufhin durch die Tür. »Wahrscheinlich so sehr wie einen Durchfall. Träum weiter.«

Während sie die Treppe zu den Gemächern der Familie hinaufliefen, meinte Harry: »Nein, sie will mich wirklich. Sie zeigt es zwar nicht, aber ich schwör drauf.«

Nicholas sagte: »Harry, der Frauenheld. Sperr deine Töchter ein, Krondor!«

Wenn man aus der hellen Nachmittagssonne kam, war es im Treppenhaus geradezu dunkel. Oben auf der Treppe öffneten sie die Tür, die aus dem Dienstbotentrakt herausführte, und spähten auf den Gang. Da sie niemanden höheren Ranges erblickten, eilten die Jungen zu ihren Türen, die in der Mitte des Ganges lagen. Zwischen Harrys Tür und seiner eigenen hing ein Spiegel, und als sich Nicholas jetzt anblickte, meinte er: »Schon besser, daß Vater uns so nicht gesehen hat.«

Nicholas betrat sein Gemach, eine riesige Zimmerflucht aus zwei Zimmern, mit beträchtlichen Wandschränken und einem eigenen Ankleidezimmer. Er zog sich rasch die nassen Sachen aus und trocknete sich ab. Dabei drehte er sich um und betrachtete sich in dem großen Spiegel, einem Luxus von kaum ermeßlichem Wert, da er aus versilbertem, aus Kesh eingeführtem, Glas gemacht war. Sein Körper – der eines Jungen auf dem Wege zum erwachsenen Mann – veränderte sich: Brust und Schultern wurden zusehends breiter, die Körperhaare wuchsen wie bei einem Mann, und er mußte sich schon täglich rasieren. Doch sein Gesicht war immer noch das eines Jungen, ihm fehlten jene Züge, die nur die Zeit mit sich bringt.

Als er sich abgetrocknet hatte, betrachtete er seinen linken Fuß, wie er das bislang an jedem Tag seines Lebens getan hatte. Am Ende seines ansonsten gutgeformten linken Beins saß ein Fleischklumpen mit winzigen Auswüchsen, die eigentlich die Zehen hätten werden sollen. Der Fuß war seit Nicholas' Geburt immer wieder von Ärzten und Magiern behandelt worden, war jedoch nie geheilt. Obwohl er genauso viel Gefühl in ihm hatte wie in seinem rechten, konnte Nicholas nur schwer mit ihm umgehen; die Muskeln waren falsch mit den verwachsenen Knochen verbunden und konnten die Aufgaben, die ihnen die Natur zugedacht hatte, kaum erledigen. Wie die meisten Menschen mit einem lebenslangen Gebrechen hatte Nicholas die Behinderung weitestgehend verdrängt und war sich ihrer nur selten bewußt. Er hinkte lediglich leicht. Trotzdem war er ein exzellenter Fechter, vielleicht ebensogut wie sein Vater, den man für den besten im Westlichen Reich hielt. Dem Schwertmeister des Palastes zufolge war Nicholas längst ein besserer Fechter, als es seine beiden Brüder in seinem Alter gewesen waren. Genauso konnte er auch tanzen, wie man es in seinem Amt – er war der Sohn des Herrschers des Westlichen Reiches – erwartete, nur eine Sache konnte er nie wirklich verdrängen: dieses nagende Gefühl, weniger wert zu sein, als er eigentlich sollte.

Nicholas war ein gewinnender, nachdenklicher Junge, der die ruhige Einsamkeit der Bibliothek seines Vaters der Ausgelassenheit der meisten Jungen seines Alters vorzog. Er war ein hervorragender Schwimmer, ein guter Reiter und, zusätzlich zu seinen Fähigkeiten mit dem Schwert, ein ansehnlicher Bogenschütze, doch trotzdem war er sich sein ganzes Leben lang unzulänglich vorgekommen. Manchmal fühlte er sich, als wäre er gescheitert, und ein quälendes Schuldgefühl drängte sich ihm auf, und oft verfiel er dann in dumpfes Brüten. In Gesellschaft war er immer fröhlich und konnte wie jeder andere über einen Scherz lachen, doch wenn er allein war, machte sich der Kummer in ihm breit. Und das war der eigentliche Grund, weshalb Harry nach Krondor gekommen war.

Während er sich ankleidete, schüttelte Nicholas amüsiert den Kopf. Seit einem Jahr war Harry sein Begleiter, und in diesem einen Jahr hatte der Junker sein zurückgezogenes Leben auf den Kopf gestellt, indem er den Prinzen dauernd in irgendwelche dummen Unternehmungen hineinzog. Mit der Ankunft des mittleren Sohnes des Grafen von Ludland war die Welt für Nicholas viel, viel aufregender geworden. Wegen seines Ranges und seiner miteinander wetteifernden Brüder war Harry kampflustig und erwartete Gehorsam, wobei er den Rangunterschied zwischen sich und Nicholas kaum zur Kenntnis nahm. Daran, daß Nicholas nicht sein jüngerer Bruder war, erinnerte er sich nur, wenn dieser deutlich einen Befehl aussprach. Der Hof des Prinzen war vielleicht der einzige Ort, an den sein Vater ihn hatte schicken können, damit Harry nicht zu einem regelrechten Tyrannen wurde.

Nicholas kämmte sich das nasse, nasenlange Haar, das genauso wie das seines Vater geschnitten war. Indem er es abwechselnd kämmte und mit dem Handtuch trocknete, wurde er langsam wieder ansehnlich. Er beneidete Harry um seine roten Locken. Der brauchte sich nur kurz das Haar abzutrocknen und zu bürsten, dann war er fertig.

Nicholas fand, er sähe so vorzeigbar aus, wie unter diesen Umständen möglich, und verließ das Zimmer. Er betrat den Gang, wo Harry bereits fertig angezogen wartete und versuchte, das nächste Dienstmädchen von der Arbeit abzuhalten.

Harry trug die grün-braune Tracht, wie alle Junker des Palasts, die prinzipiell zum Stab des Haushofmeisters gehörten, doch er war schon wenige Wochen nach seiner Ankunft zu Nicholas' Begleitung abgestellt worden. Die beiden älteren Brüder von Nicholas, Borric und Erland, waren vor fünf Jahren an den Hof des König in Rillanon geschickt worden, um auf jenen Tag vorbereitet zu werden, am dem Borric von seinem Onkel die Krone der Inseln erben würde. König Lyams einziger Sohn war vor fünfzehn Jahren ertrunken, und Arutha und der König hatten entschieden, daß Arutha, sollte er seinen älteren Bruder überleben, zu Gunsten von Borric auf den Thron verzichten würde. Elena, die Schwester von Nicholas, war seit kurzem mit dem ältesten Sohn des Herzogs von Ran verheiratet, und danach hatte es im Palast für den jungen Prinzen keine Gefährten von passendem Rang mehr gegeben – bis Harry eingetroffen war.

Nicholas räusperte sich laut und zog so Harrys Aufmerksamkeit gerade lange genug auf sich, damit das Dienstmädchen entflichen konnte. Es verbeugte sich höflich vor dem Prinzen und lächelte ihn dankbar an, während es davoneilte.

Nicholas sah dem Dienstmädchen hinterher und meinte: »Harry, du solltest deine Stellung nicht ausnützen, um die armen Mädchen zu belästigen.«

»Ich habe sie doch nicht belästigt – « setzte Harry an.

»Ich wollte das nicht mit dir erörtern«, erwiderte Nicholas unnachgiebig.

Er gab Harry selten Befehle, doch bei jenen wenigen Gelegenheiten, bei denen er es tat, war Harry schlau genug, um keinen Widerspruch zu leisten – vor allem nicht, wenn Nicholas Stimme so klang wie die von Prinz Arutha, denn dann scherzte er bestimmt nicht. Der Junker zuckte mit den Schultern. »Nun, wir haben noch eine Stunde bis zum Essen. Was sollen wir machen?«

»Wir werden ein bißchen an unserer Geschichte arbeiten, denke ich.«

Harry fragte: »An welcher Geschichte?«

»An der Geschichte, mit der wir Papa erklären, wieso mein Boot jetzt in Einzelteilen im Hafen treibt.«

Harry lächelte verschmitzt. »Ich werde mir schon etwas einfallen lassen.«

»Ihr habt es nicht gesehen?« fragte der Prinz von Krondor, während er seinen jüngsten Sohn und den Junker aus Ludland betrachtete. »Wie konntet Ihr bloß das größte Kriegsschiff der Flotte von Krondor übersehen, wenn es kaum noch dreißig Meter entfernt war!« Arutha, Prinz von Krondor, Bruder des Königs der Inseln und zweitmächtigster Mann im Königreich, bedachte die Jungen mit jenem mißbilligenden Blick, den sie nur zu gut kannten. Arutha war ein hagerer Mann, ein ruhiger doch starker Herrscher, der seine Gefühle selten offen zeigte. Für die Menschen in seiner Nähe, für Freunde und Familie, waren die unterschwelligsten Wandlungen seiner Stimmung allerdings leicht zu erkennen. Und in diesem Moment war er sicherlich nicht gerade amüsiert.

Nicholas wandte sich an seinen Spießgesellen. Trocken flüsterte er: »Gute Geschichte, Harry. Hast offensichtlich lange drüber nachgedacht.«

Arutha sah zu seiner Frau hinüber, und seine Mißbilligung machte Niedergeschlagenheit Platz. Prinzessin Anita bedachte ihren Sohn mit einem bösen Blick, der durch Belustigung gemildert wurde. Sie regte sich immer auf, wenn die Jungen Unfug trieben, doch die aufdringlich arglose Unschuldspose, die sie nun zur Schau trugen, war einfach zu gut. Obwohl sie die Vierzig schon hinter sich hatte, schwang in ihrem Leben stets noch etwas Mädchenhaftes mit. In ihrem roten Haar fanden sich schon graue Strähnen, und ihr sommersprossiges Gesicht spiegelte die Jahre wider, die sie ihrem Volk gedient hatte, doch ihre Augen waren noch klar und glänzend.

Das Abendessen war nichts Besonderes, es waren nur wenige Beamte des Hofes anwesend. Arutha zog es vor, das Leben am Hofe so zwanglos wie möglich zu gestalten, und ertrug Pomp nur, wenn es unumgänglich war. Er saß am Kopf der Tafel und Anita zu seiner Rechten. Geoffrey, der Herzog von Krondor und Aruthas Hauptverwalter, saß wie gewohnt zur Linken des Prinzen. Geoffrey war ein ruhiger, freundlicher Mann, der von den Bediensteten des Palastes gut gelitten und noch dazu ein fähiger Verwalter war. Er hatte zehn Jahre am Hof des Königs gedient, ehe er vor acht Jahren seine Stellung in Krondor angetreten hatte.

Neben ihm saß Prälat Graham, ein Bischof vom Orden der Dala – dem Schild der Schwachen –, einer von Aruthas gegenwärtigen Beratern. Da er ein freundlicher, doch strenger Lehrer war, garantierte der Prälat, daß Nicholas, wie seinen Brüdern vor ihm, eine weitgefächerte Bildung zukam, in der Kunst und Literatur, Musik und Theater eine ebenso wichtige Rolle spielten wie Wirtschaft, Geschichte und Kriegsführung. Er saß neben Nicholas und Harry, und aus seiner Miene konnte man schließen, wie wenig lustig er die Ausrede fand. Er hatte erwartet, die Jungen würden während seiner Besprechung mit dem Prinzen lernen und nicht mit ihrem Boot Kriegsschiffe im Hafen rammen.

Den Jungen gegenüber saßen Anitas Mutter und Amos Trask. Der Admiral und Prinzessin Alicia hegten seit Jahren eine tiefgehende Freundschaft, welcher der Klatsch am Hof mehr als bloße Liebäugelei nachsagte. Alicia blühte trotz ihres Alters – sie war genauso alt wie Amos – in der Gesellschaft des Admirals jedes Mal auf. Anita ähnelte ihrer Mutter sehr, auch wenn Alicias rotes Haar längst ergraut war und ihr Gesicht die Geschichte eines ganzen Lebens erzählte. Doch bei Amos' leisen Scherzen errötete die ältere Dame stets, und ihre funkelnden Augen und das verlegene Lachen gaben ihrem Gesicht dann wieder etwas Mädchenhaftes.

Amos drückte Alicias Hand, während er ihr etwas zuflüsterte, offensichtlich etwas Zweideutiges, und die verwitwete Prinzessin lachte hinter vorgehaltenem Taschentuch. Anita mußte bei diesem Anblick lächeln. Amos war nach dem Spaltkrieg zu einer willkommenen Bereicherung von Aruthas Hof geworden. Denn Anita mochte es, wenn ihre Mutter lachte, und niemand brachte sie mehr zum Lachen als Amos.

Zur Linken des Admirals saß Aruthas militärischer Bevollmächtiger, William, der Marschall von Krondor, ein Cousin der fürstlichen Familie. Cousin Willie, wie ihn alle nannten, zwinkerte den beiden Jungen zu. Er diente schon seit zwanzig Jahren im Palast, und in dieser Zeitspanne hatte er miterlebt, wie Nicholas ältere Brüder, Borric und Erland, alles mögliche ausprobiert hatten, um den Zorn ihres Vaters zu erregen. Bei Nicholas war das neu. William griff nach einer Scheibe Brot und sagte: »Brillante Strategie, Junker. Bloß keine unnötigen Einzelheiten preisgeben.«

Nicholas versuchte, gezüchtigt auszusehen, doch das gelang

ihm kaum. Schnell schnitt er sich ein Stück Lamm ab und stopfte es sich in den Mund, damit er nicht lachen mußte. Er blickte Harry an, der seine Belustigung hinter einem Becher Wein versteckte.

Arutha sagte: »Wir müssen uns eine angemessene Strafe für euch beide ausdenken. Etwas, was euch den Wert eines Bootes und den eurer beider Leben veranschaulicht.«

Harry grinste Nicholas von hinter dem Weinbecher an; beide Jungen wußten, die Chancen standen gut, daß Arutha unter dem Druck der Amtsgeschäfte eine ernsthafte Bestrafung vergessen würde, so wie das häufig der Fall war.

Da der Westen eigentlich ein Reich für sich war, wurde er von Krondor aus regiert, und nur die gröbsten Richtlinien der Politik kamen von König Lyams Hof. Im Verlauf eines Tages mußte Arutha sich oft mit zwei Dutzend wichtigen Adligen, Händlern und Gesandten treffen, ein halbes Dutzend wichtiger Dokumente lesen und dazu noch jeder wichtigen Entscheidung zustimmen, die das Fürstentum betraf.

Ein Junge in der purpurrot-blauen Livrée der Palastpagen trat ein und ging zum Fürstlichen Zeremonienmeister, Baron Jerome. Er flüsterte dem Baron etwas zu, der sich daraufhin Arutha näherte. »Sire, zwei Männer sind am Haupteingang und wünschen Euch zu sehen.«

Arutha war klar, es mußten ungewöhnliche Leute sein, wenn der Feldwebel der Wache sie zum Haushofmeister schickte und dieser den Prinzen stören ließ. »Wer ist es?« fragte Arutha.

»Sie behaupten, Freunde von Prinz Borric zu sein.«

Arutha zog die Augenbraunen leicht hoch. »Freunde von Borric?« Er sah seine Frau an und fragte: »Haben sie vielleicht Namen?«

Der Zeremonienmeister sagte: »Sie haben sich als Ghuda Bulé und Nakor der Isalani vorgestellt.« Jerome, ein übertrieben diensteifriger Mann, dem Würde und Pomp wichtiger waren als

Luft und Wasser, legte eine gehörige Portion Mißbilligung in seine Stimme, als er hinzufügte: »Sie sind aus Kesh, Sire.«

Arutha überlegte immer noch, wer die beiden sein mochten, doch Nicholas sagte: »Vater! Das sind die zwei, die Borric geholfen haben, als er in Kesh von den Sklavenhändlern gefangengenommen worden war! Erinnerst du dich nicht, er hat uns doch alles über sie erzählt?«

Arutha blinzelte, dann kam ihm alles wieder in den Sinn. »Natürlich.« Jerome teilte er mit: »Laßt sie sofort herein.«

Jerome machte dem Pagen ein Zeichen, und Harry wandte sich an Nicholas. »Sklavenhändler?«

Nicholas sagte: »Das ist eine lange Geschichte. Vor neun Jahren war mein Bruder in Kesh als Gesandter unterwegs. Er wurde von Banditen gefangengenommen, und diese Kerle wußten nicht, daß er aus dem königlichen Haus der Inseln stammte. Er konnte allerdings entkommen, gelangte an den Hof der Kaiserin und rettete ihr das Leben. Und diese beiden Männer haben ihm dabei geholfen.«

Alle starrten erwartungsvoll zur Tür, und als der Page eintrat, folgten ihm zwei zerlumpte und verdreckte Männer. Der größere war der Kleidung nach ein Söldner: Er trug einen verbeulten Harnisch und einen ebenso verbeulten Helm, über der Schulter hing ein Langschwert und in seinem Gürtel steckten zwei Dolche. Sein Gefährte war ein O-beiniger Kerl, der die neue Umgebung mit kindlich entzückten Augen betrachtete und einnehmend grinste, obwohl man ihn nicht gerade als vertrauenerweckend bezeichnen mochte.

Die beiden traten zum Kopf der Tafel und verbeugten sich, der Krieger steif und selbstbewußt, der kleinere Mann abwesend.

Arutha stand auf und sagte: »Willkommen.«

Nakor sah sich weiterhin jede Einzelheit des Saals genau an und war in Gedanken versunken, also sprach Ghuda. »Tut uns leid, Euch zu stören, Euer Hoheit, doch er« – er deutete mit dem Daumen auf Nakor – »bestand darauf.« Er sprach mit fremden Tonfall und sehr langsam.

Arutha sagte: »Das ist schon in Ordnung.«

Nakor wandte seine Aufmerksamkeit endlich Arutha zu und betrachtete dessen Gesicht einen Moment lang eingehend, ehe er sagte: »Dein Sohn Borric sieht ganz anders aus als du.«

Arutha riß bei dieser unvermittelten Feststellung und dem Mangel an Ehrerbietung die Augen auf, nickte aber. Dann betrachtete der Isalani die Prinzessin und grinste abermals, wobei er seine schiefen Zähne zeigte, was ihn noch komischer als zuvor wirken ließ. »Und du bist seine Mutter, nicht. Er sieht aus wie du. Du bist sehr schön, Prinzessin.«

Anita lachte, sah ihren Gemahl an und meinte dann: »Danke, mein Herr.«

Mit einer Handbewegung tat er die Anrede ab. »Nenn mich Nakor. Früher war ich mal Nakor der Blaue Reiter, aber mein Pferd ist gestorben.« Er sah sich im Saal um, und sein Blick blieb an Nicholas hängen. Er hörte auf zu grinsen und betrachtete den Jungen. Eigentlich starrte er ihn mehr an, bis es fast schon unangenehm wurde, dann grinste er wieder. »Der da sieht so aus wie du!«

Arutha fehlten die Worte, doch schließlich bekam er heraus: »Darf ich fragen, was Euch hierherführt? Ihr seid willkommen, denn Ihr habt meinem Sohn und dem Königreich seinerzeit einen großen Dienst erwiesen, doch ... das war vor neun Jahren.«

Ghuda sagte: »Ich wünschte, ich könnte es Euch sagen, Sire. Ich bin mit diesem Verrückten einen ganzen Monat lang durch die Welt gereist, und alles was ich aus ihm rausbekommen habe, war, wir müßten hierherkommen und Euch besuchen und dann zu einer weiteren Reise aufbrechen.«

Nakor war wieder in seiner eigenen Welt versunken, offensichtlich hatten ihn das Glitzern des Kronleuchters und die tanzenden Spiegelungen auf dem Fenster hinter dem Prinzen in ihren Bann geschlagen. Ghuda wartete noch einen Moment der schmerzlichen Stille ab, ehe er sagte: »Es tut mir leid, Hoheit. Wir hätten Euch niemals belästigen dürfen.«

Arutha sah das Unbehagen auf dem Gesicht des alten Söldners. »Nein, nein, ich muß mich entschuldigen.« Und in Hinblick auf die zerlumpten und dreckigen Gewänder seiner Gäste sagte er: »Bitte. Ihr werdet ruhen wollen. Ich werde Zimmer herrichten lassen, und Ihr könnt baden und ausschlafen. Und ich werde Euch neue Kleidung bringen lassen. Morgen können wir darüber reden, wie ich Euch weiterhelfen kann.«

Ghuda nickte unsicher, er wußte nicht genau, wie er reagieren sollte. Arutha fragte: »Habt Ihr schon gegessen?« Ghuda warf einen Blick auf den überladenen Tisch, und Arutha sagte: »Setzt Euch doch dort.« Er zeigte auf die beiden Stühle neben Marschall William.

Nakor wachte bei der Erwähnung von Essen aus seinen Tagträumereien auf und eilte ohne weiteres Aufheben zu dem gezeigten Stuhl. Er wartete kaum ab, bis die Diener vor ihm Essen und Wein aufgetischt hatten, und glich plötzlich einem Mann kurz vorm Verhungern.

Ghuda versuchte, so gute Manieren wie möglich zu zeigen, doch seine Gegenwart mußte der fürstlichen Familie unangenehm sein. Amos sagte etwas in einer fremden Sprache, und der Isalani lachte. In der Sprache des Königreichs sagte er: »Dein Akzent ist schrecklich. Aber der Witz ist gut.«

Amos lachte ebenfalls. An die anderen gewandt sagte er: »Ich hab gedacht, ich würde die Sprache von Isalan ziemlich gut sprechen.« Er zuckte mit den Schultern. »Nun gut, ich war vor fast dreißig Jahren zum letzten Mal in Shing Lai; ich schätze, ich hab den Bogen nicht mehr richtig raus.« Daraufhin wandte er seine Aufmerksamkeit wieder der Mutter der Prinzessin von Krondor zu.

Arutha setzte sich. Jetzt war er es, dessen Gedanken abschweiften. Irgend etwas am Erscheinen dieser beiden, dieses alten Kriegers und dieses seltsamen Vogels erregte in ihm Unbehagen, als wäre es plötzlich kälter im Saal geworden. Eine Vorahnung? Er wollte sich davon freimachen, es gelang ihm jedoch nicht. Er machte dem Diener ein Zeichen, er solle den Teller vor ihm abräumen – der Appetit war ihm vergangen.

Nach dem Essen ging Arutha auf den Balkon, von dem aus man den Hafen überblicken konnte. Hinter verschlossenen Türen eilten die Diener geschäftig hin und her und machten die Zimmer der fürstlichen Familie bereit. Amos Trask gesellte sich zu Arutha, der auf die Lichter in der Nähe des Hafens hinausstarrte.

»Du wolltest mich sprechen, Arutha?«

Arutha drehte sich um und sagte: »Ja. Ich brauche deinen Rat.«

»Dann frag nur.«

»Was ist bloß mit Nicholas los?«

Seinem Gesichtsausdruck nach hatte Amos die Frage nicht verstanden. »Ich weiß nicht, was du meinst.«

»Er ist nicht wie andere Jungen in seinem Alter.«

»Wegen des Fußes?«

»Ich glaube nicht. Da ist etwas an ihm …«

»Was sehr zurückhaltend ist«, beendete Amos den Satz.

»Ja. Deswegen kann ich mich auch nicht recht entschließen, ihn und Harry wegen des Streichs heute nachmittag richtig zu bestrafen. Es war eines der seltenen Male, bei denen Nicholas etwas gewagt hat.«

Amos seufzte, während er sich auf die Brüstung lehnte. »Ich habe dem noch nicht viel Aufmerksamkeit geschenkt, Arutha. Nicky ist ein netter Kerl – und im Gegensatz zu seinen Brüdern hat er nicht nur Unfug im Sinn.«

»Borric und Erland waren solche Rabauken, daß ich Nicholas' Zurückhaltung begrüßt habe. Aber mittlerweile kann er sich für nichts mehr entscheiden und wird übervorsichtig. Für einen Herrscher ist das nicht das richtige.«

Amos sagte: »Wir beide haben eine Menge durchgemacht, Arutha. Ich kenne dich seit – was, seit fünfundzwanzig Jahren? Du machst dir immer Sorgen über die, die du liebst. Nicky ist ein guter Kerl, und er wird ein guter Mann werden.«

»Ich weiß es nicht«, lautete die überraschende Antwort. »Ich weiß, er ist nicht gemein, und er ist auch nicht engstirnig, aber zu viel Vorsicht ist ebenso falsch wie Überstürztheit, und Nicky ist einfach immer vorsichtig. Er wird wichtig für uns werden.«

»Wieder eine Heirat?«

Arutha nickte. »Es geht sogar noch weiter. Der Kaiser Diigaí hat mich wissen lassen, daß engere Bande zwischen Kesh und dem Königreich nun möglich wären. Borrics Heirat mit Prinzessin Yasmine war ein Schritt in diese Richtung, doch die Wüstenmenschen sind ein untergeordnetes Volk im Kaiserreich. Diigaí denkt an eine Heirat mit einer reinblütigen Prinzessin.«

Amos schüttelte den Kopf. »Staatshochzeiten sind eine unangenehme Sache.«

Arutha sagte: »Kesh war stets die größte Bedrohung für das Königreich – wenn man von den Zeiten des Spaltkrieges absieht –, und wir müssen dieses Reich zuvorkommend behandeln. Wenn der Kaiser eine reinblütige Nichte oder Cousine hat, die er mit dem Bruder des zukünftigen Königs verheiraten will, sollten wir uns lieber gut hinter unseren Mauern verschanzen, ehe wir nein sagen.«

»Nicky ist doch nicht der einzige Kandidat, nicht wahr?«

»Nein, da sind auch noch die beiden Söhne von Carline, doch Nicholas wäre vielleicht die beste Wahl – wenn ich ihm das zutrauen könnte.«

Amos schwieg eine Weile. »Er ist noch jung.«

Arutha nickte. »Jünger als er eigentlich ist. Ich gebe mir selbst die Schuld daran, weil –«

»Du gibst dir immer die Schuld«, unterbrach ihn Amos mit einem Lächeln.

»– weil ich ihn immer zu sehr behütet habe. Der mißgebildete Fuß ... seine sanfte Art ...«

Amos nickte und schwieg abermals. Schließlich sagte er: »Warum läßt du ihn nicht ein paar Erfahrungen sammeln.«

»Aber wie? Soll ich ihn zu den Grenzbaronen schicken, wie seine Brüder?«

»Das wäre des Guten vielleicht doch ein bißchen zu viel«, meinte Amos und strich sich durch den Bart. »Nein, ich habe gedacht, du könntest ihn vielleicht ein wenig an Martins Hof schicken.«

Arutha sagte nichts, seinem Gesichtsausdruck nach gefiel ihm Amos' Vorschlag jedoch offensichtlich. »Crydee«, sagte er schließlich leise. »Das wäre schon eine ausreichende Luftveränderung für ihn.«

»Martin würde darauf achten, daß dem Jungen nichts passiert, aber ihn trotzdem nicht am Gängelband führen. Hier wagt es niemand, die Hand oder auch nur die Stimme gegen den ›verkrüppelten‹ Sohn des Prinzen zu heben.« Aruthas Augen blitzen bei diesem Ausdruck auf, doch er sagte nichts. »Wenn du Martin darum bittest, wird er Nickys schlimmen Fuß für nichts als Ausrede durchgehen lassen. Prinz Marcus ist auch im Alter von Nicholas und Harry, und wenn du diesen Unruhestifter aus Ludland mitschickst, dann hat Nicky zwei Gefährten von adligem Rang um sich, die allerdings etwas rauher sind, als er es gewohnt ist. Er kann ihnen zwar Befehle erteilen, sie aber nicht einschüchtern. Die Ferne Küste ist zwar nicht mit Hohe Burg oder dem Eisenpaß zu vergleichen, aber sie ist lange nicht so befriedet wie Krondor, und Nicky wird ein wenig abgehärtet.«

Arutha sagte: »Dann brauche ich nur noch Anita zu überzeugen.«

»Ich denke, das wird dir nicht viel Mühe bereiten«, meinte Amos und kicherte in sich hinein. »So sehr sie den Jungen auch beschützen wollen mag, sie wird die Notwendigkeit einsehen.«

»Weißt du eigentlich, daß ich nur drei Jahre älter war als Nicholas, als ich den Befehl über die Burg meines Vaters übernahm?«

»Ich weiß, ich war schließlich dabei.« Er legte Arutha die Hand auf die Schulter und sagte: »Aber du bist nie jung gewesen.«

Das brachte Arutha zum Lachen. »Du hast recht. Ich war einer von der ernsthaften Sorte.«

»Bist du immer noch.«

Amos drehte sich zum Gehen um, und Arutha fragte: »Wirst du Anitas Mutter heiraten?«

Amos wandte sich überrascht wieder um. Dann stemmte er die Hände in die Hüften und grinste. »Also, mit wem hast du gesprochen?«

Arutha sagte: »Mit Anita, und sie hat mit Alicia geredet. Im Palast wird jetzt schon seit Jahren über euch geklatscht: der Admiral und die Witwe des Prinzen. Du hast einen ausreichend hohen Rang und genug Ehren. Wenn du noch einen Titel brauchst, kann ich das mit Lyam regeln.«

Amos hob abwehrend die Hand. »Nein, der Rang hat damit nichts zu tun.« Er senkte die Stimme. »Ich hab ein gefahrvolles Leben hinter mich gebracht, Arutha. Und jedes Mal, wenn ich an Bord eines Schiffes gehe, gibt es keine Sicherheit, daß ich zurückkomme. Wenn ich auf See bin, dann bin ich ein ganz normaler Mann, nicht mehr. Und ich könnte immer irgendwie zu Tode kommen.«

»Denkst du an Ruhestand?«

Amos nickte. »Seit ich zwölf bin, habe ich auf Schiffen gelebt, abgesehen von dem langen Ausflug mit dir und Guy du Bas-Tyra während des Spaltkriegs. Wenn ich heiraten sollte, dann bleibe ich auch daheim bei meiner Dame.«

»Und wann?«

Amos sagte: »Ich weiß es nicht. Es ist eine schwierige Entscheidung; du hast einiges von dem, was das Meer anrichten kann, miterlebt.« Beide erinnerten sich an ihre erste gemeinsame Reise, als sie sich in einem Winter vor vielen Jahren durch die Straße der Finsternis gewagt hatten. Die Reise hatte Aruthas Leben verändert, nicht nur weil er auf dem Meer dem Tod ins Gesicht geblickt und überlebt hatte, sondern weil er dabei auch seine geliebte Anita kennengelernt hatte. Amos fuhr fort: »Die See zu verlassen ist schwer. Vielleicht noch eine letzte Fahrt.«

Arutha sagte: »Martin hat um Hilfe beim Aufbau der neuen Garnison in Barran gebeten, oben an der Küste von Crydee. Die *Königlicher Adler* liegt im Hafen und hat genug Waffen und Vorräte an Bord, um zweihundert Mann und ihre Pferde ein Jahr lang zu versorgen. Warum übernimmst du nicht das Kommando? Dabei kannst du Nicholas gleich nach Crydee bringen und dann die Küste bis zur neuen Garnison weiter hinaufsegeln, und schließlich Martin und Briana auf dem Rückweg noch einmal besuchen.«

Amos lächelte. »Eine letzte Reise, zurück dorthin, wo mein verfluchtes Schicksal seinen Anfang genommen hat.«

»Dein verfluchtes Schicksal?« fragte Arutha.

»Dort habe ich dich kennengelernt, Arutha. Und seit wir uns kennen, versuchst du, mir jeden Spaß zu verderben.«

Das war ein alter Scherz zwischen den beiden. »Du hast es aber ziemlich gut gehabt für einen reulosen Piraten.«

Amos zuckte mit den Schultern. »Ich hab das Beste gegeben.«

Arutha sagte: »Komm, geh deiner Dame den Hof machen ...«

Amos klopfte Arutha auf die Schulter und ging. Als er fort war, sah Arutha, in Gedanken und Erinnerungen versunken, zu den Lichtern des Hafens hinunter.

Plötzlich spürte er, daß jemand neben ihm stand. Er drehte sich um; es war der kleine Isalani, der ebenfalls den Blick auf die Stadt genoß.

Nakor sagte: »Ich muß mal einen Augenblick mit dir sprechen.«

Arutha schluckte den Ärger über die respektlose Anrede hinunter und fragte erstaunt: »Wie seid Ihr an den Wachen im Gang vorbeigekommen?«

Nakor zuckte mit den Schultern. »Das war leicht«, sagte er nur. Dann starrte er hinaus aufs Wasser, als könnte er in der Ferne die Zukunft erblicken. »Du wirst deinen Sohn auf eine Reise schicken.«

Arutha richtete den Blick auf den Isalani. »Was seid Ihr: Ein Seher, ein Prophet oder ein Zauberer?«

Nakor zuckte mit den Schultern. »Ich bin ein Spieler.« Er brachte aus dem Nichts ein Kartenspiel hervor. »So verdien ich mir meistens mein Geld.« Er machte eine Handbewegung, und die Karten waren verschwunden. »Aber manchmal kann ich auch Dinge sehen.« Er verfiel für einen Moment in Schweigen und fuhr schließlich fort: »Vor Jahren, als ich Borric kennenlernte, fühlte ich mich von ihm angezogen, und nachdem er mir aus einer Klemme half, bin ich bei ihm geblieben.«

Er machte eine Pause und sprang auf die niedrige Brüstung. Von dort sah er auf den Prinzen herunter und sagte: »Viele Dinge kann ich nicht erklären, Prinz. Warum ich Dinge weiß und Dinge tun kann – ich nenn sie Tricks. Doch ich vertraue meinen Begabungen.

Ich bin hergekommen, um das Leben deines Sohnes zu beschützen.«

Arutha schüttelte den Kopf, eine kleine ablehende Geste. »Das Leben?«

»Er hat große Gefahren vor sich.«

»Was für Gefahren?«

Nakor zuckte mit den Schultern. »Weiß nicht.«

Arutha fragte: »Und wenn ich ihn hierbehalte?«

»Kannst du das?« Nakor schüttelte den Kopf. »Nein, das ist falsch. Du darfst es nicht.«

»Warum nicht?«

Nakor seufzte, und sein Lächeln verblaßte. »Vor langer Zeit

habe ich deinen Freund James kennengelernt. Er hat mir viel über dich und dein Leben erzählt, und darüber, was er getan hat, um dein Wohlwollen zu erlangen. Er hat mir von einem Mann erzählt, der Dinge gesehen hat.«

Jetzt war es Arutha, der seufzte. »Ich habe gesehen, wie sich Tote erhoben und getötet haben, und ich habe fremde Magie gesehen; ich habe Männer kennengelernt, die auf anderen Welten geboren wurden. Ich habe mit Drachen gesprochen und gesehen, wie unmögliche Erscheinungen zu Fleisch und Blut wurden.«

Nakor sagte: »Dann vertrau mir. Du hast deine Wahl getroffen. Bleib dabei. Doch laß mich und Ghuda deinen Sohn begleiten.«

»Warum Ghuda?«

»Damit er mein Leben beschützt«, meinte Nakor, und das Lächeln war wieder da.

»Borric sagte, Ihr wärt ein Zauberer.«

Nakor zuckte mit den Schultern. »Manchmal dient es meinem Vorteil, wenn andere das von mir denken. Dein Freund Pug wußte, daß es keine Magie gibt.«

»Ihr kennt Pug?«

»Nein. Aber er war schon berühmt, ehe ich Borric kennengelernt habe. Er hat viele Wunder vollbracht. Und eine Zeitlang habe ich in Stardock gelebt.«

Arutha kniff die Augen zusammen. »Ich habe ihn ein Dutzend Jahre nicht mehr gesehen, und wir haben die Nachricht erhalten, er sei auf das Eiland des Zauberers gezogen und wolle seine alten Freunde nicht mehr sehen. Ich habe diesen Wunsch respektiert.«

Nakor sprang von der Brüstung. »Es ist Zeit, diesen Wunsch zu mißachten. Wir werden ihn besuchen müssen. Sag deinem Kapitän, wir werden dort auf unserem Weg nach Westen anhalten.«

»Ihr wißt, wohin ich Nicholas schicken will?«

Nakor schüttelte den Kopf. »Als ich Ghuda nach so vielen Jahren wiedergesehen habe, saß er da und betrachtete den Sonnenuntergang. Und da wußte ich, wir würden vielleicht nach Westen reisen, in Richtung des Sonnenuntergangs.« Nakor gähnte. »Ich werde jetzt zu Bett gehen, Prinz.«

Arutha nickte nur, während der seltsame kleine Mann verschwand. Der Prinz von Krondor stand lange Zeit schweigend da, während er über das Gesagte nachdachte. Nakors Worte hallten in seinem Kopf.

Nur eine Sache wußte er ganz genau: von all denen, die er liebte, war Nicholas am wenigsten in der Lage, für sich selbst zu sorgen, würde er auf einer Reise in Gefahr kommen.

Es sollte noch viele Stunden dauern, bis Arutha endlich ins Bett ging.

Reise

Der Palast war in Aufruhr.

Arutha hatte einen ruhigen Morgen mit seiner Gemahlin verbracht, und als sie mit dem Frühstück fertig waren, hatte sie zugestimmt, daß ein Jahr oder zwei bei Martin das Richtige für Nicholas seien. Sie selbst hatte das letzte Jahr des Spaltkrieges bei Arutha in Crydee verbracht und dachte gern an die bescheidene Stadt an der Fernen Küste zurück. Auch wenn es dort im Gegensatz zu Krondor etwas rauher zuging, war es der Ort, an dem sie ihren geliebten Arutha richtig kennengelernt hatte, seine düsteren Stimmungen und Sorgen genauso wie die freundlicheren Seiten seines Charakters. Sie verstand den Kummer, den Nicholas ihm bereitete. Deshalb gab sie nach – wiewohl sie ihr jüngstes Kind vermissen würde, doch sie wußte, das gleiche galt für Arutha. Aus Achtung vor ihr hatte Arutha Nicholas vor der rauhen Wirklichkeit beschützt. Aber Nicholas stand hinter seinen Brüdern an dritter Stelle in der Erbfolge der Krone, und nichts in seinem Leben hatte ihn bisher darauf vorbereitet, wenn er die Krone wegen unerwarteter Schicksalsschläge erben würde, so wie es seinem Onkel Lyam widerfahren war.

Anita hatte noch etwas hinter Aruthas Worten gespürt, etwas, das über die einfache Besorgnis darüber, daß der junge Mann zum ersten Mal sein Zuhause verließ, hinausging, nur hätte sie nicht sagen können, was es war. Anita verstand, wie sehr ihr Gemahl darauf brannte, seine Hand solange wie möglich über ihren Sohn zu halten, ihm einen guten Führer zu verschaffen, Schutz und Unterstützung; vielleicht war es sogar für Arutha selbst am schwierigsten, Nicholas gehen zu lassen.

Innerhalb einer Stunde hatte Arutha Nicholas und Harry mitgeteilt, daß sie mit Amos nach Crydee fahren würden, und die unzähligen Einzelheiten der Reisevorbereitungen brachten den fürstlichen Haushalt in den Zustand eines aufgescheuchten Hühnerhaufens. Doch der Haushofmeister und seine Junker, Pagen und Diener hatten von den vielen Staatsakten her ausreichend Erfahrung, und Arutha war sicher, wenn das Schiff am folgenden Tag auslaufen würde, wäre alles an Bord, was der Prinz und sein Begleiter bräuchten.

Die *Königlicher Adler* lag bereit, um Waffen und Vorräte zu der neuen Garnison zu befördern, die Herzog Martin aufbaute. Amos hatte den Befehl übernommen, und sie würden mit der Morgenflut nach Crydee auslaufen. Die Entscheidung zum Aufbruch war aus zwei Gründen so unvermittelt gefällt worden. Zum einen wollte Arutha nicht Zeit haben, sich die Sache doch noch anders zu überlegen, und zum anderen mußte man das hervorragende Wetter ausnutzen. In den nächsten Monaten konnte man die berüchtigte Straße der Finsternis noch ohne Gefahr durchsegeln, doch wenn Amos zur Rückreise aufbrechen würde, wäre es schon Herbst. Und wenn das schlechte Wetter erst einmal eingesetzt hatte, konnte man die Durchfahrt zwischen Bitterem Meer und Endloser See nur im äußersten Notfall riskieren.

Amos ging den langen Flur entlang, der von den Gästezimmern herkam. In den Jahren, in denen er in Krondor gelebt hatte, war er nicht auf die Idee gekommen, sich um eine Wohnung außerhalb des Palastes zu kümmern. Er war der einzige unter den Beratern und Befehlshabern, der nicht verheiratet war, und aus diesem Grund hatte er keinen Platz für eine Familie gebraucht. Da er zudem noch drei Viertel seiner Zeit auf See verbrachte, waren es immer nur wenige Tage, die er im Palast verbrachte.

Doch jetzt dachte er darüber nach, wie sich sein Leben nach dieser Reise verändern mochte. Er stand einen Moment lang da, zögerte, dann klopfte er an die Tür. Eine Dienerin öffnete die Tür, und als sie den Admiral erkannte, ließ sie ihn herein. Alicia saß auf einem Diwan vor einer breiten Glastür, die auf ihren Balkon führte und offen war, um die Morgenbrise hereinzulassen. Die Witwe des früheren Prinzen von Krondor erhob sich und lächelte, während Amos auf sie zuging.

Er nahm ihre Hand und gab ihr einen Kuß auf die Wange. Wiewohl die Dienerin wußte, daß sie die Nacht in dieser Wohnung verbracht hatten, gab sie vor, nichts zu ahnen, wie es sich eben am Hof gehörte. Amos hatte sich erst kurz vor der Dämmerung zurück in seine eigenen Gemächer geschlichen. Dort hatte er sich umgezogen, war hinunter zum Hafen gegangen und hatte sich die *Königlicher Adler* angesehen.

»Amos«, sagte Alicia. »Ich habe dich nicht vor heute abend erwartet.«

Amos fehlten die Worte, was Alicia überraschte. Seit gestern abend ging ihm etwas durch den Kopf, denn trotz aller Leidenschaft war er seltsam abwesend gewesen. Gelegentlich hatte es geschienen, als wolle er etwas sagen, doch er hatte schließlich immer nur eine beiläufige Frage gestellt.

Er sah sich um, und als sie allein waren, setzte er sich neben sie. Er nahm ihre Hand und sagte: »Alicia, meine Liebe, ich habe über die ganze Angelegenheit ein wenig nachgedacht –«

»Über welche Angelegenheit?« unterbrach sie ihn.

»Laß mich doch ausreden«, meinte er. »Wenn ich das jetzt nicht herausbringe, werd ich die Nerven verlieren, die Segel hissen und auslaufen.«

Sie verkniff sich ein Lächeln, denn es schien ihm ernst zu sein. Doch sie hatte so eine Ahnung, was als nächstes kommen würde.

»Ich werde immer älter –«

»Du bist doch noch ein junger Mann«, meinte sie scherzhaft.

»Zum Teufel, meine Liebe, diese Sache ist schon so schwierig genug, auch wenn du mir nicht dauernd schmeichelst!« In seiner Stimme schwang eher Aufregung als Ärger mit, weswegen sie sich nicht gekränkt fühlte. Ihre Augen schimmerten heiter, während sie ein strenges Gesicht zog.

»Ich hab viele Dinge getan, auf die ich nicht gerade stolz bin, Alicia, und manche von ihnen habe ich dir anvertraut. Andere würde ich lieber vergessen.« Er zögerte und suchte nach Worten. »Also, wenn du nicht zustimmen solltest, würde ich das verstehen und mich nicht gekränkt fühlen.«

»Wozu sollte ich zustimmen, Amos?«

Amos wurde fast rot, als er herausplatzte: »Mich zu heiraten.«

Alicia lachte und drückte seine Hand fest. Sie beugte sich vor und küßte ihn. »Du Dummkopf. Wen sollte ich denn sonst heiraten? Ich bin schließlich in dich verliebt.«

Amos grinste. »Also nun, das war es dann, nicht wahr?« Er warf die Arme um sie und hielt sie fest. »Du wirst diese Entscheidung nicht bedauern, nicht wahr.«

»Amos, in meinem Alter hat man genug Dinge bedauert, das kann ich dir versichern. Ich habe Erland geheiratet, weil er der Bruder des Königs und mein Vater der Herzog von Timons war, nicht, weil ich auch nur irgend etwas für ihn empfunden hätte. Ich habe gelernt, meinen Gemahl zu lieben, denn er war ein freundlicher und liebenswürdiger Mann, doch ich war niemals in ihn verliebt. Als er starb, habe ich angenommen, Liebe sei etwas, was ich höchstens bei jüngeren Menschen noch beobachten könnte. Und dann habe ich dich kennengelernt.« Er lehnte sich zurück, und sie faßte sein Kinn und schüttelte neckisch seinen Kopf wie den eines Kindes. Dann fuhr sie mit der Hand über seine Wange und streichelte sie. »Nein, ich habe nicht mehr genug Zeit, um falsche Entscheidungen zu treffen. Trotz deiner rauhen Kanten bist du ein schlauer Kerl und hast ein großzügiges Herz, und was auch immer du in der Vergangenheit angestellt hast, gehört der Vergangenheit an. Du warst der einzige Großvater, den meine Enkel hatten – genau so fühlen sie, auch wenn sie das dir gegenüber nie äußern würden. Nein, mit dieser Entscheidung mache ich keinen

Fehler.« Sie ließ sich in seine Arme sinken, und wieder drückte er sie fest an sich und seufzte zufrieden.

Alicia merkte, wie ihr die Freudentränen in die Augen stiegen, und sie kniff die Augen zu, um sie zurückzuhalten. Amos wurde bei solch offenen Gefühlsausbrüchen immer unbehaglich zumute. Seit etlichen Jahren führten sie eine tiefgehende Beziehung, doch sie hatte Amos' Zurückhaltung in Bezug auf Heirat verstanden, da er offensichtlich die Enge einer solchen Verbindung nicht mochte. Daß er sich um Arutha und seine Familie sorgte, war nur allzu deutlich, dennoch war ihr ein Teil von Amos immer fremd geblieben. Das Alter hatte ihr allerdings eine Weisheit verliehen, die jüngeren Frauen verborgen blieb. Sie hatte Amos nicht vertreiben wollen, indem sie ihn vor die Wahl stellte: die Liebe zu ihr oder die Liebe zur See.

Amos löste widerwillig seine Umarmung. »Nun, so gern ich auch bei dir bleiben würde, ich habe noch einen Auftrag vom Gemahl deiner Tochter auszuführen.«

»Wie, du wirst wieder hinausfahren? Aber du bist doch gerade erst angekommen.« In ihrer Stimme lag tiefe Enttäuschung.

»Ja, das stimmt. Aber Nicholas wird für ein oder zwei Jahre an Martins Hof gehen, und außerdem muß die Garnison von Barren an der Nordwestküste mit Vorräten versorgt werden.« Er blickte ihr in die grünen Augen und meinte: »Es wird die letzte Reise, meine Liebe. Ich werd nicht lange fort sein, und dann wirst du sehen, wie schnell es dich langweilen wird, mich dauernd um dich herum zu haben.«

Sie schüttelte den Kopf und lächelte. »Kaum. Du wirst auf meinem Anwesen eine Menge zu tun haben. Du mußt dich um das Land kümmern, die Pächter beaufsichtigen, und außerdem wird Arutha dich selten für länger als einen Monat entbehren können, denn er hält große Stücke auf deine Meinung.«

Sie redeten noch eine Weile, bis Amos schließlich sagte: »Wir haben viel zu tun. Ich muß sehen, ob das Schiff klar ist, und du wirst dich sicherlich mit Anita um die Heiratsvorbereitungen kümmern wollen.«

Sie trennten sich, und Amos verließ ihre Wohnung, wobei er gleichermaßen in Hochstimmung war und sich danach sehnte, immer weiter und weiter nach Westen zu segeln, nachdem er Nicholas abgesetzt hätte. Er liebte Alicia wie keine andere Frau, die er in seinem Leben kennengelernt hatte, doch die Aussicht auf Heirat konnte einen alten Junggesellen ganz schön in Angst und Schrecken versetzen.

Er wäre fast mit Ghuda Bulé zusammengestoßen, als er um die Ecke bog. Der grauhaarige Söldner wich zurück und verbeugte sich respektvoll. »Entschuldigt, Sir.«

Amos zögerte. Er wechselte in die Sprache von Kesh und sagte: »Ihr braucht Euch nicht zu entschuldigen …«

»Ghuda Bulé, Sir.«

»Ghuda«, beendete Amos seinen Satz. »Ich war in Gedanken und habe nicht auf den Weg geachtet.«

Ghuda kniff die Augen zusammen und sagte: »Vergebt mir, Sir, aber ich glaube, ich kenne Euch.«

Amos rieb sich das Kinn. »Ich war ein- oder zweimal in Kesh.«

Ghuda lächelte ironisch. »Ich war meist Karawanenwächter; es gibt nur wenige Orte in Kesh, an denen ich nicht gewesen bin.«

Amos meinte: »Nun, es müßte schon ein Hafen gewesen sein, denn ich bin nie weiter als notwendig im Binnenland von Kesh gewesen. Vielleicht in Durbin.«

Ghuda zuckte mit den Schultern. »Vielleicht.« Er sah sich um. »Mein Gefährte ist mal wieder verschwunden, wie er das von Zeit zu Zeit macht, und da dachte ich, ich schau mich mal ein bißchen um.« Er schüttelte den Kopf. »Vor Jahren war ich im Palast der Kaiserin in der Stadt Kesh, als ich mit dem Sohn von Eurem Prinzen gereist bin.« Er sah zu den hochgewölbten Fenstern, die auf die Landseite der Stadt hinausgingen. »Schon ganz schön verschieden, aber ein Blick darauf lohnt sich.«

Amos grinste. »Nun, seht Euch nur um. Wir laufen beim ersten Tageslicht mit der Flut aus.«

Ghuda kniff die Augen zusammen. »Wir laufen aus?«

Amos' Grinsen wurde noch breiter. »Ich bin Admiral Trask. Arutha hat mir gesagt, Ihr beide würdet mit uns reisen.«

»Wohin?«

»Ha!« platzte Amos heraus. »Offensichtlich hat Euch Euer seltsamer Freund nichts erzählt. Ihr beide kommt mit uns nach Crydee.«

Ghuda drehte sich langsam um und redete fast mehr mit sich selbst als mit Amos. »Natürlich hat er mir nichts erzählt. Er erzählt mir nie etwas.«

Amos klopfte ihm freundlich auf die Schulter. »Nun, Ihr seid jedenfalls herzlich willkommen. Ihr werdet zwar eine Kabine mit dem kleinen Mann teilen müssen, aber Ihr seid wohl an seine Gesellschaft gewöhnt. Ich werde Euch dann morgen früh vor Einbruch der Dämmerung im Hof treffen.«

»Natürlich werden wir da sein.« Nachdem Amos weitergegangen war, schüttelte Ghuda den Kopf. Mit säuerlichem Tonfall murmelte er vor sich hin: »Warum fahren wir nach Crydee, Ghuda? Ich habe nicht die geringste Ahnung, Ghuda. Sollen wir vielleicht nach Nakor suchen, Ghuda? Sicherlich, Ghuda. Und sollen wir ihn dann aufknüpfen, Ghuda?« Er nickte und antwortete sich selbst: »Mit größtem Vergnügen, Ghuda.«

Nicholas eilte über den Exerzierplatz der Soldaten, während die Nachmittagsübungen in vollem Gange waren. Er suchte nach Harry.

Der Junker war genau dort, wo Nicholas ihn vermutet hatte, er sah zu, wie sich die Fußballmannschaft von Krondor auf das Spiel mit der von Ylith vorbereitete. Der Sport, der nach den Regeln des Prinzen von Krondor gespielt wurde – Arutha hatte sie vor gut zwanzig Jahren festgelegt –, war im Westlichen Reich zum

Volkssport geworden, und mittlerweile forderten sich die besten Mannschaften der Städte oft gegenseitig heraus. Vor Jahren hatte ein findiger Händler ein Spielfeld abgesteckt und drum herum Tribünen errichtet. Daraus war inzwischen ein Stadion geworden, welches leicht vierzigtausend Zuschauer fassen konnte. Am nächsten Sechstag würde es sich gewiß bis zum letzten Platz füllen. Die Mannschaft aus Ylith würde dann gegen die in Krondor siegreichen Müller und Bäcker antreten.

Nicholas kam beim Spielfeld an und entdeckte Harry. Als er ihn erreicht hatte, meinte der Junker: »Ich hasse es, das Spiel zu verpassen.«

Nicholas erwiderte: »Ich auch, aber denk nur: eine Seereise.«

Harry betrachtete seinen Freund und bemerkte eine Aufregung bei Nicholas, wie er sie noch nie gesehen hatte. »Du freust dich richtig darauf, nicht.«

»Du etwa nicht?«

Harry zuckte mit den Schultern. »Ich weiß nicht. Crydee ist bestimmt ein verschlafenes Nest. Ich frage mich, ob es dort überhaupt Mädchen gibt.« Er grinste, und Nicholas reagierte darauf mit einer Grimasse. Nicholas war Mädchen gegenüber eher schüchtern, während Harry keine Hemmungen kannte. Dennoch war der Prinz gern dabei, wenn Harry mit den jüngeren Mädchen am Hof oder mit den Töchtern der Dienstboten anbändelte, weil er dachte, er könnte etwas dabei lernen – solange der Junker sie jedenfalls nicht belästigte wie gestern. Manchmal konnte Harry richtig betörend sein, doch oft war er für Nicholas' Geschmack zu grob.

Nicholas sagte: »Vielleicht magst du die hiesigen Mädchen vermissen, aber ich fühle mich, als käme ich aus einem Käfig heraus.«

Harrys normalerweise stichelndes Gehabe verschwand. »Ist es so schlimm?«

Nicholas wandte sich von den Fußballspielern ab und machte

sich zum Palast auf. Harry gesellte sich an seine Seite. Nicholas meinte: »Ich bin immer der jüngste gewesen, und der schwächste … der Krüppel.«

Harry zog die Augenbraunen hoch. »Ah ja, der Krüppel … Ich habe mir bei den Fechtübungen mit dir mehr blaue Flecke und Schrammen geholt als mit allen anderen Gegnern zusammen, und ich habe dich in dem ganzen Jahr kaum öfter als zweimal getroffen.«

Nicholas lächelte schief, wobei er aussah wie sein Vater. »Du hast ein oder zwei Punkte gemacht.«

Harry zuckte mit den Schultern. »Sieh mal. Ich bin nicht schlecht, aber du bist außergewöhnlich. Wie kannst du dich da nur für einen Krüppel halten.«

»Gibt es in Ludland ein Fest der Präsentation?«

Harry meinte: »Nein, das gibt es nur in der fürstlichen oder königlichen Familie, nicht?«

Nicholas schüttelte den Kopf. »Nein. Früher wurde jedes adlige Kind dreißig Tage nach der Geburt dem Volk vorgestellt, damit die Leute sehen konnte, daß es ohne Makel war.

Dieser Brauch ist im Östlichen Reich schon lange nicht mehr üblich, doch im Westen war das anders. Meine Brüder wurden noch präsentiert, und auch meine Schwester – alle Kinder der fürstlichen Familie, bis auf mich.«

Harry nickte. »Also gut, dein Vater wollte dich nicht den Leuten zeigen. Was ist schon dabei?«

Nicholas zuckte mit den Schultern. »Es ist weniger, was man ist, es ist eher, wie dich die Leute behandeln. Ich bin immer so behandelt worden, als würde mit mir etwas nicht stimmen. Das macht es schwer.«

»Und glaubst du, das wäre in Crydee anders?« meinte Harry, während sie den Stadionbereich verließen und das Tor des Palastes erreichten.

Zwei Wachen salutierten dem Prinzen, als er vorbeiging, und

Nicholas sagte: »Ich kenne meinen Onkel Martin nicht sehr gut, aber ich mag ihn. Ich glaube, ich werde in Crydee ein etwas anderes Leben führen.«

Harry seufzte, während sie den Palast betraten. »Ich hoffe, es wird sich nicht allzusehr von dem hier unterscheiden«, meinte er, als ein ziemlich hübsches Mädchen an ihnen vorbeihuschte. Er sah ihr nach, bis sie hinter einer Seitentür verschwunden war.

Nicky schüttelte niedergeschlagen den Kopf.

Die Ruderer legten sich in die Riemen, und die schweren Taue zum Heck des Schiffes strafften sich. Am Kai hatten sich Arutha, Anita und ein Heer von Hofbeamten versammelt, um Prinz Nicholas zu verabschieden. Anitas Augen glänzten feucht, doch sie hielt die Tränen zurück. Nicholas war ihr Kind, aber sie hatte schon mitansehen müssen, wie ihre drei anderen Kinder das Zuhause verlassen hatten. Dennoch hielt sie sich am Arm ihres Gemahls fest.

Nicholas und Harry standen in der Nähe des Bugs und winkten zur Anlegestelle hinunter. Amos stand hinter ihnen, und er wandte den Blick nicht von seiner geliebten Alicia ab. Nicholas sah von seiner Großmutter zu Amos und meinte: »Soll ich dich vielleicht von nun an ›Großvater‹ nennen?«

Amos warf ihm einen unheilverkündenden Blick zu. »Wenn du das wagst, kannst du nach Crydee schwimmen. Und wenn wir aus dem Hafen heraus sind, nennst du mich gefälligst ›Käpt'n‹. Wie ich deinem Vater schon vor über zwanzig Jahren gesagt habe, hat auf einem Schiff immer der Kapitän das Sagen. Hier bin ich Hohepriester und König zugleich, und daß du mir das nicht vergißt.«

Nicholas grinste Harry an und mochte nicht glauben, daß sich Amos in einen wütenden Tyrannen verwandeln könnte, wenn sie erst einmal auf hoher See waren.

Die Hafenarbeiter kappten die Taue. Amos warf dem Hafenlotsen einen Blick zu und rief: »Ubernehmt das Steuer, Lotse!« Der Mannschaft rief er zu: »Setzt die Toppsegel! Macht die Großsegel und die Bramsegel bereit!«

Als die ersten drei Segel gesetzt waren, schien Leben ins Schiff zu kommen. Nicholas und Harry spürten Bewegung unter ihren Füßen. Das Schiff neigte sich leicht nach rechts, als der Lotse es herumbrachte. Amos überließ die Jungen sich selbst und machte sich zum Achterdeck auf.

Langsam schob sich das Schiff durch den Hafen und passierte majestätisch Dutzende von kleineren Booten. Nicholas sah genau zu, wie die Mannschaft die Befehle des Lotsen befolgte. Zwei kleinere Küstenschiffe erreichten gerade die Hafeneinfahrt. Als sie den Wimpel des fürstlichen Hauses von Krondor bemerkten, setzen sie zum Gruß die Fahne des Königreichs. Nicholas winkte ihnen zu.

Harry sagte: »Das ist Euer aber nicht gerade würdig, Euer Hoheit.«

Nicholas stieß ihm den Ellbogen in die Rippen und entgegnete: »Wen stört das?«

Das Schiff drehte sich in der Nähe der Hafeneinfahrt in den Wind und verlor dabei spürbar an Fahrt. Ein kleines Ruderboot kam zur Breitseite, und der Lotse und sein Gehilfe gingen von Bord und überließen Amos das Kommando.

Als das Lotsenboot abgelegt hatte, rief Amos seinem Ersten Maat zu: »Trimmt die Toppsegel. Setzt die Großsegel und die Bramsegel.«

Nicholas griff unbeabsichtigt nach der Reling, denn das Schiff schien geradezu einen Sprung nach vorn zu machen, als der Wind die Segel füllte. Mit der frischen Morgenbrise schoß das Schiff durch das Wasser. Die Sonne löste den Frühdunst auf, und der Himmel wurde klar und blau. Über ihnen flogen die Möwen dem Schiff hinterher und warteten darauf, daß die Tagesabfälle über Bord geworfen würden.

Nicholas zeigte auf die Bugwelle, und Harry sah hinab und entdeckte Delphine, die das Schiff begleiteten. Beide Jungen mußten bei diesem Anblick lachen.

Amos beurteilte den Stand der Sonne und wandte sich dann an den Ersten Maat: »Richtung Westen, Mr. Rhodes. Auf zum Eiland des Zauberers.«

Sechs Tage lang kreuzten sie gegen den Westwind, bis der Ausguck rief: »Land in Sicht!«

»In welcher Richtung?« rief Amos zurück.

»Zwei Strich West vom Bug, Käpt'n! Eine Insel!«

Amos nickte. »Haltet Ausschau nach der Landspitze, Mr. Rhodes. Dort gibt es eine Bucht, in der wir ankern können. Sagt den Männern, daß wir dort nur einen Tag bleiben. Niemand darf das Schiff ohne Erlaubnis verlassen.«

Rhodes war ein wortkarger Mann und meinte nur: »Niemand wird das Eiland des Zauberers betreten wollen, wenn man es ihm nicht ausdrücklich befiehlt, Käpt'n.«

Amos nickte. Er wußte, wer heute dort lebte, doch der Aberglauben war nicht auszurotten. Jahrelang hatte der Wohnsitz von Macros dem Schwarzen als Heimat von Dämonen und anderen bösen Geistern gegolten. Vor jetzt fast neun Jahren hatte sich Pug, ein Magier, der durch Adoption mit Arutha verwandt war und den Amos bei verschiedenen Gelegenheiten getroffen hatte, auf die Insel zurückgezogen und hieß aus Gründen, die nur er selbst kannte, selten Gäste willkommen. Ohne nachzudenken sagte Amos: »Sagt den Männern, sie sollen aufpassen.«

Als Amos sich umsah, stellte er fest, daß dieser Befehl nicht notwendig gewesen wäre. Alle an Bord hielten die Augen auf den kleinen Fleck Land gerichtet, der von Minute zu Minute größer wurde. Amos machte sich keine Sorgen, denn auch wenn Pug ungewollte Besucher nicht gern sah, würde er doch ein Schiff unter der Flagge von Krondor nicht angreifen.

Nakor und Ghuda waren an Deck gekommen, und der kleine Mann rannte zum Bug, wo bereits Nicholas und Harry standen. Nicholas grinste den seltsamen kleinen Mann an. Er hatte Gefallen an Nakor gefunden, der sich als unterhaltsame Gesellschaft auf der ansonsten langweiligen Reise herausgestellt hatte.

»Jetzt wirst du etwas zu sehen bekommen«, meinte Nakor.

Ghuda erwiderte: »Seht nur, eine Burg.«

Auf einem Landvorsprung wurde der Umriß einer Burg sichtbar, als sie näherkamen. Schließlich konnten sie Einzelheiten erkennen. Die Burg war aus schwarzem Stein gebaut und lag auf einer Landspitze, die durch eine Felsspalte von der restlichen Insel getrennt war. Die Brandung brauste durch diese Spalte. Über den Abgrund war eine Zugbrücke heruntergelassen. Nur wenig an diesem Ort wirkte einladend. In einem Fenster, hoch oben in einem Turm, blinkte ein wunderliches blaues Licht.

Das Schiff zog südlich an den Felsen vorbei, die die Klippe unter der Burg säumten, und bald erreichte es einen schmalen Durchlaß. Die Jungen, Ghuda und Nakor hörten, wie Amos rief: »Refft die Segel! Werft Anker.«

Innerhalb weniger Minuten war das Schiff zum Stillstand gekommen, und Amos stieß zu ihnen. »Nun, wer außer den beiden geht noch mit an Land?« fragte er und deutete auf Nakor und Ghuda.

Nicholas sagte: »Ich weiß nicht genau, was du vorhast, Amos – äh, Käpt'n.«

Amos zwinkerte dem Jungen zu und sagte: »Nun, dann hat dir dein Vater weniger mitgeteilt als mir. Mir hat er jedenfalls gesagt, ich solle das Eiland des Zauberers anlaufen, damit du deinen Cousin Pug besuchen könntest. Ich dachte, du wüßtest darüber Bescheid.«

Nicholas zuckte mit den Schultern. »Ich habe Pug nicht mehr gesehen, seit ich noch sehr klein war; ich kenne den Mann kaum.«

Nakor sagte: »Du kommst mit.« Er zeigte auf Harry. »Du

auch.« An Amos gewandt sagte er: »Bei dir weiß ich nicht genau. Ich denke, du kommst auch mit, aber ich bin nicht sicher. Ghuda kommt auch mit.«

Amos strich sich durch den Bart. »Arutha sagte, ich solle tun, worum Ihr mich bittet, also werde ich auch mit von der Partie sein.«

»Gut«, sagte der kleine Mann und grinste. »Dann wollen wir gehen. Pug wartet.«

Harry fragte: »Er weiß, daß wir hier sind?«

Ghuda schüttelte den Kopf. »Nein, er schläft irgendwo und hat dieses riesige Schiff nicht bemerkt.«

Harry hatte den Anstand zu erröten, als Nicholas lachte. Amos wandte sich an die Mannschaft, von der ein Teil in der Takelage hing und das blaue Licht beobachtete. »Laßt das Boot hinunter.«

Das Boot schob sich auf Sand, und zwei Seeleute sprangen heraus und zogen es auf den Strand. Nicholas und Harry stiegen aus und wateten durch das knöcheltiefe Wasser, ihnen folgten Nakor, Ghuda und Amos.

Nakor ging geradewegs auf einen Pfad zu, der auf eine Anhöhe führte, von der aus man die Bucht überblicken konnte. Amos rief: »Wo geht Ihr hin?«

Nakor drehte sich im Gehen um und sagte: »Hier entlang«, und zeigte den Pfad hinunter.

Ghuda sah die anderen an, zuckte mit den Schultern und folgte dem kleinen Mann. Die Jungen zögerten noch einen Augenblick, dann gingen sie ebenfalls hinterher.

Amos schüttelte den Kopf und wandte sich an die Seeleute. »Kehrt zum Schiff zurück. Sagt Mr. Rhodes, er soll Ausschau halten; wir werden Signal geben, wenn wir wieder an Bord geholt werden wollen.«

Die beiden Seeleute salutierten und schoben das Boot wieder ins Wasser. Sie sprangen ins Boot, und bald ruderten die beiden hart gegen die Brandung an, um in die verhältnismäßig größere Sicherheit des Schiffes zurückzukommen.

Amos trottete den anderen vier hinterher, die etwas weiter weg warteten. Dort zweigte von dem Pfad, der zur Burg führte, ein zweiter ab, den Nakor einschlug.

Amos meinte: »Die Burg ist dort, Mann aus Kesh.«

»Isalani«, entgegnete Nakor. »Die Menschen aus Kesh sind große, dunkelhäutige Menschen, die fast ohne Kleidung herumrennen. Und zu Pug geht es auf diesem Weg.«

Ghuda sagte: »Am besten streitet Ihr Euch nicht mit ihm, Admiral.« Sie folgten Nakor durch eine kleine Senke, dann wieder einen Hügel hinauf. Von der Kuppe dieses Hügels konnte man in ein kleines Tal hinuntersehen. Es war mit Gebüsch und großen alten Bäumen bewachsen. Der Pfad schien sich am Rand des Waldes zu verlieren.

Ghuda fragte: »Wo bringst du uns hin?«

Nakor hüpfte fast, während er ging und mit seinem Stock auf den Boden tippte. »Hier lang. Es ist nicht weit.«

Die Jungen mußten fast rennen, um Schritt zu halten. »Nakor«, fragte Nicholas, »woher weißt du, daß Pug hier ist?«

Nakor zuckte mit den Schultern. »Ist ein Trick.«

Als sie in den Wald eintraten, umgab sie angsteinflößendes Unterholz, das völlig undurchdringlich zu sein schien. »Wohin nun?« fragte Harry.

Nakor grinste. »Paßt auf.« Er zeigte mit seinem Stab auf den Pfad. »Seht hierher. Und schaut nicht auf.«

Er drehte sich um und ging langsam rückwärts, wobei er den Stab über den Boden zog. Die Jungen folgten ihm und hielten die Blicke auf die Spitze des Stabes gerichtet. Langsam kamen sie voran, und einen Moment später hätten sie längst im Unterholz sein müssen, fiel Nicholas auf. Doch der Pfad war immer noch frei. »Schaut nicht auf«, meinte Nakor.

Dunkelheit umfing sie, doch sie konnten den Pfad deutlich sehen. Dann wurde es plötzlich heller, und Nakor sagte: »Jetzt könnt ihr wieder aufsehen.«

Statt im dichten Wald standen sie nun vor einem weitläufigen Anwesen, an dessen Rändern gepflegte Obstbäume wuchsen. Auf der anderen Seite des Anwesens weideten Schafe, und auf einer Wiese lief ein halbes Dutzend Pferde herum. Nicholas blickte zurück; Amos und Ghuda sahen sich um, als hätten sie sich verirrt. Nakor sagte: »Sie waren zu langsam. Ich werde sie holen.«

Eine Stimme sagte: »Das braucht Ihr nicht.«

Nicholas drehte sich wieder um und sah einen Mann in einer schwarzen Robe, der ein wenig kleiner als er selbst war und die drei spöttisch anblickte. Der Prinz riß die Augen auf, denn der Mann konnte dort eine Sekunde zuvor noch nicht gestanden haben. Der Mann machte eine Bewegung mit der Hand, und plötzlich starrten Amos und Ghuda mit großen Augen in die Gegend. »Ich habe die Illusion fortgenommen«, sagte der Mann.

Nakor meinte: »Hab ich doch gesagt, es ist nur ein Trick.«

Der Mann betrachtete die beiden Jungen und Nakor, dann sah er sich Amos und Ghuda an, die näherkamen. Einen Augenblick später entspannte sich das bärtige Gesicht, und Jahre schienen von ihm abzufallen. »Käpt'n Trask! Ich hatte keine Ahnung.«

Amos ging auf ihn zu und streckte die Hand aus. »Pug, wie schön, Euch wieder einmal zu sehen.« Sie schüttelten sich die Hände, und Amos bemerkte: »Ihr seht kaum älter aus als nach der Schlacht von Sethanon!«

In Pugs Stimme schwang Belustigung mit. »Das hat man mir schon oft gesagt. Wer sind Eure Gefährten?«

Amos winkte Nicholas einen Schritt näher. »Ich habe das Vergnügen, Euch Euren Cousin Prinz Nicholas vorzustellen.«

Pug lächelte warm und sagte: »Nicky, ich habe dich nicht mehr gesehen, seit du noch ein kleines Kind warst.«

Amos fuhr fort. »Das ist Harry von Ludland, sein Junker, und diese beiden sind Ghuda Bulé und –«

Ehe er den Satz beenden konnte, sagte Nakor: »Ich bin Nakor, der Blaue Reiter.«

Unerwartet lachte Pug laut. »Ihr! Ich habe von Euch gehört.« Offensichtlich belustigt sagte er: »Seid willkommen in der Villa Beata.«

Er gab ihnen ein Zeichen, ihm zu folgen, und führte sie zu dem seltsamen Haus, einem großen weißen Gebäude mit roten Dachziegeln. Es war von einer niedrigen weißen Steinmauer umgeben, die den Garten mit Obstbäumen und Blumen schützte. In der Mitte des Gartens stand ein marmorner Brunnen in der Form von drei Delphinen. Ein Stück entfernt konnte man die Außengebäude sehen.

Nicholas gesellte sich an Pugs Seite und fragte: »Was ist Villa Beata?«

»Dieser Ort hier. In der Sprache derer, die ihn gebaut haben, bedeutet es ›gesegnetes Heim‹, das hat man mir zumindest erzählt.«

Amos wandte sich an Nakor und fragte ihn: »Woher wußtet Ihr, daß wir nicht zur Burg gehen mußten?«

Der kleine Mann grinste und zuckte mit den Schultern. »Das war das, was ich als erstes getan hätte.«

Pug sagte über die Schulter: »Wenn ihr zur Burg gegangen wäret, hättet ihr sie verlassen vorgefunden. Es bewahrt mir meine Ruhe, wenn die Legende von Schwarzen Zauberer am Leben bleibt. Meine Wächter dort hätten mir von euch berichtet, und dann wäre ich gekommen, doch so habt ihr einen halben Tag gespart.« Er sah Nakor an und meinte: »Wir sollten uns unterhalten, ehe ihr wieder aufbrecht.«

Nakor nickte heftig. »Ich mag Euer Haus. Es ist praktisch.«

Pug nickte ebenfalls.

Sie erreichten das Tor in der niedrigen Mauer, und Pug hielt es für die anderen auf und ließ sie vor sich hineingehen. »Seid gewarnt, nicht alle meine Diener sind menschlicher Abstammung, und mancher könnte euch erschrecken. Aber niemand wird euch etwas zuleide tun.«

Als wollte sie das unter Beweis stellen, trat eine großgewachsene Kreatur in den Haupteingang des Hauses. Ghuda hatte schon halb sein Schwert gezogen, ehe er sich an das Gesagte erinnerte und die Waffe wieder wegsteckte. Die Kreatur schien ein Goblin zu sein, obwohl sie größer war als alle Goblins, die Ghuda je gesehen hatte. Goblins waren normalerweise kleiner als Menschen, wenn auch nicht viel. Diese Kreatur hatte blaugrüne, glatte Haut, und die gelben Augen waren groß und rund und hatten schwarze Iris. Der Goblin hatte auch feinere Gesichtszüge als andere, wenngleich sich die Brauenwulst sehr weit vorwölbte und die Nase wie bei allen Goblin komisch groß war. Doch er trug gute Kleidung, und zwar mit einer Haltung, die man als würdevoll hätte bezeichnen können. Beim Lächeln zeigte er lange Zähne. Er verneigte sich höflich und sagte: »Meister Pug, die Erfrischungen sind bereit.«

Pug sagte: »Das ist Gathis, der Seneschall meines Hauses. Er wird Euch mit allem versorgen.« Er sah zum Himmel und meinte: »Ich denke, unsere Gäste werden speisen und die Nacht hier verbringen. Mach die Zimmer fertig.« Dann wandte er sich an seine fünf Besucher. »Wir haben genug Platz, und ich glaube, euch würde ein ruhiger Abend guttun.« Zu Nicholas sagte er: »Hoheit, du ähnelst deinem Vater, als er in deinem Alter war.«

Nicholas fragte: »Du hast meinen Vater gekannt, als er so alt war wie ich?«

Der erstaunlich jung wirkende Pug nickte. »Nun, ich werde dir das irgendwann erzählen.« An alle gerichtet sagte er: »Kommt. Erfrischt euch erst mal. Ich muß mich noch um etwas Dringendes kümmern, doch ich werde mich zu euch gesellen, wenn ihr euch ein wenig ausgeruht habt.« Mit diesen Worten verschwand er hinter einer Tür und überließ sie der Obhut von Gathis.

Die seltsame Kreatur sprach zischelnd, was vor allem an den langen Zähnen lag. »Wenn Ihr irgend etwas benötigt, sagt mir bitte Bescheid, und ich werde mich sogleich darum kümmern. Hier entlang, bitte.«

Er führte sie in die großzügige Eingangshalle, von der eine Anzahl Türen auf den Garten im Innenhof hinausging. Er geleitete sie zu der ersten, dann nach rechts. Ein Säulengang führte von hier nach links und verband das Hauptgebäude mit einem weiteren großen Trakt. »Dort sind die Gästezimmer, meine Herren.«

Ghuda hätte fast wieder das Schwert gezogen, als ein Troll in der Tür erschien, der ein großes Bündel Leinentücher trug. Die Kreatur trug ein einfaches Gewand und eine Hose, doch ohne Zweifel war es ein Troll: eine kleine, menschenähnliche Gestalt mit enorm breiten Schultern und Armen, die fast bis zum Boden hingen. Das Gesicht erinnerte an einen Affen, über die Unterlippe ragten riesige Fänge hinaus, und schwarze Augen saßen unter der tiefen Stirn. Ohne große Umschweife trat die Kreatur zur Seite und verneigte sich leicht vor den Gästen.

Gathis sagte: »Das ist Solunk, er ist der Dienstbote hier. Falls Ihr frische Handtücher oder heißes Wasser braucht, zieht nur an der Glocke, und er wird kommen. Er kann die Sprache des Königreichs nicht sprechen, doch er versteht genug, um Eure Wünsche auszuführen. Solltet Ihr Wünsche haben, die er nicht versteht, wird er mich herbeirufen.« Er zeigte jedem sein Zimmer und ließ sie allein.

In Nicholas' Zimmer stand in der einen Ecke ein einfaches Bett, gleich neben einem großen Fenster, durch das man zu den kleineren Gebäuden hinter dem großen Haus hinaussehen konnte. Draußen trugen ein Mann und eine weitere Kreatur, die so aussah wie Gathis, Feuerholz in die Küche.

Nicholas betrachtete die restliche Einrichtung des Zimmers, ein einfacher Schreibtisch mit Stuhl, ein großer Schrank und eine Truhe. Er machte die Truhe auf und entdeckte frische

Leinentücher, während der Schrank einige Kleidungsstücke verschiedenen Schnitts, Stoffes und unterschiedlicher Farbe enthielt.

Es klopfte an der Tür, und Nicholas öffnete. Solunk, der Troll, stand davor. Er zeigte auf eine große Eisenwanne, die von zwei Männern getragen wurde, und dann auf Nicholas. Der Junge verstand, nickte und machte die Tür weiter auf. Die beiden Männer traten ein, und Nicholas konnte nicht anders, er mußte sie anstarren. Beide trugen nur eine rote Hose, und ihre Haut war schwarz, doch nicht nur einfach dunkel, wie man es in Krondor oder Kesh zu sehen bekam, sondern wirklich schwarz, als hätte man sie in Tinte getunkt. Dazu hatten sie weder auf dem Kopf noch im Gesicht Haare, und ihre Augen hoben sich blaßblau – ohne daß etwas Weißes darin erkennbar gewesen wäre – von ihrer rußfarbigen Haut ab.

Sie setzten die Wanne in der Mitte des Zimmers ab und verschwanden. Der Troll öffnete den Schrank und ohne Zögern sortierte er eine Hose und ein Hemd aus, die die richtige Größe für Nicholas zu haben schienen. Dann wühlte er in der Truhe unter den Tüchern und holte Unterwäsche und Strümpfe hervor. Die beiden Männer mit der ungewöhnlichen Haut kamen mit großen Eimern zurück und füllten die Wanne mit heißen Wasser.

Der Troll machte ein fragendes Geräusch und gestikulierte, ob er Nicholas den Rücken abschrubben sollte. Nicholas sagte: »Nein, danke, das schaffe ich schon.«

Mit einem zufriedenen Grunzen machte der Troll den anderen ein Zeichen, sie sollten gehen, und folgte ihnen.

Nicholas schüttelte verwundert den Kopf, dann zog er seine staubigen Kleider aus und stieg in die Wanne. Das Wasser war heiß, aber nicht zu heiß, und er ließ sich langsam hinein. Als er saß, gestattete er sich einen langen Seufzer und lehnte sich zurück. Nach zwei Wochen in den engen Kabinen an Bord des Schiffes genoß er den Luxus eines heißen Bades. Vom Gang her konnte er Harry im Bad singen hören, und er beschloß, sich den Rücken abzuschrubben, ehe das Wasser zu sehr abgekühlt war. Bald hatte er sich mit Schaum eingehüllt und summte leise gegen Harrys übermütigen Gesang an.

Nach dem langen, entspannenden Bad zog sich Nicholas an und stellte fest, daß die für ihn herausgelegten Kleider fast genausogut paßten wie seine eigenen. Er schlüpfte in seine Stiefel und verließ das Zimmer. Der Gang war leer, und er überlegte, ob er die anderen stören sollte; Harrys wenig betörender Gesang hallte immer noch durch die Luft.

Er entschloß sich, ein bißchen herumzugehen und das Haus zu erkunden. Im Haupthaus durchquerte er die Eingangshalle und ging durch eine Tür in den Innenhof. Wie in dem Garten vor dem Haus standen auch hier in der Hauptsache Obstbäume und Blumen, und zwei schmale Pfade, die jeweils an den mittleren Türen der vier Gebäude begannen, trafen sich in der Mitte und bildeten ein Kreuz. Dort, wo sich die beiden Wege kreuzten, stand ein Springbrunnen, der dem vor dem Haus ähnelte, und in seiner Nähe war eine weiße Steinbank. Auf ihr saß Pug und unterhielt sich mit einer Frau.

Als Nicholas sich näherte, sah Pug auf und erhob sich. »Hoheit, ich habe das Vergnügen, dir eine Freundin von mir vorzustellen, Lady Ryana.« Er wandte sich seiner Begleiterin zu und sagte: »Ryana, das ist Prinz Nicholas, der Sohn von Arutha von Krondor.«

Die Frau erhob sich und machte einen Hofknicks, wobei sie ihre verblüffend grünen Augen auf den Jungen richtete. Ihr Alter war kaum zu schätzen, sie mochte achtzehn sein, konnte jedoch ebensogut die Dreißig bereits überschritten haben; irgendwie fühlte er sich in ihrer Gegenwart, als wäre er von niederem Stand und sie adlig. Doch so schön sie auch war, etwas in ihrer Art und ihren Bewegungen war ihm fremd: ihr Haar war nicht blond, sondern wirklich golden, und ihre Haut war wie Elfenbein, sie glänzte fast im Sonnenlicht. Nicholas zögerte einen Augenblick, dann verneigte er sich und sagte: »Meine Dame.«

Pug sagte: »Ryana ist die Tochter eines alten Freundes und ist hergekommen, um bei mir zu lernen.«

»Lernen?«

Pug nickte und gab Nicholas mit einer Geste zu verstehen, er solle sich dorthin setzen, wo er selbst gesessen hatte, und nahm auf der Kante des Brunnens Platz. »Viele hier sind Diener oder Freunde, aber manche sind auch meine Schüler.«

Nicholas sagte: »Ich dachte, du hättest die Akademie von Stardock für die Schüler gebaut.«

Pug lachelte milde, und in seiner Stimme schwang ein Hauch Ironie mit, als er sagte: »Die Akademie ist wie die meisten Einrichtungen der Menschen, Nicholas, was heißen soll, wenn Zeit ins Land geht, beschäftigt man sich hauptsächlich mit dem Althergebrachten und ist dem Neuen nicht mehr so aufgeschlossen. Ich habe das aus erster Hand erfahren, und ich möchte das nicht wiederholt wissen. Aber ich habe nur begrenzten Einfluß auf Stardock. Seit ich die Magier verlassen habe, kurz nachdem meine Frau starb, sind schon acht Jahre ins Land gegangen, und vor sieben Jahren war ich zum letzten Mal dort.« Er sah in den Himmel und versank einen Moment lang in Gedanken. »Meine alten Freunde Kulgan und Meecham sind auch schon gestorben. Meine Kinder sind groß und verheiratet. Nein, kaum etwas in Stardock reizt mich zu einem Besuch.«

Er machte mit der Hand eine umfassende Geste. »Hier nehme ich nur die auf, die es wert sind, und manche von ihnen kommen von anderen Welten. Ich bezweifle, ob einige von denen, die du bereits kennengelernt hast, dort unten willkommen geheißen würden.«

Nicholas schüttelte den Kopf. »Ich fürchte nicht.« Er versuchte höflich zu sein und fragte Ryana: »Meine Dame, seid Ihr von einer dieser fernen Welten?«

Ihre Stimme klang irgendwie fremd: »Nein, ich wurde hier in der Nähe geboren, Hoheit.«

Nicholas spürte einen leichten Schauder, wußte jedoch nicht, warum. Die Frau war ungewöhnlich schön, dennoch war es eine Schönheit seltsamer Art, irgendwie unberührbar. Er lächelte, denn ihm fiel nichts mehr ein, was er hätte sagen können.

Pug schien sein Unbehagen zu spüren. »Welcher Sache verdanke ich das Vergnügen deines Besuches, Nicholas? Ich habe deinem Vater doch sehr deutlich gesagt, daß ich hier nicht gestört werden möchte.«

Nicholas errötete. »Ich weiß es nicht, Pug. Vater sagte, Nakor hätte darauf bestanden, und aus welchem Grund auch immer hat Vater seiner Bitte nachgegeben. Ich bin unterwegs zu Martins Hof in Crydee ... Ich schätze, ich soll an der Grenze ein bißchen abgehärtet werden.«

Pug lächelte, und dieses Lächeln beruhigte Nicholas. »Nun, im Vergleich zu Krondor geht es dort etwas rauher zu, doch Crydee ist wohl kaum die Grenze. Seit ich ein Junge war, ist die Stadt doppelt so groß geworden, hat man mir erzählt. Das Ganze ist ein aufstrebendes Herzogtum. Ich denke, dir wird es dort gefallen.«

Nicholas lächelte und sagte: »Das hoffe ich doch.« Er versuchte, nicht das Gesicht zu verlieren, denn in den letzten Tagen hatte er mehrmals Heimweh gehabt. Das Neuartige am Reisen war schnell zur Gewohnheit geworden, und nun verlangte die Fahrt, bei der man nichts zu tun hatte, außer in der Kabine zu sitzen oder an Deck spazieren zu gehen, ihren Tribut.

»Wie stehen die Dinge am Hof deines Vaters?« fragte Pug.

Nicholas sagte: »Ruhig. Und geschäftig. Wie immer. Keine Kriege oder Epidemien oder ähnliches, falls du das meinst.« Er sah Pug ins Gesicht und sah den fragenden Blick. Nicholas nickte. »Dein Sohn ist jetzt Marschall von Krondor.«

Pug wirkte nachdenklich. »William und ich waren uns nicht

einig über seine Entscheidung, Soldat zu werden. Er besitzt einige seltene und mächtige Gaben.«

Nicholas sagte: »Vater hat mir etwas darüber erzählt, aber ich glaube, ich habe es nicht richtig verstanden.«

Pug lächelte wieder. »Ich glaube, ich auch nicht, Nicholas. Trotz meiner ganzen Fähigkeiten hat mich das Vatersein – zumindest was William angeht – doch überfordert. Ich habe darauf bestanden, daß er in Stardock lernen sollte, aber er hat es nicht getan.« Pug schüttelte den Kopf und wirkte wehmütig. »Ich habe sehr viel verlangt, und schließlich ist er ohne meine Erlaubnis gegangen. Arutha hat ihm ein Amt übertragen, weil er ein Cousin ist. Ich freue mich, daß William etwas aus sich gemacht hat.«

»Du solltest ihn einmal besuchen«, sagte Nicholas.

Pug lächelte wieder. »Vielleicht.«

Nicholas sagte: »Ich wollte dich etwas fragen. Alle nennen William ›Cousin Willie‹, und du hast ihn auch unseren Cousin genannt. Doch unser Großvater Borric hatte nur drei Söhne und keine Neffen ...?« Er zuckte mit den Schultern.

Pug sagte: »Ich habe deinem Großvater einige Dienste geleistet, als ich noch zu seinem Haus gehörte. Ich war ein Waisenjunge, und als er mich verloren glaubte, hat er meinen Namen in die Familienchroniken in Rillanon eingetragen. Da ich nicht richtig adoptiert worden bin, konnte mich der König nicht als Bruder betrachten, also wurde ›Cousin‹ als angemessen angesehen. Ich spreche selten von diesen Dingen – hier macht sich niemand Gedanken über Privilegien und Titel – doch eigentlich bin ich so etwas wie ein Prinz des Königreichs.«

Nicholas grinste. »Also, Hoheit, dann folgt jetzt die nächste Neuigkeit: Deine Tochter hat ihrem dritten Kind das Leben geschenkt.«

»Ein Junge?«

Nicholas meinte: »Endlich. Onkel Jimmy liebt seine beiden Mädchen, aber er hat sich die ganze Zeit einen Sohn gewünscht.«

Pug sagte: »Ich habe die beiden seit ihrer Hochzeit nicht mehr gesehen. Vielleicht ist mein Besuch in Rillanon längst überfällig, allein, um meine Enkelkinder kennenzulernen.« Er blickte Nicholas mit freundlicher Miene an. »Ich werde mal über einen Besuch bei Arutha nachdenken, und vielleicht haben sich dann ein sturer Vater und ein genauso sturer Sohn doch etwas zu sagen.«

Nakor und Ghuda erschienen im Eingang zum Garten. Der Söldner trug ein gesäumtes Seidenhemd und eine Pumphose, die in seine in Mitleidenschaft gezogenen alten Stiefel gesteckt war. Sein Langschwert hatte er im Zimmer gelassen, doch seine Dolche hatte er mitgenommen. Der kleine Spieler trug eine kurze Robe in leuchtendem Orange, welches Nicholas viel zu grell war, Nakor jedoch zu entzücken schien. Der Isalani eilte herbei und verbeugte sich vor Pug. »Danke für diese schöne Robe.«

Dann entdeckte er Ryana, riß die Augen auf und formte den Mund zu einem großen O. Schnell sagte er etwas in einer Sprache, die Nicholas nicht kannte. Die Frau riß ihre grünen Augen ebenfalls auf und sah Pug mit einem Gesichtsausdruck an, den Nicholas nur als erschreckt deuten konnte. Irgendwie hatte der kleine Mann sie verängstigt.

Pug legte den Finger an die Lippen, und Nakor blickte Ghuda und Nicholas an. Mit verlegenem Lachen sagte er: »Tut mir leid.«

Nicholas blickte zu Ghuda, und der sagte: »Ich habe nichts gesagt.«

Pug meinte: »Amos und Harry werden sicherlich auch bald hier sein. Wir können ins Speisezimmer gehen.«

Das Speisezimmer war ein riesiger Raum auf der vom Gästetrakt abgelegenen Seite des Hauptgebäudes. In der Mitte stand ein niedriger, quadratischer Tisch mit Polstern an allen Seiten. Gerade als Amos und Harry eintraten, sagte Pug: »Ich ziehe es vor, wie die Tsurani zu essen; ich hoffe, das macht euch nichts aus.«

Amos sagte: »Solange das Essen gut ist, würde ich zur Not auch stehen.« Dann entdeckte er Ryana und blieb stehen. Pug stellte sie einander vor.

Harry konnte seine Augen kaum von der Frau lösen, und er stolperte fast über die Polster, als er sich Nicholas an die Seite gesellte. Er setzte sich neben den Prinzen und flüsterte: »Wer ist das?«

Nicholas antwortete leise: »Eine Zauberin, eine Schülerin von Pug. Und flüster nicht, das ist unhöflich.«

Harry errötete und schwieg, während die beiden seltsamen schwarzen Männer eintraten und Platten mit Essen hereinbrachten. Rasch stellten sie vor jeden Gast einen Teller, verschwanden und kehrten Augenblicke später mit Weinbechern zurück.

Als das Essen serviert war, sagte Pug: »Ich bin es kaum mehr gewöhnt, Gäste zu bewirten, falls also etwas fehlt, seht es mir bitte nach.«

Amos sprach allen aus der Seele: »Wir sind ohne Vorwarnung angelandet, also müssen wir uns dafür bedanken, was Ihr uns alles angeboten habt.«

Pug sagte: »Ihr seid sehr freundlich, Admiral.«

Nicholas meinte: »Ich dachte, Vater hätte eine Möglichkeit, dich zu erreichen.«

Pug erwiderte: »Nur in Notfällen. Er hat diese Möglichkeit noch nie ausschöpfen müssen. Seit ich gegangen bin, herrscht Frieden im Königreich.«

Das Gespräch drehte sich bald nur noch um den neuesten Klatsch vom Hof und andere Nebensächlichkeiten. Nakor war ungewöhnlich still, und das gleiche galt für Lady Ryana. Pug war ein geselliger Gastgeber, und er bezog die Jungen unauffällig mit ins Gespräch ein.

Sowohl Nicholas als auch Harry hatten, seit sie alt genug gewesen waren, um bei ihren Eltern zu Tisch zu sitzen, wie die meisten adligen Kinder Wein zum Essen getrunken, nur meistens mit Wasser verdünnten. Heute abend bekamen sie einen vollmundigen Rotwein aus Kesh, und nach zwei Gläsern waren die beiden Jungen in so ausgelassener Stimmung, daß sie sogar über die zwei Geschichten lauthals lachten, die Amos ihnen schon oft erzählt hatte.

Als Amos seine dritte Geschichte beginnen wollte, sagte Pug: »Wenn Ihr mich bitte entschuldigt. Nakor, ich hätte gern ein Wort mit Euch unter vier Augen gesprochen.«

Der kleine Isalani sprang von seinem Platz auf und eilte zu der Tür, auf die Pug gezeigt hatte. Sie betraten einen weiteren der vielen Gärten des Anwesens, und Pug begann: »Man hat mir erzählt, dieser Besuch wäre Euer Einfall gewesen.«

Nakor sagte: »Ich hätte nie erwartet …«

Pug sagte: »Woher wißt Ihr es?«

Der Isalani zuckte mit den Schultern. »Ich weiß nicht. Ich weiß es eben.«

Pug blieb neben einer niedrigen Bank stehen und fragte: »Wer seid Ihr?«

Nakor setzte sich auf die Bank und zog die Beine an. »Ein Mann. Ich weiß manche Dinge. Ich mache Tricks.«

Pug betrachtete ihn eine ganze Weile schweigend. Er setzte sich auf die Kante eines Wasserbeckens und sagte schließlich: »Ryanas Volk vertraut mir endlich. Sie ist die Tochter von jemand, den ich vor zwanzig Jahren kennengelernt habe. Sie und ihre Verwandten sind die letzten ihrer Art, und die meisten Menschen halten sie für eine Legende.«

»Ich habe mal einen gesehen«, sagte der unerschrockene kleine Mann. »Ich war auf der Straße von Toowomba nach Injune unterwegs, hinauf in die Berge. Bei Sonnenuntergang sah ich einen in der Ferne, wie er auf einer Bergspitze saß. Ich fragte mich, warum er dort allein saß, doch dann dachte ich mir, er könnte sich genausogut fragen, warum ich allein dort war, es hing nur davon ab, von welcher Seite man die Sache betrachtete, und deshalb beschloß ich, ihn nicht zu stören. Aber ich habe ihn eine Weile beobachtet. Er war ebenso schön wie Lady Ryana.«

Er schüttelte den Kopf. »Wunderschöne Geschöpfe. Manche Menschen nennen sie Götter. Ich würde gern mit einem reden.«

Pug sagte: »Ryana ist noch jung, sie lernt gerade; jahrelang hat sie als Geschöpf der Wildnis gelebt, wie es bei ihrer Art üblich ist; sie ist kaum in der Lage, ihr Wesen oder ihre neue Macht zu begreifen. Es wäre besser, wenn wir ihre Begegnungen mit Menschen für eine Weile begrenzen.«

Nakor zuckte mit den Schultern. »Wenn Ihr es sagt. Ich hab sie gesehen. Das genügt mir vielleicht.«

Pug lächelte. »Ihr seid ein außergewöhnlicher Mann.«

Nakor zuckte abermals mit den Schultern. »Ich pflege mich nur nicht über Dinge aufzuregen, die ich nicht in der Hand habe.«

»Warum der Besuch, Nakor?«

Der Mann, der sonst immer grinste, zog eine betrübte Miene. »Zwei Gründe. Ich wollte Euch gern kennenlernen, weil es Eure Worte waren, die mich nach Stardock gebracht haben.«

»Meine Worte?«

»Ihr habt mal einem Mann namens James gesagt, er solle, wenn er jemanden wie mich trifft, sagen: ›Es gibt keine Magie‹.« Pug nickte. »Als er das also zu mir gesagt hat, ging ich nach Stardock, um Euch zu suchen. Ihr wart gegangen, ich blieb jedoch trotzdem einige Zeit dort. Ich habe viele ernsthafte Männer kennengelernt, die nicht verstanden, daß Magie nur aus Tricks besteht.«

Pug mußte grinsen. »Ich habe gehört, Ihr hättet Watume und Körsh ziemlich schockiert.«

Nakor grinste ebenfalls. »Sie sind kleinliche Männer, die ihre Schule viel zu ernstnehmen. Ich hielt mich an die Schüler und konnte viele von meinem Standpunkt überzeugen. Sie nennen sich mir zu Ehren die Blauen Reiter und haben sich zusammengetan, um den Weisheiten dieser beiden Klatschtanten etwas entgegenzusetzen.«

Pug lachte. »Die Brüder Körsh und Watume waren meine gelehrigsten Schüler. Ich glaube, sie würden es nicht gern sehen, wenn Ihr sie als Klatschtanten bezeichnet.«

Nakor sagte: »Bestimmt nicht. Sie sind aber welche. Und sie verstehen einfach nicht, daß es keine Magie gibt.«

Pug seufzte. »Als ich zurücksah und feststellte, was zehn Jahre Arbeit in Stardock bewirkt hatten, entdeckte ich die Wiederholung der Vergangenheit, eine neue Versammlung der Erhabenen, wie es sie auf Kelewan gegeben hatte: eine Gruppe von Männern, die auf Kosten anderer nur ihrer eigenen Macht und Größe dienen.«

Nakor nickte. »Sie lieben es, geheimnisumwoben zu sein, und tun so, als wären sie schrecklich wichtig.«

Pug lachte. »Oh, wenn Ihr mich damals vor so vielen Jahren auf Kelewan besucht hättet, dann hättet Ihr auch nichts Gutes über mich zu sagen gehabt.«

»Ich habe einige der Erhabenen getroffen«, antwortete Nakor. »Das Spalttor ist noch immer offen, und wir handeln mit dem Kaiserreich. Die Waren der Tsurani kommen hindurch, und wir schicken dafür Metalle. Die Herrin des Kaiserreichs ist eine gewiefte Unterhändlerin, und auf beiden Seiten sind alle zufrieden. Von Zeit zu Zeit kommt ein Erhabener zu Besuch. Und einige fremde Magier aus Chakahar. Wußtet Ihr das nicht?«

Pug schüttelte den Kopf und seufzte. »Wenn die Cho-ja-Magier aus Chakahar in Stardock sind, dann ist es mit der Herrschaft der Versammlung über das Kaiserreich vorbei.« Sein Blick wurde betrübt. »Es gibt Dinge, von denen ich glaubte, ich müßte sie zu meinen Lebzeiten nicht mehr mit ansehen, Nakor. Das Schicksal der Versammlung lag zu allererst in ihrer eigenen Hand – doch vieles, was ihr die Macht gab, war auf Angst und Lügen gegründet: Lügen über Magier, Lügen über das Kaiserreich und Lügen über diejenigen jenseits der Grenzen des Kaiserreichs.«

Nakor schien zu begreifen, was Pug meinte. »Lügen können ein langes Leben haben. Doch sie leben nicht ewig. Ihr solltet zurückkehren.«

Pug schüttelte den Kopf, er war sich nicht sicher, ob der kleine Mann Kelewan meinte oder Stardock. »Vor neun Jahren habe ich meine Vergangenheit hinter mir gelassen. Meine Kinder sehen jetzt so aus, als wären sie so alt wie ich, und bald werden sie sogar älter aussehen. Ich habe meine Frau und meine Lehrer begraben. Und alte Freunde in beiden Welten haben sich auf die Reise zur Halle der Toten gemacht. Ich will nicht mitansehen müssen, wie meine Kinder alt werden.« Pug stand auf und ging hin und her. »Ich weiß nicht, ob es richtig war, ich hatte davor nur mehr Angst als vor allem anderen.«

Nakor nickte. »Wir sind uns in mancherlei Hinsicht ähnlich.«

Pug starrte den kleinen Mann an. »In welcher Hinsicht?«

Nakor grinste. »Ich lebe schon dreimal so lange wie ein normaler Mensch. Meine Geburt wurde zu Zeiten der Zählung von Kaiser Sajanjaro, dem Urgroßvater der Frau von Kaiser Diigaí in die Bücher eingetragen. Ich habe vor neun Jahren die alte Kaiserin gesehen. Sie hatte seit mehr als vierzig Jahren geherrscht. Ich kann mich noch daran erinnern, wie sie ein Kind war, und ich sah damals genauso aus wie ich heute vor Euch stehe.« Nakor seufzte. »Ich habe nie anderen Menschen vertraut, vielleicht meines Berufes wegen.« Er brachte scheinbar aus dem Nichts ein Kartenspiel hervor und fächerte das Blatt mit einer Hand auf; dann, mit einer schnellen Bewegung, waren die Karten wieder verschwunden. »Aber ich verstehe, was Ihr meint. Niemand von denen, die ich als Kind kennengelernt habe, lebt heute noch.«

Pug setzte sich wieder auf den Brunnenrand und fragte: »Was war Euer zweiter Grund?«

Nakor erwiderte: »Ich sehe manchmal Dinge. Ich weiß nicht wie, aber es gibt Momente, in denen ich einfach etwas weiß. Nicholas hat sich auf eine Reise gemacht, die ihn viel weiter als nur bis nach Crydee bringen wird. Und er wird vielen Gefahren begegnen.«

Pug schwieg eine Weile und dachte über das nach, was der kleine Mann gesagt hatte. Schließlich fragte er: »Wie kann ich helfen?«

Nakor schüttelte den Kopf. »Ich bin von Natur aus kein weiser Mann. Oft nennt man mich leichtfertig – Watume und Körsh zum Beispiel, oder jüngst auch Ghuda.« Pug mußte bei diesen Worten lächeln. »Ich verstehe meine Begabungen manchmal selbst nicht.« Nakor seufzte. »Nach allem, was man so hört, seit Ihr ein Mann von großer Begabung und großen Fähigkeiten. Ihr lebt mit wundersamen Geschöpfen zusammen und haltet sie nicht für seltsam. Ich habe das Werk gesehen, das Ihr in Stardock zurückgelassen habt, und es ist schlichtweg beeindruckend. Es wäre anmaßend, wenn ich Euch beraten wollte.«

»Anmaßend oder nicht, gebt mir Euren Rat.«

Nakor biß sich auf die Unterlippe. »Ich glaube, der Junge ist der Verbindungspunkt.« Er fuhr mit der Hand in einem vagen Kreis durch die Luft. »Dunkle Mächte regen sich und werden von dem Jungen angezogen. Wir können daran nichts ändern; aber wir müssen bereit sein, um ihm beizustehen.«

Pug schwieg abermals einige Zeit.

»Vor fast dreißig Jahren«, sagte er endlich, »war Nicholas' Vater so ein Verbindungspunkt. Sein Tod hätte damals einen Sieg für die dunklen Mächte bedeutet.«

»Die Schlangenmenschen?«

Bei dieser Bemerkung sah Pug erstaunt auf.

Nakor zuckte mit den Schultern. »Ich habe von der Schlacht bei Sethanon erst gehört, nachdem sie schon lange vorbei war. Aber es gab damals ein Gerücht, daß der Anführer diejenigen, die in das Königreich eingedrungen waren, einen pantathianischen Priester als Berater hatte.«

»Ihr kennt die Pantathianer?«

»Ich bin früher schon einmal auf die Schlangenpriester gestoßen«, sagte Nakor. »Ich nehme an, was auch immer die Dunkelelben des Nordens damals geglaubt haben, hinter der ganzen Sache standen eigentlich die Pantathianer, doch ansonsten weiß ich nichts über das, was passiert ist.«

Pug sagte: »Wenn Ihr noch mehr darüber wüßtet, wäret Ihr noch überraschender als Ihr sowieso schon seid, Nakor.« Er nickte. »Sehr gut. Ich werde Nicholas helfen.«

Nakor erhob sich. »Wir sollten zu Bett gehen. Ihr werdet wie wir morgen aufbrechen.«

Pug lächelte. »Ich würde Euch gern hierbehalten. Ich glaube, Ihr würdet unsere Gemeinschaft bereichern, aber ich weiß, daß man seinem Schicksal nicht ausweichen kann.«

Nakor blickte finster drein, und er sah so ernst aus, wie Pug ihn noch nicht gesehen hatte, seit sie sich kennengelernt hatten. »Von der Gemeinschaft werden fünf das Wasser überqueren, und vier werden noch dazustoßen.« Er blickte ins Leere, als würde er etwas in der Ferne betrachten. »Neun werden aufbrechen, und mancher wird nicht zurückkehren.«

Pug sah besorgt aus. »Wißt Ihr wer?«

Nakor sagte: »Ich bin einer der Neun. Niemand soll sein eigenes Schicksal wissen.«

Pug erwiderte: »Ihr habt Macros den Schwarzen nie kennengelernt.«

Nakor grinste und war plötzlich wieder besserer Laune. »Hab ich doch, aber das ist eine lange Geschichte.«

Pug stand auf. »Ich muß zu meinen Gästen zurück. Doch diese Geschichte würde ich gern irgendwann mal hören.«

»Was ist mit dem Jungen?« fragte Nakor.

Pug sagte: »Aus den Gründen, die ich Euch gerade erzählt habe, gefällt mir die Aussicht nicht, in die Angelegenheiten der Sterblichen verwickelt zu werden, auch wenn es sich dabei um meine eigenen Verwandten handelt.« Er schüttelte den Kopf, als wäre er verwirrt. »Aber ich kann auch die nicht im Stich lassen, denen ich Schutz versprochen habe. Ich werde dem Jungen helfen, wenn die Zeit gekommen ist.«

»Gut. Deshalb habe ich seinem Vater gesagt, daß wir hierherkommen müßten.«

»Ihr seid wirklich ein ungewöhnlicher Mann, Nakor der Blaue Reiter.«

Nakor lachte und nickte zustimmend.

Sie gingen zurück ins Speisezimmer, wo Amos gerade zum Vergnügen von Ghuda und Nicholas eine weitere seiner Geschichten beendete. Ryana war verblüfft, nur Harry schien von der Geschichte gar nichts mitbekommen zu haben, da er völlig von der Frau eingenommen war.

Pug ließ Kaffee und Dessertwein kommen, und das Gespräch wandte sich abermals dem Klatsch in Krondor zu. Nach einer Weile begannen die Gäste zu gähnen, ein Zeichen, daß sie sich zurückziehen wollten.

Pug wünschte ihnen eine gute Nacht, bot seine Hand Lady Ryana an und begleitete sie hinaus. Nicholas und seine Gefährten erhoben sich und machte sich auf den Weg in ihre Zimmer.

Nicholas war gerade eingeschlafen, als ihn eine Hand unsanft wachrüttelte. Es war Harry.

»Was ist?« fragte er verschlafen.

»Du wirst es nicht glauben. Komm schon!«

Nicholas sprang aus dem Bett und folgte Harry in dessen Zimmer am anderen Ende des Gangs. Harry sagte: »Ich habe schon fast geschlafen, da habe ich ein seltsames Geräusch gehört.«

Mit einer Geste bedeutete er Nicholas, er solle mit ans Fenster kommen, und sagte: »Sei leise.«

Nicholas sah aus Harrys Fenster: Lady Ryana stand auf einer etwas entfernten Wiese. Harry sagte: »Sie hat diese seltsamen Geräusche gemacht, als hätte sie gebetet oder gesungen.« Man konnte das goldene Haar, welches im Licht der drei Monde Midkemias glänzte, nicht verwechseln. Nicholas fiel fast die Kinnlade runter. »Sie ist nackt!«

Harry starrte die Frau an. »Vor einem Augenblick hatte sie noch Kleider an, ehrlich!« Jetzt war die Dame tatsächlich nackt und schien in eine Art Trance versunken zu sein. Harry fragte flüsternd: »Was macht sie da?«

Nicholas unterdrückte einen Schauder. Trotz der erstaunlichen Schönheit der Frau auf der Wiese war nichts an ihrer Erscheinung auch nur im entferntesten erotisch. Er fühlte sich unbehaglich. Es war nicht, weil er sie heimlich beobachtete, sondern eher, weil er Gefahr spürte.

Harry meinte: »Ich habe schon Geschichten von Hexen gehört, die sich im Mondlicht mit Geistern paaren.«

Nicholas sagte: »Sieh nur!«

Die Frau wurde von einem goldenen Lichtschein eingehüllt, der bald blendend hell wurde. Die Jungen mußten die Augen bedecken, während das Licht noch an Stärke zunahm. Für einige Augenblicke schien die Nacht zu weichen, dann wurde das Licht blasser. Die Jungen sahen wieder hin. Die Lichterscheinung hatte sich bis zur vielfachen Größe der Frau ausgedehnt. Und wuchs noch. Sie wurde so groß wie ein Haus, dann wie ein Schiff. Schließlich nahm sie Form an. Das Licht verblaßte, und wo Lady Ryana gestanden hatte, breitete nun ein mächtiges Wesen, ein Geschöpf der Legenden, seine Flügel aus. Goldene Schuppen glitzerten im Mondlicht, und ein langer Hals mit silbernem Kamm reckte sich, als das Reptil in den Himmel sah. Dann hob der Drache mit einem Sprung, einem Flügelschlag und einem Feuerstoß ab.

Harry drückte Nicholas' Arm so heftig, daß ein blauer Fleck zurückbleiben würde, doch keiner der Jungen konnte sich rühren. Als der Drache am Himmel verschwunden war, blickten sich die Jungen an. Beiden rannen die Tränen über die Wangen, sowohl vor Angst als vor Ehrfurcht. Die großen Drachen gab es nicht. Es gab kleinere fliegende Reptilien, die man Drachen nannte, aber das waren ehere Wyverns, die keinen Verstand haben. Und im Westlichen Reich lebte selbst von diesen keiner mehr, aber Gerüchten zufolge gab es sie noch in den westlichen Gebirgen von Kesh. Doch goldene Drachen, die sprechen und Magie wirken konnten, die gab es nicht. Das waren bloße Geschöpfe der Legenden – und dennoch: hier im Mondlicht, vor ihren Augen, hatte sich die Frau, mit der sie gespeist hatten, in das mächtigste Geschöpf von Midkemia verwandelt und war in den Himmel aufgestiegen.

Nicholas konnte die Tränen nicht zurückhalten, so sehr hatte ihn der Anblick bewegt. Harry riß sich schließlich zusammen und sagte: »Sollen wir Amos wecken?«

Nicholas schüttelte den Kopf. »Sag niemandem etwas davon. Verstehst du?«

Harry nickte; der sonst so großtuerische junge Mann wirkte wie ein kleiner, verängstigter Junge. »Nein.«

Nicholas ließ seinen Freund allein und ging in sein Zimmer zurück. Als er dort ankam, wäre fast sein Herz stehengeblieben. Pug saß auf seinem Bett.

»Schließ die Tür.«

Nicholas gehorchte, und Pug sagte: »Ryana kann von dem kargen Essen, das sie mit uns eingenommen hat, nicht leben. Sie wird in den nächsten Stunden jagen.«

Nicholas wurde blaß. Zum ersten Mal spürte er, wie weit entfernt er von Zuhause, vom Schutz seines Vaters und von der Liebe seiner Mutter war. Pug gehörte zwar zur Familie, doch er war auch ein Zauberer mit mächtigen Fähigkeiten, und Nicholas hatte etwas gesehen, was nicht für seine Augen bestimmt gewesen war. »Ich werde nichts verraten«, flüsterte er.

Pug lächelte. »Ich weiß. Setz dich.«

Nicholas setzte sich neben Pug aufs Bett, und sein Cousin fuhr fort. »Gib mir deinen Fuß.«

Nicholas brauchte nicht erst zu fragen, welchen, und er hob

sein Bein, so daß Pug den mißgebildeten Fuß untersuchen konnte. Pug betrachtete ihn eine Weile, dann sagte er: »Vor Jahren hat mich dein Vater gefragt, ob ich den Fuß heilen könnte. Hat er dir das erzählt?«

Nicholas schüttelte den Kopf. Er hatte immer noch Angst wegen des Ereignisses, dessen Zeuge er gerade geworden war, und fürchtete, seine Stimme könnte versagen, wenn er sprach.

Pug sah den Jungen an. »Zu dieser Zeit hatte ich bereits von solchen Mißbildungen und den Mitteln, wie man sie berichtigt, gehört.«

Nicholas flüsterte: »Viele haben es versucht.«

»Ich weiß.« Pug stand auf, ging zum Fenster und sah hinaus in die sternenklare Nacht. Er wandte sich wieder an Nicholas. »Ich habe Arutha gesagt, ich könnte es nicht. Doch das war falsch.«

Nicholas frage: »Warum?«

Pug erwiderte: »Weil, egal wie sehr dich dein Vater liebt, Nicholas – und Arutha liebt seine Kinder sehr, auch wenn er es nicht immer zeigen kann –, kein Vater das Recht hat, seine Kinder zu verändern.«

Nicholas sagte: »Ich glaube, ich verstehe nicht recht.« Die Angst verschwand langsam, und der Junge fragte: »Warum wäre es falsch, mich zu heilen.«

»Ich weiß nicht, ob ich es dir begreiflich machen kann, Nicholas.« Pug setzte sich wieder neben den Jungen. »Jeder von uns hat es selbst in der Hand, sich zu ändern, wenn er sich dazu entscheidet. Die meisten versuchen es einfach nicht, oft sehen sie noch nicht einmal die Möglichkeit.

Nach meinem Verständnis der Magie hätten die Zauber, die man gegen die Mißbildung benutzt hat, deinen Fuß heilen können. Etwas hat die Wirkung der Sprüche jedoch verhindert.«

Nicholas runzelte die Stirn. »Ich verstehe nicht. Willst du sagen, ich hätte die Heilung nicht zugelassen?«

Pug nickte. »So in etwa. Aber es ist nicht ganz so einfach.«

»Ich würde alles darum geben, normal zu sein.«

Pug stand auf. »Wirklich?«

Nicholas schwieg einen Moment lang, dann sagte er: »Ich glaube, ich würde.«

Pug lächelte beruhigend. »Geh schlafen, Nicholas.« Er holte aus einer großen Tasche seiner Robe etwas hervor und legte es auf den Nachttisch. »Dieses Amulett ist ein Geschenk. Es ist so ähnlich wie jenes, welches ich deinem Vater gegeben habe. Solltest du mich brauchen, halt es fest in der rechten Hand, während du es umgehängt hast, und sag meinen Namen dreimal. Ich werde dann kommen.«

Nicholas nahm das Amulett, welches das Zeichen der drei Delphine trug, die er auf den Springbrunnen des Anwesens gesehen hatte. »Warum?«

Pugs Lächeln wurde breiter. »Weil ich dein Cousin bin, und dein Freund. Und in den Tagen, die vor dir liegen, wirst du vielleicht beides brauchen. Und weil du und dein Freund ein Geheimnis bewahren müssen.«

»Lady Ryana.«

»Sie ist noch sehr jung und unerfahren, darum läßt sie sich so sehen. Ihre Art hat in der ersten Zeit ihres Lebens kaum mehr Verstand als ein Tier. Alle zehn Jahre verkriecht sich ein Drache in einer Höhle und streift seine Schuppen ab, unter denen ein neuer Panzer in jeweils einer anderen Farbe zum Vorschein kommt. Nicht wenige kommen während dieser Zeit um, denn wenn sie sich in der Dunkelheit häuten, sind sie hilflos. Nur diejenigen, die schon viele Menschenleben hinter sich gebracht haben, werden zu goldenen Drachen. Wenn sie schließlich denken können, ist das für sie eine beunruhigende Sache. Das plötzliche Bewußtsein seiner Selbst und des riesigen Universums ist für ein Geschöpf, welches nach menschlichem Ansehen schon uralt ist, ein Schock. In alten Zeiten wurden sie von anderen Arten unterrichtet.« Pug öffnete die Tür. »Es haben nur wenige der großen Drachen überlebt. Ryanas Mutter hat mir einmal sehr geholfen, und deshalb helfe ich ihrem Kind. Es wäre nicht gut, wenn die Menschen wüßten, daß unter ihnen welche sind, die keine Menschen sind.«

Nicholas sagte: »Vater hat mir gesagt, es würde eine Zeit kommen, in der ich Dinge erfahren würde, die ich anderen nicht verraten dürfte. Jetzt verstehe ich das.«

Pug sagte nichts mehr und schloß die Tür hinter sich. Nicholas legte sich wieder ins Bett, doch es sollte noch lange dauern, bis sich der Schlaf einstellte.

Crydee

Das Schiff ging vor Anker.

In Crydee herrschte geschäftiges mittägliches Treiben, während die Hafenmannschaft die *Königlicher Adler* vertäute. Nicholas betrachtete seine neue Heimat und sog alle Eindrücke in sich auf. Auf der langen Reise hatte er erneut unter Heimweh gelitten, nur die Passage durch die gefährliche Straße der Finsternis hatte ihn etwas abgelenkt. Danach waren sie Richtung Norden an Tulan und Carse vorbeigesegelt und hatten schließlich Crydee erreicht.

Die Stadt war in den letzten zwanzig Jahren stetig gewachsen, und noch immer sah man überall die Zeichen ihrer fortwährenden Ausdehnung. Auf den fernen Hügeln im Süden erhoben sich neue Häuser. Nicholas mußte blinzeln, so stark warfen die weißen Fassaden die Sonne zurück. Er sah zwei Kutschen und zwei Lastkarren vor ein Gebäude ziehen, auf dem das königliche Banner wehte, offensichtlich das Zollhaus. Die Diener auf den Kutschböcken sprangen herunter und öffneten die Türen der Kutschen. Aus der ersten stieg eine große Frau, der ein noch größerer Mann folgte. Nicholas erkannte in ihnen seine Tante und seinen Onkel.

Amos befahl, das Fallreep herunter zu lassen. Nicholas und Harry standen daneben und warteten darauf, von Bord gehen zu können. Herzog Martin, Herzogin Briana und ihr Hof standen bereit, um den Prinzen und seine Begleiter willkommen zu heißen. Amos sah das Empfangskomitee und sagte: »Nun, dann wird wohl von Ylith eine Taube durchgekommen sein.«

In den achtundzwanzig Jahren seit dem Spaltkrieg war die Nachrichtenverbindung zwischen Krondor und der Fernen Küste mittels Kurieren oder Brieftauben niemals unterbrochen worden. Doch aufgrund der plötzlichen Entscheidung, Nicholas nach Crydee zu schicken, war die Nachricht nur wenige Tage eher angekommen als das Schiff.

Während die Seeleute arbeiteten, sagte Harry: »Und wer sind diese Mädchen?«

Nicholas hatte die beiden Mädchen, die den Herzog begleiteten, ebenfalls bemerkt und antwortete: »Ich nehme an, die eine wird meine Cousine Margaret sein. Ich weiß nicht, wer die andere ist.«

Harry grinste. »Das werd ich schon herausfinden.«

Das Fallreep war heruntergelassen, und Amos wandte sich an Nicholas und sagte förmlich: »Euer Hoheit?«, womit er andeuten wollte, daß Nicholas als erster von Bord gehen sollte.

Harry machte einen Schritt vorwärts, doch sofort hielt ihn Amos zurück und sagte betont: »Dem Rang nach, Junker.«

Harry errötete und trat einen Schritt zurück.

Nicholas ging zum Kai hinunter, und ein großer Mann kam auf ihn zu. Martin, der Herzog von Crydee, lächelte Nicholas warm an, während er sich formell vor seinem Neffen verneigte. »Euer Hoheit, wir sind erfreut, Euch in Crydee willkommen zu heißen.« Martin ähnelte Arutha ziemlich, doch er war größer und schwerer. Sein Haar war fast durchgehend ergraut, und auf seinem Gesicht hatten Sonne und Alter tiefe Furchen hinterlassen, was der kräftigen Erscheinung jedoch keinen Abbruch tat. Dieser Mann war nicht die Sorte Adliger, die nur herumsitzen, Wein trinken und den Dienern Befehle erteilen. Dieser Mann verbrachte ungeachtet seines Alters immer noch Nächte unter freiem Himmel und trug erlegtes Wild auf dem eigenen Rücken nach Hause.

Nicholas lächelte und sagte, von der Zeremonie ein wenig in Verlegenheit gebracht: »Onkel, ich bin froh hier zu sein.«

Amos ging als zweiter von Bord. Er sagte »Euer Gnaden!« und klopfte Martin hart auf die Schulter.

Damit war alle Förmlichkeit verschwunden, und Martin fiel Amos in die Arme. »Du alter Pirat«, meinte er lachend. »Es ist so lange her.« Sie klopften sich gegenseitig auf die Schultern und schüttelten die Hände. Amos deutete mit dem Kopf auf Nicholas.

Martin wandte seine Aufmerksamkeit wieder dem Prinzen zu. »Euer Hoheit. Darf ich Euch meine Gemahlin, die Herzogin Briana vorstellen.« Nicholas hatte sie zum letzten Mal gesehen, als er noch ein Kleinkind gewesen war, und er erinnerte sich nur sehr vage an sie. Die große Frau neigte den Kopf vor Nicholas. Ihr graues Haar war an den linken Schläfe mit weißen Strähnen durchzogen. Die Herzogin war keine Schönheit, nichtsdestotrotz jedoch atemberaubend. Um ihre blauen Augen hatten Wetter und Alter Falten hinterlassen, ansonsten fanden sich in ihrem Gesicht kaum Zeichen ihrer Jahre, obwohl sie die Fünfzig schon überschritten hatte. Sie trug eine Lederweste über einem Seidenhemd und eine Hose, die in hohen Stiefel endete. »Meine Dame«, sagte Nicholas, nahm die Hand, die sie ihm reichte und drückte sie leicht zum Gruß. Sie hingegen drückte richtig zu, und in diesem Moment wußte Nicholas, daß die Geschichten, die man sich über die eigentümliche Frau seines Onkels erzählte, zum größten Teil wahr sein mußten. Sie stammte aus der zerstörten Stadt Armengar – wo Frauen wie Männer Soldaten wurden – und konnte den Berichten nach besser als ein Mann reiten, jagen und fischen. Und als er sie jetzt vor Augen hatte, zweifelte Nicholas nicht daran.

Martin stellte die anderen vor. »Dies ist mein Sohn Marcus.« Nicholas wandte sich seinem Cousin zu und zögerte; etwas an ihm war seltsam vertraut. Braune Augen und braune Haare: Nicholas glaubte, er ähnelte jemandem aus Krondor. Marcus war in etwa so groß wie Nicholas und trug sein Haar genauso lang wie der Prinz. Aber er war fast zwei Jahre älter und ein wenig kräftiger gebaut. Der junge Mann verbeugte sich steif und trat zurück.

Nicholas sagte: »Cousin«, und nickte.

Amos stellte sich hinter Nicholas und meinte zu Martin: »Kannst du dich noch daran erinnern, als du zum ersten Mal ahntest, du seist Aruthas Bruder?«

Martin erwiderte: »Wie könnte ich das vergessen? Es war meine erste Reise, du hättest uns beinahe alle ersäuft.«

»Ich habe eure wertlose Haut mit meiner meisterhaften Segelkunst gerettet, wolltest du sagen.« Amos deutete auf Nicholas und Marcus und sagte: »Aber wenn die Welt jemals einen Beweis braucht, daß ihr den gleichen Vater habt, dann haben wir den direkt vor uns.« Er strich sich übers Kinn. »Ich denke, wir müssen sie mit Farben kennzeichnen, damit wir sie auseinanderhalten können.«

Nicholas sah Amos verwirrt an, Marcus' Miene hingegen war verschlossen. Amos sagte: »Die Ähnlichkeit.«

Nicholas fragte: »Welche Ähnlichkeit?«

»Zwischen euch beiden«, antwortete der Admiral.

Nicholas betrachtete seinen Cousin. »Meinst du etwa ...?«

Marcus schüttelte leicht den Kopf. »Ich verstehe nicht ... Hoheit.«

Amos lachte. »Wirst du auch nie.«

Martin stellte das nächste Mitglied seiner Familie vor. »Hoheit, das ist meine Tochter Margaret.«

Eins der beiden Mädchen machte einen Knicks. Sie hatte dunkles Haar wie ihr Bruder, doch sie ähnelte eher ihrer Mutter. Die Natur hatte ihr eine gerade Nase und hohe Wangenknochen geschenkt, die jedoch weniger streng als die der Herzogin wirkten. Und wie ihre Mutter trug auch sie die Haare lang bis auf die Schultern. Aus dunklen Augen sah Margaret den Prinzen an, und er sagte: »Es ist mir ein Vergnügen, Cousine.« Sie lächelte bei diesem Gruß und erschien augenblicklich wunderschön.

Nicholas' Blick wanderte zu der jungen Frau an Margarets Seite und traf auf kornblumenblaue Augen, die größten, die er je gesehen hatte. Es schnürte ihm die Brust zu, und plötzlich fühlte er sich linkisch und unsicher. Margaret sagte: »Das ist meine Begleiterin Lady Abigail, die Tochter des Barons Bellamy von Carse.« Das schlanke Mädchen machte einen Knicks, und Nicholas war sich sicher, er hatte noch nie einen so eleganten gesehen. Anders als Margaret hatte Abigail die blonden Haar zu einem Knoten hochgesteckt. Sie hatte helle Haut und feine Gesichtszüge. Als sie sich wieder aufrichtete, lächelte sie, und Nicholas konnte nicht anders, er mußte zurücklächeln.

Ein Räuspern hinter sich riß Nicholas aus seinen Träumereien. Er sagte: »Meine Dame«, und seine Stimme klang seltsam fremd in seinen Ohren. Nicholas wandte sich an Martin: »Das ist Harry, mein Junker.« Der Genannte kam gerade an Land und trug Nicholas' und seine eigene Reisetasche. Der Junge stellte sie ab und verbeugte sich vor dem Herzog von Crydee. Als er dessen Tochter und ihre Begleitung sah, grinste er breit.

Martin bedeutete Nicholas, er solle im ersten Wagen bei ihm und seiner Gemahlin mitfahren. Harry ging hinter ihnen her, als Amos ihn an der Schulter packte und abermals zurückhielt. »Der erste Wagen ist für den Prinzen, den Herzog und die Herzogin. Der zweite ist für mich und die Kinder des Herzogs.«

Harry sagte: »Aber –«

Amos zeigte auf die Lastkarren. »Du kannst dich darum kümmern, daß dem Gepäck des Prinzen nichts passiert, wenn es vom Schiff kommt und auf die Karren geladen wird. Dann kannst du mit einem der Ochsenkarren mitfahren.«

Nakor und Ghuda kamen von Bord, und Harry fragte: »Was ist mit ihnen?«

Nakor grinste. »Wir gehen zu Fuß. Es ist nicht weit.« Er zeigte auf die Burg, die auf einem Hügel thronend den Hafen überragte.

Ghuda meinte: »Ich kann sowieso ein bißchen Bewegung brauchen.«

Harry seufzte und brachte die beiden Taschen zum ersten Karren. Der Kutscher fragte: »Eh, Junge, was soll das?«

Harry hatte inzwischen schlechte Laune und schnappte zurück: »Das Gepäck des Prinzen von Krondor! Ich bin sein Junker!«

Der Mann salutierte halbherzig und blieb an den Karren gelehnt stehen. »Und wo wollt Ihr das alles hinhaben?« Er zeigte in Richtung Schiff.

Harry drehte sich um und sah die erste von Nicholas' schweren Truhen, die von zwei Seeleuten gerade an Land gebracht wurde. Danach kamen noch drei weitere. Dann hörte man das Knarren von Holz, und ein Kran hob ein volles Netz mit Gepäck aus dem Frachtraum des Schiffes in die Höhe. Ein weiteres Dutzend Truhen und andere Gepäckstücke wurden über den Kai geschwenkt und dort heruntergelassen. Hafenarbeiter sprangen auf das Netz zu und machten es auf.

Der Kutscher sagte: »Ich denke doch, Ihr wißt, wo der ganze Haufen hingeht, was, Junker?«

Harry seufzte und nahm die beiden Taschen, in denen die Kleidung und die persönlichen Gegenstände waren, die sie in den Wochen auf dem Schiff gebraucht hatten, wieder vom Karren. Offensichtlich würden sie zu den letzten gehören, die verladen wurden. Harry schüttelte den Kopf und sagte: »Und ich soll das alles überwachen?«

Der Kutscher zwinkerte verschwörerisch und stemmte sich von dem Ochsenkarren ab. »Es geht schneller und wird viel einfacher für uns, Junker, wenn Ihr das alles von dort hinten überwacht. Gutes Bier, gute Fleischpasteten, und Ihr könnt durchs Fenster alles beobachten.«

Nach Wochen einfacher Schiffsküche lief Harry beim Gedanken an Fleischpastete das Wasser im Mund zusammen. Dennoch sagte er: »Nein, ich habe meine Pflichten.«

Der Kutscher schüttelte den Kopf. »Dann tut uns beiden den Gefallen, Junker, und überwacht das Verladen so leise wie möglich, wenn Ihr mich versteht.«

Harry nickte und ging aus dem Weg, als die ersten Truhen zum Karren geschleppt wurden. Er stellte sich in den Schatten eines vorstehenden Daches und lehnte sich an die Wand. Ghuda und Nakor hatten bereits das Ende des Hafens erreicht und gingen die breite Straße hoch, die durch die Stadt zur Burg führte. Sie würden wahrscheinlich eine ganze Stunde eher dort sein als er.

Als die erste Kutsche auf den Burghof rollte, nahmen zwei Reihen Soldaten Hab-Acht-Stellung ein. Alle trugen den braun-goldenen Wappenrock von Crydee und ein Schild mit der goldenen Möwe von Crydee auf braunem Grund. Von jeder Lanze hing ein braungoldenes Fähnchen. Die Rüstungen glänzten in der Sonne. Als der Kutscher die Tür öffnete und Nicholas ausstieg, rief ein kleiner, O-beiniger Mann mit grauem Haar und lederner Haut: »Salutiert!« Die Soldaten senkten die Lanzenspitzen halb und hoben sie dann wieder hoch. Martin und die anderen stiegen aus, woraufhin die Kutscher die Wagen zum Kutschenhaus fuhren.

Nicholas betrachtete sein neues Zuhause eingehend. Burg Crydee war im Vergleich zu dem, was er bisher gesehen hatte, klein. Sie bestand hauptsächlich aus einem alten Bergfried, um den herum ein einziges Gebäude gebaut worden war, an welches man später auf der Rückseite ein weiteres gesetzt hatte. Die Außenmauer war so dicht darum errichtet, daß nur ein kleiner Burghof blieb. Sollte die Mauer jemals gestürmt werden, würde einen Eindringling kaum mehr etwas von der Eroberung des Bergfrieds abhalten.

Als hätte er seine Gedanken gelesen, sagte Martin: »Urgroßvater hat diesen Bergfried von den Truppen aus Kesh übernommen, die hier saßen, und er hat die Mauer drumherum gebaut.« Und mit einem halben Lächeln, das Nicholas an seinen Vater erinnerte, fügte er hinzu: »Mein Großvater baute dann die beiden Gebäude an, und damit war nur noch wenig Platz. Vater hat immer geplant, irgendwann die Mauer einzureißen … aber er ist nie dazu gekommen.« Er legte Nicholas die Hand auf die Schulter. »Ich finde auch nie Zeit dafür.«

Ein großer schwarzhäutiger Mann ging mit dem kleinen grauhaarigen zwischen den beiden Reihen von Soldaten hindurch und kam zu Nicholas. Beide Männer verbeugten sich vor dem Prinzen.

Amos grinste den kleinen Mann an. »Schwertmeister Charles.«

Martin sagte: »Hoheit, mein Schwertmeister Charles und mein Pferdemeister Faxon.«

Nicholas erwiderte ihren Gruß mit einer leichten Neigung des Kopfes und sagte zu Charles ein paar Sätze in einer fremden Sprache. Der Schwertmeister verbeugte sich und antwortete in derselben Sprache. Dann meinte er in der Sprache des Königreichs: »Ihr sprecht ein außerordentlich gutes Tsurani, Hoheit.«

Nicholas errötete. »Nur einige wenige Worte. Doch alle am Hof haben von Onkel Martins Schwertmeister von Kelewan gehört.« An den dunkelhäutigen Mann gewandt sagte er: »Pferdemeister Faxon.«

Faxon erwiderte: »Euer Hoheit.«

Daraufhin stellte Martin die weiteren Mitglieder seines Hofes vor, und nachdem die förmliche Begrüßung erledigt war, nahm er Nicholas am Arm. »Wenn Euer Hoheit mit mir kommen würde.«

Martin und Nicholas stiegen die Stufen zum Eingang hoch, und Marcus, Margaret und Abigail folgten ihnen, da sie sich auf ihre Zimmer begeben wollten.

Briana wandte sich an Amos. »Wir geben heute abend einen Empfang, doch in der Zwischenzeit kann ich dir dein Zimmer zeigen.«

»Sag mir nur, welches Zimmer. Ich habe hier schon sehr viel Zeit verbracht und werde mich kaum verirren.«

Briana lächelte. »Du bekommst natürlich wieder dein altes Zimmer.«

Amos sah zum Burgtor und bemerkte zwei Wachen. »Vielleicht solltest du den beiden Kerlen dort drüben erklären, daß hier gleich ein paar unmögliche Burschen auftauchen. Der eine ist ein kleiner Verrückter aus Shing Lai und heißt Nakor, der andere ist ein großer Söldner aus Kesh und heißt Ghuda Bulé. Laß sie herein, denn sie sind Begleiter von Nicky.«

Briana zog als Antwort eine Augenbraue hoch. Zu Schwertmeister Charles meinte sie: »Kümmert Euch bitte darum.«

Er salutierte und eilte zum Tor.

Briana fragte: »Was sind das für Männer?«

»Solche, wie man sie sonst nirgendwo trifft.«

Briana legte Amos die Hand auf die Schulter. Sie hatten zusammen in Armengar gekämpft, Brianas Heimat, und Amos hatte bei der Verteidigung der Stadt gegen die Armeen der Bruderschaft des Dunklen Pfades sein Leben eingesetzt. »Ich bin mir sicher, da ist noch mehr dran, nicht wahr?«

Amos schüttelte den Kopf. »Nur ... Arutha hat mir etwas gesagt, ehe wir in See stachen.« Er sah zum Eingang der Hauptgebäude, den Martin und Nicholas gerade erreicht hatten. »Er sagte, wenn irgend etwas passieren sollte, müßten wir auf Nakor hören.«

Briana schwieg einen Moment lang und dachte nach. »Ohne Zweifel bedeutet dieses ›irgend etwas‹ Schwierigkeiten.«

Amos lachte gezwungen. »Nun, vermutlich hat er damit keine Überraschungsfeier gemeint.«

Briana lächelte. Sie nahm Amos in die Arme, drückte ihn und küßte ihn auf die Wange. »Wir haben dich und deinen Humor vermißt, Amos.«

Amos sah sich um und schien sich an etwas zu erinnern. »Auf diesen Mauern habe ich zu viele Männer sterben sehen, um Crydee wirklich zu vermissen, Briana.« Er küßte sie ebenfalls auf die Wange. »Aber dich und Martin habe ich verdammt vermißt.«

Arm in Arm gingen die große Herzogin und der kräftige Admiral die Treppe zur Burg Crydee hoch.

Martin bot Nicholas einen Platz an und setzte sich selbst an den großen Schreibtisch. Nicholas sah sich um. Im Vergleich zu dem seines Vaters war das Arbeitszimmer des Herzogs klein.

Hinter Martin hing das Banner von Crydee, die Seemöwe, an der Wand. Über dem Kopf des Vogels hatte man ein aufgenähtes Stück Stoff entfernt, doch man konnte noch die blassen Umrisse einer Krone erkennen. Nicholas wußte, in diesem Zimmer hatte einst sein Großvater gearbeitet, und der hatte in der Thronfolge an zweiter Stelle gestanden. Jetzt trug Onkel Lyam die Krone. Doch Martin war wegen seiner illegitimen Geburt aus der königlichen Erbfolge ausgeschlossen, und deshalb hatte man alle Hinweise darauf von den Wappen der Familie entfernt.

Martin sagte, wobei er das förmliche Ihr des Empfangs nun durch das vertraulichere Du ersetzte: »Dieses Arbeitszimmer hat während des Spaltkrieges einige Zeit deinem Vater gehört, Nicholas. Und davor deinem Großvater.«

Nicholas bemerkte, daß außer dem Wappen keine persönlichen Erinnerungsstücke oder Trophäen an der Wand hingen, sondern nur eine große Karte des Herzogtums und eine zweite des Königreichs. Ansonsten zierte nichts den kahlen Stein. Martins Schreibtisch war aufgeräumt, und abgesehen von einem einfachen Tintenfaß mit Feder, einer Stange Siegelwachs und einer Kerze deuteten nur zwei aufgerollte Pergamente auf Arbeit hin. Diese Ordnung kannte Nicholas von seinem Vater.

Der Junge wandte seine Aufmerksamkeit wieder seinem Onkel zu, der ihn eingehend beobachtet hatte. Nicholas errötete.

Martin lächelte. »Von hier stammt unsere Familie, Nicholas, vergiß das nicht.«

Nicholas zuckte mit den Schultern. »Vater hat mir viel von Crydee erzählt, und Amos findet mit seinen Geschichten nie ein Ende, doch ...« Er sah sich abermals um. »Ich weiß nicht, was ich erwartet habe.«

»Deswegen bist du ja hier. Arutha meinte, du solltest etwas

über dein Erbe erfahren. Nach den Maßstäben von Krondor geht es bei uns weniger fein zu«, fuhr er fort. »Und den Maßstäben von Rillanon nach geradezu einfach. Doch in den Dingen, auf die es ankommt, wird es dir gefallen.«

Nicholas nickte. »Und was genau soll ich hier machen?«

Martin sagte: »Das hat Arutha mir überlassen. Ich denke, ich werde dich zunächst einmal zu meinem Junker ernennen. Du bist zwar schon fast zu alt für diese Stellung, doch auf diese Weise kannst du zunächst immer in meiner Nähe bleiben, bis ich etwas gefunden habe, wo ich dich besser gebrauchen kann. Deinen Freund teile ich Marcus zu.«

Nicholas wollte widersprechen, doch Martin sagte: »Junker haben keine Junker, Nicholas.« Nicholas nickte.

»Heute abend werden wir einen Empfang geben, zu dem auch eine Truppe Schauspieler kommt, die in der Stadt ist. Und morgen wirst du mit der Arbeit beginnen.«

»Und worin wird die bestehen?«

»Haushofmeister Samuel wird Aufgaben für dich haben, und desgleichen Schwertmeister Charles und Pferdemeister Faxon. Du wirst jeden Tag einiges zu erledigen haben, und vor allem wirst du mir bei den Regierungsgeschäften des Herzogtums helfen. Vielleicht hast du die neuen Häuser auf der Südklippe und dahinter gesehen. Crydee ist auf dem Wege, der Mittelpunkt der Fernen Küste zu werden. Es gibt viel zu tun. Und jetzt wird dir ein Diener deine Zimmer zeigen.«

»Danke, Onkel Martin.« Nicholas erhob sich, und Martin ging um den Tisch herum, öffnete die Tür und winkte einen Diener herbei.

»Ab Morgen, Euer Hoheit, wirst du mich mit ›Euer Gnaden‹ anreden, und ich dich mit ›Junker‹.«

Nicholas errötete und war verlegen, wußte jedoch nicht weshalb. Er nickte und folgte dem Diener zu seinem Zimmer.

An diesem Abend saß Nicholas zwischen seinem Onkel und seinem Cousin Marcus. Das Essen war herzhaft und einfach, der Wein stark und wohlschmeckend, und die Unterhaltung war entsprechend. Nicholas sah den größten Teil des Abends an Onkel und Tante vorbei zu Abigail und Margaret. Die beiden Mädchen steckten die ganze Zeit die Köpfe zusammen, und manchmal errötete Nicholas, ohne daß er einen Grund dafür gewußt hätte. Einige Male versuchte er ein Gespräch mit Marcus anzufangen, bekam jedoch nur knappe Antworten und erntete überwiegend Schweigen. Nicholas beschlich das Gefühl, sein Cousin mochte ihn nicht.

Amos, Nakor und Ghuda Bulé saßen am entgegengesetzten Ende der Tafel, also konnte sich Nicholas mit ihnen nicht unterhalten. Sie hatten offensichtlich zusammen mit Schwertmeister Charles und Pferdemeister Faxon viel Spaß.

Harry versuchte, einen jungen Mann in ein Gespräch zu verwickeln. Der Mann sprach leise, deshalb mußte sich Harry ständig zu ihm vorbeugen. Er war kaum älter als die Jungen, so um die zwanzig. Sein blondes Haar hing bis auf die Schultern, und sein Pony war so lang, daß er kaum etwas sehen konnte, weshalb er sich ständig die Haare zurückstrich. Der junge Mann hatte blaue Augen, und falls er jemals lächeln würde, würde man ihn vielleicht sogar mögen können, dachte Nicholas.

»Cousin, wer ist das?«

»Das ist Anthony. Er ist Magier.«

»Wirklich?« fragte Nicholas, zufrieden, daß er endlich mehr als einen Satz aus seinen Cousin herausgeholt hatte. »Was macht er hier?«

»Mein Vater hat deinen Vater gebeten, in Stardock nachzufragen, ob sie uns einen Magier schicken. Schon vor Jahren.« Marcus zuckte mit den Schultern. »Hat irgend etwas mit Großvater zu tun.« Er legte den Rippenknochen weg, an dem er geknabbert hatte, tauchte seine Finger in ein Schälchen mit Wasser und wischte sie an einer Leinenserviette ab. »Hat dir dein Vater nie davon erzählt, daß es hier immer einen Magier am Hof gab?«

Nicholas zuckte mit den Schultern. Endlich führten sie doch so etwas Ähnliches wie ein Gespräch. »Er hat mir ein paar Geschichten erzählt. Über Kulgan und Pug. Pug habe ich auf der Reise hierher kennengelernt.«

Marcus sah immer noch den Magier an. »Anthony ist ein netter Kerl, und wenn man ihn besser kennt, ist er richtig freundlich. Aber er ist ein bißchen zurückhaltend. Wenn Vater ihn um einen Rat bittet, antwortet er meist ausweichend. Ich fürchte, die Magier in Stardock haben sich mit ihm einen Scherz erlaubt.«

»Wirklich?«

Marcus sah Nicholas mürrisch an. »Du fragst dauernd ›wirklich‹, als würde ich mir das ausdenken.«

»Tut mir leid«, meinte Nicholas und errötete ein wenig. »Nur so eine Angewohnheit. Eigentlich wollte ich fragen, wieso du glaubst, die Magier hätten sich einen Scherz erlaubt.«

»Weil er kein guter Magier ist, jedenfalls, soweit ich das beurteilen kann.«

Nicholas erwischte sich dabei, wie er gerade wieder »Wirklich?« fragen wollte. »Interessant. Ich meine, du kennst doch wahrscheinlich nicht so viele Magier, und die wenigen, die an den Höfen sind, betreiben ihre Magie doch nicht so, daß man ihnen dabei zusehen kann.«

Marcus zuckte mit den Schultern. »Ich denke, er kann schon etwas, aber, ich weiß nicht, wieso, da macht mich etwas an ihm mißtrauisch. Er hat Geheimnisse.«

Nicholas lachte. Marcus sah ihn fragend an. Nicholas sagte: »Das gehört nun einmal dazu. Verdunkelte Räume und Geheimnisse und so.«

Marcus zuckte abermals mit den Schultern und erlaubte sich ein schwaches Lächeln. »Vielleicht. Jedenfalls ist er Vaters Berater, gibt sich dabei jedoch nicht viel Mühe.«

»Weißt du, ich kannte Pferdemeister Faxons Vater. Ich wußte nicht, daß er dem alten Herzog so ähnlich ist.«

Marcus grunzte nur. »Gardan war schon ein alter Mann, als er aus Krondor zurückkam. Ich habe die Ähnlichkeit nie bemerkt.«

Nicholas merkte, wie das Gespräch ins Stocken geriet. »Traurig, daß er letztes Jahr gestorben ist.«

Marcus zuckte mit den Schultern. »Er ist nur noch fischen gegangen und hat Geschichten erzählt. Ich mochte ihn wohl, aber ...« Er zuckte abermals mit den Schultern. »Man wird alt, dann stirbt man. Das ist der Lauf der Welt.«

Jetzt zuckte Nicholas mit den Schultern. »Ich hatte ihn schon seit zehn Jahren nicht gesehen.« Als er merkte, wie geistlos die Unterhaltung geworden war, verfiel er für den Rest des Mahls in Schweigen.

Nach dem Essen erhob sich Martin und sagte: »Wir heißen unseren Cousin Nicholas herzlich bei uns willkommen.« Der versammelte Hof klatschte höflich. »Ab dem morgigen Tag wird er mir als Junker zur Seite stehen.« Bei diesen Worten warf Harry seinem Freund einen fragenden Blick zu. Nicholas zuckte mit den Schultern.

Martin sagte: »Und sein Begleiter, Harry von Ludland, wird der Junker meines Sohnes.«

Harry zog ein Gesicht, als würde er sagen: Nun, dann wäre die Frage auch beantwortet.

»Jetzt«, sagte Martin, »möchte ich euch allen eine gute Nacht wünschen.«

Er reichte Briana die Hand und führte die Herzogin vom Tisch zur Tür hinaus. Margaret und Abigail folgten ihnen, dann erhob sich Marcus. Er wandte sich an Harry und sagte: »Also gut, wenn du mein Junker bist, dann komm morgen früh vor Sonnenaufgang zu mir. Frag einen der Diener, wo mein Zimmer ist, und verspäte dich nicht.« Zu Nicholas sagte er: »Vater wird sicherlich auch das gleiche von dir erwarten.«

Nicholas machte sich nichts aus dem Ton seines Cousins, doch er gab sich seinerseits auch keine Mühe, höflich zu klingen. »Ich werde da sein.«

Marcus lächelte, und es war wie ein Schock für Nicholas, denn zum ersten Mal sah er auf dem Gesicht seines Cousins einen anderen Ausdruck als das nichtssagende Stirnrunzeln. »Ich gehe auch davon aus.« Er winkte zwei Diener herbei. »Bringt die beiden Junker in ihre Zimmer.«

Die Jungen folgten den beiden Dienern, und als sie an dem Magier vorbeikamen, sagte Harry: »Wir sehen uns, Anthony.«

Der Magier murmelte eine Erwiderung. Sie verließen den Saal und betraten einen langen Gang. Harry meinte: »Das war der Magier des Herzogs.«

»Ich weiß«, erwiderte Nicholas. »Marcus hat mir erzählt, er wäre nicht gerade gut bei seiner Arbeit.«

Harry hatte dazu offensichtlich keine Meinung. »Er ist aber ein ganz netter Kerl, nur ein wenig schüchtern. Nuschelt ein bißchen.«

Die Diener führten die beiden jungen Männer zu zwei nebeneinanderliegenden Türen. Nicholas öffnete seine. Das, was er betrat, konnte man höchstens als Zelle bezeichnen. Das Zimmer war kaum drei Meter lang und nur wenig breiter als zwei Meter. Auf dem Boden lag eine Strohmatratze, und eine Ecke des Zimmers wurde von einer kleinen Truhe eingenommen. Ein winziger Tisch, ein Stuhl und eine plumpe Lampe waren die sonstigen Möbelstücke. Nicholas drehte sich zu dem Diener um, der im Fortgehen begriffen war, und fragte: »Wo sind meine Sachen?«

Der Diener sagte: »In einem Lagerraum, Junker. Seine Gnaden sagte, Ihr würdet sie nicht brauchen, bis Ihr Euch wieder zur Abreise fertig macht, also ließ er sie in den Keller bringen. Alles was Ihr braucht, findet Ihr in der Truhe.«

Harry klopfte seinem Freund auf die Schulter. »Nun, Junker

Nicky, du solltest dich vielleicht lieber schlafen legen. Wir müssen morgen früh raus.«

»Laß mich nicht verschlafen«, meinte Nicholas.

»Und was ist dir das wert?«

»Wie wär's, wenn ich dich nicht verprügele?«

Harry dachte einen Moment darüber nach und nickte. »Hört sich fair an.« Lachend sagte er: »Mach dir nichts draus. Du wirst dich schon ans das Junkerdasein gewöhnen. Sieh dir mich an; ich war bisher doch gar nicht so ein schlechter.«

Er ging in sein Zimmer, und Nicholas sah Richtung Himmel, als wollte er sagen: »Weil du auch noch nie wie einer arbeiten mußtest.« Mit einer schlimmen Vorahnung betrat er seine Zelle, schloß die Tür und zog sich aus. Er blies die Lampe aus, suchte sich im Dunkeln den Weg zu der Matratze, legte sich auf den Strohsack und zog die eine Decke über sich. Den Rest der Nacht warf er sich unruhig und voll Angst hin und her.

Nicholas wurde wach, als es klopfte. Er tastete sich im Dunkeln zur Tür, wobei ihm bewußt wurde, daß er, ehe er die Lampe gelöscht hatte, nichts gesehen hatte, womit er sie wieder anmachen konnte. Er fand die Türklinke und öffnete die Tür. Harry, der davor stand, sagte: »Willst du vielleicht so losgehen?«

Nicholas kam sich so in Unterhosen ziemlich dumm vor und meinte: »Ich habe vergessen, nach dem Anzünder zu gucken, ehe ich das Licht gelöscht habe.«

»Er liegt auf dem Tisch, hinter der Lampe, wo er hingehört. Ich mache dir Licht, und du ziehst dich an.«

Nicholas klappte den Deckel der Truhe hoch und fand dort ein einfaches braun-grünes Gewand und eine ebensolche Hose, offensichtlich die Uniform der Junker von Crydee, da Harry das gleiche trug. Er zog sie an, und wenigstens paßten die Sachen einigermaßen. Als er sich die Stiefel anzog, fragte er: »Warum sollen wir eigentlich schon vor der Morgendämmerung auf sein?«

Harry stellte die jetzt brennende Lampe ab, schloß die Tür und meinte: »Bauern, schätze ich.«

»Bauern?«

»Na, du weißt schon. Leute vom Land. Die stehen immer vor Sonnenaufgang auf und gehen mit den Hühnern zu Bett.«

Nicholas grunzte vage zustimmend, während er sich weiter mit seinen Stiefeln beschäftigte. Sein linker Fuß schien leicht geschwollen zu sein, weshalb es schwierig war, den speziell dafür angefertigten Stiefel darüber zu ziehen. »Verdammt«, sagte er, »hier muß es feuchter sein als zu Hause.«

Harry erwiderte: »Hast du das auch schon bemerkt? Den Schimmel auf den Wänden neben deinem Bett hast du wohl noch gar nicht gesehen?«

Nicholas schlug nach Harry, der seiner Hand jedoch mit Leichtigkeit auswich. »Los«, sagte er lachend, »ich will nicht an meinem ersten Tag zu spät kommen.«

Nicholas und Harry waren ganz allein auf dem Gang, und plötzlich meinte Harry: »Wo sind die Diener?«

»Wir sind die Diener, du Dummkopf«, erwiderte Nicholas. »Ich glaube, ich weiß, wo die Zimmer der Familie liegen.«

Nach einigen Fehlversuchen hatten die Jungen endlich den Weg zu den Gemächern der Familie gefunden. Obwohl die Einrichtung hier im Vergleich zu der in Krondor sehr bescheiden aussah, war es doch sehr viel angenehmer als in den beiden Zellen, in denen die Jungen die Nacht verbracht hatten. Nicholas fragte einen Diener, der aus einem Zimmer kam, und der zeigte ihnen die Räume von Lord Martin, Lady Briana und dem jungen Meister Marcus.

Sie nahmen ihre Posten vor den Türen ein. Nach ein paar Augenblicken wagte Nicholas ein leises Klopfen. Die Tür ging auf, Martin sah heraus und sagte: »Ich bin sofort bei Euch, Junker.«

Ehe Nicholas antworten konnte: »Ja, Euer Gnaden«, schloß sich die Tür vor seiner Nase.

Harry grinste und wollte gerade anklopfen, als sich die Tür öffnete und Marcus herauskam. »Ihr seid spät, Junker«, schnauzte er. »Kommt mit.« Er eilte den Gang hinunter, und Harry mußte fast rennen, um nicht zurückzubleiben.

Kurz danach trat Martin aus seinem Schlafzimmer und ging ohne ein Wort den Gang hinunter. Nicholas folgte ihm. Doch Martin hatte nicht den großen Saal als Ziel, wie Nicholas vermutet hatte, sondern der Herzog machte sich durch den stillen Bergfried zum Haupteingang auf, wo die Stalljungen gerade die Pferde bereitstellten. Marcus und Harry ritten bereits zum Tor hinaus, als ein Diener Nicholas die Zügel in die Hand drückte.

Martin sagte: »Ihr könnt doch reiten?«

Nicholas erwiderte: »Natürlich ...«, und fügte eilig »Euer Gnaden!« an.

»Gut. Wir haben hier viele junge Pferde, die eine starke Hand brauchen.«

Nicholas stieg auf und war sogleich in einen Streit mit dem Pferd verwickelt. Doch ein scharfes Zerren am Zügel und ein paar Schenkeldrücke brachten das widerspenstige Tier zur Räson. Der Wallach war jung und vermutlich kürzlich erst beschnitten worden, weshalb er noch immer sehr wild war. Doch trotz des schweren Sattels kam Nicholas gut mit dem Pferd zurecht.

Aber Martin ließ ihm keine Zeit, sich Gedanken über die Feinheiten des Reitens zu machen, sondern wendete sein Tier und ritt auf das Tor zu. Nicholas setzte dem Pferd die Hacken in die Flanken. Er mußte sich ganz schön anstrengen, um den Wallach vorwärts zu bewegen. Und dann ging es los: Das Tier bockte und versuchte, im Hof herumzurennen. Nicholas verstärkte unwillkürlich den Druck seiner Schenkel, ließ sich in den Sattel fallen und brachte das Pferd mit festem Zügel dazu, im Kreis zu laufen. Das Tier beruhigte sich und trottete friedlich vor sich hin. Nicholas gesellte sich an die Seite des Herzogs.

»Habt Ihr wohl geruht, Junker?« fragte Martin.

»Nicht wirklich, Euer Gnaden.«

»Gefällt Euch Euer Quartier nicht?«

Nicholas hatte das Gefühl, er würde verspottet, doch der Herzog sah ihn nur gleichmütig an.

»Nein, es erscheint mir angemessen«, sagte er und vermied es, sich zu beschweren. »Es ist eher, weil alles so neu für mich ist, glaube ich.«

»Ihr werdet Euch an Crydee gewöhnen«, sagte Martin.

»Nimmt Euer Gnaden am Morgen nie etwas zu sich?« fragte Nicholas.

Martin lächelte, vielmehr zog er nur die Mundwinkel leicht nach oben, ganz so, wie es Arutha immer machte, und sagte: »Oh, es wird schon noch Frühstück geben, doch vorher werden wir noch zwei Stunden arbeiten, Junker.«

Nicholas nickte.

Sie kamen in die Stadt, in der schon reges Treiben herrschte. Die Läden mochten zwar ihre Fenster noch verrammelt und die Türen geschlossen haben, doch Arbeiter waren schon auf dem Weg zum Hafen, zu den Mühlen oder zu anderen Werkstätten. Fischerboote fuhren im Grau der Dämmerung hinaus aufs Meer. Die Sonne war noch nicht über die Berge in der Ferne gestiegen. Gerüche aus den Bäckereien erfüllten die Luft.

Als sie den Hafen erreichten, hörten sie eine bekannte Stimme. »Macht die Netze dort fertig!« rief Amos.

Der Admiral überwachte das Verladen von Vorräten. Marcus kam um eine Ecke und ging neben einem langsam fahrenden Wagen her, und Harry war einen Schritt hinter ihm. »Das ist der letzte, Vater«, rief Marcus.

Martin erklärte Nicholas nicht, was hier vor sich ging, doch der Prinz nahm an, es handelte sich um weitere Fracht für die neue Garnison im Norden. Der Herzog rief: »Amos, schaffst du es noch mit der Morgenflut?«

»Es wird knapp werden«, grummelte Amos, »aber wenn diese

tolpatschigen Affen die Fracht innerhalb der nächsten halben Stunde verladen haben, sollte es klappen.«

Den Hafenarbeitern schien das Gebrüll gleichgültig zu sein, sie machten sich einfach an die Arbeit und beluden die Netze. Als sie fertig waren, zogen die Männer am Kran die Fracht hoch und schwenkten sie über das Schiff, wo sie sie wieder senkten.

Amos kam zu Martin und Nicholas. »Es wird erst richtig hart werden, wenn wir das Ganze wieder löschen müssen. Ich schätze, die Soldaten der Garnison werden mit anpacken, aber wir werden nur mit Beibooten zwei oder drei Wochen brauchen, bis alles von Bord ist.«

»Wirst du auf dem Rückweg noch Zeit für einen Besuch bei uns haben?«

»Reichlich«, erwiderte Amos grinsend. »Selbst wenn es einen Monat dauert, kann ich noch ein paar Tage bei euch verbringen, ehe wir zurück nach Krondor fahren. Wenn das Ausladen schnell geht, könnte ich den Männern eine Woche Ruhe gönnen, bevor wir uns die Straße der Finsternis vornehmen.«

»Das würden sie sicherlich begrüßen«, meinte Martin.

Das Netz war rasch entladen. Martin sagte zu Nicholas: »Reitet zurück zur Burg und teilt Haushofmeister Samuel mit, daß ich in einer halben Stunde zum Essen da bin.«

Nicholas wollte schon gehen, da fragte er: »Soll ich hierher zurückkommen … Euer Gnaden?«

Martin fragte: »Was habt Ihr denn gedacht?«

Nicholas' Antwort klang selbst in seinen eigenen Ohren dumm. »Ich weiß nicht.«

Martins Tonfall war weder böse noch besonders nett. »Ihr seid mein Junker. Euer Platz ist an meiner Seite, solange ich Euch nichts anderes sage. Also kehrt Ihr, sobald Ihr getan habt, was ich Euch aufgetragen habe, zu mir zurück.«

Nicholas errötete, weil er nicht gleich darauf gekommen war. »Sofort, Euer Gnaden.«

Er gab dem Wallach die Sporen und ließ das Tier im leichten Galopp vom Hafengelände traben. In den Straßen der Stadt mußte er wegen der anderen Leute etwas langsamer reiten. Hier war fast jeder Reiter auch ein Adliger, deshalb machten die meisten Menschen Nicholas den Weg frei, wenn sie ihn kommen hörten. Dennoch mußte er vorsichtig sein. Dabei konnte er sich allerdings auch ein wenig umsehen. Die Läden machten inzwischen auf, und Straßenverkäufer stapelten ihre Waren auf Karren und Stände. Zwei junge Frauen, die vielleicht ein oder zwei Jahre älter waren als er selbst, tuschelten miteinander, als Nicholas vorbeiritt.

Crydee erschien ihm fremdartig. Es war weder wie die guten noch wie die armen Viertel von Krondor; es war ganz anders. Es gab keine Bettler und vermutlich auch keine Diebe. Er zweifelte, ob hier am Abend in der Nähe der Wirtshäuser Huren ständen. Im Hafenviertel vielleicht. Große Mühlen, Gerbereien und Färbereien waren auf den ersten Blick nicht zu entdecken. Kein Zweifel, diese Gewerbe würde es in Crydee auch geben, doch die Nase wies einem – anders als im Hafenviertel in der Stadt des Prinzen – nicht den Weg zu ihnen.

Doch trotz allem war Crydee eine Stadt – eine große, geschäftige Stadt, und als solche erregte sie gleichzeitig Nicholas' Staunen und machte ihm angst. Aber allmählich legte sich seine Aufregung, wurde durch die Neugierde auf den Ort und seine Menschen verdrängt.

Er erreichte den östlichen Stadtrand und ließ sein Pferd wieder in leichten Galopp fallen. Dabei trieb ihn weniger das Verlangen, ein guter Junker zu sein. Nein, es gab einen viel einfacheren Grund: er war hungrig.

Junker

Nicholas stolperte.

Harry meinte im Vorbeigehen: »Beeil dich, oder Samuel reißt uns die Ohren ab.«

In der Woche, seit sie in Crydee angekommen waren, hatten die Jungen ihren eigentlichen Feind kennengelernt: Haushofmeister Samuel. Der Mann war schon an die achtzig Jahre alt und hatte bereits zu Zeiten von Nicholas' Großvater gedient. Und er konnte noch immer gut mit der Rute umgehen.

Am Morgen nach Amos' Abreise hatte Harry, während er mit einem Auftrag unterwegs war, zwei Mädchen kennengelernt und war reichlich spät zurückgekommen. Als Samuel ihm die Rute zeigte, hatte Harry noch Witze gemacht, denn er war nicht mehr verprügelt worden, seit er das Anwesen seines Vaters verlassen hatte. Doch der alte Mann scherzte nicht, und Harry hatte die Strafe schulterzuckend über sich ergehen lassen wollen, bis er merkte, wieviel Kraft Samuel noch in den Knochen hatte. Nicholas hatte versucht, einer ähnlichen Bestrafung aus dem Wege zu gehen, doch am dritten Tag hatte er einige der Aufgaben, die er für den Herzog zu erledigen hatte, verpfuscht. Er hatte gehofft, sein Rang würde ihn schützen, doch Samuel hatte nur gesagt: »Ich habe seinerzeit schon deinen Onkel, den König, verhauen, Junge.«

Die beiden Junker rannten über den Hof, wo sie sich mit ihrem Herrn beim ersten Tageslicht treffen sollten. Der Haushofmeister würde ihnen dann mitteilen, ob es Aufgaben außer der Reihe gab, oder ob sie sich auf ihren gewohnten Posten von den Türen von Martin und Marcus einfinden sollten. Normalerweise mußten sie jederzeit für den Herzog und seinen Sohn verfügbar sein, doch manchmal hatte sich Martin etwas anderes für sie ausgedacht, und dann gab er Samuel die entsprechenden Anweisungen.

Sie erreichten den Gang, der zum Arbeitszimmer des alten Mannes führte, und sahen, wie er gerade die Tür aufmachte. Die Regel war einfach: Sollten sie noch nicht anwesend sein, wenn der alte Mann hinter seinem Schreibtisch Platz genommen hatte, dann waren sie zu spät und wurden bestraft.

Sie rannten den Gang entlang und traten durch die Tür, als sich Samuel gerade setzte. Er zog eine der fast weißen Augenbrauen hoch und meinte: »Gerade noch geschafft, was, Jungs?«

Harry versuchte ein Lächeln, was ihm nicht ganz gelang. »Irgend etwas Besonderes, Sir?«

Samuel kniff die Augen zusammen, während er nachdachte; dann sagte er: »Harry, du gehst zum Hafen und fragst, ob das Paket von Carse heute nacht eingetroffen ist. Der Herzog will Bescheid wissen.« Harry wartete nicht ab, ob Nicholas auch eine besondere Aufgabe bekam; wenn der Haushofmeister einen Befehl ausgesprochen hatte, dann verweilte man als Page oder Junker nicht länger. Samuel fuhr fort: »Nicholas, du gehst zu deinem Meister.«

Nicholas eilte zum Zimmer des Herzogs. Jetzt spürte er seine Müdigkeit. Er war nicht gerade ein Frühaufsteher.

Seit dem Morgen nach dem Empfangsbankett war die Neuartigkeit der Burg dem Alltag gewichen. Entweder mußte man sich abhetzen, oder man stand irgendwo herum. Der Tag dauerte von der Dämmerung bis zum Abendessen. Eigentlich hatte der Prinz etwas anderes von Crydee erwartet.

Er kam zu Martins und Brianas Schlafzimmer, lehnte sich an die Wand und wartete. Er sah durch das Fenster, welches hinaus auf den Hof ging. Der Morgen graute, und obwohl Nicholas die Wahrzeichen von Crydee mittlerweile schon gut kannte, konnte er in der Dämmerung noch keine Einzelheiten ausmachen. In einer Stunde würde die Sonne aufgehen.

Er gähnte und wünschte sich zurück in sein hartes Bett. Nein, eigentlich wünschte er sich in sein Bett in Krondor zurück. Nun gut, wenn man müde war, konnte man selbst auf Stroh schlafen, bequem war es deshalb allerdings noch lange nicht. Nicholas hatte immer noch Heimweh, es beschränkte sich jedoch auf die wenigen Augenblicke, wenn er – wie jetzt – Zeit zum Grübeln hatte. Sonst hatte er einfach zu viel zu tun.

Hier bei seinem Onkel fühlte er sich unbehaglich. Ehe er in Crydee angekommen war, hatte er Martin als großen Mann mit starken und sanften Händen in Erinnerung gehabt, der ihn als Kind auf den Schultern getragen hatte. Das war jetzt bald vierzehn Jahre her. Martin hatte den Hof des Prinzen in der Zwischenzeit zwar noch einmal besucht, aber Nicholas hatte damals krank im Bett gelegen und Martin nur fünf Minuten lang gesehen. Und jetzt stand er anstelle des netten großen Onkels einem reservierten Mann gegenüber.

Anders als Samuel verlor Martin nicht die Beherrschung, hob nie die Stimme. Doch er konnte die Jungen so ansehen, daß sie am liebsten im Erdboden versinken würden. Wenn Nicholas oder Harry eine Aufgabe nicht zur Zufriedenheit erledigten, sagte er zwar nichts, wandte sich aber mit unausgesprochener Mißbilligung ab. Sollten die Jungen ihre Fehler doch selbst berichtigen.

Harry hatte wenigstens Marcus, der mehr als gewillt war, ihn mit der Nase auf seine Fehler zu stoßen. Einer der Diener hatte ihnen erzählt, daß Marcus bis zu ihrer Ankunft selbst als Junker bei seinem Vater gedient hatte und jetzt jene Maßstäbe anlegte, nach denen er gearbeitet hatte. Nicholas hatte einmal den Fehler gemacht und protestiert. Er hielt es nicht für richtig, jemanden zu schelten, weil der nicht wußte, wo sich das, was er holen solle, befand. Marcus hatte nur kühl gesagt: »Dann müßt Ihr eben herausbekommen, wo es sich befindet.«

Die Tür ging auf, und Nicholas wurde wieder wach. Briana kam vor ihrem Gemahl heraus und lächelte. »Guten Morgen, Junker.«

»Meine Dame«, sagte Nicholas und verbeugte sich. Seine höflichen Manieren brachten sie immer zum Lächeln, und das war zu so etwas wie einem Spiel zwischen ihnen geworden.

Martin schloß die Tür und sagte: »Nicholas, die Herzogin und ich reiten heute morgen allein. Laßt die Pferde bereit machen.«

»Euer Gnaden«, sagte Nicholas und war schon unterwegs. Wenn Briana und Martin in der Dämmerung ausritten, blieben sie gewöhnlich zwei bis drei Stunden draußen, und daher würden sie sich in der Küche noch mit etwas Proviant versorgen. Nicholas entschied, daß hier ein wenig Einsatz gefragt war, und stürmte zur Küche.

In der Küche wurde schon gearbeitet, um das Essen für die fast zweihundert Menschen zuzubereiten, die innerhalb der Mauern von Burg Crydee lebten. Der Küchenmeister Megar, ein kräftiger alter Mann, stand in der Mitte der Küche und überwachte die Arbeit seiner Untergebenen. Seine alte Frau, Magya, hielt sich in der Nähe des Herds auf und beobachtete mit aufmerksamem Blick, was dort gekocht wurde. Nicholas verlangsamte seine Geschwindigkeit, ehe er eintrat und sagte: »Küchenmeister, der Herzog und seine Gemahlin reiten heute morgen aus.«

Megar schenkte Nicholas ein freundliches Lächeln. Die Küche hatte sich als der einzige Ort in der Burg herausgestellt, an dem Harry und Nicholas warmherzig begrüßt wurden, denn der alte Koch und seine Frau schienen die Jungen zu mögen. »Ich weiß, Junker, ich weiß.« Er zeigte auf eine Satteltasche, die gerade mit Essen gefüllt wurde. »Aber gut, daß Ihr daran gedacht habt«, fügte er grinsend hinzu. »Und jetzt ab zum Stall mit Euch!«

Freundliches Gelächter schallte Nicholas hinterher, als er aus der Küche eilte und zum Stall jagte. Dort war noch alles ruhig – offensichtlich schlief der alte Rulf, seines Zeichens oberster Stallknecht, noch. Wie der Mann zu seinem Rang gekommen war, blieb Nicholas ein Rätsel, obwohl er gehört hatte, daß schon Rulfs Vater diese Stellung innegehabt hatte. Als der Junge durch den dunklen Stall hetzte, wieherten die Pferde zur Begrüßung, und manche steckten neugierig ihre Köpfe durch die Stalltüren, um zu sehen, ob da vielleicht etwas zu essen kam.

Am gegenüberliegenden Ende des Ganges zwischen den Boxen stieß er fast mit jemandem zusammen, den er in der Dunkelheit übersehen hatte. Ein Gesicht wandte sich ihm zu, und eine leise Stimme sagte: »Still, Junker.«

Pferdemeister Faxon zeigte durch die Tür, und auf dem Stroh lag der stämmige Rulf und schnarchte, daß sich die Balken bogen.

»Solch einen friedlichen Schlaf möchte man gar nicht stören.«

Nicholas versuchte ein Grinsen. »Der Herzog und die Herzogin wollen heute morgen ausreiten, Pferdemeister.«

»Nun, in diesem Fall ...« sagte Faxon, nahm einen Wassereimer, trat einen Schritt in den kleinen Raum und leerte den Inhalt auf die schlafende Gestalt. Rulf setzte sich keuchend auf und stieß einen verärgerten Schrei aus. »Grmpf! Was –«

»Du Hornochse!« schrie Faxon, und alle Freundlichkeit war aus seinem Benehmen verschwunden. »Der Tag ist schon halb vorbei, und du liegst noch immer im Bett und träumst von den Mädchen in der Stadt.«

Rulf setzte sich prustend auf, sah Nicholas und kniff für einen Moment die Augen zusammen, als wäre der Junge der Grund seines Elends. Dann wurde er richtig wach und erkannte den Pferdemeister. »Tut mir leid, Meister Faxon.«

»Herzog Martin und Lady Briana brauchen ihre Tiere! Wenn die Pferde nicht gesattelt vor dem Eingang stehen, wenn sie auf der Treppe erscheinen, dann nagle ich deine Ohren an die Stalltüren.«

Der schwere Mann erhob sich mit verdrießlichem Gesicht, sagte jedoch nur: »Sofort, Meister Faxon.« Er wandte sich zum Heuboden hoch und schrie: »Tom! Sam! Ihr faulen Kerle! Raus aus den Federn! Hier gibt es Arbeit, und ihr habt mich nicht geweckt, wie ich euch aufgetragen habe!«

Vom Heuboden hörte man als Antwort verschlafenes Grunzen, und einen Augenblick später kletterten die beiden jungen Männer die Leiter herunter. Sie waren nur ein Jahr auseinander, Mitte zwanzig, und beide waren Rulf unübersehbar ähnlich. Er fluchte und zeigte ihnen die Pferde, die sie satteln sollten. Zu Faxon sagte er: »Wird sofort erledigt sein, Meister Faxon.«

Nicholas wandte sich Faxon zu, der seinerseits die drei betrachtete. »Wenn ich es nicht besser wüßte, Junker, würde ich es nicht glauben, aber sie gehen ungewöhnlich gut mit Pferden um. Rulfs Vater war der Stallknecht von Pferdemeister Algon, als ich noch ein Junge war.«

»Behaltet Ihr Rulf deswegen noch hier?« fragte Nicholas.

Faxon nickte. »Ihr werdet es Euch vielleicht nicht vorstellen können, doch er war ausgesprochen tapfer, als uns die Tsurani während des Spaltkriegs belagerten. Viele, viele Male hat er den Soldaten Wasser gebracht, mitten in die Schlacht hinein und mit nichts anderem als zwei Eimern bewaffnet.«

»Wirklich?«

Faxon grinste. »Wirklich.« Er sah in den Gang hinein, wo Rulf und seine Söhne die Pferde sattelten. »Rulf tut mir leid. Als seine Frau starb, starb mit ihr das einzige Schöne in seinem Leben. Er und seine Söhne haben nur sich und den Stall. Sie haben ihre Zimmer im Dienstbotentrakt, doch sie schlafen fast immer hier.«

Nicholas nickte. Er hatte Diener immer für eine ganz normale Sache gehalten, und über die, die ihn in Krondor bedient hatten, wußte er nichts. Er hatte angenommen, sie würden in ihren Zimmern verschwinden und dort warten, bis sie wieder gebraucht würden. Er erwachte aus seinen Tagträumen und sagte: »Ich mache mich am besten wieder zum Herzog auf.«

»Die Pferde werden bereit stehen«, antwortete Faxon.

Nicholas eilte zurück in die Küche, und dort fand er Martin und Briana, die den Proviant begutachteten. Der Herzog und seine Gemahlin stimmten der Auswahl an Speisen zu. Briana machte zwei Dienerinnen ein Zeichen, sie sollten mit ihr kommen. Martin machte sich auf den Weg zur Waffenkammer, und Nicholas schloß sich ihm ohne ein Wort an. Als sie in der Waffenkammer ankamen, salutierte der wachhabende Soldat und öffnete die Tür für Martin und Nicholas.

Drinnen wartete Martin, während Nicholas rasch eine Lampe entzündete. Das Licht tanzte über poliertes Metall. Reihen von Schwertern und Lanzen, Schilden und Helmen bedeckten die Wände. Nicholas eilte zur nächsten Tür und hielt sie Martin, seinen Wunsch vorausahnend, auf.

Martin ging in die kleine Kammer, in der seine persönlichen Waffen aufbewahrt wurden, und suchte sich von den Langbögen an der Wand einen aus. Er gab ihn Nicholas, während er sich einen Köcher mit langen Pfeilen füllte. Nicholas hatte noch nie einen Langbogen im Einsatz gesehen, da die Soldaten in Krondor alle mit Armbrüsten bewaffnet waren oder kleinere Bögen benutzten, wie sie in der Kavallerie üblich waren, hatte jedoch Geschichten über die furchterregende Wirkung dieser Waffe gehört: Ein geübter Schütze konnte mit den mit Eisenspitzen versehenen Pfeilen fast jede Rüstung durchdringen.

Nicholas wußte, daß sein Onkel bei seinem Großvater als Jagdmeister gedient hatte, zu jener Zeit, als Martins Geburtsrechte noch nicht öffentlich bekannt gemacht worden waren. Kurz vor seinem Tod hatte Lord Borric seinen ältesten Sohn anerkannt und ihn zum Herzog von Crydee ernannt, zum Erben des Titels seines Vaters. Dessen ungeachtet hatte Martin immer noch den Ruf, einer der besten Bogenschützen des Westlichen Reiches zu sein.

Der Herzog gab Nicholas den Köcher. Er betrachtete eine Reihe von Klingen auf einem Tisch, suchte sich zwei lange Jagdmesser aus und reichte sie ebenfalls Nicholas. Daraufhin wählte er einen zweiten Bogen für Herzogin Briana und reichte ihn Nicholas. Ein weiterer Köcher Pfeile vervollständigte die Ausrüstung, dann gingen sie los.

Sie kamen auf den Hof, wo Lady Briana zwischen zwei Pferden wartete. Nicholas mußte nicht erst gesagt werden, daß dies nicht nur ein morgendlicher Ausritt, sondern ein Jagdausflug war, und der Herzog und seine Gemahlin wahrscheinlich für einen Tag oder länger – falls sie sich für eine Nacht im Wald entschieden – abwesend sein würden.

Harry kam angerannt und sagte keuchend: »Euer Gnaden. Vom Postschiff aus Carse gibt es noch keine Nachricht.«

Martins Gesicht verdüsterte sich. »Marcus soll eine Nachricht an Lord Bellamy in Carse verfassen und sie mit einer Taube losschicken. Er soll fragen, ob das Boot aus irgendeinem Grund nach Carse zurück gekommen ist.«

Harry verbeugte sich und wollte davonlaufen, doch Martin hielt ihn zurück. »Und, Junker ...«

»Euer Gnaden?«

»Nächstes Mal, wenn Ihr im Hafen einen Auftrag zu erledigen habt, nehmt Ihr ein Pferd.«

Harry grinste blöd und verbeugte sich. »Euer Gnaden«, sagte er und machte sich auf, um Martins Wunsch nachzukommen.

Briana stieg auf, ohne auf unnötige Hilfe zu warten, und Nicholas reichte ihr Bogen, Köcher und Messer. Nachdem Martin ebenfalls aufgestiegen war, gab ihm Nicholas die verbliebenen Waffen.

Martin sagte: »Wir werden vielleicht bis morgen zum Sonnenuntergang abwesend sein, Junker.«

Nicholas fragte: »Euer Gnaden?«

»Heute ist Sechstag, falls es Eurer Aufmerksamkeit entgangen ist.« War es. »Ihr habt den Nachmittag zu Eurer eigenen Verfügung. Fragt Meister Samuel wegen weiterer Anweisungen, bis wir wieder zurück sind.«

»Ja, Euer Gnaden.«

Als sie zum Tor hinausritten, seufzte Nicholas. Sechstag: der Tradition nach war die zweite Hälfte des Tages für die Kinder in allen Burgen und Palästen Freizeit. Der Siebentag war der Tag der Besinnung und der Gottesdienste, obwohl in Krondor auch an diesem Tag viele Diener Nicholas' Wünschen hatten nachkommen müssen. Er und Harry waren vor einer Woche an einem Siebentag angekommen, und so hatte er keine Ahnung, was ihn in seiner ersten freien Zeit, seit er in Crydee von Bord gegangen war, erwartete.

Der Lärm von Jungen hallte vom Seitenhof in der Nähe eines kleinen Gartens herüber, der von allen der Garten der Prinzessin genannt wurde. Hier hatte die Tante von Nicholas, Prinzessin Carline, viel Zeit verbracht, als sie noch in Crydee gelebt hatte, und der Name war geblieben.

Auf dem Platz war ein rauhes Fußballspiel im Gange, bei dem ein Soldat den Schiedsrichter machte. Die Mannschaften setzten sich aus den Söhnen der Diener der Burg, einigen wenigen Pagen und zwei der jüngeren Junker zusammen. Mit Kreidelinien hatten man ein Feld abgegrenzt, an dessen Enden zwei abgenutzte Tore standen. Vielleicht war es nicht ganz so edel wie das grüne Rasenfeld im Stadion von Krondor, doch man konnte darauf Fußball spielen.

An einer Stelle auf der niedrigen Gartenmauer, von wo aus man alles überblicken konnte, saßen Margaret, Abigail und Marcus und sahen zu. Nakor und Ghuda schauten von der anderen Seite des Feldes zu und standen in einer Gruppe von Soldaten. Die beiden Männer winkten Nicholas zu. Er winkte zurück.

Nicholas war den ganzen Morgen für den Haushofmeister herumgelaufen und hatte sich schließlich zu einem schnellen Mittagessen in die Küche gestohlen, wo er das zu sich nahm, was Magya für die Jungen zubereitet hatte. Dann war er aufgebrochen, um herauszufinden, was er in seiner freien Zeit anstellen konnte. Er wollte gerade in sein Zimmer gehen, als der Lärm an sein Ohr drang.

Marcus nickte ihm zu, und die Mädchen lächelten. Nicholas sprang hoch, setzte sich auf die Mauer neben Abigail und beugte sich vor, um Marcus' Gruß zu erwidern. Dann sah er zu Abigail, die ihn warm anlächelte und sagte: »Ich habe Euch lange nicht gesehen, Hoheit, außer wenn Ihr von einen Ort zum anderen gerannt seid.«

Als er Abigail ansah, brannten seine Augen plötzlich. »Der Herzog hat immer etwas für mich zu tun, meine Dame.« Er wandte seine Aufmerksamkeit dem Spiel zu. Was den Jungen an Können fehlte, machten sie durch Begeisterung wett.

»Habt Ihr in Krondor Fußball gespielt, Junker?« fragte Marcus, wobei er das letzte Wort betonte. Während er sprach lehnte er sich herüber und legte seine Hand auf Abigails. Die Geste entging Nicholas nicht.

Nicholas fühlte sich auf einmal selbstsicherer. »In Krondor haben wir Mannschaften, die von den Gilden, Händlern und einigen Adligen Geld bekommen.«

»Ich habe gemeint, ob Ihr selbst spielt?«

Nicholas erwiderte: »Nicht oft.«

Marcus warf einen Blick auf Nicholas' Fuß und nickte leicht. Die Geste seines Cousins brachte ihm nicht gerade Nicholas' Zuneigung ein.

Margaret sah von ihrem Bruder zu Nicholas, und ihr gleichgültiger Gesichtsausdruck wurde zu einem leicht amüsierten, als Nicholas sagte: »Aber wenn ich Zeit zum Spielen hatte, war ich immer ziemlich gut.«

Marcus kniff die Augen zusammen. »Selbst mit deinem Fuß?«

Nicholas spürte, wie er errötete, und wurde langsam ärgerlich. »Ja, selbst mit meinem Fuß.«

Harry erschien und hatte ein Stück Brot und Käse in der Hand; Marcus sah nun ihn eine Weile an. Der Sohn des Herzogs wußte, daß Harry bis zum Morgen mit seiner Zeit anfangen konnte, was er wollte. Harry winkte allen zu und fragte: »Wie ist das Spiel?«

Nicholas sprang von der niedrigen Mauer und sagte: »Wir spielen mit.«

Harry schüttelte den Kopf. »Ich esse gerade.«

Lächelnd meinte Marcus: »Ich spiele auf der anderen Seite mit, damit es ausgeglichen bleibt.«

Harry grinste nur, als er sich auf den Platz von Nicholas neben Lady Margaret setzte, der nun frei war. »Mach ihm die Hölle heiß, Nicky«, feuerte er den Prinzen an.

Nicholas streifte sein Hemd ab und spürte die warme Sonne und die kühle Brise vom Meer auf seiner Haut. Er kannte kaum jemanden auf dem Spielfeld, nur zwei der Pagen, aber er kannte das Spiel. Und von Marcus' Verhalten irritiert, mußte er seinen Ärger herauslassen.

Einen Augenblick später ging der Ball ins Aus. Marcus holte ihn sich und sagte: »Ich werfe ein.«

Nicholas rannte auf das Feld und fragte: »Wie heißt du?«

Der Junge sagte: »Robert, Hoheit.«

Nicholas runzelte die Stirn. »Ich bin nur der Junker des Herzogs. Wer ist alles bei uns in der Mannschaft?«

Robert zeigte Nicholas schnell die sieben Mitspieler ihrer Mannschaft, und Nicholas meinte: »Ich übernehme Marcus.«

Robert grinste und nickte. »Das Vorrecht wird dir keiner streitig machen, Junker.«

Plötzlich war Nicholas in Bewegung und jagte dem Jungen, der Marcus' Einwurf annehmen wollte, den Ball ab. Er rutschte mit dem Körper dazwischen und spielte den Ball einem der Jungen aus seiner Mannschaft zu.

Harry lachte schallend. »Wenn Nicholas eins kann, dann Einwürfe abfangen.«

Margaret sah zu, wie ihr Cousin wieder aufstand und erneut auf den Ball zurannte. »Das muß wehgetan haben.«

»Er ist ein zäher Brocken«, meinte Harry nur. Er sah die beiden Mädchen an und fragte: »Sollen wir Wetten abschließen?«

Die Mädchen sahen sich an. »Wetten?«

»Wer gewinnt«, erklärte Harry, während sich Marcus den Ball erkämpfte und ihn einem Mannschaftskameraden zuspielte.

Abigail schüttelte den Kopf. »Ich weiß nicht, wer besser ist.«

Margaret gab ein gar nicht damenhaftes, geringschätziges Schnauben von sich. »Keiner ist besser, aber sie werden sich gegenseitig umbringen, um das herauszufinden.«

Abigail schüttelte den Kopf, als einer aus Marcus' Mannschaft Nicholas hart von hinten anrempelte, und zwar so, daß der Schiedsrichter es nicht sehen konnte und es keinen Freistoß gab. Der Junge erwischte Nicholas hart am Hinterkopf, und der Prinz sah einen Augenblick lang Sterne. Marcus schüttelte mitleidig den Kopf, während sich Nicholas aufrappelte und wieder auf die Beine kam. Der Junge, der Nicholas zu Boden geworfen hatte, war bereits wieder in einem anderen Teil des Felds. »Ihr solltet einen klaren Kopf behalten«, rief Marcus Nicholas zu. »Das Spiel ist nichts für zarte Gemüter.«

Nicholas meinte daraufhin nur: »Habe ich schon gemerkt.«

Dann rannten die beiden Jungen dem Ball hinterher.

Harry sagte: »Verdammt, die sehen sich wirklich ungeheuer ähnlich.«

Abigail meinte: »Sie könnten Brüder sein.«

In der Mitte des Getümmels hakelten sowohl Marcus als auch Nicholas nach dem Ball und versuchten, ihn aus dem Gedränge herauszuholen.

Harry warf den beiden Mädchen einen Blick zu und fragte nochmals: »Wie ist es mit der Wette?«

Margaret lächelte schief. »Und die Einsätze?«

»Einfach«, meinte Harry und gab sich lässig. »In zwei Wochen ist ein Fest, habe ich gehört. Ihr braucht einen Begleiter.«

Margaret lächelte und blickte Abigail an. »Wir beide?«

Harry wieherte. »Warum nicht. Das wird die beiden verrückt machen.«

Margaret lachte laut. »Ihr seid vielleicht ein schöner Freund.«

Harry zuckte mit den Schultern. »Ich kenne Nicholas, und falls ich mich nicht irre, werden er und Marcus gerade für lange Zeit Rivalen.« Er sah Abigail an und meinte: »Ich glaube, sie sind ganz hin und weg, meine Dame.« Abigail hatte genug Anstand und errötete, doch ihr Gesichtsausdruck verriet, wie wenig sie diese Bemerkung überraschte.

»Und was habt Ihr für Absichten, Junker?«

Margarets freimütige Frage erwischte Harry ohne Deckung. »Was, ich? Ich habe keine Absichten«, erwiderte er verwirrt.

Margaret patschte ihm vertraulich aufs Bein, und jetzt errötete Harry. »Wenn Ihr das sagt, Junker.«

Harry spürte die Wärme von Margarets Hand auf seinem Schenkel, erstarrte und wünschte sich an irgendeinen Ort der Welt, wenn er nur nicht mehr neben dem Mädchen sitzen müßte. Er hatte nie Schwierigkeiten gehabt, sich mit den Mädchen im Palast von Krondor zu unterhalten, die entweder Dienstmädchen waren und deshalb unter ihm standen, oder einfach jünger waren. Doch dieses Mädchen wirkte weder so schüchtern noch so unerfahren wie die anderen.

Abigail betrachtete das Spiel, wobei ihre Zuneigung beiden Seiten galt, während Margaret wenig Interesse zeigte. Sie schaute sich um, entdeckte Anthony im Garten hinter ihnen und winkte ihn zu sich.

Der junge Magier kam heran und verbeugte sich ehrerbietig. Margaret lächelte ihn an. »Anthony, wie geht es Euch?«

»Danke, meine Dame«, sagte er leise. »Ich dachte, ich sollte mal ein bißchen an die frische Luft gehen und dem Spiel zuschauen.«

»Setzt Euch doch neben Abigail«, wies ihn Margaret an. »Sie braucht Unterstützung. Wegen ihr vergießen zwei Dummköpfe gerade ihr Blut.«

Abigail wurde sichtlich rot, und mit kalter Stimme sagte sie:

»Das ist überhaupt nicht lustig, Margaret.« Die beiden Mädchen standen sich nicht besonderes nahe; Margaret hatte den größten Teils ihrer Kindheit mit ihrem Bruder und dessen rauhen Freunden verbracht. Die wenigen Mädchen aus der Stadt – Töchter der reicheren Händler –, die sie als Gefährtinnen auserwählt hatte, waren wie Margarets Lehrer entsetzt gewesen, als die Tochter des Herzogs sich immer wieder geweigert hatte, sich wie eine junge Dame zu benehmen. Ihre Mutter war in ihrer Jugend eine Kriegerin gewesen und sah in vielem, was die Lehrer Margaret beibringen wollten, keine Vorteile, abgesehen vom Lesen und Schreiben. Und sie bestrafte Margaret auch selten, wenn sie die Handarbeiten liegenließ und statt dessen reiten oder auf die Jagd ging.

Abigail war nur die letzte in einer langen Reihe von Gefährtinnen der rauhen Tochter des Herzogs und paßte kaum besser zu Margaret als die anderen.

Margaret sagte: »Ich glaube, es ist aber doch lustig.«

Harry lächelte und war erleichtert, weil ihre Aufmerksamkeit jetzt nicht mehr ihm galt. Während die Tochter des Herzogs dem Spiel zusah, betrachtete er ihr Profil. Auf den ersten Blick war sie nicht besonders schön, doch in ihrer aufrechten und stolzen Haltung war etwas Fürstliches: das Selbstbewußtsein einer Frau, die keine Zweifel an ihrem Können und ihrem Platz in der Welt hat. Harry fühlte sich auf einmal unterlegen.

Das Spiel ging hin und her, und Harry fiel auf, daß sich Nicholas irgendwann in den letzten fünf Minuten eine blutige Nase geholt haben mußte. Er suchte nach Marcus; der war nicht weit von Nicholas entfernt und hatte ein geschwollenes Auge.

Harry machte Nakor über das Feld hinweg auf sich aufmerksam, und der kleine Mann verdrehte die Augen und tippte mit dem Finger an den Kopf. Harry fragte mit einer Geste, was er so verrückt fände, und Ghuda, der ihrem Gedankenaustausch gefolgt war, zeigte auf die beiden Jungen. Harry lachte.

Margaret fragte: »Was ist?«

»Sie spielen ziemlich hart hier.«

Margaret lachte wenig damenhaft. »Nur, wenn sie sich jemandem beweisen wollen, Harry.«

Harry hatte Nicholas niemals so aggressiv spielen sehen. Der Junge hatte immer zuerst seinen Kopf und seine Flinkheit eingesetzt, egal welchen Sport er trieb, doch jetzt wirbelte er ohne nachzudenken auf dem Feld herum.

Marcus schob sich von Nicholas fort, versuchte, einen Paß abzufangen, und jagte in Richtung Tor. Nicholas war sofort hinter ihm her.

Margaret lachte schon wieder, während Abigail ihre Hände in den Schoß gedrückt hielt. Auf ihrem Gesicht machte sich ein sorgenvoller Ausdruck breit. Harry wollte gerade losjubeln, aber der Ruf erstarb in seiner Kehle. Nicholas humpelte, und Harry wußte, er würde Marcus nicht mehr einholen. Nicholas strengte sich an, doch irgend etwas stimmte nicht.

Harry sprang von der niedrigen Mauer, und Margaret fragte: »Was ist?«

Er kümmerte sich nicht um sie, sondern rannte zum gegenüberliegenden Rand des Feldes, wo Nicholas zu Boden fiel. Niemand achtete auf ihn, da Marcus in diesem Moment das Siegtor schoß. Der Schiedsrichter beendete das Spiel. Während sich die Gewinner um Marcus scharten, erreichte Harry Nicholas.

Er kniete sich neben seinem Freund hin und fragte: »Nicholas? Was hast du?«

Das Gesicht des Prinzen war leichenblaß, und Tränen rannen ihm über die Wangen. Er griff nach seinem linken Bein und keuchte: »Hilf mir auf.«

»Nein, verdammt, du bist verletzt.«

Nicholas packte Harry an der Jacke und zischte ärgerlich: »Hilf mir auf die Beine.« In seiner Stimme schwang Schmerz mit. Harry nahm Nicholas' Arm und half ihm auf.

Marcus und die anderen Jungen kamen auf sie zu, und Nakor und Ghuda näherten sich von der anderen Seite des Spielfeldes. Der Sohn des Herzogs fragte: »Ist alles in Ordnung mit Euch?«

Nicholas zwang sich zum Lächeln und meinte: »Ich habe mir nur den Knöchel ein wenig verrenkt, das ist alles.« Harry konnte die Stimme seines Freundes kaum wiedererkennen, und der Junker sah, wie kreidebleich sein Gesicht war. »Harry bringt mich auf mein Zimmer. Wird schon wieder werden.«

Nakor sah ihn durchdringend an, und ehe Marcus etwas sagen konnte, fragte er: »Hast du dir etwas gebrochen?«

Nicholas sagte: »Nein, mir geht es gut.«

Ghuda meinte: »Ich habe schon besser aussehende Leichen gesehen, mein Sohn. Laßt mich Euch in Euer Zimmer bringen.«

Doch bevor der alte Söldner dazu kam, hatte Anthony Nicholas' freien Arm ergriffen und sagte: »Ich helfe ihm.«

Die Mädchen waren inzwischen auch da, und Margaret vergaß allen Spott und fragte: »Geht es Euch gut?«

Nicholas zwang sich abermals zum Lächeln. »Ja.«

Abigail stand schweigend neben der Tochter des Herzogs, doch in ihren Augen konnte man deutlich die Sorge um Nicholas erkennen, der jetzt von Harry und Anthony gestützt davonhumpelte.

Sie hatte gerade den Garten hinter sich gebracht, als Nicholas in Ohnmacht fiel.

Nicholas kam wieder zu sich, als sie sein Zimmer erreichten. Anthony und Harry legten ihn auf seiner Strohmatratze ab, und Harry fragte: »Was ist denn passiert?«

Nicholas antwortete: »Mir ist jemand auf meinen schlimmen Fuß getreten, und es hat sich angefühlt, als wäre etwas gebrochen.« Sein Gesicht war immer noch leichenblaß, und Schweiß stand auf seiner Stirn.

Anthony meinte: »Wir müssen den Stiefel ausziehen.«

Nicholas nickte und biß die Zähne zusammen, als sie den Stiefel auszogen. Der Schmerz war fast unerträglich, doch der Junge wurde nicht wieder ohnmächtig.

Anthony untersuchte den mißgebildeten Fuß und sagte: »Ich glaube nicht, daß irgendein Knochen gebrochen ist, doch etwas ist verrenkt. Seht Euch das an.« Nicholas stützte sich auf die Ellbogen und betrachtete, worauf Anthony zeigte: auf der Oberseite des Fußes machte sich ein großer blauer Fleck breit. Anthony drückte mit dem Finger auf die Schwellung, und Nicholas schrie vor Schmerzen auf. Der Magier drückte weiter. Dann hörte man ein lautes Ploppen, und Nicholas grunzte überrascht. Er konnte seinen Fuß wieder bewegen und zuckte mit den verkümmerten Zehen. Anthony setzte den Fuß sanft ab, und Nicholas ließ sich mit einem tiefen Seufzer zurücksinken.

Anthony sagte: »Ich werde einen Diener zum Hafen schicken, er soll einen Eimer Salzwasser holen. Taucht den Fuß dort eine halbe Stunde lang hinein, danach müßt Ihr ihn für den Rest des Tages hoch und warm halten. Es wird wehtun, aber Ihr werdet es aushalten. Ich frage den Herzog, ob er Euch morgen bei der Arbeit entschuldigt und Euch nächste Woche etwas schont. Ihr werdet einige Tage ziemlich humpeln müssen, mein Freund.«

Der junge Magier stand auf. »Morgen werde ich noch einmal nach Euch sehen.«

Harry fragte: »Seid Ihr nicht nur der Berater des Herzogs, sondern auch sein Heiler?«

Anthony nickte. »So in etwa, ja.«

»Ich dachte, die Heilkunde wäre Sache der Priester?«

Anthony lächelte. »Meistens, doch einige Magier sind auf diesem Gebiet ebenfalls sehr begabt. Ich sehe Euch morgen, Nicholas.«

Als der Magier schon in der Tür stand, sagte Nicholas: »Anthony?«

Der Magier blieb stehen und sah zu Nicholas herab. »Ja?«

»Vielen Dank.«

Anthony schwieg einen Moment lang, dann lächelte er und sah plötzlich nicht älter als Harry oder Nicholas aus. »Ich verstehe.«

Nachdem er gegangen war, fragte Harry: »Was versteht er?« Er zog sich den kleinen Hocker heran und setzte sich. Von irgendwo aus seinem Gewand holte er einen Apfel hervor. Er brach ihn in zwei Hälften und gab Nicholas eine davon.

Nicholas lehnte sich zurück und kaute auf dem Apfel herum. »Er versteht, daß sich Marcus und ich in der nächsten Zeit ein wenig die Köpfe einschlagen werden.«

»Das war doch kein Spiel mehr da draußen, Nicky, das war Kampf. Du hast heute in einer Hälfte mehr Schläge eingesteckt als in der ganzen letzten Spielzeit. Und du hast auch noch nie so viele Stöße mit den Ellbogen verteilt. Ihr habt nicht mit dem Ball gespielt, ihr habt versucht, euch gegenseitig umzubringen.«

Nicholas seufzte. »Wie kommst du darauf?«

»Ihr seid leider beide auf das gleiche Mädchen scharf, und während du hier den Junker spielst, weiß er sehr wohl, daß du Prinz des Königreichs bist und er nur der Sohn eines Herzogs.«

»Nur der Sohn eines Herzogs?«

Harry schüttelte den Kopf. »Manchmal bist du ziemlich schwer von Begriff, mein Freund. Wenn Marcus in irgendeine Stadt außer Krondor käme, würden ihm die Mädchen scharenweise hinterherlaufen. Hier, an der Fernen Küste, ist er der beste Junggeselle, der gegenwärtig frei ist, und er ist sogar mit dem König verwandt und so. Aber du, mein lieber Junge, bist jetzt, wo deine Brüder verheiratet sind, der beste Junggeselle, der momentan nördlich des Kaiserreichs Kesh zu haben ist, und du bist der Bruder des nächsten Königs.

Die liebliche Lady Abigail war vielleicht bis über beide Ohren in Marcus verknallt, doch in dem Moment, als du aufgetaucht bist, hat sie sich das noch einmal genau überlegt.« Schulterzuckend fügte er hinzu. »So sind die Leute nun mal.«

Bei der Erwähnung von Abigail seufzte Nicholas. »Glaubst du wirklich?«

»Was?«

»Daß sie in Marcus verliebt ist.«

Harry zuckte abermals mit den Schultern. »Weiß ich nicht.« Und grinsend setzte er hinzu: »Aber ich kann es herausfinden.«

Nicholas sagte: »Nein, mach gar nichts. Wenn du dumme Fragen stellst, wird sie es mitbekommen.«

»Ha! Du hast Angst, sie merkt, daß du sie magst!« Harry lachte, zu Nicholas' Unbehagen. »Mach dir darum keine Sorgen, mein Freund.«

Nicholas stöhnte. »Glaubst du?«

Harry meinte: »Ich bin mir sicher. Du siehst so aus, als wolltest du jedes Mal in Ohnmacht fallen, wenn sie dich anguckt. Und was glaubst du, woher Marcus es wußte? Und der ist nicht gerade begeistert.«

»Er ist ziemlich kühl«, sagte Nicholas halb bewundernd und halb abwertend.

Harry nickte. »Ihr zwei seid euch sehr ähnlich, doch er kann seine Gefühle besser verbergen.«

Nicholas sagte: »Alle meinen, wir wären uns so ähnlich, aber ich kann diese Ähnlichkeit einfach nicht erkennen.«

Harry erhob sich. »Also halt den Fuß schön naß. Heute abend bringe ich dir etwas aus der Küche.«

»Wo willst du hin?«

»Ich gehe in den Garten und suche Abigail.«

»Nicht auch noch du!« stöhnte Nicholas.

Harry winkte ab. »Nein, nein, ich finde Margaret viel besser.«

»Warum?« fragte Nicholas.

»Aus einem Grund: Cousins und Cousinen der königlichen Familie heiraten nicht untereinander, und Marcus ist ihr Bruder. Außerdem liebe ich sie.«

Nicholas zog die Augenbrauen hoch.

»Nein, ich meine es ernst. Beim Gedanken an sie bekomme ich ein flaues Gefühl im Magen.« Ohne ein weiteres Wort ließ er Nicholas allein.

Nicholas lachte, doch ihm verging die Heiterkeit, als er verstand, was Harry als letztes gesagt hatte. Beim Gedanken an Abigail bekam nämlich Nicholas ein flaues Gefühl im Magen.

Unterweisung

Nicholas wimmerte.

Den ganzen gestrigen Tag hatte er gelegen, und obwohl sein Fuß noch schmerzte, konnte er heute wieder gehen. Deshalb stand er vor Sonnenaufgang auf und nahm seinen Posten vor der Tür des Herzogs ein.

Marcus' Tür ging auf, der Junge trat auf den Gang und machte Harry ein Zeichen, er solle folgen. Einen Augenblick später öffnete sich Martins Tür, und Briana und Martin traten heraus. Die Herzogin fragte: »Wie geht es Eurem Fuß, Nicholas?«

Ihm gelang ein schiefes Lächeln. »Ich lebe noch. Es ist noch nicht ganz verheilt, meine Dame, aber ich komme damit zurecht.«

Martin sagte: »So etwas passiert nun einmal. Ihr werdet allerdings heute nicht sehr viel herumlaufen können, deshalb geht zu Haushofmeister Samuel und fragt ihn, ob er eine Aufgabe für Euch hat.«

Nicholas sagte: »Euer Gnaden«, und humpelte davon.

Während er durch die Gänge zum Dienstbotentrakt unterwegs war, wo Samuel sein Arbeitszimmer hatte, war er von sich selbst angewidert. Das Spiel am Sechstag war ein Debakel gewesen. Gestern hatte er den ganzen Tag darüber gebrütet, wie sehr er sich zum Narren gemacht hatte.

In den Jahren in Krondor hatte Nicholas viele Situationen durchstehen müssen, aus denen er sich lieber zurückgezogen hätte, doch das Protokoll erlaubte es nicht, bei einem Fest auf dem Balkon oder beim Hofhalten seines Vaters zu fehlen. Meistens überließ Nicholas lieber anderen, wie Harry, die Führung. Beim Fußball hatte sich Nicholas einen guten Ruf als Verteidiger gemacht, der dem Gegner geschickt den Ball abnehmen und weiterspielen konnte, doch beim Toreschießen überließ er anderen den Ruhm. Vor zwei Tagen hatte er sich zum ersten Mal nach vorn gedrängt, hatte sich allen angeboten und versucht, sich allein mit dem stärkeren Willen durchzusetzen. Und bei jedem Schritt hatte Marcus ihn bewacht.

Er hatte Marcus genauso oft aufgehalten wie dieser ihn, doch das gab ihm nur wenig Befriedigung, denn das Spiel war mehr oder weniger unentschieden ausgegangen, wenn man von der Verletzung absah, derentwegen Marcus schließlich ein Tor hatte schießen können.

Während er nun behutsam die Treppe hinunterstieg, war sich Nicholas seiner Mißbildung bewußter als sonst. Wie die meisten Menschen, die mit einer solchen Behinderung geboren worden waren, hatte er sich ohne viele Gedanken damit abgefunden. Da er der Sohn von Arutha war, mußte er nicht, wie viele andere Kinder von niedrigerem Rang, den Spott von anderen ertragen, doch oft genug hatte er die neugierigen Blicke gesehen und das heimliche Geflüster gehört. Aber heute empfand er seinen Fuß zum ersten Mal als wirkliche Behinderung. Wäre sein Fuß gesund, wäre er sicherlich besser als Marcus gewesen. Er fluchte leise, war auf jedermann sauer und am meisten auf sich selbst.

Er erreichte Samuels Arbeitszimmer und fragte: »Haushofmeister?«

Samuel bat ihn mit einer Geste herein. Nicholas war nur eine halbe Stunde zuvor bereits hier gewesen, und Samuel hatte ihm da schon mitgeteilt, daß es keine außergewöhnlichen Aufgaben zu erledigen gab. Der Haushofmeister sah sich um, als suche er nach etwas, dann sagte er: »Ich habe nichts für dich zu tun, Junker. Warum gehst du nicht wieder auf dein Zimmer und gönnst deinem Fuß ein wenig Ruhe?«

Nicholas nickte und verließ das Arbeitszimmer, obwohl er kaum Lust verspürte, noch einen weiteren Tag im Bett zu liegen. Er kehrte in sein Zimmer zurück und warf sich auf seine

Strohmatratze. Da er den ganzen gestrigen Tag fast nur geschlafen hatte, war er nicht müde, und außerdem piekste ihn das Stroh. Und er war hungrig.

Nach ein paar Minuten erhob er sich von seinem Lager und machte sich zur Küche auf. Als er dort ankam, ließ ihm der Geruch nach Essen das Wasser im Munde zusammenlaufen. Magya überwachte die Dienstboten der Küche. Sie lächelte Nicholas an und winkte ihn zu sich.

»Fühlt Ihr Euch heute besser, Junker?« fragte die alte Frau. Trotz ihres Körperumfangs bewegte sie sich hurtig durch die Küche.

»Ja, aber ich kann noch nicht wieder richtig arbeiten, meint der Herzog.«

Sie kicherte. »Aber Hunger habt Ihr schon wieder?«

Er lächelte. »So in der Art.«

Sie klopfte ihm auf die Schulter. »Wir werden schon etwas für Euch auftreiben.«

Sie zeigte auf ein Tablett, welches Nicholas nahm. Dann schaufelte sie aus einem brodelnden Topf Haferbrei in eine Schüssel, streute Zimt darüber, beträufelte das Ganze reichlich mit Honig und goß zum Schluß Milch darüber. Sie stellte die Schüssel auf das Tablett, schnitt eine Scheibe heißes Brot und eine dicke Scheibe Schinken ab und schickte Nicholas damit zu einem kleinen Tisch in einer Ecke.

Megar kam mit zwei Küchenjungen herein, von denen jeder einen Korb mit Eiern trug. Er gesellte sich zu seiner Frau und Nicholas an den Tisch. »Guten Morgen, Junker«, sagte Megar und lächelte freundlich.

Nicholas sagte: »Habt Ihr Ghuda und Nakor gesehen? Seit dem Spiel habe ich sie nicht mehr zu Gesicht bekommen.«

Megar und Magya wechselten einen Blick. »Wen?« fragte Megar.

Nicholas beschrieb sie. »Ach, die beiden«, meinte Magya.

»Den kleinen Kerl habe ich letzte Woche ein paar Mal mit Anthony reden sehen. Der große ist mit einer Patrouille unterwegs, nur so aus Spaß, hat er gesagt. Ist gestern morgen aufgebrochen.«

Nicholas seufzte. Sie waren zwar keine richtigen Freunde, doch er kannte sie, abgesehen von Harry, besser als alle anderen Leute hier in der Burg. Der Koch und seine Frau waren sehr nett, doch sie verbrachten nur aus Höflichkeit ein paar Augenblicke mit ihm und mußten danach wieder an ihre Arbeit gehen.

Während Nicholas aß, fragten sie ihn darüber aus, was er vom Leben in Crydee hielt, und wollten anschließend alles über die Reise wissen. Als der Pug erwähnte, lächelten sie versonnen, halb traurig und halb freudig. »Er war wie unser Sohn«, sagte Megar. »Er war unser Pflegekind.«

Nicholas schüttelte den Kopf. Das hatte er nicht gewußt. Megar erzählte ihm ein bißchen über Pug und über Tomas, ihren eigenen Sohn. Während sie die Geschichte ihres Lebens vor ihm ausbreiteten – wobei sie sich immer wieder stritten, wer sich richtig an die Dinge erinnerte –, entstand vor Nicholas' innerem Auge ein Bild.

Er kannte Amos' Geschichten über den Spaltkrieg, und manchmal hatte er auch seinen Vater überreden können, etwas zu erzählen, doch die Erinnerungen von Megar und Magya waren das Ergreifendste, was er je über diese Ereignisse gehört hatte. Die Art, wie das alles untrennbar mit ihrem eigenen Leben zusammenhing, die Anzahl der Eimer Wasser, die sie zur Mauer geschleppt hatten, die vielen zusätzlichen Essen, die zubereitet werden mußten, wie sie dies oder jenes bewerkstelligt hatten, wenn Mahlzeiten kalt geworden waren, weil sich das Küchenpersonal um die Verwundeten kümmern mußte – aus allen diesen Einzelheiten ergab sich für Nicholas ein weit lebendigeres Bild, als es selbst Amos heraufbeschwören konnte.

Nicholas fragte zwischendurch ein oder zweimal nach, und plötzlich sah der Junge auch Pug ganz anders. Nicholas mußte lächeln, als Megar erklärte, wie schwer es Pug als Kind gehabt hatte, weil er der kleinste gewesen war, und wie Tomas ihn beschützt hatte. Magyas Augen leuchteten, als sie erzählte, wie Tomas an jenem Tag gestrahlt hatte, an dem er erwachsen geworden war, am Tag der Auswahl – einem alten Ritual, bei dem die Jungen ihren zukünftigen Lehrmeistern anvertraut wurden.

Nicholas kam der Name Tomas irgendwie bekannt vor, er wußte jedoch nicht mehr genau, woher. Er fragte: »Wo ist Tomas jetzt?«

Sofort bedauerte er, gefragt zu haben. Beide machten ein trauriges Gesicht. Nicholas dachte, der junge Mann müßte im Krieg gefallen sein.

Doch zu seiner Überraschung sagte Megar: »Er lebt bei den Elben.«

In diesem Moment fiel es Nicholas wieder ein. »Euer Sohn ist der Lebensgefährte der Elbenkönigin.«

Magya nickte. Betrübt sagte sie: »Wir sehen ihn nicht mehr oft. Seit sein Kind geboren wurde, hat er uns nur einmal besucht, und von Zeit zu Zeit bekommen wir eine Nachricht.«

»Kind?«

»Unser Enkel«, erwiderte Megar. »Calis.«

Magyas Gesicht hellte sich wieder auf. »Er ist ein guter Junge. Er besucht uns ein- oder zweimal im Jahr. Und er ähnelt mehr seinem Vater als den Elben, bei denen er lebt«, sagte sie überzeugt. »Wie oft wünsche ich mir, er würde hier bei uns in Crydee bleiben.«

Das Gespräch kam ins Stocken, und Nicholas entschuldigte sich und ging hinaus auf den Hof. Er versuchte sich an alles zu erinnern, was ihm Onkel Laurie über die letzten Tage des Spaltkriegs erzählt hatte, und an das, was er von Amos wußte. Tomas war kein Mensch. Zumindest hatten die Erzählungen diesen Eindruck bei ihm hinterlassen; er war etwas anderes, mit den Elben verwandt, doch nicht wirklich einer von ihnen. Tomas mußte, dachte Nicholas, genauso gewesen sein wie die anderen Kinder in der Burg, insbesondere, da er menschliche Eltern hatte, die so warm und offenherzig waren wie Megar und Magya. Was mochte ihn verändert haben?

Nicholas ging hinüber zum Garten der Prinzessin und hoffte schwach, Abigail und Margaret dort zu treffen. Doch zu dieser Zeit waren sie höchstwahrscheinlich im Speisesaal und frühstückten mit Herzog Martin.

Statt der Mädchen traf Nicholas Nakor und Anthony, die flach auf dem Bauch lagen und etwas unter einer Steinbank anstarrten.

»Dort, siehst du?« fragte Nakor.

»Den da?« fragte Anthony.

»Ja.«

Sie schlugen sich den Staub aus den Kleidern, als sie sich erhoben. Nakor sagte: »Es sind die mit den winzigen orangefarbenen Flecken, da mußt du aufpassen. Wenn sie rot sind, sind sie tödlich. Und wenn es eine andere Farbe ist, wirken sie nicht.«

Anthony bemerkte Nicholas und verbeugte sich leicht. »Hoheit.«

Nicholas setzte sich auf die Bank, unter die sie gerade gespäht hatten, und legte seinen Fuß hoch. »Junker«, berichtigte er den Magier.

Nakor grinste wie immer schief. »Im Moment Junker, aber sonst Prinz. Anthony weiß das.«

Nicholas achtete nicht auf die Bemerkung. »Was macht Ihr beiden hier?«

Anthony schien ein wenig verlegen zu sein. »Nun, es gibt da so eine Art Pilze, die nur an dunklen, feuchten Orten wachsen –«

»Unter der Bank«, warf Nakor ein.

»– und Nakor hat mir gezeigt, wie man sie richtig von anderen unterscheidet.«

»Für magische Tränke?« fragte Nicholas.

»Als Heilmittel«, schnappte Nakor. »Als Schlaftrunk – wenn

es richtig zubereitet ist. Das ist sehr wichtig, wenn man einem Soldaten einen Pfeil herausschneiden oder einen schlimmen Zahn ziehen muß.«

Nakor griff in seinen Rucksack und holte eine Orange hervor. »Möchtest du eine?« fragte er.

Nicholas nickte, und Nakor warf ihm die Frucht zu. Anthony bekam auch eine. Dann gab er die Tasche Nicholas. »Sieh mal hinein.«

Nicholas untersuchte den großen Rucksack. Er war ausgesprochen leicht, aus einem schwarzen Stoff. Man konnte ihn mit einem Lederband verschließen, und er hatte dazu eine hölzerne Schnalle. Der Rucksack war leer. Nicholas reichte ihn zurück und sagte: »Da ist nichts drin.«

Nakor griff hinein und holte eine sich windende Schlange heraus. Anthony riß die Augen auf, und Nicholas schob sich auf der Bank bis an die Mauer zurück. »Das ist eine Viper!«

Nakor machte eine Geste und sagte: »Das ist nur ein Stock.«

Er hielt wirklich nur ein Stück Holz in der Hand, das er wieder in den Rucksack steckte, und nochmals warf er ihn Nicholas zu. Nicholas untersuchte ihn abermals, genauer als beim ersten Mal, und stellte fest: »Er ist leer.« Er gab ihn Nakor zurück. »Wie habt Ihr das gemacht?«

Nakor grinste. »Es ist leicht, wenn man den Trick kennt.«

Anthony schüttelte den Kopf. »Er macht immer die erstaunlichsten Sachen, und trotzdem behauptet er dauernd, es gäbe keine Magie.«

Nakor nickte. »Vielleicht werde ich es dir eines Tages erklären, Magier. Pug weiß es auch.«

Nicholas warf einen Blick über die Schulter zur Küche und sagte: »Ich habe heute schon einiges über Pug gehört.«

Anthony sagte: »In Stardock ist er eine richtige Legende. Hier aber auch. Er hatte die Gemeinschaft allerdings schon verlassen, als ich dort eingetreten bin.«

»Nun, Ihr könnt auch nicht lange dort gewesen sein, und er ist schon vor ungefähr acht Jahren gegangen.«

Anthony lächelte. »Ich fürchte, ich bin noch ein sehr junger Magier. Die Meister –«

»Meister!« schnaubte Nakor. »Diese aufgeblasenen Dummköpfe Körsh und Watume!« Er schüttelte den Kopf und setzte sich neben Anthony. »Wegen denen habe ich Stardock verlassen.« Er zeigte auf Anthony und sah Nicholas an. »Dieser Junge war ganz begabt, aber diese Dummköpfe haben ihn als ›niederen Magier‹ bezeichnet. Wenn ich geblieben wäre, hätte ich ihn sicherlich zu einem von meinen Blauen Reitern gemacht!« Er grinste Anthony an und meinte: »Ich habe ihnen bestimmt einige Schwierigkeiten gemacht, nicht wahr?«

Anthony lachte, und Nicholas erschien er kaum älter als Harry oder er selbst. »Allerdings. Die Blauen Reiter waren die beliebteste Gruppe in Stardock, und es gab erbitterte Kämpfe –«

»Kämpfe!« rief Nicholas. »Kämpfen Magier denn?«

Anthony erklärte: »Nein, sie raufen nur. Es gibt ein paar ältere Lehrlinge, die sich die Hände von Körsh nennen – obwohl er selbst sich nicht um sie kümmert –, und die fangen in den Wirtshäusern von Stardock oft Streit an. Dabei wird natürlich niemand ernstlich verletzt – das würden die Meister nie zulassen –, doch manchmal gibt es schon blaue Flecken und Beulen.« Bei der Erinnerung daran seufzte er. »Ich war nicht lange genug da, um mich in diese ganzen Auseinandersetzungen einzumischen. Ich hatte schon mit meinen Studien genug zu tun. Darum wurde ich auch hierhergeschickt, weil ich kein besonders guter Magier bin.«

Nakor schüttelte den Kopf und schnitt eine Grimasse. »Wenn sie sagen, du wärst kein guter Magier, ist das ein gutes Zeichen.« Er stand auf. »Ich werde in den Wald gehen und einige Sachen suchen. Wir sehen uns beim Mittagessen. Und Anthony, trag etwas Salbe auf den Fuß des Jungen auf, dann wird es morgen besser sein.«

Anthony sagte: »Ich habe da etwas, das helfen könnte.«

Ohne weitere Worte trottete Nakor davon.

Nicholas sagte: »Ich habe noch nie eine so merkwürdige Person wie Nakor kennengelernt.«

Anthony erwiderte: »Ich habe in Stardock ein paar seltsame Vögel getroffen, aber Nakor übertrifft sie alle.«

»War er einer Euer Lehrer, bevor er von dort fortgegangen ist?«

»Nein. Ich weiß nicht, was er eigentlich dort gemacht hat, außer Watume und Körsh zu ärgern. Eines Tages stand er einfach mit einem Brief von Prinz Borric in der Tür und behauptete, Pug habe ihm gesagt, er solle nach Stardock kommen. Er blieb vielleicht drei oder vier Jahre und machte seltsame Dinge, hauptsächlich versuchte er die Schüler allerdings davon zu überzeugen, daß jeder Magie – er nannte es Tricks – lernen könnte, und daß Magier nur einfach nicht helle genug wären, das zu verstehen.« Anthony seufzte. »Ich hatte es damals nicht leicht, und ich habe nicht besonders auf ihn geachtet. Ich war neu in Stardock und habe Nakor nur zwei oder drei Mal auf der Insel gesehen.«

Nicholas fragte: »Hat man Euch wirklich hierhergeschickt, weil Ihr nicht gut seid?«

»Das würde ich vermuten. Viele Schüler waren begabter als ich, und dort leben sowieso schon eine ganze Menge Meister der Magie.«

Nicholas' Gesicht verdüsterte sich. »Das grenzt ja fast an Beleidigung.«

Anthony errötete. »So hab ich das nicht aufgefaßt.«

Nicholas erwiderte: »Ich will Euch nicht herabsetzen, Anthony. Vielleicht seid Ihr begabter als Ihr denkt. Zumindest behauptet Nakor das«, fügte er rasch noch hinzu. »Doch der Bruder des Königs wollte einen Magier, der die Stelle von Pugs einstigem Lehrer einnehmen sollte. Sie hätten einen ihrer besten schicken müssen.«

Anthony stand auf. »Vielleicht.« Seine Körperhaltung war

steif, als könnte er sich nicht zwischen Verlegenheit und Beleidigtsein entscheiden. »Stardock scheint sich dem Königreich nicht sehr verpflichtet zu fühlen, fürchte ich. Wenn Pug noch immer dort wäre, würde es womöglich anders aussehen, weil er ein Cousin des Königs ist. Aber Körsh und Watume stammen aus Kesh. Sie wollen Stardock aus der Politik heraushalten.«

Nicholas meinte: »Das ist sicherlich keine schlechte Idee, schätze ich, dennoch benehmen sie sich sehr rüde.«

Anthony sagte: »Wenn Ihr jetzt mit mir kommt, könnte ich noch ein wenig Salbe auf Euren Fuß auftragen, die die Heilung beschleunigt; zumindest wird Euch die Salbe keine weiteren Beschwerden machen, falls sie nicht hilft.«

Nicholas folgte den jungen Magier. Er sah sich im Garten um; die Mädchen waren nirgends zu sehen, wie er bedauernd feststellte.

Die Wochen vergingen überraschend schnell. Jeder Tag war von Sonnenaufgang bis zur Dämmerung mit Arbeit ausgefüllt, und erstaunt stellte Nicholas fest, wie viel Spaß ihm dieses hektische Leben machte. Wenn er etwas zu tun hatte, begann er nicht zu brüten, eine Eigenschaft, die er von seinem Vater geerbt hatte. Das ständige Auf-den-Beinen-Sein härtete seinen jugendlichen Körper ab. Zusätzlich zu der Flinkheit, die er vom Reiten und Fechten her besaß, gewann er nun an Ausdauer. Nachdem er zum ersten Mal einen ganzen Tag lang Schwerter und Rüstungen zum Polieren nach draußen geschleppt hatte, war ihm gewesen, als müßte er sterben. Nun hätte er mit Leichtigkeit die doppelte Menge schaffen können.

Auch Harry schien die Arbeit zu bekommen, obwohl er sich bei jeder Gelegenheit beschwerte. In den drei Wochen seit ihrer Ankunft in Crydee hatten die beiden Jungen wenig Zeit gefunden, sich mit Margaret und Abigail zu treffen. Meistens waren sie mit den immer wiederkehrenden Aufgaben des Hofes von

Crydee beschäftigt. Bislang war Nicholas nur an den Sechstagnachmittagen dazu gekommen, sich um Abigail zu kümmern, wobei sein Rivale Marcus immer mit von der Partie gewesen war.

Die Leute auf Burg Crydee nahmen die Jungen aus Krondor langsam an. Die Dienstboten in der Küche waren freundlich, die anderen Diener eher respektvoll und zurückhaltend. Die jüngeren Mägde betrachteten Harry mit einer Mischung aus Vergnügen und Wachsamkeit, während nur wenige Nicholas offen anhimmelten, eine Art Aufmerksamkeit, die er sowieso ziemlich beunruhigend fand. Schwertmeister Charles war sehr interessiert, doch stets förmlich. Faxon war offenherzig und freundlich, und Nicholas fand in ihm einen guten Zuhörer. Nakor und Ghuda bekam man kaum zu Gesicht, sie schienen ständig mit irgend etwas Wichtigem in der Stadt oder im Wald beschäftigt zu sein. Allmählich war die Burg Nicholas weniger fremd, und obwohl sie ihm nie ein neues Heim sein würde, wurde sie ihm doch zunehmend vertraut. Und Abigail stand mehr im Mittelpunkt der Gedanken des Prinzen als jedes andere Mädchen zuvor. Bei den seltenen Anlässen, wenn er sie ohne Marcus treffen konnte, war sie herzlich und aufmerksam. Und anschließend blieb er mit widerstreitenden Gefühlen zurück, ob er sich nur vollends zum Narren machte oder ob sie wirklich Wert auf seine Gesellschaft legte.

Knapp einen Monat nach dem ersten Empfang gab es am Hofe des Herzogs abermals ein großes Essen. Diesmal saßen sie weit von Martin und seiner Familie entfernt, und so drangen lediglich Fetzen der Unterhaltung zu ihnen herüber. Nicht nur der ganze Hof hatte seine Aufwartung gemacht, sondern auch die wichtigsten Mitglieder der Gilden und des Handwerks aus der Stadt.

Nicholas starrte quer durch die Halle zu Abigail hinüber, die aufmerksam Marcus zuzuhören schien. Sie sah mehrfach zu Nicholas, errötete und schlug die Augen nieder, wenn sich ihre Blicke trafen.

Harry sagte: »Das Mädchen mag dich.«

»Woher weißt du das?«

Harry grinste und nahm einen Schluck Wein. »Sie sieht dauernd zu dir herüber.«

»Vielleicht findet sie nur mein Aussehen lustig«, erwiderte Nicholas mit einer Spur echter Angst.

Harry lachte. »Wenn man in Betracht zieht, wie sehr du und Marcus euch ähneln, bist du der einzige, dem sie überhaupt etwas Aufmerksamkeit schenkt, und ich würde sogar sagen, sie zieht jemand Bestimmten vor.« Er klopfte seinem Freund auf die Schulter und meinte: »Sie mag dich, Dummkopf.«

Das Essen verging, derweil sich die beiden Jungen mit ihren Nachbarn, zwei jungen Männern, über Nebensächlichkeiten unterhielten. Einer war ein Juwelenhändler, der eine Reise in die Grauen Türme unternehmen wollte; er behauptete, dort gäbe es immer noch von den Zwergen oder menschlichen Bergleuten unberührte Vorkommen. Er würde enttäuscht werden, denn wie Nicholas wußte, hatte das Königreich oberhalb der Vorberge nie Anspruch auf die Grauen Türme erhoben; der Juwelenhändler würde es mit Dolgan, dem dortigen König der Zwerge, zu tun bekommen, wenn er nach Caldara kam, einer Ortschaft, die eine Wochenreise landeinwärts lag.

Der andere war ein Reisender aus Queg, ein Stoff- und Parfümhändler, der den Nachmittag über mit seinen feinen Seiden und Düften die Aufmerksamkeit der Mädchen auf sich gezogen hatte. Margaret gefielen Jagdleder und einfache Gewänder besser, obwohl sie bei Hofe angemessene Kleider und angemessenen Schmuck trug; doch Abigail und die meisten Töchter der reicheren Händler der Stadt hatten bei dem Händler eingekauft, wodurch sich seine Reise schon gelohnt hatte, noch ehe er Carse und Tulan auf seinem Rückweg besucht hatte.

Der Händler hieß Vasarius, und irgend etwas an ihm machte Nicholas stutzig. Vielleicht die lüsterne Art, wie er dauernd Margaret und Abigail anstarrte. Wenn Nicholas ihn dabei erwischte, wandte er rasch die Augen von den Mädchen ab und lächelte ihn an, als hätte er nur den Blick im Saal schweifen lassen.

Nach dem Essen versammelten sich die Händler vor dem Herzog und seiner Gemahlin, und es wurden noch einige Zeit belanglose Gespräche geführt, ehe die Gäste entlassen wurden. Vasarius hatte, wie Nicholas aufgefallen war, nur mit Charles und Faxon geredet, während die anderen Händler versucht hatten, die Aufmerksamkeit des Herzogs auf sich zu ziehen.

Nicholas wollte seine Beobachtung schon Harry mitteilen, als sich Marcus näherte. »Wir gehen morgen jagen«, sagte er. »Ihr beide werdet jetzt alles vorbereiten, was wir brauchen. Am besten nehmt Ihr Euch zwei Diener mit.«

Nicholas nickte, während Harry gerade noch ein Murren zurückhalten konnte. Sie eilten hinaus und winkten zwei Dienern zu, ihnen zu folgen. Nicholas sah über die Schulter zurück; Abigail hatte seinen Aufbruch bemerkt. Sie winkte ihm zu und wünschte ihm eine gute Nacht. Dann sah Nicholas das verdrießliche Gesicht von Marcus. Nicholas lächelte in sich hinein. So gut hatte er sich nicht gefühlt, seit er in Crydee eingetroffen war.

Es war spät, als Nicholas und Harry mit den Vorbereitungen für die Jagd fertig waren. Sie würden zwei, drei Tage unterwegs sein, doch die Gruppe würde aus wenigstens einem halben Dutzend Leute bestehen – Martin, Marcus, Nicholas, Harry, Ghuda und Nakor –, also mußte einiges an Ausrüstung zusammengestellt werden. Nachdem sie eine Weile verwirrt herumgestanden hatten und nicht wußten, wo sie anfangen sollten, hatten die Jungen den erfahreneren Dienern die Arbeit überlassen und größtenteils nur zugesehen, außer als es um die Waffen ging. Die beiden Junker waren dafür verantwortlich, und inzwischen wußten sie, welche Waffen Martin und Marcus bevorzugten. Wie sein Vater war Marcus ein hervorragender Bogenschütze und mochte den Langbogen am liebsten.

Als alles fertig war, gingen Nicholas und Harry zurück in den großen Saal. Nicholas ließ seinen Freund allein und trat zum Herzog. Martin unterbrach sein Gespräch mit einem der Händler aus dem Ort und fragte: »Ja, Junker?«

Nicholas antwortete: »Es ist alles für morgen vorbereitet, Euer Gnaden.«

»Gut. Ich brauche Euch heute abend nicht mehr, Junker. Wir brechen morgen beim ersten Licht auf.«

Nicholas verbeugte sich und ließ Martin mit seinen Gästen allein. Harry stand einsam herum. Nicholas ging zu ihm. »Ich glaube, ich ziehe mich zurück. Morgen brechen wir früh auf.«

»Lady Margaret hat fallen lassen, daß sie noch ein wenig im Garten der Prinzessin spazierengehen wollte.«

»Na, dann solltest du dich ihr vielleicht anschließen«, sagte Nicholas. »Das ist deine Chance.«

Harry grinste. »Abigail begleitet sie.«

Nicholas grinste ebenfalls. »Worauf warten wir noch?«

Mit einem deutlichen Mangel an Schicklichkeit verließen die Jungen den Saal des Herzogs. Sie rannten fast.

Als die Jungen die drei Stufen zum Garten der Prinzessin hinuntersprangen, blickten sich Margaret und Abigail an. Margaret lächelte zufrieden und belustigt; Abigail freute sich ebenfalls, lächelte jedoch nur schüchtern.

Beide Jungen blieben abrupt stehen und verneigten sich mit einem hohen Maß höfischer Würde. Nicholas grinste unsicher und sagte: »Guten Abend, meine Damen.«

»Guten Abend, Junker«, erwiderte Margaret.

»Guten Abend, Hoheit«, sagte Abigail leise.

Die beiden Jungen gesellten sich zu den Mädchen, Nicholas zu Abigail und Harry zu Margaret. Beide schwiegen einen Augenblick lang, dann begannen sie zur gleichen Zeit zu sprechen. Die Mädchen lachten, und die Jungen starrten sich verlegen an. Wieder herrschte eine Weile Schweigen, dann setzten Harry und Nicholas abermals gleichzeitig an.

Margaret sagte: »Ich weiß zwar, daß Ihr beiden unzertrennlich seid, doch warum begleitet Ihr mich nicht dort hinüber, Junker Harry.«

Harry sah Nicholas an, und auf dessen Gesicht spiegelte sich eine Mischung aus Überraschung, Freude und Angst wider. Margaret nahm Harry einfach bei der Hand und führte ihn zu einer kleinen Bank neben einem Beet blühender Rosen.

Nicholas und Abigail spazierten langsam bis zum anderen Ende des kleinen Gartens, wo sich eine weitere Bank befand. Dort setzten sie sich, und Abigail sagte leise: »Ihr scheint Euch inzwischen an das Leben hier bei uns gewöhnt zu haben, Hoheit.«

Nicholas sagte: »Hier bin ich nur Junker, meine Dame.« Er wurde leicht rot und fuhr fort: »Ich ... ich glaube, ich mag es hier. Zumindest manches.« Er starrte sie an und war von ihren fast puppengleichen Gesichtszügen verzückt. Ihre Haut war rein und weich und zeigte nicht die Makel, die Mädchen in ihrem Alter oft verunstalteten. In seinem ganzen Leben hatte er noch nie solch große und blaue Augen gesehen, die in der Dunkelheit fast wie Fackeln strahlten. Das Haar hatte sie zurückgebunden und mit einem silbernen Ring festgesteckt, und es fiel wie eine Kaskade goldener Seide auf ihren Rücken. Er sah zu Boden und sagte: »Manche Dinge hier finde ich viel anziehender als andere.«

Sie errötete kaum merklich, lächelte jedoch und sagte: »Gibt Euch Seine Gnaden zuviel Arbeit? Man sieht Euch selten in der Burg. Wir haben seit Wochen kaum mehr als ein Dutzend Worte gewechselt.«

»Ich habe viel zu tun, doch, um die Wahrheit zu gestehen, finde ich das viel interessanter als den Unterricht oder die Hofgeschäfte meines Vaters daheim. Dort muß ich ständig an Paraden und Empfängen teilnehmen.«

»Ich habe es immer für ein wundervolles Leben gehalten«,

meinte sie. In ihrer Stimme schwang Enttäuschung mit. »Ich kann mir kaum etwas Aufregenderes vorstellen, als am Hofe Eures Vaters empfangen zu werden, oder am Hofe des Königs.« Mit großen Augen und ernstem Gesichtsausdruck fuhr sie fort: »Die großen Lords und die schönen Damen, die Gesandten aus fernen Ländern – das klingt alles so hinreißend.«

Nicholas gab sich Mühe, nicht blasiert zu klingen. »Manchmal ist es sehr schön.« In Wirklichkeit langweilte ihn der ganze Pomp des Hofes zu Tode. Doch er war sicher, Abigail wollte hören, wie schön es sei, und in diesem besonderen Augenblick hatte er auf keinen Fall den Wunsch, sie zu enttäuschen. Sie blickte ihn mit großen Augen an; er mußte sich zwingen zu atmen, weil er es sonst vergessen würde. »Vielleicht werdet Ihr eines Tages Krondor oder Rillanon besuchen können.«

Ihr Gesichtsausdruck spiegelte plötzlich Niedergeschlagenheit wider. »Ich bin die Tochter eines Barons von der Fernen Küste. Wenn es nach meinem Vater geht, werde ich Marcus versprochen; und dann werde ich eine alte Frau mit Kindern sein, ehe ich nach Krondor komme, und Rillanon werde ich niemals sehen.«

Nicholas wußte nicht, was er sagen sollte; die Kehle schnürte sich ihm zusammen, als sie von einer Heirat mit Marcus sprach. Endlich sagte er: »Ihr müßt ja nicht.«

»Was muß ich nicht?« fragte sie mit einem blassen Lächeln auf den Lippen.

»Marcus heiraten«, sagte er linkisch. »Niemand, nicht einmal Euer Vater, kann Euch zwingen.«

»Er kann es mir sehr schwer machen, nein zu sagen«, sagte sie und senkte den Blick, sah ihn durch unglaublich lange Wimpern an.

Seine Hände fühlten sich an, als wären sie aus Holz, doch er streckte sich aus und ergriff die ihren. Er hielt sie unbeholfen in den seinen, und sagte: »Ich könnte …«

Ihre Augen suchten seine, und leise fragte sie: »Was Nicky?«

Er rang mit den Worten und brachte schließlich hervor: »Ich könnte meinen Vater fragen …«

Abigail sagte: »Nicky, du bist einfach wundervoll!« Sie legte ihm die Arme um den Hals und zog sein Gesicht dicht an ihr eigenes.

Plötzlich wurde Nicholas geküßt. Er hatte nicht geahnt, daß ein Kuß so weich, so gefühlvoll und so aufregend sein konnte. Ihre Lippen lagen auf den seinen, ihr Atem war süß wie Rosen. Die Welt drehte sich, als er den Kuß erwiderte. Heiß und kalt fuhr es ihm durch den ganzen Körper, und er fühlte ihre Weichheit und die Wärme ihres Leibes unter seinen Händen. Sie bewegte sich, als würde sie dahinschmelzen, paßte sich seinen Formen an.

Abrupt löste sie sich von ihm. »Marcus!« flüsterte sie, und ehe Nicholas noch recht begriffen hatte, war sie verschwunden. Er blinzelte verwirrt und fühlte sich wie ein begossener Pudel. Einen Augenblick später tauchte Marcus auf. Er betrat den Garten über die hintere Treppe, die zum Fußballfeld hinunterführte. Nicholas war vollkommen in den Kuß versunken gewesen und hatte nicht gehört, wie sein Cousin nähergekommen war.

Als Marcus Nicholas auf der Bank sitzen sah, verdüsterte sich sein Gesicht. »Junker«, sagte er kalt.

»Marcus«, erwiderte Nicholas gereizt.

»Ich nehme kaum an, daß sich Lady Abigail hier befindet.«

Nicholas merkte, wie wenig er die Art mochte, mit der Marcus ihn ansah, und noch weniger mochte er es, wie er ihren Namen aussprach. »Hier ist sie nicht.«

Marcus sah sich um. »Aber falls Ihr nicht ihr Parfüm benutzt habt, war sie vor kurzem noch hier.« Er kniff die Augen zusammen. »Wo ist sie?«

Nicholas stand auf. »Dort drüben, glaube ich.«

Marcus machte sich davon, und Nicholas mußte fast rennen, um mit ihm Schritt zu halten. Sie durchquerten den Garten der

Prinzessin, wo sie Harry auf einer Bank sitzen sahen. Der Junker aus Ludland stand auf und nickte Marcus und Nicholas zu.

Marcus sagte: »Vermutlich habt Ihr Euch mit meiner Schwester unterhalten. Wo ist sie?«

Harry wurde krebsrot. »Ich weiß nicht«, sagte er. Er sah zur Burg hin – in die Richtung, in der die Mädchen offensichtlich verschwunden waren – und fügte hinzu: »Sie ist ein bemerkenswertes Mädchen.«

Marcus trat einen Schritt zurück und betrachtete sie beide. »Ich habe gehofft, Ihr beide wärt Euch über einige Dinge im klaren, doch scheinbar ist das nicht der Fall. Also werde ich sie Euch noch einmal deutlich machen.« Er zeigte auf Harry. »Meine Schwester kann sehr gut auf sich selbst aufpassen, und sie ist etwas Besseres wert als eine Romanze mit dem Sohn eines unbedeutenden Grafen.«

Harry stieg die Zornesröte ins Gesicht, doch er schwieg.

Marcus blickte Nicholas an und fuhr fort. »Und was dich angeht, Cousin ... Abigail braucht keinen süßen Hofjungen, der um sie herumschwirrt und sie allein zurückläßt, wenn er wieder nach Hause fährt. Ist das klar?«

Nicholas machte einen Schritt vorwärts. »Was ich tue und lasse, Marcus, wenn dein Vater mir nichts aufgetragen hat, ist ganz allein meine Angelegenheit. Und mit wem Abigail ihre Zeit verbringt, ist ganz allein ihre Angelegenheit.«

Es fehlte nicht mehr viel, und die beiden hätten sich geprügelt, doch Harry trat dazwischen. »Es hat keinen Zweck, wenn ihr euch schlagt«, sagte er, und seine Stimme klang hart. Allerdings wirkte er eher so, als würde er jeden Anlaß begrüßen, um über Marcus herzufallen, und er sah seinen Herrn herausfordernd an. »Der Herzog würde das nicht schätzen.«

Marcus und Nicholas schauten Harry einen Moment überrascht an, dann hefteten sie die Blicke aufeinander. Marcus sagte: »Wir brechen beim ersten Tageslicht auf, Junker. Dann muß alles fertig sein. Kümmert Euch darum.« Er wandte sich ab und ging davon.

Nicholas sagte: »Er wird uns Schwierigkeiten machen.«

»Du hast ihm bereits Schwierigkeiten gemacht.«

»Sie liebt ihn nicht«, entgegnete Nicholas.

»Ach, hat sie dir das gesagt?« fragte Harry.

»Nicht wörtlich, aber –«

»Erzähl es mir auf dem Weg zu unseren Zimmern. Wir müssen uns noch für morgen fertigmachen.«

Während sie unterwegs waren, sagte Nicholas: »Sie will jedenfalls nicht hier bei Marcus bleiben, soviel ist sicher.«

Harry nickte. »Also willst du sie mit nach Krondor nehmen?«

»Warum nicht?« frage Nicholas. In seiner Stimme schwang Wut mit.

»Du weißt ganz genau, warum nicht«, antwortete Harry. »Weil du eine Prinzessin aus Rolden heiraten wirst, oder die Tochter eines Herzogs oder eine Prinzessin aus Kesh.«

Verärgert und mit der noch frischen Erinnerung an Abigails Kuß im Sinne meinte Nicholas: »Und wenn ich nicht will.«

Harry seufzte. »Und wenn der König es dir befiehlt.«

Nicholas biß die Zähne zusammen, sagte jedoch nichts. Die Enttäuschung saß tief und schmerzte. Die Enttäuschung, weil die Umarmung so plötzlich unterbrochen worden war, und die Enttäuschung, weil er Marcus am liebsten ins Gesicht geschlagen hätte. Endlich fragte er: »Und was hat Margaret gemacht, um dich so durcheinander zu bringen?«

Harry wurde erneut rot. »Sie ist … umwerfend.« Er holte tief Luft und stieß sie dramatisch aus. »Sie fragte mich, wie die Männer in Krondor küssen, und dann bat sie mich, es ihr zu zeigen. Eins führte zum anderen.« Er blieb stehen. Mit glühenden Wagen sagte er: »Sie wurde sehr verwegen und …« Er zögerte, dann platzte er heraus. »Nicholas, sie hat mich gefragt, ob ich schon einmal mit einer Frau zusammen war!«

»Hat sie nicht!« rief Nicky und lachte halb, halb stöhnte er.

»Hat sie! Und dann ...«

»Was?«

»Dann hat sie mich gefragt, wie es war!«

»Hat sie nicht!«

»Hörst du jetzt auf damit. Sie hat.«

»Und was hast du ihr gesagt?«

»Ich habe ihr gesagt, wie es war.«

»Und?«

»Sie hat mich ausgelacht! Und dann sagte sie: ›Wenn Ihr wirklich wißt, wovon Ihr sprecht, Junker, dann laßt es mich wissen. Ich bin neugierig.‹ Und dann wollte sie mich küssen und umarmte mich so fest, daß ich das Gefühl hatte, ich müßte platzen! Und dann kam Abigail angelaufen und sagte, Marcus würde kommen, und die beiden sind losgerannt.«

»Erstaunlich«, bemerkte Nicholas, und aus Erstaunen über seine ungewöhnliche Cousine vergaß er glatt seine Wut und seine Enttäuschung.«

»So ist sie«, sagte Harry.

»Glaubst du immer noch, du wärst verliebt«, fragte Nicholas scherzhaft.

»Das flaue Gefühl im Magen ist so schlimm wie nie zuvor, doch ...«

»Was denn?«

»Deine Cousine Margaret kann einem richtig angst machen.«

Nicholas lachte und sagte Harry gute Nacht. Als er sein Zimmer betreten hatte, dachte er noch einmal an die weichen Lippen, das liebliche Parfüm und die unglaublichsten Augen, die er jemals gesehen hatte. Bei der Erinnerung daran wurde ihm ganz warm. Und das flaue Gefühl im Magen machte ihn fast wahnsinnig.

Uberfall

Martin gab das Zeichen.

Die Gesellschaft hielt an, und Martin drehte sich um. »Ihr wartet hier eine Weile. Da ist etwas vor uns.«

Die Jungen waren über den Halt glücklich. Ihnen taten die Füße weh, und sie waren müde. Crydee hatten sie noch in der Dämmerung hinter sich gelassen. Sie waren den ganzen Weg zu Fuß gegangen, weil Martin den beiden Stadtjungen den Wald näherbringen wollte. Ihr Ziel war noch einen Tagesmarsch entfernt, das Ufer des Flusses Crydee. Sie warteten mit Nakor und Ghuda, während Martin und Marcus nahezu unhörbar im Wald verschwunden waren. »Wie machen sie das?« fragte Nicholas.

Jagdmeister Garret sagte: »Euer Onkel wurde von den Elben und von den Mönchen aus der Abtei von Silban aufgezogen. Alles, was wir wissen, hat er uns beigebracht.« Nicholas hatte den Jagdmeister des Herzogs am gestrigen Abend zum ersten Mal gesehen.

Nakor deutete abwesend auf den Wald und sagte: »Wir werden beobachtet.«

Ghuda, dessen Hand auf dem Griff seines Schwertes lag, sagte: »Seit ungefähr fünf Minuten.«

Keiner von den beiden klang beunruhigt. Nicholas blickte sich um, während Harry feststellte: »Ich kann nichts entdecken.«

»Man muß schon wissen, wo man hinsehen muß«, sagte eine Stimme von links.

Eine junger Mann trat aus dem Wald; er hatte sich genauso leise bewegt wie Martin und Marcus. »Und Ihr werdet schon seit fast einer Stunde beobachtet«, fügte er hinzu. Er trug einen ledernen Jagdrock und eine tiefgrün gefärbte Hose. Sein Haar war blond, doch nicht so strohblond wie Anthonys, sondern eher golden wie die Sonne. Es hing lang auf die Schulter, war jedoch an den Seiten kurzgeschnitten und enthüllte Ohren ohne Ohrläppchen, die ansonsten jedoch normal waren. Er hatte blaue Augen, und seine Bewegungen verrieten Kraft, obwohl er schlank gebaut war.

Dann ließ ihn ein Grinsen um Jahre jünger erscheinen. »Das ist so eine Art Spiel zwischen Martin und uns.«

»Uns?« fragte Nicholas.

Der Junge machte ein Zeichen, und daraufhin traten drei weitere Gestalten aus dem Wald. Nicholas sagte: »Elben!«

Der junge Mann sagte: »Ich bin Calis.«

Die drei Elben blieben still stehen, dann drehte sich der eine plötzlich um, als Martin und die anderen erschienen. Mit einem schiefen Lächeln meinte Marcus: »Ihr glaubt doch nicht, daß wir auf Eure falsche Fährte reingefallen sind?«

Martin grüßte die Elben mit einer winzigen Geste, woraufhin diese nickten. Garret flüsterte Nicholas und den anderen zu: »Sie können sich ohne viele Worte verständigen, wenn sie wollen.«

Martin sagte: »Das ist Nicholas, der Sohn meines Bruders Arutha, und das sind seine Gefährten Harry von Ludland, Nakor der Isalani und Ghuda Bulé aus Kesh.«

Calis verneigte sich. »Seid gegrüßt. Wollt Ihr nach Elvandar?«

Martin schüttelte den Kopf. »Nein. Garret ist gestern zur Burg zurückgekehrt und brachte die Nachricht, daß Ihr Euch südlich vom Fluß aufhaltet, also habe ich es für eine gute Gelegenheit gehalten, Euch mit meinem Neffen bekannt zu machen, während wir jagen. Vielleicht wird Nicholas später einmal an Euren Hof kommen.«

»Und ich auch«, sagte Nakor.

Calis lächelte, kratzte sich an der Schläfe und strich sich durch das lange Haar. Nicholas war überrascht, weil er vollkommen wie ein Mensch aussah.

Martin runzelte leicht die Stirn, doch Nakor fuhr fort: »Ich habe nämlich noch nie mit einem Zauberwirker gesprochen und würde das gerne tun.«

Die drei standen einen Augenblick bewegungslos da, schließlich grinste Calis und fragte: »Woher wißt Ihr soviel über uns?«

»Ich passe eben auf«,sagte Nakor, »wenn andere Leute quatschen. Man kann eine ganze Menge dabei lernen, und man braucht nur den Mund zu halten.« Er griff in seinen Rucksack, den er immer dabei hatte, und fragte: »Willst du eine Orange?«

Er brachte vier Früchte zum Vorschein und warf sie Calis und den anderen Elben zu. Calis biß in die Frucht, zog ein Stück Schale ab und saugte den Saft heraus. »Ich habe keine Orange mehr gegessen, seit ich das letzte Mal in Crydee war.«

Die anderen Elben probierten die Früchte und nickten Nakor zustimmend zu. Harry sagte: »Ich wünschte, ich wüßte, wie Ihr so viele Orangen in Eurer Tasche unterbringen könnt.«

Nakor wollte ihm antworten, doch Nicholas kam ihm zuvor. »Ich weiß es. Es ist ein Trick.«

Nakor lachte. »Vielleicht zeige ich ihn dir eines Tages.«

Martin fragte: »Warum hat Euch die Königin soweit in den Süden geschickt, noch über den Fluß Crydee hinaus?«

»Wir sind ein wenig nachlässig mit unseren Patrouillen geworden. An der Grenze herrscht seit sehr langer Zeit Frieden.«

»Gibt es Schwierigkeiten?« fragte Martin sofort aufmerksam.

Calis zuckte mit den Schultern. »Nichts, worüber sich zu reden lohnte. Vor einigen Monaten hat eine Bande Moredhel den Fluß überquert und ist in großer Eile nach Süden gezogen, doch sie haben unser Land nicht betreten, also haben wir sie in Ruhe gelassen.« Nicholas wußte über die dunklen Verwandten der Elben, die Brüderschaft des Dunklen Pfades, Bescheid. Deren letzte Erhebung war mit der Schlacht bei Sethanon niedergeworfen worden. »Tathar und die anderen Zauberwirker haben vage dunkle Kräfte gespürt, doch sie können nichts erkennen, was uns bedroht. Deshalb haben wir die Patrouillen verstärkt.«

»Sonst noch etwas?«

»Einem Bericht nach wurde in der Nähe Eurer neuen Festung in Barran an der Mündung des Sodina etwas Seltsames beobachtet. Jemand ist vor einigen Wochen nachts mit einem Beiboot an Land gegangen. Wir haben Spuren im Schlamm gefunden; mehrere Männer sind gekommen und gegangen.«

Martin dachte nach. »Schmuggler würden sich nicht so nah an die Garnison wagen; außerdem, was sollen sie schon so weit im Norden?«

Marcus fragte: »Kundschafter?«

»Für wen?« fragte Nicholas.

Martin sagte: »Im Norden haben wir nur die Goblins und die Moredhel als Nachbarn. Und seit Sethanon waren die ruhig.«

»Nicht ganz ruhig«, meinte Calis. »Wir haben uns entlang der nördlichen Grenze von Elvandar einige Gefechte mit ihnen geliefert.«

Marcus fragte: »Bereiten sie sich auf einen neuen Krieg vor?«

Calis erwiderte: »Dafür gibt es keine Anzeichen. Vater ist hingeritten und glaubt, es handelt sich nur um die üblichen Wanderbewegungen und Auseinandersetzungen zwischen den Clans. Er hat die Zwerge von Bergenstein benachrichtigen lassen, daß sie es in der nächsten Zeit mit unerwünschten Besuchern zu tun bekommen könnten.«

Auf einmal fiel es Nicholas wie Schuppen von den Augen: das war der Enkel von Megar und Magya! Sein Vater war Tomas, der legendäre Krieger des Spaltkriegs.

Martin nickte. »Wir werden Dolgan eine Nachricht schicken, denn vielleicht wagen sie sich auch wieder bis zu den Grauen Türmen. Es sind dreißig Jahre seit der Großen Wanderung vergangen; vielleicht wollen die Moredhel in ihre verlassene Heimat zurückkehren.«

»Dreißig Jahre sind keine lange Zeit für Elben«, warf Garret ein.

Marcus sagte: »Wenn die Dunklen Brüder wieder in den Grauen Türmen und im Grünen Herz sitzen würden, gäbe es ernsthafte Schwierigkeiten.«

»Wir werden auch den Kommandanten von Jonril benachrichtigen«, meinte Martin. »Sollten die Dunklen Brüder im Grünen Herz Ortschaften gründen, dann ist das ein Risiko für jede Karawane von Carse nach Crydee.«

Marcus sah sich um. »Es wird dunkel. Wir sollten hier unser Lager aufschlagen.«

Martin fragte Calis: »Werdet Ihr bei uns bleiben?«

Calis sah zum Himmel hoch und blickte dann seine Begleiter an. »Wir wären erfreut, wenn Ihr uns einladet.«

Martin wandte sich an Nicholas und Harry. »Ihr solltet schon einmal Feuerholz suchen, Junker. Wir lagern hier.«

Harry und Nicholas warfen sich einen Blick zu, doch keiner wagte zu fragen, wo man hier Feuerholz fand. Sie verließen die Lichtung und sahen sich um. Überall lagen abgebrochene Äste und umgestürzte Bäume herum. Als Nicholas zu sammeln anfangen wollte, legte sich ihm eine Hand auf die Schulter. Er zuckte zusammen, drehte sich um und erkannte Marcus, der ihm ein Beil hinhielt. »Damit ist es vielleicht einfacher, als wenn Ihr die Äste durchbeißen müßt«, sagte er. Harry reichte er ein zweites Beil.

Nicholas kam sich dumm vor. Sein Cousin kehrte zu den anderen zurück. »Manchmal könnte ich ihn wirklich umbringen«, sagte er zu Harry.

Harry machte sich daran, Holz zu schlagen. »Er scheint dir auch nicht gerade besonders zugetan zu sein.«

»Ich bin fast soweit, daß ich Abigail nehme und mit ihr und Amos nach Krondor zurückfahre.«

Harry lachte. »Oh, ich wäre zu gern dabei, wenn du das deinem Vater erklärst.«

Nicholas verfiel in Schweigen, während er weiter Holz hackte. Als er einen Armvoll zusammen hatte, hob er es auf und brachte es zur Lichtung. Martin hatte mit Zweigen und trockenem Moos bereits ein kleines Feuer angezündet und schob Zweige nach. »Gut, das reicht für den Anfang. Holt uns noch dreimal so viel, dann haben wir genug für die Nacht.«

Die schmutzigen und schwitzenden Junker gaben sich nicht viel Mühe, ihr Stöhnen zu verbergen und gingen wieder in den Wald.

Der Wachposten lehnte sich aus dem Turm. Etwas bewegte sich über das Wasser in die Hafeneinfahrt hinein. Hier auf dem Leuchtturm vom Langen Punkt stand der wichtigste Posten des Herzogtums, denn Crydee war von See aus leichter anzugreifen als vom Land her, eine Tatsache, unter der die Stadt im Spaltkrieg bitter hatte leiden müssen. Die Tsurani hatten damals die halbe Stadt mit weniger als dreißig Männern niederbrennen können.

Endlich konnte er es erkennen: sechs flache Formen glitten über das Wasser. Jedes der Boote wurde von einem Dutzend Männer gerudert, und ein weiteres Dutzend stand schwer bewaffnet in der Mitte.

Der Soldat hatte Befehl, ein besonderes Pulver ins Feuer zu schütten, wodurch die Flammen hellrot loderten; daraufhin mußte er eine Glocke schlagen. Plünderer waren auf dem Weg in den Hafen! Als er sich umdrehte, schnappte ein an einem Ende beschwertes Seil zu, und ehe er noch einen Schritt machen konnte, war sein Genick gebrochen.

Der Meuchler hatte sich unter einem Fenster des Turms versteckt gehalten und sich auf einen Stützbalken gehockt, der kaum mehr als zwei Zoll aus den Steinen hervorragte. Er zog sich rasch ins Fenster hinein und machte die Eisenhaken los, mit denen er die Mauer hinaufgeklettert war, indem er ihre Spitzen in die Fugen bohrte. Er eilte zur Wendeltreppe und tötete auf dem Weg zwei weitere Wachen. Drei Männer taten jede Nacht ihren Dienst auf dem Turm, und drei weitere saßen in der kleinen Wachhütte unten. Als er die Hütte erreichte, sah er drei Leichen, die über dem Tisch zusammengesackt waren, während zwei schwarzgekleidete Gestalten davonhuschten. Er holte sie rasch ein, und die drei Mörder rannten über den Damm, den man den Langen Punkt nannte und der von der Stadt zum Leuchtturm führte. Einer der schwarzgekleideten Mörder sah zum Hafen hin. Ein weiteres Dutzend Barkassen folgte den ersten sechs, und der Überfall würde bald beginnen. Immer noch hörte man keinen Alarm; alles lief wie geplant.

Der Damm wurde breiter; auf der einen Seite befanden sich Anlegestellen, auf der anderen Läden und Lagerhäuser. Still lagen die Schiffe im Wasser, und halbschlafende Wachen dösten auf den Decks. Eine Tür ging auf, als die Assassinen vorbeigingen, und der letzte Stammgast einer Hafenkneipe torkelte heraus. Er war tot, noch ehe er zwei Schritte gemacht hatte, und der Wirt, der ihn an die Tür begleitet hatte, ebenfalls. Einer der drei Mörder sah durch die Tür, und die Frau des Wirts starb durch ein geworfenes Messer, bevor sie erkannte, daß anstelle ihres Gatten ein Fremder auf der Schwelle stand.

Sie würden die Anlegestellen in Brand setzen und die vor Anker liegenden Schiffe zerstören, aber jetzt noch nicht. Denn sollte der Überfall Erfolg haben, durfte die Garnison nicht geweckt werden, ehe die Tore geöffnet waren.

Die drei Mörder erreichten den Haupthafen. Sie passierten ein letztes Schiff und bemerkten am Bug eine Bewegung. Einer der Assassinen zog ein Wurfmesser, bereit zu töten, falls jemand Alarm geben wollte, doch eine vertraute schwarzgekleidete Gestalt winkte und kletterte über die Reling. Die Wachen auf diesem Schiff waren tot. Die Mörder setzten ihren Weg durch den Hafen fort, bis dorthin, wo die kleinen Boote anlegen sollten. Zwei weitere schwarzgekleidete Männer warteten auf sie. Sie hielten einigen Abstand zu den bewaffneten Männern, die jetzt leise aus den flachen Booten stiegen. Es war eine mörderische

Mannschaft, Männer, die keine Treue kannten und nur ein Ziel hatten: töten und rauben. Die sechs Männer in Schwarz fühlten sich mit diesen Banditen nicht verbunden.

Doch selbst diese harten Kerle machten jetzt den Weg für eine Gestalt mit Kapuze und Robe frei, die aus dem letzten Boot stieg. Der Mann zeigte auf die Burg, und die sechs Assassinen machten sich eilends dahin auf. Sie sollten über die Mauer klettern und die Tore öffnen. Alles andere mußte warten, bis in die letzte Bastion von Crydee eine Bresche geschlagen war.

Der Mann in der Robe nickte, und eine kleine Gruppe trennte sich von der Hauptmacht. Diese Männer waren dafür ausgewählt, als erste durch das Tor zu gehen. »Erinnert euch an die Befehle. Wenn jemand dagegen verstößt, werde ich ihm persönlich die Leber herausschneiden und vor seinen sterbenden Augen essen.« Er lächelte, da selbst der härteste dieser Kerle einen Schauder verspürte, wenn er die Zähne entblößte. Die waren spitz zugeschliffen: das Markenzeichen der Skashakanischen Kannibalen. Der Anführer warf seine Kapuze zurück und enthüllte einen kahlen Schädel. Seine massiven Brauenbogen sahen wie eine Mißbildung aus, und das gleiche galt für sein vorstehendes Kinn. Die Ohrläppchen waren durchstochen und solange gedehnt worden, bis sie fast auf die Schultern reichten, und in ihnen hingen goldene Fetische. In der Nase saß ein goldener Ring, und die helle Haut des Mannes war mit purpurroten Tätowierungen überzogen, die seine blauen Augen noch entsetzlicher und furchterregender zur Geltung brachten.

Die Kapitän sah zurück in den Hafen, wo jetzt die dritte Welle von Barkassen eintreffen sollte, noch einmal dreihundert Männer.

Ein Mann trat zu ihm und sagte: »Käpt'n, alle sind auf ihrem Posten.«

Zu der Gruppe, die am nächsten bei ihm stand, sagte er: »Geht. Die Tore werden offen sein, wenn ihr sie erreicht. Haltet sie, oder sterbt.«

Zu dem Mann, der zu ihm getreten war, sagte er: »Haben alle die Befehle verstanden?«

Der Mann nickte. »Ja. Sie dürfen die alten Männer und Frauen umbringen, und die Kinder, die zu jung für die Reise sind, doch alle die jung und gesund sind, sollen gefangengenommen und nicht getötet werden.«

»Und die Mädchen?«

»Die Männer mögen es nicht. Ein bißchen Vergewaltigung gehört zum Kapern. Manche meinen, es wäre das beste daran«, fügte er breit grinsend hinzu.

Der Kapitän packte den Mann am Hemd. Er zog ihn dicht zu sich heran, bis sein fauliger Atem in seine Nase drang, und sagte leise, aber um so bedrohlicher: »Vasarius, du hast deine Befehle.« Er schob den Mann grob zur Seite und zeigte auf ein halbes Dutzend Männer, die schweigend zusahen. Sie trugen kreuzweise geschnürte Sandalen, die für dieses Klima eigentlich zu leicht waren, und außer den schwarzen Lederharnischen, deren Riemen auf dem Rücken ein H bildeten, und den schwarzen Ledermasken, die ihre Gesichter bedeckten, trugen sie nur schwarze Kilts, ebenfalls aus Leder. Sie standen bewegungslos in der kühlen Nachtluft, doch das schien ihnen nichts auszumachen. Sie waren Sklavenhändler der Gilde in Durbin, und der Ruf, der ihnen vorauseilte, erschreckte selbst eine so abgebrühte Mannschaft wie die von Käpt'n Render.

Render sagte: »Ich weiß schon, wer den Männern das eingeredet hat. Du bist zu wild auf junges Fleisch, um ein guter Sklavenhändler zu werden, Mann aus Queg, also merk dir eins: sollte nur einem der Mädchen etwas zustoßen, dann bringe ich den Mann, der's war, um, und dich gleich dazu. Mit dem Gold, das du hier verdienst, kannst du dir in Kesh ein Dutzend junger Mädchen kaufen. Und jetzt pass auf deine Männer auf!« Er schob den Mann aus Queg zur Seite und wandte sich den restlichen Piraten zu, die bereit zum Angriff dastanden.

Sie mußten warten, bis sie von der Burg her Kampflärm hörten. Eine beträchtliche Zeitspanne verstrich, dann erscholl plötzlich Alarm. Der Piratenkapitän machte ein Zeichen, und die versammelten Freibeuter brüllten wie ein Mann und rannten in die Stadt. Innerhalb von Minuten war die Nacht taghell, da die strategisch wichtigen Gebäude in Brand gesetzt worden waren.

Käpt'n Render heulte vor Vergnügen auf, er wußte, die friedliche Stadt Crydee würde jetzt im Chaos versinken. Nun war er in seinem Element, und wie der Zeremonienmeister eines großen Palastes genoß er, wie sein Plan Schritt für Schritt ablief. Er zog sein Schwert und rannte hinter seinen plündernden Männern her. Schließlich wollte er sich gehörig an dem Gemetzel beteiligen.

Briana schlug die Augen auf. Irgend etwas stimmte nicht. Sie war in Armengar geboren, einer Stadt, die dauernd Krieg geführt hatte, und sie hatte lernen müssen, mit Schwert und Rüstung zu schlafen, ehe sie noch zur Frau geworden war. Jetzt war sie über sechzig, doch immer noch sprang sie mit der fließenden Anmut einer halb so alten Frau aus dem Bett. Ohne nachzudenken zog sie ihr Schwert aus der Scheide, die an der Wand in der Nähe ihres Ankleidetisches hing. Sie trug nur ein dünnes Nachthemd, und ihr graues Haar lag offen um ihre Schultern. Leise schlich sie zur Tür ihres Zimmers.

Ein Schrei hallte durch den Gang, und Briana wollte die Tür aufreißen, doch in diesem Moment öffnete sie sich von außen, und die Herzogin sprang zurück. Vor ihr stand ein Fremder und richtete das Schwert auf sie. Durch den Gang rief jemand etwas, und aus der Ferne konnte man Kampflärm hören. Das Gesicht der Gestalt in der Tür war nicht zu erkennen, hinter ihr stand jemand mit einer Fackel. Briana hob ihr Schwert, brachte sich in Stellung und wartete.

Die schemenhafte Gestalt trat vorwärts: es war ein kleiner blonder Mann mit wildem Blick in den blauen Augen. Der Kerl grinste: »Nur eine Großmutter mit einem Schwert«, beschwerte er sich und jammerte fast. »Zu alt zum Verkaufen. Ich bring sie um.« Er schlug mit dem Schwert zu. Die Herzogin parierte leicht, ließ ihre Klinge von seiner abgleiten und stieß sie ihm mit einem tödlichen Hieb in die ungedeckte Seite.

»Sie hat den kleinen Harold erledigt!« kreischte der Mann mit der Fackel. Drei Männer rannten an dem Fackelträger vorbei und verteilten sich. Briana machte einen Schritt zurück und hielt den Blick auf den mittleren gerichtet, wobei sie die anderen aus den Augenwinkeln weiter beobachtete. Der Mann in der Mitte würde vermutlich einen Angriff vortäuschen, während die eigentliche Gefahr von den beiden Männern an den Seiten drohte. Ihre einzige Hoffnung war, daß diese Männer keine Erfahrung im geordneten Angriff hatten und sich gegenseitig behindern würden.

Wie sie es erwartet hatte, machte der mittlere Fechter einen Ausfallschritt und zog sich wieder zurück. Der Mann auf ihrer linken Seite, ihrer schwächeren, bewegte sich auf sie zu und hob das Entermesser zum Hieb. Briana duckte sich darunter hinweg und spießte ihn mit ihrer Schwertspitze auf. Während die Beine des Mannes nachgaben, packte sie seine Hand und schleuderte ihn dem Mann auf ihrer rechten Seite in den Weg.

Der mittlere Angreifer starb als nächster, da er geglaubt hatte, sein Gefährte würde sie erledigen und nicht mit einer Attacke gerechnet hatte. Briana schlug zu und erwischte ihn an der Kehle, woraufhin er zurücktaumelte. Er konnte nicht mehr schreien, da das Blut aus der klaffenden Wunde unter seinem Kinn spritzte. Der letzte Mann starb, als er sich von der Leiche seines Mitkämpfers befreien wollte – Briana tötete ihn mit einem Hieb in den ungedeckten Nacken.

Sie bückte sich und zog einen langen Dolch aus dem Gürtel ihres letzten Opfers. Sie hatte keine Zeit, noch lang nach Rüstung oder Schild zu suchen. Der Mann mit der Fackel hatte sich umgedreht und sah in den Gang, da er dachte, die anderen drei würden mit der einzelnen Frau fertigwerden. Er bekam keine Zeit mehr nachzusehen, ob dies wirklich der Fall war.

Sterbend fiel er auf seine Fackel und löschte sie. Briana erschrak, als der Gang weiter beleuchtet blieb. Rotes und gelbes Licht erhellte den Korridor, denn das gegenüberliegende Ende des Gangs stand in Flammen. Sie hörte einen Schrei, wandte den Blick von dem Feuer ab und rannte zum Zimmer ihrer Tochter.

Dort hockte Abigail in der Tür. Ihr Nachthemd hing ihr halb zerrissen von der Schulter. Die Augen hatte sie vor Angst weit aufgerissen. Das Mädchen schrie abermals. Zu ihren Füßen lag ein toter Bandit. Margaret stand im Zimmer und hielt einen langen Dolch in der Hand. Ein verwundeter Soldat lauerte ihr gegenüber wachsam, mit dem Rücken zur Tür. Um den Mann nicht zu warnen, ließ Margaret sich durch nichts anmerken, daß ihre Mutter gekommen war. Sekunden später war der Kerl tot.

Margaret nahm das Schwert des Toten und prüfte das Gewicht. Abigail stand auf, und Margaret hielt ihr, Heft voran, einen Dolch entgegen.

Abigail betrachtete die blutige Waffe und wollte sie nehmen, doch dann umklammerte sie den zerrissenen Stoff ihres Nachthemds und zog ihn über die Blöße.

»Verdammt, Abigail, du kannst dir später Gedanken um Schicklichkeit machen! Wenn du das noch erlebst!«

Abigail nahm den Dolch, und das zerrissene Nachthemd rutsche ihr bis zur Taille hinunter. Sie bedeckte ihr Brüste mit dem linken Arm und umklammerte umbeholfen den Griff des Dolchs.

Briana deutete auf den Gang und sagte: »Wenn sie schon hier oben sind, haben sie die Soldaten in den unteren Stockwerken bereits getötet. Wenn wir uns hier im Turm verstecken können, bis der Rest der Soldaten sich von der Kaserne aus durchgekämpft hat, überleben wir vielleicht.«

Die drei Frauen machten sich zu der Tür auf, die in den südlichen Turm führte. Doch ehe sie den Weg auch nur zur Hälfte zurückgelegt hatten, tauchte ein halbes Dutzend Männer vor ihnen auf. Briana blieb stehen und machte ihrer Tochter und Abigail ein Zeichen, sie sollten zurück in ihrer Zimmer gehen.

Margaret drehte sich um und verharrte, als aus der anderen Richtung ebenfalls Männer kamen. Sie rief ihrer Mutter zu: »Wir können nicht.«

Briana warf einen Blick nach hinten und sagte: »Versuch dich solange zu halten, wie du nur kannst.«

Margaret schob Abigail zu ihrer Linken und sagte: »Sie werden mich auf meiner schwachen Seite erwischen wollen.« Als Abigail nur verwirrt dreinschaute, fügte sie hinzu: »Meine linke Seite! Mach dir keine Sorgen um meine rechte. Stich nach allem, was dir von links nahe kommt.«

Das veränstigte Mädchen hielt die Klinge weit von sich. Den linken Arm preßte sie vor die Brust. Vorsichtig näherten sich die Männer von beiden Enden des Gangs. Außerhalb der Reichweite der Schwerter blieben sie stehen und warteten.

Dann traten die vordersten zur Seite und ließen drei große Männer mit schwarzen Masken durch. Der Anführer der drei betrachtete die Frauen einen Moment lang, dann befahl er: »Tötet die Alte, aber krümmt den beiden jungen kein Haar.«

Mit unerwarteter Geschwindigkeit holte einer der drei Männer eine schwere schwarze Peitsche hervor. Er ließ sie auf Margarets Schwertarm zuschnellen. Margaret richtete instinktiv die Klinge zur Parade nach unten, doch sie hatte es hier nicht mit einem Schwertangriff zu tun. Die Peitsche wand sich um ihren Arm, und sie keuchte überrascht. Als der große Sklavenjäger an der Peitsche riß, verlor Margaret, obwohl sie eine kräftige junge Frau war, das Gleichgewicht und fiel schreiend zu Boden.

Briana wirbelte herum und wollte nach ihrer Tochter sehen. Abigail starrte mit vor Panik weit aufgerissenen Augen auf Margaret, die über den Boden zu den Männern gezerrt wurde. Briana sprang vor und wollte die Peitschenschnur durchtrennen.

Margaret wälzte sich auf den Rücken und schrie Abigail zu: »Schneid sie durch!«

Dann sah sie, wir Brianas Augen größer wurden. Hinter ihrer Mutter stand einer der Banditen, der die Gelegenheit genutzt und Briana von hinten angegriffen hatte. »Abby! Schneid die Schnur durch!« kreischte Margaret, doch ihre Gefährtin konnte sich vor Furcht und Schrecken nur zusammengekauert auf den Boden hocken und gegen die Wand drücken.

»Mutter!« schrie Margaret, als Briana auf die Knie fiel. Ein zweiter Mann trat neben den ersten und griff der Herzogin ins Haar, zog ihren Kopf zurück und wollte ihr die Kehle durchschneiden. Briana drehte ihr Schwert um und stieß nach hinten. Der Mann schrie in Todesangst auf, und das Blut schoß zwischen seinen Fingern hervor, mit denen er sich den Bauch hielt.

Der Mann, der Briana zuerst erwischt hatte, zögerte nicht. Er zog sein Schwert zurück und stieß es ihr hart in den Rücken. Rauhe Hände packten Margarets Schwertarm und verdrehten ihn brutal, um dem Mädchen das Schwert abzunehmen. »Mutter!« schrie sie erneut. Brianas Blick wurde leer, und die Herzogin fiel vorwärts auf die Steine.

Der dritte Sklavenhändler sprang vor, griff in Abigails Haarschopf und zog sie grob auf die Beine. Das arme Mädchen schrie vor Schreck auf und ließ den Dolch fallen. Als sie nach ihren Haaren griff, um den Schmerz zu verringern, rutsche ihr Nachthemd wieder über die Brüste hinunter.

Die Männer heulten vor Entzücken auf, als sie die nackten Brüste sahen. Einer wollte zu dem Mädchen hingehen und trat über die reglose Herzogin, doch der erste Sklavenhändler schrie: »Wenn du sie anfaßt, bist du ein toter Mann!«

Zwei Männer packten Margaret, die kratzte und um sich trat, drückten sie zu Boden, fesselten ihre Handgelenke und schnürten ihr die Füße zusammen, so daß sie nicht mehr treten konnte. Der Sklavenhändler mit der Peitsche schob eine Holzstange zwischen die Handgelenke und befahl den beiden Männern, das Mädchen hochzuheben. Margaret mußte jetzt wie Abigail auf Zehenspitzen stehen, was ihr wenig Gelegenheit zur Gegenwehr ließ. Der Anführer der Sklavenhändler zerriß Margarets Nachthemd. Sie spuckte ihn an, doch er beachtete den Speichel auf seiner Maske nicht. Er zog ihr den Rest des Nachthemds weg, und sie stand nackt vor ihm. Mit geübtem Augen begutachtete er sie. »Dreht sie um«, befahl er. Die beiden Männer drehten Margaret um. Der Sklavenhändler fuhr mit der Hand über ihren Rücken. Er betrachtete sie wie ein Pferdehändler, der den Wert eines Tieres schätzt. Er faßte ihre Hinterbacken an und fuhr mit der Hand die Schenkel hinunter, die vom Reiten und Laufen fest waren. Zufrieden sagte er: »Diese hier ist zwar nicht schön, aber unter ihrer Samthaut hat sie Muskeln. Für kräftige Mädchen, die auch noch kämpfen können, gibt es einen guten Markt. Manche Käufer mögen es, wenn sie gemein und grob sind. Oder vielleicht wird sie in einer Arena kämpfen.«

Daraufhin wandte er sich Abigail zu. Er machte eine Geste, und der andere Sklavenhändler zog ihr die Reste ihrers Nachthemds herunter. Die Männer lachten beifällig, als sie den Rest ihres Körpers zu sehen bekamen, und viele beschwerten sich, weil sie sie nicht gleich hier an Ort und Stelle nehmen durften.

Die Augen des Sklavenhändlers folgten Abigails vollen Formen, und er sagte: »Die hier ist ungewöhnlich schön. Sie wird bestimmt fünfundzwanzigtausend Goldecus bringen, vielleicht sogar fünfzigtausend, wenn sie noch Jungfrau ist.« Einige der Männer lachten, andere pfiffen anerkennend über die Summe; das war mehr Geld, als sich irgendeiner von ihnen vorstellen konnte. »Fesselt die beiden so, daß es keine Narben auf ihrer Haut gibt. Sollte ich auch nur einen Kratzer entdecken, den sie jetzt noch nicht haben, dann werde ich den Mann, der dafür verantwortlich ist, umbringen.«

Die anderen beiden Sklavenhändler brachten weiche Umhänge

zum Vorschein, die den Gefangenen um die Schultern gelegt wurden. Abigail wimmerte, während Margaret weiter versuchte, sich zu wehren.

Vom anderen Ende des Gangs kam ein Mann angelaufen. »Das Feuer breitet sich aus!«

»Wir brechen auf!« befahl der Sklavenhändler. Er führte die Gruppe und die beiden Gefangenen hinaus. Obwohl ihre Hände an eine Stange gebunden waren, die einer der Männer über der Schulter trug, versuchte Margaret immer noch Widerstand zu leisten. Sie hängte sich an die Stange und trat mit beiden Beinen nach dem Mann vor ihr, der daraufhin zu Boden ging. Dabei verlor sie den Halt und landete ebenfalls auf den Steinen. »Tragt sie, wenn es sein muß«, schrie der Sklavenhändler. Rasch wurden auch ihre Füße an der Stange festgebunden, und sie hing daran wie ein erlegtes Wild. Als sie hochgehoben wurde, konnte sie zurück in den Gang sehen. Dort lag ihre Mutter mit dem Gesicht nach unten auf den kalten Steinen, und um sie herum breitete sich ihr Blut aus.

Ein Grunzen weckte Nicholas. »Was ist?«

Der Junge richtete sich auf. Er sah, wie Nakor Martin an der Schulter schüttelte. »Wir müssen aufbrechen. Sofort!«

Marcus und die anderen wachten ebenfalls gerade auf. Nicholas langte zu Harry hinüber und rüttelte ihn. Harry riß die Augen auf und machte: »Hä?«

Martin fragte: »Was ist passiert?«

Nakor drehte sich um und blickte nach Südosten. »Etwas Schlechtes. Dort.« Er zeigte in die Richtung.

Am Nachthimmel konnte man ein schwaches Glühen sehen.

»Was ist das?« fragte Harry.

Martin war schon auf den Beinen und suchte seine Sachen zusammen. »Feuer.«

Calis sagte schnell etwas zu den Elben. Einer von ihnen nickte, dann eilten alle drei hinaus in die Dunkelheit des frühen Morgens. Calis wandte sich an Martin. »Ich werde mit Euch kommen. Vielleicht hat es etwas mit den seltsamen Vorkommnissen zu tun.«

Martin nickte nur, und Nicholas fiel plötzlich auf, daß sein Onkel und Marcus schon zum Aufbruch bereit waren. Er stieß Harry in die Seite und sagte: »Wenn du dich nicht beeilst, lassen sie uns noch hier zurück.«

Die beiden Junker packten rasch ihre Sachen ein, und als sie endlich fertig waren, hatten Martin und Marcus die Lichtung schon mit Calis zusammen verlassen. Garret sagte: »Ich werde Euch sicher zurückbringen, doch Lord Martin konnte nicht länger warten.«

Nicholas verstand; Martin hatte grimmig ausgesehen, als er das Licht am Himmel gesehen hatte. Denn ein Feuer, das noch aus der Entfernung von einem Tagesmarsch gesichtet werden konnte, mußte eine Zerstörung von schrecklichen Ausmaßen bedeuten, und zwar entweder im Wald bei der Stadt oder in ihr selbst.

Ghuda und Nakor warteten auf die Jungen, und schließlich brachen auch die fünf verbliebenen Mitglieder der Jagdgesellschaft auf. Garret sagte: »Bleibt hintereinander genau hinter mir. Es gibt viele Stellen, wo man sich in der Dunkelheit verletzen kann, wenn man nicht vorsichtig ist. Sollte ich zu schnell laufen, sagt mir Bescheid.«

»Willst du ein Licht?« fragte Nakor.

»Nein«, erwiderte Garret. »Eine Fackel oder eine Laterne leuchten nicht weit genug, damit man wirklich etwas erkennen kann, es wird nur schwieriger, in den Wald hineinzusehen.«

»Nein, ich meine ein gutes Licht!« sagte der kleine Mann. Er öffnete den Rucksack und holte eine Kugel hervor, die er in die Luft warf. Anstatt herunterzufallen, drehte sich die Kugel und fing zu glühen an, erst nur schwach, dann immer stärker. Während das Licht heller wurde, stieg die Kugel nach oben, bis sie vielleicht fünf Meter über ihren Köpfen schwebte und den Weg auf hundert Meter vor und hinter ihnen erhellte.

Garret betrachtete das bläulich weiße Ding, schüttelte den Kopf und sagte: »Also los.«

Er legte eine schnelle Gangart vor, und die anderen setzten ihm nach. So eilten sie durch den Wald, der von dem fremdartigen Glühen beleuchtet wurde. Nicholas dachte, sie müßten Martin und die anderen rasch einholen, doch sie erreichten sie nicht.

Der Rückweg bestand aus einer Reihe scheinbar unzusammenhängender Bilder eines strahlend erhellten Weges durch die Dunkelheit, der nur gelegentlich von Hindernissen unterbrochen wurde: ein umgestürzter Baum, über den man hinwegklettern mußte, ein Bach, über den man springen mußte, oder ein Felsen, um den man herum mußte. Nicholas war noch immer müde, zum einen, weil man ihn aus dem Schlaf gerissen hatte, zum anderen saß ihm der gestrige Marsch in den Knochen. Er zwang sich, nicht um eine Pause zu bitten. Martins und Marcus' Gesichter waren grimmig versteinert gewesen, so wie er sie noch nie gesehen hatte. Sein Magen zog sich in Erwartung schrecklicher Ereignisse zusammen.

Die Minuten verstrichen, wurden zu Stunden, und irgendwann war Nakors Licht verschwunden, wie Nicholas plötzlich auffiel. Graue Dämmerung hatte sich über dem Wald breit gemacht. So dicht an der Küste wurde das Licht von Frühnebeln gemildert, die durch das Flußtal des Crydee vom Meer her landeinwärts zogen. Doch der Dunstschleier würde mit der Morgensonne verschwinden.

Später ließ Garret die Gruppe halten, und Nicholas lehnte sich an einen Baum. Er war schweißgebadet, und sein linker Fuß pulste von der Anstrengung und vom bevorstehenden Wetterwechsel. Abwesend sagte er: »Es wird Sturm geben.«

Garret nickte. »Meine Gelenke tun weh. Ich glaube, Ihr habt recht, Junker.«

Während sie auf einer kleinen Lichtung verschnauften, löste sich der Frühnebel auf, und Harry sagte: »Seht nur!«

Im Südwesten erhob sich eine riesige schwarze Rauchsäule in den Himmel, der Hinweis auf eine schreckliche Zerstörung. Der alte Söldner sagte: »Mindestens die halbe Stadt, der Wolke nach.«

Ohne ein Wort zu sagen, fiel Garret wieder in seinen Trott, und die anderen folgten ihm.

Kurz vor Mittag kletterten Nicholas und die anderen einen Hügel hoch, von dem aus sie die Burg und die Stadt darunter sehen können würden. Die Rauchsäule schien zu wachsen, je näher sie kamen. Als sie schließlich auf Crydee hinunterblicken konnten, wurden ihre schlimmsten Befürchtungen Wirklichkeit.

Die Burg war nur noch eine völlig ausgebrannte, rußgeschwärzte Ruine, und aus dem Bergfried stieg immer noch Rauch auf. Von dem friedlichen Seestädtchen war nur eine verkohlte Landschaft rauchender Balken übriggeblieben, zwischen denen weiterhin Brände wüteten. Nur auf den entfernten Hügel im Süden waren einige unversehrte Häuser zu sehen.

»Sie haben die ganze Stadt zerstört«, flüsterte Harry. Seine Stimme war von der Anstrengung und von dem bitteren Rauch, der in Augen und Lungen brannte, heiser.

Garret vergaß die anderen und rannte hinunter in die Stadt. Sie folgten ihm halb so schnell. Harry und Nicholas hatten vom Anblick der Zerstörung fast einen Schock erlitten.

Nakor schüttelte den Kopf und murmelte in sich hinein, Ghuda suchte überall nach Angreifern. Nicholas brauchte fünf Minuten, bis er begriff, daß der Mann aus Kesh sein Schwert gezogen hatte. Daraufhin zog Nicholas sein Jagdmesser. Er wußte nicht, was er sonst hätte tun sollen, doch er fühlte sich irgendwie besser auf das vorbereitet, was auch immer ihnen begegnen sollte.

Am Stadtrand, auf der Straße zwischen den Ruinen der bescheidenen Arbeiterhäuser, war der scharfe Geruch des verkohlten Holzes kaum mehr zu ertragen. Die Augen tränten, während sie voraneilten, bis sie einen der kleinen Marktplätze erreichten, von dem aus man schnell zum Hauptplatz in der Mitte der Stadt kam. Hier blieben sie stehen; der Boden war mit Leichen übersät.

Harry brauchte einen Moment lang, bis er den Anblick der verkohlten und zerteilten Leichen begriffen hatte, dann drehte er sich um und übergab sich. Nicholas schluckte, auch sein Magen wollte dieses Bild nicht ertragen, doch Harry sah so aus, als würde er ohnmächtig werden. Ghuda stützte den jungen Junker mit festem Griff am Arm. Nakor sagte: »Barbarisch.«

»Wer hat das getan?« fragte Nicholas.

Ghuda ließ Harrys Arm los und untersuchte die Leichen. Er ging zwischen ihnen hin und her, betrachtete, wie sie dalagen und besah sich die umgebenden Gebäude. Schließlich sagte er: »Das waren brutale Bastarde.« Er zeigte auf die Brandruinen. »Sie haben die Häuser dort angezündet und hier gewartet. Diejenigen, die als erste herausgelaufen sind, wurden in Stücke gehackt, und die anderen, die erst noch zurückblieben, wurden von der Hitze des Feuers herausgetrieben.« Er wischte sich den Schweiß vom Gesicht. »Oder verbrannten bei lebendigem Leibe.«

Nicholas hatte Tränen in den Augen. Er wußte nicht, ob vom Rauch oder von dem Schrecken um ihn herum. »Wer war das?«

Ghuda sah sich um. »Das waren jedenfalls keine regulären Soldaten.« Er betrachtete die nächstliegenden Leichen. »Ich weiß es nicht.«

»Wo waren unsere Soldaten?« fragte Harry ungläubig.

Ghuda erwiderte: »Das weiß ich auch nicht.«

Sie gingen zwischen den Leichen hindurch zum Stadtmarkt und zum Burgtor. Ein faulig süßer Geruch zog Nicholas in die Nase, und mit einem Mal wurde ihm klar, es war der Geruch von verbranntem Fleisch. Jetzt konnte er sich nicht mehr zusammenreißen und übergab sich ebenfalls.

Harry taumelte hinter ihnen her, halb im Dämmerzustand, als

könnte er immer noch nicht begreifen, was hier geschehen war. Ghuda sagte streng: »Komm mit. Man wird uns brauchen.«

Nicholas schüttelte den Kopf, damit er nicht ohnmächtig wurde, und folgte dem Söldner. Bei jedem Schritt entdeckten sie neue Verwüstungen. Gelegentlich lag ein Gegenstand, der irgendwie der Zerstörung entgangen war, unversehrt auf der Straße. Eine blaue Tonschüssel lag mitten im Weg, und ohne zu wissen, warum, stieg Nicholas darüber hinweg. Eine Kinderpuppe, aus Lumpen und Stroh gemacht, saß aufrecht an einem Stück unverbrannter Ziegelmauer, als würde sie den Wahnsinn schweigend beobachten.

Nicholas sah Harry an, über dessen rußiges Gesicht Tränen Striche zogen. Auch die Gesichter von Ghuda und Nakor waren vom Rauch grau. Nicholas betrachtete seine Hände. Sie waren mit feinen Rauchflocken bedeckt.

Er fühlte sich so hilflos.

Sie näherten sich der Burg, und es wurde noch schlimmer. Die meisten Bewohner der Stadt waren hierher geflohen, um die Sicherheit der Burg zu suchen, doch sie hatte keinen Schutz gewährt. Ein kleines Kind saß erstarrt neben der Leiche seiner Mutter. Seine Augen waren vor Schreck weit aufgerissen, und sein Gesicht war mit getrocknetem Blut überzogen.

Nakor hob das Kind auf, doch es schien nichts zu merken. »Kopfwunde.« Er schnalzte mit der Zunge, und jetzt reagierte der Junge. Er griff mit beiden Händen nach Nakors blauer Robe. »Nicht so schlimm. Sieht nur schlimm aus. Vielleicht hat es ihm das Leben gerettet. Sie dachten bestimmt, er wäre bereits tot.« Das Kind war nicht älter als vier Jahre. Es hielt den Blick starr auf Nakor gerichtet, der ihm schließlich die freie Hand aufs Gesicht legte. Als er sie wieder fortnahm, schloß das Kind die Augen und sank an die Brust des Isalani. »Er wird schlafen. Ist auch besser für ihn. Viel zu jung für solche Schrecken.«

Harry würgte. »Wir sind alle zu jung für das hier, Nakor.«

Der kleine Mann setzte den Weg mit dem Kind auf dem Arm fort. Als sie den Bergfried erreichten, hörten sie das Wimmern und Stöhnen der Überlebenden.

Vor dem Haupteingang des Bergfrieds blieben Nicholas und die anderen stehen. Es war ein Anblick wie in der Hölle. Vom Bergfried war nur ein geschwärztes Steingerüst geblieben, das von dem noch immer wütenden Feuer erhellt wurde. Im Hof davor lagen überall Schwerverwundete. Die wenigen Überlebenden, die sich noch bewegen konnten, versuchten ihre unglücklichen Gefährten mit dem zu versorgen, was sich auftreiben ließ.

Nicholas und Harry suchten sich einen Weg durch die Verletzten und Sterbenden und entdeckten Martin, Marcus und Calis. Martin kniete bei jemandem auf dem Boden.

Nicholas eilte hinzu. Es war Schwertmeister Charles, der auf dem Boden lag; sein Nachthemd war steif von seinem getrockneten Blut. Das Gesicht des früheren Soldaten der Tsurani war schweißüberströmt und vor Schmerz fast ohne jede Farbe. Nicholas wußte sofort, er lag im Sterben. Seine Beine lagen verdreht unter dem Nachthemd, und dem immer noch blutroten Fleck in der Mitte des Hemds nach, hatte er eine tödliche Bauchwunde erlitten.

Martins Gesicht war hart wie Stein, nur seine Augen verrieten den Schmerz. Er beugte sich über Charles und fragte: »Was noch?«

Charles schluckte und flüsterte keuchend: »Einige der Banditen … waren Tsurani.«

Marcus fragte: »Abtrünnige aus LaMut?«

»Nein, keine Soldaten aus dem Krieg. Brimanu Tong.« Er hustete und schnappte nach Luft. »Assassinen. Gedungene Mörder. Sie … haben keine Ehre.« Er schloß einen Moment lang die Augen und öffnete sie wieder. »Das … war kein anständiger … Kampf. Das war … ein Gemetzel.« Er stöhnte, schloß wieder die Augen, und sein Atem wurde flacher.

Anthony humpelte herbei. Er trug den linken Arm in einer Schlinge. In der rechten Hand hielt er einen Eimer Wasser. Harry eilte zu ihm und nahm ihm den Eimer ab. Der Magier kniete sich unter Schmerzen neben Charles und untersuchte ihn. Nach einem Augenblick sah er Martin an und schüttelte den Kopf. »Er wird nicht mehr aufwachen.«

Martin erhob sich, wandte den Blick jedoch nicht von dem Schwertmeister. Dann fragte er: »Faxon?«

Anthony antwortete: »Ist mit einigen Soldaten im Stall gestorben; sie wollten den Stall halten, während Rulf und seine Söhne die Pferde hinausbrachten. Die haben mit Schmiedehämmern und Heugabeln bis zum Tod gekämpft.«

»Samuel?«

»Ich habe ihn nicht gesehen.« Anthony sah sich um, und für einen Moment hatte Nicholas das Gefühl, der junge Magier würde zusammenbrechen, doch er schluckte nur und fuhr fort: »Ich habe geschlafen. Ich habe Kampflärm gehört. Dabei konnte ich nicht unterscheiden, ob er von draußen kam oder von drinnen. Also bin ich zum Fenster gelaufen und habe hinausgesehen.« Er betrachtete das Blutbad. »Dann kam jemand in mein Zimmer und hat etwas nach mir geworfen ... eine Axt, glaube ich.« Er runzelte die Stirn, während er sich zu erinnern versuchte. »Ich bin aus dem Fenster gefallen und auf jemandem ... gelandet.« Er wirkt fast verlegen, als er hinzufügte: »Er war tot. Ich habe mir nichts gebrochen, doch ich war eine Zeitlang bewußtlos. Ich bin von dieser schrecklichen Hitze aufgewacht. Dann habe ich mich fortgeschleppt. An mehr kann ich mich nicht erinnern.«

Nicholas fragte: »Marcus, was ist mit deiner Familie?«

Mit ausdrucksloser Stimme sagte sein Cousin: »Meine Mutter ist noch drinnen.« Er zeigte auf das wütende Feuer, das an der Stelle brannte, wo sich gestern noch sein Zuhause befunden hatte.

Der Trauer folgte rasch Wut: »Margaret! Abigail?«

Anthony sagte: »Jemand hat gesagt, die Mädchen wären verschleppt worden. Einige der jungen Männer, glaub ich, auch.« Er schloß die Augen, als würde er plötzlich Schmerz verspüren. »Auch aus der Stadt; alle Jungen und Mädchen wurden verschleppt.«

Ein Soldat neben ihnen, der sich auf eine durchgebrochene Lanze stützte, sagte: »Ich habe gesehen, wie sie einige der Gefangenen davongeführt haben, Euer Gnaden.« Er zeigte auf die Mauer und sagte: »Ich habe dort drüben Wache gehalten. Ich hörte etwas auf dem Hof und sah nach, da wurde ich von hinten niedergeschlagen. Als ich wieder aufwachte, hing ich zwischen zwei Zinnen – anscheinend hatte mich jemand von der Mauer werfen wollen. Ich konnte mich wieder hinaufziehen. Zwei Tote lagen dort oben, und die Burg stand bereits in Flammen. Ich sah zur Stadt hin, und dort trieben Männer die Jungen und Mädchen zum Hafen.«

Ghuda fragte: »Konntet Ihr sehen, wer diese Männer waren?«

»Es war taghell; die halbe Stadt brannte schon. Es waren vielleicht vier oder sechs Männer, große Männer, und sie trugen seltsame Harnische, Kilts und Masken aus schwarzen Leder. Und alle hatten Peitschen.«

Ghuda sagte: »Die Gilde der Sklavenhändler aus Durbin.«

Martin sagte: »Das werden wir später besprechen, jetzt müssen wir uns fürs erste um die Verletzten kümmern.«

Nicholas und Harry nickten und machten sich auf, und Augenblicke später hatten sie bereits Wassereimer in den Händen. Im Verlauf des Tages halfen sie jenen, die man in den Schutz der elf Gebäude bringen konnte, die am Südende der Stadt der Zerstörung entgangen waren. Andere wurden in ein Fischerdorf gebracht, das eine Meile weiter die Küste hinunter lag.

Nur sehr, sehr langsam erholte sich die verbliebene Bevölkerung Crydees von dem Schock. Viele Menschen starben noch, und sie wurden auf einen Scheiterhaufen geworfen, den man auf dem Marktplatz errichtet hatte.

Nicholas half einem Soldaten mit verbundenem Kopf, einen weiteren Toten auf den Leichenhaufen zu legen, unter dem man Holz aufgeschichtet hatte. Auf einmal wurde ihm bewußt, daß es schon Nacht war. Ein anderer Soldat stand mit einer Fackel neben ihm und sagte: »Das war der letzte für heute. Wahrscheinlich werden wir morgen noch welche finden.«

Nicholas nickte stumm und taumelte davon, während die Fackel ins Holz geworfen wurde. Als die Flammen die Toten verzehrten, war er schon auf dem Weg zum anderen Ende der Stadt, wo ihn Stimmen und Lichter willkommen heißen würden. Er schleppte sich durch die ausgebrannten Reste einer Stadt, die noch gestern gelebt hatte, und wieder kamen ihm die Tränen. Er hatte während der Arbeit die grotesken Bilder verdrängt, die halbverbrannten Leichen, die er zum Scheiterhaufen schleppen mußte, die Kinder, die zerhackt worden waren, die Hunde und Katzen, auf die man ohne Grund mit Pfeilen geschossen hatte. Die bitterböse Bemerkung eines Soldaten, der gesagt hatte, die Banditen hätten ihnen mit dem Feuer eine Menge Arbeit erspart, weil die Hälfte der Toten schon verbrannt sei, traf ihn jetzt mit voller Wucht. Da stand er, auf einem leeren Flecken Erde, einem kleinen Marktplatz. Er beugte sich vor und stützte sich mit den Armen auf den Knien ab, er zitterte, obwohl die Nacht nicht kalt war. Seine Zähne klapperten, und der Junge holte tief Luft – in der noch immer Rußteilchen schwebten – und stöhnte wütend. Er richtete sich auf, zwang sich, den rechten Fuß zu heben und einen Schritt zu machen. Wenn er noch einmal anhielte, ehe er den Ort erreicht hatte, wo Martin und die anderen warteten, würde er sich nie wieder bewegen.

Er schleppte sich vorwärts, bis er das größte Gebäude erreichte, das noch stand. Es hatte eigentlich, wenn es fertiggestellt worden wäre, ein Gasthaus werden sollen. Die Wände erhoben sich vor ihm in der Dunkelheit. Es war schon bis zum ersten Stock fertig, doch das Dach fehlte noch. Auch ein Teil des Gastraums im Erdgeschoß hatte noch keine Decke. Viele der Städter hatten sich unter der schon fertigen Decke niedergelassen, während Martin und seine Gefährten um einen kleinen Ofen unter freiem Himmel saßen und aßen. Die Fischer hatten von ihren mageren Vorräten Brot und Fischsuppe abgetreten.

Nicholas taumelte zu Harry, der neben Marcus saß. Er schüttelte den Kopf, als man ihm eine Schüssel mit Suppe anbot. Er spürte seinen Magen nicht mehr, und den Geruch von Rauch würde er nie wieder aus der Nase bekommen.

Garret sagte: »Ein Dutzend Fährtensucher und Waldläufer haben schon Bericht erstattet, Euer Gnaden. Der Rest wird vermutlich morgen bei Dämmerung wieder hier sein.«

Martin sagte: »Schickt sie wieder raus. Sie sollen soviel Wild erlegen, wie sie können. Wir haben fast nichts zu essen. Die Fischer können nicht mehr soviel fangen, weil die meisten Boote zerstört sind.«

Garret nickte. »Einige der Soldaten könnten bei der Jagd helfen.«

Martin schüttelte den Kopf. »Ich habe nur noch knapp zwanzig Mann hier.«

Marcus sagte: »Wir hatten über tausend Mann unter Waffen stehen, Vater.«

Martin nickte. »Die meisten sind noch in der Kaserne gestorben. Die Banditen haben fast alle Leute auf der Mauer getötet, die Tore geöffnet, die Kasernen verbarrikadiert und angezündet. Anschließend haben sie Fässer mit Naphtha durch die Fenster geworfen. Es war die reinste Hölle los, ehe die meisten Soldaten überhaupt wach waren. Einige wenige konnten durch die Fenster fliehen und wurden von Bogenschützen niedergemacht. Andere wurden im Bergfried getötet. Hundert Soldaten sind verwundet, und wenn von ihnen wieder welche genesen sind, können sie mit auf die Jagd gehen. Bald wird es Herbst, und das Wild zieht nach Süden. Wir sind auf Carse und Tulan angewiesen, wenn wir den

Winter überstehen wollen.« Martin kaute ein Stück Brot und fuhr fort: »Weitere hundert sind dem Tod nahe. Ich weiß nicht, wie viele überleben werden. Anthony sagte, diejenigen mit den schweren Verbrennungen würden sicherlich sterben, also werden wir beim ersten Schnee vielleicht noch hundertfünfzig Mann unter Waffen stehen haben.«

Marcus warf ein: »Da sind noch die zweihundert Mann in Barran.«

Martin nickte. »Ich könnte sie zurückrufen. Aber wir wollen erst einmal sehen, wie Bellamy uns helfen kann.«

Harry reichte Nicholas ein Stück Brot, das mit Butter und Honig bestrichen war, und Nicholas aß. Plötzlich bekam er richtigen Hunger und bat die Frau, die an ihm vorbeiging, sie möge ihm die Schüssel mit der Suppe noch einmal bringen.

Während er aß, sagte Nicholas nichts, sondern lauschte nur den Vermutungen darüber, was letzte Nacht eigentlich vorgefallen war. Tagsüber hatte er mehrmals gehört, die Herzogin solle eine halbes Dutzend Banditen getötet haben, ehe sie überwältigt worden war. Ein verwundeter Soldat hatte gesehen, wie sie tot vor Margarets Zimmer lag, während er vor den Flammen aus dem Bergfried fliehen mußte. Das Feuer hatte schon zu sehr um sich gegriffen, und er war zu verletzt gewesen, um der Herzogin zu helfen.

Nicholas wartete darauf, daß das Schicksal der Mädchen erwähnt wurde, doch Martin und die anderen redeten nur über die momentanen Belange. Verschiedene Leute kamen und erzählten ihre Beobachtungen, und langsam formte sich vor Nicholas' Augen ein Bild der Nacht der Zerstörung. Von den zehntausend Bewohnern einer wohlhabenden Stadt lebten nur noch weniger als zweitausend, und viele würden die nächste Woche nicht überleben. Von den tausend Soldaten würde vielleicht jeder fünfte weiter dem Königreich dienen können. Alle Gebäude, vom Leuchtturm auf dem Langen Punkt bis zum Südrand der Stadt, waren zerstört, und auch die Hälfte der Neubauten war nicht mehr zu gebrauchen. Kein Geschäft war noch intakt. Von den Handwerksmeistern lebten noch ein Hufschmied, zwei Zimmerleute und ein Müller. Ein halbes Dutzend Gesellen und eine Anzahl Lehrlinge würden beim Wiederaufbau helfen können. Die meisten, die überlebt hatten, waren Fischer oder Bauern. Sie würden die Dienste leisten müssen, die gebraucht wurden. Für die nächste Zukunft wäre Crydee eine primitive Enklave an der Fernen Küste des Königreichs.

Nicholas hörte, wie Martin sagte: »Bellamy und Tolburt aus Tulan sollen uns Handwerker schicken. Die Burg muß sofort wieder aufgebaut werden.«

Nicholas konnte es nicht länger aushalten. Leise fragte er: »Und was ist mit den Mädchen?«

Das Gespräch war unterbrochen, und alle Augen der Runde richteten sich auf ihn. Mit schlechtverhohlener Verbitterung fragt Marcus. »Was schlagt Ihr denn vor, was wir tun sollen?«

Nicholas konnte nichts sagen.

Marcus sagte: »Sie haben alle Schiffe verbrannt. Sie haben die meisten Boote verbrannt. Sollen wir ein Fischerboot nehmen und nach Durbin rudern?«

Nicholas schüttelte den Kopf. »Benachrichtigt –«

»Euren Vater?« fragte Marcus verbittert. »Dann muß man durchs halbe Königreich. Haben wir vielleicht noch eine Brieftaube! Oder ein Pferd, mit dem man nach Carse reiten könnte? Nein!« Der Schmerz und die Wut über seinen Verlust hatten ein Ziel gefunden. Nicholas.

Martin legte seinem Sohn die Hand auf die Schulter und hielt ihn zurück. Marcus schwieg. »Wir werden morgen darüber sprechen.«

Nicholas bat nicht erst um Erlaubnis zu gehen. Er stand einfach auf und verließ die Wärme des Ofens. Er fand einen Platz unter der Treppe, der ein wenig Schutz bot und kauerte sich dort hin. Nach ein paar Minuten merkte er, wie sehr er sein Zuhause brauchte, seine Mutter und seinen Vater, seine Schwester und seine Brüder, seine Lehrer und alle die, die ihn immer geliebt und beschützt hatten. Zum ersten Mal seit Jahren fühlte er sich wie ein kleiner Junge. Er fühlte sich krank und schämte sich. Nicholas drehte das Gesicht zur Wand und weinte leise vor sich hin.

Entscheidungen

Der Sturm brach los.

Nicholas wurde durch die Tropfen auf seinem Gesicht wach. Er hatte tief und traumlos geschlafen; jetzt war er steif und immer noch erschöpft. Er fragte sich kurz, wo er war, dann erinnerte er sich wieder an das, was geschehen war.

Verzweiflung erfüllte ihn, während es durch die Öffnung über dem Gastraum hereinregnete. Diejenigen, die entlang der Wand oder unter freiem Himmel geschlafen hatten, drängten sich in den Teil, der von der Decke zum ersten Stock überdacht war.

Es war noch dämmerig, doch das lag vermutlich am wolkenverhangenen Himmel. Sicherlich war es schon nach Sonnenaufgang. Harry kam zu ihm: »Komm schon, wir haben viel Arbeit vor uns.«

Nicholas nickte und stand unbeholfen auf. Sein Fuß schmerzte, und er humpelte. Er mußte sich geradezu zwingen, in den Regen hinauszugehen. Innerhalb von Sekunden war er bis auf die Haut durchnäßt. Wenigstens hatte der Sturm den scharfen Rauchgestank gemildert.

Sie erreichten die offene Tür des Gasthauses und traten hinaus zu Martin. Er hatte seinen Bogen und seinen Köcher in Öltuch eingewickelt, ansonsten schien er den Regen nicht zu bemerken. »Wir müssen soviel Bauholz wie möglich beschaffen, Junker«, sagte er zu Nicholas.

Nicholas nickte und wandte sich an drei Männer, die unter einem Vorsprung standen, wo sie glaubten, besser gegen das Wetter geschützt zu sein. »Ihr drei«, rief Nicholas, »seid Ihr verletzt?«

Die drei Männer schüttelten die Köpfe, und einer sagte: »Aber wir sind naß, Junker.«

Nicholas winkte sie zu sich. »Noch nasser könnt Ihr dann ja nicht werden. Ich brauche Euch.«

Einer der Männer sah Martin an, der nickte einmal, und die drei standen auf und folgten Nicholas.

Der Tag verging mit Aufräumarbeiten. Sie fanden hier einen brauchbaren Balken, dort ein paar verschonte Bretter, und sie trugen alles, was sich bewegen ließ, zum Gasthaus.

Gegen Mittag ließ der Sturm nach. Nicholas und seine drei Gefährten – ein Bauer, dessen Haus am Stadtrand abgebrannt war, und seine zwei Brüder, die in der Mühle gearbeitet hatten – hatten ein halbes Dutzend Fässer mit Nägeln, einige unzerstörte Zimmermannswerkzeuge und genug Holz für ein Dutzend einfache Schutzhütten gesammelt. Der Zimmermann, der den Überfall überlebt hatte, behauptete, er könne das Dach des Gasthauses mit genug Bauholz und drei fähigen Männern innerhalb einer Woche fertigstellen. Martin sagte, sie würden sehen, ob sich ausreichend Sägen auftreiben ließen, um Bäume zu fällen.

Eine Sache erwies sich, wie Nicholas feststellte, als Segen: die Tradition, daß jeder Junge in der Burg alle möglichen Handwerke ausprobieren mußte, ehe er schließlich am Tag der Auswahl bei einem Meister in die Lehre ging. Obwohl diese Männer weder Zimmerleute noch Maurer waren, wußten sie doch einiges über diese Arbeiten, die sie als Jungen kennengelernt hatten.

Als es dunkel wurde, war Nicholas wie am Vortag erschöpft und hungrig. Nahrung würde bald zu einem Problem werden, doch auch in der zweiten Nacht konnte das Fischerdorf sie noch mit genug Essen versorgen. Ein Soldat, der sich beim Gehen auf eine grob angefertigte Krücke stützen mußte, betrat das Gasthaus und berichtete, ein halbes Dutzend Pferde wäre in der Nähe des Flusses gefunden worden. Martin freute sich. Jetzt konnte er eine kleine Patrouille zu Baron Bellamy schicken. Am Nachmittag hatte bereits ein Fischerboot nach Carse abgelegt, doch es würde viele Tage benötigen, um die Küste hinunter zu fahren.

Harry setzte sich zu seinem Freund und löffelte die Fischsuppe in sich hinein. Mit vollem Mund sagte er: »Ich hätte nie geglaubt, wie lecker dieser Eintopf sein kann.«

Nicholas erwiderte: »Du hast einfach nur Hunger.«

»Ach, wirklich?«

Nicholas starrte einen Moment lang ins Leere. »Glaubst du, wir werden sie jemals wiedersehen?«

Harry seufzte. »Ich habe heute gehört, wie Martin zu Marcus sagte, wenn Bellamy schnell genug eine Nachricht nach Krondor schickt, dann könnte unsere Flotte Durbin blockieren, ehe die Piraten dort ankommen. Martin denkt, dein Vater könnte den Gouverneur von Durbin dazu bringen, alle Gefangenen freizulassen.«

Nicholas seufzte. »Ich wünschte, Amos wäre schon zurück. Er kennt sich mit solchen Sachen aus. Er ist mal in Durbin Kapitän gewesen.«

Harry meinte: »Ich wünschte auch, er wäre hier. Vieles ergibt einfach keinen Sinn. Warum haben sie so viele umgebracht und alles niedergebrannt?«

Wenn er die elende Gesellschaft im Gasthaus betrachtete, mußte Nicholas dem zustimmen. Ihm fiel etwas ein. »Wo ist eigentlich Calis? Ich habe ihn nicht mehr gesehen, seit Charles gestorben ist.«

»Er ist zurück nach Elvandar gegangen«, antwortete Harry. »Er müsse seiner Mutter berichten, was hier passiert ist, sagte er.«

»Götter. Was ist mit seinen Großeltern?« Nicholas hatte weder Magya noch Megar unter den Überlebenden gesehen.

»Ich glaube, ich habe Megar heute im Fischerdorf gesehen. Der Mann sah jedenfalls aus wie er. Er hat die Kocherei überwacht.«

Zum ersten Mal, seit sie zur Jagd aufgebrochen waren, mußte Nicholas lachen. »Dann muß er es ja gewesen sein.«

Robin, ein Page, der für Haushofmeister Samuel gearbeitet hatte, suchte sich einen Weg durch den überfüllten Raum und setzte sich neben die beiden Junker. Die drei Jungen verglichen, was sie den Tag über beobachtet hatten. Offensichtlich war fast das gesamte Personal der Burg bei dem Überfall umgekommen oder kurz darauf den Verletzungen erlegen, alle bis auf Megar und Magya, noch einen Koch und einen Küchenjungen, zwei weitere Junker und ein paar Pagen und Diener. Während der Nacht war ein weiteres Dutzend Soldaten gestorben, und viele der Stadtbewohner waren krank oder verletzt.

Nach dem Essen gingen Nicholas, Harry und Robin hinüber zu Martin, Anthony und Marcus. Martin fragte: »Habt Ihr gegessen?«

Die drei nickten, und Martin meinte: »Gut. Der Regen hat die noch brennenden Feuer gelöscht, also werden wir beim ersten Tageslicht zur Burg gehen und nachsehen, was geborgen werden kann. Jetzt schlaft ein bißchen.«

Nicholas und Harry sahen sich nach einem freien Schlafplatz um und entdeckten eine kleine Stelle an der gegenüberliegenden Wand. Sie stiegen über schlafende Stadtbewohner hinweg und Nicholas kam zwischen Harry und einem alten Fischer, der laut schnarchte, zu liegen. Doch das Geräusch störte ihn kaum, denn er genoß die Nähe und die Wärme.

Tage vergingen, und Crydee erwachte von neuem zum Leben. Der Zimmermann und seine Helfer hatten auf das Gasthaus ein Dach gebaut, und das Haus wurde zum Hauptquartier des Herzogs. Martin weigerte sich jedoch, in einem der Zimmer im ersten Stock zu schlafen; diese überließ er lieber den Verwundeten und Kranken, die Schutz und Wärme brauchten. Weitere hundert Soldaten und Stadtbewohner waren an ihren Verletzungen oder an Krankheiten gestorben, allen Bemühungen von Anthony und Nakor zum Trotz. Irgendwie war die Nachricht von der Tragödie zur entfernten Abtei von Silban an der Grenze zu Elvandar gelangt, und ein halbes Dutzend Mönche waren angekommen und leisteten Hilfe.

Harry war so etwas wie der Gastwirt geworden, da der Mann, der das Gasthaus gebaut hatte, bei dem Überfall getötet worden war. Er verkündete, welches Essen es gab, schlichtete Streitigkeiten und hielt alles in Ordnung. Vor allem aber konnte Harry seine Leute zur Vernunft bringen, die ihre gereizten Gefühle nicht mehr beherrschen konnten. Irgendwann eines Tages, wenn sie in eine Welt zurückgekehrt wären, die nicht so verrückt wie diese war, würde Harry am Hofe des Prinzen einen tüchtigen Verwalter abgeben.

Nicholas hatte Martin und Marcus zur Burg begleitet. Dort war nichts mehr heil. Die Flammen hatten alles, was ihnen in den Weg gekommen war, verbrannt. Das Feuer hatte eine solche Hitze entwickelt, daß selbst viele der jahrhundertealten Steine gesprungen waren. Sogar die metallenen Fackelhalter an den Wänden waren geschmolzen.

Auch im obersten Stockwerk hatte das Feuer ganze Arbeit geleistet. Martin und Marcus hatten lange Zeit vor der Tür von Margarets Zimmer verweilt und die verkohlten und zersprungenen Steine betrachtet. Geschmolzene Angeln waren die einzigen Reste der Türen. Von denen, die hier gestorben waren, war nichts geblieben, da die heißen Flammen selbst die Knochen in Asche verwandelt hatten. Ein paar Pfützen flüssigen Metalls, längst wieder erstarrt, zeigten die Stellen, wo jemand eine Waffe fallen gelassen hatte.

Im Keller hatten einige wenige Vorräte überlebt; Kleidung, Mäntel und Decken sowie Stiefel und Gürtel. Alles stank nach Rauch.

Harry entdeckte einige Lebensmittel, die Martin untersuchte. Er meinte, sie müßten sich schon seit dem Spaltkrieg hier befunden haben. Das getrocknete Fleisch war schwarz und hart wie altes Leder; das Brot zerkrümelte wie getrockneter Haferbrei. Doch drei Fässer waren noch nicht so alt und mit Papier und Wachs verschlossen. Als sie eins öffneten, enthielt es getrocknete

Äpfel, die man sogar noch essen konnte. Und zur allgemeinen Freude fanden sie ein halbes Dutzend kleine Fässer mit Branntwein aus Kesh. Alles wurde gekennzeichnet, damit es unter Nicholas' Aufsicht in die Stadt gebracht werden konnte.

Als sie die Burg verließen, schwieg Nicholas; er hatte auf eine Bemerkung von Martin oder Marcus über den Tod der Herzogin gewartet, doch weder ihr Gemahl noch ihr Sohn sagten ein einziges Wort.

Die Tage gingen dahin, und langsam erholte sich die Stadt wieder. Ein zweites und dann ein drittes Gebäude wurden repariert, und die Verwundeten genasen und konnten schließlich bei der Arbeit helfen, was den Wiederaufbau beschleunigte.

Später in der Woche war Calis zurückgekommen, und mit ihm waren ein Dutzend Elben eingetroffen, die Wild mitbrachten, drei Hirsche und mehrere Wachteln und Hasen. Die hungrigen Leute von Crydee waren dankbar.

Calis verbrachte eine Stunde bei seinen Großeltern, dann stieß er zu Martins Gruppe und aß mit ihnen. Nicholas und Harry kauten auf dem Wildbret herum. Der junge Elb sagte: »Meine Mutter und mein Vater waren sehr bestürzt wegen dieses Überfalls, und ich habe noch mehr schlechte Neuigkeiten. Eure Garnison in Barran wurde auch überfallen.«

Martin riß die Augen auf. »Amos!«

Calis nickte. »Sein Schiff ebenfalls, aber er konnte die Männer verjagen, die es versenken wollten. Er hat es wieder repariert und sollte in ein oder zwei Tagen hier eintreffen.«

Marcus meinte: »Das macht ja noch weniger Sinn. Wieso sollten die Sklavenhändler die Garnison überfallen?«

Martin schüttelte den Kopf. »Warum sollten wir diese Sklavenhändler wochenlang jagen, wenn wir mit Bellamys Tauben eine Nachricht nach Krondor schicken können, und von dort aus werden ihre Schiffe dann abgefangen.«

Calis kniff die Augen zusammen und wirkte besorgt. »Habt Ihr schon Nachricht aus Carse?«

Martin legte das Rippenstück weg, an dem er gekaut hatte. »Götter! Das Postschiff aus Carse. Es ist nie angekommen.«

Marcus sagte: »Wenn Bellamy nun auch überfallen wurde?«

Martin erhob sich und sah sich im Raum um. Er entdeckte das Gesicht, welches er suchte, und rief den Soldaten zu sich. »Beim ersten Tageslicht sollen zwei Reiter nach Carse aufbrechen. Von dort aus sollen sie weiter zu Tolburt nach Tulan. Ich möchte so bald es geht einen Bericht haben.« Der Soldat salutierte und ging. Die verbliebenen Pferde standen in einem Pferch draußen vor dem Gasthaus, und es hatte sich noch genug Sattelzeug finden lassen, um zwei Reiter auszustatten.

Martin setzte sich wieder. Ghuda und Nakor betraten das Gasthaus und gesellten sich zu ihnen. Martin brütete vor sich hin. Der kleine Mann sagte: »Ich glaube, die meisten von denen, die jetzt noch leben, werden sich wieder erholen.«

Marcus erwiderte: »Wenigstens eine gute Nachricht.«

Martin bot den beiden mit einer Geste Platz und Essen an, und nach einer Weile sagte er: »Ich habe das schlechte Gefühl, daß das Ganze hier nur der Anfang von etwas war, das über einen bloßen Überfall weit hinausgeht.«

Ghuda sagte: »Ich habe die Sklavenhändler von Durbin schon früher bei der Arbeit gesehen, mein Lord, aber so etwas noch nie. Das war das reinste Gemetzel.« Er schüttelte den Kopf. »Aus reiner Lust, wenn Ihr mir das glauben könnt.«

Martin schloß für einen Moment die Augen, als hätte er Kopfschmerzen. »Ich war seit dem Spaltkrieg nicht mehr so beunruhigt.«

Marcus fragte: »Sollten die Tsurani vielleicht wieder ein Auge auf uns geworfen haben?«

Martin schüttelte den Kopf. »Nein. Die Herrin des Kaiserreichs hat die Dinge fest in der Hand. Sie hat sich als harter Handelspartner erwiesen, seit ihr Sohn Kaiser wurde, doch sie hält sich an die Spielregeln. Die wenigen Händler, die ohne Erlaubnis durch den Spalt schlüpfen und mit Metallen handeln, kann man zur Not hinnehmen. Aber das hier« – seine Handbewegung umfaßte die ganze Stadt – »ergibt auch dann keinen Sinn wenn es Abtrünnige der Tsurani waren.«

»Aber Charles hat gesagt, einige der Banditen wären Tsurani gewesen, Vater«, beharrte Marcus.

»Wie hat er sie genannt?« sagte Ghuda. »Tong?«

Nakor ergänzte: »Brimanu Tong. Das bedeutet ›Bruderschaft des Goldenen Sturms‹.«

Martin fragte: »Sprecht Ihr Tsurani?«

Nakor nickte. »Genug. Es waren Assassinen. Die Nachtgreifer der Tsurani sozusagen: Meuchler einer Gilde, die fürs Töten bezahlt werden. Die Herrin des Kaiserreichs hat den mächtigsten Tong, die Hamoi, vor fünfzehn Jahren zerstört, doch es gibt noch andere.«

Martin schüttelte den Kopf und massierte sich mit Daumen und Zeigefinger die Nasenwurzel. »Was hat das alles bloß zu bedeuten?«

»Das bedeutet, daß du ordentlicher Ärger am Hals hast, mein Freund«, sagte eine vertraute Stimme von der Tür her.

Alle wandten sich um und sahen eine stämmige Gestalt auf der Schwelle stehen.

»Amos!« sagte Martin. »Du bist eher zurück, als ich dachte.«

»Ich habe jeden Fetzen Segel setzen und die Männer bis zum Umfallen arbeiten lassen«, sagte Trask, während er zu ihnen kam und seinen Segeltuchmantel auszog. Er warf ihn zu Boden und setzte sich neben Martin.

»Was ist in Barran passiert?« fragte der Herzog.

Amos zog sich die Wollmütze vom Kopf, stopfte sie in die Tasche und nahm den Becher mit heißem Tee entgegen, den Harry ihm anbot. »Wir wurden vor sieben Nächten überfallen, vermutlich eine Nacht vor euch.« Martin nickte. »Seit diesem Zwischenfall im Krieg mit den Tsurani habe ich immer eine zusätzliche Wache aufgestellt, wenn ich irgendwo vor Anker lag. Eine gute Sache, denn die meisten Wachen starben, ehe Alarm gegeben werden konnte. Einer meiner Männer hat uns jedoch aus den Kojen geholt, ehe es zu spät war, und wir haben diese Bastarde umgebracht, bevor sie das Schiff in Brand stecken konnten.« Er seufzte. »Die Garnison hatte nicht soviel Glück. Wir hatten gerade fast alle Waffen und Vorräte ausgeladen – am nächsten Tag wären wir fertig geworden. Dein Leutnant, Edwin, ließ die Arbeit an der Palisade unterbrechen, damit seine Männer beim Ausladen des Schiffes helfen konnten. Und aus diesem Grund war das Tor noch nicht fertig. Die Banditen waren schon in der Kaserne, ehe Alarm gegeben wurde. Dennoch haben wir diese Bastarde bluten lassen, ehe sie das Fort anstecken konnten.«

»Das Fort ist abgebrannt?« fragte Marcus.

»Bis auf die Grundmauern«, stellte Amos fest.

»Was ist mit der Garnison?« fragte Martin.

»Ich hatte keine andere Wahl. Ich habe die Männer mit zurückgebracht.«

Martin nickte. »Wie viele haben überlebt?«

Amos seufzte. »Ein paar weniger als hundert. Edwin wird dir Bericht erstatten, wenn er hierherkommt.

Wir konnten noch einige Sachen aus der Ruine retten, und ein paar Dinge waren noch nicht ausgeladen, doch die meisten Waffen und Vorräte sind vernichtet worden. Das Fort gab es nicht mehr, und der Winter steht vor der Tür, darum schien es günstiger, die Sache auf das nächste Frühjahr zu verschieben.« Amos fuhr sich mit den Händen übers Gesicht. »Und so wie Crydee aussieht, kannst du hier sowieso jeden Mann gebrauchen.«

Martin sagte: »Das stimmt.« Er setzte Amos über das in Kenntnis, was er über den Überfall wußte, und als er alles erzählt hatte, war Amos' Gesicht düster geworden.

Bei der Beschreibung der Boote, mit denen der Uberfall begangen worden war, meinte Amos: »Das ergibt keinen Sinn.«

Marcus erwiderte: »Da seid Ihr nicht der einzige, der das meint, Amos.«

Amos sagte: »Nein, nicht der Überfall an sich. Egal, erzähl weiter, Martin.«

Martin setzte seinen Bericht fort, der aus dem bestand, was Augenzeugen dem Herzog nach seiner Rückkehr zugetragen hatten. Es brauchte eine weitere halbe Stunde.

Amos stand auf und wollte hin und her gehen, doch der Gastraum war zu voll. Er fuhr sich durch den Bart und dachte nach. Endlich sagte er »Nachdem, was du mir erzählt hast, müßten an dieser Kaperfahrt ungefähr tausend Männer teilgenommen haben, allein bei dem Überfall auf Crydee.«

»Kaperfahrt?« fragte Harry.

»Kannst auch Unternehmen sagen«, warf Nakor grinsend ein. »Verbrechersprache.«

»Oh«, machte der Junker.

»Also?« fragte Marcus.

Amos blickte ihn an. »Damit hätten sich mindestens sechs, wahrscheinlich aber acht Kapitäne aus Durbin zusammengetan. Und seit ich aus diesem Geschäft ausgestiegen bin, ist das nicht mehr vorgekommen.«

»Wirklich?« fragte Martin trocken. Er wußte über Amos' Vergangenheit Bescheid; der Admiral war einst einer der gefürchtetsten Piraten auf dem Bitteren Meer gewesen: Käpt'n Trenchard, der Dolch des Meeres. Im Laufe der Jahre hatte Amos seine Geschichte jedoch jedes Mal ein wenig aufpoliert, und so war aus dem Piraten ein Freibeuter geworden, der für den Gouverneur von Durbin gearbeitet hatte.

»Ja, wirklich!« sagte Amos. »Die Kapitäne der Küste sind ein streitbarer Haufen, und sie arbeiten nicht gern zusammen. Sie werden nur aus einem einzigen Grund in Durbin geduldet: Weil sie Queg in Schach halten, und das gefällt Kesh, denn das Kaiserreich hat kein Interesse, Geld für eine Flotte auszugeben.« Er sah Martin an und fuhr fort: »Und als der Admiral deines Bruders sind mir ein Dutzend streitsüchtiger Piratenkapitäne lieber als ein einziges kaiserliches Geschwader aus Kesh.«

»Also haben sie sich geeinigt und zu diesem Fischzug zusammengetan?« fragte Ghuda.

Amos schüttelte den Kopf. »Das ist unwahrscheinlich. Ein Überfall auf Carse und auf Crydee? Und auf das neue Fort von Barran auch noch? Ich wette, auch in Tulan gibt es kein seetüchtiges Schiff mehr.« Er schlug mit der Hand auf den Tresen, an dem er lehnte. »Was würde ich bloß für einen Schluck Branntwein geben«, murmelte er.

Harry sagte: »Also, eigentlich habe ich diesen hier für Anthony und Nakor aufbewahrt, damit sie ihn den Kranken geben können.« Er holte eine kleine Flasche von dem Branntwein aus Kesh hervor und schenkte Amos einen Becher ein.

Schmatzend sagte der Admiral schließlich: »Der Himmel wird's dir danken, Junge.« Er kehrte zu Martins Kreis zurück und hockte sich hin. »Der Überfall wurde nicht von Durbin aus unternommen.«

»Aber die Sklavenhändler –« warf Marcus ein.

Amos hielt die Hand hoch. »Egal. Eine falsche Fährte, mein Sohn. Sklavenhändler schleichen sich in eine Ortschaft und überfallen sie, nehmen die gesunden Kinder mit und die kräftigen Männer und Frauen. Aber sie brennen nicht alles nieder. Sie führen auch nicht gleich regelrecht Krieg, und sie lassen auch die Finger von den Nichten des Königs. Das bringt ihnen nämlich nur Ärger ein.« Er rieb sich das Kinn. »Wenn ich wüßte, welche Kapitäne dabei waren ...«

»Einer der Soldaten sagte, der Anführer wäre ein großer, hellhäutiger Mann gewesen, der im ganzen Gesicht Tätowierungen gehabt hätte.«

»Und mit spitzgefeilten Zähnen und blauen Augen?« fragte Amos.

Nicholas nickte.

Amos riß die Augen auf und flüsterte: »Render. Ich hab gedacht, er wär schon tot.«

Martin beugte sich vor. »Wer ist dieser Render?«

Amos sagte leise. »Der verfaulte Sohn eines Dämons. Er hat sich im westlichen Archipel verirrt, als er noch Matrose war. Er und der Rest der Mannschaft wurden von den Einwohnern der Skashakanischen Inseln gefangengenommen. Render hat irgendwie ihr Vertrauen gewonnen, und sie haben ihn in ihrem Stamm aufgenommen. Er war der einzige aus der Mannschaft, der überlebt hat. Er ist von Kopf bis Fuß mit Tätowierungen bedeckt, und seine Zähne sind spitz zugefeilt. Beim Aufnahmeritual mußte er einen seiner Schiffskameraden essen. Die Skashakanier sind Kannibalen.«

Amos setzte sich. »Render kannte sich mit dem Sklavenhandel aus, weil das mal zu Mercys Zeitvertreib gehörte, und bei dem war er einst Erster Maat. Doch Kapitän war dieser Render in Durbin nie. Als letztes hab ich von ihm gehört, er würde zu John Averys Mannschaft gehören, und Avery hat Durbin an eine queganische Piratenflotte verraten. Render ist ein toter Mann, wenn er jemals wieder einen Fuß nach Durbin hineinsetzt.«

Einer der Soldaten im Gastraum sagte: »Bitte um Verzeihung, Admiral, aber habt Ihr queganisch gesagt?«

Martin wandte sich an den Soldaten. »Was gibt es denn?«

»Mein Lord, ich habe mich bis jetzt nicht mehr daran erinnert, aber unter den Banditen war einer, der mir bekannt vorkam. Könnt Ihr Euch noch an den queganischen Händler erinnern, der an dem Empfang in der Nacht vor dem Überfall teilgenommen hat? Er war bei den Banditen.«

»Vasarius«, sagte Nicholas. »Ich mochte es überhaupt nicht, wie er Abigail und Margaret angesehen hat.«

»Und er hat Schwertmeister Charles und Pferdemeister Faxon alle möglichen Fragen über die Burg gestellt«, sagte einer der Soldaten. »Dabei hat er die Verteidigungsanlagen ausgekundschaftet.«

Amos sagte: »Das wird ja immer komplizierter. Piraten aus Durbin würden eine solche Kaperfahrt nicht unternehmen. Das ist gleichbedeutend mit einer Kriegserklärung. Ihr Ruf ist nur deshalb einigermaßen gut, weil sie anständig mit ihren Opfern umgehen und alles vermeiden, was einen Rachefeldzug nach sich zieht. Und einen Überfall dieser Größenordnung begeht man nur, wenn man nicht will, daß man verfolgt wird. Und das scheinen sie zu fürchten.«

Martin wirkte verwirrt. »Was meinst du?«

»Eure Leute haben Sklavenhändler aus Durbin gesehen. Was, wenn die gar nicht echt waren? Was, wenn die Piraten nur wollten, wir sollten glauben, sie würden sich nach Durbin aufmachen? Natürlich würdest du dann Reiter über die Berge zu den Freien Städten schicken, und ein schnelles Schiff würde nach Krondor fahren, und dann wäre eine Flotte in Durbin eingetroffen, ehe die Piraten die Küste runtergesegelt und die Straße der Finsternis passiert hätten. Nein, die wollen nicht nach Durbin, und sie wollen nicht, daß wir ihnen folgen.«

Nicholas sagte: »Aber wie sollten wir ihnen folgen? Ich meine, auf dem Wasser gibt es keine Spuren.«

Amos grinste. »Aber ich weiß trotzdem, wohin sie zuerst fahren, Nicky.«

Martin richtete sich auf. »Wohin haben sie meine Tochter gebracht, Amos?«

»Nach Frihaven. Render gehört jetzt zu den Inseln des Sonnenuntergangs – zumindest, nach allem, was ich zuletzt von ihm gehört habe –, und mit den Booten, die ihr gesehen habt, können sie auch nicht viel weiter als bis dort segeln.«

»Warum nicht«, meinte Marcus. »Was ist mit den Booten.«

Amos sagte zu Martin: »Weißt du noch, als ich gesagt habe, es würde keinen Sinn ergeben?«

Martin nickte.

Amos fuhr fort: »Ich habe die Boote gemeint. Es waren Barkassen. Kleine, schmale Boote mit einem Mast, den man abbauen kann. Ein größeres Schiff hätte sich Crydee nicht unbemerkt nähern können, um so eine Streitmacht auszusetzen. Das wäre auf jeden Fall von deinen Wachen entdeckt worden, sei es vom Langen Punkt aus oder von Seglers Gram. Nachdem, was du mir erzählt hast, waren es fast tausend Männer, und wir hatten in Barran noch zweihundert weitere auf dem Hals. Der einzige Ort, von dem diese Art Boote kommen kann, ohne daß der Abschaum darauf während der Überfahrt verhungert, sind die Sonnenuntergangsinseln.«

Marcus wandte ein. »Aber die Piraten von den Inseln des Sonnenuntergangs sind seit Jahren ruhig.«

Amos nickte. »Vielleicht hat sie jemand in Bewegung gesetzt. Aber da ist noch eine andere Sache, die mir Sorgen macht.«

»Und die wäre?« fragte Martin.

»Wenn jede schwarze Seele, die auf den Sonnenuntergangsinseln lebt, seit ich dort zum ersten Mal als Junge angelandet bin, noch ihre Oma und die Katze ihrer Oma mitbrächte, dann hätten sie immer noch keine fünfhundert Leute zusammen. Und wir haben es hier mit mehr als doppelt so vielen zu tun, einschließlich dieser meuchelmordenden Tsurani und einigen, vielleicht wirklich aus Durbin stammenden Sklavenjägern. Und einen Verräter aus Queg.«

Martin nickte. »Also, wo kommen diese ganzen Banditen her, und wer hat sie geschickt?«

»Könnte nicht dieser Render dahinterstecken?« fragte Nicholas.

Amos schüttelte den Kopf. »Nein, außer er hätte sich vollkommen verändert. Nein, diese Kaperfahrt wurde von jemandem ausgeheckt, der größeres im Sinne hat als Render. Und so etwas kostet einen Haufen Geld. Man muß diese Tsuraniassassinen durch den Spalt holen … da wurden Leute bestochen, vermutlich auf beiden Seiten. Und die Sklavenjäger aus Durbin haben sicherlich Garantien verlangt. Selbst, wenn jedes hübsche Mädchen und jeder hübsche Junge, den sie gefangen haben, mit größtmöglichen Gewinn verkauft wird, haben sie die Kosten für dieses Unternehmen noch nicht heraus.«

Martin sagte. »Wir müssen aufbrechen.«

Amos nickte. »Wir brauchen einige Tage, um das Schiff klar zu machen.«

»Und wohin geht die Reise?« fragte Nicholas.

Amos sagte. »Zu den Sonnenuntergangsinseln. Dort werden wir ihre Spur aufnehmen, Nicholas.«

Später in dieser Nacht bat Martin Harry und Nicholas mit sich, Marcus und Amos nach draußen. Als niemand außer ihnen mehr in Hörweite war, sagte Martin. »Nicholas, ich habe entschieden, daß Ihr und Harry hier in Crydee bleibt. Leutnant Edwin wird Hilfe brauchen, und wenn ein Schiff von Tulan oder Krondor hierherkommt, dann könnt Ihr nach Krondor zurückkehren.«

Martin wandte sich von den beiden ab, als sei die Sache damit erledigt, doch Nicholas sagte: »Nein.«

»Ich habe Euch nicht nach Eurer Meinung gefragt, Junker«, entgegnete Martin.

Nicholas zögerte einen Moment lang und hielt dem Blick seines Onkels stand, dann holte er tief Luft und sagte »Hoheit, oder Prinz Nicholas für Euch, Lord Martin.«

Marcus schnaubte und sagte: »Ihr werdet machen, was Vater Euch aufgetragen hat –«

Nicholas schrie keinesfalls, aber in seiner Stimme schwang Kälte und Wut mit. »Ich werde machen, wonach mir der Sinn steht, Meister Marcus.«

Marcus trat einen Schritt vor, als wollte er sich mit Nicholas schlagen, doch Amos mischte sich ein. »Hört jetzt damit auf!« Marcus blieb stehen, und Amos fragte: »Nicky, woran denkst du?«

Nicholas sah einen nach dem anderen an und ließ seinen Blick dann auf Martin verweilen. »Onkel, Ihr habt einen Eid abgelegt, und genau das gleiche habe auch ich getan. Als mir an meinem vierzehnten Geburtstag mein Amt übertragen wurde, habe ich geschworen, das Königreich zu beschützen und zu verteidigen. Wie könnte ich sagen, ich hätte mich an diesen Schwur gehalten, wenn ich jetzt nach Hause rennen würde?«

Martin sagte nichts, doch Amos meinte: »Nicholas, dein Vater hat dich hierhergeschickt, damit du den Unterschied zwischen der Grenze und dem fürstlichen Hof kennenlernst, und nicht, damit du Sklavenhändler über die Meere jagst.«

Nicholas erwiderte. »Mein Vater hat mich hierhergeschickt, damit ich lerne, was ein Prinz des Königreichs zu tun hat. Ich bin ebenso wie Borric und Erland ein Prinz von königlichem Geblüt, und als solcher bin ich ebenso wie sie für die Sicherheit und das Wohlergehen meiner Untertanen zuständig. Als sie so alt waren wie ich jetzt, haben Borric und Erland bereits ein Jahr mit dem Lord von Hohe Burg an der Grenze gekämpft.« Er blickte Martin an und sagte. »Ich wollte Euch nicht meine Meinung mitteilen, mein lieber Herzog. Ich habe Euch einen Befehl gegeben.«

Marcus öffnete den Mund und wollte etwas sagen, doch Martin legte ihm die Hand auf die Schulter und hielt ihn zurück. Leise fragte er. »Seid Ihr Euch da sicher, Nicholas?«

Nicholas sah Harry an. Der ehemals zu Späßen aufgelegte Junge aus Ludland starrte von der Arbeit in der verrußten Stadt vor Dreck, und unter seinen Augen zeichneten sich dunkle Ringe ab, doch er nickte.

»Ich bin mir sicher, Onkel«, erwiderte Nicholas.

Martin sagte leise. »Wir sind beide an unseren Eid gebunden«, und fügte dann hinzu: »Euer Hoheit.«

Marcus kniff die Augen zusammen, sagte jedoch nichts und folgte seinem Vater, der wieder hineinging. Amos wartete, bis die beiden gegangen waren, und fuhr Nicholas danach an. »Ich habe gedacht, deine Erziehung hätte irgend etwas genutzt, Nicky.«

Nicholas antwortete. »Margaret und Abigail sind irgendwo dort draußen, und wenn es einen Weg gibt, sie zu finden, werde ich ihn einschlagen.«

Amos schüttelte den Kopf. Er betrachtete die zerstörte Stadt, die im Mondlicht dalag, und seufzte niedergeschlagen. »Ich habe dich immer wie einen Enkel geliebt, Nicky, aber ich hätte lieber einen Magier auf der Reise dabei, als einen Prinzen, der noch feucht hinter den Ohren ist.«

Nicholas sagte: »Pug!«

Amos fragte. »Was ist mit ihm?«

Der Junge griff sich ins Hemd und meinte. »Er hat mir etwas gegeben, für den Fall, daß wir ihn brauchen sollten.«

Amos sagte. »Nun, ich kann mir keine Situation vorstellen, in der wir ihn besser gebrauchen könnten als jetzt.«

Nicholas nahm den Talisman in die Rechte und wiederholte Pugs Namen dreimal. Das kleine, metallene Amulett wurde warm, doch das war das einzige Zeichen von Magie.

Einen Augenblick später kam Nakor aus dem Gasthaus. »Was machst du da?«

»Habt Ihr das gemerkt?« fragte Harry.

»Was gemerkt?«

»Die Magie.«

»Bah. Es gibt keine Magie«, sagte Nakor mit einer wegwerfenden Handbewegung. »Ich habe gesehen, wie Martin und Marcus ins Gasthaus gekommen sind, und sie sahen nicht gerade glücklich aus.«

Amos sagte. »Der richtige Ausdruck dafür ist: sie wurden ihres Ranges verwiesen. Unser junger Prinz hat beschlossen, mit uns zu kommen, egal, was sein Onkel oder ich sagen.«

»Das wird auch von ihm erwartet«, sagte Nakor.

»Was?« fragte Harry.

Der Isalani zuckte mit den Schultern. »Ich weiß nicht, warum, aber ohne Nicholas wird das, was auch immer auf uns wartet, die Oberhand gewinnen.«

»Er ist der Sohn des Lords des Westen«, sagte eine Stimme hinter ihnen.

Alle blickten sich um und sahen, wie Pug aus dem Schatten trat. Er trug eine dunkelbraune Robe mit Kapuze, die er zurückzog und ein besorgtes Gesicht enthüllte. »Ich wollte eigentlich fragen, weshalb ich gerufen wurde.« Er warf einen Blick auf die verkohlte Landschaft. »Aber ich glaube, das liegt auf der Hand.«

Pug und Martin unterhielten sich lange unter vier Augen. Amos hatte Martin auf Wunsch von Pug wieder aus dem Gasthaus geholt. Jetzt warteten er und die anderen, die Zeugen von Pugs Ankunft geworden waren, darauf, was als nächstes passieren würde.

Harry fragte. »Glaubt Ihr, er kann sie zurückwünschen?«

Nakor antwortete. »Er ist ein mächtiger Mann. Doch ich denke, Wünsche allein reichen nicht. Wir werden sehen.«

Pug und Martin kamen wieder zu den anderen, und Pug sagte: »Ich werde versuchen, herauszufinden, wo sich Margaret und ihre Freundin aufhalten«. Er sah sich um. »Ich brauche dabei etwas Platz. Bitte bleibt hier.«

Er ging ein Stück von dem Gasthaus fort, zu einem offenen Bereich, der einmal als neuer Marktplatz gedacht gewesen war. Jetzt wuchsen darauf Weiden, in deren Mitte ein großer Felsen emporragte. Pug kletterte auf den Felsen und hob die Hände über den Kopf.

Nicholas fühlte eine seltsame Berührung, wie ein fernes Summen, und er blickte Harry an, der offensichtlich das gleiche bemerkt hatte. Nach einer Weile kam Anthony aus dem Gasthaus. Leise fragte der junge Magier: »Ist das Pug?«

Nakor nickte. »Er sucht nach den Mädchen. Das wäre ein guter Trick, wenn es ihm gelänge.«

Die seltsamen Schwingungen wurden stärker, und Nicholas hatte das Gefühl, etwas kröche ihm unter die Haut. Er widerstand dem Drang, sich zu kratzen.

Anthony fragte: »Was ist das?«

Nicholas blinzelte in die Richtung, in die der Magier zeigte, und entdeckte ein schwaches rotes Licht in der Ferne. Es schien heller zu werden.

Plötzlich schrie Nakor. »Runter mit euch!«

Als Anthony zögerte, zog Nakor ihn am Ärmel und drückte ihn zu Boden, dann zog er an Nicholas' Arm. »Legt euch auf den Boden! Bedeckt die Augen! Seht nicht hin!«

Alle machten, was Nakor gesagt hatte, doch Nicholas schaute trotzdem hin und sah das Licht mit unheimlicher Geschwindigkeit näherkommen.

Nakor drückte sein Gesicht auf den Boden. »Sieh nicht hin! Bedeck dein Gesicht!«

Auf einmal verspürte Nicholas in der Dunkelheit Hitze. Etwas schien seinen Kopf und seine Schultern zu versengen, als läge er dicht vor einem Kamin. Die Hitze sog ihm die Luft aus den Lungen. Er hätte fast seine Augen geöffnet, doch Nakor wiederholte seine Warnung noch einmal.

Schließlich verging die Hitze. »Ihr könnt wieder gucken«, sagte Nakor.

Pug stand wie versteinert da und war von einem knisterndem Nimbus roter Energie umgeben; auf dessen Oberfläche schienen weiße Funken zu explodieren und winzig kleine silberne Punkte tanzten herum. Nakor sprang auf und rannte auf Pug zu.

Die anderen folgten ihm auf dem Fuße. Als Nakor noch eine Armlänge von Pug entfernt war, blieb er stehen und streckte den anderen den Arm entgegen, damit sie nicht näher kamen.

Pug stand unbeweglich inmitten dieser roten Energie, wie eine

Statue mit erhobenen Händen. Nakor umrundete die eigentümliche Hülle roten Lichtes und schüttelte den Kopf.

Amos fragte: »Was ist das?«

Anthony sagte: »Sehr mächtige Magie, Admiral.«

Nakor machte eine wegwerfende Handbewegung. »Bah! Es gibt keine Magie. Das ist nichts weiter als eine sehr deutliche Warnung: Bleibt weg!« Er nickte. »Und es ist noch mehr.«

Martin fragte: »Was denn noch?«

»Ein Zeichen, daß wir mehr Ärger am Hals haben, als wir bisher dachten.« Er machte sich auf den Weg zurück zum Gasthaus.

»Wollt Ihr ihn hier so zurücklassen?« fragte Harry.

»Was hättest du denn gern, was ich mache?« fragte Nakor zurück. »Es gibt nichts, was ich für Pug tun könnte, was er nicht schon selbst längst macht. Er wird es schon schaffen. Nun wird es eben eine Zeit dauern, bis er sich aus der Falle befreit hat.«

»Sollen wir nicht lieber hier warten?« fragte Nicholas.

»Kannst du ruhig, wenn du willst«, antwortete Nakor. »Aber mir ist kalt, und ich habe Hunger. Ich bin sicher, Pug wird schon wieder hereinkommen, wenn er fertig ist.«

»Fertig womit?« fragte Amos und folgte Nakor.

»Mit dem, was immer er gerade macht. Er würde nicht so lange brauchen, wenn er sich nur von diesem Ding befreien wollte. Er macht noch etwas anderes, da bin ich sicher.« Mit diesen Worten erreichte der kleine Mann die Tür und öffnete sie. Die anderen folgten ihm, außer Anthony, der sich diese Erscheinung lieber bis zu Ende ansehen wollte.

Pug bewegte sich durch Schatten. Er hatte seine Sinne nach Südwesten ausgerichtet, dorthin, wo die Inseln lagen, die Amos als wahrscheinlichstes Gefängnis für Margaret und ihre Gefährtin angenommen hatte. Er hatte die Inseln schnell gefunden, denn auf einer gab es eine große Stadt, und die Energien der Menschen dort strahlten wie ein Freudenfeuer auf einem sonst verlassenen Strand.

Dann schrillten die Alarmglocken in seinem Kopf. Etwas sagte ihm, daß er angegriffen wurde. Er benutzte seine magischen Verteidigungsfähigkeiten, als die rote Energie einschlug. Die Verteidigung brauchte mindestens soviel Kraft wie die eigentliche Suche. Er hätte die angreifende Magie auch zerstören können, doch dann hätte der Magier auf der anderen Seite gewußt, daß er frei war.

Wie alle derartigen Geschosse hatte die rote Energie eine Spur von der Quelle bis zum Ziel hinterlassen. Pug untersuchte sie. Daraufhin schuf er seinen Schatten.

Es war nicht wirklich ein Schatten, es war ein Konstrukt aus Magie, eine unwirkliche Schöpfung, die als Hülle für Pugs Bewußtsein diente. Sie würde ihn verbergen, wenn er der Spur zu dem feindlichen Magier folgte.

Als er den Schatten geschaffen hatte, schickte er ihn entlang der Spur des magischen Geschosses zurück, versteckte ihn in Nicht-Orten und tarnte ihn mit dunkler Leere. Die Suche würde Zeit in Anspruch nehmen, aber dafür würde er die Quelle und den Urheber des Angriffs entdecken.

Pug begann mit der Suche.

Es dämmerte fast schon, als Pug plötzlich aus dem roten Licht trat. Anthony döste neben ihm. Er hatte sich einen Umhang eng um die Schultern und über den Kopf gezogen. Als Pug aus dem Licht taumelte, wurde er wach. Die Hülle blieb an ihrem Ort, und die weißen Funken sausten im roten Licht umher; drinnen blieb nur ein Schatten, der der Gestalt von Pug ähnelte.

Anthony erhob sich und packte Pug am Arm. »Geht es Euch gut?«

Pug schloß die Augen und sagte: »Ich bin nur müde.« Er holte tief Luft und öffnete die Augen wieder. Mit einen Blick auf die rote Energie, die immer noch wie ein rubinfarbener Obelisk dastand, fragt er: »Wo sind die anderen?«

»Drinnen«, antwortete Anthony.

Pug nickte und berührte das rote Licht. »Das wird eine Weile halten«, sagte er. Er drehte sich um und ging zum Gasthaus.

Anthony gesellte sich zu ihm, und Pug fragte: »Kenne ich Euch?« Anthony stellte sich vor. »Dann seid Ihr mein Ersatz?«

Anthony errötete. »Niemand kann Euch ersetzen, Meister.«

»Nennt mich Pug«, sagte Pug. »Wenn wir einmal Zeit haben, erinnert mich daran, daß ich Euch erzähle, was für ein schrecklicher Versager ich in Crydee war.« Anthony lächelte schwach, und sein Gesichtsausdruck verriet Ungläubigkeit. »Ich meine es ernst«, sagte Pug. »Ich war zuerst ein fürchterlich schlechter Magier.«

Pug machte die Tür auf, und Martin erwachte augenblicklich. Marcus und die anderen weckten sich gegenseitig. Harry reckte sich und gähnte. »Ich glaube, irgendwo gibt es noch Kaffee. Ich muß mal nachsehen.« Verschlafen ging er zum Tresen.

Pug hockte sich neben Martin und sagte: »Ich glaube, Amos' Vorhersage war richtig. Der Überfall sollte nur etwas anderes tarnen.«

»Was hatte das rote Licht zu bedeuten?« fragte Martin.

»Es war eine schlaue Falle.«

Nakor nickte. »Eine Warnung, nicht?«

Pug sagte: »Ja, das auch.«

Martin fragte: »Was ist mit Margaret und den anderen?«

»Sie sind alle da, wo Amos sie vermutet hat«, berichtete Pug. »Ich kann es nicht genau sagen, weil ich angegriffen wurde, als ich sie ausfindig machen wollte. Ich kann nur sagen, daß es ein großer, dunkler Raum ist. Vielleicht ein Lagerhaus. Ich habe ihre Gefühle gespürt. Sie haben schreckliche Angst und sind sehr, sehr verzweifelt.« Dann lächelte Pug. »Allerdings ist Eure Tochter auch sehr wütend.«

Martin konnte seine Erleichterung kaum verbergen. »Ich hatte schon befürchtet …«

Pug nickte. »Zumindest letzte Nacht ging es ihr gut.«

»Wer hat versucht, Euch zu fangen?« fragte Nakor.

»Ich weiß es nicht.« Pug wirkte nachdenklich. »Der Angriff kam nicht von dort, wo die Mädchen sind. Er kam von viel weiter entfernt, und es steckte jemand dahinter, dessen Fähigkeiten und Macht weit über das normale Maß hinausgehen.«

Nakor seufzte. »Also wollte Euch jemand sagen: ›Kümmert Euch um Eure eigenen Angelegenheiten‹.«

Pug nickte. »Der Schatten, den ich geschaffen habe, wird bald zusammenbrechen. Dann werde ich schon weit von hier fort sein, damit niemand bei einem erneuten Angriff zu Schaden kommt. Ich kann mich verteidigen, doch ich weiß nicht, wie viele von Euch das können, falls es einen Angriff mit größerer Stärke gibt.«

Nakor kaute auf seiner Unterlippe. »Also müssen wir ohne Euch gehen.«

Martin kniff die Augen zusammen. »Ich kann Euch nicht folgen.«

»Die Warnung«, sagte Nakor. »Pug ist sehr behutsam. Er will niemanden beunruhigen.« Nakor blickte den bärtigen Magier an. »Ihr solltet es ihm besser sagen.«

»Was?« fragte Martin

Pug schüttelte den Kopf. Harry verteilte Becher mit heißem Kaffee. Pug nippte nur kurz, dann sagte er: »Ich weiß nicht, wieviel Euer bunter Freund hier weiß, doch mit diesem Angriff war eine Warnung verbunden. Wenn ich versuche, den Gefangenen zu folgen, wenn ich bei ihrer Flucht mit Magie helfe, wenn es nur irgendein Zeichen von Verfolgung aus dem Königreich gibt, werden die Jungen und Mädchen getötet, einer nach dem anderen, bis sich die Verfolger zurückziehen. Sie sind nicht nur einfache Gefangene, sie sind auch Geiseln.«

Amos plusterte die Wangen auf und blies in die Luft. »Wenn sie also am Horizont ein Segel unter der Flagge des Königreichs entdecken, fangen sie an, ihnen die Kehle durchzuschneiden.«

Pug sagte: »Genau.«

»Woher wußtet Ihr das?« fragte Harry Nakor.

Der Isalani zuckte mit den Schultern. »Wußte ich nicht. Habe ich nur vermutet. Es war logisch. Sie wußten, Pug ist mit dem Herzog verwandt und könnte dessen Tochter folgen. Die Drohung, die Gefangenen umzubringen, ist dann nur allzu folgerichtig.«

Anthony fragte: »Aber von wem kommt der Zauber?«

Pug sagte: »Von etwas Fremden. Ich habe so etwas noch nie gesehen.« Er blickte Martin an und fügte hinzu: »Wenn sonst nichts beweist, was Amos vermutet hat, dann dieser Zauber.«

Nakor nickte, und sein sonst so fröhliches Gesicht wurde bedrückt. »Diese Sklavenhändler haben mächtige Verbündete, Lord Martin.«

Alle im Raum schwiegen.

Dann hellte sich Amos' Gesicht auf, und ein breites Grinsen machte sich darauf breit. »Ich hab's«, sagte er mit offensichtlicher Freude.

»Was?« fragte Martin.

»Ich weiß, wie wir nach Frihaven segeln können, und gleichzeitig die Gefangenen nicht gefährden.«

»Und wie?« fragte Pug.

Amos grinste wie ein kleiner Junge, der gerade ein neues Spielzeug geschenkt bekommen hat. »Meine Herren, ab heute seid Ihr alle Bukanier.«

Die *Königlicher Adler* wurde vollständig überholt. Nach Amos' Anweisungen wurde alles getan, was das Erscheinungsbild des Schiffes verändern konnte. Denn Amos hatte die Befürchtung, einige der Männer, die bei dem Überfall in Barran entkommen waren, könnten sich an das Schiff erinnern, und wenn es erkannt wurde, ehe es in Frihaven anlegte, würde die Unternehmung womöglich als Katastrophe enden.

Zwei Zimmermannslehrlinge veränderten die Bugfigur, einen Adler, in einen Falken. Amos ließ sie nicht eher in Ruhe, als bis er glaubte, die Figur sei nicht mehr zu erkennen. Danach ließ er sie schwarz und die Augen rot malen. Der Name *Königlicher Adler* wurde an Bug und Heck abgekratzt, und ein Maler versuchte, alle Hinweise auf den früheren Namen zu beseitigen.

Überall, wo es möglich war, wurden die Rahen woanders angebracht. Mittschiffs wurde eine Reling vorgetäuscht; näherer Untersuchung würde sie nicht standhalten, aber Amos plante auch nicht, Besucher an Bord zu nehmen. Vom Hafen aus sah es aus, als wäre das Schiff mit der neuen Reling gebaut worden, genauso wie die Plattformen für Katapulte, die ursprünglich im Bug gesessen hatten und auf die Seiten des Schiffes verlegt wurden. Die Plattformen für Bogenschützen in den Masten wurden abgebaut, denn sie waren nur bei den Kriegsschiffen des Königreichs üblich. An ihrer Stelle wurden Seile zwischen den Masten gespannt und mit Schlingen versehen, in die sich Armbrustschützen hängen konnten. Der Bugspriet wurde höhergelegt, und nun konnte ein Mann im Bug unter ihm stehen.

Andere Männer erledigten das, was Amos das »Schmutzigmachen« nannte. Da die Schiffe der Königlichen Marine immer sauber und in gutem Zustand waren, mußte man jetzt Farbe abkratzen, damit Metallteile rosteten und das Schiff so aussah, als hätte man nur geringsten Aufwand getrieben, um es seetüchtig zu halten. Aus einiger Entfernung würde nun jedenfalls niemand das Schiff wiedererkennen, daran hatte Amos keinen Zweifel.

Martin, Pug und Nicholas standen auf dem Kai, dem einzigen Ort, von dem aus man den Arbeiten zusehen konnte, ohne sie zu stören. Amos gesellte sich zu ihnen.

»Wie geht es voran?« fragte Martin.

Amos erwiderte: »Sie wird bald aussehen wie eine alte Hure, obwohl sie doch so eine feine Dame ist.« Er drehte sich um und begutachtete das Werk, wobei er sich das Kinn rieb. »Ich könnte sie noch richtig verkleiden, wenn wir eine Woche Zeit hätten, aber da dieser Überfall bei Nacht gemacht wurde ... es sollte genügen.«

»Finde ich auch«, sagte Martin.

»Wann brechen wir auf?« fragte Nicholas.

Amos schüttelte den Kopf. »Ich weiß, du hast beschlossen, mitzukommen, Nicky, aber mir wäre es lieber, du würdest deine Meinung ändern.«

»Wieso?« fragte er herausfordernd.

Amos seufzte. »Du weißt, ich liebe dich wie einen Enkel, Junge, aber du mußt dich wie ein Prinz benehmen und nicht wie ein liebeskrankes Kind.« Er hob die Hand, ehe Nicholas etwas sagen konnte. »Verschon mich. Ich habe noch am ersten Abend mitbekommen, wie du Abigail angeschaut hast. Normalerweise würde ich dir viel Glück wünschen und sagen, hol sie dir so schnell wie möglich ins Bett, aber die Sache ist ziemlich ernst.« Er legte ihm die Hand auf die Schulter. »Hast du in letzter Zeit mal in den Spiegel geguckt?«

Nicholas fragte: »Wieso?«

»Weil du ein Abbild deines Vaters bist. Und der ist seit dreißig Jahren Prinz von Krondor, und mehr als einer von diesen Halsabschneidern auf den Sonnenuntergangsinseln könnte ihn inzwischen mal gesehen haben.«

Nicholas runzelte die Stirn. »Ich könnte mein Äußeres ändern. Ich lasse mir einen Bart stehen ...«

Amos verzog das Gesicht schmerzlich. »Sieh mal an dir runter, Nicky.«

Nicholas sah an sich hinunter und wußte plötzlich Bescheid. Der Stiefel, der die Mißbildung seines Fußes ausglich, war wie ein Banner, das seine wirkliche Identität preisgab. Amos flüsterte fast, als er sagte: »Dieser Fuß ist beinahe so bekannt wie dein Vater, Nicholas. Alle Welt weiß darüber Bescheid.«

Nicholas spürte, wie seine Ohren und Wangen zu brennen begannen. »Ich kann ...«

Martin legte Nicholas eine Hand auf die andere Schulter. »Das kann man nicht verbergen.«

Nicholas entzog sich den Händen. Er sah zuerst Amos, darauf Martin an, und schließlich Pug. Irgend etwas in der Miene des Magiers ließ ihn aufmerken. »Was denkst du?« fragte er.

Pug sah von einem zum anderen, dann richtete er den Blick auf Nicholas. Entschlossen sagte er: »Ich könnte dir helfen.«

Es entstand eine Pause, bis Nicholas fragte: »Und was noch?«

Pug fuhr fort: »Ich könnte dir helfen, doch nur, wenn du mehr Mut aufbringen könntest, als du vermutlich hast.«

Nicholas starrte ihn böse an. »Zeig mir, was ich tun muß!«

Pug sagte: »Wir müssen allein sein.« Er zog Nicholas von den anderen fort. An Martin gewandt sagte er: »Ich werde mit ihm zur Burg gehen. Aber ich brauche Hilfe. Würdet Ihr uns Nakor und Anthony hinterherschicken?« Martin nickte, und Pug führte Nicholas davon.

Der Prinz folgte dem Magier schweigend, bis sie die ausgebrannte Burg fast erreicht hatten. So konnte Nicholas noch einmal über seine Forderung nachdenken, denn sein mißgebildeter Fuß hatte ihn schon oft zu Wutausbrüchen verleitet.

Am Tor drehte sich Pug zu ihm um. »Wir werden hier auf die anderen warten.«

Nicholas schwieg weiter. Schließlich seufzte er tief, als seine Wut verraucht war. Pug fragte: »Wie fühlst du dich?«

»Soll ich die Wahrheit sagen?«

Pug nickte. Nicholas sah hinunter auf den fernen Hafen. Nur wenig erinnerte noch an die hübsche kleine Stadt, in der er vor Wochen angekommen war. »Ich habe Angst.«

»Wovor?«

»Davor, daß ich versage. Davor, daß ich mitkomme und meinetwegen bessere Männer versagen. Davor, daß die Mädchen umgebracht werden. Davor … Vor vielen Dingen.«

Pug nickte. »Und wovor hast du am meisten Angst?«

Nicholas dachte eine Weile nach. »Davor, daß ich nicht so gut bin, wie ich sein sollte.«

»Dann hast du eine Chance, Nicholas.«

Sie unterhielten sich nicht weiter, bis Anthony und Nakor eingetroffen waren. »Herzog Martin sagte uns, wir sollten uns hier einfinden.«

Pug nickte. »Nicholas will etwas versuchen, und er wird Eure Hilfe brauchen.«

Nakor wußte Bescheid, doch Anthony sagte: »Ich verstehe nicht.«

Nicholas antwortete: »Pug wird meinen Fuß richten.«

Pug sagte: »Nein.«

»Aber ich dachte ...«

Pug hielt seine Hand in die Höhe. »Niemand kann deinen Fuß richten, Nicholas.«

Nakor fügte hinzu: »Außer dir selbst.«

Pug nickte. »Wir können nur helfen. Wenn du das wirklich möchtest.«

Nicholas sagte: »Ich verstehe nicht.«

Pug sagte: »Komm mit, dann werde ich es dir erklären.«

Sie betraten die ausgebrannte Eingangshalle und gingen zum Nordturm, wo sie die verkohlte Treppe hochstiegen. Bei der ersten Tür sagte Pug: »Das war früher mein Zimmer, und Meister Kulgan hat über mir gewohnt.«

»Es ist jetzt mein Zimmer ... oder war es vielmehr, bis letzte Woche. Ich habe es dem oben vorgezogen, wegen des seltsamen Abzuges« – er zeigte auf ein Loch in der Wand, von dem Metall heruntergeflossen war – »da. Das hat das Zimmer schön warm gehalten.«

Pug nickte. »Ich habe den Abzug bauen lassen.« Er sah sich im Zimmer um und erinnerte sich. Endlich sagte er: »Dann paßt es ja doppelt.« Er winkte Nicholas herein und sagte: »Setz dich am Fenster hin. Zieh deine Stiefel aus.«

Nicholas setzte sich auf den geschwärzten Fußboden und zog die Stiefel aus. Pug setzte sich ihm gegenüber und beachtete den Ruß an Robe und Händen nicht; Nakor und Anthony standen jeweils auf einer Seite neben ihm. Pug sagte: »Nicholas, du mußt etwas über dich lernen, etwas, was du mit vielen Menschen teilst.«

»Was?«

»Die meisten von uns gehen durchs Leben, ohne die Chance zu haben, viel über sich zu lernen. Wir wissen einige der Dinge, die wir mögen, und einige, die wir nicht mögen, wir haben eine Ahnung, was uns glücklich macht, aber wir sterben letztlich eigentlich unwissend.«

Nicholas nickte.

Pug fuhr fort. »Es gibt Gründe dafür, warum Dinge passieren wie dein mißgebildeter Fuß, Gründe, die man oft nicht verstehen kann.«

Nakor sagte: »Vielleicht hast du deinen Fuß nur, damit du in deinem Leben etwas lernen kannst.«

Pug sagte: »Das könnte sein.«

Nicholas fragte: »Was soll ich durch einen mißgebildeten Fuß lernen?«

Pug antwortete: »Viele Dinge: Du lernst Grenzen kennen, Unglück, Bescheidenheit, Stolz.«

Nakor fügte hinzu: »Oder gar nichts.«

Pug sagte: »Dein Vater hat versucht, deinen Fuß heilen zu lassen, als du noch ein Kind warst. Kannst du dich daran erinnern?«

Nicholas schüttelte den Kopf. »Ein wenig, aber nicht richtig. Nur, daß es wehtat.«

Pug legte seine Hände auf die von Nicholas. »Das habe ich mir gedacht.« Mit seinen braunen Augen suchte er Kontakt mit Nicholas', und seine Stimme klang tröstend. »Du mußt wissen, daß du der einzige bist, der die Kraft hat, deine Makel zu heilen. Weißt du, was Angst ist?«

Nicholas' Lider wurden schwer. »Ich weiß nicht … Angst?«

»Angst hält uns fest und bindet uns und hindert uns am Wachsen, Nicholas.« Pugs Stimme wurde eindringlich. »Sie tötet jeden Tag ein Stück von uns. Sie läßt uns bei dem verweilen, was wir kennen und hält uns vom Möglichen zurück. Sie ist unser größter Feind. Angst zeigt sich nicht, sie lebt im Verborgenen. Sie läßt uns den sicheren Weg wählen, meistens schieben wir jedoch die Vernunft vor, wenn wir Risiken ausweichen.« Er lächelte bestärkend. »Der tapfere Mann ist nicht derjenige, der keine Angst kennt, sondern der, der das tut, was er muß, obwohl er Angst hat. Um Erfolg zu haben, muß man den völligen Fehlschlag wagen; und das mußt du lernen.«

Nicholas lächelte. »Vater hat mir mal etwas Ähnliches erzählt.« Seine Worte kamen schleppend, als wäre er betrunken und halb im Schlaf.

»Nicholas, wenn du dir als Kind schon deine Heilung gewünscht hättest, wären die Priester, die Magier und die Heiler erfolgreich gewesen. Doch du hattest vor etwas Angst; und etwas in dir liebt diese Angst und läßt dich an ihr festhalten. Du mußt dieser Angst entgegentreten und sie verscheuchen; du mußt sie umarmen und dich von ihr einnehmen lassen. Nur dann wirst du sie kennenlernen; nur dann wirst du dich heilen können. Willst du das versuchen?«

Nicholas fühlte sich, als könnte er kein Wort herausbringen, also nickte er nur. Seine Augen waren müde, also schloß er sie.

Aus der Ferne hörte er Pug: »Schlafe. Und träume.«

Nicholas befand sich an einem dunklen, warmen Ort. Er wußte, er war in Sicherheit. Dann hörte er in seinem Kopf eine Stimme.

Nicholas?

Ja?

Bist du bereit?

Etwas verwirrte ihn. *Bereit?*

Bereit, die Wahrheit kennenzulernen.

Panik machte sich in ihm breit, und der Ort war nicht mehr warm. Nach einer Weile sagte er: *Ja.*

Ein grelles Licht versengte ihn, und er schwebte in einem Raum. Unter ihm saß ein kleiner Junge, der in den Armen einer rothaarigen Frau schluchzte. Ihre Lippen bewegten sich, doch er konnte nicht hören, was sie sagte. Trotzdem wußte er es. Er hatte so oft gehört. Sie sagte, solange sie da sei, würde ihm niemand wehtun.

Wut durchfuhr ihn. Sie log! Sie hatten ihm viele Male weh getan. Das Bild verblaßte, und plötzlich war da wieder der Junge, dieses Mal einige Jahre älter, und er ging unbeholfen durch einen Flur, der zu seinem Zimmer führte. Zwei Pagen standen da, und als er an ihnen vorbeikam, tuschelten sie. Er wußte, sie sprachen über ihn und spotteten über seine Mißbildung. Tränen flossen über seine Wangen, und er rannte in sein Zimmer. Er schlug die Tür hinter sich zu und schwor sich, er würde nie, niemals wieder sein Zimmer verlassen. Angst und Schmerz fraßen ihn auf, und so weinte er einsam vor sich hin, bis ein Page kam und seinen Vater ankündigte.

Er erhob sich vom Bett, wusch sich das Gesicht im Becken auf dem Nachttisch. Als sich die Tür öffnete, hatte sich der Junge wieder zusammengerissen, er wußte, sein Vater mochte ihn nicht weinen sehen. Arutha bat den Jungen, aus irgendeinem Anlaß mit in den großen Saal zu kommen, und der Junge fügte sich. Eine Staatsangelegenheit verlangte seine Anwesenheit, und er vergaß seinen Schwur. Doch diesen Schwur hatte er sich schon Hunderte von Malen geleistet, und er würde ihn noch weitere Hunderte von Malen leisten.

Das Bild verblich abermals, und er stand mit zwei großen jungen Männern zusammen, die beide die gleiche Haarfarbe hatten wie seine Mutter. Sie spotteten über ihn, ärgerten ihn, gaben vor, sie würden ihn nicht sehen, oder nannten ihn »Äffchen«, und er rannte davon, wieder von bohrendem Schmerz getroffen.

Weitere Bilder tauchten auf: eine Schwester, die zu begierig war, eine junge Prinzessin zu sein und nie Zeit für ihren jüngeren Bruder hatte. Eltern, deren Zeit von der Politik und vom Protokoll bestimmt wurde, Eltern, die keinesfalls immer für ihr schüchternes und verängstigtes Kind dasein konnten. Diener, die ihre Arbeit taten, aber keine Zuneigung für den jüngsten Sohn ihres Dienstherrn empfangen.

Über die Jahre hatten sich ihm diese Bilder ins Gedächtnis eingebrannt, und als sie jetzt wieder hochkamen, hörte er Pugs Stimme. »Bist du bereit, dich dem Schmerz zu stellen?«

Panik erfaßte Nicholas. Er murmelte, halb im Schlaf: »Ich dachte ... das würde ich ... schon tun.«

Pugs Stimme war leise und flößte Vertrauen ein. »Nein, du hast dich nur erinnert. Jetzt fühlst du den Schmerz. Du mußt ihn hervorlocken und dich ihm stellen.«

Nicholas spürte, wie ihn ein Schauder durchfuhr. »Muß ich wirklich?«

»Ja«, antwortete die Stimme, und er fiel noch tiefer in die schwarze Leere.

Wieder hörte er eine Stimme. Sie war leise, warm und vertraut. Er versuchte, die Augen zu öffnen; es gelang ihm nicht, doch plötzlich konnte er trotzdem sehen. Eine junge Frau mit goldenem Haar bewegte sich auf ihn zu, durch einen Gang, den er nur vage ausmachen konnte. Ihr Kleid war durchsichtig, und deutete eine reife Fülle an. Ihre Gesichtszüge lösten sich auf, als sie nach ihm griff, und er sagte: *Abigail?*

Sie lachte, und er fühlte das Geräusch mehr als er es wirklich vernahm. *Ich bin, wer immer du möchtest, der ich bin.* Ihre sinnliche Stimme ließ ihn erschauern. Er wollte weinen, denn irgend etwas an der jungen Frau war erschreckend.

Plötzlich stand seine Mutter vor ihm, doch so, wie er sie gekannt hatte, als er noch sehr klein war. Weiche, weiße Arme langten nach ihm und hoben ihn auf. Seine Mutter wiegte ihn an ihrem Busen und murmelte tröstend in sein Ohr. Er spürte ihren warmen Atem auf seinem Hals und fühlte sich geborgen.

Ein warnender Ton erklang, und er machte sich davon. *Ich bin kein Kind!* schrie er, und eine feste Brust füllte seine Hand. Sanfte blaue Augen starrten in die seinen, und volle Lippen teilten sich. Er schob Abigail von sich und schrie: *»Was bist du?«*

Plötzlich war er allein in der Dunkelheit, und er fröstelte. Niemand gab ihm Antwort, doch er wußte, hier in der Finsternis war noch etwas anderes anwesend. Er versuchte zu sehen, erkannte jedoch nichts. Dennoch war er nicht allein.

Mit äußerstem Willen rief er: *Was bist du?* Seine Stimme klingelte in seinen Ohren.

Aus großer Entfernung hörte er Pugs Stimme. »Es ist deine Angst, Nicholas. Sie hält dich zurück. Sieh es, wie es wirklich ist.«

Etwas schnürte Nicholas die Brust zusammen. Er fürchtete sich. »Nein«, flüsterte er.

Nicholas, sagte die warme und tröstende Stimme. Sanfte Hände streckten sich ihm entgegen, und er sah die schönen Züge seiner Mutter … nein, Abigails. *Greif nur nach mir,* sagte die sanfte Stimme.

Dann hörte er Pugs Stimme. »Nicholas, was ist wirklich?«

Die Frauen vor ihm verschwanden, und er war wieder in dem Turmzimmer. Der Tag war vorüber, und es war Nacht. Er war allein.

Er stand auf und ging in dem Zimmer hin und her, aber er konnte die Tür nicht finden. Er sah aus dem Fenster. Crydee war nicht mehr da. Nicht einmal die verkohlten Reste, nicht einmal die Ruine der Burg, nur dieser eine Turm stand noch. Unter ihm war eine steinige, verdorrte Ebene, ohne Leben, ohne Hoffnung. Das Meer war schwarz, und ölige Wellen liefen lustlos heran und brachen sich gleichgültig an Felsen, die so glatt waren, daß nicht einmal Moos darauf wuchs.

»Was siehst du?« fragte die ferne Stimme.

Nicholas kämpfte, wollte sprechen, und endlich fand er seine Stimme wieder. »Versagen.«

»Versagen?«

»Vollständiges und endgültiges Versagen. Nichts überlebt.«

»Dann gehe dorthin!« befahl ihm Pugs Stimme.

Sofort hatte er die verdorrte Ebene verlassen, nur das düstere Rauschen der Wellen klang noch in seinen Ohren. »Wohin gehe ich?« fragte er in den toten Himmel hinein.

»Wohin möchtest du denn gehen?« fragte Pug.

Plötzlich wußte er es. Er zeigte über die Bucht hinweg in den Westen. »Dorthin! Ich möchte dorthin gehen.«

»Was hält dich zurück?« fragte Pug.

Nicholas sah um sich herum und sagte: »Dies hier, glaube ich.«

Auf einmal stand Pug neben ihm. »Wovor hast du Angst, Nicholas?«

Nicholas sah sich wieder um und sagte: »Vor dem hier. Völliges Versagen.«

Pug nickte. »Erzähl mir von dem Versagen.«

Nicholas holte tief Luft und sagte: »Mein Vater …« Er merkte, wie ihm die Tränen kamen und ihm die Stimme abschnürten. »Er liebt mich, ich weiß.« Er erlaubte dem Schmerz, sich in ihm auszubreiten, und fuhr fort: »Aber er akzeptiert mich nicht.«

Pug nickte. »Und?«

»Und meine Mutter hat Angst um mich.«

»Und?« fragte Pug.

Nicholas sah hinaus auf das schwarze Meer. »Sie ängstigt mich.«

»Wie?«

»Sie gibt mir das Gefühl, ich könnte nicht …« Er verfiel in Schweigen.

»Du könntest nicht …?«

»Ich könnte nicht tun, was ich tun muß.«

»Was mußt du tun?«

Nicholas weinte, ohne es zu verbergen. »Ich weiß es nicht.«

Dann fiel ihm etwas ein, was ihm Haushofmeister Samuel gesagt hatte, und seine Tränen versiegten unter Lachen. »Das ist es! Ich muß nur herausfinden, was ich tun muß!«

Pug lächelte, und plötzlich fiel ein schweres Gewicht von Nicholas ab. Er sah Pug an und wiederholte: »Ich muß herausfinden, was ich tun muß.«

Pug bedeutete dem jungen Mann, er solle ihm folgen. »Warum hast du soviel Angst davor zu versagen, Nicholas?«

»Weil mein Vater nichts mehr haßt, glaube ich.«

»Wir haben nicht viel Zeit. Ich werde bald gehen müssen. Wirst du mir vertrauen, Nicholas?«

»Ich glaube schon, Pug.«

Plötzlich stand Nicholas auf einer Klippe, hoch über der See. Unter ihm waren Felsen, und Wellen brandeten gegen die Klippe. Schwindel befiel ihn, und seine Knie zitterten, doch Pug sagte: »Mach einen Schritt nach vorn.«

»Wirst du mich auffangen?« fragte Nicholas, und seine Stimme klang jung in seinen Ohren.

»Geh vorwärts, Nicholas.«

Er tat es, und plötzlich fiel er. Er schrie.

Die Felsen sausten auf ihn zu, und er wußte, er würde sterben. Stechender Schmerz durchfuhr ihn, als er landete und stöhnend auf den Felsen lag. Die Wellen krachten über ihn hinweg.

Er keuchte, als er das salzige Wasser ausspuckte, und sagte schwach: »Ich lebe noch.«

Pug stand vor ihm auf den Felsen und streckte ihm die Hand entgegen. »Ja«.

Nicholas ergriff sie und stand plötzlich abermals auf der Klippe. »Geh vorwärts«, sagte Pug.

»Nein!« entgegnete Nicholas. »Glaubst du, ich bin verrückt?«

»Geh vorwärts!« befahl Pug.

Nicholas zögerte, schloß die Augen und machte einen Schritt vorwärts. Es half nichts, die Augen zu schließen, er sauste durch die Luft und schlug erneut auf die Felsen. Verblüfft stellte er fest, daß er immer noch bei Bewußtsein war. Pug kniete vor ihm. »Bist du bereit?«

»Was?« fragte er benommen.

»Du mußt es noch einmal tun.«

Schluchzend fragte er: »Warum?«

»Du must etwas begreifen.«

Nicholas nahm Pugs Hand und stand wieder auf der Klippe. »Geh vorwärts«, sagte Pug leise.

Nicholas trat vor, doch sein Fuß war mit dem Fels der Klippe verschmolzen. Leere machte sich in seinem Magen breit, während er im Nichts hing, doch sein linker Fuß hielt ihn an der Klippe fest.

Stechender Schmerz fuhr durch das Bein, während er kopfüber da hing. Pug erschien plötzlich vor ihm. »Es tut weh, nicht wahr?«

»Was geschieht?« fragte Nicholas.

»Das ist dein Schmerz, Nicholas.« Pug zeigte auf den Fuß am Felsen. »Das ist die Liebe deiner Mutter und deiner Geliebten. Das ist deine Entschuldigung. Deshalb kannst du nicht versagen.«

Nicholas sagte verbittert: »Ich versage doch immer.«

Pugs lächelte unversöhnlich. »Aber du hast auch immer eine Ausrede, nicht wahr?«

Nicholas spürte ein kaltes Gefühl im Bauch. »Was meinst du damit?«

»Du versagst, weil du einen Makel hast, denn du bist ein behindertes Kind.« Pug schwebte vor ihm in der Luft. »Du kannst dich entscheiden, Prinz des Königreichs. Du kannst hier hängen, bis du erwachsen wirst, obwohl du weißt, welch großartige Taten du vollbringen könntest: Unschuldige retten, die Frau deiner Träume finden, deine Untertanen beschützen … wenn du nur diesen lahmen Fuß nicht hättest. Oder du kannst dich von deiner Ausrede befreien.«

Nicholas versuchte, sich nach oben zu ziehen, doch es gelang nicht.

Pug hob den Zeigefinger. »Du bist schon auf die Felsen gefallen! Du weißt, wie es ist.«

»Es tut weh!« heulte Nicholas.

»Natürlich tut es weh«, schalt ihn Pug, »aber das wirst du schon aushalten. Das ist nur Schmerz. Du stirbst nicht, und du kannst es noch einmal versuchen. Du wirst jedoch keinen Erfolg haben, ehe du nicht das Versagen riskierst.« Er zeigte auf die Stelle, wo der Knöchel mit dem Felsen verschmolz. »Das ist nur deine Entschuldigung. Die können wir alle haben, wenn wir wollen. Du hast Gaben, die dir mehr nützen, als dich diese einfache Mißbildung hindert.«

Eine mächtige Gewißheit erfüllte Nicholas. »Was muß ich tun?«

Pug stand auf. »Du weißt es.« Und er war verschwunden.

Nicholas langte nach oben und ergriff sein linkes Bein. Das Blut schoß ihm in den Kopf, und er spürte, wie der Muskel riß, als er an dem Bein zog. Er beugte sich vor, krallte die Finger in den Fels und gewann Zentimeter, während er enttäuscht und vor Todesangst laut schrie.

Plötzlich saß er auf der Klippe, doch sein Fuß klebte noch immer am Felsen. An seinem Gürtel hing ein Messer, dort, wo Augenblicke zuvor noch keins gewesen war.

Er verstand. Er nahm das Messer und zögerte einen Moment, dann hieb er in seinen eigenen Knöchel. Schmerz schoß durch das Bein, und sein Fuß brannte. Er keuchte vor Schmerz, doch er zwang sich, weiter zu schneiden. Der Knöchel ließ sich zerteilen wie Brot, nicht wie Knochen und Sehnen, doch der Schmerz ließ nicht nach.

Als er die letzte Faser seines eigenen Fleisches durchtrennt hatte, stand Nicholas auf einmal. Er hielt seiner eigenen Mutter das Messer an die Kehle. Blinzelnd zog er die Waffe zurück. Die

Gestalt von Anita, der Prinzessin von Krondor, sagte: »Nicholas! Warum tust du mir weh? Ich liebe dich!«

Dann stand Abigail vor ihm und trug nur ein durchsichtiges Nachthemd. Mit zugekniffenen Augen und sinnlichen Lippen sagte sie: »Nicholas. Warum tust du mir weh? Ich liebe dich!«

Schrecken durchfuhr den jungen Mann, und einen Augenblick lang stand er wie angewurzelt da. Dann schrie er: »Du bist nicht Abigail! Oder meine Mutter! Du bist etwas Böses, das mich festhält!«

Auf der Vision des Gesichts machte sich Traurigkeit breit. »Aber ich liebe dich!« Nicholas schrie unzusammenhängende Worte und stach zu. Das Messer durchbohrte die Frau und verwandelte sie in Schatten und Nebel.

In Nicholas Kopf explodierte Schmerz. Er schrie laut auf. Etwas Wertvolles wurde ihm aus der Brust gerissen, und es verspürte einen schrecklichen Verlust. Dann fiel eine Last von ihm ab, und mit schwindelerregender Erleichterung fiel er in die Dunkelheit.

Nicholas schlug die Augen auf, und Nakor und Anthony halfen ihm, sich aufzusetzen. Er lehnte sich an die kalten, schwarzen Steine. Es war dunkel, die Sonne war schon untergegangen. »Wie lange bin ich hier gewesen?« fragte er. Seine Stimme klang rauh, und sein Hals kratzte.

Anthony sagte: »Anderthalb Tage.« Er hielt ihm einen Schlauch mit Wasser hin, und Nicholas merkte, wie ausgetrocknet er sich fühlte.

Er trank und sagte: »Mein Hals kratzt.«

»Ihr habt viel herumgeschrien, Nicholas«, sagte Anthony. »Ihr müßt einen fürchterlichen Kampf ausgefochten haben.«

Nicholas nickte, und vor ihm drehte sich alles. »Mir ist schwindelig.«

Nakor reichte ihm eine Orange. »Du mußt hungrig sein.«

Nicholas riß einen Teil der Schale ab und biß tief in die Frucht, wobei ihm der süße Saft am Kinn hinuntertroff. Er kaute das weiche Fruchtfleisch. Nachdem er es geschluckt hatte, sagte er: »Ich fühle mich, als hätte ich etwas verloren.«

Anthony nickte, und Nakor sagte: »Die Menschen lieben ihre Angst. Deshalb halten sie sie auch so fest. Du hast etwas Neues gelernt, Prinz, etwas, was selbst ältere Menschen nicht so leicht verstehen. Du hast gelernt, daß die Angst nicht schrecklich aussieht, sondern schön und verführerisch.«

Nicholas aß die Orange auf und sagte: »Ich habe meine Mutter getötet, oder Abigail – oder etwas, was so aussah wie sie.«

Nakor erwiderte: »Es war keine von beiden. Du hast deine Angst getötet.«

Nicholas schloß die Augen. »Ich fühle mich, als müßte ich gleichzeitig weinen und lachen.«

Nakor lachte: »Du mußt nur etwas essen und dann schlafen.«

Nicholas seufzte und fragte: »Pug?«

Nakor sagte: »Sein Schattenkonstrukt ist zusammengebrochen, und das rote Ding ist verschwunden. Pug sagte, er würde bald von bösen Dingen verfolgt werden, und er wollte dann nicht bei anderen Menschen sein. Er nahm deinen Talisman und hat ihn Anthony gegeben.« Nicholas griff an seinen Hals. Das Amulett fehlte. Anthony griff sich an den Hals und zeigt Nicholas den Anhänger.

»Ich weiß nicht, warum, doch er sagte, ich sollte ihn eine Weile behalten, ihn jedoch nicht benutzen, ehe ich keine andere Wahl hätte.«

Nakor nickte. »Daraufhin sagte er auf Wiedersehen und ging fort.«

In der Dunkelheit spähte Nicholas nach seinem linken Fuß. Er fühlte sich eigenartig an, und Nicholas merkte, wie er seine Zehen strecken konnte. Tränen schossen ihm in die Augen. »Götter!« Er betrachtete einen gesunden, wohlgeformten Fuß, der zum ersten Mal in seinem Leben dem anderen glich.

Anthony sagte: »Die Verwandlung war schwierig. Ich weiß nicht, was Pug gemacht hat, doch er und Ihr wart beide stundenlang in Trance. Ich habe gesehen, wie sich die Knochen und das Fleisch dehnten und wie es langsam heilte. Es war erstaunlich. Doch Ihr müßt äußerste Schmerzen gelitten haben, denn Ihr habt geweint und Euch heiser geschrien.«

Nakor stand auf. Er streckte Nicholas die Hand entgegen. Nicholas nahm sie, und der kleine Mann erwies sich als überraschend kräftig, als er dem Jungen auf die Beine half. Nicholas prüfte, wie er auf dem geheilten Fuß stehen konnte, und verlor ein bißchen das Gleichgewicht. »Ich muß mich daran erst noch gewöhnen.«

Nakor betrachtete den normalgeformten Fuß an Nicholas' linkem Bein und schüttelte den Kopf. »Du hast viel durchmachen müssen, nicht wahr?«

Nicholas warf dem kleinen Mann die Arme um den Hals und lachte. Er lachte so sehr, daß ihm der Bauch wehtat. Nach einer Weile ließ er los. Mit Tränen in den Augen sagte er: »Ja, das stimmt.«

Martin sah auf, als Anthony, Nakor und Nicholas auf ihn zukamen. Nicholas ging vorsichtig und zog eine Miene, als würde ihm jeder Schritt wehtun.

Martin wollte dem Soldaten neben sich gerade etwas sagen, da bemerkte er, daß Nicholas barfuß war. Und seine Füße waren beide normal!

Der Herzog von Crydee ließ den Soldaten stehen und eilte zu seinem Neffen. Er sah Nicholas tief in die Augen und versuchte zu verstehen, was er dort sah. Endlich sagte er: »Was kann ich für dich tun?«

Nicholas grinste. »Ich könnte ein Paar neue Stiefel gebrauchen.«

Unfall

Nicholas machte einen Ausfall.

Marcus wich zurück, parierte den Hieb und startete eine Riposte. Nicholas konterte leicht und zwang ihn noch einen Schritt zurück.

Nicholas trat selbst einen Schritt zurück. »Genug.« Die jungen Männer atmeten schwer und waren schweißgebadet. Beide hatten sich einen Bart stehen lassen und sahen nun bemerkenswert finster aus.

Harry kam aus dem Gasthaus dorthin, wo die Cousins Fechten geübt hatten. »Wie findet ihr das?«

Selbst Marcus, der sich sonst immer so stur gebärdete, konnte dem Anblick der grellen Erscheinung nicht widerstehen. Harry trug eine purpurrote Hose, die in hohen Stiefeln mit Manschetten endeten, und ein gelbes Tuch um die Taille. Das Hemd war grün und vorn mit ausgeblichenem Brokat besetzt. Dazu hatte es Ballonärmel. Darüber trug er eine kastanienbraune Lederweste, die mit einer Kordel zusammengehalten wurde. Auf dem Kopf saß schief eine lange rot-weiße Mütze.

»Du siehst aus wie eine Vogelscheuche«, sagte Nicholas.

»Wozu hast du dich denn so aufgedonnert?« fragte Marcus.

»Als Bukanier!« sagte Harry. »Amos meinte, sie würden sich immer sehr bunt anziehen.«

»Nun, das jedenfalls bist du«, gestand Nicholas ein.

Nakor tauchte auf. Er sah Harry an und fing an zu lachen. Harry hatte sich ebenfalls einen Bart stehen lassen, doch der wuchs nur spärlich.

»Was ist eigentlich ein Bukanier?« fragte Harry.

»Das Wort ist aus Bas-Tyra und sehr alt«, sagte Nakor. »Erst hieß es *boucanier*; heißt soviel wie: Kerle, die Feuer an Stränden machen, um Schiffe auflaufen zu lassen, Diebe, Piraten.«

»So viele Worte für eine Sache«, stellte Harry fest. »Freibeuter, Korsar, Pirat …«

»Viele Sprachen«, sagte Nakor. »Dieses Königreich ist so ähnlich wie Kesh. Es wurde durch Eroberungen größer. In alten Zeiten konnte Leute aus Finstermoor nicht mit Leuten aus Rillanon sprechen.« Er nickte und zwinkerte, erfreut, weil er sein Wissen zum Besten geben konnte.

Marcus sagte: »Hoffentlich besteht Amos nicht darauf, daß wir uns alle so anziehen.« Er wandte sich an Nicholas. »Nochmal?«

Nicholas schüttelte den Kopf. »Nein. Mein Bein tut weh, und ich bin müde.«

Plötzlich kam Marcus näher und täuschte einen Schlag auf Nicholas' Kopf an. »Und was ist, wenn dich jemand bedroht, und du bist müde?« Nicholas konnte den Schlag gerade noch parieren, der ernstlichen Schaden angerichtet hätte, wäre er durchgekommen. Marcus machte weiter Druck, und Nicholas wich zurück.

»Man wird zu den unwahrscheinlichsten Zeit angegriffen«, rief Marcus und ließ eine Kombination von hohen und tiefen Hieben folgen.

Die beiden Cousins kämpften mit dem Säbel, einer Waffe, die beiden fremd war. Mit dem Rapier kam in Crydee niemand an Nicholas heran, doch mit diesen schweren Waffen war Kraft genauso wichtig wie Geschicklichkeit, und Marcus war schnell und stark.

Nicholas grunzte vor Erschöpfung, als er den nächsten Angriff abwehrte, dann ging er selbst mit einem Schrei zum Angriff über. Eine Reihe abwechselnd hoch und tief gesetzter Hiebe trieb Marcus zurück, und schließlich hatte Nicholas ihn erwischt und schlug ihm die Waffe aus der Hand. Marcus lehnte sich an eine erst jüngst erbaute niedrige Ziegelwand. Nicholas stand vor ihm, und die Spitze seines Säbels berührte Marcus' Kehle. Marcus wich zurück und fiel über die Mauer. Nicholas beugte sich vor und hielt die Spitze der Waffe immer noch auf Marcus' Kehle gerichtet.

Harry machte zaghaft einen Schritt nach vorn und blieb stehen. Nicholas hatte die Augen weit aufgerissen und zeigte deutlich seinen Ärger. Kalt sagte er: »Du hast die Klinge gut geführt, Cousin.« Einen Moment lang schwieg er, dann trat er zurück und senkte die Waffe. Mit trockenem Lachen fügte er hinzu: »Sehr gut.« Er bot Marcus die Hand an und zog ihn auf die Beine.

Eine Stimme sagte: »Du solltest dir eins merken, Marcus. Wenn man einen besseren Fechter reizt, kann das tödlich ausgehen.«

Die drei jungen Männer und Nakor drehten sich um. Amos kam aus dem Gasthaus. Der Admiral hatte seine dunkelblaue Uniform abgelegt und trug jetzt schwere schwarze Stiefel mit roten Bändern an den Schäften. Seine Hose und die kurze Jacke waren ausgeblichen blau, und die Jacke war an Manschetten und Revers mit Silberbrokat besetzt. Das Hemd war einst weiß gewesen, nun jedoch vergilbt. Auf dem Kopf saß ein schwarzer Dreispitz, dessen Kanten mit Gold gesäumt waren und den eine verdreckte gelbe Feder krönte. Und in dem Gehenk über seiner Schulter steckte ein beeindruckend schweres Entermesser. Die Haare und den Bart hatte Amos mit Öl eingestrichen, wodurch sein Gesicht nun von kleinen Löckchen umrandet war.

Amos zog den Hut und fuhr mit der Hand über den kahlen Kopf. »Bleib bei deinem Langbogen, Marcus. Dein Vater hatte nie das Talent zum Fechten, wie es Arutha besitzt. Und Nicky ist ein besserer Fechter als ihr alle.« Er wandte sich an Nicholas. »Wie geht es dem Fuß?«

Nicholas verzog das Gesicht. »Tut immer noch weh.«

Nakor sagte: »Ist aber nur ›Phantomschmerz‹. Tut nur in seinem Kopf weh.«

Nicholas humpelte ein wenig, als er sich neben Marcus setzte, der einen etwas verdrossenen Eindruck machte.

»Phantomschmerz?« fragte Amos. »Das macht doch keinen Sinn.«

»Nun, es tut jedenfalls weh«, sagte Nicholas. »Nakor meint, es würde erst aufhören, wenn ich die Lektion, mit der ich im Turm angefangen habe, voll und ganz verstanden hätte.«

»Das stimmt«, meinte der kleine Mann. »Wenn er es richtig begriffen hat, wird der Schmerz aufhören.«

»Nun, dann solltest du besser schnell begreifen. Wir laufen morgen mit der Flut aus.«

Marcus nickte und sagte: »Ich habe vorher noch einige Dinge zu erledigen.«

Nachdem er gegangen war, fragte Amos: »So richtig mögt ihr beiden euch noch immer nicht, was?«

Nicholas sah zu Boden, doch Harry antwortete: »Das werden sie auch nicht, ehe sich Abigail nicht für einen der beiden entschieden hat.«

Verbittert sagt Nicholas: »Wenn sie das kann. Ich packe meine Sachen zusammen.« Damit verschwand er.

Amos wandte sich an Harry. »Warum habe ich dieses dumme Gefühl, daß, wenn sie nicht bald einen Grund finden, sich zu vertragen, einer den anderen früher oder später umbringen wird?«

Harry sagte: »Erschreckend, nicht? Sie sind sich einfach zu ähnlich, und keiner gibt auch nur einen Zoll nach.« Er sah zur Tür des Gasthauses. »Seit ich Nicholas kenne, war er fast immer sehr gelassen und unbeschwert. Ihr mögt ihn länger kennen, Admiral, doch ich glaube, ich kenne ihn besser.« Amos nickte zustimmend. »Etwas an Marcus verändert diesen netten, verständigen Jungen, und das macht mir Kopfschmerzen.«

»Marcus benimmt sich allerdings auch wie ein schweineköpfiger Flegel«, meinte Amos. Er gab Harry einen Klaps auf die Schulter. »Und du solltest dich besser daran gewöhnen, mich Käpt'n zu nennen statt Admiral. Ich bin wieder Trenchard, der Pirat.« Mit einem drohenden Grinsen zog er sein Messer und prüfte die Schärfe der Klinge mit dem Daumen. »Ich bin viele Jahre älter und ein bißchen langsamer geworden, aber was die Jahre mir genommen haben, mache ich durch Hinterhältigkeit mehr als wett.« Plötzlich zeigte das Messer auf Harrys Nase. »Irgendwas dagegen?«

Harry schrie auf und fuhr einen Schritt zurück. »Nicht Sir! Käpt'n! Sir!«

Amos lachte. »In diesem Geschäft ist der Käpt'n immer der gemeinste Hund der ganzen Mannschaft. So wird man gewählt. Man muß der Mannschaft soviel Angst machen, daß sie dich wählt.«

Harry grinste und wollte wissen: »Seid Ihr deshalb in so jungen Jahren schon Käpt'n gewesen?«

Amos nickte. »Deshalb, und weil ich ein Schwein von Zweitem Maat umgebracht habe, als ich noch Schiffsjunge war.« Er lehnte sich an die niedrige Wand und steckte den Dolch zurück in den Gürtel. »Ich war zwölf Jahre alt, als ich zum ersten Mal zur See gefahren bin. Auf meiner zweiten Reise dachte der Zweite Maat – ein Kerl namens Barnes – er könnte mich wegen irgend etwas schlagen, was ich nicht getan hatte. Also hab ich ihn umgebracht. Der Käpt'n hielt vor versammelter Mannschaft Gericht. Nicht so, wie das bei ehrenwerten Gerichten üblich ist. Sondern du schilderst einfach deinen Fall, und die Mannschaft stimmt dann ab. Und da die meisten Männer Barnes haßten, konnte ich ihnen gut klarmachen, daß er mich für etwas schlagen wollte, was ich nicht getan hatte. Der eigentliche Schuldige trat dann vor. Er erzählte, ich hätte nicht getan, was der Zweite Maat mir vorgeworfen hatte …« Amos' Blick schweifte in die Ferne. »Lustig, nicht wahr? Ich weiß gar nicht mehr, wessen ich beschuldigt worden war. Wie auch immer, der Mann wurde ausgepeitscht, obwohl der Käpt'n noch milde mit ihm umging, weil er mir das Leben gerettet hatte. Und danach wurde ich zum Dritten Maat gemacht. Als ich vier Jahre auf dem Schiff um hatte, war ich dann bereits Erster Maat.

Mit zwanzig Jahren war ich schon Käpt'n, Harry. Mit sechsundzwanzig hatte ich außer Krondor und Durbin jeden Hafen am Bitteren Meer überfallen. Mit neunundzwanzig wurde ich schließlich ein anständiger Mann.« Er lachte. »Und auf meiner ersten ehrlichen Fahrt brannten die Tsurani mein Schiff nieder und ließen mich hier in Crydee auf dem Trockenen sitzen. Das war vor über dreißig Jahren. Und jetzt stehe ich hier, über sechzig, und bin noch einmal Pirat.« Er lachte erneut. »So schließen sich die Kreise der Hölle.«

Harry schüttelte erstaunt den Kopf. »Keine schlechte Geschichte.«

Amos sah hinauf zu dem ausgebrannten Koloß, der von Burg Crydee geblieben war. Am gestrigen Tag waren zwei Baumeister aus Carse angekommen und untersuchten nun die Fundamente wegen eines möglichen Wiederaufbaus. Martin war bei ihnen und gab ihnen Anweisungen, damit mit dem Bau begonnen werden konnte, sobald der Winter vorbei war, egal ob er selbst zurück wäre oder nicht. »Als ich zum ersten Mal diese Burg betreten habe, sind mir doch erstaunliche Menschen begegnet.« Nachdenklich sah Amos zu Boden. »Sie haben mein ganzes Leben verändert. Ich schulde ihnen vieles. Ich habe Arutha immer vorgeworfen, er würde einem den ganzen Spaß am Leben nehmen, und verdammt, er kann ganz schön mürrisch sein.« Sein Blick wanderte wieder zum Gasthaus. »Aber er ist ein wunderbarer Mann, in vielerlei Hinsicht, und er wäre meine erste Wahl, wenn ich für eine Fahrt durch stürmische Gewässer mal einen Maat suchen würde. Ich liebe ihn wie einen Sohn, aber wenn man sein Sohn ist, hat man es schwer. Die Begabungen von Borric und Erland unterscheiden sich sehr von denen ihres Vaters, doch Nicholas …«

Harry nickte. »Nicholas ist genau wie er.«

Amos seufzte. »Ich habe es noch nie laut gesagt, aber Nicholas war immer mein Liebling. Er ist ein netter Kerl und besitzt gleichzeitig die Stärke seines Vaters und die Zärtlichkeit seiner

Mutter.« Amos drückte sich von der Wand ab. »Ich bete nur, daß ich ihn heil zu seiner Familie zurückbringen kann. Der Gedanke, seiner Großmutter beichten zu müssen, wenn ihm etwas zustößt, begeistert mich nicht gerade.«

Harry sagte: »Ich bete, Ihr werdet dasselbe für mich und die Beichte gegenüber meinem Vater empfinden, Käpt'n.«

Amos grinste Harry verschlagen an. »Deinen Vater will ich schließlich nicht heiraten, Junker. Du mußt dich auf dich selbst verlassen.«

Harry lachte, allerdings klang es nicht besonders überzeugend. Dann hörten sie vom Hügel her einen Ruf, und einer der Baumeister aus Carse kam heruntergerannt. Er schrie etwas, und Amos warf Harry einen fragenden Blick zu.

Harry sagte: »Ich verstehe nicht, was ...«

Dann schrie der Mann erneut, und Amos sagte: »O Götter, nein.«

»Was ist?« fragte Harry.

Nakor sagte: »Es ist ein Unfall passiert.« Er rannte zur Burg los.

Plötzlich verstand Harry. In der Burg waren nur drei Leute: die beiden Baumeister und der Herzog. Harry sagte: »Ich hole Marcus und Nicholas.« Und schon war er auf dem Weg zum Gasthaus.

Ehe er zur Burg losging, rief Amos Harry hinterher: »Und bring Anthony mit! Wir werden einen Heiler brauchen!«

Als alle in der Burg eingetroffen waren, kümmerte sich einer der Mönche aus Silbans Abtei bereits um Martin. Der lag bewußtlos und mit bleichem Gesicht da. Der Mönch untersuchte seine Verletzungen.

Marcus schrie: »Was ist passiert?«

Der ältere Baumeister sagte: »Ein Teil der Brustwehr ist unter dem Herzog zusammengebrochen. Ich hatte ihm gesagt, es wäre dort oben gefährlich.« Offensichtlich wollte er alle Schuld von sich weisen.

Marcus blickte den Mönch an. »Ist es schlimm?«

Der Mönch nickte, und Anthony und Nakor knieten sich neben Martin. Sie flüsterten miteinander, und nach einem Moment sagte Anthony: »Wir müssen ihn zum Gasthaus bringen.«

Nicholas fragte: »Sollen wir nicht eine Tragen bauen?«

»Dazu haben wir keine Zeit!«

Harry, Nicholas und Marcus hoben Martin hoch und trugen ihn langsam den Hügel hinunter.

Im Gasthaus brachten sie Martin in eins der kleinen Zimmer im ersten Stock. Anthony bedeutete den anderen, sie sollten hinausgehen, und blieb mit Nakor allein beim Herzog zurück.

Die anderen warteten einen Augenblick lang vor der Tür von Martins Zimmer; schließlich meinte Amos: »Es hat keinen Zweck, hier zu warten. Wir haben bis morgen noch hundert Dinge zu erledigen.«

Marcus fragte: »Bis morgen? Das meint Ihr doch nicht ernst?«

Amos zögerte und sah Martins Sohn an. »Natürlich meine ich das ernst. Wir laufen mit der Morgenflut aus.«

Marcus ging ärgerlich einen Schritt auf den Admiral zu. »Vater wird morgen noch nicht in der Verfassung sein zu reisen.«

»Dein Vater wird bis zum Frühjahr nicht dazu in der Verfassung sein. Wir können nicht auf ihn warten.«

Marcus wollte protestieren, und Nicholas sagte: »Augenblick mal.« Er fragte Amos: »Woher weißt du das?«

»Ich habe in meinem Leben viele Männer vom Mast fallen sehen.« Er sah Nicholas' Cousin an. »Marcus, Martin ist den Siebzig näher als den Sechzig, obwohl man es ihm nicht ansieht. An solchen Verletzungen sind allerdings auch schon junge Männer gestorben. Niemand wird dich anlügen und behaupten, das Leben deines Vaters sei nicht in Gefahr. Aber das ist das deiner Schwester ebenfalls, und das der anderen Gefangenen auch. Sollten wir warten, hilft das deinem Vater wenig, doch für deine Schwester wird die Lage jeden Tag brenzliger. Wir laufen morgen aus.«

Amos drehte sich um und ließ die drei jungen Männer schweigend im Flur stehen. Schließlich sagte Nicholas: »Es tut mir leid, Marcus.«

Marcus blickte Nicholas an; dann ging er, ohne ein Wort zu sagen, die Treppe hinunter.

Calis betrat das Gasthaus. Es hatte plötzlich angefangen zu regnen. Er zog seinen Mantel aus, hängte ihn an einen Nagel in der Nähe der Tür und schüttelte den Kopf. Das Gasthaus war nicht mehr ganz so voll wie beim letzten Mal, als der Elb in Crydee gewesen war, denn inzwischen hatte man einige neue Hütten errichtet.

Er entdeckte Nicholas und Harry und setzte sich zu ihnen an den Tisch. »Ich habe Nachrichten für Euren Onkel, Prinz Nicholas.«

Nicholas erzählte ihm von dem Unfall. Calis hörte unbewegt zu. »Das sind schlechte Neuigkeiten.«

Anthony erschien auf der Treppe und kam ebenfalls an den Tisch. »Seine Gnaden ist wieder zu Bewußtsein gelangt; wo ist Marcus?«

Harry sprang auf. »Ich werde ihn suchen.«

Anthony nickte Calis zu, und der sagte: »Ich habe Nachrichten für den Herzog.«

Anthony sagte: »Ihr könnt ein paar Minuten mit ihm sprechen.«

Nicholas erhob sich ebenfalls, doch der Magier sagte: »Nur immer einer auf einmal.«

Der Sohn der Elbenkönigin folgte Anthony die Treppe hinauf. Einige Minuten später betraten Marcus und Harry den Gastraum. Nicholas ging auf seinen Cousin zu, der fragte: »Vater ist wach?«

Nicholas nickte. »Calis hat eine Botschaft von der Elbenkönigin gebracht, und er ist gerade oben bei ihm. Du kannst hochgehen, wenn er herauskommt.«

Calis erschien oben an der Treppe, und Marcus wollte sich an ihm vorbeidrängen. Der Elb hielt ihm jedoch zurück und sagte: »Seine Gnaden wollen mit Nicholas sprechen.«

Marcus' Augen blitzten, doch er sagte nichts, als Nicholas an ihm vorbei die Treppe hochging. Der Prinz betrat Martins Zimmer. Der Herzog saß, von Kissen gestützt, aufgerichtet im Bett und war bis zum Hals in eine warme Decke gehüllt.

Anthony, Nakor und der Mönch hockten neben ihm. Nicholas sagte: »Onkel?«

Martin streckte die Hand aus, und Nicholas nahm sie und drückte sie leicht. Die Stimme des Herzogs klang schwach. »Ich muß mit dir sprechen, Nicholas. Unter vier Augen.«

Nicholas sah die anderen an. Anthony sagte: »Wir warten draußen.«

Martin schloß die Augen; auf seiner Stirn bildeten sich Schweißtröpfchen. Nachdem sich die Tür geschlossen hatte, sagte er: »Calis hat mir dies hier gebracht.«

Er hielt Nicholas einen Ring entgegen, den der Prinz entgegennahm und betrachtete. Er war aus einem silberschwarzen Metall gefertigt und glänzte kalt. Seine Machart war irgendwie widerlich, es waren zwei Schlangen, die gegenseitig ihre Schwänze im Maul faßten. Er wollte ihn Martin zurückgeben, doch der sagte: »Nein, behalt du ihn.«

Nicholas steckte ihn in einen kleinen Beutel, den er am Gürtel trug. Martin fragte: »Wieviel hat dir dein Vater über Sethanon erzählt?«

Nicholas war von der Frage überrascht. »Einiges«, antwortete er. »Er spricht nicht oft darüber, und wenn er es tut, stellt er seine eigenen Taten in den Hintergrund. Amos hat mir allerdings sehr viel erzählt.«

Martin lächelte schwach. »Das will ich wohl glauben. Aber es gibt viele Dinge, die in der Schlacht geschehen sind, von denen Amos jedoch nichts weiß.« Er bedeutete dem jungen Mann, er solle sich neben dem Bett hinsetzen. »Ich werde vielleicht sterben.«

Nicholas wollte widersprechen, doch Martin sagte: »Widersprich nicht, wir haben keine Zeit. Zuviel steht auf dem Spiel. Vielleicht sterbe ich, vielleicht werde ich überleben; das werden die Götter entscheiden – obwohl, ohne Briana …« Zum ersten Mal sah Nicholas den tiefen Schmerz, den Martin der Verlust bereitete. Doch sofort wurde das Gesicht seines Onkels wieder hart. »Du mußt einige wichtige Dinge erfahren, und ich habe nur noch wenig Zeit.«

Nicholas nickte, und Martin ruhte sich einen Augenblick lang aus, bevor er fortfuhr. »In alten Zeiten wurde unsere Welt von einer mächtigen Art beherrscht.« Nicholas blinzelte überrascht. »Sie nannten sich selbst Valheru. In unseren Legenden heißen sie die Drachenlords …«

Marcus war wütend. »Warum hat er nach Nicholas gefragt?«

Harry zuckte mit den Schultern. »Das weiß ich genausowenig wie du.« Harry betrachtete den jungen Mann, dessen Junker er den ganzen vergangenen Monat über hatte spielen müssen. Er kannte ihn immer noch nicht besonders gut, aber er wußte, im Augenblick konnte er seine Wut nur mühsam zurückhalten. Zuerst die Rivalität um Abigail, dann der Tod seiner Mutter und die Entführung seiner Schwester, und schließlich die Entscheidung von Nicholas, nicht mehr den Junker des Herzogs zu spielen, sondern auf seinem Rang als Prinz des Königreichs zu bestehen – all das zusammen genommen hatte Marcus an einen Punkt gebracht, an dem er vor Wut fast überschäumte.

Nicholas erschien auf der Treppe und machte Anthony, Nakor und dem Mönch ein Zeichen. Sie gingen wieder in das Zimmer des Herzogs. Marcus folgte ihnen und nahm zwei Stufen auf einmal. Nicholas sagte: »Er möchte dich sehen.«

Marcus ging wortlos an ihm vorbei, und Nicholas stieg weiter die Treppe hinunter. Harry bemerkte den nachdenklichen Ausdruck auf dem Gesicht seines Freundes und fragte: »Was ist los?«

»Ich brauche ein bißchen frische Luft«, antwortete Nicholas.

Harry begleitete Nicholas nach draußen. »Der Herzog ...«, begann er durch den Gesichtsausdruck seines Freundes beunruhigt.

Nicholas sagte: »Sein Bein ist gebrochen, oberhalb und unterhalb des Knies. Anthony meinte, er hätte auch innere Blutungen.«

»Wird er ...« Harry hätte beinahe gesagt »sterben«, doch er konnte es noch in ein »... wieder gesund werden?« ändern.

»Ich weiß es nicht. Er ist älter, als ich dachte, aber er ist auch immer noch ziemlich zäh.« Nicholas ging weiter und schlug ungefähr die Richtung zum Meer ein.

Harry fragte: »Da ist doch noch etwas?«

Nicholas nickte.

Harry sagte: »Nicky, ich dachte, wir wären Freunde.«

Nicholas blieb stehen und sah seinen Begleiter an. »Das sind wir auch, Harry. Aber es gibt auch Dinge, die nur für die Ohren der königlichen Familie bestimmt sind.«

Etwas in seiner Stimme ließ Harry abrupt stehenbleiben. Er zögerte, dann fiel er wieder in den Schritt seines Freundes ein. »Ist es sehr schlimm?«

Nicholas nickte. »Ich kann dir nur soviel sagen: Es gibt da draußen Mächte, die uns und alles andere zerstören wollen. Vielleicht sind sie die Drahtzieher dessen, was hier geschehen ist.«

Aus der Dunkelheit sagte eine Stimme: »Das stimmt.«

Nicholals und Harry drehten sich um, und Nicholas hatte schon halb seinen Säbel gezogen, als er Calis erkannte. Der Sohn der Elbenkönigin trat aus dem Schatten und sagte: »Ich glaube, ich hatte schon einmal fast das gleiche Gespräch mit meinem Vater wie Ihr jetzt mit Eurem Onkel, Prinz Nicholas.«

Nicholas fragte: »Ihr wißt über die Schlangen Bescheid?«

»Eine unserer Kundschaftergruppen bekam es an der Grenze zu Bergenstein mit einer Rotte Moredhel zu tun, und es gab ein Gefecht. Dieser Schlangenring wurde an der Leiche eines Moredhel gefunden. Er mag noch aus den Tagen der Großen Erhebung stammen, als der falsche Murmandamus nach Sethanon marschierte. Falls das der Fall wäre, hätten wir nichts zu befürchten.«

Nicholas nickte. »Und falls nicht ...«

»Dann geht das Ganze wieder von vorn los.«

Nicholas fragte: »Was haben Tomas und Eure Mutter vorgeschlagen?«

Calis zuckte mit den Schultern. »Bis jetzt nichts. Wir kämpfen normalerweise nicht gegen Schatten. Doch weil sich hinter diesem Überfall vielleicht eine Gefahr verbirgt, werde ich mit Euch mitfahren.«

Nicholas lächelte. »Warum Ihr?«

Calis lächelte ebenfalls. »Ich bin genauso sehr Mensch wie Elb. Mein Aussehen wird mich kaum verraten, im Gegensatz zu allen anderen aus Elvandar.« Er ließ seinen Blick über die Ruinen von Crydee schweifen. »Ich würde gern sehen, welche Art Männer so etwas tun können.« Er sah wieder Harry und Nicholas an. »Und ich möchte gern mehr über mein menschliches Erbe erfahren.« Er schulterte seinen Bogen. »Ich glaube, ich sollte diesen Abend mit meinen Großeltern verbringen. Ich sehe sie selten genug, und wir werden vielleicht lange Zeit fort sein, zumindest nach ihren menschlichen Maßstäben.« Ohne ein weiteres Wort ging er davon.

Harry wartete einen Moment lang, ehe er sagte: »Was hat es mit dem Ring auf sich?«

Nicholas holte den Ring hervor und hielt ihn Harry hin. In der Dunkelheit schien er aus sich selbst heraus zu glühen. »Das ist ein böses Schmuckstück«, bemerkte Harry und verzog das Gesicht.

»Vielleicht ist es noch mehr«, sagte Nicholas. Er steckte ihn zurück in den Beutel am Gürtel. »Komm mit. Wir haben noch ein Dutzend Dinge zu erledigen, ehe wir auslaufen.«

Das Schiff hatte den Hafen hinter sich gelassen, und Amos ließ alle Segel setzen. Der Tag versprach heiter und warm zu werden, ein vielversprechender Anfang, wie Nicholas hoffte. Er stand auf dem Vorderdeck und blickte in das schäumende Wasser unter sich. Delphine schwammen verspielt auf gleicher Höhe mit dem Bug.

»Ein gutes Omen«, sagte einer der Seeleute, der aus der Takelage sprang. Er landete auf den bloßen Füßen und wandte sich seiner nächsten Aufgabe zu.

Nicholas betrachtete das Erscheinungsbild der Mannschaft. Nichts erinnerte mehr an die Männer, die er von seiner Fahrt nach Crydee kannte. Damals hatte jeder Seemann die Uniform der Königlichen Flotte getragen: blaue Hose, blau-weiß-gestreiftes Hemd und eine blaue Wollkappe. Jetzt trugen die meisten abgelegte Sachen und geliehenen Putz in einer Mischung, wie sie Nicholas noch nie gesehen hatte. Gern hatten die Fischer ihre Pumphosen und Hemden gegen die robusten und warmen Uniformstücke getauscht. Aus alten Truhen im Keller der Burg waren seidene Jacken und Hosen, Hemden aus feinstem Leinen und Hüte verschiedenster Machart zum Vorschein gekommen. Die Kleidungsstücke mußten Lord Borric und Lyam gehört haben, als sie noch Jungen waren. Nun trugen einfache Seeleute des Königreichs Hemden, die derjenige junge Mann von dreißig Jahren abgelegt haben mußte, welcher heute König war.

Nicholas grinste. Die alten Sachen, die er sich ausgesucht hatte, mußten von seinem Vater stammen, was den Schnitt und die Größe anging. Er trug ein Paar schwarzer wadenhoher Reitstiefel und eine schwarze Hose, in der man sich gut bewegen konnte, darüber ein weißes Hemd mit Puffärmeln. Eine Lederweste bot ein wenig Schutz gegen Schwertspitzen. Sein einziges Zugeständnis an die eher bunte Wahl der Mannschaft war eine rote

Schärpe um den Bauch. Uber der rechten Schulter hing ein Gehenk aus schwarzem Leder. Darin steckte ein Säbel, nicht gerade die Waffe, die Nicholas am liebsten mochte, doch sie war wesentlich verbreiteter als das Rapier, welches weithin als die Lieblingswaffe des Prinzen von Krondor und seiner Söhne bekannt war. Im Gürtel steckte zusätzlich noch ein langer Dolch.

Nicholas trug nichts auf dem Kopf. Er hatte das lange Haar mit einem roten Band zu einem Pferdeschwanz zusammengebunden und sich den Bart jetzt schon seit zehn Tagen stehen lassen.

Harry trug immer noch diese phantasievolle Ausschweifung in Farben, doch auf Amos' eindringlichen Rat hin hatte er sie schmutzig gemacht. Er beschwerte sich darüber, doch Amos meinte, auch wenn Bukanier gern bunte Sachen trugen, pflegten sie sie trotzdem nur äußerst selten zu waschen.

Marcus kam an Deck, und Harry lachte. Der Sohn des Herzogs hatte sich ganz ähnliche Kleider wie Nicholas ausgesucht, nur war seine Schärpe blau, und er ließ die Haare lang auf die Schultern fallen. Dazu saß eine blaue Wollmütze auf seinem Kopf. An der Seite trug er ein Entermesser, eine Waffe, die bevorzugt beim Entern eines anderen Schiffes eingesetzt wurde. »Wenn ihr beide nicht wie Brüder ausseht –« Doch Harry hielt sofort den Mund, als die Cousins ihm böse Blicke zuwarfen.

Nicholas fragte: »Wie ging es deinem Vater?«

»Er hat nur wenig gesagt. Er lächelte mich an und wünschte mir alles Gute, dann ist er gleich wieder eingeschlafen.« Er legte die Hände auf die Reling. »Ich bin die ganze Nacht bei ihm geblieben ... doch er hat noch geschlafen, als ich ihn heute morgen verlassen habe.«

Nicholas sagte: »Für sein Alter ist er ein starker Mann.«

Marcus nickte nur. Nach langem Schweigen sah er Nicholas geradewegs ins Gesicht. »Laß uns nur eines klarstellen. Ich traue dir nicht. Es ist mir gleich, was du getan hast, seit du nach Crydee gekommen bist; wenn es erst richtig zur Sache geht, wirst du kneifen. Du hast nicht das Rückgrat, das wir bald brauchen werden.«

Nicholas spürte, wie ihm bei diesem Vorwurf das Blut ins Gesicht schoß, doch er blieb ruhig. »Ist mir wiederum gleich, ob du mir traust oder nicht, Marcus, solange du nur meinen Befehlen gehorchst.« Er wandte sich zum Gehen.

Marcus rief ihm hinterher: »Ich werde kaum Eidbrecher genannt werden, Nicholas, doch sollte deinetwegen meiner Schwester oder Abigail etwas zustoßen ...« Er ließ die Drohung unausgesprochen.

Harry stieg eilig die Kajütstreppe hinunter und holte Nicholas ein. »Das muß aufhören«, sagte er.

»Was?« fragte Nicholas.

»Diese Rangelei mit Marcus. Dabei wird noch jemand ums Leben kommen.«

Nicholas trat zur Seite, als zwei Seeleute ein schweres Tau zwischen ihnen hindurchzogen. Amos schrie seinen Männern vom Achterdeck her Befehle zu. Nicholas sagte: »Solange Marcus nicht mit seinem Haß aufhört, oder mir zumindest ein wenig vertraut, kann ich auch nichts machen.«

Harry sagte: »Sieh mal, er ist eigentlich kein schlechter Kerl. Ich war lange genug um ihn herum, damit ich das mitbekommen konnte. Er ist in vielerlei Hinsicht wie dein Vater.« Nicholas kniff bei dieser letzten Bemerkung die Augen zusammen. »Ich meine das ernst, Nicholas; dein Vater ist ein ziemlich harter Mann, aber er ist gerecht. Marcus hat nur ein wenig die Beherrschung verloren, deshalb ist er dir gegenüber ungerecht. Wenn du ihm die Gelegenheit gibst, das Richtige zu tun, wird er es tun.«

»Und was schlägst du vor?«

»Ich weiß es nicht, aber es muß doch einen Weg geben, ihm zu zeigen, daß du nicht sein Feind bist.« Er deutete mit dem Daumen über die Schulter hinweg Richtung Westen. »Der wirkliche Feind sitzt dort draußen.«

Wenn er an die schrecklichen Dinge dachte, die ihm sein Onkel in der Nacht zuvor erzählt hatte, blieb Nicholas nichts anderes übrig als zu nicken. »Ich denke, ich werde einen Weg finden.«

Harry sagte: »Gut, ich werde mit Marcus reden und versuchen, ihn zur Vernunft zu bringen. Wenn dir etwas einfällt, um so besser, denn wir drei werden uns gegenseitig noch brauchen, ehe diese Sache durchgestanden ist.«

Nicholas grinste: »Woher hast du auf einmal diese Weisheit, Harry von Ludland?«

Harry grinste ebenfalls. »Aus Spaß ist eben Ernst geworden.«

Nicholas nickte. »Ich werde mit Amos reden. Laß Marcus in einigen Minuten in die Kapitäns-Kabine kommen.«

Nicholas machte sich zum Achterdeck auf. Als er Amos erreichte, sagte er: »Amos, wir müssen reden.«

Amos sah Nicholas an und bemerkte den ernsten Ausdruck auf seinem Gesicht. »Unter vier Augen?«

»Deine Kabine wäre nicht schlecht.«

Amos wandte sich an den Ersten Maat. »Übernehmt das Kommando, Mr. Rhodes.«

»Aye, Käpt'n!« rief der Maat.

»Haltet das Schiff auf Kurs. Ich bin in meiner Kabine.«

Sie machten sich auf den Weg zu Amos' Kabine. Auf der Kajütstreppe konnten sie durch die offene Tür in die Kabine sehen, die Marcus sich mit Nakor, Calis, Ghuda und Anthony teilte. Die vier lagen in ihren Kojen und waren froh, daß sie sich nach den nächtlichen Vorbereitungen und vor den noch hektischeren Tagen, die auf sie zukamen, ein wenig ausruhen konnten. Nicholas winkte ihnen zu.

Amos öffnete die Tür seiner Kabine und sagte, als sie drinnen waren: »Was gibt's, Nicky?«

»Wir müssen noch auf Marcus warten.«

Einige Minuten später klopfte es, und Nicholas machte die Tür auf. »Was gibt's?« fragte Marcus und trat ein.

Nicholas sagte: »Setz dich.«

Marcus blickte Amos an, und der Kapitän nickte.

Nicholas sagte: »Ich weiß über Sethanon Bescheid.«

Amos sagte: »Ich habe dir doch auch alles erzählt, Nicky. Was meinst du damit?«

»Ich meine, Onkel Martin hat mir alles erzählt.«

Amos nickte. »Es gibt da einige Dinge, über die wissen nur dein Vater und dein Onkel Bescheid, und selbst diejenigen, die in der Schlacht gekämpft haben, wissen nichts darüber. Ich habe nie Fragen gestellt. Wenn sie es für so wichtig halten, daß sie nicht darüber sprechen ...« Er ließ den Satz unbeendet im Raum stehen.

Nicholas fragte Marcus: »Was hat dir dein Vater erzählt?«

Marcus sah Nicholas verdrießlich an. »Ich kenne die Geschichte von der Großen Erhebung der Moredhel. Ich weiß über die Schlacht Bescheid, und darüber, welche Hilfe Kesh und die Tsurani geleistet haben.«

Nicholas holte tief Luft. »Es gibt da noch ein Geheimnis, welches nur der König und seine Brüder kennen. Mein Bruder Borric kennt es ebenfalls, weil er der nächste König werden wird. Und mein Bruder Erland kennt es, weil er der nächste Prinz von Krondor sein wird. Und jetzt kenne ich es auch.«

Marcus kniff die Augen zusammen. »Welches Geheimnis würde mein Vater dir anvertrauen, das er vor mir zurückhält.«

Nicholas holte den Ring aus dem Beutel hervor und reichte ihn Marcus, der ihn eingehend betrachtete und dann an Amos weitergab. Amos fluchte. »Diese verdammten Schlangen.«

Marcus fragte: »Was ist das?«

Nicholas sagte: »Ihr beide müßt mir schwören, niemandem etwas darüber zu verraten. Was ich euch jetzt sage, muß in dieser Kabine bleiben. Seid ihr dazu bereit?«

Marcus und Amos nickten. Nicholas sagte: »Nur wenige Menschen wissen dies: Die Große Erhebung, als der falsche Moredhelprophet Murmandamus ins Königreich einmarschierte, war das Machwerk anderer.«

»Anderer?« fragte Marcus.

»Das Werk der pantathianischen Schlangenpriester«, sagte Amos.

Marcus war verwirrt. »Von denen habe ich noch nie etwas gehört.«

»Das haben auch nur wenige«, sagte Nicholas. »Murmandamus war in mehr als einer Hinsicht ein falscher Prophet. Er war nicht nur gar nicht der lange tote Anführer, der zurückkehrte, um sein Volk gegen uns zu führen, sondern er war überhaupt kein Dunkelelb. Er war ein Schlangenpriester, der sich mit magischen Mitteln in eine Gestalt verwandelt hatte, die dem legendären Anführer ähnelte. Die Moredhel wurden betrogen, haben jedoch nie etwas von ihrer Irreführung erfahren.«

Marcus sagte: »Ich verstehe. Doch wieso ist das so ein Geheimnis?«

»Weil das noch nicht alles ist. Unter der Stadt Sethanon gibt es ein Artefakt. Es ist ein großer Stein, der von alten Wesen geschaffen wurde, die als Valheru bekannt sind.«

Marcus riß bei dieser Neuigkeit die Augen auf, und Amos nickte, als hätte er jetzt endlich verschiedene Dinge verstanden. Marcus fragte: »Die Drachenlords?«

Marcus blickte Amos an, und der bekam den Mund nicht wieder zu. Nicholas fuhr fort: »Die Pantathianer sind so etwas wie Eidechsenmenschen, das hat mir dein Vater erzählt, Marcus. Sie verehren eine der Valheru als Göttin, und sie wollen den Stein des Lebens benutzen, um sie wieder in ihre Welt zurückzuholen.«

Amos sagte: »Aber Sethanon wurde verlassen. Den Gerüchten zufolge ist der Ort verflucht. Hat man dieses gefährliche Ding denn unbeschützt zurückgelassen?«

»Martin sagte, es gäbe einen Wächter, einen großen Drachen, der auch ein Orakel ist. Er wollte mir nicht mehr erzählen, aber eines Tages sollte ich dorthin gehen. Wenn wir diese Fahrt hinter uns haben, werde ich meinen Vater um die Erlaubnis bitten.«

Marcus fragte: »Warum hat mein Vater mir das alles nicht erzählt?«

Nicholas erklärte: »Dein Vater hat Lyam einen Eid schwören müssen. Nur der König, mein Vater, deiner und Pug wußten bisher von der Existenz des Steins und des Wächters.«

»Macros wußte es auch«, meinte Amos, »da bin ich mir sicher.«

»Macros der Schwarze verschwand nach der Schlacht«, sagte Calis, indem er die Tür öffnete.

Amos brüllte: »Klopft Ihr eigentlich nie an?«

Der Elbenprinz zuckte mit den Schultern. »Mein Gehör ist um vieles besser als das anderer Leute, und diese Kabinenwände sind dünner, als Euch recht ist.« Er lehnte sich an die Tür. »Und mein Vater kennt die Drachendame, die den Stein bewacht, ebenfalls, denn sie war einst seine Freundin, und er hat mir alles über die Schlacht von Sethanon erzählt. Aber warum brecht Ihr Euren Eid, Nicholas?«

Nicholas antwortete: »Weil Marcus von meinem Blut ist und von dem der königlichen Familie, selbst wenn sein Vater für sich und seine Nachkommen auf jeden Anspruch auf die Krone verzichtet hat. Und Amos wird meine Großmutter heiraten und damit genauso zur Familie gehören. Doch was noch wichtiger ist, weil ich ihnen vertraue und weil, falls mir etwas passieren sollte, andere wissen müssen, was auf dem Spiel steht. Das alles geht weit über das Leben derer, die entführt wurden, hinaus, egal, wie sehr wir sie auch lieben mögen. Vielleicht wird der Tag kommen, an dem es klüger erscheint, die Jagd aufzugeben, und wenn ich dann nicht mehr bin, muß jemand wissen, weshalb sie fortgesetzt werden muß.« Nicholas machte eine Pause, als würde er seine Worte abwägen. Schließlich sagte er zu Marcus: »Dein Vater ist nicht die Sorte Mann, die die Dinge übertrieben darstellen, doch ich konnte kaum glauben, was er mir als letztes gesagt hat. Dieses

Ding, dieser Stein des Lebens, ist irgendwie mit allen Lebewesen auf Midkemia verbunden. Sollten die Pantathianer in seinen Besitz kommen, würden sie versuchen, ihre Herrin, die sie als Göttin verehren, zu befreien, doch indem sie das täten, würden sie jedes Lebewesen auf dieser Welt töten. Jedes. Vom mächtigsten Drachen bis zum kleinsten Insekt. Unsere ganze Welt würde zu einem Ort ohne Leben, und nur die wiedergekehrten Drachenlords würden darauf herumspazieren.«

Marcus' Augen wurden noch größer, und er sah Calis an. Der Halbelb sagte: »Davor hat mich mein Vater auch gewarnt. Er neigt ebenfalls nicht zum Übertreiben. Also muß es so sein.«

Marcus konnte kaum flüstern. »Warum sollten diese Pantathianer solche bösen Dinge tun? Sie würden doch selbst auch sterben?«

Nicholas sagte: »Sie sind ein Kult des Todes. Sie verehren eine Valheru, die ihnen Form und Verstand gab, denn vorher waren sie nur Schlangen.« Er schüttelte ungläubig den Kopf darüber, was er selbst gerade gesagt hatte. »Ich wünschte, ich hätte diese Dinge gewußt, ehe Pug gegangen ist. Da sind noch viele Fragen offen. Auf jeden Fall macht den Schlangenmenschen der Tod keine Angst. Sie würden die Zerstörung der Welt in Kauf nehmen, wenn sie dadurch ihre ›Göttin‹ zurückholen könnten.

Verstehst du jetzt, Marcus, warum wir zusammenhalten müssen, egal was kommt?«

Marcus stand auf und sagte: »Ja.« Er streckte Nicholas die Hand entgegen. Nicholas nahm sie, und plötzlich lächelte Marcus ihn genauso schief an, wie es Arutha immer tat, und der Sohn des Herzogs fügte hinzu: »Aber wenn das alles hier vorbei ist, und wenn Abigail wieder sicher in Crydee ist, dann solltest du gut auf dich aufpassen, mein lieber Prinz des Königreichs.«

Die Herausforderung kam halb im Spaß, halb ernst, und Nicholas verstand sie sehr wohl. »Wenn sie zusammen mit deiner Schwester und den anderen wieder zu Hause ist, ja.«

Sie schüttelten sich nochmals die Hände, und Marcus ging hinaus. Calis blickte Amos an, der schwach lächelte. »Was amüsiert Euch so, Kapitän?«

Amos seufzte. »Ich habe nur gerade gesehen, wie aus zwei Jungen Männern geworden sind. Das Schicksal dieser Welt hängt vielleicht davon ab, was wir tun, und trotzdem finden sie noch die Zeit, sich wegen eines hübschen Mädchens zu streiten.« Seine Miene verdüsterte sich. »Und wenn Ihr es noch einmal wagen solltet, meine Kabine ohne Erlaubnis zu betreten, werde ich Eure Ohren als Trophäe an die Tür nageln! Verstanden?«

Calis lächelte und sagte: »Verstanden, Käpt'n «

Als Amos Trask endlich allein in seiner Kabine war, dachte er an die dunklen Tage der Spaltkriege und die Große Erhebung zurück. Viele Menschen, die er gekannt hatte, waren gestorben, an Bord der *Sidonie,* während der Belagerung von Crydee, dann später, als die *Königliche Schwalbe* von Goblins in Brand gesetzt wurde und er und Guy du Bas-Tyra gefangengenommen wurden. Die Jahre in Armengar waren gefolgt, und damit der ständige Krieg zwischen Brianas Volk und den Dunkelelben in den Nordlanden, der schließlich in der Schlacht um Armengar gegipfelt hatte.

Amos seufzte und sandte ein kurzes Gebet an Ruthia, die Göttin des Schicksals, dem er Nachdruck zu verleihen suchte, indem er hinterherschickte: »Laß es bloß nicht wieder so weit kommen, du launische Hexe.« Beim Gedanken an Briana wurde er traurig, und er hoffte, daß Martin durchhalten würde.

Dann, der dunklen Erinnerungen und der Gedanken an den Tod überdrüssig, erhob er sich vom Stuhl und ging hinaus. Schließlich war er auch noch der Kapitän eines Schiffes.

Frihaven

Das Mädchen weinte.

Margaret sagte: »Würdest du bitte ruhig sein?« Ihre Stimme klang weder bedrohlich noch befehlshaberisch; es war nur eine Bitte, denn ständig weinte und jammerte eins der Kinder aus der Stadt.

Die Tochter von Herzog Martin hatte sich den ganzen Weg gewehrt, als sie wie eine erlegte Jagdbeute zu einem Boot im Hafen geschleppt worden war. Der Anblick ihrer Mutter, die mit dem Gesicht nach unten auf den Steinen der brennenden Burg gelegen hatte, hatte sich in ihr Gedächtnis eingebrannt und nährte ihren Zorn.

Die folgenden Tage waren ebenfalls ein Alptraum gewesen. Das Alter der Gefangenen ging von sieben, acht Jahren bis knapp unter die Dreißig. Die meisten waren jedoch zwischen zwölf und zweiundzwanzig, jung und stark, und würden mit Sicherheit auf dem Sklavenmarkt in Durbin einen guten Preis erzielen.

Margaret zweifelte nicht daran: diese Mörder würden bestimmt zwischen der Straße der Finsternis und Durbin von einer königlichen Flotte abgefangen werden. Ihr Vater würde ihren Onkel, Prinz Arutha, benachrichtigen, und sie selbst würde zusammen mit den anderen Gefangenen gerettet werden. Deshalb richtete sie ihre Aufmerksamkeit darauf, wie sie die anderen beschützen konnte, bis die Hilfe eintraf.

Die erste Nacht war am schlimmsten gewesen. Sie waren in die Frachträume zweier großer Schiffe gesperrt worden, die hinter dem Horizont, von Crydee aus gerade nicht mehr sichtbar, gewartet hatten. Einige der kleineren Boote waren davongesegelt, die meisten hatte man jedoch im tiefen Wasser versenkt, und ihre

Mannschaften bevölkerten jetzt die Decks der beiden großen Schiffe. Margaret war bereits oft genug auf Schiffen gewesen; sie wußte, weit konnten sie nicht fahren, denn hier gab es weder für die Mannschaft noch für die Gefangenen ausreichend Vorräte.

Abigail döste vor sich hin, wenn sie sich nicht gerade an die erlebten Schrecken erinnerte und versuchte, über ihr zukünftiges Schicksal nachzudenken. Gelegentlich war sie ansprechbar, doch meistens konnte sie ihre beklemmende Lage nicht bewältigen und brach sofort wieder in Tränen aus, bis sie erneut in Schweigen verfiel.

Nach dem ersten Tag hatte sich so etwas wie eine Ordnung eingestellt, und die Gefangenen versuchten, aus der engen Unterkunft das Beste zu machen. Niemand konnte sich irgendwohin zurückziehen, und aus diesem Grund mußten alle in eine Ecke des Frachtraums kriechen, wenn sie sich erleichtern wollten. Der Berg menschlicher Abfälle in der Bilge wuchs und wuchs. Der Gestank war zu einer unangenehmen Begleiterscheinung geworden, die Margaret kaum noch bewußt wahrnahm, genauso wie das ständige Geräusch des ächzenden Rumpfes, die weinenden oder fluchenden Leute oder die leisen Gespräche. Was sie besorgte, waren die Gefangenen mit Magenverstimmung, Schüttelfrost oder Fieber.

Eins der anderen Mädchen aus der Stadt murmelte: »Die haben echt Glück. Die werden bald sterben. Wir anderen werden Sklaven oder Huren werden. Ich glaube nicht, daß wir noch Hilfe bekommen.«

Margaret wandte sich um und schlug der Frau ins Gesicht. Mit zusammengekniffenen Augen stand sie vor der jetzt hockenden Frau: »Wenn ich noch einmal ein solches Geschwätz von dir höre, reiß ich dir die Zunge heraus.«

Ein Mann mischte sich ein: »Lady, ich weiß, Ihr meint es gut, doch wir haben gesehen, wie der Überfall vor sich ging! Alle unsere Soldaten sind tot. Wo sollte schon Hilfe herkommen?«

»Von meinem Vater«, sagte sie mit Überzeugung. »Wenn er von seinem Jagdausflug zurückkehrt, wird er eine Nachricht nach Krondor schicken, und mein Onkel, der Prinz, wird die gesamte Kriegsflotte von Krondor losschicken. Wir müssen einfach durchhalten. Mehr nicht. Nur überleben, und, falls möglich, den anderen helfen.«

Die Frau, die ihre Zweifel kundgetan hatte, sagte: »Es tut mir leid, Milady.«

Margaret sagte nichts, doch sie legte der Frau versöhnlich die Hand auf den Arm. Dann setzte sie sich wieder auf den engen Platz, der ihr zustand. Abigail starrte sie an.

»Glaubst du wirklich, sie werden uns finden?« flüsterte Abigail.

Margaret nickte. Leise fügte sie für sich selbst hinzu: »Ich hoffe es jedenfalls.«

Ein Kratzen weckte Margaret. Tagsüber drang Licht durch das Gitter, das die Luke oben versperrte. Nachts warf bleiches Mondlicht seinen Schimmer auf einen Teil des Frachtraums, während man in dem anderen nicht die Hand vor Augen sehen konnte. Margaret hörte das Kratzen erneut und sah, wie sich eine Gestalt an einem Seil von oben herabließ. Es war einer der Piraten, mit einem Dolch zwischen den Zähnen.

Er legte dem jungen Mädchen neben sich die Hand über den Mund. Das Mädchen riß erschrocken die Augen auf und wollte sich zur Seite schieben, doch die Körper neben ihr und das Gewicht des Mannes hinderten sie daran. Er flüsterte: »Ich hab ein Messer, Süße. Ein Laut, und du bist tot, verstanden?« Das verschreckte Mädchen starrte ihn aus großen Augen an. Er hielt ihr die Spitze des Dolches auf den Bauch. »Entweder steche ich hiermit zu, oder mit etwas Angenehmerem. Mir ist das einerlei.«

Das Mädchen, fast noch ein Kind, konnte vor Angst nichts erwidern. Margaret stand auf und versuchte im Wellengang des

Schiffes ihr Gleichgewicht zu halten. Sie flüsterte dem Mann zu: »Laß sie in Ruhe. Sie weiß noch nicht, was Männer wollen.«

Der Mann fuhr herum und zeigte mit dem Dolch in Margarets Richtung. Die Gefangenen trugen alle die gleiche Kleidung, ein einfaches Stück Stoff, welches ein Loch für den Kopf hatte und um die Taille zusammengebunden war. Margaret löste den Riemen und zog das Kleid aus. Jetzt war sie nackt. Der Mann zögerte, konnte jedoch offensichtlich ihre Bewegungen im schwachen Licht sehen. Sie lächelte den Vergewaltiger an und trat einen Schritt nach vorn ins Mondlicht. »Sie ist doch noch ein Kind. Sie wird nur starr daliegen. Komm zu mir, und ich zeig dir, wie man ein hübsches Pony reitet.«

Obwohl Margaret nicht die Schönste war, war sie doch attraktiv, und Jahre des Reitens und der Jagd hatten ihren Körper gestrafft. Im schwachen Licht sah sie ausgesprochen verführerisch aus.

Der Mann grinste, wobei er schlechte Zähne enthüllte, und ließ das Mädchen los. »Gut«, sagte er. »Wenn ich es mit einer Jungfrau gemacht hätte, dann würden sie mich sicher umbringen, aber du hast das ja scheinbar schon hinter dir.« Er kam zu ihr. »Und jetzt sei ruhig, und Ned wird's dir anständig besorgen, so daß wir beide unseren Spaß haben. Und dann klettere ich wieder hoch und schicke dir meinen Freund.«

Margaret lächelte und streckte die Hand aus, um seine Wange zärtlich zu streicheln. Doch plötzlich packte sie die Hand, in der er das Messer hielt und mit der anderen griff sie ihm zwischen die Beine. Ned heulte vor Schmerz auf. Obwohl er größer als das Mädchen war, besaß er kaum mehr Kraft und konnte sich aus ihrem quälenden Griff nicht befreien.

Die Gefangenen fingen an zu schreien. Sofort kamen zwei Wachen und ein Sklavenhändler an dem Seil von oben herunter. Der Sklavenhändler sah nur das nackte Mädchen und Ned an. »Bringt ihn nach oben. Und schnappt euch den Kerl, der ihn durch die

Ladeluke hereingelassen hat. Bindet sie, schneidet ihnen Arme und Beine auf, bis es richtig blutet, und dann werft sie für die Haie über Bord. Soll doch keiner glauben, er könne unsere Befehle mißachten und würde ohne Strafe davonkommen.«

Ein zweites Seil wurde heruntergelassen, und die beiden Wachen wurden nach oben gezogen, wobei jeder den schluchzenden Ned mit einer Hand festhielt.

Der Sklavenhändler wandte sich an Margaret. »Hat er dir etwas getan?«

»Nein.«

»Hat er dich genommen?«

»Nein«, erwiderte sie.

»Dann zieh dich wieder an.« Der Sklavenhändler drehte sich um. Eins der Seile war erneut heruntergelassen worden. Bald waren die Gefangenen wieder unter sich. Margaret konnte den Blick nicht von dem Sklavenhändler wenden, während er nach oben gezogen wurde. Dann kratzte die Gitterluke und schlug mit einem endgültigen Knall zu, der ihre ganze Hilfslosigkeit untermauerte.

Eine Woche nach dem Überfall ging das Schiff vor Anker, und den Gefangenen wurde zugerufen, sie sollten sich zum Aussteigen bereitmachen. Die Luke wurde zur Seite geklappt, und man ließ eine Strickleiter herunter. Die Woche in dem engen Quartier und das karge Essen hatten ihren Tribut gefordert; während Margaret den schwachen Gefangenen die Leiter hinaufhalf, bemerkte sie einige, die in der letzten Nacht gestorben waren. Jeden Morgen waren zwei Sklavenhändler heruntergekommen und hatten die Toten nach oben ziehen lassen. Einer der Männer erwähnte, dem Schiff würden immer Haie folgen, und Margaret wußte, weshalb.

Sie kniete neben zwei Leuten aus der Stadt, einem Mann und einer Frau, die zu schwach waren und die Strickleiter nicht hinaufklettern konnten. Eine rauhe Hand landete auf ihrer Schulter, und eine Stimme fragte: »Bist du krank?«

Ohne ihre Verachtung für diese Männer auch nur im geringsten zu verstecken, sagte sie: »Nein, du Schwein, aber diese beiden hier.«

Der Sklavenhändler schickte sie zur Leiter. »Darum kümmern wir uns.«

Während sie die Leiter hinaufstieg, sah sie, wie sich ein zweiter Sklavenhändler neben die Frau kniete und ihr ein Seil um den Hals legte. Er zog einmal fest zu und zerdrückte ihren Kehlkopf. Die Frau zuckte und starb.

Margaret blickte nach oben; sie wollte nicht auch noch mit ansehen, wie der Mann starb. Der blaue Himmel war nach einer Woche in Dunkelheit blendend hell, und so fielen ihre Tränen nicht weiter auf.

Abby hielt sich dicht bei Margaret, als sie langsam zur Reling getrieben wurden. In einem Dutzend Beibooten warteten jeweils vier Ruderer. Die Gefangenen kletterten an Netzen, die an der Seite des Schiffes hingen, nach unten, und wenn zwanzig in einem Boot saßen, wurde es zum Ufer gebracht.

Margaret kletterte hinab, und Arme und Beine begannen ihr vor Anstrengung zu zittern. Als sie das Boot erreichte, packte sie eine Hand am Bein, um ihr zu helfen. Sie trat zu, und der Mann duckte sich mit einem widerwärtigen Lachen zur Seite. Sie blickte zu Abigail, die sich gegen einen Kerl wehrte, der ihr durch das Kleid an den Busen faßte. Von oben rief jemand warnend. »Laß die Mädchen in Ruhe, Striker.«

Lachend winkte der Mann nach oben. »Wir werden die Ware schon nicht kaputt machen, Käpt'n. Wir gönnen uns nur ein bißchen harmloses Vergnügen.«

In sich hinein murmelte der Kerl: »Dieser verdammte Peter der Schreckliche hat seine Augen überall. Das war meine letzte Fahrt mit ihm. So prächtige Schönheiten, die das Herz jedes Hurenbocks in Durbin höher schlagen lassen, und man darf sie nicht mal ein bißchen begrabbeln, ohne gleich bei den Haien zu landen.«

Ein anderer Mann sagte: »Halt's Maul; du bekommst schließlich mehr Gold, als du in deinem ganzen Leben gesehen hast. Du kannst dich später mit Huren abgeben, bis du nicht mehr stehen kannst. Lohnt sich, wenn man sich zusammenreißt.«

Sie wurden an den Strand gerudert. Diejenigen, die vor ihnen an Land gebracht worden waren, wurden zu dem einzigen Gebäude auf der Insel getrieben. Margaret und Abigail gehörten zu den letzten, und als die großen Türen hinter ihnen zugeschlagen worden waren, sahen sie sich in ihrer neuen Behausung um. Hier gab es nichts außer den Menschen, die sich alle in schlechtem Zustand befanden. Der Boden bestand aus festgetretenem Sand, und nur durch die Spalten zwischen den Balken drang etwas Licht herein. Margaret erfaßte mit einem Blick, daß die meisten der Gefangenen krank waren. Da sie das Schicksal der Kranken gesehen hatte, sagte sie: »Hört zu!«

Ihre Stimme schnitt durch das leise Gemurmel und die Schluchzer, und diejenigen in ihrer Nähe sahen zu ihr hin. »Ich bin Margaret, die Tochter des Herzogs.« Sie blickte sich um. »Einige von euch sind krank. Die Gesunden müssen ihnen helfen. Tragt sie zu der Wand dort.« Sie zeigte auf die Wand, die am weitesten von der Tür entfernt war. Einige wenige bewegten sich zögernd. »Macht schon!«

Alle gingen auf die andere Seite des Raums, und denen, die nicht aus eigener Kraft dazu in der Lage waren, wurde geholfen. Margaret ging zu der anderen Wand. Sie schritt sie ab, und Abigail fragte: »Was machst du da?«

»Ich schaue, ob der Bogen schräg ist.«

»Warum?«

»Wir brauchen einen Abort, und wir wollen doch nicht in unserem eigenen Dreck schlafen.« Sie machte weiter und sagte schließlich: »Hier«, und zeigte auf eine kleine Öffnung unter dem niedrigsten Balken. »Grabt hier.«

»Milady«, sagte ein Mann, der in ihrer Nähe an der Wand saß, »wir haben keine Werkzeuge.«

Margaret ließ sich auf die Knie fallen und begann mit bloßen Händen in der lockeren, sandigen Erde zu graben. Der Mann sah ihr einen Moment lang zu, dann fing er selbst an zu graben. Bald hatte sich ein Dutzend der anderen zu ihnen gesellt.

Als sie sah, wie die Arbeit fortschritt, ging Margaret zur Tür und rief: »Wache!«

Von der anderen Seite hörte sie die rauhe Stimme eines Mannes: »Was ist?«

»Wir brauchen Wasser.«

»Ihr bekommt Wasser, wenn der Käpt'n es befiehlt.«

»Euer wertvolles Eigentum stirbt. Sag das deinem Käpt'n.«

»Ich werd ihm gar nichts sagen.«

»Gut, aber ich werde dem ersten Offizier, der hier hereinkommt, sagen, du hättest eines der Mädchen vergewaltigen wollen.«

»Ha!«

»Und ein Dutzend anderer Leute werden das bezeugen.«

Einen Augenblick herrschte Schweigen, dann wurde der große Riegel entfernt und die Tür ging einen Spalt auf. Ein Schlauch mit Wasser wurde hereingereicht, und die Wache sagte: »Ihr bekommt mehr, wenn sie es bringen. Das muß erstmal reichen.«

Margaret bedankte sich nicht, nahm den Schlauch und ging hinüber zu den Kranken.

In den nächsten zehn Tagen blieb es eng. Weitere Gefangene wurden zu ihnen gesperrt, und ihren Erzählungen nach waren auch Carse und Tulan überfallen worden. Die Garnison von Tulan auf der Insel in der Flußmündung hatte zwar angeblich erfolgreich Widerstand geleistet, doch die Burg Carse hatte das gleiche

Schicksal erlitten wie Crydee, obwohl es der Stadt etwas besser ergangen war. Abigail verfiel in tiefe Niedergeschlagenheit, weil ihr niemand aus Carse sagen konnte, ob ihr Vater überlebt hatte. Margaret spürte jedes Mal, wenn sie an ihre Mutter dachte, großen Schmerz, doch sie verdrängte ihn und kümmerte sich um die anderen. Alle Gefangenen waren schmutzig und befanden sich in einem erbärmlichen Zustand. Mindestens ein Dutzend war gestorben. Wegen der Rinne, die die menschlichen Abfälle nach draußen leitete, verbreiteten sich die Krankheiten zwar nicht mehr, doch der Gestank und die Fliegen waren kaum auszuhalten. Margaret riß immer wieder Streifen von ihrem Gewand ab und verband damit Wunden, die nicht heilen wollten, und ihr zerlumptes Kleid reichte bald nur noch bis zum Knie.

Am elften Tag wurde alles anders.

Die sechs Sklavenhändler betraten den Raum und wurden von einem Dutzend Wachen begleitet, schwarzgekleideten Kerlen, deren Gesichter hinter Masken verborgen waren und die eine eindrucksvolle Sammlung Waffen bei sich trugen. Die Sklavenhändler gingen in die Mitte des großen Raums und wollten die tägliche Untersuchung beginnen.

Plötzlich nahmen die zwölf schwarzgekleideten Männer ihre Bogen und erschossen die Sklavenhändler. Die meisten Gefangenen kreischten und drückten sich an die Wände.

Weitere Männer traten ein, und einer schrie: »Alle Gefangenen nach draußen!«

Diejenigen, die der Tür am nächsten waren, eilten hinaus, und Margaret half einigen Kranken, die allein nicht mehr gehen konnten. Blinzelnd standen die Gefangenen endlich im Sonnenlicht. Vor ihnen stand eine Gruppe Männer, wie sie Margaret noch nie im Leben gesehen hatte. Sie trugen Turbane, wie sie in der Jal-Pur-Wüste üblich waren, doch wesentlich größer. Die Turbane waren weiß und mit Edelsteinen von erstaunlicher Größe und Farbe besetzt. Seidene Roben wiesen sie als Männer von Rang und Reichtum aus. Sie benutzten die Sprache von Kesh, doch einen Dialekt, den Margaret noch nie zuvor gehört hatte. Hinter ihnen standen bewaffnete Männer, aber anstelle der Piraten, die sie auf dem ersten Teil der Reise bewacht hatten, waren es nun Soldaten, die alle gleich angezogen waren: schwarzes Hemd, schwarze Hose und um den Kopf ein rotes Tuch. Jeder trug ein Krummschwert und einen runden schwarzen Schild, der mit einer goldenen Schlange verziert war.

Sie teilten die Gefangenen in reisefähige und nicht reisefähige ein. Ein Dutzend war nicht reisefähig, sie wurden in das Gebäude zurückgeführt. Ihre Schreie verrieten ihr Schicksal.

Die verbliebenen Gefangenen wurden zum Wasser geführt, wo sie sich ausziehen und baden mußten. Das Meerwasser war nicht allzu warm, doch Margaret war froh, sich den Dreck abwaschen zu können. Während sie sich reinigte, entdeckte sie das Schiff.

Abigail hockte sich in das seichte Wasser und versuchte, nicht auf die Bemerkungen der Wachen zu hören. Selbst mit dem ganzen Dreck und den verfilzten Haaren war sie noch eine Schönheit. Margaret fragte sie leise: »Hast du schon mal so ein Schiff gesehen?«

Abigail wurde aus ihrer Versunkenheit gerissen, ließ ihren Blick herumschweifen und entdeckte das Schiff. Endlich sagte sie: »Nein, noch nie.«

Es war doppelt so groß wie die Schiffe des Königreichs, schwarz, mit hohen Aufbauten am Vorder- und Achterdeck, und es hatte vier Masten. »Sieht aus wie eine Galeere aus Queg, aber es hat keine Ruderbänke. Und es ist riesig.«

Dutzende von Booten kamen auf den Strand zugerudert, und Margaret begriff. Die überlebenden Gefangenen sollten zum Schiff gebracht werden.

Das nahm fast den ganzen Tag in Anspruch, doch bei Sonnenuntergang wurde der Anker des schwarzen Schiffes gelichtet, und die Reise begann.

Margaret und die anderen Frauen waren im untersten Frachtraum des Schiffes untergebracht worden. Dort bekam jede ihre eigene Pritsche. Sie sollten sich setzen und ihre Kleider ausziehen. Margaret war froh, die Lumpen loszuwerden, doch Abigail zögerte, und nachdem sie sich doch ausgezogen hatte, bedeckte sie ihre Blöße sofort mit den Händen.

»Abby«, sagte Margaret, »falls du dir so offensichtlich Gedanken um die Schicklichkeit machst, lieferst du diesen Kerlen eine weitere Waffe an die Hand.«

Abigail hatte die Augen vor Angst weit aufgerissen. »Ich bin nicht so stark wie du, Margaret. Verzeih mir.«

»Du bist stärker als du glaubst. Halt den Kopf aufrecht.«

Abigail zuckte fast zusammen, als ein Mann mit Schreibzeug zu ihr kam. »Dein Name?« fragte er sie.

»Abigail«, erwiderte sie leise.

»Aus welcher Familie?« fragte der Mann, der mit einem Akzent sprach, der Margaret irgendwie vertraut vorkam.

»Ich bin die Tochter von Baron Bellamy von Carse.« Der Mann sah sie an und sagte: »Geht, und stellt Euch dort drüben hin.«

Unbeholfen machte sich das nackte Mädchen zum Ende des Laderaums auf. Der Mann stellte Margaret seine Fragen, und sie antwortete, da sie keinen Vorteil in Lügen sah, wahrheitsgetreu. Sie wurde ebenfalls dorthin geschickt, wo Abigail bereits wartete. Von da sah sie zu, wie die Befragung fortgesetzt wurde. Jede Gefangene wurde untersucht, und der Mann machte sich jeweils Notizen. Anschließend bekam jede Gefangene ein neues Kleid. Die Knöchel der Frauen und Mädchen wurden mit Ketten an die Füße der Pritschen gefesselt. Jetzt konnten sie sich zwar noch ein wenig bewegen, doch Flucht war unmöglich.

Endlich kam der Mann zur Margaret und Abigail. »Kommt mit.«

Die Mädchen kletterten eine Leiter zum nächsten Deck hoch und gingen über eine schmale Kajütstreppe. Selbst Margaret versuchte jetzt, als sie durch ein Dutzend lüstern blickender Männer geführt wurden, ihre Blöße zu verbergen. »Sucht Euch etwas, das paßt.« In dem Raum lagen anständige Kleider herum. Die Mädchen fanden bald etwas Passendes und zogen sich an. Auch wenn es nur einfache Sachen waren, verglichen mit den Lumpen, die sie zuvor hatten tragen müssen, war es eine wesentliche Verbesserung.

Dann führte der Mann sie zu einer großen Kabine am Heck des Schiffes. Dort warteten zwei Männer. Sie baten die Mädchen mit einer Geste, sich auf einem Diwan niederzulassen, dann sagte der eine mit seltsamen Akzent: »Meine Damen, wir sind hocherfreut, Angehörige unseres Ranges unter uns begrüßen zu dürfen. Mögt Ihr etwas Wein?«

Margaret starrte auf den kleinen Tisch, auf dem Früchte und Käse, Brot und Fleisch und ein Krug gekühlter Wein standen. Sie achtete nicht auf ihren Hunger und fragte: »Was wollt Ihr?«

Der Mann lächelte, doch in seinem Gesicht lag keine Freundlichkeit. »Wir wollen Euch ein paar Fragen stellen, Milady. Und Ihr werdet uns ein paar Antworten geben.«

Der Ausguck rief: »Land in Sicht!«

Amos sah auf und beschattete die Augen mit der Hand. »In welcher Richtung?« fragte er.

»Zwei Strich Backbord.«

Amos eilte zum Bug, wo Nicholas und die anderen Ausschau hielten. Sie standen schon seit Mittag hier, da Amos gesagt hatte, sie würden in nicht allzu langer Zeit die erste der Sonnenuntergangsinseln erreichen.

»Es ist länger als dreißig Jahre her«, meinte Amos, »kein Wunder, daß ich etwas vom Kurs abgekommen bin.«

Nicholas lächelte. »Zwei Strich sind schon ›vom Kurs abgekommen‹?«

Amos winkte abwiegelnd mit der Hand. »Die Insel sollte genau voraus liegen. Jetzt muß ich einen weiten Schlenker nach Süden machen.«

»Ist das schwierig?«

»Nein, aber es widerstrebt meinem Sinn für Eleganz.« Er rief zum Ausguck hoch: »Könnt Ihr einen Berg erkennen?«

»Aye, Käpt'n. Ein seltsamer Berg mit einer Spitze wie eine abgebrochene Klinge.«

»Gut«, sagte Amos. Zum Steuermann hin rief er: »Fünf Strich Backbord, Mr. Rhodes!«

»Aye, Käpt'n.«

Harry fragte: »Käpt'n, wer lebt dort eigentlich?«

Amos seufzte, während er sich erinnerte. »Früher war es mal eine armselige Garnison von Kesh; eine Haufen Hundesoldaten, einige kaiserliche Offiziere und ein paar kleine Schiffe. Als sich Kesh aus Bosania – also aus Crydee und den Freien Städten – zurückzog, haben sie sie offensichtlich einfach vergessen.

Niemand weiß, was passiert ist, ob die Soldaten revoltiert haben, oder ob die Offiziere sie geführt haben, doch ungefähr zu der Zeit, als Nicholas' Großvater Bosania eroberte, begannen diese Halsabschneider mit der Piraterie. Sie überfielen meist Handelsschiffe aus Elarial oder von der Fernen Küste, die nach Queg, ins Königreich oder nach Kesh wollten.«

Marcus sagte: »Von Zeit zu Zeit haben sie immer wieder mal Tulan überfallen.«

Harry fragte: »Warum haben sich der König oder der Kaiser von Kesh nicht von ihnen befreit?«

»Ha!« lachte Amos. »Glaubst du, das wäre nicht versucht worden?« Er rieb sich das Kinn. »Sieh dir mal die Insel vor uns an.« Er zeigte auf die Bergspitze. »Dahinter liegt ein Dutzend großer Inseln und vielleicht hundert kleinere. Sie alle sind Teil einer Inselgruppe, die sich bis weit nach Westen erstreckt und in einem großen Archipel endet.« Harry sah ihn fragend an. »Es ist eine große Inselkette, vielleicht sind es so um die tausend, und manche davon sind größer als hundert Meilen. Von den meisten weiß man nicht einmal, wer darauf lebt. Andere, wie Skashakan, sind sehr bekannt. Dort ist unser Freund Render gestrandet.

Zwischen hier und dem Archipel liegen vielleicht fünfhundert Inseln, einige sind kaum mehr als Sandbänke, und es gibt nur einen einzigen Hafen, der groß genug für ein Schiff wie dieses ist: Frihaven.

Sollte sich ein einzelnes Kriegsschiff aus dem Königreich zeigen, wird ihm ein heißer Empfang bereit. Kannst du dich noch an die Barkassen erinnern, mit denen der Überfall auf Crydee durchgeführt wurde? Die haben keine zwei Meter Tiefgang; falls wir also mit einer Flotte in Frihaven einlaufen würden, hätten dort alle sofort ihre Sachen gepackt und wären auf und davon. Dann könnten wir die Stadt niederbrennen – sowohl Kesh als auch das Königreich haben das schon verschiedentlich gemacht – und sie würden sie wieder aufbauen, sobald wir verschwunden wären.

Nein, die Piraten von Frihaven sind wie Küchenschaben: man kann sie in beliebiger Menge töten, aber man kann sie nicht ausrotten.«

Er schrie dem Ersten Maat zu: »Laßt die Mannschaft antreten, Mr. Rhodes.«

Während Amos sich zum Achterdeck aufmachte, rief der Erste Maat: »Alle Mann an Deck!«

Der Befehl wurde rasch weitergegeben, und die Mannschaft versammelte sich auf dem Hauptdeck, während Nicholas und seine Gefährten vom Vordeck aus zuhörten. Amos sah seine Leute an. »Männer, ich kenne euch alle genau, wenn ich die von Crydee einmal außen vor lasse, und ich habe jeden von euch zusammen mit dem Herzog ausgesucht. Ich vertraue euch. Wenn ich an euch zweifeln würde, wäre ich nicht hier.

Von diesem Moment an seid ihr keine Soldaten des Königreichs mehr. Ihr seid Piraten, die gerade aus Margrave's Hafen kommen. Wenn einer noch nie da war, soll er einen fragen, der es kennt; es ist eine sehr kleine Stadt, und dort gibt es nicht viel zu sehen. Wenn ihr die Beschreibung vergeßt, haltet den Mund, sobald wir Frihaven erreicht haben.«

Er sah von Gesicht zu Gesicht. »Bald werdet ihr den Männern gegenübertreten, die eure Kameraden, eure Freunde und eure Familien ermordet haben. Ihr werdet diese Bastarde am liebsten aufknüpfen wollen, doch das dürft ihr nicht. In Frihaven werden die Gesetze genauso streng gehandhabt wie in Krondor, nur sind die Gesetze härter. Der Sheriff von Frihaven ist das Gesetz in der Stadt, und nur der Rat der Kapitäne steht über ihm, aber der tritt äußerst selten zusammen. Streitigkeiten werden mit der Klinge ausgetragen, und Raufereien sind keinesfalls verboten. Wenn ihr also einen dieser Bastarde kennenlernt, der euren Bruder umgebracht hat, lächelt ihn an. Früher oder später wird sein letztes Stündlein schon schlagen.

Wir sind nicht hier, um uns zu rächen. Wir sind hier, um die Tochter von Herzog Martin und die anderen Jungen und Mädchen zu finden, die aus Crydee verschleppt wurden. Die Kinder unserer Freunde.

Wenn jemand glaubt, er könne sich nicht am Riemen reißen, so soll er nicht von Bord gehen. Denn ich schwöre, jeder Mann, der eine Rauferei anfängt, wird von mir persönlich gehängt, und wenn wir deshalb die Kinder nicht befreien können, wird er zusätzlich noch in der Hölle schmoren.«

Seine Warnung wäre nicht notwendig gewesen, denn die Männer waren entschlossen, die Gefangenen zu befreien, sollte es auch ihr Leben kosten. Amos lächelte. »Gut. Und der erste Schweinehund von euch, der es wagt, mich Admiral zu nennen, wird gekielholt, klar?«

Die Männer lachten, und einer rief: »Aye, Käpt'n.«

Amos grinste breit. »Ich bin Käpt'n Trenchard, der Dolch der Meere. Ich bin am Mittwintertag durch die Straße der Finsternis gesegelt! Mein Schiff ist die *Raubvogel*, und ich bin damit schon bis in die Sieben Tiefsten Höllen gefahren, habe mich dort mit Kahooli betrunken und bin wieder zurück nach Hause gesegelt!« Die Männer lachten und jubelten. »Meine Mutter war ein Seedrache, und mein Vater war ein Blitz, und ich tanze auf den Schädeln meiner Opfer! Ich habe mich mit dem Gott des Krieges angelegt und die Göttin des Todes geküßt. Männer zittern, wenn sie nur meinen Schatten sehen, und Frauen fangen an zu heulen, wenn sie meinen Namen hören, und es gibt niemanden, der mich einen Lügner nennen könnte. Ich bin Trenchard, der Dolch der Meere!«

Die Männer lachten weiter und jubelten ihm zu. Amos sagte: »So, jetzt setzt die schwarze Flagge, und jeder Mann soll auf seinen Platz gehen. Ab sofort wird man uns genau beobachten.« Er zeigte auf die entfernte Bergspitze.

»Tagwache abtreten!« rief Rhodes. »Nachtwache am Deck!«

Einer der Männer ging unter Deck und kehrte mit einer riesigen schwarzen Flagge wieder nach oben zurück. Auf ihr war ein Schädel abgebildet, und ein langer Dolch mit einem rubinroten Tropfen an der Spitze zeigte in eine der Ecken. Nicholas sah Harry, Calis und Marcus an. Sie starrten das Banner an. Nakor grinste, während Anthony und Ghuda sich nichts anmerken ließen.

Harry sagte: »Wie seltsam ... Es kam mir gar nicht so vor, als würde er schauspielern.«

Nicholas schüttelte den Kopf. »Ich glaube, Amos würde sagen, er hätte eine harte Kindheit gehabt.«

Ghuda meinte: »Ich dachte schon im Palast, daß ich ihn von irgendwoher kenne.«

Nicholas fragte: »Ja?«

Ghuda erzählte: »Ich war mal in LiMeth, als er die Stadt überfallen hat. Hab ihn da auf der anderen Seite der Barrikade gesehen.« Ghuda schüttelte den Kopf. »Alte Erinnerungen.« Er sah über die Schulter auf die sich nähernde Insel, an der das Schiff links vorbeisegeln würde. »Ich habe schon vor einer Weile dort drüben etwas blitzen sehen.« Er zeigte auf den Gipfel.

»Sicher ein Ausguck«, sagte Marcus.

»Ohne Frage«, sagte Ghuda.

»Ich frage mich, wie sie uns wohl in Frihaven empfangen werden?«

»Das werden wir bald erfahren«, erwiderte Nakor in seiner gewohnt unbeschwerten Art.

Sie erreichten die Hafenmündung bei Sonnenuntergang. Amos hatte alle Segel außer den Bramsegeln reffen lassen, und die *Raubvogel* glitt majestätisch nach Frihaven hinein. Der Hafen war ein weites Korallenriff, an das sich ein Sandstrand anschloß. Dahinter erhob sich steil ein Berg, der den Hafen wie eine riesige schwarze Steinhand vom orangeroten Himmel abschirmte. Rings um den Hafen standen einfache Gebäude mit Strohdächern. Laternen und Fackeln brannten an jeder Ecke. Das Nachtleben in Frihaven fing gerade erst an.

Ghuda sagte: »Ich habe schon von Orten wie dieser Insel gehört.«

Nicholas fragte: »Was meint Ihr damit?«

Ghuda erklärte: »Seht nur, wie sich der Berg fast genau im Kreis um den Hafen herum erhebt.«

»Und?«

»Das war mal ein Vulkan.«

Nakor nickte. »Sehr großer Vulkan.« Die Vorstellung schien ihm zu gefallen. »Fast eine halbe Meile Durchmesser!«

Überall am Berghand gingen Lichter an. Eine warme Brise hieß sie willkommen, als das Schiff langsam in die Mitte des Hafen lief. Sieben andere Schiffe verschiedener Größe lagen hier. Als Amos die bestmögliche Position erreicht hatte, ließ er die letzten Segel reffen und Anker werfen. Von weiter landeinwärts drangen leise Stimmen zu ihnen herüber, doch der Hafen selbst war eigentümlich still.

Marcus sagte: »Für die vielen Lichter ist es hier sehr ruhig.«

Ghuda sagte: »Ich glaube, sie warten ab, ob wir unter falscher Flagge segeln.«

Als das Schiff vor Anker lag, ließ Amos ein Beiboot zu Wasser bringen.

Ghuda sagte: »Ich muß Euch beiden noch etwas mitteilen.« Marcus und Nicholas wandten sich um, und der Söldner sagte: »Ich bin schon weit herumgekommen; wir werden hier als Fremde angesehen werden, und niemand wird uns vertrauen. Und da Ihr ohne Zweifel für Brüder gehalten werdet, solltet Ihr Euch auf einen gemeinsamen Namen einigen.«

Nicholas und Marcus wechselten einen Blick, und schließlich schlug Nicholas vor: »Ich habe den Titel von Esterbrook inne. Dort bin ich schon einige Male gewesen.«

Ghuda nickte. »Marc und Nick aus Esterbrook also. Wie heißt Euer Vater?« fragte er plötzlich.

Marcus lächelte trocken. »Mutter wußte es nicht.«

Ghuda lachte und klopfte ihm auf die Schulter. »Das war nicht schlecht, Marc.«

»Und wer war Eure Mutter?« fragte er Nicholas.

»Meg aus Esterbrook«, sagte Nicholas. »Sie bediente im einzigen Wirtshaus dort, das ein Mann namens Will geführt hat, und sie ist immer noch eine stattliche Frau, die keinem Mann etwas abschlagen kann.«

Ghuda lachte erneut. »Gut, gut.«

Sie gingen hinüber zum Hauptdeck, wo sie sich zu Amos gesellten, der seine Leute mit ausgesuchten Beleidigungen bedachte.

Als sie im Beiboot saßen, fragte Amos: »Habt ihr euch eine Geschichte ausgedacht, Jungs?«

Nicholas sagte: »Marc ist mein älterer Bruder. Wir kommen aus Esterbrook. Unseren Vater kennen wir nicht. Das ist erst unsere zweite Fahrt. Und wir haben in … Malgrave's Hafen angeheuert.«

Amos zeigte auf Ghuda und Nakor und meinte: »Ihr beiden bleibt, wer Ihr seid.« Er rieb sich das Kinn. Dann blickte er Anthony an, der sich in seiner neuen Kleidung ausgesprochen unwohl zu fühlen schien. »Und wer seid Ihr?«

»Euer Heiler«, schlug Anthony vor.

Amos nickte. »Gibt es Dinge, die Ihr braucht?«

»Kräuter, Wurzeln und andere Sachen, die man zur Versorgung von Wunden braucht. Ich kann ja in der Stadt einkaufen.«

»Gut«, sagte Amos. An Calis gewandt setzte er hinzu: »Ihr solltet ohne Schwierigkeiten einen Jäger aus Yabon spielen können.«

Der Elb nickte. »Ich spreche die Sprache von Yabon sehr gut, sollte es notwendig sein.«

Amos grinste. »Also, sollte euch jemand fragen: ich bin Trenchard, und ich bin erst kürzlich wieder aufs Bittere Meer zurückgekehrt. Vorher bin ich zwischen Kesh und dem Königreich hin und her gesegelt, aber das wißt ihr nicht so genau.«

Alle nickten. Schließlich erreichten sie den kleinen Steg, an dem ein halbes Dutzend Boote festgemacht waren. Als sie an Land gingen, war niemand zu sehen.

Plötzlich rief eine Stimme: »Halt! Wer da!«

Amos spähte in die Dunkelheit und bellte: »Wer will das wissen?«

Zwischen zwei Gebäuden trat eine Gestalt hervor. Es war ein kahlköpfiger Mann mit einer Nase wie eine Haifischflosse. Sein Gesicht wirkte belustigt, und er sprach mit tiefer und angenehmer Stimme. »Ich möchte das wissen.« Er machte ein Handzeichen. »Und ein paar Freunde dazu.« Neben ihm erschienen ein Dutzend bewaffneter Männer.

Armbrüste wurden auf sie gerichtet. »Bleibt ganz ungezwungen«, zischte Amos.

Der glatzköpfige Mann trat vor Amos und sagte: »Ihr fahrt unter einer bekannten Flagge, doch sie wurde hier seit dreißig Jahren nicht mehr gesichtet.«

Plötzlich brach Amos in schallendes Gelächter aus. »Patrick von Grauburg! Haben sie dich immer noch nicht aufgehängt?« Dann schlug er dem Mann die Faust ins Gesicht, so daß dieser zu Boden ging. »Wo sind die zwanzig Goldroyal, die du mir schuldest.«

Der Mann rieb sich das Kinn: »Mann, Amos! Ich dachte, du wärst tot!«

Amos schob sich an zwei Männern vorbei, die ihre Waffen auf ihn gerichtet hatten, und streckte Patrick die Hand entgegen. Er zog den Mann auf die Beine und umarmte ihn.

»Was machst du denn hier in Frihaven? Ich hab gehört, du wärst mit den Abtrünnigen im Trollheimgebirge unterwegs.«

Patrick erwiderte: »Götter, das ist lange Zeit her, jetzt schon fast zehn Jahre. Ich bin heute Sheriff von Frihaven.«

»Sheriff? Ich dachte, dieser kleine rodesische Bastard – wie hieß er noch? – Francisco Galatos wäre Sheriff?«

»Das war vor dreißig Jahren. Er ist tot, und seit ihm haben schon zwei andere dieses Amt ausgeübt. Ich bin seit fünf Jahren Sheriff hier.« Er senkte die Stimme. »Wo hast du dich die ganzen Jahre rumgetrieben? Das letzte, was ich von dir gehört habe, war, du würdest Waffen von Queg zur Fernen Küste schaffen.«

Amos schüttelte den Kopf. »Das ist eine lange Geschichte, die kann man nur bei einem Becher Wein oder Bier erzählen.«

Patrick zögerte. »Amos, die Dinge haben sich ein bißchen verändert, seit du das letzte Mal hier warst.«

»Und?« fragte Amos.

»Komm mit.« Er machte seinen Leuten ein Zeichen, sie sollten Amos und seine Gefährten begleiten, und alle gingen zu einer kleinen Straße, die parallel zum Wasser verlief. Unterwegs spähten die Bürger neugierig hinter Fenster und aus Türen hervor. Einige bunt angemalte Frauen riefen ihnen Einladungen zu, nur für den Fall, daß sie nicht gleich gehängt würden. Diese Bemerkungen riefen allgemeines Gelächter hervor.

Amos sagte: »Diese Schuppen haben sich allerdings nicht sehr verändert, Patrick. Immer noch die gleichen Fliegenfallen wie damals.«

Patrick sagte: »Wart's nur ab.«

Sie erreichten den Anfang einer breiten Straße und bogen um die Ecke. Patrick von Grauburg blieb stehen und zeigte die Straße hinunter. »Da sind wir.«

Amos blieb stehen und sah sich um. So weit man sehen konnte, säumten zwei- bis dreistöckige Häuser die Straße. Sie waren angestrichen und in gutem Zustand. Der Menschenmenge nach, die sich auf der Straße herumtrieb, war Frihaven ein geschäftiges Städtchen geworden. In der Ferne wand sich die Straße den Berg hinauf.

»Ich kann es nicht fassen, Patrick.«

Grauburg rieb sich abwesend das Kinn an der Stelle, wo Amos ihn getroffen hatte. »Glaub es, Amos. Der Ort ist ziemlich gewachsen, seit du das letzte Mal hier warst. Das ist nicht mehr nur ein Wirtshaus mit Freudenhaus nebenan, sondern eine richtige Stadt.« Er ging weiter und machte den anderen ein Zeichen zu folgen. »Wir sind vielleicht nicht so gesetzestreu wie die Leute im Königreich, aber wir sind auch nicht korrupter als die Städte in Kesh, und vor allem besser als Durbin. Ich habe fünfzig Mann unter Waffen stehen, und wir werden gut bezahlt, um in Frihaven Ordnung zu halten.« Er zeigte auf die Häuser zu beiden Seiten der Straße und meinte: »Viele der Händler hier machen ihre Geschäfte im Königreich, in Queg oder in Kesh.«

»Ohne viel Zoll zu zahlen, was?« sagte Amos und lachte brüllend.

Patrick lächelte. »Meistens. Andere zahlen in Kesh oder auf den Inseln ganz ehrlich ihre Zölle – es stehen zu große Werte auf dem Spiel, wenn ihre Fracht von Zöllnern beschlagnahmt würde. Und es lohnt sich kaum zu behaupten, die Fracht solle woanders hingehen. Deshalb ist Frihaven zu einem großen Umschlagplatz geworden.« Er zeigte auf eins der vielen Gebäude, in denen noch gearbeitet wurde. »Das ist zum Beispiel der größte unabhängige Gewürzhändler nördlich von Kesh.«

Amos lachte. »Unabhängig. Hört sich gut an. Da es in Kesh ein kaiserliches Monopol gibt, kann er wohl kaum im Kaiserreich einkaufen gehen.«

Patrick lächelte und nickte. »Aber er hat Quellen im Kaiserreich, und ich vermutete, seine Beziehungen reichen sogar bis zum kaiserlichen Hof. Er macht seine Geschäfte mit Händlern aus Ländern, von denen wir nie zuvor gehört haben, Amos. Aus der Welt der Tsurani. Aus Brijana, auf der anderen Seite von Kesh. Aus Orten, die ich kaum aussprechen kann, die hinter Meeren liegen, von deren Existenz ich bis vor kurzem noch nicht einmal wußte.« Er ging abermals weiter, und die anderen folgten ihm.

Sie kamen an einem Gebäude nach dem anderen vorbei, und in fast allen wurde trotz der späten Stunde noch gearbeitet. »Einige dieser Männer kennst du, Amos«, sagte Patrick. »So wie wir waren sie in ihren jungen Jahren Piraten, und jetzt machen sie mit weniger Risiko bessere Geschäfte.«

Nicholas sah eine Stadt, die sich nur wenig von anderen unterschied, die er in seinem Leben kennengelernt hatte, wenn man davon absah, daß die Bürger ein wenig rauher und mürrischer zu sein schienen. Zwei Männer stritten sich laut, doch die Männer des Sheriffs beendeten ihr Geschrei mit der Anweisung, sie sollten weitergehen. Der Sohn des Prinzen lernte Frihaven als wohlhabende Stadt kennen.

Amos sagte: »So, deshalb bist du also auf deine alten Tage ein so mißtrauischer Bastard geworden, Patrick.«

Patrick nickte. »Muß ich schon sein. Die Tage, als wir in die Berge fliehen und dort warten konnten, bis die Flotte aus Krondor oder aus Elarial wieder abgezogen war, sind vorbei. Wir haben hier jetzt viel zu verlieren.«

Amos blickte seinen alten Freund böse an. »Aus diesem Grund hast du uns also mit einem Dutzend Häschern in Empfang genommen?«

Patrick nickte. »Und wenn du den Rat der Kapitäne nicht von deiner Ehrlichkeit überzeugen kannst, werden sie dir wohl auch dein Schiff abnehmen.«

Mit unversöhnlicher Stimme sagte Amos leise: »Nur über meine Leiche.«

Plötzlich richteten sich abermals ein Dutzend Armbrüste auf Amos und seine Gefährten. Mit bedauerndem Gesichtsausdruck sagte Patrick von Grauburg: »Wenn es sein muß, Amos.«

Die Kapitäne der Sonnenuntergangsinseln trafen sich in einem Haus am anderen Ende der großen Straße. Unterwegs dorthin hatte sich Nicholas und den anderen eine exotische Szenerie offenbart. Überall hörte man fremde Sprachen und sah bunte Gewänder. Spielhöllen und Freudenhäuser standen Seite an Seite mit Geschäften und Lagerhäusern.

Straßenverkäufer schoben ihre Karren oder trugen Tabletts, auf denen sich alles von feinster Seide und Juwelen bis hin zu Süßigkeiten fand. Sooft sich Nicholas auch umdrehte, immer überwältigte ihn ein anderer Anblick; Frihaven wirkte größer und geschäftiger als Crydee.

Amos sagte: »Wieso habe ich davon nie auf der See des Königreichs gehört?«

»Das spricht gegen dich, Amos«, antwortete Patrick. »Man kann Waren jeweils auf zwei Wegen befördern, auf dem ehrlichen und auf dem hintenrum. Und bei letzterem bekommt man schnell heraus, wo man Fracht, die nicht deklariert werden soll, am günstigsten umschlagen kann. Es geht gar nicht an, daß du in letzter Zeit unter deiner alten Flagge gefahren bist und nichts von den Änderungen in Frihaven gehört hast. Selbst ehrliche Händler wissen über uns Bescheid.«

Amos verfiel in Schweigen. »Wie ich schon sagte, Patrick, es ist eine lange Geschichte.« Dann erreichten sie ein Haus, an dem stand: »Haus des Gouverneurs.« Es war ein bescheidenes Gebäude mit einer großen Veranda und zwei Fenstern auf jeder Seite. Die Läden waren weit offen, und Nicholas konnte von drinnen laute Stimmen hören.

Amos und seine Gesellschaft wurden hineingebracht. Falls es innen jemals Zwischenwände gegeben hatte, so waren sie herausgebrochen worden, jetzt bestand das untere Stockwerk aus einem einzigen großen Raum. An der rückwärtigen Wand führte eine Treppe in den ersten Stock. Von der Decke hing ein hölzerner Kronleuchter herab, auf dem ein Dutzend Kerzen brannten.

Vor die Treppe hatte man einen großen Tisch gestellt, an dem sieben Männer saßen. Amos nahm seinen großen Hut ab, eine respektvolle Geste, und die anderen folgten seinem Beispiel. Doch damit hatte er sein Soll an Ehrerbietung auch erfüllt, denn er ging weiter, bis er vor dem Kapitän in der Mitte stand und brüllte: »Was in den Sieben Tiefsten Höllen gibt dir das Recht, William Swallow, einen befreundeten Kapitän mit erhobenen Waffen zu begrüßen?«

Der grauhaarige Kapitän in der Mitte des Tisches sagte: »So bescheiden wie immer, ich sehe schon.«

Ein junger Mann, dessen Haare in dunklen Löckchen auf die Schultern hingen und dessen Schnurrbart ordentlich getrimmt war, sagte: »Wer ist dieser Hanswurst, Swallow?«

»Hanswurst!« schrie Amos und wandte sich dem jungen Mann zu. »So wahr ich lebe und atme, Morgan! Hab gehört, dein Vater hätte sich zu Tode gesoffen, und du hättest sein Schiff übernommen.« Er starrte den Mann haßerfüllt an. »Junge, ehe du zum ersten Mal die Brust deiner Mutter bekommen hast, habe ich schon keshianische Kutter und gueganische Galeeren versenkt. Ich habe Natalhaven überfallen und Lord Barrys Flotte wie einen Haufen winselnder Hunde zurück nach Krondor getrieben!

Ich bin Trenchard, der Dolch des Meeres, und ich bring den ersten Mann um, der's wagt zu sagen, ich wär's nicht!«

Morgan lächelte mild. »Ich dachte, du wärst tot, Amos.«

Amos zog einen Dolch und ehe noch jemand reagieren konnte, hatte er damit schon den Ärmel des jungen Kapitäns auf dem Tisch festgesteckt. »Ich bin nur noch besser geworden«, fauchte er.

Nicholas stieß Marcus an, und sein älterer Cousin folgte seinem Blick. Am anderen Ende des Tisches saß ein hellhäutiger Mann, der über und über mit blauen Tätowierungen bedeckt war. In der Nase trug er einen goldenen Ring, und seine blauen Augen blitzten.

Patrick von Grauburg sagte: »Kapitäne, wenn ich vorstellen darf: Amos, Käpt'n Trenchard. Ich kenne ihn von früher.«

Kapitän Swallow sagte: »Wir haben gehört, du würdest für das Königreich segeln, Amos.«

Amos zuckte mit den Schultern. »Eine Weile. Ehe ich in eine Kaperfahrt nach Norden verwickelt wurde. Ich habe jede Menge Sachen gemacht. Ich bin für Kesh gesegelt und dagegen, ich bin fürs Königreich gesegelt und dagegen. Das haben schließlich alle hier im Raum so gemacht.«

»Ich würde sagen, du spionierst fürs Königreich«, sagte einer der Kapitäne.

Amos wandte sich dem Kerl zu und meinte spöttisch: »Und ich würde sagen, du bist immer noch ein Idiot, Peter der Schreckliche. Wie du jemals Kapitän werden konntest, ist mir ein Rätsel; ist Käpt'n Mercy gestorben oder hast du ihn zusammen mit Render in den ›Ruhestand‹ versetzt?«

Der Mann wollte aufstehen, doch Patrick sagte: »Keine Prügeleien!«

Der Mann mit den Tätowierungen sagte: »Meine Männer haben mir gesagt, du würdest unter schwarzer Flagge fahren, aber dein Schiff wäre ein Kriegsschiff des Königreichs.«

Amos blickte ihn an und sagte: »Es war ein Kriegsschiff des Königreichs, Render, bis ich es mir genommen habe.« Er sah zu Peter, dann wieder zu Render und meinte: »Mit den Anführern nimmt man es hier wohl auch nicht mehr so genau, wie? Peter der Schreckliche und Render als Kapitäne?« Er schüttelte den Kopf. »Was ist aus Käpt'n John Avery geworden, Render? Hast du ihn gegessen?«

Render packte die Tischkante und sah aus, als wollte er spucken, doch er blieb ruhig. Er zischte Amos nur an: »Die *Bantamina* ist vor zehn Jahren vor Taroom gesunken, Trenchard. Deshalb bin ich Kapitän geworden!«

Patrick sagte: »Wir können hier die ganze Nacht herumstehen und uns gegenseitig beleidigen, doch das hilft uns nicht weiter. Amos, warum bist du hier?«

Amos blickte die Kapitäne an. »Ich war schon vor euch allen außer William Swallow Kapitän der Bruderschaft. Wer will mir das Recht auf freie Fahrt verwehren? Frihaven war immer ein offener Hafen für jeden Kapitän, der den Mut hatte, sich hier blicken zu lassen. Oder habt ihr neuerdings Steuereintreiber? Werdet ihr langsam, verdammt noch mal, zivilisiert?«

Patrick erwiderte: »Die Dinge sind nicht mehr ganz so, wie sie mal waren, Amos. Wir haben viel zu verlieren, wenn uns hier jemand ausspioniert.«

Amos sagte: »Ihr habt mein Wort.«

»Was willst du in Frihaven?« fragte ein junger Kapitän, der bisher geschwiegen hatte.

Amos betrachtete den Mann, einen kleinen Kerl mit breiten Schultern, rotem Bart und schulterlangen roten Locken. Er grinste breit und meinte: »Du mußt James Scarlet sein.«

Der Mann nickte. »Ich wurde von Questors Sicht bis nach Queg von einem Schiff gejagt, das wie deins aussah, Trenchard.«

Amos grinste. »Vor zwei Jahren, und im letzten Frühjahr. Ich hätte dich auch erwischt, wenn du nicht zu dicht an der Küste gefahren wärst und uns diese Galeeren aus Queg nicht abgelenkt hätten.«

Scarlet schlug auf den Tisch und brüllte: »Du bist für den König gesegelt!«

Amos brüllte zurück: »Hab ich gerade gesagt! Bist du taub oder einfach nur dumm? Ich habe Kopfgeld für jeden von euch verdammten Halunken bekommen, und außerdem wurde ich für meine Verbrechen begnadigt, und soll mir einer von euch sagen, er hätte sich das zweimal überlegt!« Er beugte sich auf den Tisch vor und starrte Scarlet in die Augen. »Besonders, wenn ansonsten der Galgen auf einen wartet.«

»Wir haben da ein Problem«, sagte Patrick. »Einige von uns kennen dich, doch du bist in diesen Gewässern seit langer Zeit nicht mehr gesichtet worden – außer, wenn du für den König unterwegs warst. Du sagst, du wärst wieder Pirat, aber welche Sicherheit kannst du uns bieten, daß du uns nicht gegen das höchste Gebot verkaufst?«

»Dieselbe, die dir jeder dieser Galgenvögel bieten kann«, schrie Amos und zeigte auf die anderen Kapitäne.

»Für uns steht einiges auf dem Spiel«, meinte Scarlet. »Das hier ist unser bestes Geschäft, seit es diese Inseln gibt. Wir wären Narren, wenn wir uns unseren Brunnen selbst vergiften würden.«

Amos schnaubte. »Was verlangst du?« fragte er Patrick.

»Du mußt eine Weile hierbleiben, Amos.«

»Wie lange?«

»Bis wir sicher sind, daß nicht hinter dem Horizont eine Flotte liegt, die über uns herfallen will«, sagte Scarlet.

»Oder irgendein Beweis, daß du nicht nach Krondor zurücksegelst und die Flotte erst noch holst«, fügte Swallow hinzu.

Patrick von Grauburg sagte: »Auf jeden Fall nicht länger als ein paar Monate, höchstens ein Jahr.« Er lächelte, als wäre das nur eine kleine Ungelegenheit.

»Ihr seid alles dämliche Trottel«, sagte Amos. »Ich bin hier aus einem bestimmten Grund erschienen, und ich habe dringende Geschäfte zu erledigen.«

»Er ist ein Spion«, meinte Peter noch einmal.

»Was sind das für ›dringende Geschäfte‹?«

Amos richtete den Zeigefinger auf Render. »Ich bin hier, um diesen Mann umzubringen.«

Render sprang mit dem Schwert in der Hand auf. Patrick schrie: »Genug.« Er wandte sich an Amos und sagte: »Was hast du für eine Beschwerde gegen Render vorzubringen?«

»Vor einem Monat hat er eine Armee von Mördern, unter anderem auch Sklavenjäger aus Durbin, nach Crydee gebracht. Er hat die ganze verdammte Stadt niedergebrannt und fast jeden Bewohner getötet.«

Render schnaubte verächtlich. »Vor einem Monat war ich an der Küste von Kesh unterwegs, Trenchard. Ich bin nicht mehr in Crydee gewesen, seit ich Schiffsjunge war. Was soll da schon groß zu holen sein?«

Patrick sagte: »Er sagt, er habe den Überfall nicht gemacht. Und selbst wenn, was geht es dich an?

»Weil ich die Beute von fünf Jahren dort in einem Lagerhaus versteckt hatte, und ich war gerade unterwegs, um sie abzuholen.«

»Dort gab es keine Beute!« schrie Render.

Alle Augen wandten sich ihm zu, und Amos grinste böse. »Wenn er Crydee nicht überfallen hätte, wie sollte er das dann wissen?«

Render sagte: »Er lügt, was mich und den Überfall betrifft, also lügt er auch, was die Beute betrifft.«

Patrick blickte von Kapitän zu Kapitän, und alle nickten. Patrick sagte: »Das Gesetz von Frihaven sagt, kein Kapitän soll die Hand gegen einen anderen erheben. Ihr könnt das austragen, wenn ihr auf offener See seid, doch wenn einer von euch hier einen Kampf anfängt, wird sein Schiff beschlagnahmt und er selbst ins Loch geworfen.«

Nicholas hatte Render während der ganzen Auseinandersetzung beobachtet. Leise sagte er: »Er lügt.«

Marcus wollte etwas zu ihm sagen, doch ehe er dazu kam, fragte Patrick von Grauburg: »Was hast du gesagt?«

Nicholas erwiderte: »Ich habe gesagt, er lügt. Ich hatte Freunde in Crydee. Er ist ein mörderischer Hund, der Frauen und Kinder abschlachtet. Wenn Kapitän Trenchard ihn sich nicht vornehmen darf, werde ich mir seinen Kopf holen.«

Patrick sagte: »Render behauptet, er wäre letzten Monat an der Küste von Kesh gewesen. Es muß jemand anders gewesen sein.«

Nicholas schüttelte den Kopf. »Gibt es vielleicht noch einen Kannibalenpiraten mit blauen Augen? Nein, er war es!«

Patrick wandte sich an Amos. »Käpt'n Trenchard, du und deine Mannschaft seid in der Probezeit. Ihr könnt euch in der Stadt frei bewegen, doch sollte einer deiner Männer Ärger anfangen, nehmen wir dein Schiff und verkaufen deine Mannschaft als Galeerensklaven nach Queg. Du hast die Macht über deine Männer. Du kannst jederzeit wieder vor den Rat treten, und solltest du vier der Kapitäne, die hier sitzen, überzeugt haben, daß deine Geschichte wahr ist, wirst du wieder in die Gemeinschaft der Kapitäne aufgenommen.«

Amos sagte nichts, nickte nur, drehte sich um und ging. Die anderen folgten ihm. Als sie die Eingangstreppe hinuntergingen, flüsterte Amos Nicholas zu: »Das war gut.«

Ghuda sagte: »Ja, jetzt wird er bestimmt versuchen, uns zu töten.«

Nicholas meinte: »Genau das erwarte ich auch.«

Wieder auf der Straße meinte Amos: »Die Kapitäne glauben, wir würden hier noch einen Monat lang bleiben, aber in dem Moment, in dem wir wissen, wo die Gefangen sind, machen wir uns davon.« Zur Harry sagte er: »Du gehst an Bord und gibst Bescheid, daß alle außer der Wache Erlaubnis zum Landgang haben. Sag ihnen, sie sollen sich benehmen und ihre fünf Sinne beieinander halten. Alle sollen auf Gerüchte hören. Du findest uns in dem Wirtshaus mit dem roten Delphin, an dem wir auf dem Hinweg vorbeigekommen sind.« Harry lief davon. Zu Anthony sagte Amos: »Ihr könnt einkaufen gehen.« Anthony brach ebenfalls auf. Mit einem Nicken bedeutete Amos Ghuda, er möge dem Magier in einigem Abstand folgen. Als sie gegangen waren, sagte der Kapitän: »Jetzt wollen wir ins Wirtshaus gehen und sehen, wie lange wir Nick noch lebendig unter uns haben.«

Das Wirtshaus zum Roten Delphin war bescheiden und ziemlich ruhig. Amos hatte sich ein Hinterzimmer geben lassen, und Nakor saß an der Tür, die einen Spalt offenstand, damit er sehen konnte, wer sich näherte. Amos sagte: »Wir können die Kapitäne nicht einen nach dem anderen überzeugen. Wenn man Render abzieht, müssen wir vier von sechsen auf unsere Seite ziehen.« Er trommelte mit den Fingern auf die Tischplatte. »Und ich glaube, noch einer von ihnen war dabei.«

»Wieso?« fragte Marcus.

Amos erklärte: »Zu viele Dinge passen immer noch nicht zueinander. Hast du die Schiffe im Hafen gesehen?« Marcus nickte. »Da mußte jemand Söldner von irgendwo holen, dann mit der Überfallsflottille an Land bringen. Da braucht es schon ein bißchen Planung, und vor allem einen Haufen Männer. Ich glaube, sie hatten wenigstens zwei seetüchtige Schiffe, vielleicht drei, und das bedeutet, mindestens einer der anderen Kapitäne war noch mit von der Partei.«

Nicholas meinte: »Dann müssen wir uns beeilen.«

Amos erwiderte: »Wir haben vielleicht eine Woche, ehe jemand von der Mannschaft einen Fehler macht und wir uns unseren Weg hier raus erkämpfen müssen.«

Nicholas setzte sich neben ihm an den Tisch, während Marcus

hinter Amos stand. Nicholas sagte: »Sollten die Gefangenen noch hier sein, müssen wir sie finden, ehe sie wieder verschleppt werden.«

Amos schüttelte den Kopf. »Sie sind mit Sicherheit nicht mehr hier.«

»Warum?« fragte Marcus.

Nakor drehte sich um und sagte: »Weil Käpt'n Render alle angelogen hat. Er sagte, es hätte keinen Überfall gegeben. Trotzdem hat er die Gefangenen hierhergebracht, sagt Pug. Zu viele Lügen.«

Amos nickte. »Was bedeutet, wer immer Renders Überfall gedeckt hat, hat auch die Gefangenen zur Seite geschafft. Und zwar schnell.« Er nahm seinen Hut ab und wischte sich über die Stirn. »Ich habe vergessen, wie schwül es hier ist.« Er seufzte. »Jetzt, wo ich sehe, wie groß Frihaven geworden ist, kann ich verstehen, weshalb Render diesen Überfall vor den anderen Kapitänen verbergen will.«

Mit einer vagen Handbewegung fuhr Amos fort: »Es gibt Dutzende kleiner Inseln, die man mit einer halben Tagesfahrt von hier aus erreichen kann, und die ihm als Ausgangspunkt gedient haben könnten. Er könnte bei Sonnenuntergang losgesegelt sein und behauptet haben, er wolle an der Küste von Kesh Beute machen. Und dann ist er dorthin gefahren, wo die anderen warteten, hat sie mit ihren Beibooten eingeladen, ist bis kurz vor Crydee gesegelt, wo er die Beiboote wieder ausgeladen und seinen Überfall auf die Ferne Küste gemacht hat.«

»Warum sollten sie von hier aus starten«, fragte Marcus, »wenn sie nicht wollten, daß die anderen Piraten etwas mitbekommen?«

Amos antwortete: »Hier in Frihaven treiben sich immer Fremde herum. Und wo sonst sollte man einen solchen Plan besser aushecken können? Doch die Frage ist, wo er hundert Gefangene verstecken kann?«

Nakor versuchte, sich zu erinnern. »Pug sagte etwas von einem großen Gebäude. Ein großes, dunkles Gebäude.«

Amos sagte: »Ich denke, wir müssen uns verteilen.« Er blickte Marcus an und fragte: »Wie steht es mit deinen Schiffahrtskenntnissen?«

Marcus sagte: »Ich kann ein kleines Boot steuern, ohne zu kentern.«

»Gut. Du wirst morgen eins kaufen. Falls dich jemand fragt, dann willst du die Nachbarinseln erkunden, weil Käpt'n Trenchard ein Haus bauen will. Einige der Kapitäne haben hier ihre eigenen kleinen Königreiche. Du kannst Harry mitnehmen, und pass auf, daß er sich nicht ertränkt. Render hat vielleicht zuviel zu verlieren, um Ärger anzufangen. Nicholas und ich haben ihn ziemlich unter Druck gesetzt, und wir sollten ihn nun nicht mehr in Ruhe lassen.« Grinsend klopfte Amos Nicholas auf die Schulter. »Du, mein glücklicher Junge, wirst die unangenehme Aufgabe haben, Render dazu zu bringen, etwas Dummes zu machen. Wir werden ihn nicht aus den Augen lassen, und du wirst dauernd hinter ihm her sein. Ich will, daß er am Ende glaubt, du seist sein Schatten.«

Nicholas nickte.

Amos entkorkte einen großen Krug Bier. »So, wer möchte jetzt einen trinken?«

Entdeckungen

Eine Möwe kreischte.

Marcus, Calis und Harry gingen zum Hafen, als die Sonne gerade über den Horizont kletterte. Für den jungen Halbelb, der kaum älter als Harry aussah, jedoch schon dreißig war, war Frihaven ein fremdartiger Ort. Er war bisher schweigsam gewesen, hatte jedoch alles fasziniert in sich aufgenommen.

Harry wollte ihn gerade etwas fragen, als hinter einem umgekippten Boot eine schlanke Gestalt auftauchte und sich zu ihnen gesellte. Calis hatte sofort sein Messer heraus, während Harry vor Schreck zusammenzuckte. »Götter! Was willst du?«

Eine Stimme flüsterte: »Viel mehr: was wollt ihr?«

Die schlanke Gestalt war mit Hemd und Hose bekleidet, und unter der schmutzigen, viel zu langen Hose ragten ebenso schmutzige Zehen hervor. Die dünnen Arme waren genauso schmutzig, und das Gesicht erschien allenfalls eine Spur sauberer. Ein schmales Kinn und ein kleiner Mund wurden von hohen Wangenknochen und ausgesprochen blauen Augen ergänzt. Verfilztes langes rotbraunes Haar sträubte sich in alle Richtungen.

»Geh weg, Junge«, sagte Marcus ungeduldig.

»Junge!« sagte der Bettler. Mit einem kraftvollem Tritt gegen Marcus' Schienbein tänzelte das Mädchen zurück. »Dafür müßt ihr mir jetzt das doppelte bezahlen, wenn ihr etwas von mir wissen wollt.«

Marcus jammerte, und Harry stand vor Erstaunen starr da. Calis sagte ruhig: »Ach hau doch ab, Mädchen.«

Sie wollten weitergehen, doch das Mädchen kam ihnen hinterher. »Ich weiß eine Menge Sachen. Frag irgendwen in Frihaven, und er wird dir sagen: ›Willste was wissen? Frag doch Brisa!‹«

Harry fragte: »Und du bist Brisa?«

»Klar.«

Marcus und Calis sagten nichts, doch Harry fragte: »Unser Kapitän sucht eine gute Insel, auf der er ein Haus bauen kann.«

Brisa stellte sich Marcus in den Weg. »Genau.«

Marcus mußte stehenbleiben, während die anderen an ihr vorbeigingen. Er blickte zu ihr hinab und sagte: »Ja, genau.«

Sie grinste, und Marcus fand ihre Grübchen erstaunlich. Er konnte seine Verwunderung nicht verbergen und sagte nochmals: »Ja, genau.« Er ging um sie herum und setzte seinen Weg fort.

Sie lief hinter ihm her.

»Ich habe keine Zeit für diese dummen Spiele«, sagte er und wich ihr aus.

Sie lief rückwärts vor ihm her, verfing sich mit der Hacke in einem Stück Seil und fiel rückwärts auf ihren Allerwertesten. Marcus lächelte, Harry lachte laut, nur Calis ließ sich nichts anmerken. Brisa grunzte angeekelt, als Marcus um sie herumging, und schrie: »Schön! Wenn ihr lange genug im Kreis herumgefahren seid, könnt ihr euch ja wieder bei mir melden!«

Marcus drehte sich zu ihr um, und mit einer für ihn ungewohnten Belustigung salutierte er ihr. Selbst Calis mußte jetzt lächeln, während Harry sich noch immer nicht wieder eingekriegt hatte.

Spät in der Nacht kletterten Harry, Calis und Marcus eine Leiter hinauf, an deren unterem Ende sie ihr Segelboot festgemacht hatten. Oben auf dem Anlegesteg saß Brisa auf einem Stapel aus Segeln und aß einen Apfel. »Müde?« fragte sie.

Die Jungen sahen sich an und wollten an ihr vorbei, doch sie sprang auf und gesellte sich zu ihnen. Wie ein Kind sang sie: »Ich weiß, wonach ihr sucht.«

Marcus sagte: »Wir haben dir gesagt –«

»Nein, sucht ihr nicht«, sang sie weiter.

»Wir suchen was nicht?«

»Eine Insel für euren Käpt'n.« Sie biß ein letztes Mal von dem Apfel ab und warf den Butzen über ihre Schulter ins Wasser. Möwen kreischten und stürzten sich darauf.

»Und wonach suchen wir dann?« fragte Harry, der ungeduldig war, weil sie tagsüber ein halbes Dutzend verlassener Inseln abgesegelt hatten.

Brisa kreuzte die Arme vor der Brust und fragte: »Was ist es euch denn wert, wenn ich für euch finde, was ihr sucht?«

Marcus schüttelte den Kopf. »Wir haben keine Zeit für diese Spielchen, Mädchen.«

Die drei beschleunigten ihren Schritt. Brisa sagte: »Ich weiß, wo die Sklavenjäger aus Durbin hingefahren sind.«

Sie blieben stehen. Sie wechselten Blicke und drehten sich um. Calis ging dorthin, wo das Mädchen wartete und packte sie fest am Arm. Marcus fragte: »Woher weißt du das?«

»Aua«, schrie sie und versuchte, ihren Arm loszubekommen, doch Calis hielt fest. »Laßt mich los, oder ich sage gar nichts!« forderte sie.

Marcus legte Calis die Hand auf den Arm. »Laß sie gehen.«

Calis tat wie geheißen, und das Mädchen trat zur Seite. Sie rieb sich den Arm und schmollte. »Hat euch eure Mutter nicht beigebracht, wie man sich einem Mädchen gegenüber benimmt?« Sie blickte Marcus böse an und fuhr fort: »Du siehst nicht ganz so böse aus wie dieser doofe Kerl, obwohl du ohne Bart bestimmt noch besser aussehen würdest, glaub ich. Ich wollte nur nett sein, aber jetzt ist mein Preis gestiegen.«

Harry fragte: »Was weißt du und was willst du?«

»Ich weiß, daß vor einem Monat einige seltsame Männer in die Stadt gekommen sind; sogar viele von ihnen. Und noch mehr haben sich auf einer Insel in der Nähe versammelt, und haben aufgepaßt, daß sie niemand aus Frihaven sieht. Sie haben keshianisch gesprochen, aber einen seltsamen Dialekt, den ich noch nie gehört hatte. Einige kamen in die Stadt und haben Vorräte gekauft. Nicht alles auf einmal, aber genug, damit ich neugierig wurde. Hier passiert nichts, ohne daß ich es mitkriege. Also hab ich mich entschlossen, ein bißchen herumzuschüffeln.« Sie lächelte. »Ich bin gut, wenn's darum geht, Sachen herauszukriegen.«

Harry konnte nicht anders, er mußte lächeln. »Das kann ich mir vorstellen.«

»Nun, machen wir ein Geschäft?« fragte sie.

»Was ist dein Preis?« fragte Marcus.

»Fünfzig Goldroyal.«

Marcus sagte: »Wir haben solches Geld nicht bei uns.«

Harry fragte: »Wie wäre es denn hiermit?«

Er hielt ihr einen Ring mit einem Rubin vors Gesicht.

»Woher hast du den?« fragte Marcus.

Harry schüttelte den Kopf. »Weiß ich nicht mehr.« An das Mädchen gewandt sagte er: »Er ist doppelt soviel wert wie fünfzig Goldroyal.«

Das Mädchen sagte: »Sehr gut. Ich bin also einer Gruppe gefolgt, habe mir ihren Kurs gemerkt und bin mit dem Boot nach Sonnenuntergang hinter ihnen hergesegelt. Und da hab ich rausgefunden, wo sie sich treffen. Und außerdem war da das größte Schiff, das ich je gesehen habe. Es war schwarz und sah wie eine queganische Galeere aus, hatte hohe Aufbauten an Heck und Bug, großes Hauptsegel und jede Menge Laderäume. Es lag so hoch im Wasser, daß es bestimmt leer war, doch zwischen der Insel, vor der es lag, und dem Schiff ruderten ununterbrochen Männer hin und her. Sie konnten das große Schiff nicht näher heranbringen, und deshalb brauchten sie Tage, um alle Männer und die Vorräte mit den kleinen Booten an Bord zu bringen. Nachdem, was alles auf dem Strand lag, sah es so aus, als hätten sie eine weite Reise vor sich, vielleicht bis auf die andere Seite von Kesh. Außerdem waren dort Patrouillen unterwegs, und deshalb mußte ich verschwinden.

Ein paar Wochen später fuhren ein paar Boote zwischen den Inseln hindurch, liefen jedoch Frihaven nicht an.« Mit einem breiten Grinsen fuhr sie fort: »Ich wurde wieder neugierig und bin noch mal zu der Insel gefahren, und dort sah ich, daß die meisten der Männer zum Schiff gebracht wurden. Aber ein Dutzend kleiner Boote setzten eine Menge Gefangene auf der Insel ab. Und sechs Sklavenjäger aus Durbin waren dabei.«

»Und woher willst du wissen, daß uns das interessiert?« fragte Harry und ließ den Ring nicht los.

»Weil ihr auf einem Schiff aus dem Königreich gekommen seid, und weil die Gefangenen die Sprache des Königreichs gesprochen haben. Und dann taucht nach dreißig Jahren ein berühmter Kapitän auf – das sind mir einfach zu viele Zufälle. Euer Käpt'n ist ein richtiger Kerl, aber die anderen sind einfach zu sauber und zu höflich; ihr gehört zur Marine des Königreichs. Ihr sucht nach den Gefangenen, was?«

Harry schnippte den Ring in die Luft, und Brisa fing ihn auf. »Wo haben sie die Gefangenen hingebracht?« fragte Harry.

»Zwei Inseln weiter im Westen, auf der Leeseite«, sagte sie. Und damit rannte sie davon und rief noch über die Schulter: »Und wenn ihr zurück seid, kann ich euch noch mehr erzählen.«

Harry schrie ihr hinterher: »Wo können wir dich denn finden?«

»Ihr braucht nur nach Brisa zu fragen!« antwortete das Mädchen und verschwand zwischen zwei Häusern.

In dieser Nacht hatten einige Seeleute der *Raubvogel* den Kapitän mit den Tätowierungen in der Stadt gesehen und die Nachricht weitergegeben. Nicholas und Ghuda machten einen Überraschungsbesuch in dem Wirtshaus, das Render bevorzugte.

Sie setzten sich nah genug zu den anderen Gästen, damit sie deren Unterhaltung belauschen konnten, und Render und seine Leute verfielen sofort in Schweigen. Nach einer Weile sagte

Nicholas: »Ist doch nur eine Frage der Zeit, nicht wahr?« Das hatte jeder im Raum hören können.

Ghuda sagte: »Früher oder später.« Er hatte keine Ahnung, wovon Nicholas redete, aber er spielte mit.

»Irgendwann wird ein Schiff von der Fernen Küste einlaufen und die Nachricht von dem Überfall mitbringen; kein Handel und keine Plünderungen in den nächsten Jahren mehr. Dann werden sich die Händler der Stadt vor dem Haus des Gouverneurs zusammenrotten und den Kopf des Täters auf einem Spieß verlangen.« Er sah Render an, der seinem Blick standhielt. Nicholas fuhr laut und deutlich fort: »Ich werde ihn ihnen mit Freude übergeben.«

Render flüsterte zweien seiner Männer wütend etwas zu, erhob sich und ging. Die zwei Männer ließen Nicholas und Ghuda nicht aus den Augen, als würden sie vermuten, die beiden würden ihrem Kapitän folgen.

Nicholas lehnte sich zurück und wartete.

Anthony, Nakor und Amos liefen zusammen mit Marcus am nächsten Tag beim ersten Licht aus, um die Insel zu untersuchen. Nach drei Stunden hatten sie sie erreicht. Die Insel glich Dutzenden von anderen in der Gegend, die ebenfalls vor ewigen Zeiten durch vulkanische Tätigkeit entstanden waren. Von Wind und Wasser zerklüftet, bot sie nur kleinen Sträuchern und widerstandsfähigen Gräsern Heimat. Nachdem sie eine Stunde um die Insel herumgefahren waren, fanden sie einen seichten Einlaß auf der dem Wind zugewandten Seiten. Dort stand an der Hochwasserlinie ein großes Gebäude auf dem Strand, das von hohen Felsen verborgen wurde. Man konnte es nur sehen, wenn man geradewegs durch den Einlaß darauf zufuhr. Von Menschen gab es kein Zeichen.

Sie ließen das Segelboot auf den Sand gleiten und sahen sich um. Amos sagte: »Hier haben vor nicht allzu langer Zeit viele Boote angelegt.« Er zeigte auf die Spuren oberhalb der Hochwasserlinie. Ein ausgetrampelter Pfad führte zu dem Gebäude. »Ein bißchen mehr Wind oder etwas Regen, und wir hätten die Spuren nicht mehr gefunden. Sie sind erst einige Tage alt.«

Sie gingen zu dem grobgezimmerten Gebäude, drückten die großen Türen auf und traten ein. Der Gestank von menschlichen Abfällen stach ihnen neben einem anderen Geruch in die Nase. Eine Wolke Fliegen erhob sich, und auf dem Boden entdeckten sie, was die Insekten angezogen hatte.

Amos fluchte. Er zählte rasch und sagte: »Es sind mehr als ein Dutzend.« Auf dem Boden lagen Leichen.

Marcus schluckte die ihm aufsteigende Galle wieder hinunter und zwang sich, die am nächsten liegende Leiche zu untersuchen. »Er ist unter großen Schmerzen gestorben.«

Amos schüttelte den Kopf. »Ich habe solche Blicke schon früher gesehen.«

Nakor betrachtete eine andere Leiche. »Sie sind seit drei, vielleicht vier Tagen tot. Die Haut ist aufgedunsen, und es sind schon Maden darin.«

Amos sah sich in dem Raum um. »Das ist nicht gerade ein Picknick, Marcus. Wenn du draußen warten möchtest …«

Marcus wußte, Amos wollte ihn nur vor der Möglichkeit schützen, daß seine Schwester oder Abigail unter den Toten waren. »Nein«, sagte er kurzangebunden.

Sie untersuchten die grausige Szenerie weiter, und Amos fand in der Mitte des Raums etwas, was ihn fluchen ließ. »Bei Banaths Geschwüren!« rief er den Gott der Diebe und Piraten an.

Sechs Männer in der Kleidung der Sklavenhändlergilde von Durbin lagen auf dem Boden. Ihre Körper waren mit Pfeilen übersät. Amos zwang sich, einen von ihnen genauer zu untersuchen. Er kniete sich hin und zog ihm die schwarze Maske ab. Auf dem Gesicht des Toten fand er die Tätowierung der Gilde. »Das sind tatsächlich Sklavenhändler aus Durbin«, flüsterte er ehrfürchtig. »Wer würde sich der Rache ihrer Gilde aussetzen?«

Doch er wußte bereits, wer so etwas wagen würde: derselbe gnadenlose Feind, der die Gilde der Assassinen von Krondor unter seinen Befehl bekommen, der den größten Betrug in der Geschichte von Midkemia begangen und Dunkelelben und Goblins dazu gebracht hatte, in das Königreich einzumarschieren. Nur so jemand würde sechs Meister der Sklavenhändlergilde von Durbin töten, und Amos wußte auch, warum. Kein Lebender durfte wissen, wo die pantathianischen Schlangenpriester lebten.

Anthony ging herum, und sein Gesicht war seltsam ungerührt. Die toten Gefangenen waren schwach gewesen, und man hatte ihnen einfach die Kehle durchgeschnitten.

Nakor sagte: »Es ist nur ein Mädchen unter ihnen, hier drüben.«

Alle eilten herbei, und Anthony sagte: »Das ist Willa. Sie hat in der Küche gearbeitet.«

Nakor zeigte auf eine andere Leiche, einen Mann, der mit heruntergelassener Hose gestorben war. »Dieser Kerl war einer der übelsten Sorte. Er wollte das kranke Mädchen noch nehmen, bevor er sie getötet hat«, sagte er, als könnte er in die Vergangenheit sehen. »Und jemand anders hat ihn dafür umgebracht.« Der kleine Mann schüttelte den Kopf. »Die Kinder hier wie Vieh einzusperren, ist schon grausam, sie aber mit Toten und Sterbenden zusammen zu lassen, ist geradezu unmenschlich.«

Amos sagte leise: »Niemand weiß, ob Menschen dahinterstecken, Isalani.«

Anthony ging noch immer hin und her, als würde er nach etwas suchen. Amos wollte schon wieder aufbrechen, da fand Anthony ein paar Fetzen Stoff, auf denen Blut zu sehen war. Er hob sie auf und sah sie sich genau an. Plötzlich riß er die Augen auf. »Margaret!«

Amos fragte: »Wie könnt Ihr das sagen?«

Der Magier erwiderte: »Ich weiß es einfach. Sie hat das hier getragen.«

Marcus betrachtete den Fetzen. »Ist es ihr Blut? Ist sie verletzt?«

Anthony schüttelte den Kopf. »Ich glaube ... sie hat es als Verband für jemand anders benutzt.«

»Woher wißt Ihr das?« fragte Marcus.

»Ich ... weiß es einfach.«

Amos sah sich um. »Dieser Überfall wurde weit im Voraus geplant. Die meisten Banditen kamen aus Kesh oder von irgendwo anders, aber es müssen wenigstens hundert Leute aus Frihaven dabei gewesen sein. Man muß also nur jemanden finden, der daran beteiligt war und den man zum Sprechen bringen kann. Wer auch immer diese Kaperfahrt durchgeführt hat, er zahlte gut und« – er zeigte auf den halbnackten Mann mit durchgeschnittener Kehle – »war mit harten Strafen schnell bei der Hand. Werden nur wenige bereit sein, ihren Meister zu verraten.« An Marcus gewandt sagte er: »Du mußt dieses Mädchen finden. Mal sehen, was sie noch alles weiß.«

Auf dem Weg zurück nach Frihaven sagte niemand ein Wort.

Bei Sonnenuntergang kamen sie wieder in den Roten Delphin. Harry wartete schon im Hinterzimmer. »Was ist los?« fragte Amos.

»Render hat Nick heute fast herausgefordert«, erzählt Harry grinsend. »Er hatte sich entschieden, zum Mittagessen in ein anderes Wirtshaus zu gehen. Einer unserer Männer hat ihn entdeckt, also ging Nick hin und setzte sich in seine Nähe. Render verschwand sofort wieder, und wir fanden ihn im nächsten Wirtshaus. Als Nick dort auftauchte, schrie Render ihn an. Ihm geht's nicht gut. Unsere Leute haben eine Menge Gerüchte über den Überfall in Umlauf gebracht, und die Stadtbewohner fragen sich langsam, was da vor sich gegangen ist. Einige neigen dazu, eher uns zu glauben als Render.« Harry schüttelte den Kopf. »Ich denke, Render hat genug von uns. Auf der Straße erzählt man sich, er wolle morgen oder übermorgen an die Küste von Kesh aufbrechen und er suche noch zusätzliche Männer.«

Amos kratzte sich am Kinn. »Zusätzliche Männer? Wenn er es auf Nicholas abgesehen hat, wird er es demnach heute abend versuchen.« Amos dachte nach. »Es gibt verschiedene Möglichkeiten, wie er die Sache erledigen könnte. Auf die stille Art könnte er einfach heute nacht auslaufen und nie wieder nach Frihaven zurückkehren. Aber Render hat es noch nie auf die stille Tour gemacht.«

Amos dachte eine Weile nach, dann fuhr er fort: »Er wird wahrscheinlich versuchen, mein Schiff zu kapern, wenn ich diesen Kannibalen richtig einschätze – und deshalb braucht er die zusätzlichen Männer.« Fast zu sich selbst sagte er: »Er wird Nick töten, mir die Schuld in die Schuhe schieben, fordern, daß ich gehängt werde und gleichzeitig das beste Kriegsschiff der Inseln bekommen. Und das alles in einer Nacht.«

Marcus fragte: »Und was sollen wir machen?«

Amos meinte: »Soll er es ruhig versuchen.« Zu Harry sagte er: »Geh und such Ghuda, Nick und so viele Leute von uns, wie du finden kannst. Sie sollen hierherkommen.«

Harry machte sich auf. Amos sagte zu Anthony: »Ihr sucht nach Leuten, die etwas über das Gebäude wissen, wo die Gefangenen versteckt wurden; vielleicht haben sie irgendwelche Zimmerleute von hier eingesetzt. Und laßt Euch nicht in irgendwelche Schwierigkeiten hineinziehen.«

Anthony und Marcus gingen, und Amos sagte: »Ich hab mich gefragt, woher dieser Magier wußte, daß der Fetzen von Margaret stammt?«

Nakor grinste. »Er ist ein Magier. Und außerdem ist er in sie verliebt.«

Amos fragte: »Wirklich? Habe ich ihm gar nicht zugetraut.«

Nakor schüttelte den Kopf. »Er ist schüchtern, doch er liebt sie. Und deshalb wird er sie vielleicht zur rechten Zeit finden.«

Amos kniff die Augen zusammen. »Ihr tut schon wieder so geheimnisvoll, Isalani.«

Nakor zuckte mit den Schultern. »Ich werde ein kleines Nickerchen machen. Später wird es hier sehr laut werden.« Er kippte seinen Stuhl zurück, bis er an der Wand lehnte, und schloß die Augen. Einen Moment später schnarchte er leise.

Amos betrachtete den schlafenden kleinen Mann. »Wie schafft er das bloß?«

Das Schiff ächzte, und Margaret sagte: »Hör mal!«

Abigail sah wenig interessiert auf. »Was ist?«

»Wir haben den Kurs geändert. Merkst du nicht, wie sich das Schiff jetzt anders bewegt?«

»Nein. Ja und?« fragte Abigail mit schwacher Stimme. Selbst in der größeren Unterkunft, einer Kabine nur für die zwei, wo sie gutes Essen bekamen, konnte sie nicht Herr ihrer düsteren Stimmung werden. Manchmal weinte sie noch immer unbeherrscht.

Margaret meinte: »Wir waren nach Süden unterwegs, und ich hätte erwartet, wir würden uns nach Osten wenden, durch die Straße der Finsternis. Doch wir haben nach Steuerbord gewendet« – Abigail blickte sie verständnislos an – »nach rechts! Wir fahren nach Südwesten!«

Abigail schüttelte verwirrt den Kopf. »Was hat das zu bedeuten?«

Margaret verspürte plötzlich eine Angst, die ihr die ganze Hoffnung nahm. »Wir fahren nicht nach Kesh.«

Die Huren lachten lauthals, während die Männer ihnen eine Begrüßung oder freundliche Beleidigungen zuriefen. Nicholas leerte bereits sein siebtes oder achtes Glas Wein. Auf der anderen Seite des Raums saß Render mit fünf seiner Leute. Nicholas und der Piratenkapitän hatten sich immer wieder angestarrt, und Ghuda und Harry hatten Nicholas ständig laut gewarnt, er solle aufhören zu trinken. Er hatte nicht auf sie geachtet. Vor einer Stunde hatte er begonnen, Drohungen gegen Render auszustoßen. Zuerst hatten selbst die anderen Gäste in der Nähe sie kaum verstanden, doch in den letzten fünf Minuten hatten sie alle deutlich hören können.

Plötzlich sprang Nicholas auf die Beine und torkelte durch den Raum zu Renders Tisch. Ghuda und Harry reagierten zu langsam und kamen erst dazu, als schon drei von Renders Männern standen und die Hände auf die Schwertgriffe gelegt hatten.

»Ich werd dir dein Herz herausschneiden, du mörderisches Schwein!« schrie Nicholas, und im Wirtshaus wurde es still. »Vor allen Göttern schwöre ich, du wirst bezahlen für das, was du getan hast.«

Render sah den jungen Mann an, während Ghuda und Harry ihn zurückzerrten. Einer von Renders Gefährten schrie: »Bringt den Betrunkenen hier raus, bevor wir uns um ihn kümmern.«

Ghuda sagte gleichgültig: »Kannst du ja versuchen. Wäre vielleicht ganz amüsant.« Sein ruhiger Gesichtsausdruck und die Sammlung von Waffen, die er am Körper trug, brachten den Kerl dazu, mit seinen Drohungen aufzuhören.

Render stand auf und hob den Zeigefinger. »Jeder hat es gehört. Dieser Mann hat mich immer wieder bedroht. Wenn es Ärger gibt, ist es seine Schuld, und dieser Käpt'n Trenchard ist dafür verantwortlich. Ich schwöre hier vor allen Versammelten, daß ich meine Hand nur zur Verteidigung erheben werde!«

Nicholas begann zu streiten, wollte zu Render, doch Ghuda und Harry hielten ihn fest. Halb zerrten, halb trugen sie ihn nach draußen. Sie stützten ihren Freund auf dem Weg die große Straße hinunter und erreichten den Roten Delphin. Dort trugen sie Nicholas die Treppe hoch und betraten das Zimmer auf der gegenüberliegenden Seite des Gastraumes.

Drinnen rappelte sich Nicholas auf, und Harry fragte: »Wie geht's dir?«

»Ich habe noch nie so schnell soviel Wasser getrunken. Wo ist der Nachttopf?«

Harry deutete darauf, und Nicholas erleichterte sich. »Glaubst du, wir können dem Wirt trauen?«

»Nein«, meinte Ghuda, »aber ich habe ihm genug Gold gegeben und ihn ordentlich eingeschüchtert. Ein oder zwei Tage lang wird er nichts sagen.«

Nicholas meinte: »Jetzt brauchen wir nur noch zu warten.«

Kurz vor der Dämmerung schlich sich eine Bande Männer in den Gastraum des Roten Delphin. Unter einem der Tische schlief ein Küchenjunge, der sofort wach wurde. Er hatte die Aufgabe, die Gäste zu beschützen und den Wirt zu benachrichtigen, wenn späte Gäste eintrafen oder sich Bettler und Diebe Zutritt verschaffen wollten.

Als er die Männer mit den bereitgehaltenen Schwertern sah, zog er sich wieder unter den Tisch zurück und drückte sich an die Wand. Bei so vielen bewaffneten Männern würde er es nicht riskieren, Alarm zu schlagen.

Die Männer hatten gerade die gegenüberliegende Tür erreicht, da gingen die übrigen Türen auf und weitere bewaffnete Männer sprangen aus den anderen Zimmern. Stahl traf auf Stahl, und sofort war der Kampf in vollem Gange.

»Halt! Im Namen des Sheriffs! Hört auf zu kämpfen!« Die Eindringlinge waren umstellt. Einige versuchten zu fliehen, wurden jedoch schnell von dem Dutzend Männer des Sheriffs überwältigt. Eine Stimme rief: »Wir leisten keinen Widerstand mehr.«

Jemand machte Licht. Nicholas lächelte Ghuda an. »Das war Render«, sagte er mit böser Befriedigung.

Amos und Harry kamen heraus, und William Swallow folgte ihnen. Amos ging zu dem Jungen unter dem Tisch und gab ihm eine Goldmünze. »Gut gemacht. Sag deinem Herrn, ich würde ihm danken.«

Der Junge lief davon, und Amos schob Render in den großen Raum hinter dem Gastraum. Vier Kapitäne von Frihaven saßen an einem Tisch und betrachteten Render, der vor ihnen kniete.

William Swallow folgte Amos in das Zimmer. »Was Amos gesagt hat, stimmt also. Render und seine Leute kamen mit mörderischen Absichten hierher.«

Während er sich an den Tisch setzte, fuhr Swallow fort: »Du kennst das Gesetz, Render. Dein Schiff ist beschlagnahmt, und du wirst ins Loch geworfen.«

»Nein!« schrie Render. »Ich wurde reingelegt.«

Amos sagte: »Bevor ihr diesen Müll hier rausschafft, muß ich ihn noch einiges fragen. Vielleicht würdet ihr seine Antworten auch ganz gerne hören.«

Swallow sah die anderen Kapitäne an; nur Peter der Schreckliche fehlte. Alle nickten. Amos fragte: »Wer hat dich für diesen Überfall auf die Ferne Küste bezahlt?«

Render spuckte vor Amos aus, der ihm daraufhin mit der behandschuhten Faust ins Gesicht schlug. »Ich habe keine Zeit, um sanft mit dir umzugehen, Render. Wenn wir dich auf die Straße werfen und bekanntgeben, daß du jedes Geschäft mit der Fernen Küste für die nächsten fünf Jahre versaut hast, daß du für die Sklavenhändler aus Durbin gearbeitet hast und daß du die anderen Kapitäne betrogen hast, wie lange, glaubst du, wird es dauern, bis dich die Leute in der Luft zerrissen haben?«

Swallow fragte: »Amos, wir haben die Gerüchte gehört. Sind sie wahr?«

»Sie stimmen, William. Ihr werdet jahrelang keinen Handel mehr mit dem Herzogtum treiben können, geschweige denn eine anständige Prise aufbringen.«

William Swallow stand auf, sein Gesicht war vor Wut weiß. »Du Narr!« schrie er Render an. »Du hetzt uns die Flotte des Königreichs auf den Hals! Und wofür?«

Render schwieg. Amos zog ihn an seinem langen Ohrläppchen

und verdrehte den Fetisch darin. Der Mann kreischte vor Schmerz. Amos sagte. »Entweder für mehr Gold, als er ehrlich in seinem ganzen Leben stehlen konnte – am besten laßt ihr seinen Laderaum durchsuchen – oder …«

Amos nahm den Beutel von Renders Gürtel und schüttelte den Inhalt in seine Hand. Zwischen Münzen und Edelsteinen fand sich ein Schlangenring. Amos hielt ihn hoch und zeigte ihn William Swallow. »Hast du so etwas schon mal gesehen?«

Swallow sah ihn sich an und reichte ihn an die anderen Kapitäne weiter. Niemand hatte je einen solchen Ring gesehen. Nicholas fragte: »Ist er ein bezahlter Mörder oder ein williger Diener?«

Amos packte Renders Arm und zog ihn auf die Beine. »Er hat bestimmt nicht den Mut, sich einer so fanatischen Religion anzuschließen. Sicher wurde er bezahlt.«

Swallow sagte: »Amos, wir danken dir für die Warnung. Wir müssen uns auf die Rache des Königreichs vorbereiten.« Er zeigte auf Render und fuhr fort: »Und du wirst bei Sonnenaufgang gehängt werden! Und deine Mannschaft wird verkauft!«

Amos sagte: »Macht mit seinen Männern, was ihr wollt, aber ich brauche Render.«

»Wofür?«

»Um die zu finden, für die er arbeitet.«

Swallow sagte: »Wir können ihn nicht gehen lassen, Amos. Wenn wir das tun, was ist das Abkommen der Kapitäne dann noch wert?«

Amos zuckte mit den Schultern. »Genau so viel wie immer: wenig.« Er sah sich im Zimmer um. »Wo wir gerade davon sprechen, wo ist eigentlich Peter der Schreckliche?«

Swallow sagte: »Er sollte auch hierherkommen.«

Amos seufzte: »Laßt ihn suchen. Ich vermutete, er war der zweite Narr, der in den Überfall verwickelt war. Im übrigen schlage ich euch einen Handel vor.«

»Was für einen Handel?« fragte Swallow.

»Wenn ich mir Render vornehmen darf, verspreche ich euch, daß es keine Vergeltung gegen Frihaven gibt.«

Swallow kniff die Augen zusammen. »Wie kannst du uns das versprechen?«

Amos sagte: »Weil ich der Admiral des Westlichen Königreichs bin.«

Die fünf Kapitäne sahen sich an. »Also«, meinte Scarlet, »ging es doch um mehr als deine Begnadigung, als du mich vor der Küste von Queg gejagt hast?«

Amos nickte. »Ich erzähle euch die ganze Geschichte, und dann könnt ihr entscheiden. Wir haben keine Zeit, um unsere Fahrt hier lange zu unterbrechen. Wir suchen die Tochter von Herzog Martin und noch andere, die aus Crydee verschleppt wurden. Jemand hat Render und Peter den Schrecklichen mit tausend Männern auf diese Kaperfahrt geschickt.« Er erzählte ihnen, was er über den Überfall wußte, und beendete den Bericht mit: »Wir haben also etwas anderes vor, als euren Frieden hier zu stören.«

Swallow fragte: »Und wieso sollten wir euch nicht als Geiseln hierbehalten, Amos?«

»Weil die einzige Möglichkeit, wie wir Arutha davon abhalten können, seine Flotte hierher zu schicken, darin besteht, seine Nichte lebendig und in einem Stück wieder zurückzubringen, du Narr!« brüllte Amos.

Nicholas sagte: »Und ich kann es euch noch schmackhafter machen.«

Swallow fragte: »Wie?«

»Der Handel war nie meine starke Seite, aber ihr verdient nur soviel, weil Waren, die ihr habt, gebraucht werden.« Er sah die fünf Kapitäne an. »Ein Jahr lang wird es keine Vergeltungsmaßnahmen gegen Frihaven geben. Dann wird ein Schiff des Königs kommen. Jeder, der dann bleibt, wird für seine vergangenen Verbrechen begnadigt, solange er dem Königreich Treue schwört und das Gesetz nicht mehr übertritt. Alle anderen können frei abziehen.«

»Und was ist für uns drin?« fragte Scarlet.

»Ein ruhiges Gewissen«, meinte Marcus.

Ghuda sagte: »Schutz vor Kesh und Queg, sollten sie eure Inseln ihren Reichen einverleiben wollen.«

Swallow sagte: »Kesh, Queg, das Königreich, das alles macht kaum einen Unterschied. Gouverneure und Steuereintreiber, Gesetze und all das. Das wäre das Ende unserer Art zu leben.«

Nicholas sagte: »Teilweise. Keine Überfälle mehr.«

Amos grinste. »Wir sind doch beide ein wenig zu alt geworden, um Handelsschiffe wie Jungfrauen auf dem Mittsommerfest zu jagen, William.«

Swallow nickte. »Schon, aber warum sollten wir dann noch bleiben, Amos? Wenn wir nur ein Hafen des Königreichs sind ...«

Nicholas sagte: »Was wäre, wenn in Frihaven keine Zölle und Steuern erhoben würden? Wenn jeder Händler hier seine Fracht umschlagen könnte?«

Swallow sagte: »Einige würden trotzdem noch hierherkommen, auch wenn es von Queg nach Krondor ein großer Umweg ist.«

Amos wandte ein: »Der König wird dem nie zustimmen, Nick.«

»Ich denke doch. In den letzten Wochen hat sich deutlich gezeigt, welche Gefahren von Frihaven ausgehen können. Besser man verliert ein paar Einnahmen und dafür herrscht hier draußen Ruhe. Wenn Kesh die Kapitäne von Durbin in Ruhe läßt, warum sollte es nicht ein ähnliches Abkommen zwischen dem Königreich und Frihaven geben?«

»Warum eigentlich nicht?« stimmte Amos zu.

Swallow fragte: »Meinst du, du bekommst die Zustimmung des Königs, Amos?«

»Wahrscheinlich nicht, William. Aber sein Neffe wird das vermutlich schaffen«, antwortete er und legte Nicholas die Hand auf die Schulter.

»Neffe?« fragte Scarlet.

»Dieser Junge hier ist Nicholas, der Sohn des Prinzen von Krondor und der Cousin von Margaret, dem Mädchen, das entführt wurde.«

Nicholas sagte: »Patrick?«

»Äh ... Hoheit?«

»Die Dinge werden so bleiben, wie sie sind, doch wenn ihr die Bürger der Stadt überzeugt, das Angebot anzunehmen, würdest du in einem Jahr der Hohe Sheriff des Königs in Frihaven werden. Falls dir das gefällt.«

Patrick nickte und trat einen Schritt zurück.

Nicholas sagte: »Und ihr fünf Kapitäne bekommt einen Kaperbrief, mit dem ihr dann zum westlichen Geschwader des Königreichs gehört. Ihr braucht euch bloß zu entscheiden.«

Amos wandte sich an Render. »Und jetzt wirst du mir erzählen, was ich wissen muß. Die einzige Frage ist, ob ich es auf die leichte oder auf die harte Tour aus dir raushole.«

Render spuckte Amos an. »Ich verlange meine Rechte als Kapitän des Abkommens! Noch gehören wir nicht zu deinem verdammten Königreich, Trenchard! Ich verlange Gerechtigkeit.«

Swallow mischte sich ein. »Wir können das Abkommen nicht brechen, ehe die Leute die Gesetze des Königs angenommen haben. Andererseits ...«

»Ihr habt gesagt, wir können Render verhören, wenn das Königreich dafür die Finger von euch läßt!« brüllte Amos.

»Wir haben auf das Abkommen der Kapitäne geschworen!« schrie Morgan zurück, und die anderen stimmten ihm laut zu. »Wenn wir irgend etwas Ehrbares auf dieser Seite der Hölle zu verteidigen haben, dann unseren Eid!«

William Swallow sagte: »Du hast doch lange genug zur Bruderschaft gehört und weißt Bescheid, Amos. Mörder, Dieb oder Gotteslästerer, und du kannst bei uns mitmachen, aber wenn dich jemand Eidbrecher nennt, geht niemand mit dir auf große Fahrt.«

Morgan sagte mit einem Blick auf den Gefangenen: »Ich würde diesem Verräter am liebsten selbst das Herz rausreißen, Trenchard, aber unser Wort bindet uns. Wenn wir es brechen, sind wir nicht besser als er.«

Amos nickte. »Sehr gut, Render«, sagte er, nahm den Hut ab und zog die Jacke aus. »Wenn du also auf dem Recht des Kapitäns bestehst ...«

»Nein!« sagte Render. »Nicht du, Trenchard. Er!« Er zeigte auf Nicholas.

Swallow sagte: »Er hat ihn angeklagt, und das Abkommen verbietet Kapitänen, miteinander zu kämpfen.«

Nicholas fragte: »Was hat das zu bedeuten?«

Amos trat zu ihm und erklärte es ihm. »Als Kapitän hat Render das Recht, sich durch einen Kampf zu verteidigen. Du mußt ihn töten.«

Nicholas verzog entsetzt das Gesicht. »Ich habe noch nie jemanden getötet, Amos.«

»Du hast keine andere Wahl, mein Sohn. Wenn du dich weigerst, geht er hier als freier Mann raus.«

»Sie können doch nicht –«

»Sie können und sie werden. Wir sind hier nicht im Königreich, und dein Rang bedeutet gar nichts.« Er senkte die Stimme und legte Nicholas die Hand auf die Schulter. »Nun, er wird jedenfalls versuchen, dich zu töten, falls du ihm die Chance läßt, also tu das nicht. Wenn er gewinnt, spaziert er hier heraus und hat das Recht, ohne Verfolgung abzuziehen. Das ist das Gesetz der Kapitäne. Deshalb mußt du ihn töten.«

»Was ist mit den Mädchen? Wir wissen nicht –«

Amos sagte: »Diese Kerle« – er zeigte auf die Kapitäne – »machen sich weniger Gedanken um die Gefangenen als um ihre eigenen Köpfe. Falls es ihnen in den Sinn kommt, halten sie dich hier als Geisel fest. Mach dir Gedanken um den Aufenthaltsort der Mädchen, wenn du den Kampf überstanden hast.«

Nicholas nickte, nahm sein Gehenk ab und zog seinen Mantel aus. Die Tische im Gastraum wurden rasch zur Seite geschoben. Käpt'n Scarlet zog mit Kreide einen großen Kreis auf dem Boden. Swallow stellte einen Mann mit einer Armbrust an die Tür. »Es ist ganz einfache Gerechtigkeit. Ihr beide geht in den Kreis; einer kommt wieder heraus. Wenn jemand fliehen will, wird er für schuldig erklärt und erschossen.«

Die beiden Kämpfer traten in den Kreis, der vielleicht sechs oder sieben Meter Durchmesser hatte. Render nahm einen schweren Säbel und hielt ihn hoch. Swallow sagte: »Möge Banath, der Gott der Diebe und Piraten, demjenigen von euch Kraft geben, der im Recht ist.«

Nicholas stand bereit, als er plötzlich einen stechenden Schmerz in seinem linken Fuß spürte. Dann zischte Renders Säbel durch die Luft, und Nicholas konnte den Hieb gerade noch abwehren.

Angst machte sich in Nicholas breit, eine beengende Furcht nahe der Panik, doch der stundenlange Unterricht, den er über Jahre genossen hatte, rettete ihn. Seine Reflexe arbeiteten, und er wehrte jeden Hieb erfolgreich ab. In weniger als einer Minute hatte Render zehn Attacken gestartet, doch der Prinz hatte jede abgewehrt. Jedes Mal, wenn Nicholas das Gewicht auf den Fuß verlagerte, verspürte er einen stechenden Schmerz, und bei jedem Schritt wurde es schlimmer.

Aber die Angst trieb ihn weiter. Immer noch hatte er keinen Gegenangriff gewagt. Harry rief ihm Ermutigungen zu, die anderen schwiegen.

Weiter und weiter bedrängte Render ihn, und jedes Mal setzte Nicholas nur eine knappe Parade dagegen. Sein Fuß schmerzte nun so sehr, daß er am liebsten geschrien hätte.

Und wieder schlug Render zu, und Nicholas mußte sich zwingen, den Hieb abzuwehren und zu erwidern. Die unerwartete Riposte trieb den tätowierten Kapitän zurück. Nicholas setzte ihm nicht nach, da das Stechen im Fuß sein Bein bis zum Knie zittern ließ.

Nicholas trat einen Schritt zurück und blickte Render in die Augen. »Es wird wehtun«, warnte er sich selbst leise, »aber du wirst es überleben. Es ist nur Schmerz, und du kannst den Schmerz ignorieren.«

Render näherte sich, mittlerweile vorsichtig geworden, nachdem er gesehen hatte, wie schnell der Junge war. Nicholas wartete und folgte jeder Bewegung des Kapitäns mit den Augen. Render setzte eine Kombination von Hieben, oben, unten, wieder oben, und drängte den jungen Mann zurück. Nicholas wehrte abermals jeden Hieb ab und richtete seine ganze Aufmerksamkeit auf die Klinge des anderen.

Dann wagte sich Render mit einem Hieb zu weit vor, und Nicholas erwischte den Piraten an der Schulter. Es war ein tiefer Schnitt, und Blut floß über die Tätowierungen, doch Render nahm die Verletzung kaum zur Kenntnis.

Nicholas trat vor und wieder zurück. Als er zurückwich, war er einen Moment lang unkonzentriert, und sofort schoß ihm wieder der Schmerz durch den linken Fuß. Der Junge keuchte. Er wirbelte mit der Klinge, und Render setzte zu einer Attacke an, als er merkte, daß sein Gegner offensichtlich abgelenkt war.

Nicholas konnte einen Hieb gegen seinen Hals gerade noch abblocken, es erwischte ihn jedoch trotzdem hart am Ellbogen. Fast blind vor Schmerz setzte er nach und hieb Render in die Rippen. Der andere Mann keuchte und zog sich zurück. Nicholas merkte, wie seine Finger taub wurden. Er nahm den Säbel in die andere Hand und blinzelte, um wieder klar sehen zu können.

Render faßte sich an die Rippen, und Nicholas hörte, wie Amos schrie: »Jetzt hast du ihn, Mann! Töte ihn!«

Nicholas hielt die Klinge unbeholfen in der linken Hand. Render grinste, obwohl ihm Blut aus den Wunden an Schulter und Brust lief. Nicholas wollte vordringen, doch wieder stach der Schmerz im Fuß. Er wich zurück, und Render machte einen Satz nach vorn.

Nicholas paßte auf, wischte Renders Klinge zur Seite, ging zur Riposte über und traf den tätowierten Mann in den Bauch. Render riß die Augen ungläubig auf, und aus Mund und Nase troff Blut.

Einen Moment lang starrte er Nicholas noch in die Augen, doch statt Haß oder Angst lag eine Frage in seinem Blick, als wollte er sagen: »Warum?« Dann brach er zusammen.

Die Männer versammelten sich um Nicholas, und Amos fragte: »Was war mit dir los?«

Nicholas brauchte eine Weile, bis er die Frage verstanden hatte. Sein Bein begann zu zittern. Plötzlich gab es unter ihm nach, und Harry und Marcus fingen ihn auf. Leise sagte er: »Mein Fuß ...«

Er wurde zu einen Stuhl geschleppt und setzte sich. Harry zog ihm den Stiefel aus. Der Fuß war rot und blau. »Götter«, sagte Harry. »Es sieht aus, als wäre ein Pferd draufgetreten.«

»Was war denn mit dir los?« fragte Amos.

Nakor schüttelte den Kopf und sagte nichts.

Nach einem Augenblick ließ der Schmerz nach, und vor den Augen der Anwesenden verschwanden die blauen Flecken an Nicholas' Fuß.

Nicholas wurde wieder klar im Kopf. »Was hast du gesagt, Amos?«

»Ich hab gefragt, was los war?«

Nicholas sagte: »Oh, mein Arm.« Er betrachtete seinen Arm und sah kein Blut. Er zog den Ärmel hoch; am Ellbogen bildete sich ein Bluterguß, doch es war kein Schnitt zu sehen.

Harry sagte: »Ich habe dich stundenlang mit der Linken üben sehen. Warum hattest du so viele Schwierigkeiten?«

Nicholas sagte: »Ich weiß nicht. Mein Fuß …«

Amos und die anderen aus Crydee sahen nach unten und konnten weder am rechten noch am linken Fuß etwas Auffälliges entdecken. »Er hat sich verändert!« rief Ghuda.

Nicholas schüttelte den Kopf. Sein Fuß sah jetzt wieder normal aus. »Er hat wehgetan. Ein stechender Schmerz, jedes Mal, wenn ich draufgetreten bin. Es wurde immer schlimmer, je länger der Kampf dauerte.«

»Tut es jetzt noch weh?« fragte Nakor.

Nicholas belastete den Fuß. »Nur wenig … Der Schmerz ist weg.«

Nakor nickte, sagte jedoch nichts.

Amos wandte sich an die anderen Kapitäne und sagte: »Nun, eurer Gerechtigkeit ist Genüge getan.« Zu Marcus und Harry sagte er: »Nehmt einige von unseren Männern und begleitet den Sheriff«, und zu Patrick: »Wenn es dir nichts ausmacht.«

»Nein, nein«, antwortete Patrick.

Amos sagte zu Marcus: »Wenn ihr mit Renders Mannschaft fertig seid, sag den Kerlen, ich würde jeden freikaufen, der mir erzählen kann, wer die Mädchen von der Insel geholt hat und wohin sie verschifft wurden.«

Marcus nickte und machte sich mit Harry davon.

Amos wandte sich um. Nicholas saß da und starrte den leblosen Körper von Render an. Das Gesicht des Jungen war aschfahl, und er sah aus, als wäre er krank. Amos klopfte ihm auf die Schulter. »Mach dir keine Sorgen, mein Sohn. Du wirst dich dran gewöhnen.«

Nicholas stiegen die Tränen in die Augen. »Ich hoffe nicht.« Er beachtete die starrenden Blicke nicht, die auf ihn gerichtet waren, nahm seine Jacke und ging langsam die Treppe hoch zu seinem Zimmer.

Nicholas schlief lange am nächsten Morgen. Die Gefangennahme von Renders Truppe war einfacher gewesen, als sie gedacht hatten. Alle Männer waren an Bord seines Schiffes, der *Herrin der Finsternis*, gewesen, wo sie auf den Befehl zur Übernahme der *Raubvogel* gewartet hatten. Einige Drohungen hatten gereicht. Sie waren wesentlich weniger widerstandsfähig als die Seeleute aus dem Königreich, denn sie hatten nur des Geldes wegen angeheuert.

Als Nicholas die Tür öffnete, hörte er jemanden eilig die Treppe herauflaufen. Dann erschien Harry atemlos auf dem Absatz.

»Was gibt's?« fragte Nicholas.

»Du solltest lieber mitkommen.« Er eilte die Treppe wieder hinunter, und Nicholas folgte ihm.

In dem großen Zimmer, in dem sie ihr Hauptquartier aufgeschlagen hatten, fanden sie den Admiral mit William Swallow und Patrick von Grauburg zusammen.

Amos sah auf. »Sie sind alle tot.«

»Wer?« fragte Nicholas und befürchtete schon, jetzt Margarets oder Abigails Namen zu hören.

»Renders Mannschaft. Sie sind alle tot.«

Nicholas kniff die Augen zusammen. »Alle?«

»Ja«, sagte Patrick, der kaum seine Wut zügeln konnte. »Und ein halbes Dutzend meiner Männer noch dazu. Jemand hat das Trinkwasser des Gefängnisses vergiftet. Ich habe fünf Wachen und einen Koch verloren.«

»Niemand hat überlebt?«

»Es war eine Schweinerei. Jemand hat das Essen versalzen, da wollten sie alle Wasser. Wir sind nicht so ein rüder Haufen, also haben wir es ihnen gegeben. Die Gefängniswächter haben das gleiche gegessen wie die Gefangenen, und jetzt sind sie alle tot.«

»Und es gibt noch mehr Tote«, meinte Amos.

Swallow sagte: »Hier und dort in der Stadt sind Leichen aufgetaucht, insgesamt ein Dutzend.«

»Vermutlich Leute, die bei dem Überfall mitgemacht haben«, fügte Amos hinzu.

»Wenn wir bloß Peter den Schrecklichen finden könnten. Aber ich wette, der liegt auch längst auf dem Meeresgrund. Und ich glaube, da liegen auch die sechs Tsuraniassassinen. Jemand verwischt seine Spuren.«

Nicholas fragte: »Sie sind alle tot?«

Amos nickte. »Und ich fürchte, wir werden vor Einbruch der Dunkelheit noch mehr Leichen in der Stadt finden. So verhält sich das mit religiösen Eiferern.«

Patrick sagte: »Ich werde verkünden lassen, daß jeder, der mit dem Überfall zu tun hatte, eine bessere Überlebenschance hat, wenn er sich bei uns meldet.«

»Das wird nichts bringen«, sagte Amos und stand auf. Er kratzte sich am Kopf. »Dein ganzes Gefängnis liegt voller Toter, wer wird uns da schon glauben.«

»Verdammt noch mal, Amos«, meinte Patrick. »Dann lassen wir eben niemanden, den wir nicht kennen, in die Nähe derer, die sich melden.«

Amos schüttelte den Kopf. »Was würdest du tun, wenn du bei dem Überfall dabeigewesen wärst? Genau das gleich wie ich. Du würdest in die Berge gehen und eine Weile von Beeren und Möweneiern leben, bis du dir sicher wärst, wer oder was auch immer deinen Tod will, hätte die Insel wieder verlassen.«

Swallow runzelte die Stirn. »Was auch immer?« Er senkte die Stimme. »Du meinst doch ›wer auch immer‹?«

Amos sagte: »Du willst es sicherlich nicht genau wissen, was, William.« Er sah Marcus und Harry an. »Ihr wißt, was ihr zu tun habt?«

Marcus nickte. »Wir suchen das Mädchen.«

Marcus wurde wach und hatte das Gefühl, er wäre nicht allein. Ghuda bedeutete ihm mit einer Geste Schweigen, während er nach seinem Schwert griff. Eine Stimme sagte: »Ich hab euch doch gesagt, ihr bräuchtet nur zu fragen, dann würde ich euch schon finden.«

Brisa saß auf dem Fußende von Marcus' Bett, und plötzlich fühlte er sich unsicher. Er griff rasch nach Hemd und Hose. »Was weißt du darüber, wohin die Gefangenen gebracht wurden?«

Brisa betrachtete ihn und lächelte: »Hast einen hübschen Körper, mein finsterblickender Freund. Wie heißt du noch mal?«

»Marcus«, antwortete er barsch.

Grinsend sagte sie: »Du bist süß, wenn du wütend bist, wußtest du das?«

Marcus saß einen Augenblick lang starr da, dann zog er sich weiter an. »Was hast du herausgefunden?«

»Der Preis?«

»Was willst du?«

Brisa zog einen Schmollmund. »Ich dachte, du magst mich.«

Er war mit seiner Geduld am Ende und packte den dünnen Arm des Mädchens. »Noch nicht einmal, wenn –«

Plötzlich saß ein Dolch an seiner Kehle. Er ließ los, und das Mädchen sagte: »Schon besser. Ich laß mich nicht gern so anfassen. Wenn du mir nur die Gelegenheit gegeben hättest, dann hätte ich dir gezeigt, wie ich angefaßt werden möchte, doch jetzt hast du die ganze Stimmung verdorben. Ich nehme Gold.«

Ghuda packte Brisa mit zangengleichem Griff am Arm und zog den Dolch von Marcus' Kehle. »Genug gespielt, Mädchen«, sagte der alte Söldner. »Und versuch gar nicht erst, den anderen Dolch aus dem Stiefel zu ziehen. Ich schnapp deinen Arm, ehe du dran kommst.« Er wartete einen Augenblick und ließ sie schließlich los.

Das Mädchen blickte ihn böse an. »Nun gut. Tausend Goldroyal, und ihr kriegt, was ihr haben wollt.«

Marcus fragte: »Warum glaubst du, wir würden eine solche Summe zahlen?«

Sie funkelte ihn böse an. »Weil ihr es werdet.«

Marcus zögerte. »Warte hier.«

Nach einigen Minuten war er mit Nicholas und Amos wieder zurück. »Dies Mädchen behauptet, sie wüßte, wohin die Gefangenen von der Insel aus hingebracht wurden. Sie verlangt tausend Goldroyal.«

Amos nickte sofort. »Kannst du haben. Nun, wo sind die Gefangenen?«

»Zuerst das Gold.«

Amos wurde wütend, sagte aber: »Nun gut.« An die anderen gewandt sagte er: »Gehen wir.«

»Wohin?« fragte Nicholas.

»Zum Schiff.« Er nickte, und Ghuda packte das Mädchen wieder fest am Arm.

»Hey!« beschwerte sie sich.

»Ich trage doch keine tausend Goldroyal mit mir herum, Mädchen. Aber dir passiert nichts, da hast du mein Wort drauf. Nur solltest du lügen, werfe ich dich eigenhändig über Bord, und du kannst zurück an Land schwimmen.«

Brisa murrte, wollte sich jedoch nicht streiten und kam mit. Amos versammelte schnell seine restlichen Leute, und alle machten sich auf den Weg zum Hafen. Der größte Teil der Mannschaft war schon an Bord der *Raubvogel*.

Amos ging zu seinem Ersten Maat, Rhodes, und sprach einen Moment lang leise mit ihm. Marcus und die anderen warteten an Deck.

Schließlich gingen sie in die Kabine, und Amos bot dem Mädchen einen Platz an. Nicholas sollte sich vor die Tür stellen und sie versperren. »Nun, Mädchen«, fragte er, »wo sind die Gefangenen?«

Brisa sagte: »Mein Gold.«

Amos ging zum Schreibtisch, hinter dem ein Versteck im Fußboden war. Er machte es auf und zog einen Beutel heraus, in dem es schwach klimperte. Er setzte den schweren Beutel auf dem Schreibtisch ab und holte eine Handvoll Goldmünzen heraus. »Hier ist das Gold. Und jetzt erzähl.«

»Gib mir das Gold«, verlangte Brisa.

»Du bekommst es, wenn du uns erzählt hast, wo die Gefangenen sind.«

Brisa zögerte. »Na gut. Als ich deinem Freund erzählt habe, ich wäre einigen Halunken dorthin gefolgt, wo sie eure Freunde gefangenhalten, habe ich ihm nicht alles gesagt.«

Sie machte eine Pause, und Amos sagte: »Weiter.«

»Im tiefen Wasser, weit vor der Insel, lag ein Schiff vor Anker. Ich habe noch nie so eins gesehen, und ich habe in Frihaven schon einiges gesehen.« Sie beschrieb Amos das Schiff. »Eine ganze Menge Boote brachten Leute von der Insel zum Schiff. Ich ging nicht näher ran, aber ich weiß, wohin sie wollten.«

»Wohin fuhren sie?«

»Ich bin nicht lange genug geblieben, um das zu erkennen, doch es gibt nur eine Rinne, durch die sie fahren konnten. Sie mußten einige Tage nach Süden fahren. Das Schiff verdrängt mehr Wasser als dieses, du weißt also, was ich meine.«

Amos nickte. »Wenn es soviel Wasser verdrängt, ist das Schiff wahrscheinlich nach Süden gefahren, bis es die Riffe zwischen den Inseln hinter sich gelassen hat.«

Nicholas sagte: »Jetzt wissen wir immer noch nicht, wo es hinfuhr. Warum sollten wir ihr das Gold geben?«

»Weil vor zwei Tagen ein Handelsschiff aus Taroom eingelaufen ist. Sie waren von einem Sturm ein wenig nach Westen abgetrieben worden, und hatten nordöstlich segeln müssen, um nach Frihaven zu kommen. Ein Seemann von diesem Schiff hat mir erzählt, er wäre zwei Tage, ehe sie Frihaven erreichten, im Ausguck gewesen, und dabei hätte er das größte Schiff, das er je zu Gesicht bekommen hat, schwarz wie die Nacht in den Sonnenuntergang segeln gesehen.«

»Sonnenuntergang!« sagte Amos. »Das wäre zu dieser Jahreszeit Südwesten.«

»Aber Kesh liegt im Osten«, warf Nicholas ein.

»Und die Inselkette verläuft von hier aus westlich«, fügte Brisa hinzu.

»Dort gibt es nichts«, meinte Nicholas. »Da ist nur die Endlose See.«

Amos sagte: »Dein Vater hat mir einmal ein paar Karten gezeigt ...«

Nicholas sagte: »Von Macros dem Schwarzen! Diese Karten, auf denen andere Kontinente verzeichnet sind!«

Amos schwieg einen Moment lang, dann nickte er. »Mach die Tür auf.«

Nicholas gehorchte. Dahinter stand der Erste Maat. »Mr. Rhodes, ich will die Mannschaft so schnell wie möglich wieder an Bord haben. Wir laufen mit der Abendflut aus.«

»Aye, Käpt'n.«

Das Mädchen stand auf. »Mein Gold«, forderte sie.

»Du bekommst es«, erwiderte Amos. »Wenn wir zurück sind.«

»Zurück!« Sie spuckte das Wort wie eine wütende Katze aus. »Wer sagt dir, ich wolle mit euch ans Ende der Welt fahren?«

Amos entgegnete mit dem fiesesten Grinsen, das Nicholas je gesehen hatte: »Ich, Mädchen. Und wenn ich merke, daß wir nur deinen Einbildungen hinterherjagen, mußt du ein ganzes Stück weiter schwimmen als nur von hier bis zum Ufer.«

Das Mädchen zog den Dolch, doch Nicholas hatte aufgepaßt und schlug ihr die Klinge mit dem Schwert aus der Hand. »Benimm dich«, sagte er. »Niemand wird dir etwas tun, wenn du keinen Ärger machst. Aber die Leute, die wir suchen, sind uns wichtig, und wenn du lügst, werde ich das nicht mögen. Es wäre besser, du sagst gleich die Warheit.«

»Ich lüge nicht. Der Seemann hat mir zu viele Einzelheiten von dem Schiff geschildert. Es ist das richtige. Wenn ihr eine Stunde vor Sonnenuntergang fünf Strich nach Steuerbord peilt, dann liegt ihr genau auf einer Linie mit dem schwarzen Schiff.«

Amos nickte. »Wenn das stimmt, bekommst du dein Gold und noch mehr. Und ansonsten halt dich von meinem Männern fern, denn wenn du Ärger machst, schließ ich dich in den Schrank ein, und da drin ist es nicht ganz so gemütlich. Verstanden?«

Das Mädchen nickte. Mit trotzig vorgerecktem Kinn fragte sie: »Kann ich jetzt gehen?«

Amos stand auf. »Ja. Und Nicholas ...«

»Ja?«

»Bleib in ihrer Nähe, bis wir weit genug vom Land entfernt sind, daß sie nicht mehr hinüberschwimmen kann. Wenn sie über die Reling springen will, gib ihr eins über den Schädel.«

Nicholas lächelte. »Mit Vergnügen.«

Das Mädchen durchbohrte ihn mit Blicken, als sie die Kabine verließen.

Verfolgung

Margaret erschauerte.

Abigail fragte: »Was ist mit dir?«

»Dieses ... seltsame Gefühl wieder.« Margaret schloß die Augen.

»Und was noch? Sag's mir«, verlangte Abigail. Seit einem Monat hatte Margaret ein oder zwei Mal am Tag dieses seltsame Gefühl gehabt. Manchmal war es wie ein Frösteln; manchmal schien ihr ganzer Körper zu kribbeln. Es schmerzte nicht und machte ihr keine Angst, aber es war eben seltsam.

»Es ist näher«, sagte Margaret.

»Was ist näher?«

»Das, was immer in mir dieses Gefühl erregt.« Margaret erhob sich und ging zu dem großen Fenster. Sie hatten eine Kabine am Heck des Schiffes über dem Ruderhaus bekommen. Sie war nicht groß, doch sie war besser als ihre erste Kabine. Am Fußende der beiden Betten standen ein Diwan und ein kleiner Tisch. Die Mahlzeiten wurden von schweigenden Männern serviert, die sich noch nicht einmal in ein harmloses Gespräch verwickeln ließen. Zweimal am Tag wurden sie auf Deck gebracht, wenn es das Wetter erlaubte.

Das Wetter wechselte, es wurde wärmer. Margaret fand das seltsam, wo es doch auf den Winter zuging, doch die Mannschaft schien sich bei der milden Luft nichts zu denken. Und zudem wurden die Tage länger. Margaret hatte Abigail ihre Beobachtungen mitgeteilt, doch die schien daran nicht interessiert zu sein.

Margaret stieg auf ihr Bett und stieß das andere, kleinere Fenster auf. Sie konnte den Kopf hinausstecken und auf das große Ruder und das schäumende Kielwasser hinuntergucken. Oft fragte sie sich, wie es wohl den anderen Gefangenen ergehen mochte, die unten im Rumpf keine frische Luft und nur wenig Licht bekamen.

Die Tür ging auf, und ein vertrautes Gesicht zeigte sich. Arjuna Svadjian verbeugte sich so komisch, wie immer: er drückte die Hände zusammen und hielt sie vor die Nase. »Ich vertraue Euch«, sagte er, was, wie die Mädchen inzwischen herausgefunden hatten, eine formelhafte Begrüßung war.

Margaret und Abigail wurden jeden Tag von diesem Mann besucht, und jeden Tag verwickelte er sie in offensichtlich unverfängliche Unterhaltungen. Nichts an seiner Erscheinung war bedrohlich; er war mittelgroß, trug seinen Bart kurzgetrimmt, und seine Kleidung war von teurem Stoff aber einfachem Schnitt. Er sah wie ein wohlhabender Händler aus, ja, hätte fast aus einem der entfernteren Teile von Kesh stammen können.

Zuerst waren die Gespräche eine willkommene Abwechslung gewesen. Die Kabine mochte bequem sein, sie war jedoch immer noch ein Gefängnis. Dann hatten die Mädchen es dem Mann schwerer gemacht, hatten ihm sinnlose Antworten gegeben oder sich mit Absicht widersprochen. Das schien ihm allerdings gleichgültig zu sein, er schien einfach alle Antworten in sich aufzusaugen.

Gelegentlich wurde er von einem anderen Mann begleitet, Saji, den sie auch schon am ersten Tag kennengelernt hatten. Saji sagte wenig. Manchmal schrieb er sich etwas auf ein Stück Pergament, doch meistens beobachtete er sie nur.

»Heute möchte ich Euch bitten, mir mehr über Euren Onkel, diesen Prinzen Arutha zu erzählen«, sagte Arjuna.

»Warum, damit Ihr Euch besser auf einen Krieg mit ihm vorbereiten könnt?«

Der Mann war wegen des Vorwurfs weder gereizt noch amüsiert. »Es ist schwierig, über eine so riesige Entfernung Krieg zu führen«, sagte er nur. »Kennt Ihr Prinz Arutha gut?«

»Nicht gut«, antwortete Margaret.

Er gehörte nicht zu den Männern, die Mädchen ihre Gefühle zeigten, doch irgend etwas an ihm erweckte in ihr den Eindruck, er wäre mit ihrer Antwort zufrieden.

»Ihr habt ihn jedoch kennengelernt?«

»Als ich noch ein Kind war«, erwiderte Margaret.

Abigail fragte er: »Was ist mit Euch? Habt Ihr Prinz Arutha kennengelernt?«

Abigail schüttelte den Kopf. »Mein Vater hat mich noch nie mit zum Hof genommen.«

Arjuna flüsterte Saji etwas in ihrer fremden Sprache zu, und der kleine Mann notierte es sich.

Die Befragung ging weiter. Offensichtlich schienen die Fragen nichts mit denen der vorherigen Besuche zu tun zu haben. Nachdem der größte Teil des Morgens verstrichen war, begannen die Mädchen sich zu langweilen und wurden müde, aber Arjuna erschöpften diese Befragungen anscheinend nie. Mittags bekamen die Mädchen eine kleine Mahlzeit, er jedoch aß nicht. Sie hatten schnell gelernt, ihre Mahlzeiten aus Keksen, Trockenfleisch, getrocknetem Obst und Wein nicht stehenzulassen; Abigail hatte das einmal getan, und dann waren zwei dieser schweigenden Männer hereingekommen, und einer hatte sie festgehalten, während der andere sie zum Essen gezwungen hatte. Arjuna hatte dazu nur gesagt: »Ihr müßt bei Kräften und gesund bleiben.«

Nach der Mahlzeit entschuldigte er sich, und sie hörten, wie er die Kabine nebenan betrat. Margaret lief zu der Wand, die die beiden Räume teilte, und lauschte, wie sie es jedes Mal tat, wenn er in jene Kabine hineinging. Dort mußte ein geheimnisvoller Passagier wohnen, der Arjuna von Zeit zu Zeit besuchte, doch sonst betrat nie jemand diese Kabine. Margaret hatte Arjuna einmal nebenbei gefragt, wer dort wohnte, doch er hatte die Frage einfach überhört.

Sie konnte leises Stimmengemurmel hören, aber keine Worte

verstehen. Dann überkam Margaret plötzlich wieder dieses seltsam kribbelnde Gefühl, dieses Mal so stark wie noch nie. Im gleichen Moment rief eine Stimme in der Kabine laut etwas, und sich nähernde Schritte waren durch die Wand zu hören.

Margaret sah aus dem kleinen Fenster, und draußen entdeckte sie eine Gestalt mit Kapuze, die sich halb aus dem Fenster lehnte. Die Gestalt streckte einen Arm aus, zeigte hinter das Schiff und rief: *»She-cha! Ja-nisht souk, Svadjian!«*

Margaret zog sich wieder in die Kabine zurück. Ihr Gesicht war aschfahl geworden. Die Augen hatte sie weit aufgerissen.

Als Abigail diesen Gesichtsausdruck sah, fragte sie: »Was ist denn los?«

Margaret nahm Abigails Hand und hielt sie krampfhaft fest. »Ich habe unseren Nachbarn gesehen. Er … streckte die Hand nach mir aus. Sie … war mit grünen Schuppen bedeckt.«

Abigail riß ebenfalls die Augen auf. Dem Mädchen kamen die Tränen. Margaret warnte sie: »Wenn du wieder anfängst zu heulen, schlag ich dich so kräftig, daß du einen Grund hast.«

Mit zitternder Stimme sagte Abigail: »Margaret, ich habe Angst.«

»Glaubst du, ich vielleicht nicht?« fragte das andere Mädchen. »Sie dürfen nicht wissen, was wir wissen.«

Abigail sagte: »Ich werde mein Bestes tun.«

»Da ist noch etwas.«

»Was denn?«

»Wir werden verfolgt.«

Abigail riß erneut die Augen auf, und zum ersten Mal, seit sie in Gefangenschaft geraten waren, zeigte sich ein Hoffnungsschimmer auf ihrem Gesicht. »Woher weißt du das? Wer ist es?«

Margaret sagte: »Dieses Ding in der Kabine nebenan, was immer es auch sein mag, hat das Gleiche gespürt, was ich manchmal spüre, und es beschwerte sich, jemand würde uns einholen.«

»Hast du das verstanden?«

»Ich hörte nur den Tonfall, und der klang nicht erfreut. Und da gibt es noch etwas.«

»Was?«

»Ich weiß, wer uns folgt.«

»Wer?«

»Anthony!«

Abigail fragte: »Anthony?«

»Er ist bestimmt nicht allein unterwegs«, sagte Margaret. »Es muß irgendwie seine Magie sein, die ich spüre.« Sie dachte nach. »Ich frage mich nur, warum ich das spüre, und du nicht.«

Abigail zuckte mit den Schultern. »Wer versteht schon Magie?«

»Glaubst du, du könntest dich durch das Fenster quetschen?«

Abigail warf einen Blick darauf und sagte: »Ich könnte, wenn ich dieses Kleid nicht anhätte.«

»Dann werden wir die Kleider ausziehen«, sagte Margaret.

»Was hast du denn vor?«

»In dem Moment, in dem ich hinter uns ein Schiff ausmachen kann, werde ich hier von Bord gehen. Kannst du gut schwimmen?«

Abigail schüttelte den Kopf.

»Kannst du überhaupt schwimmen?« fragte Margaret ungläubig.

Abigail antwortete: »Ich kann ein bißchen herumpaddeln, wenn das Wasser ruhig ist.«

Margaret sagte: »Lebt das Ding ihr Leben lang am Meer und kann nur ein bißchen herumpaddeln.« Sie blickte ihre Freundin ernst an. »Du paddelst, und ich halte dich solange über Wasser wie nötig. Wenn ein Schiff hinter uns auftaucht, werden wir nicht lange im Wasser bleiben.«

»Und wenn sie uns nicht sehen?«

»Darüber können wir uns dann Gedanken machen«, gab Margaret zur Antwort.

Sie spürte wieder dieses seltsame Kribbeln und sagte: »Sie kommen.«

Anthony zeigte auf etwas, um Amos blickte an seinem Arm entlang. »Zwei Strich Backbord, Mr. Rhodes.«

Nicholas, Harry und Marcus beobachteten den Magier eine Weile, und Harry sagte: »Ich weiß nicht, wie er sich da so sicher sein kann. In Crydee haben alle gesagt, er wäre kein guter Magier.«

Nicholas sagte: »Vielleicht ist er kein guter Magier, aber Nakor meint, er wüßte einfach, wo sich« – er wollte Margaret sagen, doch da er wußte, wie sehr Harry in sie vernarrt war, sagte er lieber – »die Mädchen aufhalten. Nakor ist ziemlich sicher, Anthony sei auf der richtigen Fährte. Und Pug hat gesagt, wir sollten Nakors Ratschlägen folgen.« Amos ließ Anthony seine Magie dreimal am Tag benutzen, morgens, mittags und abends, damit er den Kurs berichtigen konnte.

Nakor war am Bug und unterhielt sich mit Calis. Ghuda stand ein wenig abseits von dem Isalani und hing seinen Gedanken nach.

Harry betrachtete den Horizont. »Wie kann jemand wissen, wo sie sind, wo um uns herum doch nur Wasser und Wasser und nochmals Wasser ist.«

Nicholas wollte zustimmen. Abgesehen von den weißen Wolken im Norden war der Himmel genauso leer wie das Meer. Nichts unterbrach die sich ständig bewegende und sich endlos hinziehende Oberfläche des Wassers. In den ersten drei Wochen hatten sie noch Inseln gesehen, die zur Kette der Sonnenuntergangsinseln gehörten.

Nachdem sich die Aufregung darüber, daß sie dicht hinter den Gejagten waren, gelegt hatte, war der Alltag wieder eingekehrt. Die Anspannung blieb. Marcus ging, wenn es das Wetter erlaubte, wie ein Tiger im Käfig auf Deck hin und her. War das Wetter schlecht, saß er nur da und brütete. Nicholas und Harry halfen, wo es ging, und versuchten so, die Langeweile zu besiegen. Nicholas' Haut war tiefbraun geworden, und Harry hatte sich seine helle Haut verbrannt. Anthony hatte ihn mit einer Salbe eingerieben, und jetzt war auch Harry so braun, als hätte er sein Leben am Strand verbracht. Nicholas hatte sich rasiert, Marcus ließ seinen Bart weiter stehen. Sie waren sich zwar immer noch ähnlich, doch nicht auffällig.

Alle vertrieben sich irgendwie die Zeit. Nakor und Anthony sprachen oft über Magie, oder »Tricks«, wie es Nakor nannte, und Ghuda schien sich selbst als Gesellschaft zu genügen, obwohl er sich auch manchmal angelegentlich mit Calis unterhielt.

Amos hatte die Rationen verkleinert. Da er nicht wußte, ob gleich hinterm Horizont Land läge oder erst in Wochen in Sicht käme, mußte er die eigentlich großzügen Vorräte möglichst lange strecken. Und mit dem Hunger wurde allen klar, daß sie tatsächlich in unbekannten Gewässern unterwegs waren.

Im letzten Monat hatten sie kein Land mehr gesehen. Nicholas wußte, jenseits des Wassers würden sie wieder welches finden. Er hatte das als Tatsache hingenommen, weil sein Vater es ihm erzählt hatte, doch jetzt standen sie hier auf dem Deck eines Schiffes, und segelten durch ein Meer, welches die Endlose See genannt wurde, und würden an einem Ort ankommen, an dem noch nie ein Mann des Königreichs gewesen war. Egal wie sehr er sich bemühte, immer wieder nagte der Zweifel an ihm. Vielleicht hatten die Seeleute doch recht, die behaupteten, diese Karte könne nicht echt sein.

Nur zwei Dinge hielten die Seeleute ruhig: ihre Ausbildung in der königlichen Marine und Amos' harte Hand. Sie würden dem Magier vielleicht nicht glauben, der behauptete zu wissen, wo das schwarze Schiff war, doch in einer Sache waren sie sich einig: Wenn jemand sie durch die Endlose See bringen würde, dann niemand anders als Admiral Trask.

Nicholas sah hoch zur Spitze des Hauptmasts, wo der Ausguck saß. Nach den Schilderungen des Mädchens glaubte Amos, es könnte sich um eine Galeone handeln, eine Bauart, die früher gelegentlich in Queg zu sehen war. Dann wäre dieses Schiff wesentlich langsamer als ihr eigenes, und trotz des Vorsprungs von zehn oder mehr Tagen könnten sie es noch einholen, ehe es seinen Hafen auf der anderen Seite der Endlosen See erreicht hatte.

Nicholas hatte viel Zeit nachzudenken, und immer wieder ging ihm diese Sache mit Render durch den Kopf. Er hatte darüber mit Harry und Ghuda gesprochen, doch beide hatten ihm nicht helfen können. Er fühlte sich einfach schmutzig. Gleichgültig, wie er die Tat rechtfertigte, gleichgültig, wie oft er sich sagte, dieser Mann hatte seine Tante und Hunderte anderer Menschen getötet und zudem eine ganze Stadt in Schutt und Asche gelegt, er konnte sich selbst nicht überzeugen, richtig gehandelt zu haben.

Nicholas sprach darüber nicht mit Marcus, denn wie konnte er ihm gegenüber Bedauern äußern, den Mann getötet zu haben, der seine Mutter ermordet und seine Schwester verschleppt hatte.

Doch noch etwas anderes belastete Nicholas: er war sich nicht sicher, ob er wieder töten könnte, wenn es notwendig werden sollte.

Brisa kam an Deck, und Nicholas mußte lächeln. So einem Mädchen war er noch nicht begegnet. Irgendwie erinnerte sie ihn an Onkel James, einen Berater des Königs und früheren Gefährten seines Vaters. Heute war er Baron am Hofe des Königs in Rillanon und besuchte Krondor regelmäßig mit seiner Familie. Aber Nicholas hatte gehört, als Junge sei James in Krondor ein Dieb gewesen. Tief unter der Oberfläche versteckte sich in ihm die gleiche Wildheit, die bei Brisa offen zu sehen war.

Nicholas und Harry wechselten einen Blick, und Harry grinste, als das Mädchen auf Marcus zusteuerte. Aus Gründen, die niemand verstand, schien sie den mürrischen Sohn des Herzogs zu mögen. Zumindest ärgerte sie ihn bei jeder Gelegenheit, und manchmal war sich Nicholas gar nicht sicher, ob sie Marcus mit ihren herausfordernden Einladungen wirklich ärgern wollte. Sie war mit Seeleuten aufgewachsen und konnte wie die besten von ihnen fluchen, in der Takelage wie ein Affe herumklettern und Witze erzählen, bei denen Nicholas rote Ohren bekam. Hatte Amos sich zuerst noch gesorgt, das Mädchen könnte auf dem Schiff Streitigkeiten auslösen, so hatte sich diese Befürchtung nicht bewahrheitet. Das schlanke Mädchen hatte innerhalb kürzester Zeit die gesamte Mannschaft in Ersatzbrüder verwandelt, die es alle mit gleichem Entzücken mitansahen, wie sie Marcus zum Erröten brachte.

Sie blieb bei Marcus stehen. »Hallo, Hübscher. Willst du nicht mit nach unten kommen und ein paar nette Sachen lernen?«

Marcus schüttelte den Kopf, und das Blut schoß ihm in den Kopf. »Nein. Aber ich muß trotzdem nach unten. Ich habe noch nicht zu Mittag gegessen.« Sie wollte ihm nachgehen, doch er drehte sich um und füge hinzu: »Allein!« Das Mädchen tat, als würde es schmollen, und Harry und Nicholas grinsten.

Harry fragte: »Warum mußt du ihn immer so ärgern?«

Schulterzuckend erwiderte das Mädchen: »Dann habe ich wenigstens etwas zu tun. Ansonsten ist es ziemlich langweilig. Außerdem finde ich ihn irgendwie anziehend. Weil er so überhaupt keinen Humor hat. Er ist eine Herausforderung.«

Nicholas war glücklich, daß sie sich Marcus und nicht ihn selbst als Opfer ausgesucht hatte. Sein Cousin konnte einem wirklich leid tun, denn dieses Mädchen war eine Naturgewalt. Er betrachtete sie eingehend; auf eine jungenhafte, einfache Art war sie sogar hübsch. Nach den ersten Tagen der Reise war er zu dem Schluß gekommen, ihre schmutzige und zerlumpte Kleidung wäre mehr List und Tücke als Vernachlässigung. Das Leben in einer Stadt wie Frihaven war gefährlich genug – ein Mädchen ohne Beschützer faßten viele Männer als reinste Einladung auf. Mit der Kleidung, die – einige Nummern zu groß – ihre Figur versteckte, und mit Dreck auf jedem Zoll sichtbarer Haut wirkte sie fast wie ein Junge und wesentlich weniger einladend.

Sie legte die Hände auf den Rücken, pfiff vor sich hin und schlenderte in Richtung der Kajütstreppe. Nicholas lachte.

»Was ist denn so lustig?« frage Harry, obwohl er die Antwort kannte.

»Ich habe nur daran gedacht, wie schnell Marcus wieder an Deck sein wird.«

»Möchte mal wissen, wie sie in anständiger Kleidung aussehen würde«, sagte Harry.

»Das habe ich mir auch gerade überlegt. Sie ist trotz des verfilzten Haars ziemlich hübsch, und sie hat wunderschöne Augen.«

»Vergißt du über sie schon Abigail?« fragte Harry.

Nicholas bekam sofort schlechte Laune. »Nein«, sagte er kühl.

»Tut mir leid. Ich habe nur Spaß gemacht.«

»War aber ein schlechter Spaß«, meinte Nicholas.

Harry seufzte. »Tut mir leid.« Dann besserte sich seine Laune wieder. »Ich habe nur überlegt, wie sie wohl in so schönen Kleidern wie denen von Margaret und Abigail aussehen würde, die die beiden bei dem letzten Empfang getragen haben, du weißt, die mit der Spitze vorn.«

Nicholas konnte nicht anders, er mußte grinsen. »Du meinst die, die vorn so weit ausgeschnitten sind, daß meine Mutter sie für unschicklich halten würde.«

Harry grinste ebenfalls. »Nun, Brisa hat einen langen schlanken Hals, und ihre Arme sind wirklich anmutig.«

»Scheint so, als wäre ich nicht der einzige, der vergessen hat, wen wir befreien wollen«, stichelte Nicholas.

Harry seufzte. »Schätze, du hast Recht. Vielleicht ist es die Langeweile. Doch außer für Brisa habe ich für kein Mädchen Augen gehabt, seit der Nacht, in der wir mit Margaret und Abigail im Garten waren.«

Nicholas nickte.

»Eine Sache stört mich allerdings« meinte Harry.

»Und das wäre?«

»Ich frage mich, weshalb sie sich ausgerechnet Marcus ausgesucht hat und nicht mich.«

Nicholas blickte seinen Freund an. Das hatte er nur im Spaß gesagt.

Der Ausguck rief: »Käpt'n! Männer im Wasser!«

Amos rief zurück: »In welcher Richtung?«

»Drei Strich Steuerbord!«

Amos eilte zum Bug, und als er dort ankam, versammelten sich Nicholas, Harry und die halbe Mannschaft hinter ihm. Im Wasser trieben drei Gestalten. Amos spuckte aus. »Diese Sklavenhändler«, sagte er mit mörderischer Wut. »Wenn ihre Gefangenen im Sterben liegen, werfen sie sie einfach über Bord zu den Haien.«

»Einer von ihnen lebt noch!« rief der Ausguck.

Amos drehte sich um und rief: »Laßt ein Boot zu Wasser. Macht euch bereit, den Überlebenden herauszufischen!«

Das Boot wurde hinabgelassen. Die Männer begannen auf die treibenden Gestalten zuzurudern. Der Ausguck rief: »Haie!«

Amos entdeckte eine Flosse, die aus dem Wasser ragte. »Braune Flosse; ein Menschenfresser.«

»Das ist noch einer«, sagte Harry und zeigte darauf.

Nicholas fragte: »Werden die Männer den Überlebenden rechtzeitig erreichen?«

»Wenn die Haie sich als erstes einen der Toten schnappen, vielleicht«, meinte Amos. »Haie kann man in dieser Hinsicht kaum einschätzen. Sie schwimmen stundenlang um ihre Opfer herum und schlagen zu, wenn du gerade das Boot ins Wasser gelassen hast.« Er schüttelte den Kopf.

Calis sagte: »Womöglich kann ich sie ablenken.« Er nahm seinen Bogen und legte einen langen Pfeil auf. Daraufhin visierte er den dem Schiff am nächsten schwimmenden Hai an und schoß. Der Pfeil mit Eisenspitze zischte durch die Luft und traf den Hai genau unterhalb der Rückenflosse.

Sofort wandten sich die anderen Haie von den treibenden Leichen und dem Überlebenden ab und gingen auf den getroffenen Hai los.

Amos sagte: »Ein glücklicher Schuß. Die Haut von Haien ist hart.«

Calis löste die Sehne von seinem Bogen. »Glück hat damit nichts zu tun.«

Die Männer in dem Beiboot zogen den Überlebenden aus dem Wasser und ruderten zurück zum Schiff. Amos rief: »Macht eine Schlinge bereit.«

Als das Beiboot an der Seite der *Raubvogel* angelegt hatte, waren eine Schlinge und zwei Taue bereit. Zwei Männer kletterten halb hinunter, um dem Überlebenden zu helfen, als er an Deck gezogen wurde.

Dann war der Mann oben. Anthony ging zu ihm. Er untersuchte den Mann, schob das Augenlid zurück und legte ihm das Ohr auf die Brust. »Bringt ihn nach unten.«

Amos machte zwei Männern ein Zeichen, sie sollten den Mann hochheben und ins Mannschaftsquartier tragen. An den Steuermann gewandt sagte er: »Bringt das Schiff wieder auf Kurs, Mr. Rhodes!«

»Aye, Käpt'n.«

Amos kratzte sich am Bart. »Wenn einer von ihnen noch am Leben ist ...«

»Dann sind wir nicht allzu weit hinter ihnen«, ergänzte Nicholas.

Amos nickte. »Höchstens zwei Tage.« Er rechnete schnell. »Falls ich mich nicht verschätze, werden sie morgen bei Sonnenuntergang in Sicht kommen.« Seine Augen glänzten, und Nicholas brauchte nicht zu fragen, woran er dachte. Wenn Amos die

Männer einholte, die für die Plünderung von Crydee verantwortlich waren, würden sie für das Morden zahlen müssen.

Nicholas, Marcus und die anderen warteten an Deck, während die Sonne im Westen unterging. Amos war mit Nakor und Anthony nach unten gegangen, um nach dem Mann zu sehen, den sie aus dem Meer gefischt hatten. Sie waren fast den ganzen Tag unten gewesen, und noch war keine Wort heraufgedrungen.

Endlich erschien Amos und machte Nicholas und seinem Cousin ein Zeichen. Sie gingen hinüber zu Amos. »Er lebt noch, ist aber sehr schwach.«

»Wer ist er?« fragte Marcus.

»Er sagte, seine Name wäre Hawkins, und er wäre Lehrling bei einem Stellmacher in Carse.«

»Demnach kam er von dem schwarzen Schiff!« stellte Nicholas fest.

Amos nickte. »Er hat auch gesagt, er wäre zwei Tage im Wasser gewesen, ehe wir ihn gefunden haben. Er hatte sich an einer zerbrochenen Kiste festgeklammert, die sie mit ihm über Bord geworfen haben. Er hat einen schlimmen Husten. Das reinste Wunder, daß er noch lebt.«

Nicholas fragte: »Was ist mit den Mädchen?«

»Gerüchte. Sie wurden noch in der ersten Nacht auf dem Schiff von den anderen getrennt, deshalb weiß er zwar, daß sie an Bord sind, aber seitdem hat er sie nicht mehr gesehen. Er meinte, ein Seemann hätte gesagt, auf Grund ihres Ranges würden sie in den besten Quartieren wohnen, aber ob das stimmt, weiß er auch nicht.«

Marcus fragte: »Werden wir sie einholen, ehe sie ihren Heimathafen erreichen, Admiral?«

Amos nickte. »Falls wir nicht schon näher am Land sind, als ich glaube, dann sicherlich.« Die Sonne ging langsam unter. »Der Farbe nach ist das Wasser hier sehr tief. Aber die Sterne stehen, wie ich es noch nie gesehen habe. Die meisten von denen, die mir bekannt sind, sind im letzten Monat im Norden verschwunden, und im Süden tauchen immer neue auf, die ich nicht kenne. Ich schätze, wir haben noch einen ganz schönen Weg vor uns, bis wir den Hafen unseres Freundes erreichen, wenn ich mich recht an die Karte erinnere.«

»Das wird eine lange Reise«, stellte Marcus fest.

»Der Karte nach müßten es von Krondor bis zur nördlichen Küste dieser Landmasse vier Monate Fahrt sein. Seit Frihaven sind wir jetzt zwei Monate unterwegs, also wird es sicherlich noch einmal zwei Monate dauern.«

»Werden wir denn wieder zurückfinden?«

Amos nickte. »Ich werde den Weg schon finden. Die Sterne haben sich vielleicht geändert, doch ich habe sie aufgezeichnet. Vielleicht wird es ein hartes Stück Arbeit, aber wir werden sicherlich irgendwo zwischen Elarial und Crydee wieder herauskommen.«

Er ging zum Achterdeck und überließ die Cousins ihren Gedanken.

Anthony kam an Deck. Er sah erschöpft aus. Ihm folgte Nakor. Nicholas fragte: »Wie geht es ihm?«

»Nicht gut«, sagte Anthony. Verbittert fügte er hinzu: »Diese Sklavenhändler verstehen ihr Geschäft. Selbst wenn er sich erholt, wäre er nie wieder so gesund geworden, daß sie ihn auf dem Markt hätten verkaufen können.«

Nicholas fragte: »Wann werden wir wissen, ob er durchkommt?«

Anthony wechselte einen Blick mit Nakor. »Wenn er die heutige Nacht durchsteht, hat er gute Chancen.«

Nakor zuckte mit den Schultern. »Das liegt bei ihm.«

Nicholas meinte: »Das verstehe ich nicht.«

Nakor grinste. »Ich weiß. Wenn du das verstehst, wird dein Fuß auch nicht mehr wehtun.«

Der kleine Mann nahm Anthony am Ellbogen und führte ihn auf die andere Seite des Schiffes, wo sie allein waren. Nicholas sah Harry an, der nur mit den Schultern zuckte. »Laß uns üben. Wenn wir das Schiff entern, will ich gut in Form sein.«

Nicholas nickte.

Nakor beobachtete die Fechtübungen der Jungen einen Augenblick lang. »Das hast du gut gemacht, Zauberer.«

Anthony wischte sich mit der Hand übers Gesicht. Er war deutlich erschöpft. »Ich danke Euch. Aber ich bin mir nicht sicher, was Ihr dabei getan habt.«

Nakor zuckte mit den Schultern. »Einige Tricks. Manchmal muß man nicht den Körper heilen. Wenn du Übung hast, siehst du andere Dinge in einer Person. Ich habe mit seinem Geist gesprochen.«

Anthony runzelte die Stirn. »Jetzt klingt Ihr wie ein Priester.«

Nakor schüttelte heftig den Kopf. »Nein, die meinen die Seele. Schließ die Augen.«

Anthony tat wie geheißen.

»Nun, wo ist die Sonne?«

Anthony zeigte auf den Bug des Schiffes.

»Ach«, sagte Nakor empört. »Ich meine, wo fühlst du sie?«

»Auf meinem Gesicht.«

»Das ist hoffnungslos«, sagte Nakor noch enttäuschter. »Sie haben deinen Kopf in Stardock vollkommen durcheinander gebracht und mit Unsinn gefüllt.«

Anthony amüsierte sich normalerweise über den seltsamen Mann, doch jetzt war er zu müde. »Was für ein Unsinn?«

Nakor verzog konzentriert das Gesicht und fragte: »Wenn du blind bist, kannst du dann sagen, wo die Sonne ist?«

»Ich weiß es nicht«, antwortete Anthony.

Das Schiff schaukelte. Nakor sagte: »Ein blinder Mann kann die Sonne auf dem Gesicht spüren und sieht sie so.«

Anthony sagte: »Gut. So kann man das sagen.«

»Sehr großzügig. Schließ die Augen.« Anthony tat es. »Fühlst du die Sonne?«

Anthony wandte das Gesicht dem Bug zu und sagte: »Ja.«

»Gut, und jetzt gehen wir woanders hin.« Grinsend fragte Nakor: »Und wie spürst du die Sonne?«

Anthony sagte: »Nun …« Er sah überrascht aus. »Ich weiß nicht. Einfach so.«

»Aber sie ist dort oben.«

»Sie ist warm«, antwortete Anthony.

»Aha«, sagte Nakor grinsend. »Kannst du die Luft fühlen?«

Anthony antwortete: »Nein … das heißt, ich kann den Wind spüren.«

»Du kannst die Luft nicht sehen, aber du kannst sie spüren?«

»Manchmal.«

Nakor grinste. »Wenn es also Dinge gibt, von denen du weißt, sie sind da, aber du kannst sie nicht sehen, dann kann es doch auch noch andere Dinge geben, die da sind, obwohl du sie nicht sehen kannst?«

Anthony war verwirrt. »Ich glaube.«

Nakor lehnte sich an die Reling, öffnete den Rucksack, den er immer mit sich herumtrug, und nahm eine Orange heraus. »Möchtest du eine?«

Anthony wollte und fragte: »Wie macht Ihr das?«

»Was?«

»Ihr habt immer Orangen da drin. Wir sind schon fast vier Monate auf See, und seit wir Crydee verlassen haben, habe ich nie gesehen, daß Ihr welche gekauft hättet.«

Nakor grinste. »Es ist ein –«

»Ich weiß, ein Trick. Aber wie macht Ihr ihn?«

Nakor sagte: »Du würdest es Magie nennen.«

Anthony erwiderte: »Aber Ihr nicht.«

»Es gibt keine Magie», stellte Nakor fest. »Es gibt eben Dinge, die sind da, obwohl man sie nicht sehen kann.« Er malte mit der

Hand einen Kreis in die Luft. »Wenn du so machst, fühlst du die Luft.« Er rieb Daumen und Zeigefinger. »Aber wenn du das machst, kannst du sie nicht fühlen.«

Er blickte hinaus aufs Meer und fuhr fort: »Das Universum ist aus einem seltsamen Stoff gemacht, Anthony. Ich weiß nicht, was das für ein Stoff ist, doch es ist wie die Hitze der Sonne oder die Bewegung des Windes. Manchmal kann man ihn fühlen, meistens jedoch nicht.«

Anthony war neugierig geworden. »Und?«

Nakor sagte: »Als ich ein Junge war, konnte ich Tricks machen. Ich belustigte die Leute in meinem Dorf. So wie mein Vater und meine Brüder sollte ich Bauer werden, doch eines Sommers kam ein Magier durch unser Dorf. Er war kein guter Magier, doch ich war von seinen Tricks fasziniert. In der Nacht, in der er ankam, verließ ich das Haus meines Vaters und ging zu ihm und zeigte ihm ein paar meiner Tricks. Da fragte er mich, ob ich sein Lehrling sein wollte. Also folgte ich ihm und sah meine Familie nie wieder.

Ich blieb einige Jahre bei ihm, bis ich entdeckte, daß meine Tricks besser waren als seine, also ging ich meiner eigenen Wege.« Er riß ein Stück Schale von seiner Orange ab und biß in die Frucht. »Irgendwann habe ich die Täuschungen der Magie entdeckt, und ich konnte meine Tricks machen, ohne Zaubersprüche zu beschwören und Pülverchen ins Feuer zu streuen. Ich konnte es einfach.«

»Aber wie?«

»Ich weiß nicht.« Er grinste. »Sieh mal, ich glaube, Pug ist ein schlauer Mann, nicht weil er so mächtig ist, sondern weil er weiß, wieviel er noch nicht weiß.« Er zwinkerte Anthony zu. »Du könntest auch so weit kommen.«

»Wie?«

»Du mußt nur begreifen, daß es keine Magie gibt. Es gibt nur diesen Stoff, aus dem das Universum ist, und weniger erleuchtete

Menschen nennen es einfache Magie, wenn sie diesen Stoff beeinflussen.«

»Ihr nennt das immer ›Stoff‹. Kennt Ihr keinen Namen für dieses magische Element?«

»Nein.« Nakor lachte. »Ich habe es mir immer als Stoff vorgestellt, und der Stoff hat nichts mit Magie zu tun.« Er hielt Daumen und Zeigefinger so dicht er konnte zusammen, ohne daß sie sich berührten. »Stell dir diesen winzigen Raum vor. Und jetzt stell dir die Hälfte davon vor. Dann halbiere ihn wieder und wieder. Kannst du dir einen so winzigen Raum vorstellen?«

»Ich glaube nicht«, gab Anthony zu.

»Ein weiser Mann kennt seine Grenzen«, sagte Nakor grinsend. »Stell dir diesen Raum trotzdem vor, und stelle dir vor, du wärst da drinnen. Stell dir vor, dieser Raum, in dem du dann bist, wäre riesig, und du teilst ihn wieder und wieder und wieder. Und in dem letzten Raum würdest du diesen Stoff finden.«

»Das ist sehr klein«, gestand Anthony ein.

»Aber wenn du in diesen Raum gehen könntest, würdest du den Stoff sehen.«

»Wie habt Ihr das entdeckt?«

»Als kleiner Junge konnte ich nur meine Tricks machen. Ich war ein böses Kind, ich konnte nur mit den Tricks Wassereimer umstoßen oder schlafende Katzen auf Dächer setzen. Mein Vater, der in unserem Dorf eine wichtige Persönlichkeit war, ließ nach Shing Lai schicken, um einen Priester vom Orden des Dav-Lu, der im Königreich Banath genannt wird, zu holen. Er glaubte, ich wäre von einem bösen Geist besessen. Der Priester sagte meinem Vater, er solle mich schlagen, und meistens wirkte das auch.«

Er biß von der Orange ab. »Jedenfalls konnte ich mein ganzes Leben lang diese Tricks machen, weil ich wußte, wie man diesen Stoff beeinflußt.«

Anthony schüttelte den Kopf. »Und kann man das anderen beibringen?«

»Das war es ja, was ich den Leuten in Stardock erklären wollte: jeder kann das lernen.«

Anthony schüttelte erneut den Kopf. »Ich denke, ich würde es nicht begreifen.«

»Ich bringe es dir doch schon bei.« Nakor lachte. »Es war dieser Stoff in dem kranken Mann, zu dem ich geredet habe. In allem ist Kraft, und die kann man beeinflussen.« Er öffnete seinen Rucksack. »Greif rein und hol noch eine Orange heraus.«

Anthony griff hinein und sagte: »Es ist nichts drin.«

Nakor sagte: »Es ist ein Trick. Schließ die Augen.« Anthony gehorchte. »Kannst du am Boden einen kleinen Saum spüren?«

»Nein.«

»Versuch es noch einmal. Es ist nur eine kleine Naht, schwierig zu entdecken.«

»Ich glaube, jetzt habe ich es.«

»Zieh vorsichtig daran.«

Anthony sagte: »Ich glaube, ich verliere die Kante wieder … jetzt habe ich sie.«

»Wenn du den Stoff zur Seite ziehst, kannst du darunter greifen und fühlst eine Orange.«

Anthony fühlte die Frucht tatsächlich. Er zog sie heraus und öffnete die Augen. »Also ist es nur ein Trick.«

Nakor nahm den Rucksack von der Schulter und reichte ihn Anthony. »Sieh hinein.«

Anthony durchsuchte ihn und sagte schließlich: »Ich kann keinen falschen Boden entdecken.«

»Es gibt auch keinen«, sagte Nakor lachend. »Du hast durch eine Lage Stoff geradewegs in einen anderen Ort hineingegriffen.«

»Wohin?«

»In ein Lagerhaus in Ashunta, wo ich mal eine Weile gearbeitet habe. Es gehört einem Obsthändler, und wenn du hindurchgreifst, ist deine Hand über einer großen Kiste, die der Händler immer mit Orangen füllt.«

Anthony lachte. »Jetzt verstehe ich es. Es ist ein Spalt?«

Nakor zuckte mit den Schultern. »Ich glaube. Aber ich weiß es nicht. Es ist anders als ein Spalt. Es ist eher ein Riß im Stoff.«

»Aber warum ein Obsthändler? Warum keine Schatzkammer?«

»Weil das das erste war, woran ich gedacht habe, als ich den Trick zum ersten Mal ausprobiert habe, und seitdem habe ich es nicht mehr ändern können.«

»Es fehlt Euch an Disziplin«, stellte Anthony fest.

»Vielleicht. Aber diese ganzen Zaubersprüche dienen auch nur dazu, sich zu konzentrieren, um den Stoff beeinflussen zu können. Du hast nur nicht gewußt, was du machst. Ich denke, Pug hat das herausgefunden. Er ist weder an den Erhabenen noch den Niedrigen Pfad gebunden, weil das alles Unsinn ist.«

Anthony lachte wieder. »Und der Obsthändler? Vermißt der seine Orangen nicht.«

»Es ist eine sehr große Kiste, und ich nehme jeden Tag nur ein paar. Schwieriger ist es, wenn ich etwas auf der Kiste verstecke, so daß meine Tasche leer zu sein scheint. Einmal habe ich ein paar Goldmünzen dort abgelegt, und einer der Arbeiter in dem Lagerhaus muß sich sehr gefreut haben.«

Anthony wollte gerade etwas antworten, als der Ausguck herunterrief: »Schiff ahoi!«

Amos rief vom Achterdeck zurück: »Wo?«

»Gerade voraus, Käpt'n.«

Amos eilte zum Bug. »Dort!« sagte Calis.

Nicholas blinzelte in die untergehende Sonne und entdeckte einen winzigen schwarzen Fleck am Horizont.

»Wann werden wir sie einholen?« fragte Harry.

Amos rieb sich das Kinn. »Schwer zu sagen. Wir müssen sehen, wieviel wir während der Nacht aufholen. Ansonsten können wir nur abwarten.«

Unheil

Der Ausguck zeigte voraus.

»Schiff ahoi!«

»Wo?« fragte Amos.

»Geradeaus, Käpt'n!«

Amos stand mit den anderen am Bug, während die Sonne sich langsam hinter ihnen erhob. Dichter Nebel lag über dem westlichen Horizont, doch einige Minuten, nachdem der Ausguck das schwarze Schiff entdeckt hatte, sagte Calis: »Ich kann es sehen.«

Amos sagte leise: »Ihr habt jüngere Augen als ich.«

Calis antwortete nichts darauf. »Dort!«

Im Blaugrau des Morgens konnte man einen kleinen Punkt sehen, den nur jemand, der jahrelang auf See gewesen war, als Schiff erkennen würde. »Verdammt«, fluchte Amos, »wir haben nicht sehr viel aufgeholt.«

»Wie lange brauchen wir noch?« fragte Marcus.

Amos drehte sich um. »Wenn es so weiter geht, eine Woche.« Er rief: »Drei Strich Steuerbord, Mr. Rhodes! Setzt die Segel. Laßt das Schiff so hart am Wind laufen, wie es geht!«

»Aye, Käpt'n.«

Nicholas gesellte sich zu Amos, der auf das Hauptdeck gegangen war. »Ich dachte, wir wären schneller.«

»Sind wir auch«, antwortete der Admiral und stieg die Treppe zum Achterdeck hoch. »Aber wir haben ein anderes Schiff. Das große ist am schnellsten, wenn es vor dem Wind läuft. Wir sind schneller, wenn wir leicht kreuzen. Deshalb holen wir so langsam auf.«

»Und was ist, wenn wir einen großen Bogen schlagen und ihnen den Weg abschneiden?«

Amos lächelte. »Das hier ist kein Bootsrennen im Hafen, Nicky. Hier draußen gibt es jede Menge Meer, und wenn wir dort ankommen, wo wir sie erwarten, könnte der andere Kapitän längst den Kurs geändert haben. Nein, wir müssen hinter ihnen her.«

»Und die direkte Jagd ist die lange Jagd«, sagte Nicholas.

Amos lachte. »Wo hast du das denn gehört?«

Nicholas grinste. »Du hast es mal gesagt, als du die Geschichte erzählt hast, wie du Mutter und Vater auf der Flucht nach Krondor geholfen hast.«

Amos erwiderte das Grinsen. »Verdammt, und solche Geschichten merkst du dir.« Er legte Nicholas den Arm um die Schulter und setzte ihm freundschaftlich die Faust in die Magengrube. »So, und jetzt verzieht Euch und wagt nicht, ohne meine Erlaubnis wieder zum Achterdeck zu kommen, Euer Hoheit.«

»Aye, Käpt'n«, sagte Nicholas lachend und ging zurück zum Bug. Die anderen schwiegen, nur Harry summte eine Melodie.

Nicholas betrachtete Anthony. Der Magier schaute in die Ferne, als suche er dort etwas.

Margaret erschauerte. Abigail stand vom Diwan auf und ging zu ihrer Freundin, die auf einem der Betten lag. »Sind sie …«

Margaret nickte. »Anthony«, flüsterte sie. In ihren Augen glänzten Tränen.

Abigail nahm ihre Hand. »Was ist?«

Margaret unterdrückte die Tränen. »Ich weiß nicht, nur so ein Gefühl …« Sie schüttelte den Kopf und lächelte. »Ich kann es nicht beschreiben. Es ist nur die Art, wie sich Anthony bemerkbar gemacht hat.«

Abigail schien nichts zu verstehen. Sie erhob sich und ging zum Fenster. »Irgendwo da draußen sind sie.«

Margaret kam zu ihr. »Ja.« Dann kniff sie die Augen zusammen. »Dort!« sagte sie und versuchte, ihre Aufregung zu zügeln. »Der kleine schwarze Fleck!«

Abigail sah lange Zeit hinaus, ehe sie flüsterte: »Ich kann ihn sehen. Sie sind es!«

Die Mädchen standen da, sahen hinaus und wünschten sich, das sie verfolgende Schiff würde schneller näherkommen. Eine ganze Stunde standen sie da und versuchten, ein Segel oder eine Flagge auszumachen. Dann hörten sie vor der Tür Schritte. Margaret schloß das Fenster, und die beiden Mädchen hatten sich gerade gesetzt, als die Tür aufging und Arjuna und Saji eintraten.

»Guten Tag, meine Damen«, sagte Arjuna kühl.

Er setzte sich auf den Diwan, während Saji stehenblieb. Arjuna sagte: »Nun, Lady Margaret, was wißt Ihr über die Stadt Sethanon?«

Seit drei Tagen verfolgten sie das Schiff jetzt schon. Jeden Morgen eilten Nicholas und die anderen zum Bug und schätzten ab, wieviel sie aufgeholt hatten. Inzwischen konnten sie Segel und Rumpf deutlich ausmachen. Es war ein riesiges Schiff und bewegte sich majestätisch übers Wasser.

Am Vormittag rief der Ausguck: »Sie haben den Kurs geändert, Käpt'n!«

Amos fragte: »In welche Richtung?«

»Backbord!«

Amos sagte: »Kurs nach Backbord, Mr. Rhodes.«

Nicholas rief von Bug her: »Was machen sie?«

Amos schüttelte den Kopf, er wußte es auch nicht. Er rief dem Ausguck zu: »Haltet Ausschau nach Riffen!« Er wandte sich an seinen Ersten Maat: »Schickt einen extra Ausguck nach oben und einen zum Bug, Mr. Rhodes. Wir wollen sehen, ob wir ihnen weiter geradeaus folgen können. Wenn sie durch Untiefen segeln, sollen sie uns den Weg zeigen.«

»Das Wasser verändert die Farbe!« rief der Mann im Bug.

Amos eilte zum Bug. »Es wird flacher«, stellte er fest, »aber nicht viel.«

Die anderen hatten sich um ihn herum versammelt, und er sagte: »Ich schätze, bald wird Land in Sicht kommen. Inseln, oder vielleicht der Kontinent von dieser Karte.« Er machte eine Pause. »Ghuda hat die meiste Erfahrung als Soldat«, sagte er schließlich, »also bleiben die anderen dicht bei ihm.« Er sah Nicholas, Marcus und Harry an. »Werdet nicht übermütig. Versucht nicht, diese Sache allein auszufechten. Dieses Schiff ist riesig, und es könnten leicht hundert bewaffnete Männer neben der Mannschaft an Bord sein.« Er warf einen Blick über die Schulter auf seine eigene Mannschaft. »Meine Leute sind genauso hart wie sie gut sind, und sie können auf sich selbst aufpassen.« Er sah zu dem Schiff in der Ferne hinüber. »Solche Dinge können sich ganz unerwartet entwickeln. Wenn sie irgendwie einen anderen Kurs einschlagen, sind wir plötzlich genau vor ihnen, und somit kann der Kampf fast jeden Augenblick losgehen. Viel Glück.«

Er wandte sich um und ging davon. Nicholas blickte Ghuda an. Der alte Söldner sagte: »Ich habe schon einmal auf einem Schiff gedient.« Er starrte über Harrys Schulter hinweg zu dem Schiff in der Ferne. »Das ist ein verdammt großes Ding. Und es ist höher als unseres. Das ist nicht gut. Wir können uns entweder aus der Takelage hinüberschwingen oder an seiner Schiffswand hochklettern. Wenn wir uns hinüberschwingen, geht es schneller. Doch die ersten, die drüben ankommen, müssen die Reling freihalten, damit den anderen, die an den Seilen hochklettern, nicht die Köpfe eingeschlagen werden. Bleibt dicht beieinander und haltet euch gegenseitig den Rücken frei, denn es gibt keine Trennlinie zwischen Freund und Freund.« Zu Nakor und Anthony sagte er: »Am besten würdet ihr beide erst später hinüberkommen, damit ihr euch um die Verwundeten kümmern könnt.«

»Ich habe ein oder zwei Tricks auf Lager, die hilfreich sein könnten«, wandte Nakor ein.

Ghuda fuhr an Calis und Marcus gerichtet fort: »Ihr beiden könnt am meisten ausrichten, wenn Ihr in die Takelage klettert und Eure Bögen benutzt. Sucht Euch die richtigen Ziele, denn auf dem Schiff gibt es sicherlich auch Wachen mit Armbrüsten.«

Calis sagte: »Unsere Langbögen reichen weiter als Armbrüste.«

Marcus nickte. »Falls sie Armbrustschützen haben, sind die längst tot, wenn wir entern.«

Ghuda wandte sich an alle: »Ich weiß, es wird schwierig sein, aber ruht Euch jetzt so gut es geht aus. Wenn der Kampf losgeht, werdet Ihr in bester Form sein müssen. Ein müder Soldat ist ein schlechter Soldat, einer der Fehler macht.« Und damit hockte er sich an einen Mast und begann zu dösen.

Harry fragte: »Wie schafft er das nur?«

Marcus erwiderte: »Das ist für ihn alles nicht so neu wie für uns.«

»Vielleicht«, meinte Harry, »aber ich könnte mich niemals einfach hinsetzen und einschlafen.«

Nicholas sagte: »In Crydee hast du das auch gemacht.«

Margaret öffnete das Fenster. Aus den Augenwinkeln nahm sie eine Bewegung wahr und zog sich zurück, ehe der Bewohner der benachbarten Kabine sie entdecken konnte. Sie legte den Finger an den Mund, damit Abigail schwieg.

Sie hörte Arjunas Stimme, und er sprach die gleiche Sprache wie diese Eidechsenkreatur, die dem Tonfall nach überhaupt nicht erfreut war.

Abigail kam und sah aus dem Fenster. Inzwischen konnte man das verfolgende Schiff deutlich sehen, und selbst mit ihren wenigen Kenntnissen erkannte sie es als Schiff aus dem Königreich. Sie flüsterte Margaret zu: »Wann sollen wir fliehen?«

Margaret schüttelte den Kopf und machte das Fenster zu. Sie flüsterte zurück. »Ich denke, sie werden früh am Morgen nahe genug herangekommen sein. Dann wird nur noch weniger als eine halbe Meile zwischen uns und ihnen liegen.«

Abigail war nicht recht überzeugt, lächelte jedoch trotzdem.

Die Tür ging auf, und Arjuna trat ein. »Meine Damen«, sagte er und verneigte sich auf seine seltsame Art. »Ohne Zweifel werdet Ihr bemerkt haben, daß wir von einem Schiff verfolgt werden. Obwohl es nicht die Flagge des Königreichs gehißt hat, denken wir, es kommt aus Eurer Heimat. Wenn wir sicher wären, daß es sich um die Marine des Königs handelt, würden wir einfach einen Gefangenen als Warnung über Bord werfen.« Er schien diese Unsicherheit zu bedauern. »Aber da es auch ein Piratenschiff aus Frihaven sein kann, müssen wir andere Maßnahmen ergreifen. Ich möchte Euch nur versichern, daß Ihr auf keinen Fall gerettet werden könnt. Doch um sicherzugehen, daß Ihr nicht irgendwelche Dummheiten versuchen werdet, müssen wir leider Maßnahmen ergreifen.« Er machte eine Handbewegung, und zwei Seeleute traten ein. Sie schoben sich an den Mädchen vorbei, zogen Hämmer aus ihren Gürteln und trieben lange Nägel in die Fensterrahmen.

»Wenn wir die Verfolger los sind, machen wir die Fenster wieder auf.« Die Seeleute verließen zusammen mit Arjuna die Kabine. Die beiden Mädchen waren wieder allein.

Abigail fragte: »Was sollen wir jetzt machen?«

Margaret untersuchte die Nägel und versuchte, einen mit den Fingern herauszuziehen. Es ging nicht. Sie fluchte und wandte sich dem kleinen Tisch zwischen den Betten zu. Er war schwer, damit er bei rauher See nicht hin und her rutschte, ansonsten jedoch nur mit Stiften am Boden befestigt. Margaret kniete auf ihrem Bett und bedeutete Abigail, das gleiche zu tun. Mit einigem Widerstand ließ sich der Tisch hochheben, und Margaret sagte: »Setzen wir ihn wieder ab.«

Als er wieder an Ort und Stelle stand, sagte Margaret: »Ich denke, wir werfen den Tisch einfach durchs Fenster.«

»Wird das denn gehen?«

Margaret besah sich das Fenster. »Wenn wir zuerst diese Kleider ausziehen, dann die Fenster einwerfen und die Scherben entfernen, sollten wir genug Platz haben, um hindurch zu kommen … Vielleicht müssen wir einige Kratzer und Beulen in Kauf nehmen, aber wir werden durchsein, ehe sie uns zurückhalten können.«

Abigail wirkte nicht gerade überzeugt, nickte aber.

»Jetzt müssen wir nur noch bis zum Morgen warten.«

Margaret setzte sich und brütete vor sich hin, versuchte, nicht an die Flossen zu denken, die sie im Wasser hinter dem Schiff gesehen hatte.

Calis stand auf der Backbordseite des Vorderschiffs und sah hinaus aufs Meer. Die Sonne war noch nicht aufgegangen, und vor ihm wich die Nacht langsam der Dämmerung. Er hatte die schärfsten Augen von allen, und er hatte schon vorn am Bug gestanden, als Nicholas herauskam.

Nicholas fragte: »Sind sie immer noch vor uns?«

»Sie sind immer noch da«, antwortete der Elb. »Sie haben um zwölf Uhr alle Lichter gelöscht und den Kurs geändert, doch Anthony hat dem Käpt'n geholfen, sie nicht zu verlieren.«

Nicholas spähte in die Dämmerung, konnte allerdings nichts erkennen. Die Minuten verstrichen, und Nicholas bemerkte Marcus neben sich. Harry stand an der Seite neben Brisa, die ihren Umhang der morgendlichen Kühle wegen eng um sich gezogen hatte. Plötzlich lehnte sie sich an Harry, der den Arm mit einem gleichermaßen überraschten wie erfreuten Gesichtsausdruck um sie legte.

Das Wetter war heißer geworden, je weiter sie in den Süden vorgedrungen waren. Amos meinte, sie hätten den Äquator überquert und segelten nun in den Spätfrühling. Er hatte von den umgekehrten Jahreszeiten gehört, die es auch in den fernen Ländern des keshianischen Reiches geben sollte, doch er war noch nie soweit südlich gewesen.

Als die Sonne den Himmel im Osten erhellte, zeigte Calis auf etwas. »Dort.«

Nicholas entdeckte das Schiff, das sich schwarz vom Dunkelgrau abhob. Jetzt konnte man es genau erkennen, ein riesiges Ding mit hohem Aufbau am Heck. Es hatte alle Segel gesetzt und neigte sich wegen des Windes zur Seite.

Amos kam zum Bug und beobachtete es einen Augenblick lang. »Es ist ein schlingender Eimer, nicht?«

Marcus fragte: »Wann?«

Amos schätzte die Entfernung ab. »Vor Mittag.«

»Land in Sicht!« rief der Ausguck.

»Wo?« fragte Amos.

»Geradeaus.«

Alle starrten nach vorn. Die Morgennebel lösten sich langsam auf, nachdem die Sonne hinter ihnen über den Horizont geklettert war. Als höbe sich ein Schleier, wurde die Luft klarer, und endlich konnten die Männer am Bug sehen, was der Ausguck schon eine Minute zuvor bemerkt hatte. Amos fluchte. »Götter! Seht euch das an.«

Ein hohes Steilufer erhob sich über einem Kiesstrand. An seiner niedrigsten Stelle war es wenigstens dreißig Meter hoch, an der höchsten vielleicht hundert. Es lag vor ihnen wie eine riesige Mauer. Im frühen Sonnenlicht schimmerte es rosa- und orangefarben, an der oberen Kante gelb.

Amos drehte sich um und reif: »Ausgucke auf Position! Untiefen!« Sofort kletterten ein halbes Dutzend Seeleute in die Takelage und suchte nach Anzeichen von Sandbänken oder seichtem Wasser.

Amos sagte: »Seht!« und zeigte auf Felsen zur rechten Seite des Schiffs. Das ferne Rauschen der Brandung drang über das Wasser zu ihnen. »Verdammt! Wir hätten in der letzten Nacht schon ein dutzendmal auf eine Sandbank laufen können. Ruthia muß uns sehr lieben.«

Nicholas fragte: »Wollen sie uns auflaufen lassen?«

»Vielleicht«, antwortete Amos. »Doch sie haben viel mehr Tiefgang, also muß es irgendwo eine sichere Rinne geben.« Er schloß die Augen und sagte: »Wenn mich mein alter Verstand nicht täuscht, ist das hier die Nordostküste des Kontinents Novindus. Irgendwo im Süden von uns gibt es eine Halbinsel, und hinter der liegt eine Stadt.«

Nicholas konnte sich kaum noch an die Karte erinnern.

»Sie wenden, Käpt'n«, sagte Calis.

Anthony hatte das schwarze Schiff schweigend beobachtet, jetzt sagte er: »Und da ist etwas –«

Ein Energieblitz explodierte über ihnen. Ein Ausguck schrie auf und fiel vom Mast ins Wasser neben dem Schiff. Nicholas fühlte sich, als würde eine seltsame Kraft in seinen Kopf hinein – und dann durch Körper und Füße wieder ins Schiff hinausfahren. Brisa kreischte schrill, die Männer schrien vor Schreck, und als sich Nicholas umsah, entdeckte er, wie Ghuda sein Schwert zog und wie selbst der immer ruhige Calis nach dem unsichtbaren Feind Ausschau hielt.

Dann verwandelte sich diese Energieerscheinung, und Nicholas spürte, wie sich seine Haare kräuselten und seine Haut kribbelte. Er sah blaue Blitze auf den Masten tanzen. Seinen Gefährten standen die Haare zu Berge.

Schließlich war Ruhe.

Amos blinzelte und sagte: »Was ...«

Das Schiff schaukelte leise. »Verflucht!« sagte Amos und eilte zur Seite des Schiffes. Er blickte über die Reling hinab und sagte: »Sie haben uns bekalmt.«

»Was?« fragte Marcus.

»Sie haben uns den Wind aus den Segeln genommen!«

»Aber wie haben sie das gemacht?« wollte Nicholas wissen.

Amos sah zu dem schwarzen Schiff hinüber, das sich langsam unter vollen Segeln davonbewegte. »Ich verstehe es nicht.«

»Magie«, sagte Anthony.

»Ein Trick«, murrte Nakor. »Sie haben den Wind aus der Luft um uns herum herausgesaugt. Ein sehr gemeiner Trick.«

Amos wollte seinen Augen nicht trauen. Im Umkreis von fünfzig Metern um sein Schiff herum war das Wasser ruhig, während die frische Brise jenseits davon weiße Schaumkronen auf das Wasser trieb. Amos schlug verzweifelt auf die Reling. »Wir hatten sie schon fast.« Er holte tief Luft und rief: »Laßt ein Langboot zu Wasser, Mr. Rhodes! Und macht ein Tau bereit.«

»Ihr wollt uns aus dieser Magie herausschleppen?« fragte Marcus.

»Ich bin früher schon bekalmt worden«, erwiderte Amos nur. »Manchmal kann man nichts anderes machen.«

Nicholas wandte sich um und blickte die anderen an. Ghuda sagte: »Ruht Euch lieber noch etwas aus.«

Doch Nicholas blieb, wo er war, und sah dem fliehenden Schiff hinterher, das langsam kleiner und kleiner wurde.

»Sie haben angehalten«, sagte Margaret.

»Was?« fragte Abigail.

»Sie bleiben hinter uns zurück.«

Abigail blickte durch das kleine Fenster und sagte: »O Götter, nein!« In ihren Augen begannen sich Tränen zu sammeln, doch sie zwang sich, nicht loszuheulen. »Was sollen wir jetzt bloß machen?«

»Wir werden jetzt gehen!« sagte Margaret und begann, sich ihr Kleid auszuziehen. Sie zog die Bänder vorn auseinander. Doch in diesem Augenblick ging die Tür auf, und Arjuna trat ein.

»Meine Damen, ich würde Euch raten, die Kleider anzulassen. Meine Männer würden nur unnötig abgelenkt, wenn sie Euch nackt vor sich hätten.«

Er machte ein Zeichen, und zwei große, schwarzgekleidete Seeleute traten ein. Arjuna sagte: »Sie werden Euch eine Weile bewachen, damit Ihr, Lady Margaret, Euch nicht in die von Haien wimmelnden Fluten stürzt.«

Er lächelte, drehte sich um und ging hinaus. Abigail setzte sich und sah ihre Freundin an. Margaret nickte ihr zu und lächelte, denn sie wußte, wie sehr sich das Mädchen bemühte, die drängenden Tränen hinunterzuschlucken. Langsam machte Margaret die Bänder ihres Kleides wieder zu und starrte hinaus auf das Schiff, welches rasch hinter ihnen zurückblieb.

Brisa grunzte verärgert. »Dieser Krach macht mich wahnsinnig.«

Nicholas und Harry sahen sie mitfühlend an. Nachdem man ihnen mit Magie sprichwörtlich den Wind aus den Segeln genommen hatte, hörten sie Geräusche, die der Wind bisher übertönt hatte. Der Rumpf ächzte, während sich die Planken und das Spantenwerk bewegten. Flaschenzüge klimperten an losen Tauen, krachten gegen Masten oder stießen einander. Planken knarrten, Angeln quietschten, und das ständige Rauschen der Brandung war allgegenwärtig.

Die Ruderer hatten das Schiff schon fast fünf Meilen geschleppt, doch es hatte nichts genutzt. Nakor hatte gesagt, der Zauber würde sich mit dem Schiff bewegen. Er wußte auch nicht, was er dem entgegensetzten sollte. »Es ist ein sehr guter Trick«, war alles, was er dazu zu sagen hatte.

Den Rest des Tages über hatten sie niedergeschlagen zuschauen müssen, wie das schwarze Schiff davonsegelte. Amos hatte die Männer in den Booten wieder an Bord kommen lassen, und nun trieb das Schiff vor sich hin. Der Admiral fluchte und ging auf dem Achterdeck auf und ab, begab sich schließlich zu Nicholas und den anderen am Bug. »Könnt Ihr nicht irgend etwas tun?« fragte er Nakor.

Der kleine Mann zuckte mit den Schultern. »Vielleicht, wenn ich lange genug darüber nachdenke. Vielleicht nicht. Es ist schwer zu sagen.«

Anthony sagte: «Es gibt einen Zauber, den ich gelernt, aber noch nie benutzt habe. Eine Beschwörung, mit der man das Wetter beherrschen kann. Doch der gelingt vielleicht nicht.«

Amos sah ihn böse an. »Und?«

»Es ist gefährlich.«

Nakor sagte: »Wenn man Tricks macht, mit denen man sich nicht auskennt, ist das immer gefährlich.«

Amos kratzte sich am Bart. »Was denkt Ihr über den Zauber, in dem wir gefangen sind?«

Anthony meinte: »Es ist die gleiche Art von Magie –«

»Trick«, unterbrach ihn Nakor.

»– die ich selbst versuchen wollte. Wenn wir nichts dagegen tun, wird der Zauber noch einen Tag oder womöglich länger anhalten. Wenn der Magier, der ihn benutzt hat, begabt ist, kann es auch noch eine Woche dauern.«

Amos fluchte. »Welche andere Wahl haben wir?«

Nicholas sagte: »Wenn wir das Schiff einholen, ehe es einen Hafen erreicht oder kurz danach, stehen die Chancen gut, daß wir die Gefangenen noch finden. Sollten jedoch einige Tage vergehen, wird es vielleicht unmöglich.«

Amos sah nicht gerade erfreut aus, doch er stimmte dem zu. Er fragte Anthony: »Braucht Ihr etwas Besonderes für diesen Zauber?«

Anthony erwiderte: »Nur alles Glück, was Ihr erübrigen könnt.«

Amos rief: »Alle Männer sollen an Deck kommen, Mr. Rhodes.«

Als die Mannschaft angetreten war, wandte sich Amos vom Vorderdeck aus an sie. »Männer, wir werden versuchen, diesen Zauber, der uns bekalmt, aufzuheben. Doch wir wissen nicht, welche Folgen das haben wird, deshalb soll jeder Mann auf seinen Posten gehen.«

Einige der Männer blieben noch einen Augenblick lang stehen

und schickten ein stilles Gebet an diesen oder jenen Gott, doch alle waren bereit, als Amos Anthony zunickte.

Anthony sagte: »Nakor, wenn Ihr mir irgendwie helfen könntet …«

Nakor zuckte mit den Schultern: »Ich kenne diesen Trick nicht, also weiß ich auch nicht, ob du das Richtige machst oder nicht. Tu es einfach und vertrau den Göttern.«

Anthony schloß die Augen: »Vor meinem inneren Auge sehe ich die Kräfte, und die Kräfte enthalten die Macht. Das Schloß vor den Kräften ist mein Willen, und mein Willen bekommt die Macht.« Er wiederholte die Beschwörung, und seine Stimme wurde leiser und leiser, bis Nicholas und die anderen sie nicht mehr hören konnten. Anthonys Lippen bewegten sich weiter, und er wiegte sich sanft hin und her.

Ein leichter Hauch berührte Nicholas an der Wange, und er sah die anderen an. Marcus und Brisa blickten beide nach oben in die Masten.

Mit etwas, was wie ein Seufzer klang, erhob sich der Wind und füllte die Segel. Das Schiff drehte sich.

»Richtet die Segel aus, Mr. Rhodes und nehmt Kurs hinter dem schwarzen Schiff her.«

Der Ausguck rief, er könne das große Schiff im Süden am Horizont immer noch erkennen.

Der Wind wurde stärker, und Amos rief: »Paßt auf das Wetter auf, Mr. Rhodes!«

Nicholas blickte sich um und schrie: »Seht mal!«

Im Nordosten formierte sich am ansonsten blauen Himmel ein dunkles Wolkengebirge. Die Wolken kamen näher, als hätte sie jemand aus einer Schüssel ausgeschüttet, und breiteten sich hinter dem Schiff aus.

Nicholas spürte einen Tropfen im Gesicht. Aus den Wolken fiel Regen, den der stärker werdende Wind vor sich her peitschte. Amos befahl, die Segel auf Sturm vorzubereiten, und die Männer kletterten in die Takelage, wo sie die großen Segel einholten und kleinere setzten.

Von Minute zu Minute wurde der Himmel schwärzer, und währenddessen stand Anthony reglos mit geschlossenen Augen da und bewegte nur die Lippen.

Nicholas schrie durch den Wind: »Nakor, sollten wir ihn nicht lieber aufhalten?«

»Wie denn?« fragte der kleine Mann. »Ich weiß nicht, was er da macht.«

Ghuda sagte: »Manchmal ist der direkte Weg der beste Weg.« Er faßte Anthony an der Schulter und schrie seinen Namen. Der Magier reagierte nicht. Ghuda schüttelte ihn, erreichte den blonden Zauberer jedoch immer noch nicht, der nun bis auf die Haut durchnäßt dastand. »Wenn der Sturm ihn schon nicht ablenkt, dann können meine Schreie auch nichts ausrichten.«

»Macht etwas anderes!« verlangte Brisa entsetzt. Der Wind nahm an Stärke zu, und die *Raubvogel* wurde von großen Wellen wie ein Spielzeug erfaßt. Die Seeleute in der Takelage beeilten sich, die Segel einzuholen, denn für einen so starken Wind waren zu viele gesetzt. Sparren und Masten stöhnten protestierend.

Nicholas trat neben Ghuda, schüttelte Anthony und schrie seinen Namen. Vom Heck her ertönte ein Schrei, und alle drehten sich um. Amos' Stimme drang durch den Sturm. »Banath, beschütze uns!«

Eine Welle, größer als alle vorhergehenden, baute sich von Nordosten her auf. »Hart nach Backbord! Dreht das Schiff in den Wind!« Zu den Umstehenden rief er: »Haltet euch irgendwo fest! Wenn die Welle uns breitseits erwischt, verlieren wir einen Mast. Vielleicht kommt es noch schlimmer!«

Nicholas packte die Reling und beobachtete entsetzt, wie sich das Wasser erhob und höher und höher stieg. Wie eine schwarze Wand kam die Welle auf sie zu, während sich die Mannschaft abmühte, das Schiff zu wenden.

Die *Raubvogel* war noch nicht ganz herum, als die Welle sie erreichte. Das Schiff schien auf das Wasser zu klettern, sein Bug reckte sich hoch in die Luft, und es neigte sich weit nach Steuerbord. Brisa kreischte, während sie sich verzweifelt an ein Tau klammerte. Marcus griff nach ihr, legte ihr den Arm um die Taille und zog sie dicht an sich, während er sich mit dem anderen Arm selbst festhielt.

Das Schiff stieg noch immer in die Höhe, und Nicholas sah gefesselt zu, wie die Welt sich zu neigen schien. Er lag fast auf dem Rücken. Immer noch stieg das Schiff höher, dann kippte plötzlich alles nach vorn.

Männer schrien, als sie aus der Takelage geschleudert wurden, während andere fluchten und sich am dem, was gerade greifbar war, festklammerten. Jetzt schoß das Schiff ins Wellental hinunter, und so steil, wie es vorher hochgeklettert war, senkte es sich wieder. Die Magie hatte die Gesetze des Meeres verzerrt. Diese Welle war hinter dem Kamm fast so steil wie davor.

Das Wasser flutete über den Bug des Schiffes.

Das Schiff tauchte ins Wasser ein, und Nicholas wußte, jetzt waren sie dem Untergang geweiht. Es schloß die Augen; das Wasser traf ihn wie eine feste Wand, drohte, ihm die Arme aus den Schultern zu reißen, während er sich an die Reling klammerte.

Er verlor den Halt, hing jedoch immer noch an der Reling, war auf einmal unter Wasser und dann wieder an der Luft. Wasser strömte in alle Richtungen davon, als sich der Bug des Schiffes aus dem Meer hob.

Nicholas rang nach Luft und kniff die Augen zusammen, um das Salzwasser herauszudrücken. Er blickte sich um. Alle waren noch da und klammerten sich an irgend etwas. Ghuda stand wie ein Felsen in der Brandung und hielt Anthony mit einem Arm fest, während er mit der anderen Hand ein dickes Tau gepackt hatte. Das Schiff neigte sich immer noch nach Steuerbord, doch als es fast auf der Seite lag, schwankte es nach Backbord zurück.

»Seht!« schrie einer der Seeleute.

Nicholas drehte sich um. Eine zweite Welle, größer noch als die erste, näherte sich. Wieder hob sich der Bug, und Nicholas schrie Ghuda zu: »Tut etwas!«

Ghuda nickte und ließ Anthony los. Ehe der Magier sich auch nur einen Fuß weit bewegen konnte, hatte ihm der Söldner schon die Faust unter das Kinn geschlagen. Anthony sackte bewußtlos zusammen.

Von einem Moment auf den anderen war der Himmel wieder klar, doch zu Nicholas' Entsetzen kam die Welle weiter auf sie zu, und der Bug der *Raubvogel* hob sich immer höher. »Haltet euch fest!« war alles, was er noch rufen konnte.

Schreie erfüllten die Luft, als die Männer abermals ihren Halt verloren und gegen Masten oder das Achterdeck geschleudert wurden.

Höher und höher kletterte das Schiff, und diesmal war Nicholas noch entsetzter, denn er konnte jetzt, wo ihm der Regen nicht mehr in die Augen drang, alles viel besser sehen. Nur die Spritzer des heranwogenden Wellenberges sprühten durch die Luft. Nicholas bekam vage mit, wie Brisa schrie und Harry fluchte.

Als sie den Kamm der Welle erreichten, war es, als würden sie sich überschlagen. Sie rauschten auf der anderen Seite hinunter, und Nicholas' Schreie gesellten sich zu denen der anderen. Da die Magie nicht mehr wirkte, lag hinter der Welle keine andere mehr, sondern das Meer war wieder auf normaler Höhe. Die Welle schien nun, da sie nicht mehr vorangetrieben wurde, zurückzulaufen, und diese Bewegung beschleunigte die Abwärtsfahrt noch. Nicholas entdeckte unter sich im Ozean wie durch grünes Glas Riffe und Sandbänke. Er war sich sicher, das würde er nicht überleben, denn unter ihnen war nicht genug Wasser, damit der Bug eintauchen konnte.

Der Grund des Ozeans schien Nicholas entgegenzueilen, und das Wasser traf ihn wie die Hand eines Riesen. Er spürte, wie er den Boden unter den Füßen verlor, spürte, wie Holz über Felsen schabte. Das Schiff stöhnte, und das Krachen des brechenden Holzes begleitete die Entsetzensrufe der Mannschaft.

Nicholas versank unter weißem Schaum. Er hielt die Luft an, so gut er konnte, und merkte, wie er mit ungekannter Gewalt tief unter Wasser gezogen wurde. Er wurde herumgewirbelt, das Schiff erzitterte unter ihm, und er verlor jede Orientierung.

Sein Fuß stieß auf Holz, und ein heißer Schmerz schoß ihm durch das linke Bein. Er keuchte, sein Mund und seine Nase füllten sich mit Wasser. Die Lungen brannten. Das Wasser drang immer tiefer ein. Mit schockierender Klarheit wußte er plötzlich, er würde sterben. Ein seltsamer Frieden erfaßte ihn. Das Blut pochte in seinen Schläfen, und das Brennen in seinen Lungen wurde schwächer.

Auf einmal bewegte er sich mit erstaunlicher Geschwindigkeit aufwärts, als würde ihn eine riesige Hand hochheben. Das Schiff stieg wegen der Luft, die in seinem Rumpf gefangen war, nach oben. Als es durch die Wasseroberfläche brach, wurde Nicholas in die Luft geschleudert. Er keuchte und spuckte Wasser, und seine Arme wirbelten herum, als würde er versuchen zu fliegen. Dann tauchte das Schiff wieder in die Wellen, und Nicholas schlug auf die Wasseroberfläche auf. Unter ihm richtete sich das Schiff auf, und halb krabbelnd, halb schwimmend bewegte er sich zur Reling. Wie ein verletztes Tier neigte sich die *Raubvogel* nach Backbord.

Nicholas spuckte, hustete und schnappte unter Schmerzen nach Luft, hustete wieder. Er blies Salzwasser aus seiner Nase, wischte sich das Gesicht mit einer Hand ab, und sah sich um. Alle drei Masten waren gebrochen. Das Deck lag voller Bruchstücke, Leichen und Seetang. Er brauchte eine Weile, bis er das Chaos ganz erfaßt hatte.

Marcus und Calis hingen an einem Tau, und Brisa hatte beide Arme um Marcus' Bauch geschlungen. Ghuda hielt noch immer

Anthony fest, während er mit dem anderen Arm die Ankerwinde umklammerte. Über sein Gesicht lief aus einer übel aussehenden Kopfwunde Blut. Nakor war unter Resten der Takelage begraben und rief, man solle ihn aus den Seilen befreien.

Nicholas wurde klar, wer fehlte. »Harry!« schrie er. Plötzlich drehte sich ihm der Magen um, und er übergab sich.

Das Schiff ächzte und schaukelte. Amos zog sich unter einer abgebrochenen Stange hervor. Er kam auf die Beine und besah sich den Schaden. »Was für ein Mist«. fluchte er. Indem er sich zum Heck wandte, rief er: »Mr. Rhodes!«

Er bekam keine Antwort. Amos ging davon und untersuchte das Schiff. Schnell war er wieder bei Nicholas. »Alle sollen sich an Deck versammeln und retten, was zu retten ist. Packt so viele Wasserfässer und -schläuche wie möglich in die Beiboote. Auch alles, was ihr an Vorräten finden könnt. Wir sinken.«

»Können wir nichts dagegen unternehmen?« fragte Nicholas.

Amos schüttelte den Kopf und wandte sich ab. Nicholas ging zu Calis, der gerade Nakor aus dem Gewirr von Seilen befreite, und sagte: »Alle sollen zum Hauptdeck kommen. Wir verlassen das Schiff.«

Die Nachricht wurde rasch weitergegeben, und Nicholas und Marcus eilten zu ihren Kabinen, wo das Wasser bereits durch die Planken eindrang. Sie schnappten sich, was immer ihnen in die Hände geriet, und brachten es eilig nach oben. Calis hatte seinen Bogen und seine Pfeile gefunden, die beide durch Öltücher geschützt waren, doch Marcus' Bogen war verlorengegangen. Nicholas bahnte sich durch Schutt und Leichen einen Weg zu Amos' Kabine. Er öffnete das kleine Fach im Boden und nahm den Beutel mit dem Gold heraus. Schon auf dem Weg nach draußen fiel ihm noch etwas ein, und er watete durch das steigende Wasser zum Schreibtisch. Er zog die Schublade auf und fand ein in rotes Leder gebundenes Logbuch. Wieder im Gang sah er, wie rasch das Wasser stieg. Das Schiff würde bald sinken.

Er stieg schnell die Kajütstreppe zum Hauptdeck hoch. Abermals schoß ein stechender Schmerz durch sein linkes Bein, und er hätte fast das Logbuch fallengelassen. Er erreichte das Hauptdeck, ging zu Amos und gab ihm das Logbuch.

»Ich habe auch noch das Gold aus deiner Kabine geholt. Vielleicht können wir es gebrauchen.«

»Sei gesegnet, Junge, weil du deine Gedanken beieinander hast. Mit dem Logbuch können wir vielleicht eines Tages zurück nach Hause finden.«

Nicholas kletterte über die Reling. Das Beiboot war keine zwei Meter unter ihm. Er sah zurück und fragte: »Amos?«

»Ich komme, Nicky.« Er sah sich noch einmal auf dem Deck um. »Ich komme.«

Sie kletterten in das Beiboot, und Ghuda und einer der Seeleute legten sich in die Riemen, um möglichst viel Abstand zwischen sich und das sinkende Schiff zu bringen.

Sie waren noch keine Viertelmeile entfernt, da drehte sich die *Raubvogel*, die frühere *Königlicher Adler*, auf die Seite.

Verbittert meinte Amos: »Verdammt, gefällt mir gar nicht, Schiffe zu verlieren.«

Nicholas wußte nicht wieso, aber er fand diese Bemerkung unheimlich komisch, und so sehr er sich auch bemühte, konnte er sich das Lachen nicht verkneifen. Amos schnaubte vor Wut, doch Brisa und Ghuda fielen mit ein, und selbst Marcus konnte sich nicht zusammenreißen. Nakor brauchte ja sowieso nie einen Grund zum Lachen, und er machte keinen Hehl aus seiner Erheiterung. Und bald lachten alle außer dem bewußtlosen Anthony und dem zornigen Amos Trask.

»Was ist daran so verdammt lustig?« verlangte Amos zu wissen.

Ghuda fragte: »Wie viele Schiffe habt Ihr denn schon verloren?« Sein Gesicht war mit angetrocknetem Blut verschmiert, ansonsten schien er wohlauf zu sein.

Amos sagte: »Drei«, dann machte sich auf seinem Gesicht plötzlich ein Grinsen breit, und er konnte sich nicht mehr zusammenreißen, während sich die anderen im Boot die Bäuche hielten.

Aus dem Wasser sagte eine heisere Stimme: »Wenn ihr zwischendurch mal einen Moment lang aufhört zu lachen, könnte mir dann jemand aus dem Wasser helfen?«

Nicholas sah über die Bootswand und entdeckte eine vertraute Gestalt, die sich an eine gebrochene Spiete klammerte. »Harry!« rief er und lehnte sich hinaus, um seinem Freund in das bereits volle Boot zu helfen.

»Ich dachte, du wärst ertrunken«, sagte Nicholas.

»Ach, deshalb die traurige Stimmung an Bord«, erwiderte Harry.

Nicholas zog ein säuerliches Gesicht. »Wir haben nur ein bißchen gelacht, nachdem wir entkommen sind.«

Harry nickte. »Ich wurde über Bord geschleudert. Als ich sah, wie der Bug auf den Grund schmetterte, dachte ich, ihr wärt alle umgekommen.–

Amos sagte: »Und ich wundere mich, daß noch mehr von uns überlebt haben. Seht!« Er zeigte auf etwas, und die anderen entdeckten zwei Beiboote, die auf sie zusteuerten. Als sie in Rufweite waren, schrie Amos: »Ist Mr. Rhodes bei euch?«

Einer der Seeleute antwortete: »Ich sah, wie ihm ein Balken den Kopf abgerissen hat, Käpt'n. Ohne Zweifel ist er tot.«

»Wie viele seid ihr?«

»Siebenundzwanzig in diesem Boot, und neunzehn in dem anderen, Sir.«

»Proviant?«

»Nein, Sir. In diesem nicht.«

Vom zweiten Boot her rief ein Seemann: »Wir haben ein Faß Schweinefleisch und ein Faß getrocknete Äpfel, Käpt'n.«

Amos sah sich um. »Nun, wir werden an Land gehen. In einer

Stunde wird es dunkel, und wir sollten nicht ziellos umherirren.« Er machte den Booten ein Zeichen. »Folgt uns.«

Ghuda und der Seemann begannen zu rudern, und Amos sagte: »Calis, haltet nach Felsen Ausschau. Beobachtet die Brandung und achtet auf die Stellen, wo sie sich teilt.«

Sie ruderten auf die hohen Klippen zu. Nicholas meinte: »Ich frage mich, was uns dort oben erwartet.«

Calis erwiderte: »Vielleicht Wald oder Buschland, vielleicht eine Ebene. Etwas, wo ich jagen kann.«

»Vielleicht ist dort oben sogar eine Stadt«, hoffte Harry, der immer noch aussah wie eine ertrunkene Ratte.

Brisa meinte: »Irgendein Ort, wo ich ein sauberes Hemd bekomme.«

»Und etwas zu essen«, hoffte Nakor mit einem halbherzigen Grinsen.

Sie umschifften einige Felsen und folgten einer schmalen Rinne. In der Brandung ließen sie sich von den Wellen auf den Strand zu schieben.

Plötzlich schrie Calis: »Felsen! Nach recht! Nach rechts!« Während Ghuda heftig ruderte, hörten sie ein Knirschen und mit einem Ruck blieb das Boot auf einmal stehen, als wäre es vor eine Wand gelaufen. Calis und Marcus wurden über den Bug hinausgeschleudert, und Brisa begann zu kreischen.

Die Spitze eines Felsen ragte einen Zoll durch den Rumpf, und das Wasser drang rasch ein. »Wir haben ein Leck«, rief Amos. »Schnappt euch, was ihr in die Finger bekommt und schwimmt an Land.«

Er dreht sich um und rief den Männern in den anderen Booten zu: »Wir sind auf einen Felsen gelaufen! Haltet euch von hier fern!«

Ein Seemann im zweiten Boot winkte, er habe verstanden, und sie steuerten links an dem aufgelaufenen Boot vorbei.

Nicholas ergriff zwei Schläuche mit Wasser und sprang hinaus.

Mit Leichtigkeit erreichte er schwimmend eine Stelle, an der er stehen konnte und watete zum Strand.

Auch das zweite Boot lief auf einen Felsen oder ein Riff auf, und die Seeleute sprangen fluchend ins Wasser. Das dritte Boot war gewarnt und erreichte ohne Schaden den Strand.

Amos gab einigen der Seeleute den Befehl, sie sollten hinausschwimmen und versuchen, das zweite Boot an Land zu bringen.

Mehr als ein Dutzend Männer watete erschöpft in die Brandung und schwamm zu dem zweiten Boot. Sie schoben und zerrten und versuchten das große Beiboot freizubekommen, doch es gelang ihnen nicht.

Schließlich machte Amos ihnen ein Zeichen, sie sollten zurückkommen. Als endlich alle auf dem Strand waren, meldete der Seemann, der vom Bug aus mit Amos gesprochen hatte: »Es hat Wasser gezogen, Käpt'n, und sitzt fest wie ein Aasgeier auf einem toten Hund.«

»Verdammt.« Amos drehte sich um und untersuchte den Ort, an dem sie gelandet waren. Die Schatten der hohen Klippen über ihnen reichten bereits bis zum Wasser, und der Admiral fröstelte. »Sucht Holz, damit wir ein großes Feuer machen können«, sagte er zu Nicholas, Marcus, Calis und Brisa. »Es wird bald kalt werden, und keiner hat eine Decke.« Schnell rechnete er zusammen: neunundvierzig Soldaten und Seeleute, dazu Nicholas und seine Gefährten. Also hatten achtundfünfzig von über zweihundert Männern überlebt. Er schickte ein Stoßgebet an Killian, die Göttin der Seefahrer, und bat sie um Gnade für seine ertrunkenen Leute.

Niedergeschlagen seufzte er. »Schwärmt aus und sucht nach angespülten Sachen, die wir noch gebrauchen können.« Er sah sich um. »Wir haben noch einige Zeit lang Licht, also wollen wir sehen, wo wir hier gelandet sind.«

Die Männer gehorchten. Die meisten suchten den Strand ab, manche machten sich auch nach Südosten entlang der Felsen auf.

Einige wenige waren zu verletzt und sanken einfach in den Sand, wo sie naß ihr Elend schweigend ertrugen.

Amos sagte zu Ghuda und Nakor, die immer noch den bewußtlosen Anthony hielten: »Weckt ihn, wenn das geht, aber seht Euch auch um. Mein Gefühl sagt mir, wir werden alles gebrauchen können, was wir finden, wenn wir überleben wollen.«

Ghuda legte den bewußtlosen Magier auf dem Sand ab und schüttelte ihn, doch er regte sich nicht. Nach einer Weile stand Ghuda auf und ließ ihn liegen. Wie die anderen suchte er nach Gegenständen, die angespült wurden. Nakor wandte sich an Amos. »Tut mir leid wegen deines Schiffes.«

Amos nickte. »Mir auch.«

Nakor griff in seinen Rucksack und zog die Hand heraus, als hätte ihn etwas gestochen. »Oh, das ist schlecht.«

»Was gibt es?« fragte Amos.

»Da gibt es jetzt in Ashunta einen Obsthändler, der sich sehr ärgern wird, wenn er entdeckt, daß seine Früchte von Meerwasser verdorben sind.« Der O-beinige Mann schüttelte den Kopf und ließ den Kapitän allein.

Amos sah hinaus zu der Stelle, wo sein Schiff hinter der Brandung auf der Seite im Wasser lag und langsam unterging. Traurig beobachtete er, wie es in den Wellen versank.

Aufstieg

Das Feuer schwelte.

Brisa rückte näher an die Glut, um sich warm zu halten. Andere hatten sich an die beiden weiteren kleinen Feuer gehockt, oder gingen auf und ab, um nicht auszukühlen. Am Tag hatten sie die Küste erkundet. Doch nach jeder Biegung hatten sie nur wieder Strand und Klippen entdeckt, und im Rücken blieb stets die endlos erscheinende Mauer aus Fels. Das wenige Holz, das sie gefunden hatten, war so gut wie verbraucht, und während es tagsüber sengend heiß war, wurde es nachts bitterkalt. Aus angespülten Wrackteilen, Segeltüchern und Balken, hatten sie einen einfachen Unterstand gebaut. Das Holz war jedoch zu naß zum Verbrennen. Das gepökelte Schweinefleisch war verdorben, doch die getrockneten Äpfel waren noch genießbar. Wasser hatten sie erst einmal ausreichend. Einige der Seeleute fischten in den Tümpeln, die die Flut zurückließ, doch ohne einen Topf, in dem man die Fische kochen konnte, war das keine besonders schmackhafte Kost. Die wenigen Möwen, die über sie hinwegflogen, schienen hier nicht zu brüten, also fanden sie auch keine Eier.

Anthony war am Morgen wieder zu Bewußtsein gekommen; er konnte sich kaum noch an etwas erinnern, was nach seinem Zauberspruch geschehen war. Er hatte einen Schock erlitten, als er gemerkt hatte, daß das Schiff untergegangen war, und bekam seine Panik erst in den Griff, als er sich gewahr wurde, daß seine Fähigkeiten als Heiler benötigt wurden.

Der zweite Morgen graute, und Amos kam zu Nicholas. »Wir werden sterben«, sagte er schwach. »Falls es auf der Welt eine ungemütlichere Küste gibt, so habe ich sie jedenfalls noch nicht zu Gesicht bekommen.«

»Was willst du machen?« fragte Nicholas.

»Ein einziges Boot kann die ganzen achtundfünfzig Leute nicht aufnehmen. Wir haben zwei Möglichkeiten. Entweder schicken wir eine Gruppe auf die Suche nach Hilfe für den Rest nach Süden, oder wir versuchen, die Felswand hochzuklettern. Oder wir machen beides.«

Nicholas sagte: »Nein, wir bleiben zusammen.«

Amos schien sich darüber streiten zu wollen, schüttelte schließlich jedoch nur den Kopf. »Du hast recht. Denn eine Sache ist sicher: Hier können wir jedenfalls nicht bleiben.«

»Also sollten wir uns am besten nach einem Weg nach oben umsehen.«

Amos nickte. »Ich bin der älteste, und ich freue mich nicht auf die Kletterei, aber entweder gelangen wir da rauf oder wir sind am Ende.«

Nicholas seufzte. »Ich bin noch nicht besonders oft geklettert. Mein Fuß ...« Er wandte sich an Calis und Marcus. »Würde einer von euch beiden einen Weg nach oben erkennen, wenn er ihn sähe?«

Marcus runzelte die Stirn, doch Calis nickte und stand auf. »In welche Richtung?«

»Ihr geht in die Richtung, Calis«, meinte Nicholas und deutete nach Nordwesten. Zu Marcus sagte er: »Und du nimmst die andere Richtung. Geht nicht weiter als einen halben Tagesmarsch. Wenn die Sonne den Zenit erreicht, kehrt ihr um.«

Sie nickten und machten sich auf den Weg, rasch, aber nicht zu schnell, um keine Kraft zu verschwenden. Das Essen würde bald ihr größtes Problem werden, ohne frische Nahrung würden sie alle sterben. Ein halbes Dutzend Seeleute hatte sich bei dem Unglück verletzt oder war vom Wasser in den Lungen krank geworden. Nakor und Anthony arbeiteten hart, um ihnen zu helfen, doch sie konnten ohne Anthonys Tasche mit den Heilmitteln nur wenig ausrichten.

Während Calis und Marcus unterwegs waren, begutachteten die anderen die wenigen Gegenstände, die vom Wrack an Land gespült worden waren. Sie hatten nur noch wenige Waffen. Nicholas und Ghuda hatten noch ihre Schwerter, Calis hatte seinen Bogen, und dazu kamen einige Dolche und Messer. Ein Sack mit Zwieback war in einem kleinen Faß an den Strand getrieben. Überall auf dem Sand lagen Seile herum, und Nicholas ließ sie von den Männern einsammeln. Vielleicht konnte man einige davon noch bei der Besteigung der Klippen gebrauchen.

Brisa kam und setzte sich neben Nicholas an das erloschene Feuer. Sie betrachtete Nakor und Harry, die ihre Kräfte durch ausgiebiges Schlafen zu sparen suchten.

Sie wandte sich an Nicholas. »Kann ich dich mal etwas fragen?«

Er nickte. »Was gibt es denn?«

»Marcus ...« setzte sie an und verfiel in Schweigen.

»Was ist mit ihm?«

»Du kennst ihn gut –«, versuchte sie es erneut.

Nicholas schnitt ihr das Wort ab. »Ich kenne ihn kaum.«

»Ich dachte, ihr wärt Brüder.«

»Ich dachte, du wüßtest es.«

»Was?« fragte sie.

»Wer Marcus ist.«

»Er ist der Sohn von irgendeinem Herzog, hat Harry mir gesagt. Ich wußte nicht, ob ich ihm glauben sollte.«

Nicholas nickte. »Er ist nicht mein Bruder, er ist mein Cousin.«

»Aber du hast gesagt, du kennst ihn kaum.«

»Tue ich auch nicht. Ich habe ihn erst ein paar Wochen vor dir kennengelernt. Ich wohne eigentlich nicht an der Fernen Küste.«

»Und wo wohnst du dann?«

»In Krondor«, antwortete er.

Sie nickte. »Ich hatte gehofft, du könntest mir etwas über ihn erzählen.«

Nicholas tat das Mädchen leid, denn er merkte, daß ihre Neckereien mit Marcus nur das Deckmäntelchen tieferer Gefühle gewesen waren. »Ich weiß nicht, was ich dir erzählen soll. Vielleicht kann dir einer der Soldaten helfen.«

Sie zuckte mit den Schultern. »Ist schon in Ordnung. Wir werden hier sowieso nicht mehr wegkommen.«

Nicholas meinte: »So etwas sollst du nicht sagen.« Seine Stimme klang scharf und befehlshaberisch.

Sie sah ihn mit großen Augen an, und Harry setzte sich halb im Schlaf auf und fragte: »Was?«

Er merkte, wie laut er gesprochen hatte. »Ich meinte, sag so etwas nicht, selbst wenn du es denkst. Verzweiflung ist wie eine Seuche. Wenn wir uns aufgeben, werden wir sterben. Wir haben keine andere Wahl, als den Aufstieg die Klippen hoch zu wagen.«

Brisa legte sich neben den schnarchenden Nakor und sagte: »Ich weiß.«

Nicholas ließ seinen Blick über den Strand schweifen, doch es war noch zu früh für Marcus oder Calis. Alles was sie tun konnten, war warten.

Kurz vor Sonnenuntergang kam Calis in Sicht und nicht lange danach auch Marcus. Calis berichtete: »Ich habe nichts gefunden, was wie ein Weg aussieht oder selbst unter Schwierigkeiten zu erklimmen wäre.«

Marcus sagte: »Im Süden gibt es auch nichts.«

Nicholas sagte: »Dann versuchen wir es entweder hier oder ziehen weiter in den Süden.«

»Warum in den Süden?« wollte der erschöpfte Marcus wissen. »Ich habe gerade gesagt, dort gibt es keinen Weg.«

»Weil wir sowieso in den Süden wollen. Wenn wir schon keine vernünftige Wahl haben, können wir uns wenigstens auf unser wahrscheinliches Ziel hin bewegen.«

Amos nickte. »Wenn wir schon etwas tun müssen, dann klingt

dieser Plan am besten. Jetzt laßt uns schlafen gehen und beim ersten Tageslicht aufbrechen.«

Nakor und Anthony kamen und schleppten einiges an Holz herbei. »Wir haben das hier auf den Felsen zum Trocken ausgelegt«, sagte der kleine Mann.

Anthony sagte: »Wenn wir eine Flamme anbekommen, sollte es eigentlich brennen.«

Calis sammelte ein wenig Holz, das vom Feuer der letzten Nacht übriggeblieben war, schnitt die verkohlten Stellen ab und schichtete es zu einem kleinen Haufen. Er nahm sein Messer und einen Feuerstein und schlug damit Funken. Bald hatte er eine kleine Flamme erzeugt, die er vorsichtig mit größeren Holzstücken nährte. Schließlich legte er das Holz, welches Nakor und Anthony gebracht hatten, darauf.

Die Seeleute versammelten sich um das Feuer, und Anthony zündete in einiger Entfernung ein zweites an.

Nakor ließ sich neben Nicholas nieder. Niemand war in der Stimmung, sich zu unterhalten; die meisten ruhten sich aus oder aßen. Ohne weitere Einleitung sagte Nakor: »Wasser ist das Problem.«

Nicholas fragte: »Wieso?«

Nakor erwiderte: »Bisher haben wir noch keine Quelle hier in der Nähe gefunden. Wir haben noch die Schläuche, die wir vom Schiff gerettet haben, doch nicht genug, und wir können die Fässer nicht weit mitschleppen.«

Amos sagte: »Und sicherlich können wir sie nicht die Klippen hinaufschleppen.«

Nicholas seufzte. »Was schlagt ihr vor?«

Nakor zuckte mit den Schultern. »Jeder soll soviel trinken wie möglich, ehe wir aufbrechen. Wenn wir bald eine Stelle finden, an der wir hinaufklettern können, dann können wir einige Leute zurückschicken, die die Schläuche auffüllen. Wenn wir weiter die Küste hinunterziehen, muß das reichen, was wir haben.«

»Was ist mit dem Essen?« fragte Nicholas.

»Morgen wird nicht mehr viel übrig sein«, antwortete Anthony, indem er sich am Feuer niederließ. Sein Gesicht war von Müdigkeit gezeichnet. »Eben ist einer der Männer gestorben.«

Amos fluchte. Er rief zwei Seeleute zu sich und sagte: »Holt ein Stück Segeltuch. Wir können ihn zwar nicht einnähen, aber wir können ihn wenigstens einwickeln und das Tuch mit Seilen festbinden. Morgen werden wir ihn zu den Felsen hinaustragen und im Meer beerdigen.«

Die beiden Männer nickten und gingen, um den Auftrag zu erledigen. Amos klang alt, als er sagte: »Das wird nicht der einzige bleiben.«

Niemand sagte danach noch etwas.

Während der nächsten anderthalb Tage zogen sie die Küste hinunter. Nicholas ließ regelmäßig haltmachen, denn der Mangel an Essen, das knappe Wasser und die Hitze forderten ihren Tribut. Am Nachmittag des zweiten Tages sagte Marcus: »An dieser Stelle bin ich umgekehrt.«

Nicholas fühlte sich verzweifelt. Sie hatten mit den Kranken und Verletzten fast zwei Tage gebraucht, um eine Strecke zurückzulegen, die Marcus an einem halben Tag hinter sich gebracht hatte. Nicholas verdrängte die finsteren Gedanken. »Du und Calis, ihr geht voraus und kundschaftet.« Im stillen betete er, die beiden mögen bald einen Weg nach oben finden.

Marcus und der Halbelb machten sich auf. Amos gab Nicholas ein Zeichen, er solle mit ihm etwas vorausgehen. Als sie außer Hörweite der anderen waren, sagte der Admiral: »Wir müssen morgen mit dem Aufstieg beginnen, egal was kommt.«

Nicholas erwiderte: »Sonst werden wir bald alle sterben.«

Amos meinte: »Wir sterben bereits. In zwei oder drei Tagen ist die Hälfte der Männer nicht mehr zu einer Kletterei in der Lage.« Er spreizte die Finger, als wäre seine Hand steif. »Und vielleicht gehöre ich selbst dann zu diesen Männern. Ich habe so ein Ziehen in der Hand. Das Wetter wird sich ändern.«

»Sturm?«

Amos nickte. »Normalerweise, wenn es so zieht.«

Nicholas warf einen Blick auf den sich verdunkelnden Himmel im Osten. »In zwei Stunden ist es Nacht. Sollen wir nicht hier bleiben? Wir brauchen Ruhe.«

Amos nickte abermals, und sie gingen zu den anderen zurück. Amos ließ die mageren Rationen verteilen. Nicholas ging zu Harry, der seine schmerzenden Füße massierte. Brisa saß neben ihm. Das Mädchen hatte sich zusammengerollt, als würde es frieren.

»Wie geht es dir?« fragte Nicholas.

Harry sagte: »Meine Füße tun weh, und ich habe Hunger.« Er grinste.»Das hebt mich irgendwie von den anderen ab, nicht?«

Nicholas mußte lächeln. Harry war der letzte, der seine gute Laune verlieren würde, das wußte er. »Ich möchte, daß du morgen hinten gehst. Wir werden versuchen, die Klippen zu ersteigen, und ich brauche hinten jemanden, der sich darum kümmert, daß niemand abstürzt oder den Mut verliert.«

Harry nickte. »Ich werde tun, was ich kann.«

Nicholas fragte das Mädchen: »Wie geht es dir?«

Bitter sagte es: »Meine Füße tun weh, und ich hab Hunger.«

»Da paßt ihr ja richtig zusammen.« Nicholas stand auf und ging davon.

Brisa blickte ihm hinterher. »Er versucht wirklich alles, nicht?«

Harry sagte: »Ich glaube schon. Das hat er im Blut. Er ist geboren, um zu dienen und die Pflichten des Adels zu erfüllen und so.«

»Und du?« fragte sie halb spöttisch.

»Ich bin kein Prinz. Ich bin nur der Sohn eines niedrigen Adligen.«

»Und er?« fragte Brisa und deutete auf Nicholas.

»Nicky ist weit mehr, als du denkst. Er wird einmal ein wichtiger und mächtiger Mann sein. Bruder des Königs, weißt du.«

»Genau«, meinte Brisa. Ihre Stimme klang ungläubig.

»Ich mache keine Scherze«, sagte Harry. »Er ist der jüngste Sohn von Prinz Arutha. Wirklich. Und Marcus ist der Sohn des Herzogs von Crydee.«

»Ziemlich schmutziger Haufen von Adligen, wenn du mich fragst.«

»Nun, du mußt es ja nicht glauben. Aber er wird trotzdem eines Tages mal ein wichtiger Mann sein.«

Brisa schnaubte. »Wenn er diesen Tag erlebt.«

Harry sagte darauf nichts.

Brisa kroch zu Harry heran und schmiegte sich an ihn an. »Komm mir bloß nicht auf falsche Gedanken. Mir ist nur kalt.«

Harry spielte den Beleidigten. »Ach, du brauchst einen Ersatz für Marcus, was?«

Brisa seufzte. »Nein, mir ist nur kalt, und bei dir bin ich außer Gefahr.«

»Jetzt bin ich aber richtig beleidigt«, sagte Harry. »Außer Gefahr?«

Brisa küßte ihn flüchtig auf die Wange. »Du bist so charmant, Junker, wie ein dummer kleiner Junge. Nimm's nicht so schwer. Du wirst es schon noch schaffen.«

Sie kuschelte sich an ihn, und er genoß das Gefühl. Dennoch fühlte er einen Stich. »Dummer Junge?«

Calis und Marcus kamen in dieser Nacht nicht zurück.

Bei Sonnenaufgang ließ Nicholas die Männer aufstehen und weitergehen. Eine Stunde später tauchte Marcus auf und winkte mit den Armen. Nicholas lief zu ihm hin. »Was habt ihr gefunden?«

»Calis hat eine halbe Meile weiter eine Stelle markiert. Wir glauben, da müßte man hochklettern können.«

Nicholas senkte die Stimme. »Wir müssen es heute versuchen. Einige der Männer werden es sowieso nicht mehr schaffen. Wir können nicht länger warten.«

Marcus betrachtete den zerlumpten Haufen der Seeleute und nickte.

Sie brauchten einige Zeit, bis sie Calis erreichten, da die Kranken und Verletzten im tiefen Sand nicht so schnell vorankamen. Calis zeigte auf ein Felsgesims etwa drei Meter über sich. Er machte für Nicholas die Räuberleiter, und dieser stieg hoch. Er zog sich an dem überstehenden Fels hoch. Oben war ein großer Vorsprung, und hinten führte eine kleine Höhle in die Klippen. Marcus half Calis nach oben, und dann reichte Calis Marcus die Hand und zog ihn hoch. Als alle drei auf dem Felsvorsprung standen, fragte Nicholas: »Die Höhle?«

»Nein«, entgegnete Marcus. »Sie ist nicht tief und führt nirgendwo hin. Sie wird denen Schutz bieten, die zurückbleiben.«

Nicholas sagte: »Niemand wird zurückbleiben.«

Marcus' Stimme klang gereizt, jedoch nicht vor Wut, sondern vor Niedergeschlagenheit. »Nicholas, einige der Männer können kaum ohne Hilfe gehen. Sie werden hier nicht hochklettern können.«

In der Nähe des Höhleneingangs begann ein schmaler Pfad, der hinter einer Biegung verschwand. Von Nicholas' Standort aus konnte man nicht sehen, ob er weiter begehbar war. »Wart ihr schon dort oben?«

Calis antwortete: »Ich war oben. Er führt bis zur halben Höhe der Klippe hinaus und endet dort, doch zwei Meter über dem Ende fängt ein Kamin an. Soweit ich sehen konnte, geht der bis ganz oben hinaus.«

»Wie?« fragte Nicholas.

»Das ist der härteste Teil. Aber wenn zwei oder drei von uns hinaufklettern, können wir Seile von oben herunterlassen und diejenigen, die Hilfe brauchen, hochziehen.«

Marcus ergänzte: »Die Schwerverletzten und Kranken werden es trotzdem nicht schaffen – wer auch immer durch diesen Kamin nach oben klettert, muß sich ganz schön anstrengen. Wir können nicht zehn oder fünfzehn Männer über hundert Meter hochziehen. Das halten auch die Seile nicht aus.«

Nicholas fühlte sich hilflos, doch er riß sich zusammen. »Wir tun, was wir können. Zuerst einmal müssen wir alle hier heraufbekommen.«

Die Steine, auf denen sie standen, wurden in der Mittagsglut immer heißer, und der Prinz schickte die Schwachen in den Schutz der Höhle. Er nahm Amos zur Seite und sagte: »Sobald die Klippen im Schatten liegen, steige ich mit Calis und Marcus nach oben.«

»Warum ausgerechnet du?« wollte Amos wissen.

»Falls ich mich nicht sehr irre, sind wir drei die kräftigsten.«

»Aber du hast so etwas noch nie gemacht.«

»Sieh mal, früher oder später muß es jeder von uns versuchen, oder er verfault hier unten am Strand. Wenn ich herunterfalle, vernachlässige ich meine Pflicht genausosehr, als wenn ich mich von jemandem hochziehen lasse.«

Amos fluchte. »Du wirst von Tag zu Tag deinem Vater ähnlicher. Nur gut, doch wenn ihr erst mal oben seid, soll Ghuda als nächster nachkommen.«

»Warum?«

»Weil wir sein Schwert hier unten kaum gebrauchen können, doch wer weiß, was uns dort oben erwartet!« sagte er ungeduldig.

»Gut. Und du kommst nach ihm.«

»Nach meinen Männern«, beharrte Amos.

Nicholas legte Amos die Hand auf die Schulter. »Einige von ihnen werden nicht mitkommen. Das weißt du, ja?«

Amos wandte sich ab und ließ den Blick über das Meer schweifen. »Ich bin ihr Käpt'n. Ich werde als letzter hochkommen.«

Nicholas wollte sich mit ihm streiten, doch irgend etwas hielt ihn zurück. »Gut. Aber du kommst.«

Amos nickte und ging davon. Nicholas kehrte zum Höhleneingang zurück, setzt sich, und wartete darauf, daß die Sonne weiterzöge.

Nakor setzte sich neben Nicholas. Der Prinz beobachtete, wie sich die Klippen langsam in Schatten hüllten. »Ihr geht bald?« fragte der kleine Mann.

Nicholas nickte. »In ein paar Minuten. Die Steine werden immer noch ziemlich heiß sein.«

»Wie fühlst du dich?«

Nicholas zuckte mit den Schultern. »Hungrig, müde und ein wenig besorgt.«

»Besorgt?«

Nicholas stand auf und machte Nakor ein Zeichen, er solle mitkommen. Der Prinz tat, als wolle er nach der Sonne sehen, und sagte mit gesenkter Stimme. »Ein halbes Dutzend Männer wird den Aufstieg nicht schaffen, vielleicht sogar noch mehr.«

Nakor seufzte. »Jeder stirbt irgendwann. Obwohl der Tod von Menschen, die uns nahestehen, besonders weh tut, selbst wenn wir mit ihnen kaum mehr als ein paar Sätze gewechselt haben.«

Nicholas wandte der Höhle den Rücken zu und sah hinunter zum Strand und dem Meer dahinter. Eine Brise hatte sich erhoben und strich sein schulterlanges Haar zurück. »Ich habe in letzter Zeit viele Tote gesehen. Doch ich weiß nicht, ob ich mich daran gewöhnen kann.«

Nakor grinste. »Oh, das ist gut. In einem behaglichen Zimmer am offenen Kamin läßt sich leicht philosophieren, aber wenn Menschenleben in Gefahr sind, muß man handeln.«

Nicholas nickte. »Ich glaube, ich verstehe.«

Nakor legte seine Hand auf Nicholas' Arm. »Weißt du, warum einige Männer heute sterben werden?«

»Nein«, erwiderte er. »Ich wünschte, ich wüßte es.«

»Weil manche am Leben hängen, während andere müde werden.«

»Ich verstehe nicht, was Ihr meint.«

Nakor machte eine allumfassende Handbewegung. »Das Leben ist Stoff.«

»Stoff?«

»Der Stoff, aus dem alles gemacht ist.« Er sah hinaus aufs Meer. »Du siehst das ganze Wasser, die Wolken, und du fühlst den Wind. Doch es gibt auch Stoff, den man nicht sehen kann. Stoff, von dem Narren wie Anthony behaupten, er sei Magie. Alles, von deinen Stiefeln bis zu den Sternen am Himmel, ist aus der gleichen Sache gemacht.«

»Aus diesem ›Stoff‹, wie Ihr es nennt?«

Nakor grinste. »Wenn mir ein besserer Name einfallen würde, dann würde ich ihn anders nennen. Doch was immer dieser Stoff auch sein mag, du kannst ihn nicht sehen; er ist wie Leim – er hält alles zusammen. Und eins der Dinge, in denen er sich offenbart, ist das Leben.« Er sah Nicholas in die Augen. »Du hast in kurzer Zeit viel durchgemacht, und du bist nicht mehr der Junge, der von Krondor aufgebrochen ist.

Aber du bist immer noch nicht der Mann, der du mal werden wirst. Also merke dir eins: Manchmal kommt der Tod unerwartet, und derjenige, den Lims-Kragma zu sich holt, geht gegen seinen Willen. So ist das Schicksal. Doch wenn ein Mann die Wahl hat, muß man seine Wahl annehmen.«

»Ich weiß immer noch nicht genau, was Ihr meint«, sagte Nicholas.

»Einige der Männer hier sind zum Sterben bereit. Verstehst du?«

Nicholas antwortete: »Ich glaube schon. Deshalb schaffen es manche Männer mit schwereren Verletzungen, während Leichtverletzte sterben?«

»Genau. Und dafür darfst du dich nicht verantwortlich fühlen. Diese Wahl trifft jeder Mann selbst, obwohl er das vielleicht gar nicht weiß. Das liegt jenseits des Einflusses von Prinzen und Priestern. Das betrifft nur die Seele eines Mannes und das Schicksal.«

Nicholas sagte: »Ich denke, jetzt habe ich es verstanden. Als das Schiff zum zweiten Mal untertauchte, bin ich fast am Meerwasser erstickt. Ich konnte nicht mehr atmen und wurde tiefer und tiefer hinuntergezogen. Da habe ich geglaubt, ich müßte sterben.«

»Und wie hast du dich dabei gefühlt?«

»Ich hatte schreckliche Angst, doch schließlich spürte ich eine seltsame Ruhe.«

Nakor nickte. »Aber deine Zeit war noch nicht gekommen. Nur für einige dieser Männer ist sie es. Das mußt du einfach so hinnehmen.«

»Doch ich muß es doch nicht mögen, oder?«

Nakor grinste. »Aus diesem Grund wirst du eines Tages ein guter Herrscher werden. Im Moment mußt du jedoch erst einmal diese Klippen erklimmen.«

Nicholas lächelte, gleichermaßen erschöpft und erleichtert. »Ja, ich muß die anderen jetzt führen, oder ich werde es niemals tun.«

Nakor fragte: »Hast du noch einmal an das Amulett gedacht?«

Nicholas nickte. »Pug sagte, ich solle es Anthony geben, und der soll es nur in äußersten Notfällen benutzen.« Er sah hinüber zur Höhle, in der sich Anthony um die Verletzten und Kranken kümmerte. »Ich vertraue ihm. Er wird schon wissen, wann die Not am größten ist.«

»Du mußt gehen.«

Nicholas sah nach oben. Die Sonne war hinter den Klippen verschwunden. Er nickte und ging hinüber zum Höhleneingang. »Marcus. Calis. Es ist an der Zeit.«

Calis erhob sich und griff nach einem langen, aufgerollten Seil.

Er steckte einen Arm und den Kopf hindurch. Marcus und Nicholas nahmen sich ebenfalls ein Seil. Harry trat zu Nicholas und sagte: »Warum läßt du mich nicht anstelle von dir gehen?«

Nicholas grinste. »Dich?« Er legte seinem Freund die Hand auf die Schulter. »Danke, trotzdem.«

»Wenn einer runterfällt –«

»Es wird niemand runterfallen.«

Nicholas schob sich an seinem Freund vorbei und trat in die Höhle. »Wir sollten bis Sonnenuntergang oben sein. Dann lassen wir das Seil herunter, und ihr könnt uns folgen.« An Amos gewandt sagte er: »Du wirst die Reihenfolge bestimmen, und auch, wer wem helfen soll. Wenn es möglich wäre, hätte ich am liebsten bis zum Einbruch der Nacht alle Männer oben.«

Amos nickte, doch beide wußten, das war unmöglich. Einer der Seeleute hinkte nach vorn. Sein Bein war wegen seines gebrochenen Knöchels geschwollen. Das Gesicht des Mannes war vor Schmerz aschfahl, doch er sagte: »Ich werd mich schon darum kümmern, daß so viele wie möglich hochklettern, Hoheit.«

Nicholas nickte und verließ die Höhle. Als er noch einen Blick über die Schulter warf, sah er, wie Amos dem Mann einen Dolch gab, den dieser schnell in seinen Kleidern verbarg. Er wußte, warum dieser Mann um die Waffe gebeten hatte. Es war nicht der angenehmste Tod, zu verhungern und zu verdursten.

Nicholas stieg den schmalen Weg hoch. Dort, wo der Kamin anfing, warteten Calis und Marcus bereits. Harry kam hinter Nicholas her. Calis sagte: »Ich gehe als erster, da ich die größte Erfahrung habe. Marcus, Ihr kommt als zweiter. Nicholas, achtet genau darauf, wo wir unsere Füße und Hände hinsetzen. Manches, was fest aussieht, bricht. Ihr müßt jeden Halt prüfen, ehe Ihr ihm Euer volles Gewicht anvertraut. Wenn Ihr erschöpft seid oder irgend etwas zu schwierig ist, sagt uns Bescheid. Wir haben keine Eile.«

Nicholas nickte. Der Elb hatte die Führung übernommen, und

Nicholas war erleichtert. Er wandte sich an Harry. »Wenn wir das Seil heruntergelassen haben, rufst du die anderen. Dann können sie hochklettern.« Er legte Harry die Hand auf die Schulter. »Paß auf, daß Amos vor dir hochklettert. Und wenn du ihm eins über den Kopf geben mußt, damit wir ihn hochziehen können, laß ihn nicht bei den Verletzten zurück.«

Harry nickte.

Calis suchte mit den Händen Halt und zog sich hoch, wobei er sich mit beiden Beinen an den Wänden des Kamins abstützte. Er schob sich hoch und suchte einen neuen Halt. Marcus und Nicholas sahen genau zu, und als Calis die ersten drei Meter hinter sich gebracht hatte, begann Marcus mit dem Aufstieg.

Nicholas beobachtete seinen Cousin, und als er hoch genug war, griff der Prinz nach oben und suchte mit den Händen dort Halt, wo es die beiden anderen vor ihm getan hatten. Für einen kurzen Moment durchfuhr ihn Panik – viel war das nicht, woran er sich festhalten mußte. Er zögerte einen Moment lang, zog sich schließlich hoch, und setzte die Füße an die gleichen Stellen wie Marcus und Calis. In seinem linken Fuß spürte er ein dumpfes Stechen. Leise fluchte er: »Nicht jetzt, verdammt!«

Marcus blickte nach unten. »Was ist los?«

»Nichts«, erwiderte Nicholas. Er wendete seine Aufmerksamkeit wieder dem Klettern zu und sah nach oben. Im Kamin war es fast dunkel. Er suchte einen neuen Halt und zog sich weiter hoch.

Wie drei Insekten, die eine Wand hochkrabbeln, suchten sie sich Zoll für Zoll ihren Weg durch den Felsen.

Nicholas hatte das Zeitgefühl verloren. Mal stand er da und sah den anderen zu, dann kletterte er wieder ein kleines Stück hoch. Dreimal hatte Calis sie vor möglicherweise brüchigen Stellen gewarnt, und einmal war sein Fuß abgerutscht, und kleine Steine waren auf Marcus und Nicholas heruntergeprasselt.

Nicholas mußte oft anhalten und nach Luft schnappen, doch meistens war das Klettern nicht so anstrengend. Er war müde, doch er richtete seine Aufmerksamkeit einfach auf die Aufgabe, die vor ihm lag, setzte eine Hand über die andere, zog einen Fuß nach, prüfte den Halt und schob sich wieder ein bißchen höher.

Einmal sah er nach unten und war überrascht. Sie hatten erst ein Drittel des Kamins hinter sich gebracht. Er entschied, nicht noch einmal nach unten zu sehen, denn bei der Enttäuschung hatte er gleich wieder einen Stich in seinem Fuß gespürt.

Obwohl sie im Schatten waren, lief ihm wegen der großen Hitze der Schweiß übers Gesicht. Manchmal konnte er einen Augenblick lang nichts sehen, wenn er nach oben guckte. Er wischte sich den Schweiß einige Male mit der Schulter ab.

Die Zeit verstrich, während er sich anstrengte, den Anschluß zu Calis und Marcus nicht zu verlieren. Jede Stunde, die verging, brachte sie der Spitze näher, doch als er der ganzen Sache gerade etwas zuversichtlicher entgegensah, meinte Calis: »Wir haben ein Problem.«

Nicholas blickte nach oben, konnte den Elben jedoch hinter seinem Cousin kaum erkennen. »Was ist denn?« rief er.

»Der Kamin wird breiter.«

»Und was sollen wir machen?« fragte Nicholas.

»Das ist etwas vertrackt. Wenn Ihr hier ankommt, seht Ihr links eine leichte Verjüngung. Es sieht so aus, als bräuchte man nur ein wenig hinüberzugreifen, doch es ist gefährlich. Besser geht Ihr wieder ein Stück zurück, schwingt beide Füße zur linken Seite und schiebt Euch mit dem Rücken an der rechten Seite hoch. Verstanden?«

Nicholas sagte: »Ich denke. Ich sehe es mir bei Marcus an.«

Marcus blieb lange Zeit regungslos, und Nicholas spürte wie es in seinen Armen und Beinen zu ziehen begann. Ein Schreck durchfuhr ihn, als seine linke Hand langsam abrutschte. Er packte erneut zu. Um sich zu beruhigen, atmete er tief durch.

Es dauerte und dauerte. Nicholas bekam leichte Krämpfe. Noch nie im Leben war er so müde gewesen. Dann sagte Marcus endlich: »Calis hat die breite Stelle hinter sich.«

Nicholas sah zu, wie sein Cousin die nächsten drei Meter hinaufkletterte. Marcus schwang das rechte Bein hinüber und fand auf der linken Seite Halt. Sich nur mit einem Bein haltend, zog er das andere nach, dann hievte er sich mit den Händen weiter hoch. Er kam nur langsam voran, doch für Nicholas sah es nicht allzu schwierig aus. Aber eine Stimme in seinem Kopf warnte ihn: *Werde nicht übermütig.*

Als er die Stelle erreichte, wo Marcus sich umgedreht hatte, spürte er einen stechenden Schmerz in seinem linken Fuß. »Verdammt«, sagte er leise, während er versuchte, das Gewicht darauf zu verlagern. Das linke Bein zitterte, und er mußte die Augen schließen und sich nur auf den Fuß konzentrieren. Im ersten Moment hätte er ihn am liebsten zurückgezogen, doch mit festem Willen zwang er sich, weiterzumachen. Der rechte Fuß fand an der gegenüberliegenden Wand Halt, und er entlastete den linken. Nicholas holte tief Luft und sah nach oben.

Marcus wollte wieder in seine vorherige Lage wechseln, als ihm plötzlich der linke Fuß wegrutschte. Er schrie auf und suchte nach Halt, doch auf einmal hing er nur noch mit den Händen an einem schmalen Sims. Seine Füße rutschten auf dem glatten Stein immer wieder ab.

Nicholas schrieb voller Panik: »Halt dich fest!« Er zwang seine schmerzenden Beine weiter und schob sich durch den Kamin hoch.

Marcus rief: »Geh weg! Wenn … ich falle … dann falle ich auf dich.« Dem Keuchen zwischen den Wörtern nach kämpfte er darum, den Halt mit den Händen nicht zu verlieren.

Nicholas beachtete die Warnung nicht und kletterte schnell nach oben. Er mußte blinzeln, da Marcus mit seinen Füßen Dreck und kleine Steinchen lostrat. Calis konnte er nicht erkennen.

Als er knapp unter Marcus' Füßen angekommen war, rief er: »Halte mal einen Augenblick still.«

Marcus hing reglos da, während sich Nicholas nach oben schob. Vorsichtig griff er nach Marcus' Stiefel. »Tritt nicht nach mir, dann fallen wir beide runter.« Nur mühsam konnte er dem Drang widerstehen, sich an dem Stiefel vor seinem Gesicht festzuhalten.

Er suchte sich den bestmöglichen Halt und setzte die Hand unter Marcus' rechten Fuß. »Jetzt, aber langsam!« rief er.

Marcus verlagerte das Gewicht auf die Hand seines Cousins. Nicholas verzog vor Anstrengung das Gesicht. Seine Schultern brannten, da die Haut vom rauhen Stein durch das Hemd hindurch zerkratzt war. Seine Beine zitterten, doch er hielt durch.

Nicholas merkte, daß er flach und schnell atmete, und er zwang sich, tiefer Luft zu holen. Die Tränen rannen ihm wegen der Schmerzen in Rücken und Beinen über das Gesicht, aber er blieb so angespannt wie eine Bogensehne, denn jedes Nachlassen konnte ihn und Marcus das Leben kosten.

Dann ließ der Druck von oben nach, und Marcus kletterte weiter nach oben. Nicholas wünschte sich bei den Göttern, er könne sich einen Moment lang ausruhen, doch er wußte, gerade jetzt hatte er das gefährlichste Stück des Aufstiegs vor sich. Er mußte sich ein wenig herunterlassen und wieder nach oben steigen.

Mit brennenden Schultern und Beinen ließ er sich hinuntergleiten und merkte plötzlich, daß er festsaß. »Äh ... Calis!« rief er.

»Was ist?« fragte der von oben.

»Ich habe da ein Problem.«

»Was denn?« fragte Marcus und blickte nach unten.

»Meine Füße sind höher als die Schultern. Ich kann die Füße nicht nach unten bringen und die Schultern nicht weiter nach oben schieben.«

»Bewegt Euch nicht«, rief der Elb. »Ich bin fast oben.«

Wenn Calis erst oben war, konnte er ein Seil herunterlassen und ihn hochziehen. Nicholas mußte sich nur lange genug festhalten.

Die Sekunden zogen sich dahin wie eine Parade von Schnecken auf einem Gartenweg. Nicholas zwang sich, auf den unnachgiebigen Felsen vor sich zu starren, denn sollte er nach unten sehen, würde er vielleicht abstürzen.

Panik begann in ihm aufzusteigen, und sein Fuß schmerzte jetzt so sehr wie nach dem Unfall beim Fußballspiel in Crydee. Er wollte seine Wade anspannen, damit es nicht mehr ganz so weh tat, doch das konnte er nicht, ohne dabei abzurutschen. Er schloß die Augen und dachte an Abigail.

Er erinnerte sich daran, wie er in jener Nacht vor dem Überfall mit ihr im Garten gesessen hatte, wie sich ihr Busen unter dem Kleid gewölbt hatte, erinnerte sich an ihre Locken, die im Fackellicht golden geglänzt hatten. Sie hatte nach Sommerblüten und Gewürzen gerochen, und in ihren blauen Augen hätte man ertrinken können. Er durchlebte den Moment ihres ersten Kusses noch einmal, und er spürte ihre Lippen auf seinen. Er mußte diese Klippen bezwingen, sagte er sich. Wenn er Abigail jemals wiedersehen wollte, durfte er sich nicht fallenlassen.

Da klatschte ihm etwas ins Gesicht, und eine Stimme rief: »Bindet es Euch um den Bauch.«

Nicholas öffnete die Augen, sah das Seil vor sich und griff mit der linken Hand danach. Er zog, und es wurde noch ein Stück heruntergelassen. Er drückte sich mit den Schultern hart gegen die Felsen, achtete nicht auf die Schmerzen, die ihm die zerkratzte Haut bereitete, und nahm das Seil in die rechte Hand. Unbeholfen band er es sich um den Bauch. »Ich weiß nicht, ob es hält.«

»Es ist nicht weit. Haltet Euch einfach auch mit beiden Händen fest.«

Er packte das Seil und rief: »Fertig?«

»Fertig«, kam die Antwort.

Nicholas ließ mit der linken Hand den Felsen los und packte

das Seil, als seine Füße den Halt verloren. Plötzlich hing er am Seil und dreht sich. Er schwang gegen den Felsen und verkratzte sich das Gesicht. »Zieht!« schrie er.

Schneller als er gedacht hatte, ging es nach oben. Und rasch erreichte er den Rand der Klippe, wo ihm zwei braune Augen entgegenstarrten.

Die Ziege blökte überrascht und lief davon, während Nicholas über die Kante gezogen wurde. Er wälzte sich auf den Rücken und sah in den blauen Himmel. Dann versuchte er sich aufzurichten. Jeder Muskel tat ihm weh, und er schrie vor Schmerz auf.

»Beweg dich nicht«, warnte ihn Marcus. »Lieg nur da und ruh dich aus.«

Nicholas drehte den Kopf und erblickte Calis, der ein Stück entfernt stand und das Seil wieder hinunterließ. »Hat er mich allein hochgezogen?«

Marcus nickte. »Er ist viel stärker, als ich dachte.«

Calis sagte: »Ich habe eben ungewöhnliche Eltern.« Ohne weitere Worte nahm er Marcus sein Seil ab und knotete es fest mit seinem eigenen zusammen. Daraufhin legte er es auf dem Boden aus und untersuchte beim erneuten Aufwickeln jeden Zoll aufs genaueste nach beschädigten Stellen. Als er es für tauglich befand, sagte er: »Ich brauche das andere.«

Marcus half Nicholas beim Aufsitzen und nahm ihm das Seil ab. Der Prinz sah sich um. Sie befanden sich in einer Schneise, in der rauhes Gras unter seltsamen Bäumen wuchs, die sich sechs oder mehr Meter in die Höhe erhoben. Riesige grüne Blätter breiteten sich wie Fächer aus und spendeten Schatten. Irgendwo murmelte ein Bach, und in der Nähe der Kante entdeckte Nicholas eine kleine Herde Ziegen.

Calis ging zum Rand der Klippe und schrie hinunter: »Könnt Ihr mich hören?«

Eine leise Antwort bejahte die Frage, obwohl Nicholas die

Worte nicht verstehen konnte. Er bat Marcus mit einer Geste, ihm auf die Beine zu helfen, und als er stand, sagte er: »Bin ich froh, daß wir das hinter uns haben.«

Marcus lächelte ihn zum ersten Mal an. »Und ich bin froh, daß du hinter mir warst«, sagte er und streckte die Hand aus.

Nicholas schüttelte sie. »Ich würde ja sagen, war mir ein Vergnügen, aber das wäre eine Lüge.« Er räkelte sich und meinte: »Ich glaube, es gibt keinen Knochen an meinem Körper, der nicht weh tut.«

Marcus nickte. »Ich weiß.«

»Wie hoch sind wir geklettert?«

»Weniger als hundert Meter, schätze ich.«

»Mir kamen sie wie Meilen vor.«

»Ich kenne das Gefühl«, sagte Marcus.

Calis hatte die Füße fest in den Boden gerammt und meinte: »Ich könnte Hilfe gebrauchen.«

Marcus sagte zu Nicholas. »Ruh dich erst einmal aus«, und half Calis mit dem Seil.

Nach kaum fünf Minuten tauchte Brisa am Rand der Klippe auf und kletterte nach oben. Sie erhob sich, klopfte sich den Staub aus den Kleidern und lächelte Marcus an. »Ich bin schon eine Menge herumgeklettert, deshalb dachte ich, ich sollte als erste hochkommen. Als nächster kommt Ghuda.«

Nicholas hinkte zu Marcus, stellte sich hinter ihn und packte das Seil. Obwohl sie zu dritt zogen, verkrampften sich bei der Anstrengung seine Schultern und Beine. Doch er wollte helfen, und nach ein paar Minuten erschien Ghuda.

Der große Söldner zog sich über die Kante und stand sofort auf. Er blickte Calis an und sagte: »Ich löse dich ab.« Er nahm den Platz des Elben am Seil ein und rammte die Füße in die Erde. »Wenn wir noch dreißig Meter Seil hätten, könnten wir es um diese Dattelpalme winden.«

»Ist das tatsächlich eine Dattelpalme?« fragte Nicholas.

»Ja. Ich zeig Euch, wie man daran hochklettert, wenn Ihr wollt. Wenn Datteln drauf sind, können wir sie essen. Zuhause mag zwar Herbst sein, aber hier ist Frühling.«

»Ich glaube, heute möchte ich nirgends mehr hochklettern«, meinte Nicholas, während der erste Seemann an der Kante auftauchte.

Ohne etwas zu sagen übernahm der Seemann den Platz von Nicholas am Seil. Nicholas taumelte zu dem kleinen Bach. Dort kniete er sich unter Schmerzen hin und trank. Er richtete sich wieder auf, holte tief Luft und sah sich um. Mit einem Mal wurde der Himmel um ihn herum schwarz und er fiel in ein dunkles Loch.

Es war schon dunkel, als Nicholas das Bewußtsein wiedererlangte. Er sah Harrys Gesicht über sich, das von Feuerschein beleuchtet wurde. »Wie lange war ich weg?«

»Du bist vor einigen Stunden in Ohnmacht gefallen. Ghuda sagte, wir sollten dich einfach ausruhen lassen.«

Nicholas richtete sich auf; er war immer noch leicht benommen und von Kopf bis Fuß zerkratzt, doch die schrecklichen Muskelkrämpfe hatten aufgehört.

Harry half ihm auf die Beine. Nicholas sah sich um. Das Feuer brannte in der Mitte der Lichtung. Die Männer saßen schweigend darum. »Sind alle oben?« fragte Nicholas.

Amos kam zu ihm und sagte: »Alle, die hochkommen werden.«

Nicholas zählte die Männer durch. Es waren sechsundvierzig. »Und die anderen elf?«

»Sechs waren zu schwach zum Klettern«, sagte Amos verbittert. »Und das Seil ist mit fünf Leuten daran gerissen. Es war kurz vor Einbruch der Nacht, und sie bekamen Angst und waren zu ungeduldig. Drei konnte das Seil tragen, aber nicht fünf.«

Harry sagte: »Calis und Ghuda haben das Seil so weit wie

möglich heruntergelassen, und ich bin mit dem abgerissenen Teil hochgeklettert und habe die beiden Stücke zusammengeknotet. Ich war der letzte.«

Nicholas sagte: »Vielleicht können wir etwas Essen hinunterlassen.«

Ghuda sagte: »Kommt mal mit.«

Nicholas warf Amos einen Blick zu, und der nickte. Calis trat zu den beiden, und zu dritt gingen sie ein Stück davon, bis Nicholas stehenblieb.

Vor ihnen erstreckte sich ein paar Dutzend Schritte weit Wiese, danach Sand. Im Licht des Mondes zog er sich so weit, wie das Auge blicken konnte. Calis sagte: »Die Männer unten sind tot. Das müßt Ihr hinnehmen. Wir werden allen Proviant und alles Wasser brauchen.«

»Wie weit?« fragte Nicholas.

»Ich weiß es nicht«, antwortete Ghuda. »Ich habe nur kurz nach Sonnenuntergang, ehe es ganz dunkel wurde, einen Blick darauf werfen können, aber es sind wenigstens drei oder vier Tagesmärsche. Mit etwas Glück finden wir da draußen eine Oase.«

»Und da ist noch etwas«, sagte Calis.

»Was denn?« fragte Nicholas.

Ghuda antwortete: »Diese Ziegen. Die hat jemand hiergelassen. In die Ohren der älteren hat man ein Zeichen tätowiert. Die jungen Tiere haben keins.« Er strich sich durch den grauen Bart. »Ich bin schon durch die Jal-Pur gereist. Wenn die Wüstenmenschen Ziegen in einer Oase zurücklassen, dann nur, weil ihr Stamm Anspruch auf das Wasser erhebt. Andere Stämme lassen die Oase dann in Ruhe. Es gibt leicht Blutfehden, wenn man das Wasser eines anderen ohne Erlaubnis nimmt.«

Nicholas fragte: »Glaubt Ihr, jemand wird hierher kommen?«

»Früher oder später«, sagte der Söldner. »Ich weiß nicht, ob Schmuggler diese Klippen benutzen, oder einfach Nomaden, die keine Fremden mögen, aber wem auch immer diese Tiere gehören, er wird sich kaum freuen, wenn wir sie alle schlachten. Lange lassen sie die Ziegen sicherlich nicht hier, denn innerhalb eines Jahres hätten sie alles abgefressen. Diese kleine Herde ist jemandes Nahrungsreserve.«

»Und wir haben genau zwei Schwerter, einen Bogen und einen Köcher voller Pfeile«, fügte Calis hinzu.

»Nicht gerade viel«, stimmte Nicholas zu. »Wie sieht es mit Wasser und Proviant aus?«

»Wir haben genug Datteln, Ziegenfleisch und Wasser für wenigstens fünf Tage, wenn wir sparsam damit umgehen.«

Nicholas erinnerte sich an das, was er als Kind über Wüsten gelernt hatte, und fragte: »Sollten wir nicht lieber nachts marschieren?«

Ghuda meinte: »Für unsere Gesundheit wäre das das Beste. Ich werde allen zeigen, wie man sich tagsüber am besten verkriecht, und wir ziehen nachts weiter.«

Nicholas nickte. »Heute nacht bleiben wir also hier, und morgen ruhen wir uns tagsüber aus. Bei Sonnenuntergang brechen wir auf.«

Banditen

Der Sturm brach los.

Nicholas lag auf dem Boden und döste. Ghuda hatte darauf bestanden, daß sich jeder während des Tages mit allem, was irgendwie greifbar war, Schatten verschaffte. Alles – Westen, Mäntel, Stücke von Segeln – wurde benutzt, um die Köpfe zu bedecken.Sie hatten selbst die Kleidung derjenigen verwendet, die in der ersten Nacht in der Wüste gestorben waren. Als Nicholas am zweiten Tag in der unbarmherzigen Hitze Ruhe suchte, verstand er, warum der Schutz der Lebenden wichtiger war als die Würde der Toten. Alle brauchten Schatten für die Köpfe und eine Bedeckung für die Füße.

Die Wüste hatte er sich ganz anders vorgestellt. Wie die meisten Bürger des Königreichs hatte er von der Jal-Pur-Wüste gehört, war jedoch niemals dagewesen. Er hatte sie sich als endlose Sandlandschaft gedacht.

Stattdessen bestand diese Wüste überwiegend aus Felsen und Salzflächen, die mit Sanddünen durchsetzt waren. Nicholas war dankbar, daß es nicht nur Sand war. Im Sand kamen sie nur halb so schnell vorwärts.

Der Wind legte seine Nerven zusätzlich blank; er war trocken, und selbst wenn er kühl wehte, sog er die Feuchtigkeit aus dem Körper. Zudem trug er immer feinen Sand mit sich, der in Nase, Mund und Augen drang, egal, wie gut man sich schützte. Nicholas träumte nicht nur seines ausgetrockneten Mundes wegen von Wasser, sondern er hätte auch gern sein Gesicht, sein Haar und seine Kleidung gewaschen. Der allgegenwärtige feine Sand verursachte wunde Stellen an Armen und Beinen, und beim Essen knirschte er zwischen den Zähnen.

Sie waren zwei Nächte unterwegs gewesen und kamen langsam, aber stetig voran. Ghuda paßte immer auf, daß keiner in der Gruppe aus der Marschordnung trat, trank, ehe er das Zeichen dazu gab, oder stehenblieb. Alle wußten, wer einmal hinfiel, würde zurückgelassen. Niemand hatte genug Kraft, einen anderen zu stützen.

Die Nächte in der Wüste waren genauso bitterkalt wie die am Strand, doch beim Gehen blieb man warm. Dennoch starben einige der Männer an Unterkühlung. Wenn die Sonne aufging, kam die Hitze.

Nicholas dachte an den gestrigen Tag zurück. Zuerst war der Himmel hell geworden, dann war die Sonne über den Horizont geklettert und hatte sofort sengend auf sie heruntergebrannt. Ghuda hatte den Befehl zum Anhalten gegeben. Er hatte sich hingekauert, einen Stock genommen – ein starker Zweig, den er in der Oase geschnitten hatte – und allen gezeigt, wie man daran seinen Mantel festmachte und darunter aufrecht im Schatten sitzen konnte.

Bei Sonnenuntergang hatte Ghuda alle aufgescheucht und jedem gesagt, er solle am Horizont nach Anzeichen von Wasser Ausschau halten, entweder nach Vögeln oder nach Stellen, wo die Lufttemperatur sich zu verändern schien. Niemand hatte etwas entdeckt. Drei weitere Männer waren gestorben. Nun waren sie noch dreiundvierzig. Als Nicholas sich zu ihrem nächtlichen Marsch erhob, wußte er, wahrscheinlich würden wieder einige Männer liegen bleiben. Er fühlte sich niedergeschlagen, konnte jedoch nichts für sie tun.

Jetzt döste Nicholas und konnte nicht schlafen. Sobald er einmal für einen Augenblick in tieferen Schlaf fiel, weckte ihn die Bewegung des Stocks wieder. Einige Männer hatten versucht, für ihre Stöcke Löcher zu graben, doch sie hatten auf steinhartem Boden gelagert. Ghuda meinte, auch wenn sie nicht richtig schlafen könnten, würden sie sich für den Weitermarsch in der Nacht genügend ausruhen. Nicholas bezweifelte das. Als er Ausschau hielt, verzerrte die heiße Luft den Horizont.

Nicholas ließ seine Gedanken wandern, während er zu schlafen versuchte. Hier in der Wüste erinnerte er sich an seinen Bruder Borric, der als Gefangener durch die Jal-Pur-Wüste geschleppt worden war, doch nichts, was er Nicholas erzählt hatte, war mit der Ödnis auf diesem Plateau zu vergleichen. Nicholas dachte über seine Brüder nach und darüber, wie sie sich auf der Reise an den Hof der Kaiserin von Kesh verändert hatten. Sie waren in ein Komplott gegen die kaiserliche Familie gezogen worden, das Kesh in einen Krieg mit dem Königreich hatte stürzen sollen. Borric war von Sklavenhändlern verschleppt worden und hatte auf seiner Flucht Ghuda und Nakor kennengelernt. Dazu hatte ihn noch ein Junge namens Suli-Abul begleitet, doch der war ermordet worden, als er Borric helfen wollte. Danach hatte Borric seinem kleinen Bruder, den er früher immer nur geärgert hatte, mehr Aufmerksamkeit geschenkt. Nicholas fühlte sich auf einmal wieder sehr klein und wünschte sich in die Geborgenheit seiner Familie zurück.

Er schloß die Augen und versuchte nochmals zu schlafen. Seine Erinnerungen schweiften umher, und er dachte an Abigail, konnte sich jedoch ihr Gesicht nicht mehr recht vorstellen. Er wußte, wie schön sie war, doch die Einzelheiten verschwammen, und sie ähnelte mal einem Dienstmädchen in Krondor und mal einem Mädchen, welches er in Crydee gesehen hatte.

Eine Stimme riß ihn aus dem Halbschlaf. »Es ist Zeit.«

Nicholas schüttelte den Kopf und erhob sich aus der unbequemen Haltung. Er zog den Umhang um die Schultern. Den Stock trug er in der linken Hand. Ohne daß man es ihm hätte sagen müssen, suchte er den Horizont in Richtung Sonnenuntergang nach einem Anzeichen von Wasser ab.

Zwei Männer lagen noch immer am Boden. Nicholas schluckte seine Verbitterung hinunter und untersuchte die beiden. Angst durchschoß ihn, denn einer war Harry. Er kniete sich neben seinem Freund hin und war erleichtert, als er ihn leise schnarchen hörte. Nicholas rüttelte ihn wach. »Es ist Zeit.«

Harry blinzelte ihn mit geschwollenen Augen an. »Hä?«

»Es ist Zeit zum Aufbruch.«

Widerwillig stand Harry auf, und Nicholas fragte: »Wie hast du es denn geschafft, so tief zu schlafen?«

»Wenn du müde genug bist, schläfst du einfach«, erwiderte Harry heiser.

Ghuda kam zu ihnen. »Wieder einer tot.«

Jetzt waren sie also noch zweiundvierzig. Einige Männer zogen die Leiche aus und verteilten die Sachen an diejenigen, die noch welche brauchten. Ghuda reichte Nicholas einen Wasserschlauch, doch der Prinz schüttelte den Kopf.

»Trink«, befahl der Söldner. »Es wäre Mord, wenn du mehr als deine Ration trinkst, und Selbstmord, wenn du nichts trinkst. Ich habe gesehen, wie Männer, die ihren Teil abgelehnt haben, zwei Stunden später tot waren.«

Nicholas nahm den Schlauch, und als das warme und abgestandene Wasser seine Lipppen benetzte, trank er. »Nur zwei Mundvoll«, warnte ihn Ghuda.

Nicholas gehorchte und reichte den Schlauch an Harry weiter, der ebenfalls seine Ration trank und den Schlauch weitergab. Glücklicherweise gehörten die Männer zum größten Teil der königlichen Marine an, weshalb ihre Disziplin sie auch in dieser verzweifelten Lage nicht aufgeben ließ. Jeder von ihnen sehnte sich danach,so viel Wasser wie möglich zu trinken, doch jeder gehorchte auch den Befehlen und trank nur die ihm zustehenden zwei Schlucke.

Nicholas blickte Amos an, der regungslos beobachtete, wie drei seiner Leute den Toten mit Steinen bedeckten. Im Laufe der Jahre hatte er, wie Nicholas wußte, viele seiner Männer sterben sehen, aber der Tod dieser Seeleute wog doppelt schwer, waren sie doch von Krondor aus nur zu einer Routinefahrt an die Ferne Küste aufgebrochen, nach deren Ende der Amiral heiraten wollte.

Nicholas fragte sich, wie seine Großmutter wohl reagieren mochte. Die Nachricht von den Überfällen mußte Krondor längst erreicht haben, und höchstwahrscheinlich führte sein Vater bereits eine Flotte mit Schiffen, die Hilfe brachten, an die Ferne Küste. Auch über den nördlichen Paß würde von Yabon aus durch die Grauen Türme Hilfe kommen.

Und dann fragte sich Nicholas, was sein Onkel Martin wohl machte. Lebte er noch? Beim Gedanken an Martin sah er zu Marcus hinüber. Marcus' Benehmen Nicholas gegenüber hatte sich seit der Kletterei in den Klippen grundlegend gewandelt. Vielleicht würden sie nie Freunde werden, doch jetzt waren sie wenigstens keine Rivalen mehr. Beide würden Abigails Wahl, egal, wie sie ausfiel, annehmen.

Ghuda gab das Zeichen, und sie brachen auf. Sie marschierten Richtung Süden, und zwar aus dem gleichen Grund, aus dem sie auf dem Strand nach Süden gezogen waren; es war die Richtung, die sie am direktesten zu ihrem Ziel führen würde.

Eine Stunde nach Sonnenuntergang wurde es kalt. Jeder zog die Kleidung an, die er hatte, um die Kälte besser zu ertragen.

Die Rastpausen wurden so kurz wie möglich gehalten, aber sie konnten nicht die ganze Nacht durchmarschieren. Amos hatte bei der Beobachtung von Sonne und Sternen festgestellt, daß die Jahreszeiten hier tatsächlich andersherum waren. Da das Frühjahr auf den Sommer zuging, wurden die Tage länger, es würde also noch heißer werden. Innerhalb von zwei Tagen müßten sie Wasser und Schatten finden, oder sie würden alle sterben.

So schleppten sie sich weiter durch die Nacht.

Sie waren noch vierunddreißig.

Es würde ihr letzter nächtlicher Marsch werden, wenn sie nicht Wasser fänden. Sie kamen nur noch halb so schnell voran wie in der ersten Nacht. Ghuda schätzte, in der vergangenen Nacht hatten sie weniger als zehn Meilen zurückgelegt, und sie könnten sich glücklich schätzen, wenn sie das heute wieder schafften.

Der Söldner erhob sich unter dem winzigen Zelt aus Hemden und Mänteln und sagte: »Es ist Zeit.«

Sie suchten den Horizont ab, und plötzlich rief einer der Seeleute: »Wasser!«

Ghuda blickte in die Richtung, in die der Mann zeigte, und Nicholas folgte seinem Blick. Im Westen schimmerte etwas blau am Horizont. Nicholas fragte: »Ghuda?«

Der alte Söldner sagte: »Es könnte eine Luftspiegelung sein.«

»Luftspiegelung?« fragte Harry.

Nakor erklärte es ihm. »Heiße Luft macht seltsame Sachen. Manchmal wirkt sie wie ein Spiegel im Himmel, nur daß sie dir das Blau des Himmels am Boden zeigt. Das sieht dann wie Wasser aus.«

Ghuda rieb sich das Kinn. Er sah Nicholas an, und seinem Gesichtsausdruck zufolge wollte er die Entscheidung nicht treffen. Wenn es eine Luftspiegelung war, würden sie alle sterben. Wenn es Wasser war und sie es nicht beachteten, würden sie ebenfalls alle sterben.

Nicholas meinte: »Wir sollten es im Auge behalten, bis die Sonne untergegangen ist.«

Calis sagte: »Vögel.« In diesem Moment tauchte die Sonne gerade unter den westlichen Horizont.

»Wo?« fragte Nicholas.

»Dort, im Südwesten.«

Nicholas starrte in die Richtung und sah nichts. Alle anderen blickten auch dorthin, aber keiner bestätigte die Entdeckung.

»Ihr müßt magische Augen haben«, sagte Amos. Seine Stimme war vor Trockenheit heiser.

Calis sagte nichts, sondern ging einfach in die Richtung los, in der er die Vögel gesehen hatte.

Eine Stunde später erreichten sie den Rand der Wüste. In der Dunkelheit konnte man das kaum sehen, doch sie spürten es unter den Füßen. Plötzlich federte der Boden, war nicht mehr hart wie die Felsen oder so weich wie der Sand. Brisa fiel auf die Knie und sagte: »Ich habe noch nie etwas so Süßes gerochen.« Ihre Stimme war nur ein trockenes Krächzen.

Nicholas bückte sich, riß einen vertrockneten Grashalm ab und zerrieb ihn zwischen Daumen und Finger. Wenn es hier Wasser gegeben hatte, dann vor langer Zeit.

Der Elb sagte: »Da lang«, und zeigte nach Südwesten.

Sie ließen die Wüste hinter sich und betraten eine Steppe. In allen keimte wieder Hoffnung auf. Sie gingen schneller. Dennoch wußte Nicholas, daß sie nur noch Stunden vom Tod trennten.

Das Gelände stieg leicht an, und der sandige Boden unter ihren Füßen wurde langsam fester. Als es stockfinster geworden war, sagte Calis: »Dort!«

Er verfiel in einen gemächlichen Trab, und Nicholas und die anderen versuchten, mit ihm mitzuhalten. Stolpernd und taumelnd zwang Nicholas seine Füße die leichte Steigung hinauf, und dort sah er es im Mondlicht. Eine Quelle! Halb rannte, halb taumelte er den kleinen Hügel hinunter. Einige Vögel, die im Schilf nisteten, flogen protestierend auf, als Calis kopfüber ins Wasser sprang.

Nicholas war nur einen Schritt hinter ihm und machte das gleiche. Er nahm einen tiefen Schluck Wasser und wollte gerade weitertrinken, als Ghuda ihn am Kragen packte und zurückzog. »Trinkt langsam, oder Ihr werdet Euch übergeben«, warnte er.

Er wiederholte die Warnung auch für die anderen, doch niemand schien sie wirklich zur Kenntnis zu nehmen. Nicholas ließ sich das warme Wasser über das Gesicht rinnen. Es war trübe, und über seinen Geruch mochte er sich kaum Gedanken machen, bei den ganzen Vögeln, die drumherum nisteten. Aber es war Wasser.

Wackelig erhob er sich und untersuchte die Oase. Das Wasserloch wurde auf drei Seiten von Palmen abgeschirmt, während sich im Osten dieWüste weiter erstreckte. Nicholas drängte sich mit Amos und Ghuda zwischen die Männer und kümmerte sich darum, daß niemand zuviel auf einmal trank. Nachdem sie den ersten Durst gelöscht hatten, folgten die meisten diesem Befehl, während andere mit Gewalt vom Wasser fortgezerrt werden mußten.

Calis sagte: »Ich werde mir mal die Gegend ein bißchen ansehen.«

Nicholas nickte und bedeutete Marcus mit einer Geste, er solle Calis begleiten. Da Marcus unbewaffnet war, zog Nicholas ein großes Messer aus seinem Gürtel und gab es ihm. Marcus nickte dankbar und folgte Calis. Eine unausgesprochene Warnung hing in der Luft: Hier könnten sich auch noch andere Menschen herumtreiben, und die könnten ihnen feindlich gesonnen sein. Die beiden gingen nach Südwesten los.

Einige der Männer hatten bald genug neue Kräfte gesammelt, also schickte Amos mehrere auf Nahrungssuche und stellte Wachen auf. Zwei der kräftigsten Seeleute kletterten auf die Palmen und holten Datteln herunter. Nicholas machte Harry ein Zeichen, er solle ihn begleiten. Zusammen gingen sie in Richtung Nordwesten hinaus in die Wüste, und nach fünfzig Metern stellten sie fest, wie sich die Wüste veränderte.

»Sieh mal«, meinte Harry.

Eigentümliche Pflanzen standen in Gruppen in der Landschaft, und in der Ferne schienen sich fremdartige Bäume zu erheben, die rauh waren und keine Blätter hatten. »Vielleicht schlafen sie während der Hitze.«

»Vielleicht«, stimmte Harry zu, der weniger über Pflanzen wußte als Nicholas. »Margaret würde das wissen.«

Die Bemerkung überraschte Nicholas. »Wieso?«

»Als wir das letzte Mal im Garten waren, hat sie mir erzählt, sie hätte viel Zeit mit ihrem Vater, ihrem Bruder und ... ihrer Mutter im Wald verbracht.«

Nicholas nickte. »Ich habe Angst, Harry.«

»Wer nicht?« Wir sind weit von allem Bekannten entfernt, wir wissen nicht, wie wir die Mädchen finden sollen, und vor allem nicht, wir wir jemals wieder nach Hause kommen können.«

Nicholas schüttelte den Kopf. »Das ist nicht so schwierig. Anthony wird uns zu den Mädchen führen.«

»Glaubst du?« fragte Harry.

Nicholas hielt es für das Beste, Harry gegenüber nicht zu erwähnen, welche Gefühle Anthony für Margaret hegte. Nicht nur, weil Harry den Magier dann als ernsthaften Rivalen angesehen hätte oder weil er seinem Freund diese Unannehmlichkeit ersparen wollte, sondern vor allem, weil er zu müde war, um sich jetzt mit solchen Dingen zu beschäftigen. Es sagte nur: »Ich denke doch.«

Harry fragte: »Und wie kommen wir nach Hause?«

Nicholas überraschte Harry mit einem Grinsen. »Das fragst du mich, wo wir den berüchtigtsten Piraten des Bitteren Meeres unter uns haben? Wir stehlen uns einfach ein Schiff.«

Harry grinste, allerdings nur schwach. »Wenn du das sagst.«

»Nein, ich habe Angst davor, daß dieses Unternehmen meinetwegen schief läuft.«

Harry meinte: »Hör mal. Ich bin ein Taugenichts, das hat mir mein Vater immer wieder gesagt, doch bei den seltenen Gelegenheiten, wo ich ihm bei den Amtsgeschäften der Baronie helfen durfte, habe ich nicht ganz geschlafen. Und am Hofe deines Vaters habe ich auch genug mitbekommen. Weiß du, was den einen zum Herrscher macht und den anderen nicht: Einfach die Bereitschaft, auch das Falsche zu wagen.«

Jetzt war es an Nicholas zu fragen: »Glaubst du?«

»Ja. Ich glaube, wichtig dabei ist einfach nur zu sagen: Hier geht's lang, selbst, wenn der Weg nicht der richtige ist.«

»Nun«, stimmte Nicholas zu, »Vater hat immer gesagt, man weiß nicht, ob man auf dem richtigen Weg ist, bis man nicht riskiert hat, den falschen einzuschlagen.«

Vom Wasserloch her ertönte ein Ruf. Sie drehten sich um und liefen zurück. Marcus und Calis waren wieder da, und Marcus sagte: »Du solltest lieber mitkommen und dir das mal ansehen.«

Nicholas, Harry, Amos und Ghuda folgten Calis und Marcus aus der Oase und durchquerten eine kleine Senke, hinter der ein Hügel lag. Als sie auf dem Hügel waren, konnte Nicholas sehen, daß sie sich an der südwestlichen Ecke eines Plateaus oder eines Tafelbergs befanden. Das Land darunter fiel steil ab und wurde grüner, je weiter es vom Plateau entfernt war. Nach Nordwesten hin erstreckte sich die Wüste weiter, als Nicholas' Augen sehen konnten. »Richtung Süden war die richtige Wahl.«

Calis sagte: »Bestimmt. Wenn wir nach Westen gezogen wären, hätten wir alle sterben müssen.«

Marcus sagte: »Aber da ist noch mehr.« Er zeigte auf einen schwachen Dunst in der Luft.

»Was ist das?« fragte Nicholas.

»Ein Fluß«, erwiderte Calis. »Trotz der Entfernung würde ich sagen, ein großer.«

»Wir weit ist er weg?« fragte Amos.

»Einige Tagesmärsche, vielleicht weiter.«

Nicholas sagte: »Morgen ruhen wir uns aus, und übermorgen in der Dämmerung brechen wir auf.«

Sie wandten sich ab, und während sie zu der Oase zurückkehrten, dachte Nicholas nicht mehr darüber nach, daß er versagen könnte.

Die vierunddreißig Überlebenden der *Raubvogel* machten sich zielstrebig zu dem Fluß in der Ferne auf. Sie waren bereits zwei Tage unterwegs, und nach der mörderischen Hitze in der Wüste war die immer noch heiße Luft im Schatten der Bäume sehr gut zu ertragen. Sie hatten genug Wasser, denn die Quelle, die den Tümpel in der Oase füllte, speiste auch ein Bächlein, das südlich durch die Felsen floß. Calis schlug vor, diesem Bachlauf zu folgen, da er vermutlich in den Fluß mündete. Und falls nicht, hätten sie unterwegs noch eine Zeitlang frisches Wasser.

Es war fast Mittag, als sie Rast machten; Calis kundschaftete die Gegend vor ihnen aus. Nicholas bewunderte die Kraft und Ausdauer des Halbelben immer mehr. Während man bei allen anderen die Folgen des Schiffsunglücks und des anschließenden Marschs in den Gesichtern ablesen konnte, sah Calis noch genauso aus wie an dem Tag, als Nicholas ihn kennengelernt hatte, abgesehen von dem Schmutz auf seinem zerrissenen Gewand.

Calis war fast sofort wieder da und sagte: »Nicholas, Ihr solltet Euch das am besten einmal ansehen.«

Nicholas gab Marcus und Harry ein Zeichen, sie sollten mitkommen, und die vier eilten den Bach entlang ein kleines Tal hinunter, bis sie eine felsige Erhebung erreichten. Calis kletterte hinauf, und die anderen folgten ihm.

Von oben konnten sie deutlich den Fluß sehen, der sich wie ein dünnes blaues Band durch die Steppe wand.

»Wie weit ist es noch?« fragte Nicholas.

»Ein oder zwei Tage.«

Nicholas grinste. »Das werden wir wohl schaffen.«

Marcus lächelte schwach, als wäre er nicht überzeugt, doch Harry erwiderte das Grinsen.

Sie gingen zu den anderen zurück. Nicholas sagte: »Wir sind in der richtigen Richtung unterwegs.« Diese einfache Aussage schien die Moral der gesamten Mannschaft deutlich zu heben, und selbst Brisa, die, seitdem sie die Wüste durchquert hatten, ungewöhnlich still gewesen war, bekam wieder bessere Laune. Nicholas wünschte, sie würde Marcus wiedermal ein bißchen ärgern, damit er sähe, daß sie wieder die alte war, doch sie war meist abwesend und sagte nur etwas, wenn man sie ansprach.

Calis ging wieder kundschaften, die anderen warteten und ruhten sich während der heißesten Stunden des Tages aus, derweil der Halbelb den besten Weg zur Steppe unter dem Plateau suchte.

Nachdem mehr als eine Stunde vergangen war, wurde Nicholas unruhig. Er wollte schon Marcus hinter Calis herschicken, als der Halbelb auftauchte und etwas über den Schultern trug. Es sah aus wie ein kleineres Stück Wild, hatte jedoch zwei gedrehte Hörner.

Ghuda grunzte. »Scheint eine Art Antilope zu sein, obwohl ich so eine in Kesh noch nie gesehen habe.«

Calis legte das Tier ab und sagte: »Es ist eine kleine Herde. Damit haben wir genug zu essen, wenn die Herde nicht zu weit fortwandert.«

Schnell wurde ein Feuer gemacht, und das Tier wurde gebraten. Nicholas hätte schwören können, er habe noch nie so schmackhaftes Fleisch gegessen.

Sie waren keinen Tagesmarsch mehr von dem Fluß entfernt, als Nicholas im Westen Rauch sah. Calis und Marcus entdeckten ihn im gleichen Augenblick, und Nicholas ließ die Truppe anhalten. Er machte Ghuda ein Zeichen, er solle sich mit Harry von Osten her anschleichen, während sich Marcus und einer der Seeleute von Westen her nähern sollten. Er selbst ging mit Calis direkt auf den Rauch zu. Mittlerweile marschierten sie durch hohes Gras, das ihnen manchmal bis zur Brust reichte, und sie kamen nur langsam voran. Immer war Wasser in der Nähe, und Calis' Voraussage über ausreichend Wild hatte sich bewahrheitet. Wenn die Kost auch nicht allzu reichlich war, so war die ganze Truppe doch wieder in gutem Zustand. Nicholas fragte sich manchmal, wie er wohl aussehen mochte. Alle hatten verfilzte Haare und trugen nur noch zerrissene Lumpen. Wenigstens waren die meisten Prellungen wieder abgeklungen und die Kratzer und Schnitte weitestgehend verheilt.

Als sie eine kleine Erhebung erreichten, bot sich ihnen ein Bild der Zerstörung. In einem Kreis standen sechs Wagen, von denen zwei brannten. Zwei weitere waren umgeworfen worden. Ein Dutzend Pferde hing tot in ihrem Geschirr, und überall lagen Leichen von Menschen. Den Lücken zwischen den Wagen nach hatte es noch mehr gegeben, die aber fortgefahren worden waren.

Nicholas sagte: »Ich gehe geradeaus darauf zu. Ihr umrundet die Lichtung und schaut, ob noch jemand in der Nähe ist.«

Calis nickte, und Nicholas ging den Hügel hinunter, während der Halbelb im hohen Gras verschwand. Beim ersten Wagen blieb Nicholas stehen und sah sich um. Der Überfall konnte nicht länger als drei oder vier Stunden her sein, da ja zwei der Wagen noch immer brannten. Die anderen waren bis auf ein Gerippe ausgebrannt.

Die Wagen hatten hohe Seiten, an denen ein Eisengestell befestigt war, worüber man eine Plane als Dach gespannt hatte. Die Plane konnte abgenommen werden, damit das Ausladen leichter ging. Die Wagen waren geräumig, man hatte mit ihnen große Frachten oder eine ganze Anzahl Leute befördern können. Die Rückwände waren aus stabilem Holz, so daß sie, wenn sie heruntergeklappt wurden, auch als Laderampe dienen konnten. In der Mitte der Rückwände befand sich jeweils eine kleine Tür, durch die man einsteigen konnte, wenn die Rampe hochgeklappt war. Die Deichseln waren jeweils für vier Pferde bestimmt.

Nicholas drehte einen der Toten um. Es war ein Mann mittlerer Größe, dessen Haut ein wenig dunkler war als seine eigene. Dem Aussehen nach hätte er aus dem Königreich stammen können. In der Brust klaffte eine böse Wunde, offensichtlich von einem Schwerthieb. Jedenfalls war er schnell gestorben.

In wenigen Minuten hatte Nicholas festgestellt, daß alles von Wert fortgeschleppt worden war. Nicholas fand unter einem der toten Pferde ein Schwert und zog es unter dem Kadaver heraus. Es war ein Breitschwert, wie man es auch im Königreich benutzte.

Marcus erschien zusammen mit dem Seemann. Nicholas reichte ihm das Schwert. »Wir sind zu spät gekommen.«

Marcus meinte: »Oder wir hatten mehr Glück, als wir verdient haben.« Er zeigte auf die gegenüberliegende Seite der Wagenburg. »Dort liegen zwanzig, dreißig Tote. Diese Karawane wurde von einer größeren Truppe überfallen – jedenfalls muß sie groß genug sein, um uns innerhalb von Sekunden wegzufegen, schätze ich.«

Nicholas nickte. »Da magst du recht haben. Und wir haben keine Ahnung, wer diese Leute waren oder wer sie überfallen hat.«

Ghuda und Harry tauchten von Osten her auf und untersuchten die Leichen. Nicholas ging zu ihnen hin und fragte: »Ghuda, was meint Ihr?«

Der alte Söldner kratzte sich am Kopf. »Händler, und angeheuerte Wächter.« Er sah sich um. »Zuerst wurden sie von dort drüben angegriffen.« Er zeigte auf das hohe Gras, aus dem Nicholas gekommen war. »Aber das war nur ein Täuschungsmanöver, denn die meisten Angreifer kamen vom Fluß.« Er zeigte auf die vielen Toten auf dieser Seite. »Der größte Teil des Kampfes hat sich dort abgespielt. Und er war schnell vorüber. Die da« – die Toten außerhalb der Wagen – »sind entweder Angreifer, oder sie versuchten zu fliehen.«

Nicholas sagte zu dem Seemann: »Geht zurück und holt die anderen.« Der Seemann salutierte und lief los.

»Banditen?« fragte Marcus.

Ghuda schüttelte denKopf. »Glaube ich kaum. Das ging alles sehr durchgeplant vonstatten. Soldaten, würde ich sagen.«

Nicholas wandte ein: »Ich sehe keine Uniformen.«

»Soldaten tragen nicht immer Uniformen«, entgegnete Ghuda.

In diesem Moment kam Calis zu ihnen. Vor sich führte er eine schlanke Gestalt. Es war ein kleiner Mann, der offensichtlich verschreckt war, denn er warf sich vor Nicholas und den anderen auf den Boden und begann lauthals zu jammern. »Wer ist das?« fragte Nicholas.

Calis zuckte mit den Schultern. »Ein Überlebender, glaube ich.«

»Kann jemand das Gerede verstehen?« fragte Nicholas.

Ghuda meinte: »Ihr müßt nur zuhören, was er sagt.«

Nicholas hörte genauer hin und erkannte die Sprache als jene von Kesh, allerdings in einem ihm unbekannten Dialekt. Das Gerede war nur deshalb schlecht zu verstehen, weil der Mann so aufgeregt sprach.

Marcus sagte: »Ist so ähnlich wie natalesisch.« Die Sprache von Natal war mit dem Keshianischen verwandt, da Natal einst eine Provinz des Kaiserreichs gewesen war.

»Steh auf«, sagte Nicholas in der Sprache von Kesh. Er mochte die Sprache zwar nicht, beherschte sie aber gut.

Der Mann verstand ihn und gehorchte. *»Sah, Encosi.«*

Nicholas blickte Ghuda an, und der sagte: »Hört sich an wie ›Ja, Encosi!‹« Nicholas machte eine Geste, er verstehe nicht, und Ghuda erklärte: »Encosi ist ein Titel, der so viel wie Meister oder Herr bedeutet. Benutzt man meist in der Gegend um den Ring von Kesh, wenn man nicht weiß, welchen Rang ein Fremder hat.«

»Wer bis du?« fragte Nicholas den kleinen Mann.

»Ich bin Tuka der Wagenfahrer, Encosi.«

»Wer hat das hier angerichtet?« fragte Nicholas.

Der Mann zuckte mit den Schultern. »Ich weiß nicht, welche Truppe es war, Encosi.«

»Truppe?« fragte Harry.

»Sie hatten kein Banner, und trugen keine –« Er benutzte ein Wort, das Nicholas nicht verstand.

Ghuda sagte: »Er meint, sie hatten keine Abzeichen.«

Tuka schüttelte heftig den Kopf. »Ja, war keine offizielle Truppe, Encosi. Banditen, höchstwahrscheinlich.«

Etwas an dem, was der Mann sagte, verwirrte Nicholas. Er

nahm Ghuda zur Seite. »Er glaubt das doch selbst nicht. Warum lügt er?«

Ghuda blickte über Nicholas' Schulter hinweg. »Ich habe keine Ahnung. Wir wissen nicht, wer hier herrscht, und vielleicht sind wir geradewegs in einer Fehde zwischen zwei Lords oder zwei Gilden geraten. Wer will das wissen? Es kann auch sein, daß er weiß, wer sie überfallen hat, aber glaubt, sein Leben retten zu können, wenn er sich dumm stellt.«

Nicholas zuckte mit den Schultern und wandte sich wieder dem Mann zu. »Hast du als einziger überlebt?«

Der Mann sah sich um, als würde er überlegen, welche Antwort ihm am besten dienen würde. Dieser Gesichtsausdruck entging Ghuda keineswegs. Der Söldner zog sein Jagdmesser und trat vor den Mann. »Lüg nicht, Hund!«

Der Mann fiel auf die Knie und bettelte um sein Leben, weil er angeblich drei Frauen und unzählige Kinder zu ernähren habe. Nicholas warf Marcus einen fragenden Blick zu, der nickte. Ghuda sollte weitermachen. Der große Söldner machte dem kleinen Mann mit dem Theater viel angst, und Tuka fand das überhaupt nicht lustig. Er kroch auf dem Boden herum und heulte, er sei unschuldig. Dazu rief er mindestens ein halbes Dutzend Nicholas unbekannte Gottheiten an, die ihn vor dem Verderben schützen sollten.

Schließlich winkte Nicholas Ghuda zurück. Zu dem Wagenführer sagte er: »Dir wird nichts passieren, wenn du uns die Wahrheit sagst. Wir haben mit jenen, die diese Wagen verbrannt haben, nichts zu tun. Also, wer bist du, wohin wolltet ihr und wer hat euch überfallen?«

Der kleine Mann blickte von einem Gesicht zum anderen. »Encosi, Gnade, bitte, Gnade. Ich bin Tuka, ein Diener von Andres Rusolavi, einem Händler von großer Macht. Mein Meister besitzt Patente in sechs Städten und darf die Jeshandi seine Freunde nennen.« Nicholas hatte keine Ahnung, wer oder was die Jeshandi waren, doch er machte dem kleinen Mann ein Zeichen, er solle fortfahren.

»Wir waren auf dem Heimweg vom Frühjahrsmarkt und hatten Waren von großem Wert geladen, als wir heute morgen von einem Trupp Reiter überfallen wurden. Mein Meister wurde von Jawans Truppe beschützt, welche gut kämpfte, und wir wären aus diesem Kampf als Sieger hervorgegangen. Alle von uns, die Diener meines Meisters und Jawans Truppe, nahmen die Schwerter, doch dann wurden wir auch noch vom Fluß aus angegriffen, von Männern in Booten.« Dem Mann stand das Entsetzen ins Gesicht geschrieben, als er weitererzählte: »Ich saß auf meinem Wagen, und als er umgeworfen wurde, fiel ich ins Gras. Ich bin nicht gerade ein tapferer Mann und habe mich einfach versteckt.« Er schien sich wegen seiner Feigheit zu schämen.

Nicholas fragte: »Glauben wir ihm?«

Ghuda nahm ihn beiseite. »Ich glaube nicht, daß er lügt. Er erwartet, daß wir wissen, wer diese Jeshandi und dieser Jawan sind, oder er hätte es uns erklärt. Aber er dachte, seinen Meister würden wir nicht kennen, deshalb hat er dessen Wichtigkeit so betont.« Ghuda wandte sich an den Mann und fragte: »Bist du aus Rusolavis Haus?«

Der Mann nickte heftig. »Wie schon mein Vater. Wir sind seine freien Diener.«

Ghuda meinte: »Wir sollten am besten noch eine Weile für uns behalten, wer wir sind.«

Nicholas nickte. »Ihr geht rum und erzählt allen, sie sollen aufpassen, was sie in der Gegenwart dieses Kerls sagen, während ich ihn noch ein bißchen ausfrage.«

Nicholas machte dem kleinen Mann ein Zeichen, er solle ihn zu den Wagen begleiten, und versuchte herauszubekommen, worin diese wertvolle Fracht bestanden hatte.

Währenddessen kamen die Seeleute auf den Platz. Tuka fragte: »Encosi, welche Truppe ist das?«

Nicholas betrachtete den zerlumpten Haufen von Seeleuten und Soldaten, die die Fahrt von Crydee hierher überlebt hatten, und sagte: »Es ist meine Truppe.«

Der Mann riß die Augen auf. »Dürfte ich die Ehre haben, zu erfahren, wer Ihr seid. Encosi?«

»Nicholas«, antwortete der Prinz und hätte beinahe hinzugefügt: »Von Krondor.«

Der Mann zog ein verwirrtes Gesicht. »Natürlich, Mächtiger. Euer Ruf eilt Euch voraus. Eure Taten sind Legende, und jeder Hauptmann zittert vor Euch.«

Nicholas wußte mit dem Geschwätz nichts anzufangen. »Wir sind nicht hier aus der Gegend.«

»Eurem Akzent und Eurer Kleidung nach habe ich das schon geahnt, Encosi. Aber Euer Ruhm ist im ganzen Land groß.«

»Wo wir davon sprechen«, fragte Nicholas, »welches Land ist dies?«

Tuka war noch mehr verwirrt. Nicholas versuchte es anders: »Wie weit wart ihr noch von Eurem Ziel entfernt?«

Das Gesicht des kleinen Mannes hellte sich auf. »Wir sind noch vier Tagesfahrten von dem Treffen bei Shingazis Anlegestelle entfernt. Dort wollte mein Meister die Fracht auf Boote verladen und flußabwärts verschiffen.«

»Wohin?« fragte Nicholas.

Tuka blickte ihn abermals verwirrt an. »Wohin? Zur Stadt am Schlangenfluß. Wohin sollte jemand in den Ostlanden sonst wollen, Encosi? Hier gibt es keine anderen Städte.«

Margaret reckte den Hals und versuchte, um das große Ruder herum zu schauen. »Es ist ein Hafen.«

»Wie interessant«, meinte Abigail ironisch. Seit das Verfolgerschiff hinter ihnen zurückgeblieben war, schwankte sie zwischen bitterem Humor und völliger Verzweiflung. »Früher oder später mußten wir ja in einem ankommen.«

»Abigail, eine Sache lernt man in der Wildnis sehr rasch: Man folgt einer Spur nicht, ohne den eigenen Weg zu markieren.«

»Was auch immer das zu bedeuten hat«, erwiderte Abby.

Margaret setzte sich auf eins der Betten. »Es bedeutet, daß wir, wenn wir fliehen, wenigstens ein paar Anhaltspunkte haben, wie wir zurückkommen.«

»Zurück wohin?« Abby ließ ihren Ärger an Margaret aus.

Margaret nahm ihre Freundin bei den Armen. Sie senkte die Stimme. »Ich weiß, du bist sehr aufgeregt. Ich habe mich genauso verzweifelt gefühlt, als Anthony und die anderen zurückblieben. Aber sie kommen. Vielleicht sind sie nur einen Tag oder zwei hinter uns. Wenn wir diesen Mördern entkommen, müssen wir den Weg zurück finden.«

»Falls wir ihnen entkommen«, sagte Abby.

»Nicht falls – wenn!« beharrte Margaret.

Abby Augen füllten sich mit Tränen, und ihre Wut verrauchte. »Ich habe solche Angst.« Margaret nahm sie in die Arme.

Sie versuchte ihre Freundin zu besänftigen. »Ich weiß. Ich habe auch Angst. Doch wir müssen tun, was notwendig ist, egal, wie sehr wir uns fürchten. Es gibt einfach keinen anderen Weg.«

Abby sagte: »Ich mache, was du verlangst.«

»Gut«, meinte Margaret. »Bleib immer in meiner Nähe, und wenn ich eine Möglichkeit zur Flucht finde, werden wir sie nutzen. Du mußt nur mitkommen.«

Abigail sagte nichts.

Die Tür der Kabine öffnete sich überraschend. Zwei schwarzgekleidete Seeleute traten ein und stellten sich zu beiden Seiten der Tür auf. Anstelle von Arjuna Svadjian kam jedoch eine Frau herein. Sie hatte fast schwarzes Haar, welches ihr zusammen mit der hellen Haut und den blauen Augen ein eigentümliches Aussehen gab. Sie trug einen Umhang, den sie über die Schultern zurückgeworfen hatte. Darunter trug sie wenig; ihre Brüste wurden von einem knappen Oberteil bedeckt, ansonsten trug sie nur einen einfachen kurzen Rock. Ihre Kleidung war jedoch aus feinsten Stoffen und mit wertvollen Juwelen besetzt.

Diese Frau war keine Tänzerin und keine reiche Kurtisane, denn in ihren Augen lag etwas Furchteinflößendes. Sie fragte in der Sprache des Königreichs, die ihr keine Probleme zu bereiten schien »Ihr seid die Tochter des Herzogs?«

»Ja, und wer seid Ihr?«

Die Frau beachtete die Frage nicht. »Dann seid Ihr die Tochter des Barons von Carse?« wandte sie sich an Abigail.

Abigail nickte nur.

Die Frau sagte: »Ihr werdet genau das tun, was ich Euch sage. Ihr könnt ein gutes Leben führen oder auch ein schlechtes, oder Ihr könnt dabei zusehen, wie einige Eurer Landsleute unter unglaublichen Schmerzen sterben – ich versichere Euch, das wird Euch dann wie eine Ewigkeit erscheinen. Ihr habt die Wahl. Ich rate Euch, die richtige zu treffen.« Lässig fügte sie hinzu: »Ihr Adligen aus dem Königreich haltet Euch doch immer für die Hirten von diesem Vieh.« Sie machte eine Handbewegung, und zwei weitere Wachen schleppten ein junges Mädchen herein. Ohne die Augen von Margaret zu wenden, fragte die Frau: »Kennt Ihr dieses Mädchen?« Margaret nickte. Das Mädchen hatte in der Küche der Burg gearbeitet und hieß Meggy.

»Gut«, sagte die Frau. »Es geht ihr nicht sonderlich gut, und wir werden ein Maul weniger zu stopfen haben, wenn sie tot ist.» Sie wartete einen Moment lang und sagte dann: »Tötet sie!«

»Nein!« schrie Margaret, als einer der beiden Wächter einen Dolch zog, dem Mädchen in den Haarschopf griff und ihren Kopf zurückzog. Mit einem einzigen Schnitt schlitzte er ihr die Kehle auf. Meggy kam gerade noch dazu, einen erwürgten Schrei auszustoßen. Ihre Augen wurden trübe, und sie fiel auf die Knie, während Blut aus ihrem Hals sprudelte.

»Das hättet Ihr nicht tun brauchen!« klagte Margaret. Abigail stand stumm mit aufgerissenen Augen da.

»Nur eine kleine Demonstration«, sagte die Frau. »Ihr seid besonders wertvoll für mich, und ich werde Euch nichts tun, solange ich andere Möglichkeiten habe. Doch ich würde nicht zögern, das jüngste Kind aus Eurer Heimat auf kleiner Flamme vor Euren Augen zu kochen. Habe ich mich Euch verständlich gemacht?«

Margaret schluckte ihre Wut hinunter. Sie zwang sich, ruhig zu antworten. »Ja. Sehr verständlich.«

»Gut«, sagte die Frau. Sie wandte sich um, zog ihren Umhang zu und ging hinaus. Die Wachen nahmen das junge Mädchen und trugen den leblosen Körper fort. Die anderen beiden Wachen schlossen die Tür. Alles war wieder so wie vorher, abgesehen von der roten Lache auf dem Boden.

Nachdem sich alle am Ort des Überfalls versammelt hatten, ließ Nicholas seine Leute ausschwärmen und die Gegend absuchen. Im hohen Gras entdeckten sie drei Schwerter und eine Anzahl Dolche. Jemand fand ein Faß mit hartem Brot und getrocknetem Fleisch. Das Essen wurde gleich unter den Männern verteilt.

Tuka beobachtete die zerlumpten Männer und sagte: »O Encosi, Eure Truppe scheint harte Zeiten hinter sich zu haben.«

Nicholas sah den kleinen Mann an. »So könnte man das sagen«, erwiderte er. »Genauso wie du.«

Der kleine Mann sackte sichtlich zusammen. »Da habt Ihr recht, mächtiger Hauptmann. Mein Meister wird sehr böse sein, weil er eine so wertvolle Karawane verloren hat. Sein Ansehen in der Dhiznasi Bruku wird Schaden erleiden, und ich werde der einzige sein, den er zur Rechenschaft ziehen kann.«

Nicholas wußte nicht, was die Dhiznasi Bruku war, doch die letzte Bemerkung des kleinen Mannes amüsierte ihn. »Warum sollte dein Meister ausgerechnet dich, einen einfachen Wagenführer, zur Rechenschaft ziehen wollen?«

Tuku zuckte mit den Schultern. »Wen soll er sonst beschuldigen?«

Ghuda lachte: »Egal, wie weit man auch reisen mag, manche Dinge ändern sich nie.«

»So ist das«, meinte Nakor, der dazugekommen war. »Also ist es doch wahrscheinlich, daß dieser kluge Mann sehr dankbar wäre, wenn man ihm sein Eigentum wiederbeschaffen würde.«

Tukas Augen begannen wild zu leuchten. »Würde ein Hauptmann, der so mächtig wie Ihr ist, so einen Auftrag von jemandem, der so niedrig steht wie ich, übernehmen?«

Ghuda schüttelte kaum wahrnehmbar den Kopf, und Nicholas antwortete: »Nein, das würde ich nicht, aber ich würde ihn von deinem Meister oder einem von ihm Ermächtigten annehmen.«

»Wei, wei«, machte Tuka niedergeschlagen. »Ihr macht Euch einen Spaß mit dem armen Tuka, Encosi. Ihr wißt, das kann ich nicht. Ich kann vielleicht die Beschuldigungen und die Strafen der Bruku aushalten, vielleicht werde ich rausgeworfen und darf niemals wieder einer ehrlichen Arbeit nachgehen, doch ich kann im Namen meines Meisters keinen Vertrag abschließen, nein, nein.«

Nicholas rieb sich das Kinn, da er nicht so recht wußte, was er als nächstes sagen sollte. Ghuda meinte: »Nun, ich denke, wir könnten diese Banditen einfach verfolgen und ihnen das abnehmen, was sie deinem Meister gestohlen haben.«

Jetzt war Tuka völlig entsetzt. »O mächtiger Hauptmann, wenn Ihr das tun solltet, würde ich abermals entlassen und in den Fluß der Hoffnungslosigkeit geworfen. Nein, wir müssen irgendeine Art von Abmachung treffen.«

Amos, der bis jetzt schweigend dabeigestanden hatte, mischte sich ein: »Nun, die Regeln über Bergungen sind überall ungefähr die gleichen.«

Nicholas wandte sich zu ihm um und sagte: »Zur See vielleicht, doch in – doch dort, wo wir herkommen, hängt man Männer, die sich gestohlene Güter beschaffen, weißt du nicht mehr?«

Amos seufzte. »Die Annehmlichkeiten der Gesetze der Zivilisation; ja, da hatte ich nicht mehr dran gedacht.«

Nicholas sagte: »Ich schlage vor, wir überlegen noch einmal, was wir tun können, wenn wir herausgefunden haben, wo sich diese Banditen aufhalten, und wenn wir etwas zurückholen können, verlangen wir den normalen Anteil.«

Auf Tukas Gesicht machte sich so etwas wie Hoffnung breit. »Wie viele Krieger stehen unter Eurem Befehl, Encosi?«

»Dreiunddreißig«, antwortete Nicholas.

Tuka zeigte auf Brisa. »Mit dem Mädchen?«, fragte er. Anscheinend versuchte er noch weiter zu handeln.

Zwischen seinen Füßen steckte plötzlich ein Dolch, der von der Wucht des Wurfes zitterte. Brisa lächelte ihn so bösartig an, wie sie konnte. »Mit dem Mädchen«, sagte sie.

»Kriegerinnen», sagte Tuka und lächelte gezwungen. »Ich bin ein fortschrittlicher Mann. Dreiunddreißig Krieger und Ihr, Encosi. Für den Weg von hier bis zur Anlegestelle von Shingazi hättet Ihr ein Anrecht auf sechsundsechzig Khaipur Cerlanders, und –«

Ghuda ließ den Mann nicht ausreden, sondern packte ihn am Kragen und zog ihn zu sich heran. »Du willst uns betrügen!«

»Nein, freundlichster Meister, ich wollte nur gerade alle Vergünstigungen aufzählen.« Der Mann wurde blaß. »Ich meinte, sechsundsechzig Cerlanders für jeden Tag, dazu Essen und Trinken, und ein Zuschlag, wenn wir Shingazis Anlegestelle erreichen.«

Nicholas schüttelte den Kopf. »Wenn wir die Stadt am Schlangenfluß und deinen Meister erreichen, willst du sagen.«

Tuka wurde noch blasser. »Nun, falls es dem Encosi gefällt, wird auch mein Meister damit sicherlich einverstanden sein.«

Ghuda ließ den Mann los, und Nicholas sagte: »Oh, dein Meister wird schon einverstanden sein, wenn er seine Waren zurückbekommt.«

Tuka sah aus, als müßte er auf heißen Kohlen tanzen. Schließlich sagte er: »Abgemacht!«

Ghuda meinte: »Ich hole Calis.«

Nicholas nickte. An Marcus gewandt sagte er: »Das hohe Gras soll noch einmal durchsucht werden. Vielleicht haben wir etwas Nützliches übersehen.« Tuka fragte er: »Gibt es zwischen hier und Shingazis Anlegestelle einen Ort, wo die Männer die gestohlenen Sachen von den Wagen in Boote geladen haben können?«

»Nein, Encosi. Es waren nur kleine Boote. Wenn sie große Flußboote haben, dann nur an Shingazis Anlegestelle.«

»Also werden wir dorthin aufbrechen«, sagte Nicholas.

Sie hatten nunmehr einen Bogen, fünf Schwerter und ausreichend Messer und Dolche, um die anderen zu bewaffnen. Alle, die das Schiffsunglück überlebt hatten, waren kampferprobt; entweder als Soldaten oder als Seeleute.

Nicholas besprach mit Amos verschiedene Pläne, jedoch eher, um etwas gegen seine Nervosität zu tun, denn der junge Mann kannte die Kriegsführung nur aus der Theorie. Darin wußte er zwar besser als jeder andere der Anwesenden Bescheid, doch im Kampf war er so gut wie unerfahren. Marcus hatte bereits mit seinem Vater gegen Goblins gekämpft, und selbst Harry hatte schon einmal Banditen gejagt, ehe er nach Krondor gekommen war.

Calis kehrte am Nachmittag zurück. Er stützte sich auf seinen Bogen und sagte: »Ghuda beobachtet sie. Bei den Waren muß auch Wein oder Bier gewesen sein –«

»Guter Branntwein«, ergänzte Tuka.

»Nun, die mit den Wagen werden vermutlich das meiste ausgetrunken haben, ehe sie sich mit den anderen Kerlen an der Anlegestelle treffen. Sie sind von der Straße abgebogen und legen sich mächtig ins Zeug.« Er winkte Nicholas beiseite und fuhr fort: »Und da ist noch etwas. Sie haben Gefangene.«

»Gefangene?«

»Frauen.«

Nicholas dachte einen Moment lang nach, dann zog er mit einer theatralischen Geste sein Schwert. Er ging auf Tuka zu, und der wurde kreidebleich, als er den rauh aussehenden jungen Mann auf sich zukommen sah. »Encosi?« krächzte der kleine Mann.

Nicholas setzte Tuka die Schwertspitze an die Kehle. »Was sind das für Frauen?«

Tuka fiel auf die Knie und wimmerte. »Verschont mich, Meister, denn ich wäre ein Narr, wenn ich einen so erhabenen Hauptmann wie Euch anlügen würde. Ich sage Euch alles, was Ihr wissen wollt, doch laßt mich atmen, bis Lady Kal mein Leben nimmt.«

»Rede!« verlangte Nicholas und gab sich Mühe, besonders bedrohlich auszusehen.

Dabei war er offensichtlich überzeugend, denn Tuka rasselte alles herunter. Es handelte sich um die Tochter eines Adligen, deren Titel Randschana lautete, was Nicholas nichts sagte, und deren vier Zofen. Sie stammte aus der Stadt Kilbar und war zu jemandem unterwegs, den Tuka den Oberherrn, den Herrscher der Stadt am Schlangenfluß, nannte. Sie sollte seine Frau werden. Sein Meister, Andres Rusolavi, hatte viel Geld bekommen, um die Heirat zu vermitteln und die Braut sicher von Kilbar zur Stadt am Schlangenfluß zu bringen.

Tuka wollte einen Eid darauf schwören, daß diese Banditen angestiftet worden waren, zwischen dem Oberherrn und seinem Meister, Andres Rusolavi von der Dhiznasi Bruku – die Nicholas für einen Handelsbund hielt – Zwist zu säen.

»Aber wer hätte daran ein Interesse?« fragte Ghuda.

Tuka wirkte verwirrt. »Der Oberherr hat viele Feinde, oder kommt Ihr von soweit her, daß Ihr das nicht wißt? Höchstwahrscheinlich ist es das Werk des Radsch von Maharta, mit dem der Oberherr zur Zeit im Krieg liegt.«

Nicholas meinte: »Wir kommen aus einer sehr weit entfernten Stadt.«

»Mein Meister und seine Teilhaber haben dem Oberherrn auch Geschenke geschickt, um sein Wohlwollen zu erlangen.«

Ghuda sagte trocken: »Und sie haben dem Radsch vielleicht ebenfalls Geschenke geschickt.«

Tuka grinste: »Mein Meister ist als ein Mann bekannt, der alle Möglichkeiten bedenkt, Sab.«

Nicholas kannte das Wort Sab nicht, aber offensichtlich bedeutete es soviel wie Meister. »Wenn wir also das Mädchen und ihre Gefährtinnen retten, werden wir sowohl von deinem Meister als auch vom Oberherrn belohnt werden.«

Tuka erwiderte: »Nur von meinen Meister, höchstwahrscheinlich, Encosi, denn der Oberherr ...?« Er zuckte mit den Schultern. »Er hat bereits viele Frauen.«

Calis meinte: »Der Überfall wird nicht schwierig werden.«

»Aber die Mädchen unversehrt da herauszuholen«, sagte Amos.

Nicholas hockte sich auf den staubigen Boden. »Wie haben sie sich aufgestellt?«

Calis zeichnete es mit dem Dolch in die Erde. »Es sind vier Wagen, und sie sind sehr überzeugt davon, nicht auf Schwierigkeiten zu stoßen, denn sie haben keine Wagenburg gebildet.« Er malte vier lange Striche in den Boden, die die Wagen darstellen sollten. »Die Mädchen sind im zweiten Wagen.«

»Wie viele Männer sind es?«

»Vier auf jedem Wagen, und alle sind gut bewaffnet.«

»Wie nahe können wir herankommen?«

»Das Gras ist dort sehr hoch. Ich glaube, fünf oder sechs von uns könnten bis auf ein Dutzend Schritte herankommen.«

Nicholas dachte nach. »Wie viele könnt Ihr aus dieser Entfernung töten?«

»Alle, wenn ich genügend Pfeile hätte. Auf jeden Fall kann ich drei oder vier niedermachen, ehe die anderen mitbekommen, was vor sich geht. Und noch mehr, wenn sie betrunken genug sind.«

»Ich werde sie mit Marcus und einigen Männern im hohen Gras umzingeln. Wir kommen von hier, während Ghuda zehn weitere Männer von hier heranführt. Der Rest der Leute wird von hier angreifen, und ich möchte, daß Ihr den Befehl zum Angriff gebt, Calis. Wir kommen, wenn wir Schreie hören.«

Calis dachte einen Moment lang nach und sagte dann: »Ich sollte die töten, die am nächsten bei den Frauen sind?«

Nicholas meinte: »Man kann nicht wissen, auf was für Ideen sie kommen: Sie könnten sie töten oder als Geiseln benutzen. Wir werden die sechzehn Männer überwältigen, aber wir können die Frauen währenddessen nicht beschützen. Das ist Eure Aufgabe.«

Calis nickte. »Ich halte die Banditen lange genug von ihnen fern, bis Ihr da seid.«

»Gut.«

Nicholas gab den Männern, die er für den Angriff ausgesucht hatte, die entsprechenden Anweisungen. Danach wandte er sich an Anthony und Nakor. »Ihr bleibt hier bei denjenigen, die zum Kämpfen nicht stark genug sind, und kommt nach, wenn es wieder ruhig geworden ist. Vielleicht brauchen wir dann eure Fähigkeiten.«

Anthony sagte: »Ich habe hier ein paar Dinge gefunden, mit denen ich Wunden versorgen kann.«

Nakor nickte. »Ich werde warten.«

Einem halben Dutzend anderer Männer wurde ebenfalls mitgeteilt, sie sollten warten. Zu ihnen gehörte auch Brisa, die nicht im mindesten darauf zu brennen schien, sich an dem Überfall zu beteiligen.

Die Sonne ging schon fast unter, als sie die Stelle erreichten, an der Ghuda wartete. Er lag auf einer Erhebung, von der aus man die Wagen sehen konnte. Als Nicholas zu ihm kam, sagte er: »Sie sind schon ziemlich betrunken; ich glaube, vor einer Weile haben sie sich um die Frauen gestritten. Seht.«

Nicholas blickte zu der Stelle, auf die Ghuda zeigte. Unter einem der Wagen lag eine Leiche. »Sie gehen nicht gerade zärtlich miteinander um.«

»Wirklich«, meinte Ghuda. »Wie sieht der Plan aus?«

»Ich gehe mit einigen Männer auf die andere Seite«, erklärte Nicholas. »Calis wird die Räuber von den Mädchen fernhalten, während wir sie von drei Seiten angreifen.«

Ghuda meinte dazu: »Einfach, aber ich kann mir auch nichts Besseres vorstellen.«

Nicholas machte den Männern, die nicht bei Ghuda bleiben sollten, ein Zeichen. Calis übernahm die Führung und ging auf der Rückseite des Hügels neben der Straße entlang. Als er die Stelle gegenüber dem zweiten Wagen erreicht hatte, machte er Nicholas ein Zeichen, er solle seine Leute weiterführen.

Nicholas rannte halb geduckt los. An dem ausgesuchten Punkt bedeutete er seinen Männern, sich bereit zu halten. Alles hing nur von ihrem überraschenden und schnellen Vorgehen ab. Wenn die Banditen Aufstellung nehmen könnten, wären fünfzehn gut bewaffnete Männer mehr, als Nicholas' Gruppe überwältigen konnte.

Dann hörten sie von den Männern bei Calis einen Schrei, und Nicholas sprang auf und rannte los. Er sah nicht nach, ob die anderen ihm folgten; er nahm es einfach an.

Ein seltsames Bild begrüßte ihn. Ein Mann mit einem kleinen Fäßchen in der Hand stand auf und ließ eine bernsteinfarbene Flüssigkeit in seine Kehle rinnen, während er sich umdrehte und Nicholas auf sich zurennen sah; verwirrt blinzelte er, als die Angreifer über ihn herfielen. Schließlich ließ er das Fäßchen fallen und zog das Schwert, doch jemand warf einen Dolch und traf ihn in der Schulter.

Nicholas jagte an ihm vorbei und tötete einen Mann, der sich umsah, weil er wissen wollte, was los war. Dann stand er einem weiteren Mann mit Schwert gegenüber, und der Kampf ging los.

Nicholas wurde sich der Kämpfe um ihn herum nur vage bewußt, er richtete seine Aufmerksamkeit ganz auf den Mann vor sich. Der war in mittlerem Alter, ein Veteran, und sein Angriff kam einfach und geradeaus. Nicholas brauchte nur einen Moment, um seine Taktik zu durchschauen und ihn zu töten.

Plötzlich war der Kampf vorbei. Nicholas blickte sich um – die meisten Banditen waren tot gewesen, ehe sie mitbekommen hatten, daß sie angegriffen wurden.

Nicholas sah einen der Seeleute von Amos' Schiff. Er schnappte sich den Mann und sagte: »Sammelt jede Waffe ein, die ihr finden könnt, und alles, was irgendwie von Nutzen sein könnte. Und die Leichen sollen auf gar keinen Fall in den Fluß geworfen werden.«

Er ging zum zweiten Wagen, in dem sich die fünf Frauen, die alle in seinem Alter waren, voller Schrecken zusammengekauert hatten. Die Kleider von zweien waren zerrissen, und auf ihren Gesichtern zeigten sich Blutergüsse. Da ihm nichts anderes einfiel, fragte Nicholas einfach: »Seid Ihr verletzt?«

Eine der Frauen, die ein feines Seidengewand trug, erwiderte: »Nein, wir sind nicht verletzt.« Ihren aufgerissenen braunen Augen und dem Zittern in ihrer Stimme nach wußte sie scheinbar nicht, ob sie nun befreit worden oder nur in die Hand der nächsten Räuberbande gefallen war. Nicholas zögerte einen Moment lang, weil ihn ihre atemberaubende Schönheit überwältigte.

Er gab sich Mühe, sie nicht länger anzustarren. »Ihr seid jetzt in Sicherheit.«

Er sah sich um und entdeckte Ghuda. Der alte Söldner inspizierte das Lager. Als Nicholas zu ihm trat, sagte er: »Das waren keine ausgebildeten Soldaten, Nicholas.«

Nicholas blickte sich um und konnte nur zustimmen. »Sie haben das Lager an einem Ort aufgeschlagen, wo es unmöglich zu verteidigen war, und sie haben nicht einmal eine Wache aufgestellt.«

Ghuda kratzte sich am Bart. »Entweder haben sie geglaubt, es wäre niemand in der Nähe …«

»Oder sie haben Verstärkung erwartet«, meinte Nakor, der neben Nicholas auftauchte.

Nicholas sagte: »Wir sollten uns lieber zum Aufbruch fertig machen und so schnell wie möglich verschwinden.«

»Zu spät«, sagte der kleine Mann und deutete auf die Erhebung, wo Ghuda und seine Leute vor dem Überfall gewartet hatten.

Auf dem Hügel standen Reiter in einer Linie und beobachteten sie gleichmütig.

Entdeckung

Nicholas machte ein Zeichen.

Rasch verbarrikadierten sich einige der Männer hinter den Wagen, während andere den toten Banditen die Schwerter und Bögen abnahmen. Marcus tauchte neben Nicholas auf. Er hatte einen Kurzbogen in der Hand. »Nicht gerade das Beste«, meinte Marcus, als er den Zug der Sehne testete, »aber besser als gar nichts.«

Tuka sagte: »Jeshandi!«, während er auf das Dutzend Reiter zeigte.

Nicholas fragte: »Sind das Freunde?«

Der kleine Mann wirkte bei dieser Frage deutlich besorgt. »Während der Zeit des Frühjahrsmarktes gilt der Marktfrieden, und dann können alle kommen und miteinander handeln. Doch der Markt ist vorbei, und wir befinden uns auf ihrer Seite des Flusses.«

»Ihre Seite des Flusses?« fragte Harry, der ein abgenutztes Schwert in der Hand hielt.

Tuka nickte: »Ihre Heimat reicht von der Angelegestelle von Shingazi bis weit nach Norden, von dort in den Westen, wo die Vedra in den Schlangenfluß mündet, und vom Fluß bis zur Wüste. Die ganze Steppe ist das Gebiet der Jeshandi. Und niemand darf es ohne ihre Erlaubnis durchqueren. Manchmal kennt ihre Gastfreundschaft keine Grenzen, und zu anderen Zeiten sind sie kaum besser als Banditen. Derjenige ganz vorn mit den roten Troddeln am Zaumzeug ist der Hetman, ein wichtiger Mann.«

Nicholas sagte: »Nun, wir können genauso lange warten wie sie.«

In diesem Augenblick erschien jeweils im Norden und Süden

ein weiteres Dutzend Reiter. Nicholas berichtigte sich: »Vielleicht können wir doch nicht warten.«

Er kletterte auf einen der Wagen und hielt sein Schwert in die Höhe, damit alle es deutlich sehen konnten. Dann steckte er es mit großer Geste in die Scheide und sprang herunter. »Ghuda, Ihr kommt mit mir. Marcus, du gibst uns mit Calis Deckung, falls wir uns eilig zurückziehen müssen.«

Ghuda trat zu Nicholas, und die beiden gingen bis zu einem Punkt etwa in der Mitte zwischen den Wagen und den Reitern. Zwei von ihnen ließen ihre Pferde den Hügel hinuntertrotten.

Während sie sich näherten, betrachtete Nicholas sie eingehend. Jeder Reiter trug einen Bogen und einen Köcher mit Pfeilen, dazu ein Schwert und eine Sammlung Messer. Bekleidet waren sie mit Hemd und Hose, darüber ein dunkler Umhang. Auf den Köpfen trugen sie spitze blaue und rote Hüte, an denen Tücher hingen, die den Nacken schützten. Die Gesichter waren gegen den Staub mit Tüchern verhüllt, die nur die Augen freiließen.

Als sie Ghuda und Nicholas erreichten, berührte Nicholas mit der Hand Stirn, Herz und Bauch, so wie es die Wüstenmenschen in der Jal-Pur tun, und benutzte auch deren Grußformel. »Friede sei mit Euch.«

Einer der Reiter erwiderte in jenem Dialekt der Sprache von Kesh, der hierzulande üblich zu sein schien: »Ihr habt einen schrecklichen Akzent.« Er sprang vom Pferd und fügte hinzu: »Aber Ihr habt Manieren.« Er winkte mit der Hand. »Friede sei auch mit Euch.« Dann trat er näher, und durch den indigoblauen Gesichtsschutz sah Nicholas zwei wache blaue Augen. Der Mann zeigte auf die Wagen und fragte: »Wer zieht hier durch?«

Nicholas berichtete ihm von dem Überfall und der Wiedereroberung der Wagen. Als er fertig war, setzte er noch hinzu: »Wir verlassen das Land der Jeshandi und wollten Euch nicht stören. Diese Karawane kommt vom Frühjahrsmarkt.« Er hoffte nur, daß der Marktfrieden auch für den Rückweg seine Gültigkeit hatte.

Der Reiter, der gesprochen hatte, löste seinen Gesichtsschutz, und Nicholas blickte in ein junges Gesicht, welches von hohen Wangenknochen und stechenden Augen beherrscht wurde. Irgend etwas kam Nicholas darin vertraut vor. Dann verstand er.

Er drehte sich zu den Wagen um und rief: »Calis! Ihr solltet besser mal herkommen.«

Während der Elb vom Wagen sprang, fragte Ghuda: »Wieso?«

»Seht Euch sein Gesicht an«, meinte Nicholas.

Der Reiter sagte: »Nehmt Ihr Anstoß an meinem Gesicht?« Sein ganzer Körper spannte sich.

»Nein, ich habe nur nicht erwartet, einen von Eurer Art unter diesen Umständen zu treffen.«

Der Reiter beugte sich vor und fragte mit jetzt deutlich feindseliger Stimme: »Und was meint Ihr mit ›einer von Eurer Art‹?«

Calis erreichte sie gerade noch rechtzeitig, um die letzten Worte mitzubekommen. »Er meint, er hat nicht erwartet, einen von den Edhel hier zu treffen.«

Der Reiter blickte ihn verblüfft an und sagte: »Was auch immer das Wort bedeuten mag, Ihr solltet mich besser mit meinem Namen und meinem Titel anreden.«

Calis konnte seine Überraschung kaum verbergen. »Mit Eurem Namen und Titel?«

»Ich bin Mikola, Hetman der Zakosha-Reiter der Jeshandi.«

Nicholas verbeugte sich und lenkte den Hetman so von Calis' Verwirrung ab. »Und ich bin Nicholas, der Hauptmann dieser Truppe und keines Mannes Feind, der mein Freund sein könnte.«

»Gut gesagt«, meinte Mikola und lächelte breit. »Aber ich kümmere mich nicht um die Angelegenheiten der Stadtmenschen.« Er drohte Nicholas mit dem Zeigefinger, und das Lächeln verschwand aus seinem Gesicht. »Ich frage mich vielmehr, wer mir meine Ziegen bezahlt.«

Nicholas fragte: »Eure Ziegen?«

»Sicher. Oder habt Ihr die Tätowierungen in den Ohren nicht bemerkt, als Ihr sie geschlachtet habt. Und was habt Ihr so nahe am Rand der Welt gemacht?« Er wartete Nicholas' Antwort nicht ab und fuhr fort. »Wir sollten hier besser unser Lager aufschlagen und einige Dinge besprechen. Vor allem den Preis für die Ziegen.«

Er bestieg sein Pferd wieder und ritt zurück auf den Hügel, wo er seinen Gefährten Befehle zurief.

Ghuda fragte: »Was hat das alles zu bedeuten?«

Nicholas antwortete: »Er ist ein Elb.«

Ghuda sagte: »Ich habe das nicht bemerkt, und seine Ohren waren verborgen. Außerdem habe ich außer Calis noch nie einen kennengelernt.«

Calis nickte. »Vielleicht habt Ihr noch nie jemanden aus dem Volk meiner Mutter kennengelernt, aber Nicholas hat recht. Er gehört zu den Edhel, und noch wichtiger, er weiß nicht einmal, was das Wort bedeutet.« Calis blickte dem Reiter hinterher, und auf seinem Gesicht machte sich Sorge breit.

Nach Einbruch der Nacht waren sie in Mikolas Zelt zu Gast. Calis blieb den ganzen Abend über sehr still. Der Anführer der Jeshandi mochte sich über die Ziegen aufgeregt haben, doch durch das Festmahl, das er von seinen Leuten auftragen ließ, bezeugte er den Überlebenden der *Raubvogel* gegenüber seine Gastfreundschaft sehr deutlich.

Neben Tuka waren Nicholas, Harry, Ghuda, Nakor, Marcus, Amos und Anthony mit in das Zelt des Hetmans gekommen, welches dieser eine Jurte nannte. Es war groß und rund. Eine Plane aus Ziegenhaar und Schafswolle war über ein Lattengerüst gespannt, und Mikola konnte bequem zwei Dutzend Männer beherbergen. Innen war das Zelt mit Bannern und Fahnen verschiedener Farben und Machart verhängt: roter Stoff mit goldenen Zeichen oder Tieren, und an den Säumen mit Perlen abgesetzt. In der Luft lag der schwere Geruch von Gewürzen aus einem Weihrauchbrenner, der den durchdringenden Gestank der Pferde und des menschlichen Schweißes angenehm überdeckte. Diese Menschen konnten eben nur selten Wasser zum Baden verschwenden.

Brisa wurde zu ihrer Überraschung mitgeteilt, daß Frauen zum Zelt des Hetmans keinen Zutritt hatten, jedenfalls mit Ausnahme von Ehefrauen, und die nur zum Vergnügen. Sie machte keinen Aufruhr, doch ihr Gemurmel ließ darauf schließen, was sie davon hielt. Nicholas bemerkte, wie Marcus lächelte, als er ihre Flüche hörte; endlich war Brisa wieder die alte.

Nach dem guten Essen und dem einfachen Wein sagte Nicholas: »Mikola, Eure Großzügigkeit kennt keine Grenzen.«

Mikola lächelte leicht. »Das Gesetz der Gastfreundschaft darf nicht verletzt werden. Jetzt sagt mir doch bitte eins. Ich habe ein Ohr für Dialekte, doch so einen wie den Euren habe ich noch nie gehört. Wo ist Euer Volk zu Hause?«

Nicholas erzählte ihnen von ihrer Reise. Mikola ließ es kalt, daß sie behaupteten, über das große Meer gekommen zu sein. »Es gibt viele Erzählungen aus alten Zeiten über solche Reisen.« Er blickte Nicholas in die Augen und fragte: »Welchen Gott verehrt Ihr?«

Nicholas entging die leichte Spannung in seinen Tonfall nicht. »Wir verehren viele Götter –«

Nakor unterbrach ihn. »Aber über allen steht Al-maral.«

Der Hetman nickte. »Ihr seid Fremde, und aus diesem Grund ist Euer Glaube Eure eigene Sache, und solange Ihr die Gastfreundschaft der Jeshandi genießt, ist Eure Sicherheit garantiert. Aber wißt, solltet Ihr, nachdem Ihr dieses Land verlassen habt, jemals wieder hierher zurückkehren, werdet Ihr den Einen Wahren Gott verehren, oder Ihr verwirkt Euer Leben.«

Nicholas nickte und blickte Nakor an. Calis fragte: »Was wißt Ihr von den alten Erzählungen, Hetman?«

»Wir lebten einst in dem Land, aus dem Ihr kommt«, sagte Mikola. »So sagt es zumindest das Große Buch, und in ihm sind nur die wahren Worte Gottes niedergeschrieben, also muß dem auch so sein.« Er sah Calis an und fragte: »Möchtet Ihr noch etwas wissen?«

Calis nickte. »Ihr seid mit meinem Volk verwandt.«

Der Hetman riß die Augen auf. »Ihr seid von den Langlebenden?«

Calis strich die Haare zurück und enthüllte eins seiner leicht nach oben geschwungenen Ohren. »Al-maral sei gelobt«, sagte Mikola. Er strich sich ebenfalls das lange blonde Haar zurück und zeigte das wie erwartet spitze Ohr. »Dennoch ist Eures anders. Wie kommt das?«

Calis sagte langsam: »Meine Mutter ist von Eurer Art. Sie ist die Königin unseres Volkes in Elvandar.«

Wenn Calis sich von seinen Worten irgendeine Wirkung erhofft hatte, so wurde er enttäuscht. Mikola sagte: »Fahrt fort.«

»Mein Vater ist ein Mensch, doch er besitzt besondere magische Kräfte.«

»Das muß er tatsächlich«, sagte der Hetman, »denn soweit man sich in unserem Stamm erinnern kann, hat es in Verbindungen zwischen Langlebenden und Kurzlebenden keinen Nachwuchs gegeben.« Er klatschte einmal, und ein Diener brachte eine Schüssel mit Wasser. Er wusch sich die Hände. »Aus diesem Grund sind solche Verbindungen bei den Jeshandi verboten.«

»In meinem Volk sind solche Verbindungen nicht verboten«, sagte Calis, »aber sie kommen selten vor und enden meistens unglücklich.«

Mikola fragte: »Seid Ihr ein Lang- oder ein Kurzlebender?«

Mit trockenem Lächeln antwortete Calis: »Das muß sich noch zeigen.«

»Im Großen Buch steht geschrieben«, sagte Mikola, »daß die Langlebenden schon durch dieses Land zogen, als die Gläubigen über das Meer kamen. Der Kampf zwischen uns war erbittert, bis die Langlebenden das Wort Gottes hörten und sich dem Glauben anschlossen; Al-maral ist gnädig. Seitdem haben wir wie ein Volk gelebt.«

Calis sagte: »Das erklärt vieles.«

»Das Große Buch erklärt alles«, sagte der Hetman.

Nicholas sah Calis an, und der gab ihm ein Zeichen, er habe ausgesprochen. Nicholas sagte: »Mikola, wir können Euch gar nicht genug für Eure Gastfreundschaft danken.«

»Ihr braucht Euch nicht zu bedanken; der Gebende sollte dankbar sein, denn es steht geschrieben, daß man nur beim Geben die Großzügigkeit kennenlernt.« Er säuberte sich mit einem großen Span die Zähne. »Und nun, was schlagt Ihr vor, wie Ihr meine Ziegen bezahlen wollt?«

Sie begannen zu handeln, wobei Nicholas klar im Nachteil war, denn er hatte die Ware ja schon erhalten und es ging nur noch um den Preis. Die guten Eigenschaften der Tiere wuchsen in den Himmel, und Nicholas konnte nur dagegen halten, sie seien sehnig, zäh und nicht gerade wohlschmeckend gewesen. Am Ende mußte er wenigstens das Dreifache ihres wirklichen Wertes bezahlen. Falls Mikola sich über das Zeichen des Königreichs auf den Goldmünzen wunderte, verbarg er es jedenfalls; die Qualität und das Gewicht der Münzen gefielen ihm, und das war ihm genug.

Dann handelte Nicholas um Waffen und Vorräte, und als sie damit fertig waren, war die ganze Gesellschaft ausgerüstet. Es war spät geworden, und Nicholas war müde. Er bot dem Hetman eine gute Nacht und kehrte mit seinen Gefährten zu den Wagen zurück.

Unterwegs fragte Nicholas: »Calis, was habt Ihr gemeint, als Ihr sagtet, diese Passage aus dem Großen Buch würde vieles erklären?«

Calis zuckte mit den Schultern. »Man hat mich immer gelehrt, die Edhel, die Elben also, wären ein einziges Volk mit einer einzigen Königin, meiner Mutter, und einer Heimat, Elvandar. Früher waren sie die Diener eines der Valheru. Nach den Chaoskriegen zerfielen wir in drei unterschiedliche Gruppen: Die Edhel, das Volk meiner Mutter, die Moredhel, welche Ihr als die Bruderschaft des Dunklen Pfads bezeichnet, und die Glamredhel, die Verrückten.« Er sah über die Schulter zurück und meinte: »Und jetzt habe ich welche von unserem Volk kennengelernt, die nichts über unsere Heimat Elvandar wissen. Unser Wissen beschränkt sich ebenfalls nur auf die Edhel auf unserem Kontinent. Wir wissen nichts über dieses Volk.«

»Und sie wissen nichts über deins«, sagte Nakor.

»Was ist das mit diesem Al-maral?« fragte Nicholas.

Nakor schüttelte den Kopf. »Eine böse Sache. Gab religiöse Kriege deswegen, und zwar der schlimmsten Sorte. Vor Jahrhunderten gab es in der Kirche von Ishap eine große Spaltung zwischen denen, die glaubten, er sei der Eine Über Allen, und denen, die glaubten, er sei Al-maral, also alle Götter zusammen, nur jeweils in einer unterschiedlichen Facette seines Wesens. Und wie es nun mal meistens so ist, sind solche Schismen meist mit Machtkämpfen innerhalb eines Tempels verbunden, und schließlich wurden die Anhänger von Al-maral zu Ketzern erklärt und verfolgt. Der Legende nach flohen die Gläubigen von Kesh in die Wüste und starben, und nur einige brachen mit dem Schiff auf und segelten auf das Endlose Meer hinaus.«

Ghuda sagte: »Das würde erklären, warum hier alle Keshianisch sprechen.«

»Und zwar ein Keshianisch, wie es vor hundert Jahren gesprochen wurde«, warf Harry ein.

Tuka fragte: »Encosi kommen von jenseits des Endlosen Meeres?«

Nicholas sagte: »Ich habe doch gesagt, wir kämen aus einer weit entfernten Stadt.«

Tukas Augen verrieten, was er dachte, als er sagte: »Dann muß es eine Angelegenheit von größter Wichtigkeit sein, die Eure Gesellschaft über das große Meer geführt hat, ja?«

Nicholas sagte: »Eine Angelegenheit, die ich jedoch nur mit deinem Meister besprechen werde.« Er bemerkte, wie sich die Träume des Mannes von Reichtum in Luft auflösten und setzte hinzu: »Aber es wird auch für dich von Vorteil sein, wenn wir die Randschana zum Oberherrn bringen.«

Tuka sagte: »Selbst, wenn mein Meister sehr großzügig sein sollte, wird er mein Versagen bei der Bewachung der Karawane kaum auf sich beruhen lassen.«

»Bring uns zu deinem Meister, und wir werden deine Verdienste entsprechend anpreisen.«

Wieder wechselte der Gesichtsausdruck des Mannes. »Oh, ich danke Euch, großzügigster Encosi.«

»Wir müssen vieles über die Art und Weise erfahren, wie die Dinge in diesem Land gehandhabt werden, deshalb wirst du uns im Gegenzug für unsere Großzügigkeit als Lehrer für die Sitten dieses Landes dienen.«

»Aber gewiß doch, Encosi.«

Sie erreichten die Wagen. Brisa wurde von zwei der Seeleute bewacht. »Was ist passiert?« fragte Nicholas.

Einer der Seeleute sagte in der Sprache des Königreichs: »Wir konnten sie gerade noch zurückhalten, als sie eines der Mädchen im Wagen erwürgen wollte, Hoheit.«

Nicholas sagte: »Nennt mich nicht so. Ich bin der Hauptmann dieser Truppe, und sprecht keshianisch oder natalesisch.«

Der Seemann verfiel in einen natalesischen Dialekt und sagte: »Ich weiß nicht, wieso, doch sie wollte dieses Mädchen mit den ganzen Juwelen umbringen.«

»Juwelen?« fragte Nicholas.

»Das Mädchen, das die anderen Randschana nennen.«

Er kniete sich neben Brisa hin und fragte sie: »Was ist passiert?«

»Niemand darf es wagen, mich so zu nennen –«

Nicholas brachte sie mit einer Handbewegung zum Schweigen. »Fang ganz am Anfang an.«

»Also, ich hab mich um nichts anderes als meine eigenen Angelegenheiten gekümmert, als mich dieses rotznasige Balg zu sich rief und bat, ihr ein Kästchen aus dem ersten Wagen zu holen.« Sie kniff die Augen zusammen und starrte haßerfüllt auf den zweiten Wagen. »Also dachte ich mir, wieso nicht? Ich holte es, und sie machte das Kästchen auf und legte ihren ganzen Schmuck an. Dann befahl sie mir, ich solle Wasser holen, damit sie baden könnte. Ich sagte ihr, sie solle es selbst holen, da nannte sie mich –«

Nicholas unterbrach sie abermals: »Da wolltest du sie gleich umbringen?«

»Nur ein bißchen. Ich hätte schon aufgehört, ehe sie richtig tot gewesen wäre.«

Nicholas stand auf. »Ich denke, wir sollten unserem Gast mal einen Besuch abstatten.«

Er ging zum zweiten Wagen, dessen Planen vollständig dicht gemacht worden waren. Nicholas blieb hinten am Wagen stehen und klopfte an die Tür.

Von drinnen fragte ein Stimme, wer da sei, und er antwortete: »Nicholas … Hauptmann Nicholas.«

DieTür öffnete sich, und das Gesicht eines jungen Mädchens erschien. Sie sagte mit gebieterischer Stimme: »Meine Herrin ist über den Angriff dieser Hure zutiefst verärgert. Sie wird Euch morgen empfangen. Tötet die Hure jedoch nicht, ehe meine Herrin wach ist und dabei zusehen kann.«

Die Tür ging wieder zu. Nicholas stand da und blinzelte verwirrt. Er widerstand dem Drang, die Tür zu öffnen und einfach einzutreten. Am besten würden jetzt alle erst einmal eine Nacht über den Vorfall schlafen. Außerdem wußte er auch gar nicht genau, was er sagen sollte.

Er kehrte ans Lagerfeuer zurück, wo Brisa saß: »Ich werde das morgen in Ordnung bringen.«

»Sie hat mich –«

»Ich weiß, wie sie dich genannt hat«, unterbrach Nicholas sie. »Ich werde mich morgen darum kümmern.«

Nicholas bat Tuka, Amos, Marcus, Ghuda und Nakor, sich zu ihm ans Feuer zu gesellen und sagte: »Tuka, wir können aus dir vielleicht keinen reichen, aber wenigstens einen wohlhabenden Mann machen. Denk nicht daran, uns an der Nase herumzuführen, sonst kümmert sich mein Freund hier« – er zeigte auf Ghuda – »um dich, und das kann dich leicht den Hals kosten. Also, erzähl uns von diesem Land.«

»Auf dieser Seite des Flusses beanspruchen die Jeshandi alles Land.«

»Und auf der anderen?«

»Niemand, Encosi. Wir sind zu weit von der Stadt am Schlangenfluß entfernt, und der Arm des Oberherrn reicht nicht bis hierher, also erhebt er keinen Anspruch darauf. Und die anderen Städte befinden sich alle auf der anderen Seite des Gebirges. Diejenigen, die hier leben, sind ihre eigenen Herren.«

Sie unterhielten sich bis tief in die Nacht. Viele Dinge, die Nicholas und den anderen fremdartig und seltsam erschienen, kamen zur Sprache. Es gab keine König- oder Kaiserreiche, keine größeren Staatsgebilde, und Tuka verstand selbst die Begriffe nicht. Es war ein Land der Stadtstaaten und unabhängigen Herrscher, von denen jeder genau das Gebiet beanspruchte, welches er gerade mit seiner Armee unterjocht halten konnte. Die Ostlande wurden überwiegend von der Stadt am Schlangenfluß beherrscht, deren Macht durch ein lockeres Bündnis verschiedener Clans und Stämme gefestigt wurde. Heute regierte dort der Oberherr, ein Mann, der vor zwanzig Jahren an die Macht gekommen war und seine Stellung dadurch hielt, daß er einen Clan gegen den anderen ausspielte.

Nicholas begriff ebenfalls, daß man, wollte man von einem Ort dieses Landes zu einem anderen reisen, die Dienste einer Söldnertruppe brauchte. Deshalb hatte Tuka Nicholas auch für einen mächtigen Hauptmann gehalten.

Als der kleine Mann ihnen so viel erzählt hatte, wie sie nach den anstrengenden letzten Tagen und dem opulenten Mahl noch aufnehmen konnten, ordnete Nicholas an, alle sollten sich schlafen legen. Nicholas bat Amos, er möge ein paar Wachen aufstellen, obwohl es dafür wenig Anlaß zu geben schien, da die Jeshandi in der Nähe lagerten. Und vor allem vor dem Wagen der Randschana wollte er eine Wache.

Nachdem er mehr als zwei Wochen lang auf dem nackten Boden geschlafen hatte, kam ihm der Schlafsack, den er von Mikola gekauft hatte, wie feinste Daunen vor. Zum ersten Mal seit dem Schiffsunglück fiel er in einen tiefen, entspannten Schlaf.

Nicholas zuckte zusammen, als ein Schrei die Stille zerriß. Er war sofort mit dem Schwert in der Hand auf den Beinen und blinzelte wie eine Eule im Sonnenlicht, während er seine Sinne sammelte. Um ihn herum standen einige Seeleute, ebenfalls mit gezogenen Waffen. Dann hörten sie wieder einen Schrei. Er kam aus dem zweiten Wagen. Nicholas steckte das Schwert wieder ein, denn der Schrei klang wütend und keinesfalls nach Schmerz oder Angst.

Nicholas näherte sich der Rückseite des Wagens und traf dort einen der Soldaten aus Crydee. Der zuckte entschuldigend mit den Schultern und sagte: »Tut mir leid, Hauptmann, sie wollte Euch sehen, doch ich wollte Euch nicht wecken, da hat sie angefangen zu kreischen.«

Nicholas nickte und bedeutete dem Mann, zur Seite zu treten. Er klopfte an die Holztür und wartete einen Moment lang. Ein Gesicht erschien; es war das gleiche Mädchen wie gestern abend. »Ihr seid spät!«

Nicholas sagte: »Teile deiner Herrin mit, ich sei hier.«

»Sie wird Euch bald empfangen.«

Nicholas war mürrisch, weil er so unsanft aus dem Tiefschlaf gerissen worden war und noch nichts zu essen bekommen hatte. Er sagte: »Sie wird mich jetzt empfangen!« und drängte sich an dem Mädchen vorbei.

Das Innere des Wagens war in ein Schlafzimmer verwandelt worden. Hier konnten es sich die fünf Frauen unterwegs ausreichend bequem machen. Dort, wo er stand, waren an beiden Seiten des Wagens Truhen aufgestapelt, die, wie er vermutete, die persönlichen Habseligkeiten der Damen enthielten. Eine Klappe in der Plane auf der vom Lagerfeuer abgewandten Seite war geöffnet und ließ das Sonnenlicht herein, so daß die Randschana sich vor dem Spiegel schön machen konnte.

Nicholas sah die junge Frau zum ersten Mal bei ausreichendem Licht. Er war beeindruckt. Sie war mindestens ebenso schön wie Abby, bildete jedoch den genauen Gegensatz. Abby war blond und hatte helle Haut, die Randschana war dunkel, hatte schwarze Haare und kaffeebraune Haut. Ihre riesigen braunen Augen besaßen unglaublich lange Wimpern. Ihre Lippen waren voll, doch gegenwärtig wenig anziehend verzogen. Die Randschana schloß eilig ihre rote Seidenbluse, die zuvor Einblick auf den schwarzen Brustwickel gestattet hatte, der ihrem Busen die richtige Form geben sollte. Nicholas errötete, als er die entblößte Haut sah. Doch das wurde ihm gar nicht bewußt, denn sofort fuhr sie ihn zornig an.

»Ihr wagt es, ohne meine Erlaubnis einzutreten!«

»Ich wage es«, erwiderte er. »Dort, woher Ihr stammt, mögt Ihr eine wichtige Persönlichkeit sein, Randschana, doch hier habe ich das Sagen. Vergeßt das nicht.« Er stützte sich auf ein Knie, so daß er dem sitzenden Mädchen in die Augen sehen konnte und fuhr fort: »Was hat es nun mit diesem Unsinn auf sich? Glaubt Ihr, ich würde nach Eurer Pfeife tanzen?«

In ihren Augen blitzte Wut auf. »Kaum mehr Unsinn, als sollte ich nach Eurer Pfeife tanzen. Ich bin die Randschana! Und natürlich werdet Ihr kommen, wenn ich Euch rufen lasse, Bauer!«

Nicholas errötete. Noch nie in seinem Leben hatte jemand so mit ihm gesprochen, und es gefiel ihm auch überhaupt nicht. Sein Vater war ein Prinz, und sein Bruder würde einst König werden, das hätte er ihr am liebsten erzählt, entschied sich jedoch, es in einfache Worte zu verpacken. »Meine Dame, Ihr seid unser Gast, doch es ist leicht, Euch zu unserer Gefangenen zu machen. Ich weiß nicht, welches Schicksal Euch diejenigen zugedacht hatten, aus deren Händen wir Euch gerettet haben, ich kann es mir immerhin vorstellen.« Er betrachtete die anderen Mädchen eingehend und sagte: »Wenn wir Euch und Eure Dienerinnen auf dem Sklavenmarkt verkaufen, könnten wir von dem Erlös reich bis ans Ende unserer Tage leben.« Er drohte ihr mit dem Zeigefinger und fügte hinzu: »Obwohl wir wahrscheinlich nicht so viel Gewinn hätten, weil Ihr Euch so abscheulich benehmt.« Er erhob sich. »Also bringt mich nicht in Versuchung!«

Er wandte sich ab, und sie sagte: »Ich habe Euch noch nicht entlassen!«

An der Tür drehte er sich um und sagte: »Wenn Ihr ein paar Manieren gelernt habt und Euch für die Rettung aus den Händen dieser Banditen bedanken möchtet, werden wir uns weiter unterhalten. Solange könnt Ihr in diesem Wagen bleiben.«

Er verließ den Wagen, schloß die Tür hinter sich und sagte zu der Wache: »Laßt sie für eine Weile nicht heraus.«

Der Soldat salutierte, und Nicholas ging zu seinem Schlafsack zurück. Er rollte ihn auf und machte Marcus und Amos ein Zeichen, sie sollten ihm folgen. Als sie ein Stück von den anderen entfernt waren, sagte er: »Nur wir drei und Calis wissen, was hier wirklich auf dem Spiel steht, und das dürfen wir nicht aus den Augen verlieren. Doch die Lage bietet uns auch einige Möglichkeiten.«

»Die da wären?«

»Wir bringen dieses laute und freche Kind zu seinem zukünftigen Gemahl und stellen uns dadurch gut mit ihm, und wenn wir in der Stadt ankommen, haben wir zudem noch eine einleuchtende Geschichte: Wir sind eine Truppe von Söldnern, die nur zufällig zur richtigen Zeit am richtigen Ort war.«

Sie gingen zurück zu den anderen. Marcus fragte: »Tuka, was erwartet uns, wenn wir in die Stadt am Schlangenfluß kommen?«

»Encosi?«

»Ich meine, hat der Oberherr eine Wache am Tor, oder müssen wir uns bei irgendeinem Beamten in der Stadt anmelden?«

Tuka lächelte. »Ihr solltet einen Ausrufer beauftragen, alle Eure großen Taten zu verkünden, damit Euch gute und lohnende Aufträge angeboten werden, Encosi. Was den Oberherrn betrifft, interessiert es ihn wenig, was in der Stadt passiert, solange der Frieden nicht gestört wird.«

Ghuda sagte: »Ich bin schon an ähnlichen Orten gewesen. Betrachtet es einfach als ein bewaffnetes Lager, dann liegt Ihr ganz richtig.«

Amos wandte ein: »Ehe wir uns über die Stadt Gedanken machen, haben wir noch ein anderes kleines Problem vor uns.«

Nicholas nickte. »Shingazis Anlegestelle.«

Marcus fragte: »Glaubst du, die Banditen in den Booten werden dort warten?«

»Wir müssen davon ausgehen, ansonsten könnte unsere Reise vorzeitig ein Ende finden.« Er fragte Amos: »Sind jetzt alle unsere Leute bewaffnet?«

»Nicht so gut, wie ich es mir wünschen würde. Wir haben ein halbes Dutzend Kurzbögen, und jeder Mann hat in irgendeiner Form ein Schwert. Doch wir haben keine Schilde, und die der Jeshandi sind sowieso nur aus Leder. Niemand hat einen Harnisch. Für eine Söldnertruppe sind wir somit ziemlich ärmlich ausgestattet.«

Nicholas sagte: »Aber wir haben einen Vorteil.«

»Und der wäre?« fragte Harry.

»Sie wissen nicht, daß wir kommen.«

Eine Stunde, nachdem Nicholas die Randschana besucht hatte, wollte eins ihrer Dienstmächen den Wagen verlassen, doch die Wache hinderte sie daran. Das führte zu einer lautstarken Auseinandersetzung zwischen zwei der Mädchen und der Wache, und Nicholas mußte eingreifen. Er war am Ende seiner Geduld, schob die beiden Mädchen einfach wieder hinein und schloß die Tür. Daraufhin ließ er sie versperren.

Beim Weggehen bemerkte er Brisa, und auf ihrem Gesicht zeigte sich ein Ausdruck, den man nur mit uneingeschränkter Befriedigung beschreiben konnte. Da er wußte, die Sache war noch nicht ausgestanden, stand ihm nicht der Sinn nach Brisas Selbstgefälligkeit. »Gib mir nur den kleinsten Grund, und ich sperre dich zu ihnen.«

Brisa zog ihren Dolch und prüfte mit großer Geste dessen Schärfe. »Oh, bitte, Hauptmann, bitte.«

Nicholas winkte angewidert ab. Oben im Lager der Jeshandi ertönte ein Ruf, und plötzlich befand sich dort alles in Bewegung.

Amos kam zu Nicholas und meinte: »Sie brechen ihr Lager ab.«

Nicholas nickte. »Wir sollten uns besser auch aufmachen. Tuka meinte, wenn wir den ganzen Tag bis in die Dunkelheit fahren, würden wir diese Anlegestelle bei Sonnenuntergang erreichen.«

Amos strich sich übers Kinn. »Besprich das mit Ghuda, aber ich denke, es wäre vielleicht besser, wir würden es ruhiger angehen lassen und erst in der Dämmerung des folgenden Tages ankommen.«

Nicholas dachte nach. In der Morgendämmerung waren die gegnerischen Soldaten entweder noch am Schlafen, oder sie waren von einer langen, durchwachten Nacht müde und erschöpft. »Ich werde mit Ghuda darüber sprechen.«

Nur wenige Minuten, nachdem der Marschbefehl gegeben worden war, hatten die Jeshandi ihre Zelte abgebaut und zogen weiter. Nicholas war beeindruckt. Denn ehe seine eigene kleine Karawane fertig war, waren die Jeshandi längst außer Sichtweite.

Am Fluß war die Hitze wesentlich erträglicher, doch dafür wurden sie von Stechmücken geplagt. Nicholas saß auf dem zweiten Wagen, dem der Randschana. Neben ihm saß Ghuda, der seine große Erfahrung als Wagenführer zeigte. Als die vier Wagen anrollten, hörte Nicholas von hinten die Beschwerden der Randschana. Gestern war das Mädchen noch in der Hand von Räubern gewesen, doch dieser Tatsache schien sie sehr gleichgültig gegenüberzustehen.

Nach wenigen Minuten erschrak Nicholas, als ihn etwas an der Schulter berührte. Fast wäre er vom Wagen gefallen. Es war eines der Mädchen. »Meine Herrin möchte sich über die Hitze beschweren.«

»Gut«, sagte Nicholas. Etwas an dieser Randschana verwirrte ihn. Sie war fast so nervenraubend wie seine Schwester Elena, die für den kleinen Jungen eine richtiggehende Plage gewesen war. Doch selbst Elena hatte sich irgendwann in ein vernünftiges menschliches Wesen verwandelt, nachdem ihr Nicholas nicht mehr seine Dumme-Jungen-Streiche gespielt hatte.

Einen Augenblick später wurde die Beschwerde wiederholt. Nicholas drehte sich um und entdeckte ein anderes Mädchen am Fenster. »Wenn deine Herrin mich persönlich bitten würde, ob ich die Plane zurückschlage, würde ich es mir glatt überlegen.«

Im Wagen unterhielten sich aufgeregte Stimmen, und das erste Mädchen erschien abermals. »Meine Herrin läßt bescheiden darum bitten, daß die Planen zurückgeschlagen werden, damit wir etwas frische Luft bekommen.«

Nicholas wollte die Sache nicht auf die Spitze treiben. Er stieg vom Wagen herunter. Da sie langsam fuhren, konnte man neben dem Wagen hergehen, und so war es nicht schwierig für ihn, die

Bänder zu lösen, die die Plane hielten. Schließlich hatte er die Plane heruntergezogen.

Ein hübsches Mädchen lehnte sich heraus. »Meine Herrin läßt dem tapferen Hauptmann danken.«

Nicholas warf einen halbverärgerten Blick über die Schulter und sah, daß die Randschana zur Seite auf die Straße starrte und ihn nicht beachtete. Offensichtlich hatten sich die Mädchen an ihrer Herrin Statt zur Höflichkeit entschlossen.

Der Tag verging ohne Zwischenfälle, und Nicholas besprach mit Ghuda ihre verschiedenen Möglichkeiten. An einem Punkt ihres Gesprächs sagte Ghuda: »Eine Sache an diesen Burschen bereitet mir Sorgen.«

»Und die wäre?« fragte Nicholas.

Ghuda spielte mit den Zügeln und sagte: »Sie waren nicht das, was sie zu sein schienen. Als wir sie beerdigt haben, habe ich sie mir genau angeschaut. Das waren keine Soldaten.«

»Banditen?«

»Nein.« Ghuda wirkte beunruhigt. »Wenn Tuka uns die Wahrheit erzählt hat, wurde der Überfall sehr überlegt begangen, nichts Großartiges zwar, aber durchschlagend. Die Truppe, die auf diese Karawane angesetzt wurde, war gut, wenn man Tuka glauben darf. Doch die fünfzehn, die wir besiegt haben, waren so grün hinter den Ohren, wie ich es selten erlebt habe. Vielleicht keine schlechten Fechter, wenn sie Mann gegen Mann kämpfen, aber sie hatten überhaupt keine Kampfordnung.« Er schüttelte den Kopf. »Die Hälfte von ihnen hatte … zierliche Hände, und abgesehen von ihrer Kleidung waren sie kaum Banditen. Eher so etwas wie reiche Jungen in Kostümen.«

Nicholas schüttelte den Kopf. »Was denkt Ihr?«

»Ich glaube, jemand hat erwartet, daß die Wagen entdeckt werden, vermutlich von den Jeshandi.« Ghuda kratzte sich am Kinn. »Ich glaube, wir wissen erst sehr wenig über diese Sache Bescheid.«

Nicholas sagte: »Also wartet bei Shingazis Anlegestelle niemand, um diese Männer zu treffen.«

»Oder dort wartet jemand, der sich darum kümmern soll, daß sie nicht weiterkommen, falls sie dort eintreffen.«

Nicholas nickte. Er kletterte vom Wagen und ging zum ersten, auf dem Marcus und Tuka saßen. »Tuka!« rief Nicholas.

Der kleine Mann sah herunter. »Ja, Encosi?«

»Gibt es zwischen hier und der Anlegestelle einen Ort, der für einen Überfall geeignet wäre?«

Tuka dachte nach und sagte schließlich: »Ja, Encosi. Eine halbe Tagesfahrt vor uns gibt es eine Stelle, die dafür ganz hervorragend geeignet wäre. Dort könnte eine kleine Truppe einer ganzen Armee große Schwierigkeiten bereiten.«

»Sehr gut«, sagte Nicholas. Zu Marcus meinte er: »Halt den Wagen an.« Er winkte den anderen Wagen zu, rannte zum dritten, auf dessen Kutschbock Calis und Harry saßen. Zu dem Halbelben sagte er: »Tuka glaubt, eine halbe Tagesfahrt voraus gäbe es eine geeignete Stelle für einen Überfall, und Ghuda denkt, das wäre durchaus wahrscheinlich.«

Calis nickte, sprang vom Wagen und machte sich ohne ein Wort im Dauerlauftempo auf. Nicholas ging zum vierten Wagen, auf dem Amos und Brisa saßen, und berichtete ihnen alles.

Amos sprang vom Wagen. »Nun, Ghuda kennt sein Handwerk, würde ich sagen.«

Nakor und Anthony hatten hinten auf dem Wagen gesessen, wo sie die Kranken betreuten. Sie kamen dazu, und Nakor sagte: »Ghuda weiß genug, um eine eigene Truppe zu führen, sollte er jemals den Ehrgeiz dazu verspüren.« Er sah sich um und sagte: »Anthony, diese Stelle ist so gut wie jede andere.«

Nicholas fragte: »Wofür?«

Anthony antwortete: »Um herauszufinden, wo sich die von uns Gesuchten befinden. Ich habe es seit dem Untergang des Schiffes nicht mehr versucht.«

Nicholas nickte, und Anthony schloß die Augen. Nach einer Weile sagte er: »Ich spüre sie nur schwach. Dort.« Er zeigte nach Süden.«

Nicholas sagte: »Nun, da wollten wir sowieso hin.«

Calis lag auf dem Boden. Er zeigte nach vorn. »Dort.«

Nicholas blinzelte in die untergehende Sonne. Sie lagen im hohen Gras östlich eines großen Gasthauses, das von einer niedrigen Mauer umgeben war. In einer Ecke des Hofes lagerte eine Truppe Männer. »Es sind zwölf, glaube ich«, sagte Nicholas.

Ghuda sagte: »Dem Lärm nach sind drinnen noch einige andere.«

Sie hörten Schreie und Gelächter, Musik und die neckenden Stimmen von Männern und Frauen, die sich miteinander vergnügten. Nicholas kroch rückwärts den Hügel wieder hinunter. Sie waren nahe genug, um sich besser nicht sehen zu lassen, auch wenn es schon dunkel wurde.

Die anderen folgten ihm, und sie eilten zu den wartenden Wagen, die eine Meile zurück angehalten hatten. Ghuda hatte Nicholas bereits vorgeschlagen, sie sollten besser kein Feuer machen, welches ein wachsames Auge vom Gasthaus aus sehen konnte. Die Randschana hatte verlauten lassen, sie würde sich nicht um die Anordnung kümmern, und sie war ziemlich verwirrt, als Nicholas sie einfach nicht beachtete.

Ghuda meinte: »Mich macht dieses Dutzend Männer nervös, das im Hof lagert.«

»Wieso?« fragte Nicholas.

»Die verstehen ihr Handwerk. Sicherlich waren sie es, die den Überfall angeführt und alles geplant haben, während die anderen … ich weiß nicht, wer sie sind. Doch während sie sich im Gasthaus betrinken und um die Huren streiten, halten die anderen draußen eine Besprechung ab.«

»Verräter?« fragte Nicholas.

Ghuda zuckte mit den Schultern, eine Geste, die man im schwächer werdenden Licht noch gut erkennen konnte. »An so etwas habe ich auch gedacht. Diejenigen, die bei den Wagen blieben, wurden einfach ihrem Schicksal überlasssen. Wenn sie zwischen dem Oberherrn und Tukas Meister einfach nur Streit entfachen wollten, warum haben sie die Mädchen nicht getötet? Oder als Sklavinnen verkauft? Oder Lösegeld für sie verlangt? Warum haben sie sie nicht mit auf die Boote genommen? Und warum haben sie den Schmuck dagelassen?« Ghuda kratzte sich am Kinn. »Jede Menge Fragen, und keine Antworten.«

Nicholas sagte wenig, während sie zurück ins Lager gingen. Als sie dort ankamen, klang eine Stimme durch die Dunkelheit. »Guten Abend, Hauptmann.«

Nicholas winkte dem Wachposten zu, der sich hinter einem niedrigen Busch versteckt hatte, und lächelte über den Titel. Es hatte eine Weile gedauert, bis sich alle Männer daran gewöhnt hatten, ihn Hauptmann zu nennen.

Sie traten in das Innere der Wagenburg, zu der sie die Wagen zusammengestellt hatten. Marcus und die anderen aßen. Nicholas kniete sich neben seinen Cousin und sagte: »Die meisten heben einen im Gasthaus.«

Marcus fragte: »Wann greifen wir an?«

»Kurz vor der Morgendämmerung«, erwiderte Nicholas.

Brisa merkte an: »Du hast gesagt ›die meisten‹?«

Nicholas meinte: »Ungefähr ein Dutzend von ihnen sieht so aus, als wüßten sie, was sie tun, und die könnten zu einem Problem werden.«

»Und wie groß ist dieses Problem?« fragte Marcus.

Ghuda sagte: »Sie sehen wie kampferprobte Soldaten aus.« Er blickte in die Gesichter der Soldaten und Seeleute um ihn herum und meinte: »Wir haben hier eine Anzahl harter Männer bei uns, doch wir sind nicht so gut bewaffnet, und einige haben noch immer nicht ihre ganze Kraft wiedererlangt.«

Nicholas nickte. »Doch wir haben den Vorteil der Uberraschung auf unserer Seite.«

»Ich hoffe, Ihr habt recht«, sagte Ghuda.

Harry fragte: »Wie gehen wir vor?«

Nicholas zog seinen Dolch und sagte: »Das Gasthaus ist gleich neben der Anlegestelle und liegt mit einer Seite zum Fluß.«

Tuka sagte: »Encosi, es gibt eine Falltür unter dem Lagerraum, durch die Shingazi sein Bier und seine Vorräte vom Fluß her hineinbringt.«

»Bist du schon einmal dort gewesen?«

»Schon oft«, sagte der kleine Mann.

Ghuda sagte: »Der Eigentümer scheint kaum Ärger zu erwarten.«

Tuka sagte: »Nein, Sab. Die Jeshandi haben das Land vor langer Zeit seinem Vater überlassen, und dort übernachten oft Reisende und Händler. Shingazi hat viele Freunde und keine Feinde, da er ein anständiger Händler und Wirt ist. Wenn jemand bei Shingazi Ärger machen würde, würde er sich damit viele Feinde einhandeln.«

Nicholas fragte: »Wenn wir diese Banditen also dort überfallen, bereiten wir uns damit selbst Schwierigkeiten?«

»Es tut mir leid, Encosi, aber genau so ist es.«

Nicholas sagte: »Und wenn wir es nicht tun, werden sie Ausschau nach uns halten. Die, die sie bei den Wagen zurückgelassen haben, mögen faul und träge gewesen sein, doch sie hätten wohl kaum mehr als einen halben Tag länger als wir gebraucht, um bei der Anlegestelle anzukommen, also werden sie morgen nachmittag jemanden losschicken.«

»Und dann werden wir sie überraschen«, sagte Calis.

Nicholas sagte: »Marcus und Calis, jeder von euch nimmt fünf Männer mit Bögen. Calis' Gruppe sollte sich flußabwärts heranschleichen, und Marcus' Gruppe flußaufwärts. Der Rest von uns wird die Straße entlang zum Gasthaus fahren. Wir werden über den Hügel fahren, der dem Haupttor gegenüberliegt.« Er dachte einen Moment lang nach, dann sagte er: »Wenn sie betrunken genug sind, können wir sie vielleicht einfach entwaffnen.«

»Falls das Dutzend draußen schläft«, meinte Ghuda.

»Nein, falls sie nur drei oder vier Wachen aufgestellt haben.«

»Diese niedrige Mauer bietet immerhin eine gewisse Deckung, Nicholas«, wandte Ghuda ein.

»Ich kenne da einen Trick«, meinte Nakor.

Alle Augen wandten sich dem kleinen Mann zu, der neben Anthony saß. Nakor legte dem Magier die Hand auf den Arm. »Er wird mir helfen.«

»Werde ich?«

Nakor trug wieder seinen Rucksack mit sich herum, und er griff hinein und sagte: »Ha! Der Händler hat sein Lager wieder in Ordnung gebracht.« Er zog die Hand hervor und hielt sie hoch. »Möchte jemand einen Apfel?«

Nicholas lachte. »Sicher.« Er biß hinein und fragte: »Was ist das für ein Trick?«

Nakor sagte: »Ich schwimme zur Anlegestelle und klettere durch die Falltür, von der Tuka gesprochen hat, nach oben, und dort zünde ich nasses Gras an. Das wird jede Menge Rauch machen, und wenn es richtig brennt, rufe ich laut ›Feuer‹.«

Nicholas lachte. »Ich dachte, Ihr hättet Magie gemeint.«

Nakor verzog das Gesicht, und Nicholas erwartete schon halb, er würde sagen: »Es gibt keine Magie«, doch stattdessen sagte er: »Wie, glaubst du, werde ich da ungesehen hineinkommen, wenn die Falltür verrammelt ist?«

Nicholas fragte: »Ghuda, was meint Ihr?«

»Falls wir die Wachen draußen überwältigen, gibt es nur eine einzige Tür und einige große Fenster … Vielleicht klappt es.«

Nicholas sagte: »Wir sollten es versuchen.«

Brisa sagte: »Vielleicht bin ich ein wenig dumm, doch wieso greifen wir sie eigentlich an?« Dem Klang ihrer Stimme nach mochte sie den Gedanken nicht. »Warum schleichen wir uns nicht einfach um sie herum?«

»Weil die Boote dort sind«, meinte Harry.

»Boote?«

»Mit denen wir zur Stadt am Schlangenfluß fahren wollen«, sagte Nicholas. Er blickte Tuka an und fragte: »Wie lange dauert es, wenn wir mit den Wagen hinfahren?«

»Das ist fast unmöglich«, sagte Tuka. »Die Wege von der Anlegestelle aus nach Süden taugen nur für Jäger und Reiter. Es gibt keine richtige Straße mehr. Und selbst wenn es eine Straße gäbe, würde die Fahrt Monate dauern. Mein Meister erwartet, daß ich die leeren Wagen und die anderen Kutscher nach Kilbar zurückbringe, nachdem wir unsere Fracht abgeliefert haben und die Randschana auf dem Boot ist. Auf dem Fluß dauert die Fahrt nur ein, zwei Wochen.«

»Also«, sagte Nicholas. »Sie haben die Boote, und wir brauchen sie, und wir wollen nicht jede Truppe von Söldnern in diesem Land gegen uns aufhetzen, also dürfen wir das Gasthaus nicht verwüsten. Und wenn eine verwirrte, halbtrunkene Bande mitten in der Nacht aus einem brennenden Haus krabbelt, haben wir unsere Chance.«

Sie besprachen noch eine Stunde lang die Einzelheiten, dann nahmen sie ein kaltes Mahl zu sich. Schließlich schlug Nicholas vor, sie sollten sich noch so gut wie möglich ausruhen, als eine der Wachen ins Lager gelaufen kam. »Hauptmann!« sagte er.

»Was ist?« fragte Nicholas.

»Das Gasthaus an Shingazis Anlegestelle brennt.«

Nicholas sah nach Süden und entdeckte oberhalb des Horizonts einen rotgelben Lichtschein.

Das Feuer wütete immer noch, als sie den Hügel in der Nähe des Gasthauses erreichten. Nicholas und die zwanzig kräftigsten Seeleute und Soldaten waren die anderthalb Meilen bis hierhin gerannt, während der Rest zurückgeblieben war und die Wagen bewachte.

Das gesamte Gebäude war von Feuer eingehüllt. Und im Licht der Flammen konnten sie die Leichen sehen, die überall auf dem Hof lagen.

Ghuda zählte sie. »Scheint, als hätte jemand die gleiche Idee gehabt wie wir, nur hat er richtiges Feuer statt Rauch benutzt. Ich hab dreißig oder noch mehr Leichen auf dem Hof gezählt. Diese armen Schweine sind durch die Tür und die Fenster hinausgestürzt und wurden dort niedergemacht.« Er dachte nach. »Die gleiche Taktik wie in Crydee.«

Nicholas merkte, wie sich ihm die Nackenhaare sträubten. »Ihr habt recht.«

Sie gingen den Hügel hinunter, kletterten über die kleine Mauer und suchten sich einen Weg zwischen den Leichen hindurch. Tuka kniete sich hin und untersuchte einen der Toten. »Encosi! Es waren Leute von den Clans!«

Er zeigte auf einen Toten, der an einem Lederhalsband einen silbernen Löwen um den Hals trug. Tuka ging von einem zum anderen. »Dieser hier gehörte zum Bärenclan. Und dieser zum Wolfsclan. Er muß ein Bündnis gegen den Oberherrn geben.«

Ghuda ging so nah, wie es wegen der Hitze möglich war, an das Gebäude heran. »Nicholas! Hierher!«

Nicholas ging mit Calis, Amos und zwei Soldaten zu Ghuda. Der zeigte auf einen Haufen Leichen. »Dies hier sind die Söldner, von denen ich Euch erzählt habe.«

»Verdammt«, meinte Amos. »Wenn Ihr schon mal eine Geschichte über Verräter erzählt, dann hat sie auch gleich Hand und Fuß.« Er sah sich um. »Jemand nimmt einen ganzen Haufen Schwierigkeiten in Kauf, um alle, die an dieser Sache beteiligt waren, gegen sich aufzubringen.«

Nicholas kniete sich hin und untersuchte etwas. Amos folgte seinem Blick und sagte: »Mögen uns die Götter beschützen!«

»Was ist denn?« fragte Marcus.

»Der Helm da, den der Mann dort trägt.«

Marcus sah hin. »Der rote?«

»Ja, der rote.«

»Was ist damit?«

»Ich habe einen solchen Helm schon gesehen, nur beim letzten Mal war er schwarz.«

Nicholas sagte. »Vater hat mir etwas darüber erzählt. Ein Eisenhelm, der das Gesicht verbirgt, dieser Drachenkamm, die beiden Flügel an der Seite.«

»Hat er dir auch erzählt, wer solche Helme getragen hat?« fragte Amos.

»Ja«, erwiderte Nicholas, »hat er. Die schwarzen Kämpfer von Murmandamus.«

Tuka sagte: »Das ist ein Helm von den Roten Kämpfern.«

Nicholas fragte: »Und was weißt du über sie?«

Der kleine Mann machte mit den Händen ein Schutzzeichen gegen das Böse. »Sie sind böse Männer. Sie gehören zu einer Brüderschaft von Kriegern, die dem Oberherrn der Stadt am Schlangenfluß dient.«

Nicholas blickte der Reihe nach Calis, Amos und Marcus an. »Wir sind auf der richtigen Fährte.«

Fluß

Ein Mann hustete.

Nicholas und die anderen drehten sich nach dem Geräusch um und gingen darauf zu. Zwei Männer lagen außerhalb der Mauer, und Ghuda half zwei der Soldaten, sie noch weiter vom Feuer fortzuziehen.

Der eine hatte eine Kopfwunde, die übel blutete, den anderen hatte der Bolzen einer Armbrust an der Schulter erwischt.

Der Mann mit dem Bolzen in der Schulter war bewußtlos, doch der mit der Kopfwunde bewegte sich. »Ich brauche etwas Wasser«, sagte Ghuda.

Einer der Soldaten reichte ihm einen Wasserschlauch, und Ghuda wusch das Gesicht des Mannes. Amos sagte: »Götter! Wenn das nicht der häßlichste Kerl ist, den ich je gesehen habe …«

Der Mann spuckte Wasser, blinzelte und schüttelte den Kopf. »Oh«, machte er und legte die Hand an die Schläfe. »Das war ein Fehler.« Er schlug die Augen abermals auf und sah von Gesicht zu Gesicht. Als er Amos ansah, meinte er: »Ihr seid auch nicht gerade der Schönste.«

Der Mann hatte eine Brauenwulst, die aussah, als wäre sie aus Granit. Die buschigen Augenbrauen bildeten eine durchgehende, dunkle Linie über den Augen des Mannes, die tief zurücklagen und von einem riesigen Kolben von Nase getrennt wurden, der vielleicht einst eine Form gehabt hatte, doch nach zahlreichen Brüchen nicht einmal mehr ahnen ließ, wie die Nase ursprünglich ausgesehen haben mochte. Ein verfilzter Bart verdeckte den größten Teil des Kinns, und die Lippen des Mannes sahen eigentümlich aus, als wären sie so oft aufgeplatzt, daß sie schließlich nicht mehr abschwellen wollten. Die Haut oberhalb des Bartes war mit Pocken- und anderen Narben übersät. Er war, dachte Nicholas, genau das, was Amos gesagte hatte: der häßlichste Mann, den er je gesehen hatte.

Sein bewußtloser Gefährte hingegen besaß an Stattlichkeit das, was dem anderen fehlte. Dunkles Haar, ein sorgfältig gepflegter Schnurrbart und feine Gesichtszüge.

Ghuda gab dem häßlichen Mann die Hand und half ihm auf die Beine. »Was ist passiert?«

Der Mann legte die Hand an den Kopf. »Alles, was man sich an mörderischem Verrat vorstellen kann.« Er blickte sich um und meinte: »Und ich glaube, Euch überrascht das kaum, so wie Ihr bewaffnet seid.«

Die Soldaten hielten immer noch die Waffen bereit, und Nicholas ordnete mit einer Handbewegung an, sie wegzustecken.

»Wer seid Ihr?« fragte Marcus.

Der Mann sagte: »Ich bin Prajichetas, und das ist mein Freund Vajasiah. Nennt uns Praji und Vaja.«

Ghuda fragte: »Gehört Ihr zu den Söldnern?«

»Wäre das der Fall, hättet Ihr das schon gemerkt. Wir wollten hier nur über den Fluß setzen, und in den Krieg ziehen –«

»Krieg?« fragte Nicholas.

»Wer ist das?« wollte Praji von Ghuda wissen.

»Er ist der Hauptmann.«

»Der? Sieht wie ein Junge aus –«

Nicholas sagte: »Erzählt schon.«

»Er ist der Hauptmann«, sagte Harry.

Praji sagte zu Ghuda: »Ich würd ja glauben, er ist Euer Sohn, oder Euer Junge, oder Euer –«

Nicholas zog das Schwert und richtete es auf die Kehle des Mannes. »Ich bin der Hauptmann«, sagte er leise.

Praji sah ihn von oben bis unten an, dann schob er die Klinge vorsichtig zur Seite. »Jedenfall, Hauptmann«, sagte er zu Nicholas, »wir wollten flußaufwärts in den Krieg ziehen –«

»In welchen Krieg?« unterbrach ihn Amos.

Der Mann wandte Amos unvermittelt den Kopf zu und legte wieder die Hand an die Stirn. Er schloß die Augen und sagte: »Das war keine gute Idee. Hat nicht irgend jemand etwas zu trinken?«

Nicholas sagte: »Tut mir leid, wir haben nur Wasser.«

»Dann muß eben Wasser reichen«, sagte Praji. Er nahm den angebotenen Wasserschlauch und trank. Anthony kam herüber und untersuchte Prajis bewußtlosen Freund. »Scheint nicht so schlimm zu sein», meinte er. »Er trägt ein Kettenhemd. Das hat die Wucht des Treffers abgefangen.« Es gelang ihm, dem Mann den Bolzen aus der Schulter zu ziehen, und er stillte die Blutung mit einem Tuch aus seiner Tasche, die er zur Versorgung der zu erwartenden Verwundeten mitgenommen hatte. »Er wird es überleben.«

»Gut«, sagte Praji. »Wir haben schon zuviel zusammen durchgemacht, als daß der Halunke einfach ohne mich sterben dürfte.«

»Ihr habt von einem Krieg gesprochen«, erinnerte ihn Marcus.

Praji sah ihn mit zusammengekniffenen Augen an und meinte: »Habe ich das?«

»Ihr wart flußaufwärts unterwegs«, ergänzte Amos.

»Und wir sahen uns nach einem Schiff um. Wir wollten zu einem Ort namens Nadosa, zwischen Lanada und Khaipur, an der Vedra. Bis hierher sind wir mit einem Wollhändler heraufgekommen. Wir wollten zum westlichen Oberlauf des Flusses – von dort fahren immer Wagenkarawanen nach Khaipur – jedenfalls sind wir auf diese lustige Bande von Gurgelschneidern und Clanjungen gestoßen, und als die richtig zu bechern anfingen, haben wir uns dazugesellt. Jemand hat eine Runde nach der anderen ausgegeben, und wenn's Bier umsonst gibt, sag ich nicht nein.«

»Also gehört Ihr nicht zu dieser Truppe?« fragte Nicholas.

»Würden wir das, würden wir da drüben liegen.« Er zeigte auf die Leichen, die in der Nähe des brennenden Gasthauses ankohlten.

»Was ist passiert?« fragteNicholas.

Der Mann seufzte. »Wir saßen herum und tranken mit einem Haufen dieser närrischen Kinder und einigen regelrechten Muttermördern, und der Kerl, der uns den ganzen Abend das Bier bezahlt hatte, kam herüber und flüsterte, er hätte Arbeit für uns und wir sollten zu den anderen Söldnern draußen auf dem Hof gehen. Wir mochten es nicht, wie er redete, deshalb gingen wir zwar raus, ließen uns jedoch ein wenig abseits von den anderen nieder.

Plötzlich hörten wir Schreie, und Armbrustbolzen flogen durch die Luft. Vaja und ich sprangen über die Mauer und kamen hart auf. Ich sah, wie er getroffen wurde, und dann wurde auf einmal um mich herum alles schwarz.« Er runzelte die Stirn und griff in sein Gewand. Dort tastete er herum und fand schließlich, wonach er gesucht hatte. Er brachte einen kleinen Beutel hervor. »Gut«, sagte er und öffnete das Band. Er holte ein zusammengerolltes kleines Pergament, das kaum breiter als drei Zoll war, und ein sauber angespitztes Stück Holz heraus. Das spitze Ende des Holzes leckte er an. Nicholas sah, daß es geschwärzt war. Praji entrollte das Pergament. Er betrachtete einen Moment lang die gekritzelten Worte darauf, dann fragte er: »Schreibt sich Oberherr in einem oder in zwei Wörtern?«

Es gab nicht genug Holz für einen Scheiterhaufen, und aus diesem Grund ließ Nicholas am nächsten Morgen die Toten beerdigen. Als die Männer mit der Arbeit fertig waren und die Wagen geholt hatten, war es Mittag. Der Mann namens Vaja war eine Stunde, nachdem sie ihn gefunden hatten, wieder zu Bewußtsein gekommen, und er hatte Prajis Geschichte bestätigt.

Nicholas ließ die beiden Verwundeten ruhen und nahm Calis, Marcus und Harry mit, um die Gegend schnell zu durchsuchen. Wer immer diese Söldner und Clanleute getötet hatte, der hatte jedenfalls gründliche Arbeit geleistet.

Als sie zurückkehrten, begrüßte Nakor sie mit einer guten

Nachricht. Der größte Teil des Lagerraums, von dem ihnen Tuka erzählt hatte, war vom Feuer verschont geblieben. Nicholas führte eine Gruppe von Männern in die immer noch rauchenden Trümmer des Gasthauses und entdeckte die Falltür. Obwohl sie verkohlt war, konnte man sie noch öffnen. Der Prinz ließ sich nach unten hinab, und ihm folgten Tuka, Ghuda, Nakor und Marcus.

Harry reichte Marcus Fackeln hinunter und kam dann nach. Nicholas drehte sich um und wäre fast über die Leiche eines Mannes gestolpert. Sie war nicht verbrannt, doch das Gesicht war zu einer Maske des Schmerzes verzerrt. Tuka betrachtete es und sagte: »Shingazi. Er muß versucht haben, sich hier unten zu verstecken, als das Feuer ausbrach.«

Nakor untersuchte die Leiche. »Er ist am Rauch erstickt. Nicht gerade angenehm.«

»Gibt es denn überhaupt eine angenehme Art zu sterben?« fragte Harry.

Nakor grinste. »Verschiedene. Es gibt Gifte, die töten, doch in den letzten Minuten erlebt man eine Ekstase, die über alles hinausgeht, was man sich vorstellen kann, und dann kommt eine besonders hübsche Frau –«

»Genug«, sagte Nicholas. »Seht, ob ihr hier etwas Brauchbares finden könnt.«

Sie suchten, und plötzlich sagte Marcus: »Seht euch das mal an.«

Nicholas ging in die Kellerecke, in der sein Cousin wartete, und entdeckte eine Waffenkammer. »Scheint so, als wollte unser Gastgeber eine Armee ausstatten.«

Nicholas sah Stapel von Kettenhemden, Schilde ohne Wappen, Schwerter jeder Art, Bögen verschiedener Größe, Pfeile, Bolzen und Messer. Nicholas sagte: »Holt ein paar Männer her, die das Zeug nach oben schaffen sollen.«

Ghuda machte ein Faß auf und griff hinein. Er zog etwas getrocknetes Fleisch heraus und probierte es. »Ein bißchen verraucht, doch nicht schlecht.«

Nicholas sah sich um. »Alles soll nach oben gebracht werden, dann können wir es in Ruhe begutachten.«

Er kehrte zu der Falltür zurück, und Harry half ihm nach oben. Als er aus dem abgebrannten Gasthaus trat, hörte er von den Wagen her Stimmen. Mit einem Blick zum Himmel fluchte er. Eine Stimme gehörte der Randschana.

Nicholas erreichte die Wagen, wo die junge Adlige vor Amos stand und ihn mit in die Hüften gestemmten Händen wie eine verletzte Katze anschrie. »Was soll das heißen, keine Boote? Ich soll in zwei Wochen in der Stadt am Schlangenfluß ankommen –«

Nicholas fragte: »Was ist los?«

Eine Wache, die neben ihnen stand und ein frisch zerkratztes Gesicht aufwies, sagte: »Ich habe versucht, sie nicht aus dem Wagen zu lasse, Ho-, äh, Hauptmann, doch sie hatte gehört, das Gasthaus sei zerstört worden –«

»Und da wollte ich nur nachsehen, in was für eine Lage Ihr Dummköpfe mich gebracht habt«, beendete sie den Satz.

»Wir haben lediglich«, sagte Nicholas, und seine Geduld war langsam am Ende, »Euer Leben, Eure Jungfräulichkeit und Euren Schmuck gerettet. Und jetzt hört auf mit diesem Unfug … *Ihr geht sofort zurück in den Wagen*!« Die letzten Worte hatte er vor Wut geschrien.

Das Mädchen wandte sich trotzig ab und ging davon, wobei sie das Kinn in die Höhe reckte. Als sie den zweiten Wagen erreichte, drehte sie sich um und sagte: »Wenn der Oberherr erfährt, was ich in den Händen dieser schmutzigen, groben und barbarischen Söldner erleiden mußte, werdet Ihr wünschen, Ihr wärt als Sklave geboren worden!«

Nicholas sah sie an und wandte sich danach Amos zu. »Schmutzig?«

Amos grinste. »Du riechst nicht gerade nach Lavendel, Nicky. So wie keiner von uns.«

Nicholas betrachtete seine Truppe; seine Männer sahen

tatsächlich aus wie verfilzte, dreckige Schurken. Er fuhr sich mit der Hand übers Kinn. Der Bart, den er sich zuletzt auf der *Raubvogel* rasiert hatte, war ein wildes Gestrüpp.

Er blickte sich um und meinte: »Nun, dann sollten wir vielleicht alle ein Bad nehmen.«

Amos grinste. »Wenn du das sagst, Hauptmann.«

Angewidert stöhnend schob er sich an Amos vorbei und rief den Männern, die die Vorräte aus dem Keller schafften, zu: »Seht, ob ihr nicht etwas Seife findet!«

In dem Keller hatten sie auch einen Haufen Kleidungsstücke gefunden, die sie gegen die zerrissenen Lumpen eintauschen konnten, die sie am Leibe trugen. Das meiste waren einfache Hosen und Hemden. Ghuda und Tuka nahmen an, daß die teuren Stücke von Reisenden, die ihre Zeche nicht bezahlen konnten, als Pfand zurückgelassen worden waren.

Nicholas ließ die gefundenen Kleidungsstücke waschen, damit sie nicht mehr nach Rauch rochen, und dann sollten die Männer baden, ehe sie die frischen Sachen anzogen. In der Hitze des späten Nachmittags trockneten die Kleidungsstücke schnell auf den Leinen die sie zwischen den Wagen gespannt hatten. Bei Sonnenuntergang hatten alle gebadet, sich rasiert oder die Bärte getrimmt.

Marcus war erfreut, als zwischen den ganzen Waffen auch noch ein Langbogen auftauchte. Als alle sauber und fertig waren, kamen Amos und Harry an. Sie trugen eine verkohlte, mit Eisenbändern verstärkte Holztruhe. »Sieh nur, was wir gefunden haben«, sagte Amos.

Sie machten die Truhe auf: sie war mit kleinen Beutelchen gefüllt. Nicholas öffnete eins und entdeckte Edelsteine. Die anderen enthielten Schmuck, Silber oder Gold. »Wir sind reich«, sagte Harry ehrfürchtig.

Nicholas nahm einen der Beutel und ging damit zu Praji und Vaja, die sich im Schatten der Wagen ausruhten. Beide Männer hatten gegessen und dösten nun vor sich hin. Praji stand auf, als Nicholas sich näherte, und Nicholas warf ihm den Beutel zu. »Für Euch.«

Praji hörte die Münzen darin klingeln und fragte: »Wofür?«

»Ich könnte zwei Männer gebrauchen, die wissen, wie man zur Stadt am Schlangenfluß kommt.« Er zeigte auf den Beutel. »Ihr behaltet das, weil Ihr soviel Ärger hattet, und damit Ihr tun und lassen könnt, was Ihr wollt, doch wir sind eine neue Söldnertruppe und wir haben niemanden, der sich hier draußen auskennt, außer diesem kleinen Wagenführer. Und wir können immer Leute gebrauchen, die zu schlau sind, um sich umbringen zu lassen.«

Praji sah auf seinen Freund hinunter, der halb schlief, und sagte: »Nur, so wie es aussieht, sind wir für einen Fußmarsch nicht kräftig genug; Vaja wird vielleicht wieder gesund sein, wenn wir die Stadt mit den Wagen erreicht haben. Aber ich hätte da noch eine Frage ...«

»Und die wäre?«

»Seid Ihr gegen den Oberherrn oder für ihn?«

Der Gesichtsausdruck des Mannes zeigte, wie wichtig ihm die Antwort auf diese Frage war. Nicholas sagte: »Weder noch. Wir müssen unsere eigenen Angelegenheiten erledigen. Da wir jedoch diesen Helm des Roten Kämpfers gefunden haben, würde ich davon ausgehen, daß wir uns vermutlich auf der anderen Seite befinden.«

Praji rieb sich das Kinn. »Nun, wir fahren mit Euch, und wenn wir die Stadt erreicht haben, verstehen wir uns vielleicht schon ein bißchen besser. Wir werden keinen Vertrag abschließen, ehe wir Euch nicht genauer kennengelernt haben. In Ordnung?«

»In Ordnung«, stimmte Nicholas zu.

Dann grinste Praji – und sein Grinsen war ein fürchterlicher Anblick – und sagte: »Jetzt, wo der Oberherr auf meiner Liste steht, kann ich niemandem mehr helfen, der für ihn ist, versteht Ihr?«

»Liste?« fragte Harry.

»Ja, ich habe da diese Liste, und wenn mir jemand Ärger macht, dann setze ich seinen Namen darauf. Ich würde zwar nicht behaupten, ich könnte mit allen darauf abrechnen, aber ich vergesse nie etwas.«

Harry wollte dazu gerade eine Bemerkung machen, als Calis plötzlich von Süden her ins Lager gelaufen kam. Er hatte den ganzen Tag gekundschaftet, und als er Nicholas erreichte, sagte er: »Wir haben Gesellschaft.«

»Wo?« fragte Nicholas.

»Vier, fünf Meilen flußabwärts. Ein Trupp Reiter, so weit ich zählen konnte, zweiundzwanzig Mann. Sie sind bis an die Zähne bewaffnet, und sie wissen, wie man Wachposten aufstellen muß. Es sind Soldaten, die schwarze Uniformen tragen und ein Banner mit sich führen, eine schwarze Flagge mit einer goldenen Schlange darauf. Es sieht aus, als würden sie ihr Lager abbrechen und bei Sonnenuntergang losreiten.«

Praji lehnte immer noch am Wagen. »Die gehören zum Oberherrn. Und sie sind verdammt weit von der Stadt entfernt.«

Nicholas machte Ghuda und den anderen ein Zeichen, sie sollten zu ihm kommen, und als Calis noch einmal von seiner Entdeckung berichtet hatte, fragte Nicholas den Söldner: »Was denkt Ihr?«

Ghuda zuckte mit den Schultern. »Ich habe in meinem Leben viele Leute gesehen, die ein doppeltes Spiel treiben, und die Hälfte davon in den letzten beiden Tagen; ich schätze, sie sind unterwegs, um die Wagen zu finden und die ›Schuldigen‹ zu töten, die Prinzessin zu retten und sie im Triumph nach Hause zu bringen.«

Praji fragte: »Meint Ihr vielleicht, das alles war eine abgekartete Sache?«

Nicholas fragte: »Wenn ich Euch erzählen würde, die Wagen wären von Männern der Clans überfallen worden, was würdet Ihr sagen?«

Die Augen des Mannes blitzten kurz auf; er hatte verstanden. »Ich würde sagen, die Clans wollten dem Oberherrn eins auswischen, weil er sie bei dem nördlichen Handelsbündnis betrogen hat. Und das würde niemanden überraschen. Das einzig Überraschende daran ist, daß sie es so offen gemacht und auch noch Zeugen hinterlassen haben.«

»Und was würdet Ihr sagen, wenn jemand erzählen würde, er hätte die ganzen Clankrieger tot vorgefunden?«

»Das ist verzwickt«, antwortete Praji. »Hängt davon ab, wer sie getötet hat. Wenn es der Oberherr war –« Er unterbrach sich. »Wenn man es so darstellen könnte, als wäre es notwendig gewesen, würde es die Clans ins Unrecht setzen.«

Ghuda fragte: »Wie sicher sitzt der Oberherr auf seinem Stuhl?«

Praji zuckte mit den Schultern. »Es wird seit zwanzig Jahren von Rebellion geredet, aber er ist immer noch da.«

Nicholas sagte: »Nun, wir sind da in eine Sache hineingeraten, die nicht die unsere ist. Aber da sich darum niemand scheren wird, sollten wir uns lieber zum Kampf bereithalten.« Er sah sich um. »Wenn diese Soldaten ebenfalls zu dem Komplott gehören, erwarten sie sechzehn Clanmänner auf den Wagen. Fahrt sie zurück über den Hügel.« Er zeigte auf Calis. »Ich möchte, daß Ihr noch einmal nach Süden geht, und wenn die Reiter ankommen, schießt Ihr einen Pfeil in den Hof, damit wir gewarnt sind; wird Euch das gelingen, ohne jemanden zu treffen?«

Calis' Blick nach war diese Frage überflüssig. Nicholas zeigte auf die Stelle, wo er Ausschau halten sollte, dann wandte er sich an Ghuda. »Ihr bleibt hier bei mir, und wir legen uns mit einigen Männern in den Hof. Diese Soldaten werden Leichen erwarten, also wollen wir sie nicht enttäuschen. Wenn sie die Wagen erreichen, werden wir hinter ihnen her sein.« Ghuda nickte. »Amos, du übernimmst den Befehl bei den Wagen. Wenn ihr über den Hügel hinweg seid, macht ihr dahinter Feuer an, aber so, daß man von hier nur den Schein und nicht die Feuer selbst sehen kann. Und macht sie so an, daß die Reiter hineinschauen müssen, wenn sie über den Hügel kommen. Dann können wir ihre Gestalten gegen das Licht sehen.« Amos salutierte lächelnd und gab mit einer Handbewegung den Wagen den Befehl zum Aufbruch.

Nicholas fuhr fort: »Harry, du nimmst die Mädchen, bringst sie zum Fluß und versteckst sie im hohen Gras. Und sie sollen still sein. Achte darauf!«

Brisa fragte: »Und was ist mit mir?«

Nicholas sagte: »Du gehst mit Harry. Wenn die Randschana auch nur einen Mucks macht, kannst du sie endlich umbringen.«

Brisa grinste. »Danke.«

Soldaten und Seeleute kamen in Bewegung, und Nicholas meinte zu Praji: »Wenn Ihr helfen wollt, solltet Ihr Euren Freund lieber aus dem Weg schaffen. Er sieht nicht so aus, als wäre er schon wieder zum Kämpfen in der Lage.«

Praji sagte: »Er vielleicht nicht, aber ich. Ich lege ihn auf einen der Wagen, und dann fahre ich mit Eurem häßlichen Freund mit.«

Amos blickte über die Schulter und sah ihn beleidigt an: »Häßlich?«

Die Vorräte, die in den Hof geschafft worden waren, wurden rasch außer Sicht gebracht. Die Wagen rollten davon. Als sich die Sonne dem Horizont näherte, waren alle auf ihrem Posten.

Nicholas wollte die Männer im Hof selbst anführen, und deshalb lag er da und wartete auf das Signal. Die Zeit verstrich, und plözlich spürte er ein leichtes Ziehen in seinem linken Fuß. Es war eher verwirrend als schmerzhaft, und er lenkte sich ab, indem er seinen Plan noch einmal durchging und nach Schwachstellen absuchte.

Gedankenverloren lag er da, und als der Pfeil schließlich in der Mitte des Hofes landete, erschrak er regelrecht. Augenblicklich war er wieder aufmerksam. Er hörte Hufgetrappel und faßte sein Schwert fester.

Das Hufgetrappel wurde lauter, und dann ritten die Soldaten von Süden her in den Hof ein. Ein Mann fluchte: »Wo sind diese verdammten Wagen?«

»Ich weiß es nicht, Hauptmann. Sie sollten längst hier sein«, sagte eine andere Stimme.

Eine dritte sagte: »Seht, Hauptmann, dort drüben am Himmel ist ein Feuerschein; auf der anderen Seite des Hügels brennen Feuer.«

»Diese faulen Hunde hätten ruhig noch eine Viertelmeile weiterziehen können!« sagte die Stimme, die zu dem Hauptmann gehörte. »Nun gut, tun wir, weswegen wir hier sind.«

Nicholas hörte, wie Waffen gezogen wurden, und dann wurden die Pferde mit grunzenden Schreien vorangetrieben.

Nicholas wartete nur noch einen Augenblick lang ab, bis die Reiter das Gasthaus hinter sich gelassen hatten, dann sprang er auf die Beine. Leise sagte er: »Jetzt!«

Die Männer erhoben sich und rannten los, und die mit den Bögen nahmen auf der Straße Aufstellung. Wie Nicholas gehofft hatte, ritten die Reiter den Hügel hinauf, und ehe sie wußten, wie ihnen geschah, fiel die Hälfte von ihnen aus dem Sattel.

Die Männer, die keine Bögen hatten, schrien laut und griffen an. Die Reiter, die sechzehn vermutlich betrunkene und dazu unerfahrene Männer bei den Wagen erwartet hatten, wurden plötzlich von dreißig kampferprobten Soldaten und Seeleuten bedrängt.

Einer der Reiter versuchte, sich den Hügel hinunter zurückzuziehen, doch er wurde von einem Pfeil aus dem Sattel geholt. Nicholas sah sich um und entdeckte Calis, der im Laufen bereits den nächsten Pfeil auflegte.

Dann gab der Hauptmann auf dem Hügel den verbleibenden neun Reitern den Befehl zum Rückzug, und die Männer ritten um ihr Leben.

Zwei weitere wurden von Pfeilen von den Pferden geholt, doch die anderen hatten sich tief über die Hälse ihrer Tiere gebeugt. »Schießt auf die Pferde!« schrie Nicholas. »Es darf keiner entkommen!«

Das Klingen von Stahl auf Stahl verriet Nicholas, daß einige der Männer, die vom Pferd gefallen waren, noch lebten und jetzt zum Kämpfen wieder auf die Beine gekommen waren. Der vorderste Reiter ging auf die Männer vor Nicholas los.

Nicholas rann der Schweiß den Nacken hinunter, und er spürte, wie seine Hände feucht wurden. Er beugte die Knie, und während der angreifende Reiter sich näherte, hielt Nicholas das Schwert zur Abwehr in die Höhe.

Sich vor einen angreifenden Reiter zu stellen, war reine Dummheit, das wußte Nicholas. Wenn er wie Ghuda ein Langschwert besessen hätte, wäre es etwas anderes gewesen, dann hätte er auf die Beine des Pferdes zielen können. Doch mit seinem Breitschwert mußte er das Tier zum Scheuen bringen, während er sich gleichzeitig vor Pferd und Reiter schützen mußte.

Als der Reiter auf ihn losging, wieherte das Pferd und knickte mit den Vorderbeinen ein. Irgend etwas, das in der Dunkelheit nicht zu sehen war, mußte das Tier getroffen haben. Der Reiter wurde nach vorn geworfen, und wie ein geübter Akrobat versuchte er, sich über die Schulter abzurollen.

Er kam hart auf und stöhnte vor Schmerz, rappelte sich jedoch wieder auf die Beine. Nicholas griff an. Als sich der Mann aufrichtete, stieß Nicholas mit der Schulter zu. Der Mann schrie vor Schmerz auf, und Nicholas vermutete, daß er sich beim Sturz etwas gebrochen haben mußte. Der Prinz schlug mit dem Schwert zu und traf den Soldaten am linken Arm. Der Mann ließ seine Waffe mit tauben Finger fallen, taumelte zurück und wollte fliehen. Doch zwei von Nicholas' Leuten kamen herbeigerannt, schnappten sich den Kerl, drängten ihn zu Boden und fesselten ihn. Nicholas hatte angeordnet, Gefangene zu machen, falls es möglich war.

Er blickte sich um. Der Kampf war vorüber.

Nicholas ließ ein Lagerfeuer entzünden und betrachtete dann seine Männer. Die Überraschung war geglückt, nur einer hatte eine leichte Verletzung am Arm und schien sich dafür auch noch zu schämen, weil er der einzige war. Die anderen hatten nur Prellungen, Zerrungen oder Verstauchungen.

Nakor untersuchte die Wunden der beiden Gefangenen und erstattete Nicholas Bericht. »Der Hauptmann wird es überleben, obwohl die Wunde in seinem Arm tief ist, und er hat sich auch noch die Rippen gebrochen, doch der andere Mann wird sicherlich sterben. Er hat eine Bauchwunde und noch dazu vor dem Angriff gegessen, wie er mir sagte. Er ist ein erfahrener Soldat und bat mich um einen raschen Tod.«

Nicholas schauderte und sah, wie Ghuda nickte. »An einer Bauchwunde geht man ganz jämmerlich zu Grunde.«

»Könnt Ihr etwas für ihn tun?« fragte Nicholas Anthony.

»Wenn ich alle meine Kräuter und Mittelchen hier hätte, vielleicht, aber selbst dann wäre es nicht einfach. Ein Priester könnte ihn vielleicht mit einem Gebet und mit Magie retten, doch hier draußen kann ich, fürchte ich, nichts für ihn tun.«

Amos nahm Nicholas am Ellbogen und zog ihn außer Hörweite der anderen. Er senkte die Stimme und sagte: »Nicky, ich habe kein Wort gesagt, seit du den Befehl übernommen hast, weil die meisten Entscheidungen, die du getroffen hast, richtig waren. Und deine Fehler hätte vielleicht auch ein erfahrenerer Anführer nicht vermeiden können. Doch jetzt stehst du vor einer etwas härteren Entscheidung, die du in deinem Rang treffen mußt.«

»Du meinst, ich solle Ghuda den Gefangenen töten lassen?«

»Nein, ich meine, du mußt beide mit eigener Hand töten.«

»Crowe«, sagte Nicholas niedergeschlagen.

»Was?« fragte Amos.

»Mein Vater hat mir diese Geschichte erzählt, von ihrem Ritt nach Norden, als die Bruderschaft des Dunklen Pfades ins Königreich eindrang. Damals waren sie auf dem Weg zu dir und Guy du

Bas-Tyra in Armengar. Sie bekamen es mit einer Gruppe Schwarzer Kämpfer zu tun.« Er schloß die Augen. »Ein Mann namens Morgan Crowe, ein Abtrünniger, spionierte sie aus, und Vater mußte ihn töten lassen.« Er schüttelte den Kopf. »Er hat mir erzählt, das sei ihm, bei allen Strafen, die er je verhängen mußte, am schwersten gefallen.« Er blickte Amos in die Augen. »Ich habe hier noch nicht einmal das Recht dazu, Amos. Wir sind hier nicht im Königreich, und dieser Mann hat nur deshalb versucht, mich zu töten, weil ihm sein Meister den Befehl dazugegeben hat. Er ist kein Verräter an meinem König, so wie es auf Crowe zutraf.«

Amos sagte: »Hier gibt es kein Gesetz, außer dem, welches wir uns machen. Du bist der Hauptmann einer Truppe, und du mußt dich wie der Kapitän eines Schiffes gegenüber Piraten verhalten, die es entern wollen. Du mußt seinen Tod befehlen, nachdem du so viel wie möglich aus ihm rausgeholt hast.«

Nicholas hielt dem Blick des Mannes, der – wenn die Götter es wollten – sein Stiefgroßvater werden würde, stand. Schließlich holte er tief Luft und nickte entschlossen.

Sie kehrten zum Lagerfeuer zurück, und Nicholas nickte Ghuda zu. Der erhob sich und ging, um dem Hauptmann zu holen.

Der verletzte Hauptmann stöhnte, als man ihn vor Nicholas auf die Knie drückte. Nicholas fragte: »Wie heißt Ihr?«

»Dubas Nebu«, antwortete der Mann, »Hauptmann der Zweiten Kompanie Unseres Strahlenden Oberherrn.«

Praji kam herbeigeschlendert und sagte: »Das ist seine persönliche Leibwache.«

Nicholas fragte: »Und das bedeutet?«

Praji kratzte sich am Kinn und meinte: »Entweder steckt der Oberherr hinter allem, oder er hat in seinen obersten Reihen Verräter sitzen.«

Praji beugte sich vor und riß das Hemd des Mannes auf, der dabei vor Schmerz aufbrüllte. »Haltet dieses Tier von mir fern!« schrie der Hauptmann.

Praji fand etwas an seinem Hals und zog es hervor. »Seht Euch das an«, sagte er und reichte den Gegenstand Nicholas. Der besah sich den Talisman, und Praji fügte hinzu: »Es ist das Zeichen eines Clans.« Dann klang seine Stimme ein wenig verwirrt. »Obwohl ich dieses Zeichen noch nie gesehen habe.«

Nicholas sagte: »Aber ich.« Der Anhänger zeigte zwei Schlangen und sah genauso aus wie der Ring, den Calis ihm gegeben hatte.

Amos wollte etwas sagen, doch Nicholas schnitt ihm das Wort ab. »Laßt mich mit diesem Mann allein.«

Amos setzte abermals an, hielt sich jedoch zurück und nickte. Er machte den anderen ein Zeichen, sie sollten ihm folgen. Als Nicholas mit dem Mann allein war, kniete er sich ihm gegenüber hin. »Ihr seid ein Narr«, flüsterte er mit verschwörerischer Stimme, »wie lauteten Eure Befehle?«

Hauptmann Dubas' Gesicht war schweißüberströmt. »Ich habe keine Ahnung, wovon Ihr sprecht, Abtrünniger.«

Nicholas griff in den Beutel an seinem Gürtel und zog den Ring hervor. Er zeigte ihn dem Mann. »Ich trage ihn nicht, außer wenn ich mich ausweisen muß!« sagte Nicholas. »Nun, welcher Narr hat Euch hierher geschickt? Wir sollten die Clanmänner töten und die Randschana in die Stadt bringen.«

Dubas sagte: »Aber ... Dahakon hat mir gesagt ... es sollte keine weitere Kompanie mehr hier sein.«

Nicholas zog den Dolch und drückte ihn dem Mann an die Brust. »Ich sollte Euch töten, doch jemand über Euch hat diese Sache vermasselt.«

»Wer seid Ihr?« fragte der Hauptmann.

»Welche Befehle hattet Ihr?«

Dubas' Gesicht wurde vor Schmerz bleich. »Ich sollte die überfallen, die mit den Wagen kommen. Die Roten Kämpfer sind bereits wieder mit den Flußschiffen auf dem Rückweg ... Ich verstehe nicht recht ...«

»Was war mit den Gefangenen?« fragte Nicholas.

»Es sollte keine Gefangenen geben«, sagte Dubas. »Ich sollte die Mädchen töten und die Leichen mitbringen.«

»Nein, ich meine die anderen Gefangenen. Die vom Schiff?«

Dubas sagte: »Das Schiff ...?« Plötzlich verstand er. »Ihr wißt über das Schiff Bescheid!« Ehe Nicholas noch reagieren konnte, sprang der Hauptmann auf und warf sich auf Nicholas. Er krächzte leise, als er sich die Klinge in Nicholas' Händen mit dem eigenen Körpergewicht in die Brust trieb.

Amos hatte den Vorfall mitbekommen und eilte mit den anderen herbei. »Was ist geschehen?« fragte er und zog den Toten von Nicholas herunter.

»Er hat sich selbst getötet«, sagte Nicholas verbittert. »Ich wollte ganz schlau sein und habe meine Karten überreizt.«

»Hast du etwas aus ihm rausgekriegt?« fragte Harry und half seinem Freund auf die Beine.

»Ich habe einen Namen.«

»Welchen Namen?« fragte Praji.

»Dahakon.«

»Oh, das ist wirklich wunderbar», sagte Praji. »Ihr habt wirklich Feinde, die sich sehen lassen können.«

»Wer ist Dahakon?« wollte Marcus wissen.

»Er ist der Erste Berater des Oberherrn, und der gemeinste Hurensohn in den Ostlanden, den Flußlanden und überhaupt der ganzen verdammten Welt.«

Nicholas sagte: »Und soweit ich das beurteilen kann, ist er dazu noch ein Verräter.«

»Das kann nicht sein«, sagte Praji.

»Und warum nicht?« fragte Harry.

»Weil er der Mann ist, der den Oberherrn an der Macht hält, seit er vor zwanzig Jahren daran gekommen ist. Er ist der Kerl, den man in der Stadt wirklich fürchtet.«

»Wieso?«

»Er ist ein Magier.«

Nicholas fragte: »Ist das hier etwas Besonderes?«

»Ha!« machte Praji. »Offensichtlich habt Ihr einen höllisch langen Weg hinter Euch.« Und etwas ernsthafter fügte er hinzu. »Hauptmann, in den Ostlanden gibt es nur einen Magier, und das ist Dahakon. Es gab hier und da noch ein paar andere, doch wenn sie sich in der Stadt haben sehen lassen, war das ihr Todesurteil. Und den Gerüchten nach sind sie nicht gerade angenehm gestorben: er ißt sie.«

Nicholas blickte Nakor und Anthony an und schüttelte den Kopf. Praji fuhr fort: »Man sagte, er sei der Mann, der die Roten Kämpfer geschaffen hat, und sie tun alles, was er verlangt. Er spricht mit den Toten und hat eine Seelenfängerin als Geliebte. Die erhält ihn auch am Leben, denn er soll schon Hunderte von Jahren alt sein.«

Nakor machte ein Schutzzeichen. »Sehr schlecht. Totenbeschwörung ist das Schlimmste, was es gibt.«

Anthony nickte, und Nicholas sah, wie erschüttert er war. Betont sagte er: »Wir haben keine Magier unter uns, also brauchen wir uns keine Sorgen zu machen.«

»Das ist sehr gut«, sagte Praji. »Nein, Dahakon kann nicht der Verräter sein; er kann den Oberherrn absetzen, wann immer es ihm beliebt.«

Nicholas seufzte. »Nun, wir werden schon noch herausfinden, wer hinter diesem Komplott steht. Wie kommen wir am besten in die Stadt?«

Praji sagte: »Mit Flußschiffen. Doch da die Anlegestelle zerstört ist, werden wir keine bekommen. Sie werden uns für die Mörder halten, die das hier angerichtet haben, und falls die Jeshandi in nächster Zeit hier vorbeikommen, müßt Ihr ihnen ziemlich rasch erklären, was los ist, während sie Euch über einem Feuerchen rösten. Als sie das Land Shingazis Vater überlassen haben, haben sie das kleine Gasthaus unter ihren Schutz gestellt.«

Er sah sich um, als könnte er die Nomaden allein durch die Nennung ihres Namen heraufbeschwören. »Am besten ziehen wir auf der Uferstraße nach Süden. Fünf Tage von hier gibt es ein Dorf, und dort legen von Zeit zu Zeit Flußschiffe an. Wenn wir keins finden, werden wir erst in ein oder zwei Monaten in der Stadt ankommen.«

Nicholas sagte nichts. Ein Monat war zu lange.

Abigail schrie. »Geh weg von mir!« Sie trat zu, und das Ding wich zurück.

Margaret sagte: »Ich glaube nicht, daß es dir etwas tun wird.«

»Ist mir egal«, sagte Abigail verärgert. »Sie sind ekelhaft.«

Die Kreaturen, die sie meinte, hatten eine menschliche Gestalt, doch statt mit Haut waren sie mit grünen Schuppen bedeckt. Die Brauenwulst war tief nach unten gezogen, und die großen schwarzen Reptilienaugen waren ausdruckslos. Die Zähne waren eigentümlich, nicht so spitz wie die von Schlangen, aber auch nicht so wie die von Menschen. Äußerlich konnte man nicht erkennen, welches Geschlecht sie hatten; ihre Brüste waren flach und hatten keine Brustwarzen. Und auch im Schritt konnte man es nicht sehen. Margaret wußte nicht, was es für Kreaturen waren, doch ihr war klar, daß sie irgendwie mit der verwandt sein mußten, die auf dem Schiff in der Kabine neben ihnen gewohnt hatte.

Die Mädchen waren vom Schiff auf ein großes Boot verfrachtet worden und von Männern in schwarzen Hemden und Hosen und roter Kopfbedeckung ans Ufer gerudert worden. Sie waren nicht, wie Margaret erwartet hatte, auf den Sklavenmarkt gebracht, sondern auf einen Wagen gesetzt und aus der Stadt zu einem großen, von einer Mauer umgebenen Anwesen gebracht worden. Dort hatte man sie in die Zimmer gesperrt, in denen sie sich jetzt aufhielten. Arjuna Svadjian fragte sie weiterhin aus. Margaret war mittlerweile überzeugt, daß hinter seinen zufälligen Fragen ein Muster steckte, doch sie konnte nicht herausfinden, welches. Vieles, was Arjuna wissen wollte, verschleierte nur, wonach er eigentlich fragte. Die geheimnisvolle Frau, die den Tod des Mädchens befohlen hatte, bekamen sie nicht wieder zu Gesicht. Einmal fragte Margaret Arjuna nach ihr, doch er gab ihr keine Antwort.

Sie hatte Abigail gebeten, ihr zu helfen, den Zweck der Fragen herauszubekommen, und das hatte das Mädchen ein wenig aus der tiefen Verzweiflung gerissen. Nun war sie wütend, und sie schien bereit, Margaret beim Fluchtversuch zu helfen; Margaret hatte darauf beharrt, so bald als möglich von hier zu verschwinden.

Die Tagesabläufe wurden vorhersehbar. Sie wurden alleingelassen, außer wenn Arjuna kam und sie verhörte. Beim Frühstück, Mittagessen und Abendbrot wurden sie von Dienern versorgt, die nicht mit ihnen sprachen. Und nachmittags durften sie ein paar Stunden im Garten unter einer dünnen Markise verbringen, die das grelle Sonnenlicht milderte.

Dann war alles anders geworden. An diesem Morgen waren statt Arjuna die beiden Kreaturen hereingekommen. Abigail hatte sich in die entfernteste Ecke verkrochen, während Margaret mit einem Stuhl zur Verteidigung bereit dastand. Die beiden Kreaturen hatten sich hingehockt, und jede hatte eines der Mädchen beobachtet.

Abigail war schließlich aus der Ecke herausgekommen und hatte sich auf das Bett gesetzt. Die eine der Kreaturen hatte sie eine Stunde lang angestarrt und daraufhin versucht, sie zu berühren.

Margaret sagte: »Hast du schon von so etwas gehört?«

»Nein«, sagte Abigail. »Sie müssen Dämonen sein.«

Margaret betrachtete die Kreatur, die sie anstarrte. »Ich glaube nicht. An ihnen scheint nichts Magisches zu sein. Doch ihre Haut gleicht der von dieser Hand, die ich gesehen habe, als ich auf dem Schiff aus dem Fenster geschaut habe.«

Die Tür ging auf, und die Diener brachten das Frühstück. Den Mädchen war nicht nach Essen, doch sie wußten, wenn sie es nicht freiwillig hinunterbrachten, wurden sie gezwungen. Während sie aßen, schien das Interesse der beiden Kreaturen an ihnen zu wachsen, und sie kamen näher. Abigail vertrieb die eine, indem sie ihren Teller nach ihr warf, derweil Margaret die andere einfach nicht beachtete.

Nach dem Essen trat Arjuna ein, und ehe er noch ein Wort sagen konnte, schrie Margaret: »Was sind das für Kreaturen?«

Wie immer ganz ruhig sagte er: »Die? Sie sind harmlos. Es sind Gefährten für Euch.«

»Wir wollen sie hier nicht haben!« schrie Abigail. »Bringt sie fort.«

Doch Arjuna sagte nur: »Sie werden Euch nichts tun. Sie bleiben.« Er zog sich einen Stuhl heran und sagte: »Nun, was wißt Ihr über die Legende von Sethanon?«

Margaret betrachtete die Kreatur, die sie anstarrte, und einen Moment lang glaubte sie, in den toten Augen hätte es geflackert. Ihr lief ein Schauer den Rücken hinunter, und sie wandte sich ab.

Die Flußschiffe trieben träge den Fluß hinab. Nicholas saß vorn im ersten, einem schwerfälligen Ding mit hohen Wänden, dessen Mast abgebaut an der Seite lag, da sie die Strömung des Schlangenflusses nutzten. Zwei Männer paddelten halbherzig, damit sie etwas schneller als der Fluß waren und das Boot steuern konnten. Seit einer Woche waren sie jetzt auf dem Wasser unterwegs, und bald würden sie die Stadt am Schlangenfluß erreichen.

Nicholas dachte über ihre Lage nach. Mit dem, was sie in Shingazis Keller gefunden hatten, allem voran den Schatz, war Nicholas' Truppe, wie sie sich jetzt nannten, gut ausgerüstet und verhältnismäßig wohlhabend.Sie waren mit den Wagen zu dem Dorf gefahren, welches Praji erwähnt hatte, und dort hatten sie sich ausgeruht.

Zuerst waren die Dorfbewohner vor Schreck geflüchtet, da sie die Leute aus dem Königreich für Räuber gehalten hatten, doch Nicholas hatte einen Tag ruhig bei den Wagen gewartet, bis sich einer der mutigeren Männer aus dem Wald herausgewagt hatte. Es hatte nur ein paar freundliche Worte und ein Goldstück gebraucht, um ihn von ihren friedlichen Absichten zu überzeugen.

Die Dorfbewohner waren zurückgekommen und hatte die Truppe eine Woche lang versorgt, bis sich die Verwundeten und Kranken wieder erholt hatten. Nicholas hatte den Gedanken an diese Zeitverschwendung gehaßt, doch sie mußten sich ausruhen, bevor sie die lange Fahrt in den Süden mit den Wagen aufnehmen konnten. Und das Dorf war dazu noch ein guter Ort, um Schiffe auf dem Fluß anzuhalten. In der Zwischenzeit war Prajis Gefährte, Vaja, so kräftig geworden, daß er den Besprechungen der anderen beiwohnen konnte. Nicholas hatte ihn als eitlen Kerl kennengelernt, der auf sein hübsches Profil und sein lockiges Haar stolz war. Die jüngeren Frauen des Dorfes hatten ihn noch in seiner hohen Meinung über sich selbst bestärkt und ihm Wasser, Früchte und Honigbrot gebracht. Tagsüber. Nachts, so vermutete Nicholas, waren sie noch weitergegangen. Nicholas hatte ebenfalls bemerkt, daß Vajas gehobene Ausdrucksweise nichts als Aufgeblasenheit war. Dahinter steckte kein besonders kluger Mann. Praji schien von den beiden der führende Kopf zu sein, doch es machte ihm nichts aus, wenn andere dachten, das wäre der charismatischere Vaja.

Während sich seine Männer erholten, hatte sich Nicholas von Ghuda erklären lassen, wie man als Söldnerhauptmann seine Leute führte. Falls Praji und Vaja bei ihnen blieben, wären sie nunmehr fünfunddreißig Soldaten, dazu noch Brisa. Die Seeleute hatten beim Drill gemurrt, doch die Soldaten hatten sie gnadenlos verspottet. Jeder Mann hatte endlos mit Schwert und Bogen üben müssen, bis alle die Waffen handhaben konnten. Doch nachdem, was Praji und Tuka sagten, waren fünfunddreißig Männer eine kleine Zahl für eine Truppe – einige der größeren Söldnertruppen zählten hier bis zu sechshundert Mann.

Die Randschana benahm sich besser, nachdem sie Nicholas erst einmal unter passenderen Umständen getroffen und erfahren hatte, welches Schicksal ihr von den Soldaten des Oberherrn geblüht hatte. Nicholas kümmerte sich wenig um das Mädchen, war jedoch erleichtert, als ihre dauernden Beschwerden aufhörten.

Am Ende der Woche kam eine Gruppe Flußschiffe in Sicht, und Praji ließ eine weiße Flagge hissen. Das war das Signal für eine gewünschte Verhandlung. Das erste Flußschiff näherte sich dem Ufer, und Nicholas konnte mit dem Kapitän reden. Nachdem sie sich zehn Minuten lang über das Wasser zugeschrien hatten, ließ Nicholas jemanden hinüberschwimmen und Gold bringen.

Dazu hatte Nicholas Harry ausgewählt, während Marcus, Calis und die anderen Bogenschützen bereitstanden, um Harry entweder Deckung zu geben oder die Männer im Boot zu bestrafen, falls es zu einem Zwischenfall kam. Doch sobald der Kapitän das Gold gesehen hatte, waren alle Schiffe ans Ufer gefahren. Und nach zwei weiteren Stunden waren alle Männer an Bord gewesen.

In der Ferne sah Nicholas einen dunklen Fleck am Horizont, und er fragte Praji: »Was ist das?«

»Rauch, von der Stadt am Schlangenfluß. Wir werden noch vor Einbruch der Nacht dort sein.«

Die ganze Fahrt über hatten sie beratschlagt, was zu tun sei und was sie tun konnten. Und am Ende hatten sie einen Plan geschmiedet. Nicholas hoffte, er würde sich in die Tat umsetzen lassen. Doch ihn selbst beschlich das dumpfe Gefühl, er würde die anderen ins Unglück führen. Nur der Gedanke an Abigail und Margaret trieb ihn weiter voran. Und der Gedanke, daß hinter diesem geheimnisvollen Verrat vor zwei Wochen der pantathianische Schlangenpriester stand.

Stadt

Nicholas war nervös.

Der Schlangenfluß hatte sich seit einer Stunde durch Sumpfgebiet geschlängelt, und jetzt überquerten sie einen großen See, in dem es kaum noch Strömung gab. Nicholas setzte sich auf, um die entfernte Stadt besser betrachten zu können. Er wandte sich an Praji: »Wo sind wir?«

»Auf dem See der Könige«, antwortete er.

»Und wieso heißt er so?« fragte Nicholas.

Praji hatte sich an ein Stück Frachtgut gelehnt, während Vaja neben ihm schlief. Die beiden trennten sich so gut wie nie, schien es Nicholas. »Diese Stadt ist schon sehr alt. Früher war hier ein Ort, an dem sich die südlichen Stämme der Ostlande trafen. Über die Jahre wuchs die Stadt, und heute kann man kaum noch sagen, ob die Stadtbewohner Jeshandi sind oder von anderen Stämmen der Ebene abstammen.« Praji begann, sich die Fingernägel mit dem Dolch zu säubern. »Jeder Stamm hatte einen König, und in jedem Jahr hatte ein anderer Stamm den Vorsitz über das jährliche Treffen. So hatte die Stadt jedes Jahr einen anderen Herrscher, und der war jeweils wild darauf versessen, das zu rächen, was ihm die anderen während der vergangenen dreizehn Jahre angetan hatten – es gab nämlich vierzehn Stämme, ja?

Jedenfalls wurden die Leute in der Stadt nach einigen Jahrhunderten dieses Brauchs müde, und es gab eine große Revolte, bei der alle vierzehn Könige und ein großer Teil ihres Gefolges in den See geworfen wurden. Und darum heißt er See der Könige.«

»Was ist dann passiert?« fragte Nicholas. Marcus und Harry setzten sich zu ihnen. Sie hatten die Hälfte des Sees jetzt hinter sich und konnten sehen, daß er noch einen Abfluß hatte, der sich im Osten um die Stadt herum zu schlängeln schien.

»Nun, eine Weile versuchte man, ohne Herrscher auszukommen, doch nach ein paar größeren Bränden und Überfällen, bei denen Hunderte von Menschen umkamen, sollten die Oberhäupter der Clans einen Rat bilden. Da viele Clans Mitglieder aus mehr als einem Stamm hatten, schien das in Ordnung zu sein, und niemand regte sich sehr darüber auf. So wie ich gehört habe, liefen die Dinge dann einige hundert Jahre recht gut.«

»Bis der Oberherr auftauchte?« fragte Harry.

»Nun, er trieb sich hier schon eine Weile herum, schätze ich«, meinte Praji. Er kratzte sich am Kinn. »Ich habe hier und da ein paar Geschichten darüber gehört, wer er sein soll, doch niemand weiß es genau. Und man sollte danach auch nicht allzu laut fragen.«

»Geheime Polizei?« fragte Nicholas.

»Heißt die Schwarze Rose, wenn Ihr das für bare Münze nehmen wollt. Der Anführer heißt der ›Aufseher‹, und niemand weiß, wer es ist. Einige Leute meinen, nur mit Hilfe der Schwarzen Rose wäre Dahakon noch in seinem Amt; andere glauben, Dahakon selbst sei der Aufseher. Ich kenne jedenfalls niemanden, der es genau weiß.«

Praji steckte sein Messer wieder ein. »Jedenfalls heißt der Oberherr Valgasha, was kein Name der Jeshandi ist, und er ist mir bisher auch an keinem anderen Ort begegnet. Er ist ein großer Mann – ich habe ihn einmal bei einer Parade beim Sommerendsfest gesehen. Ist so groß wie Euer Freund Ghuda, würde ich sagen. Sieht aus wie dreißig, keine Stunde älter als an dem Tag, an dem er sich auf den Thron setzte. Kein Wunder bei einem Magier als Berater. Hat einen Adler, den er wie einen Falken zur Jagd abgerichtet hat. Die Leute sagen, der Vogel wäre magisch.«

Nicholas fragte: »Wie weit ist es noch bis zur Stadt?«

»Nicht mehr weit.« Praji zeigte auf eine Baumgruppe am gegenüberliegenden Ufer. »Dort zweigt ein Fluß ab, der um die Stadt herumführt.«

Er verfiel für eine Weile in Schweigen, und schließlich sagte er: »Wenn wir dort ankommen, suchen wir am besten erst einmal eine Unterkunft; eine Söldnertruppe braucht einen Ort, wo sie von möglichen Kunden gefunden werden kann. Habt Ihr etwas gegen das einfache Leben?«

Nicholas fragte: »Nein, warum?«

»Nun«, antwortete Praji, »Ihr habt mehr Gold als Verstand, so wie ich die Dinge sehe, und eine kleine Truppe, die zuviel Geld ausgibt, bekommt leicht Schwierigkeiten. Selbst in der teuersten Herberge würden dann in der zweiten oder dritten Nacht zweihundert Kämpfer auftauchen. Und wenn man zu einfach lebt, glauben die Leute, man wäre pleite oder schlecht.« Er dachte eine Minute lang nach. »Ich denke, ich weiß, wo wir unterkommen. Gleich neben dem Basar. Bescheiden, nicht zu dreckig, und der Herbergsvater wird uns nicht ausrauben.«

Nicholas lächelte. »Ich schätze, es ist ein Ort, an dem wir auch das eine oder andere mitbekommen.«

»Davon könnt Ihr ausgehen«, sagte Praji und grinste. »Doch der Trick ist, nicht einfach nur etwas zu belauschen, sondern die Gerüchte und Lügen von der Wahrheit zu trennen.« Er gähnte. »In den zwanzig Jahren auf der Straße habe ich noch nie einen Ort wie die Stadt am Schlangenfluß kennengelernt. Nun, nehmt zum Beispiel Maharta. Eine saubere anständige Handelsstadt, und alle sind stolz darauf. Sie nennen die Stadt die Königin des Flusses, und trotzdem kann man dort wegen eines Kupferstücks genausogut das Leben verlieren wie anderswo.« Praji setzte seine Betrachtungen über die Vor- und Nachteile anderer Städte, die er besucht hatte, fort, während Nicholas zusah, wie die Stadt vor ihnen aus dem Boden wuchs. Wo zuerst nur vage graue Schemen gewesen waren, erhoben sich nun Türme und Mauern.

Um den ganzen See herum war Sumpfgebiet und niedriger

Schilfwald. Man konnte kaum sehen, wo das Wasser endete und das Land anfing. Jenseits des Ufers erhoben sich einige Erdwälle, die, von einigen Büschen abgesehen, kahl waren. Zur Rechten, am östlichen Ufer des Sees, stieg das Gelände an. Dort hatte einst ein Gebäude gestanden, wie einige verkohlte Mauerreste zeigten, doch heute war das Gebiet verlassen. Dahinter begann ein Steilufer, vielleicht zwanzig Meter hoch, und oben konnte Nicholas Bewegungen erkennen, obwohl es zu weit entfernt war, um sie genau auszumachen.

»Bauernhöfe«, meinte Praji, als hätte er Nicholas' Gedanken gelesen. »In der Nähe der Stadt findet man viele kleinere, weil sie dort geschützter sind. Auf der anderen Seite stehen nur ein paar abgebrannte. Das Land ist schwer zu verteidigen, und die Soldaten des Oberherrn greifen nur ein, wenn jemand gegen die Stadt vorgeht, oder wenn der Oberherr gerade in der richtigen Laune ist.« Er spuckte ins Wasser.

Nach einer Weile kamen sie in den östlichen Abfluß des Sees. Sie wurden wieder schneller, da die Strömung stärker war. Als sie den Rand der Stadt erreichten, sahen sie am Ostufer die ausgebrannten Bauernhäuser. »Jetzt verstehe ich, was Ihr meint«, sagte Nicholas.

»Das waren keine Banditen«, sagte Praji. Er zeigte auf einen Hügel, der eine halbe Meile entfernt war und auf dem ein großes Anwesen stand, das von einer hohen Mauer umgeben war. »Das ist der Landsitz von Dahakon. Wenn er nicht gerade im Palast des Oberherrn ist, findet man ihn dort, obwohl ich nicht weiß, wieso dort jemand hingehen sollte.« Er machte ein Schutzzeichen. »Er war der Ansicht, die Bauernhöfe wären zu dicht an seinem Anwesen, und da hat er sie von seinen Roten Kämpfern niederbrennen lassen.«

Nachdem sie unter einer Brücke durchgefahren waren, die zum Anwesen des Magiers führte, erstreckten sich am Ufer Hütten und Hausboote. Allem Anschein nach wohnten hier arme Leute,

Fischer und Arbeiter, die sich in der Stadt keine Wohnung leisten konnten. Auch einige Bauern hatten hier kleine Grundstücke, die sich landeinwärts zogen. Von einigen der Boote winkten ihnen lachende Kinder zu, und Nicholas winkte zurück.

Je weiter sie flußabwärts fuhren, desto enger drängten sich die Boote aneinander. In der Nähe der Anlegestelle standen die Gebäude bis zum Ufer. Es waren alte Häuser, die zwei oder sogar drei Stockwerke hoch waren. Auf den Balkonen zeigten sich Frauen mit mehr oder weniger Kleidung am Leib und riefen ihnen ihre Namen zu.

»Huren«, sagte Praji gleichgültig.

Nicholas errötete, als sich eine an ihn wandte und ihm etwas vorschlug, woran er im Traum noch nicht gedacht hatte. Praji sah, wie Nicholas rot wurde und lachte. »Hauptmann», sagte er nur trocken.

Das Ostufer entfernte sich zunehmend, da der Fluß an der Mündung breiter wurde, und sie fuhren in einen Seitenarm hinein. Sie hielten sich hart am rechten Ufer, bis sie zu den ersten Anlegestellen und Kais des Hafens kamen. Ein kleines Boot zog vor ihrem Bug vorbei und steuerte ein Schiff an, das im tieferen Wasser ankerte. Der Steuermann von Nicholas' Flußschiff verfluchte den Mann am Steuer des kleineren, da sie beinahe zusammengestoßen waren.

Nicholas folgte dem Boot mit den Blicken, bis ihm etwas im Hafen auffiel. »Marcus«, rief er.

Marcus beugte sich vor. »Was ist?«

»Sag Amos, er soll sich das mal angucken.« Er zeigte auf etwas.

Marcus sah in die angegebene Richtung, nickte und ging zum Heck des Flußschiffes. Zum zweiten Boot, in dem Amos saß, schrie er hinüber: »Nicholas sagt, Ihr solltet Euch das mal angucken.«

Amos rief zurück: »Sag ihm, ich hätte es schon gesehen. Es ist dasselbe.«

Nicholas nickte. »Hab ich mir gedacht.«

Mit leerem Frachtraum hatte das Schiff wenig Tiefgang und ragte hoch auf, als wollte es ihnen den Weg weisen. Nicholas wandte sich an Marcus. »Wir haben uns für den richtigen Weg entschieden.«

Marcus legte Nicholas die Hand auf die Schulter und sagte nichts.

Sie gingen von Bord und wühlten sich durch das Gedränge im Hafen, dann durch eine breite Straße, die zu einem riesigen Basar führte. Praji und Vaji gingen voran. Alle sollten dicht beieinander bleiben, damit niemand verlorenging.

Nicholas' Sinne wurden von dem exotischen Anblick der Kleidung und der Waren überflutet. Die Menschen hier unterschieden sich voneinander wie die in Krondor von denen in Kesh. Männer und Frauen jeder Hautfarbe, vom hellen, blonden Typ bis hin zum nachtschwarzen, drängten sich auf dem Markt, priesen schreiend den Wert ihrer Waren und feilschten um die Preise dafür. Die Menschen hier waren so verschieden gekleidet, daß Nicholas und seine Mannschaft nicht weiter auffielen.

Praji führte die Truppe an einer großen Kreuzung von zwei Einkaufsstraßen nach Süden. Dann war der Basar zu Ende, und sie kamen durch einen schmale Gasse in eine weitere. Plötzlich standen sie vor der Herberge. Praji ging mit Nicholas hinein und rief: »Keeler!«

Ein stämmiger Mann, über dessen Wange eine Narbe lief, erschien aus einem Hinterzimmer. »Praji!« sagte er und holte ein Hackbeil hervor, das er vor Begeisterung in das Holz des Tresens rammte. »Ich dachte, ich hätte deine dreckige Visage vor einem Monat endlich zum letzten Mal gesehen.«

Praji zuckte mit den Schultern: »Hab ein besseres Angebot bekommen.« Er deutete mit dem Kopf auf Nicholas. »Mein neuer Hauptmann.«

Keeler blinzelte Nicholas mit zusammengekniffenen blauen Augen an und kratzte sich am stoppeligen Kinn. »Gut, sehr gut. Was braucht Ihr … Hauptmann?«

»Quartier für vierzig Leute.«

»Ich habe Platz für fünfzig«, sagte er. »Sechs Viermannzimmer und ein Gemeinschaftsschlafraum mit sechsundzwanzig Betten. Da kann man allerdings noch ein paar Mann mehr reinquetschen, wenn Ihr nett seid«, sagte er lächelnd.

»Wir nehmen alle Zimmer. Ich suche noch neue Männer.« Sie waren übereingekommen, daß ihnen diese Geschichte ein paar Tage Zeit ließ, während derer sie anscheinend nichts taten. Söldnertruppen lungerten zwischen ihren Aufträgen meist nicht lange herum, und wenn sie sich einige Tage nichtstuend in der Stadt herumtrieben, würde das Aufmerksamkeit erregen. Nicholas und Keeler einigten sich auf einen Preis, und Nicholas reichte dem Herbergsvater einen kleinen Beutel mit Gold als Sicherheit.

Nicholas machte Harry, der an der Tür stand, ein Zeichen; Harry gab es weiter, und die Truppe kam herein. Die Randschana warf Nicholas einen bitterbösen Blick zu, als sie mit ihren Zofen eintrat und den Gemeinschaftsraum der Herberge begutachtete. Nicholas hatte ihr keine Einzelheiten darüber erzählt, warum die Soldaten des Oberherrn bei Shingazis Anlegestelle aufgetaucht waren. Sie erwartete, geradewegs zum Palast des Oberherrn gebracht zu werden, und war verärgert, weil sie noch einen Tag in Nicholas' Gesellschaft verbringen sollte. Da sie jedoch unter Brisas Aufsicht stand, machte sie keine Schwierigkeiten. Denn das Straßenmädchen aus Frihaven hatte der Randschana angedroht, ihr die Zunge herauszuschneiden, wenn sie auch nur einen Mucks machte.

Nachdem sie sich eingerichtet hatten, machte Nicholas einen Rundgang durch die Herberge. Sie konnten den Gemeinschaftsraum benutzen, dazu den Hof – in dem Nicholas die Männer drillen lassen wollte –, und den Stall, der gegenwärtig leer war bis auf einen klapprigen Esel, der die Ankunft der Fremden mit gelassenem Gleichmut zur Kenntnis nahm. Normalerweise konnte die Truppe, die eine Herberge mietete, selbst entscheiden, ob sie den Gemeinschaftsraum auch für andere Leute offen ließ. Das war auch das Thema ihres ersten Gesprächs mit denen, die als Nicholas Offiziere gelten sollten: Marcus, Ghuda, Amos und Praji. Nicholas hatte sich eine Geschichte ausgedacht, der zufolge sie aus einer sehr entfernten Stadt auf der anderen Seite des Kontinents kamen. Praji glaubte, die Geschichte würde kritischen Fragen standhalten. Denn die Verhältnisse zwischen den Stadtstaaten waren so unsicher, daß sich ein Mann im Leben selten mehr als ein paar hundert Meilen von seinem Geburtsort entfernte, und selbst weitgereiste Mietsoldaten wie Praji waren nicht über Lanada, die Stadt des Priesterkönigs, hinausgekommen. Dort herrschten zur Zeit Unruhen, da der Priesterkönig sowohl gegen den Radsch von Maharta als auch gegen den Oberherrn der Stadt am Schlangenfluß Krieg führte.

Nicholas setzte sich mit seinen Leutnants in den Gemeinschaftsraum, während Harry den Männern ihre Zimmer zuteilte. Nicholas fragte: »Praji, wie sollen wir es machen? Sollen wir den Gemeinschaftsraum für uns behalten oder nicht?«

Praji sagte: »Wenn Ihr ihn für Euch behaltet, werden die Leute neugierig werden, weil sie Euch nicht kennen. Wenn Ihr anderen Zutritt gewährt, wird sich dieser Ort hier spätestens eine Stunde nach Sonnenuntergang mit Huren, Dieben, Taschendieben, Bettlern und Spionen der verschiedenen Clans, Gilden und anderen Truppen füllen.«

Nicholas fragte: »Amos, was denkst du?«

Amos zuckte mit den Schultern. »Meinen Erfahrungen nach muß man an solchen Orten entweder nach draußen gehen und die Leute suchen, aus denen man etwas herausholen will, oder man läßt sie zu sich kommen.«

Nicholas nickte. »Also lassen wir den Gemeinschaftsraum offen, doch ich möchte, daß keiner unserer Männer zuviel trinkt und im Suff die falschen Dinge ausplaudert.« Er versuchte, drohend zu klingen, kam sich jedoch albern vor. Dennoch lächelte niemand am Tisch über seine Bemerkung.

Nicholas blickte Praji an und fragte: »Warum sollten andere Söldnertruppen hier herumschnüffeln?«

Praji antwortete: »Vielleicht habt Ihr ein Angebot, das sie unterbieten können. Wenn es ein großer Fisch sein sollte, können sie Euch bei Eurem Vertragspartner vielleicht ausstechen; vielleicht haben sie einen Auftrag, für den sie eine größere Truppe brauchen und sie suchen noch ein oder zwei kleinere Truppen, die zu ihnen stoßen.«

Praji blickte Nicholas fest in die Augen. »Ihr braucht mir nicht zu erzählen, weswegen wir hier sind, solange Ihr uns beide bezahlt und wir nicht wegen Eurer Angelegenheiten gehängt werden. Allerdings seht Ihr für eine Söldnertruppe ausgesprochen grün aus.« Er deutete mit dem Daumen auf Ghuda. »Der sieht aus, als wüßte er, wie der Hase läuft, doch die anderen ...« – er warf einen Blick über die Schulter auf ein paar Seeleute von Amos' Schiff, die gerade den Gemeinschaftsraum betraten. »So wie die springen, wenn sie einen Befehl bekommen, und sich immer zusammenreißen und sich nie ernsthaft streiten, würde ich sagen, sie sind richtige Soldaten.«

Nicholas sagte: »Ihr seid nicht auf den Kopf gefallen.«

»Hab ich auch nicht behauptet. Ich lasse die Leute über mich denken, was sie wollen, und ziehe daraus meist meinen Vorteil.« Er zeigte dorthin, wo einige Männer gerade ihr Quartier bezogen und fügte hinzu: »Die Jungen sind vielleicht gute Soldaten, aber als Söldner gehen sie nicht durch. Ghuda, der ist überzeugend.«

Praji sah Nicholas in die Augen. »Es gibt drei Arten von Hauptmännern. Die erste Sorte sind die fiesesten Bastarde, die ihren Männern soviel angst machen, daß sie kuschen; die zweite

Sorte sind die, die ihre Männer reich machen; und die dritte sind die, denen ihre Männer überall hin folgen, weil sie wissen, daß sie die Sache überleben. Zur ersten Sorte gehört Ihr nicht – nicht mal meine alte Großmutter würde sich vor Euch fürchten. Für die zweite werft Ihr nicht genug mit Geld herum und habt keine teuren Ringe an den Händen. Bleibt nur die dritte. Daran solltet Ihr arbeiten.«

Nicholas sagte: »Ich habe mein Leben lang Taktik und Strategie gelernt, Praji, und ich habe Männer in den Kampf geführt.« Daß er letzteres erst ein paar Tage bevor er Praji kennengelernt hatte, zum ersten Mal gemacht hatte, unterschlug er.

Praji stand auf und meinte: »Ihr könnt das unter Euch ausmachen. Wenn Ihr wißt, wie es weitergehen soll, werden Vaja und ich entscheiden, ob wir dabei sind. Bis dahin werd ich ein bißchen schlafen.«

Nachdem er gegangen war, fragte Nicholas: »Können wir ihm vertrauen?«

Ghuda meinte: »Nun, er ist nicht die Sorte Mann, die bis zum Tod für die Krone kämpfen, aber er wird für jeden Mann kämpfen, der ihn bezahlt, oder«, fügte er grinsend hinzu, »gegen jeden, der auf seiner Liste steht.«

Marcus fragte: »Was machen wir als nächstes?«

»Wir müssen herausfinden, wohin die Gefangenen gebracht wurden. Bei so vielen Gefangenen muß es jemand mitbekommen haben, als sie von Bord gebracht wurden. Wir müssen nur aufpassen, wen wir aushorchen.«

Amos sagte: »Ich denke, ich sollte mich mal ein wenig im Hafen umhören.«

»Nimm Marcus mit, und halt Ausschau nach einem Schiff, das wir stehlen könnten.«

Amos grinste. »Werden wir wieder zu Piraten?«

Nicholas erwiderte das Grinsen. »Sobald wir Margaret, Abigail und die anderen befreit haben, sind wir wieder Bukanier.«

Amos und Marcus gingen los, und Nicholas fragte: »Ghuda, könnt Ihr irgendwie aus den Männern richtige Söldner machen?«

Ghuda stand auf, als Harry und Brisa in den Gemeinschaftsraum kamen. Während sie sich dem Tisch näherten, sagte Ghuda: »Ich werd sie mir zu zweit oder zu dritt vornehmen und ihnen beibringen, wie sie sich zu benehmen haben.«

»Danke», sagte Nicholas. Ghuda ging.

Harry und Brisa setzten sich an den Tisch, und Harry fragte: »In Ordnung, und wie geht es jetzt weiter.«

Nicholas sagte: »Zuerst einmal müssen wir entscheiden, was wir mit der Randschana machen.«

Brisa meinte. »Verkauf sie an irgendwen.« Ihrem Lächeln nach ging Nicholas davon aus, daß sie scherzte.

Harry sagte: »Warum behalten wir sie nicht noch ein wenig bei uns, bis wir wissen, ob wir in den Palast müssen?«

»Ich verstehe nicht«, sagte Nicholas.

»Sieh mal«, erklärte Harry. »Ich kann mir kaum vorstellen, daß ein Schiff mit zweihundert Gefangenen an Bord einfach in den Hafen einläuft, ohne daß irgendwelche Beamten davon etwas mitbekommen. Vielleicht ist der Oberherr selbst in diese Sache verwickelt.« Er zuckte mit den Schultern. »Und falls er das ist, wie käme man besser an ihn heran, als wenn man ihm seine zukünftige Frau bringt.«

»Aber er hat versucht, sie umzubringen«, wandte Nicholas ein.

Brisa sagte: »Das war da draußen.« Sie deutete nach Norden. »Er kann sie schlecht im Palast umbringen und dann den Clans die Sache in die Schuhe schieben, nicht?«

Harry nickte. »Der Palast ist hier in der Stadt der sicherste Ort für sie.« Er beugte sich vor. »Laß sie noch zwei Tage bei uns bleiben, und wenn wir dann nicht in den Palast müssen, setzt du sie auf ein Boot, das sie zurück in den Norden zu ihrem Vater bringt. Und falls du in den Palast mußt, ist sie das beste Empfehlungsschreiben.«

»Dem Mädchen scheint das ziemlich gleichgültig zu sein«, meinte Nicholas.

Brisa schnaubte. »Mädchen? Diese Hure ist so hartnäckig wie der Panzer einer Schildkröte. Du solltest dich nicht von ihren hübschen Augen und ihrem Schmollmund verzaubern lassen, denn die schneidet dir das Herz heraus und lächelt noch dabei, Nicky.«

Nicholas kniff die Augen zusammen. »Augenblick mal.«

Brisa wischte seinen Einwand mit einer Handbewegung beiseite. »Sie ist eine Schönheit, ich weiß, aber dahinter steckt nicht das, was man denkt.«

Harry nickte. »Ich habe mich mit ihr unterhalten, und sie ist ... irgendwie kalt.«

Nicholas entschied sich, Brisas Vorwürfe nicht zu beachten. »Nun, heute entscheide ich sowieso nichts mehr. Warum schaust du dich nicht ein bißchen in der Stadt um, Brisa, du weißt doch, wie es an Orten wie diesem hier zugeht, und Harry, du kannst dich auch ein bißchen umsehen.« Er nahm ein paar Goldstücke aus seiner Geldbörse und schob sie ihm über den Tisch zu. »Kauf alles, was wir vielleicht gebrauchen könnten – und nimm Anthony mit. Der kann sich neue Kräuter und so besorgen.« Er sah sich um. »Wo wir gerade von ihm sprechen, wo ist er, und wo ist Nakor?«

Harry sagte: »Ich hab Anthony gesehen, wie er sich in einem der Zimmer um Vajas Wunde gekümmert hat. Nakor hab ich nicht gesehen, seit wir hier angekommen sind.«

Nicholas schickte sie mit einer Geste los und blieb eine Weile mit seinen Gedanken allein. Schließlich erschien Calis und setzte sich unaufgefordert zu ihm an den Tisch. »Ihr seht aus, als wärt Ihr besorgt.«

Nicholas blickte sich um und sagte: »Laßt uns ein wenig bummeln gehen.«

Sie erhoben sich und gingen hinaus in die kurze Gasse, die zum Basar führte.

Der Basar war ein riesiger Platz, der durch zwei breite Straßen, die sich in der Mitte kreuzten, in vier Bereiche unterteilt wurde. In der Mitte der Kreuzung war ein großer Platz, wo sich Bettler, Weissager und Märchenerzähler herumtrieben. Die Gasse vor Keelers Herberge führte von Süden auf den Basar. Ein halbes Dutzend weiterer Straßen endete von allen Seiten her auf dem Marktplatz, nur nicht von Osten her, wo hinter einer Mauer der Palast des Oberherrn lag.

Sie stürzten sich ins Gewimmel und drängten sich an Ständen vorbei, an denen Töpfe, Schmuck, Kleidung und andere Dinge mehr angepriesen wurden. Calis sagte nichts, als Nicholas so tat, als würde er ein paar Waffen begutachten, die ein einbeiniger Mann anbot. Sie gingen weiter und schoben sich an einem Obststand vorbei. Nicholas sagte: »Ich fühle mich hier ... irgendwie nicht am rechten Platz.«

Calis nickte. »Ich verstehe.«

»Wirklich?« fragte Nicholas und sah den Halbelben an.

»Ich bin etwas älter als Eure beiden Brüder, obwohl ich so aussehe, als wäre ich so alt wie Ihr. Trotzdem, für mein Volk bin ich noch ein Kind.« Er sah sich auf dem Basar um. »Mir ist das alles sehr fremd. Ich bin oft in Crydee gewesen, aber ich habe mich noch nicht so häufig mit Menschen unterhalten. Ich kann mir gut vorstellen, wie es ist, wenn man sich nicht am rechten Platz fühlt.« Dann schenkte er Nicholas eines seiner seltenen Lächeln und meinte: »Aber darüber wolltet Ihr nicht mit mir sprechen, oder?«

Nicholas schüttelte den Kopf. »Nein. Ich fühle mich wie ein Schwindler, der vorgibt, der Hauptmann einer Söldnertruppe zu sein.«

Calis zuckte mit den Schultern. »Ihr solltet Euch nicht so fühlen. Zumindest denke ich das. Die anderen erkennen Euch als Anführer an, und bis jetzt habt Ihr keine falschen Entscheidungen getroffen.«

Er wartete, als sie einem Wagen voller Sklaven auswichen.

Nicholas suchte die Gesichter ab, weil er hoffte, ein bekanntes zu entdecken. Die Sklaven hatten die Augen niedergeschlagen. Ihr Leben würde von nun an immer von anderen Menschen bestimmt werden.

Nicholas sah dem Wagen einen Augenblick lang hinterher. »Danke. Ich schätze, ich werde meine Rolle gut genug spielen, und es ist gleichgültig, wie ich mich dabei fühle.«

Calis lächelte nachsichtig. »Ihr seid Eurem Onkel Martin sehr ähnlich; er grübelt auch immer über viele Dinge. Es ist komisch, aber in mancherlei Hinsicht seid Ihr ihm ähnlicher als Marcus.«

Nicholas lächelte ebenfalls. »Das ist wirklich komisch.«

Sie drängelten sich eine halbe Stunde lang durch das Gewühl. Das erstaunliche Angebot an Waren verwirrte ihnen die Sinne. Dann kamen sie auf einmal wieder in der Nähe des Platzes in der Mitte heraus. Sie wurden von Bettlern angesprochen, die um eine milde Gabe baten, und Flüche wurden ihnen hinterhergeschleudert, als sie sich gegen die Bitten taub stellten. Weissager wollten ihnen die Zukunft aus Karten, Knochen oder Rauch vorhersagen, doch wie die Bettler beachteten Nicholas und Calis sie einfach nicht.

Sie gingen ein Stück um den Platz herum und betraten das nächste Viertel des Basars, von dem eine noch größere Menschenmenge angezogen wurde. Sie schoben sich durch das Getümmel, bis sie zu einer Plattform kamen, die auf halber Strecke zwischen dem Platz und der Mauer des Palastes errichtet worden war. Ein Dutzend Meter vor der Mauer teilte sich die Menge und gab etwas Raum frei. Nicholas sah Käfige, die von der Mauer herunterhingen. In den Käfigen entdeckte er Leichen, Skelette und einen Mann, der sich noch schwach bewegte. Calis ließ seinen Blick dem von Nicholas folgen und sagte: »Tod am Pranger scheint hier üblich zu sein.«

»Und gleichzeitig eine Warnung an alle: Macht bloß keinen Ärger«, sagte Nicholas. Er wandte sich um und sah wieder zu der Plattform.

Dort bot ein Händler Sklaven an. Nicholas sah sich wieder jedes einzelne Gesicht an, doch nach ein paar Minuten gab er es auf. Diese armen Teufel waren alle hier geboren worden. Einige jüngere Mädchen heizten die Gebote bei der Versteigerung an, doch der Rest der Sklaven war entweder zu alt oder zu jung, um guten Gewinn zu bringen.

Angeekelt meinte Nicholas: »Kommt. Wir wollen zurück zur Herberge gehen.«

Sie schoben sich durch das Gedränge an der Nordseite des Basars. Vor ihnen machten die Leute plötzlich den Weg für eine Truppe Männer frei. Ein Junge an der Spitze schlug eine Trommel, hinter ihm ging ein Mann mit einer Stange, von der ein Banner herunterhing, ein langes graues Stück Stoff, auf das ein roter Falke genäht war, der sich über seine Beute beugte. Nicholas und Calis traten zur Seite und ließen vielleicht zweihundert bewaffnete Männer an sich vorbeiziehen. Nicholas wandte sich an einen Mann, der neben ihm stand, und fragte: »Wer ist das?«

»Hauptmann Hajis Rotfalken.« Der Mann blickte Nicholas an, als sei er verrückt, danach zu fragen, und eilte davon.

Nicholas sagte: »Ich denke, Tuka hatte recht, als er meinte, wir müßten unsere Truppe verkünden lassen.«

»Vielleicht«, meinte Calis, »wenn wir erfahren haben, wer von uns hören soll.«

»Da ist was dran.«

Sie kehrten zur Herberge zurück, wo sie Marcus und Amos vorfanden. Nicholas setzte sich zu ihnen an den Tisch, während Calis auf sein Zimmer ging. »Das ging ja schnell«, meinte Nicholas. »Habt ihr ein Schiff gefunden?«

Amos senkte die Stimme, damit Keeler, der am Tresen stand, sie nicht hören konnte. »Es gibt jede Menge Schiffe, die für unsere Zwecke geeignet sind, jetzt wo wir wissen, wohin die Reise geht, doch im Hafen liegen auch zwei Schiffe aus dem Königreich.«

»Was?«

Marcus sagte: »Und eins davon ist die *Raubvogel*.«

Nicholas stand mit offenem Mund am Ende des Kais.

Amos sagte: »Mach den Mund zu, sonst fliegen dir noch die Fliegen rein.«

»Wie ist das möglich?«

Amos sagte: »Sieh genau hin. Sie ist anders als wir sie verlassen haben. Es gibt einige Unterschiede. Ich würde sie niemals so auftakeln, selbst nicht, wenn sie vor Anker läge. Eine Windböe, und du hast eine Spiere weniger. Und einige der Segel sind nicht richtig. Es ist ein Nachbau der *Königlicher Adler*, und jemand hat versucht, sie in die *Raubvogel* zu verwandeln.« Er zeigte auf ein anderes Schiff, das kleiner war und dennoch wie ein Zwilling des ersten aussah. »Das ist ein genauer Nachbau der *Königlichen Möwe*, oder vielleicht sogar die echte.«

»Ich dachte, die echte wäre vor zwei Jahren im Sturm vor der Küste von Kesh untergegangen«, sagte Nicholas.

»Das haben wir jedenfalls geglaubt, aber vielleicht stimmte es gar nicht.«

Nicholas nickte. »Stellt sich nur noch eine Frage.«

Amos sagte: »Ja. Warum sind sie hier?«

Den Rückweg zur Herberge legten sie schweigend zurück.

Wieder dort, fragte Nicholas mehrere Männer, ob sie Nakor gesehen hätten. Alle verneinten; der kleine Mann war kurz nach ihrer Ankunft in der Herberge einfach verschwunden.

Nicholas ging in das Zimmer, das er sich ausgesucht hatte, um sich ein wenig auszuruhen und über die geheimnisvollen Schiffe im Hafen nachzudenken. Als er an der Tür der Randschana vorbeikam, brachte ihn ein Schrei zum Stehen.

Er machte die Tür auf, und ein entsetztes Mädchen sagte: »Meister, bitte!«

Nicholas betrat das Zimmer. Die drei anderen Mädchen hatten sich in den Ecken verkrochen, derweil die Randschana eine Bürste von dem Tisch nahm, den sie als Ankleidekommode benutzte, und sie nach einem der Mädchen warf. »Ich bleibe keine Minute länger hier!« kreischte sie.

Nicholas sagte: »Meine Dame –«

Ehe er noch ein weiteres Wort von sich geben konnte, mußte er sich vor einem Kamm ducken. Er trat vor und packte die Randschana am linken Handgelenk, was sich als Fehler erwies, denn mit der Rechten kratzte sie ihm durchs Gesicht. Er schnappte sich die freie Hand und schrie sie an: »Hört jetzt damit auf, meine Dame!«

Sie trat nach seinen Schienbeinen, und er schob sie so kräftig von sich, daß sie sich auf den Boden setzte. Erstaunt riß sie die Augen auf. »Ihr wagt es, Hand an mich zu legen?«

»Und das war erst der Anfang, wenn Ihr mir nicht gleich sagt, was dieser Aufruhr soll«, sagte Nicholas barsch.

»Ich will sofort in den Palast gebracht werden«, verlangte die Randschana. »Ich habe mit einem Eurer Männer gesprochen, und er hatte die Dreistigkeit, mir zu sagen, ich solle warten, bis Ihr wieder zurückgekehrt wärt.« Sie stand vom Boden auf. »Ich will ihn gehängt sehen. Und jetzt bringt mich zum Palast.«

»Da gibt es noch ein Problem«, sagte Nicholas.

»Problem«, kreischte das Mädchen. Sie formte die Finger zu Krallen und wollte wieder auf Nicholas losgehen. Er packte sie an den Handgelenken. »Wollt Ihr jetzt wohl aufhören!« Doch die Randschana wollte nicht. Offensichtlich lag ihr daran, ihm die Augen auszukratzen. Schließlich stieß er sie noch heftiger als beim ersten Mal zurück. Sie fiel hin und rutschte über den Boden, bis sie an die Wand stieß.

Ehe sie sich wieder bewegen konnte, stand er schon vor ihr.

»Steht ja nicht auf!« warnte er sie. »Sitzt nur da und hört mir zu, oder ich werde Euch fesseln!«

Sie blieb widerwillig sitzen. »Warum bringt Ihr mich nicht in den Palast?«

Nicholas seufzte. »Ich habe gehofft, ich bräuchte Euch das nicht zu erklären. Nun, ich bringe Euch nicht in den Palast, weil der Mann, der für den Überfall auf Euch verantwortlich ist, der Oberherr selbst ist.«

»Das ist unmöglich. Ich soll den Oberherrn am nächsten Sommerendstag heiraten.«

Nicholas sah, daß sie nicht weiterkämpfen wollte und reichte ihr die Hand. Sie schlug sie aus und stand ohne seine Hilfe auf. Während Nicholas zusah, wie sie mit der Anmut einer Tänzerin auf die Beine kam, mußte er zugeben, Brisa hatte doch nicht ganz unrecht. So wie sie sich mit knappem Oberteil und leichtem Rock kleidete, stellte sie ihren Körper in ein höchst vorteilhaftes Licht, und dieser Körper war ein außergewöhnlich schöner. Doch ihre Laune war so gräßlich wie der Rest an ihr begehrenswert. »Ihr lügt«, sagte sie. »Ihr wollt mich gegen Lösegeld austauschen.«

Nicholas seufzte. »Wenn das wahr wäre, würde ich einfach die Tür abschließen und eine Wache vors Fenster stellen. Nein, falls wir herausbekommen, daß wirklich der Oberherr der Mann ist, der Euch töten wollte, werde ich Euch wieder zu Eurem Vater zurückschicken –«

»Nein«, unterbrach ihn die Randschana. In ihrer Stimme schwang unverhülltes Entsetzen mit.

»Nein?«

»Nein. Mein Vater würde mich töten.«

Nicholas fragte: »Warum würde er das tun?«

»Mein Vater, der Radsch, hat neununddreißig Frauen. Ich bin die jüngste Tochter seiner siebzehnten Frau.« Sie senkte den Blick. »Mein einziger Wert besteht darin, mit einem Verbündeten verheiratet zu werden. Sollte ich zurückkehren, würde er sehr wütend werden und mich enthaupten lassen. Ich hätte keinen weiteren Wert mehr. Denn mich jemand anderem anzubieten, nachdem mich der Oberherr abgelehnt hat, wäre eine Beleidigung.«

»Nun, vielleicht hat der Oberherr ja gar nichts mit dem Überfall zu tun, und falls nicht, werden wir Euch in den Palast bringen.«

Nicholas war verwirrt. Plötzlich wirkte die Randschana verletzlich, und seine Gefühle waren unerwartet aufgewühlt. »Ich werde tun, was ich kann.« Er wandte sich um und verließ rasch das Zimmer. Als er auf dem Flur stand, wußte er nicht mehr, was er eigentlich hatte tun wollen. Daher kehrte er in den Gemeinschaftsraum zurück und wartete auf Harry und Brisa.

Zwei Stunden nach Sonnenuntergang wimmelte es im Gemeinschaftsraum von Männern aus Nicholas' Truppe und Fremden. Nicholas hatte für sich und seine Gefährten einen Tisch gewählt, der nahe am Flur stand, der zu den Zimmern führte. Harry, Anthony und Brisa waren immer noch nicht wieder da, und Nakor hatte auch niemand gesehen. Nicholas fing an, sich Sorgen zu machen.

Zweimal waren Söldner zu Nicholas gekommen und hatten ihn gefragt, ob er noch neue Männer brauche. Er war unverbindlich geblieben und hatte geantwortet, es hänge von einem möglichen Vertrag ab und sie sollten in ein paar Tagen noch einmal vorbeikommen.

Das Essen, das sie bekamen, war zumindest reichlich und heiß, wenn auch nicht besonders wohlschmeckend, und der Wein war überdurchschnittlich, was allen zusagte; es war eine schöne Abwechslung gegenüber den Bohnen und dem Brot, die sie auf dem Boot jeden Abend mit einem Stück kalten Pökelfleisch gegessen hatten. Während sie aßen, traten Harry, Anthony und Brisa ein.

Sie setzten sich, und Nicholas fragte: »Wo wart ihr so lange?«

Harry lächelte. »Das ist eine große Stadt.«

»Mußtet ihr sie euch denn gleich am ersten Tag ganz anschauen?« fragte Amos grinsend.

Harry antwortete: »Wir haben noch nicht einmal den zehnten Teil gesehen, doch wir haben einige interessante Dinge entdeckt, oder besser, Brisa und Anthony.«

Anthony sagte: »Ich habe einen Mann gefunden, der Zaubermittel verkauft. Er ist ein Betrüger, und seine Kinkerlitzchen sind nutzlos, aber er hat uns einigen Klatsch über den Oberherrn und seinen Ersten Berater erzählt.«

Nicholas beugte sich vor, da Anthony seine Stimme senkte. »Praji hat keine Scherze gemacht, was den Bann für Magie betrifft. Eine der Sachen, die mir der Mann sagte, war, daß die Stadt unter einem Zauber liegt, mit dem dieser Dahakon gewarnt wird, falls jemand innerhalb der Stadtmauern Magie benutzt. Zumindest den Gerüchten nach. Er behauptete, einige seiner Mittelchen könnte man benutzen, ohne daß es der Berater erfährt.« Anthony schüttelte den Kopf. »Möchte jemand das hier?« Er zog einen seltsamen Fetisch aus seiner Tasche, der wie ein riesiger Penis aussah. »Es soll einen unwiderstehlich für Frauen machen.« Er errötete, als Brisa lachte.

»Anthony, ich muß dich einfach haben«, sagte sie scherzhaft.

Nicholas hatte keinen rechten Spaß daran. »Tut es weg. Was bedeutet das in bezug auf Eure Fähigkeit, den Aufenthaltsort der Mädchen ausfindig zu machen?«

»Mädchen?« fragte Harry.

»Der Gefangenen«, sagte Anthony. Er war immer noch rot. »Ich konnte Margaret und Abigail ausfindig machen«, sagte er.

»Was habt ihr noch herausgefunden?«

Brisa sagte: »Es gibt so eine Art Gilde der Diebe hier. Du bist doch aus Krondor, da hast du doch sicher schon von den Spöttern gehört?«

Nicholas nickte.

Brisa fuhr fort. »Es ist so etwas Ähnliches, doch nach dem, was wir gesehen haben, weniger gut und weniger mächtig.«

»Wieso?« fragte Nicholas.

»Ich habe noch nie so viele bewaffnete Männer auf einer so kleinen Fläche gesehen, nicht einmal in Frihaven, und die Hälfte von ihnen gehört entweder zu einem der Clans oder zum Oberherrn.«

Harry meinte: »Sie hat recht, Nicky. Überall sind Soldaten, und viele Leute haben einen Leibwächter. Es ist, wie Ghuda gesagt hat: ein bewaffnetes Lager.«

Nicholas dachte nach. Auch in Krondor gab es viele Leibwächter und Söldner, die ihre Dienste Händlern und Adligen anboten, doch die meisten Bürger trugen keine Waffen, wenn man einmal von denen im Armenviertel zu nächtlicher Stunde absah. Die Stadtwachen und die Garnison des Prinzen hielten die Spötter in Schach.

Nicholas fragte: »Habt ihr auf dem Sklavenmarkt etwas herausbekommen?«

»Nichts Wesentliches«, sagte Harry. »Es war schwierig. Wenn du nichts kaufen willst, wirst du mißtrauisch angeguckt. Eine Sache höchstens: Vor der Mauer hinter dem Sklavenmarkt ist eine weiße Linie gezogen. Hast du sie gesehen?«

Nicholas erwiderte: »Calis und ich sind dort vorbeigegangen, haben sie aber nicht bemerkt.«

»Es ist ein Todesstreifen.«

Nicholas nickte. Also mußten auf der Mauer Bogenschützen sein, die jeden erschossen, der die Linie überschritt, oder es waren Wachen auf dem Markt, die in diesem Fall eingriffen. »Der Oberherr möchte nicht, daß jemand die Verdammten befreit«, sagte Nicholas.

»Oder er möchte keine ungebetenen Besucher«, meinte Brisa.

Amos sagte: »Würdest du das wollen, wenn du über diese Stadt voller Gesindel herrschen müßtest?«

»Wenn ich hier herrschen würde«, sagte Nicholas, »würden die Dinge anders aussehen.«

Amos lachte. »Du bist nicht der erste, der das denkt, ehe er mit der Arbeit anfängt. Frag deinen Vater mal, wie oft er schon mit den Spöttern zusammenarbeiten mußte.«

Nicholas fragte Brisa: »Glaubst du, du könntest dich an die hiesigen Diebe heranmachen?«

»Da bräuchte ich ein paar Tage Zeit«, antwortete sie. »Die Leute hier haben alle die Blicke von gehetzten Hunden.« Sie senkte die Stimme noch mehr. »Ich schätze, hier in diesem Raum befinden sich zur Zeit mindestens ein halbes Dutzend Spione. In dieser Stadt hat niemand Vertrauen.«

Nicholas sagte: »Nun, eßt, trinkt, seid lustig ...«

Margaret wachte plötzlich auf. Ihr Herz pochte. Eine dunkle Gestalt hatte sich über sie gebeugt. Sie blinzelte und versuchte, die Gestalt in der Dunkelheit zu erkennen.

Als sie sich aufsetzte, erschrak die Gestalt und wich zurück. Sie griff nach der Lampe, die die ganze Nacht über mit kleiner Flamme brannte, und zog die Blende hoch. Neben dem Bett saß eines der beiden Eidechsengeschöpfe. Es schützte seine Augen mit der Hand gegen das Licht und kroch rückwärts davon.

Margaret erstarrte mit offenem Mund. Die Kreatur hatte gesprochen, ein einziges Wort nur und leise, aber sie hatte gesprochen. Sie hatte »nein« gesagt. Doch was Margaret eigentlich erschreckte, war der Klang der Stimme. Nichts daran war fremdartig oder unmenschlich. Die Stimme klang wie die einer menschlichen Frau. Die Stimme klang wie ihre eigene.

Geheimnisse

Nicholas sah auf.

Tuka, der Wagenlenker, kam auf ihn zu, und mit ihm ein rotgesichtiger, dicker Mann mit einem beeindruckenden Bauch. Der Kerl war in den wildesten Farben gekleidet: Er trug ein gelbes Obergewand, ein kariertes Hemd, eine grüne Bauchbinde und einen purpurroten Hut, wie er hier in der Gegend üblich war, mit breiter, an jeder Seite aufgerollter Krempe.

Ghuda fragte: »Harry, hat Euch letzte Nacht jemand die Kleider gestohlen?«

Harry gähnte, denn er war müde, nachdem er das Essen mit einer für ihn ungewohnten Menge Bier hinuntergespült hatte. »Sieht so aus«, meinte der Junge aus Ludland. »Obwohl ich einen besseren Geschmack habe.«

Ghuda und Amos erwiderten darauf nichts, sondern beobachteten nur die beiden Gestalten, die sich ihrem Tisch näherten.

»Encosi«, sagte Tuka, »ich möchte Euch Anward Nogosh Pata vorstellen, der hier in der Stadt die Geschäfte meines Meisters vertritt.«

Ohne Erlaubnis setzte sich der Mann auf den einzigen noch freien Stuhl an Nicholas' Tisch und flüsterte: »Ist das wahr?«

»Ist das wahr?« erwiderte Harry.

Nicholas antwortete knapp: »Ja. Wir haben das Mädchen.«

Der Mann trommelte mit den Fingern auf dem Tisch. »Ich kenne Tuka schon seit Jahren, und wenn er auch nicht verläßlicher als andere Fahrer ist, so ist er kaum so schlau und denkt sich eine so verwickelte Geschichte über Mord und Verrat selbst aus.« Er beugte sich vor und senkte die Stimme. »Was habt Ihr vor? Wollt Ihr Lösegeld? Eine Belohnung?«

Nicholas runzelte die Stirn. »Was wäre Euch am liebsten?« fragte er.

Der Mann trommelte weiterhin mit den Fingern auf dem Tisch. »Ich bin mir nicht sicher. Wenn mein Meister das Opfer eines Komplotts wird, mit dem Zwist zwischen den Clans gesät werden soll – von denen einige gute Verbindungen mit wichtigen Handelshäusern in dieser und in anderen Städten pflegen –, dann werden nur wenige Clanmänner glauben, daß mein Meister selbst der Betrogene ist.« Er machte eine ausladende Geste mit den Armen und zuckte mit den Schultern. »Und um die Wahrheit zu sagen, meinem Meister würde es nicht einmal gefallen, der Betrogene genannt zu werden – er ist doch ein wenig eitel –, und wenn sich diese Sache herumsprechen würde, dann wäre das nicht gerade förderlich für seine Geschäfte.«

Nicholas sagte: »Meine Männer und ich haben andere Sorgen, die allerdings gewisse Auswirkungen auf diese Sache haben.«

»Was schlagt Ihr vor?« fragte Anward.

»Einige Tage lang tun wir gar nichts«, antwortete Nicholas. »Wir vermuten, daß, falls der Oberherr seine Finger in diesen Überfällen und Morden hat, das Leben des Mädchens im Palast keinen Heller wert wäre, doch sollte sie der Preis in einem Spiel sein, das wir nicht durchschauen, wäre der Palast allerdings der sicherste Ort der Welt für sie. Wenn ich Euch etwas fragen darf: Was würde Euer Meister tun, wenn Ihr sie zurückschickt?«

»Er wäre nicht gerade sehr erfreut, doch eher, weil die Unternehmung fehlgeschlagen ist. Ist sie jedoch nur fehlgeschlagen, weil jemand ein doppeltes Spiel mit ihm getrieben hat, würde er keinem seiner Untergebenen dafür die Schuld geben.«

»Würde er dem Mädchen etwas zuleide tun?«

»Der Vater des Mädchens hat viele Töchter, und er schätzt sie alle sehr. Nein, er würde ihr nichts tun. Wieso fragt Ihr?«

Nicholas dachte rasch nach und sagte: »Ich wollte nur sichergehen, daß ich alle Einsätze in diesem Spiel richtig überblicke.«

»Was ist mit den wertvollen Geschenken, die die Randschana mit sich führte?«

»Sie sind alle in Sicherheit«, sagte Nicholas.

»Ich werde einen Wagen schicken, der sie abholt.«

Nicholas hob die Hand. »Ich würde es vorziehen, wenn Ihr damit noch eine Weile wartet. Ich glaube, niemand, der unsere Ankunft gesehen hat, bringt uns mit den Morden flußaufwärts in Verbindung. Ich möchte es nicht allzu deutlich heraushängen lassen, daß wir die Schätze oder die Randschana gefunden haben. Sollen die Spione denken, die Mädchen würden zu uns gehören.« Als Anward ihn mißtrauisch anblickte, sagte er: »Ihr habt mein Wort: Wenn die Randschana uns hier verläßt, wird sie ihr ganzes Gold und ihren ganzen Schmuck mitnehmen.«

Der Verwalter erhob sich. »Ich werde vorsichtig herauszufinden versuchen, wer wirklich für diese traurige Angelegenheit verantwortlich ist. Werdet Ihr noch einige Zeit hierbleiben?«

»Ein paar Tage.«

Anward verneigte sich respektvoll. »Ich wünsche Euch einen guten Abend, Hauptmann.«

Als Tuka keine Anstalten machte, ihm zu folgen, fragte Ghuda: »Hat er dich entlassen?«

Der kleine Wagenführer zuckte mit den Schulter: »So ist es, Sab. Ich bin entlassen, weil ich die Fracht meines Meisters nicht beschützen konnte. Weil ich jedoch die Nachricht von der Anwesenheit der Randschana in der Stadt überbracht habe, werde ich weder geschlagen noch getötet.«

Marcus sagte: »Ich schätze, die Arbeit hier unten muß ziemlich hart sein.«

Amos sagte: »Scheint so, wenn die Arbeiter so behandelt werden.«

»Sehr hart, Sab«, erwiderte Tuka. Und niedergeschlagen fügte er hinzu: »Jetzt muß ich mich als Dieb durchs Leben schlagen, wenn ich nicht verhungern will.«

Nicholas konnte nicht anders, er mußte lächeln, so komisch wirkte der Mann in seinem Leid. »Ich glaube, das wäre nicht ganz das richtige für dich.« Tuka nickte zustimmend. Nicholas fuhr fort: »Ich sag dir was. Du hast uns gute Dienste geleistet, warum arbeitest du nicht weiter für uns, solange wir hier in der Stadt sind. Dann verhungerst du jedenfalls erst einmal nicht.«

Tukas Gesicht hellte sich auf. »Encosi, braucht Ihr denn einen Wagenlenker?«

»Nein, wie dir bereits aufgefallen sein dürfte«, sagte Nicholas. »Aber ich brauche jemanden, der sich in diesem Land auskennt. Was hat er dir bezahlt?«

»Ein Kupferpastoli die Woche und zusätzlich das Essen, und ich hatte die Erlaubnis, unter dem Wagen zu schlafen.«

Nicholas runzelte die Stirn. »Ich kenne mich mit dem hiesigen Geld nicht aus.« Er holte einige Münzen aus einem der Beutel, die er in Shingazis Gasthaus gefunden hatte. Er legte sie auf den Tisch und fragte: »Welche davon ist ein Pastoli?«

Tuka riß beim Anblick des Geldes die Augen auf. »Dieser hier, Encosi.« Er zeigte auf die kleinste Kupfermünze.

»Und was sind die anderen für welche?« fragte Ghuda.

Falls Tuka die Frage ungewöhnlich erschien, sagte er jedenfalls nichts. »Dies ist ein Stolesti, das sind zehn Pastolis.« Er ging die anderen Münzen durch. Ein Silberkathanri waren zwanzig Stolestis, oder ein Golddrakmasti – kurz ein Drak. Die anderen Münzen waren aus anderen Städten. Tuka erklärte ihnen, es sei üblich den Wert der Münzen nach Gewicht und Sorte einzuschätzen. Die meisten Händler hatten Prüfsteine. Geldwechsler gab es nicht. Nicholas warf ihm einen Stolesti zu und sagte: »Geh und kauf dir etwas zu essen und ein sauberes Hemd.«

Der kleine Mann verbeugte sich eifrig und sagte: »Encosi sind zu großzügig.« Damit eilte er aus dem Gemeinschaftsraum.

Marcus sagte: »Ich dachte immer, die Armen im Königreich hätten nichts, aber die Menschen hier haben ja noch weniger.«

Ghuda sagte: »Sie zahlen den Wagenlenkern hier ein Zehntel von dem, was sie in Kesh bekommen.«

Amos sagte: »Scheinbar sind wir mit Shingazis Schatz nicht nur gut ausgerüstet, sondern auch noch sehr, sehr reich geworden.«

Nicholas sagte: »Das ist gut, doch es bringt uns den Gefangenen auch nicht näher.«

»Das stimmt«, meinte Amos.

Nicholas sagte: »Wo sind Harry und Brisa? Sie sollten längst zurück sein.« Er hatte sie noch einmal zum Basar geschickt, wo sie nach Möglichkeit Anschluß an die hiesigen Diebe und Bettler finden sollten. »Und wo zum Teufel ist Nakor?«

Ghuda zuckte mit den Schultern. »Nakor?« Der wird schon wieder auftauchen. Der taucht immer wieder auf.«

Nakor betrat den Palast. Er hatte eine Gruppe von Mönchen beobachtet, die auf den Eingang zugingen, gerade als er sich gefragt hatte, wie er wohl selbst hineinkommen könnte. Er hatte ihre gelben und orangefarbenen Roben gesehen, die bis zu den Knien und Ellbogen reichten. Nakor hatte den Rucksack so gedreht, daß es aussah, als trüge er ein Bündel, und hatte sich hinter dem letzten Mönch eingereiht. So war er zum Mönch des Ordens von Agni geworden – Agni war, wie er wußte, der hiesige Name von Prandur, dem Gott des Feuers – und zwischen zwei Roten Kämpfern am Tor hindurch einfach in den Palast gegangen.

Er betrachtete die beiden Wachen aus den Augenwinkeln, während er an ihnen vorbeischritt, und verglich sie mit Amos' Beschreibung von Murmandamus' Schwarzen Kämpfern aus dem Spaltkrieg. Amos, das einzige Mitglied ihrer Gesellschaft, das je einen zu Gesicht bekommen hatte, hatte Nicholas von ihnen erzählt, als sie den Helm an Shingazis Anlegestelle gefunden hatten. Diese Roten Kämpfer standen bewegungslos da und steckten von Kopf bis Fuß in einer roten Kettenrüstung. Ihre

Helme bedeckten den ganzen Kopf und ließen nur zwei Schlitze für die Augen frei. Oben auf den Helmen hockte ein Drache, dessen Flügel zu beiden Seiten des Helms herunterhingen. Die Augen des Drachen waren entweder Onyxe oder Saphire, da war sich Nakor nicht sicher, und er wollte nicht ganz so auffällig hinschauen. Jede Wache trug einen roten Wappenrock mit einem schwarzen Kreis in der Mitte, in dem sich eine goldene Schlange mit roten Augen zu einem S wand.

Der Eingang des Palastes bestand aus einem Gang, der, wie Nakor vermutete, durch die ganze Stärke der Außenmauer führte. Dann traten sie wieder unter freien Himmel und überquerten einen uralten Burghof, über den man zum eigentlichen Palast kam. Sie stiegen zwischen Säulen, die einen Erker im darüberliegenden Stock trugen, die wenigen Stufen einer breiten Freitreppe hinaus. Oben auf dem Erker war eine Brustwehr mit Schlitzen für Bogenschützen. Nakor fiel auf, daß dieser Versuch, im klassischen Stil zu bauen, die Belange der Verteidigung nicht außer acht gelassen hatte. Ansonsten fand er den Wohnsitz des Oberherrn im großen und ganzen ausgesprochen häßlich.

Sie marschierten in die große Halle, wo sich bereits andere versammelt hatten. Gewöhnliche Soldaten mit schwarzen Wappenröcken, auf denen ebenfalls das Schlangenzeichen prangte, säumten die Wände, während sich schon ein Dutzend anderer Orden vor den Feuermönchen aufgestellt hatte. Vielleicht hundert Männer in reicher Kleidung, einige davon Händler, andere Söldnerhauptmänner, drängten sich um die Mönche und Priester herum.

Nakor blieb einen Schritt hinter dem letzten der Mönche zurück, als diese ihren Platz in dem gewaltigen Saal einnahmen. Sie stellten sich so auf, daß Nakor genau neben zwei Wachen kam, die vor einer riesigen Marmorsäule standen. Er wandte sich um, lächelte einen Händler, der ihn beobachtete, freundlich an und bot ihm mit einer Geste seinen Platz an, damit er besser sehen könnte. Der Mann lächelte dankbar zurück, und trat an Nakors

Stelle. Nakor hingegen stellte sich hinter die Säule, von wo er die Zeremonie beobachten wollte.

Von der gegenüberliegenden Seite des Saals aus kam eine Reihe Männer und Frauen herein und betrat ein hohes Podest. Der letzte Mann hatte eine beeindruckende Gestalt. Er war mindestens einen Meter neunzig groß und hatte kräftige Muskeln. Sein Gesicht war lang und wäre sehr ansehnlich gewesen, wenn es nicht diesen grausamen Zug um die Augen gehabt hätte, der selbst von Nakors entferntem Standpunkt zu erkennen war. Ohne Zweifel war er der Oberherr. Er trug ein einfaches purpurrotes Gewand, das bis zu den Knien reichte und viel von seinem kräftigen Körper freigab. Der Mann hob die behandschuhte Hand und pfiff. Von hoch oben aus dem Gewölbe des Saals ertönte eine ähnlich schrille Antwort, und mit hörbaren Flügelschlägen stieß ein Adler herunter. Nakor sah sich den schwarzen Vogel an; es war ein junger Goldadler. Obwohl er noch nicht ausgewachsen war, war der Vogel groß genug, daß ihn nur der stärkste Mann auf dem Arm halten konnte. Der Oberherr trug das Tier offensichtlich ohne Anstrengung.

Als nächstes traten zwei Frauen ein, die beide sehr offenherzig gekleidet waren. Die eine war blond und trug ein enges Oberteil aus Seide, welches mit Goldfäden und Rubinen gesäumt war. Sonst trug sie nur einen reinweißen Wickelrock, der durch eine Goldbrosche mit einem riesigen Rubin gehalten wurde. Ihr Haar hatte sie im Nacken mit einer goldenen Klammer zusammengesteckt. Sie hatte bleiche Haut und, wie Nakor annahm, blaue Augen. Nach allen Maßstäben war sie eine atemberaubend schöne Frau, nur Nakor war sie ein wenig zu jung. Sie stellte sich zu dem großen Mann, blieb jedoch einen Schritt hinter ihm zurück.

Die andere Frau war ähnlich schön, aber älter. Sie hatte schwarzes Haar, doch ihre Haut war beinahe so hell wie die der ersten. Sie trug eine rote Weste, die vorn teilweise offen war und viel von ihrem großen Busen freigab. Ihr Rock war ähnlich geschnitten wie der der anderen, doch schwarz, und die Brosche, die den Rock hielt, war mit einem Smaragd besetzt. Sie trat ebenfalls zu dem großen Mann, der nun die Kapuze seines Mantels zurückstrich. Er war kahlköpfig und trug einen goldenen Ring durch die Nase. Die Frau nahm den Arm des Mannes.

Ein Herold verkündete: »Versammelt euch und höret. O heilige Männer und Frauen. Unser gnädigster Oberherr braucht euren Beistand, denn es wird ein Fest geben. Er nimmt die Randschana von Kilbar zur Frau und möchte die Zeremonie während des kommenden Sommerendsfestes abhalten.«

Der Gesichtsausdruck der blonden jungen Frau zeigte, wie wenig ihr diese Ankündigung gefiel, doch sie blieb still hinter dem Oberherrn stehen.

Der Herold verkündete: »Es spricht die Lady Clovis.«

Alle Augen wandten sich der dunkelhaarigen Frau zu. »Mein Lord Dahakon bat mich, ihr alle solltet diese Verbindung segnen und die Feierlichkeiten so vorbereiten, wie es sich für eine solche Zeremonie ziemt.« Ein Mann, den Nakor für Dahakon hielt, stand bewegungslos neben ihr und schwieg.

Der Oberherr begann zu sprechen, und Nakor hörte aufmerksam zu. Langsam schlich sich der kleine Mann hinter der Reihe von Säulen, die die Galerie trugen, weiter nach vorn. Dort drückte er sich in den Schatten und schlich sich langsam bis zu dem Podest, von wo aus er besser sehen konnte.

Harry und Brisa betraten die Herberge. Sie drängten sich durch den gefüllten Raum, und Harry machte Nicholas ein Zeichen, er solle mit ihnen in eins der Zimmer kommen. Nicholas machte seinerseits den anderen ein Zeichen, sie sollten am Tisch warten, und folgte Harry in den Flur.

Sie gingen in das Zimmer von Nicholas, und Brisa flüsterte: »Wir haben herausgefunden, wohin sie die Gefangenen gebracht haben.«

»Und wohin?« fragte Nicholas leise.

Harry sagte: »Zu diesem Anwesen, das wir vom Fluß aus gesehen haben.«

»Seid ihr sicher?«

Harry grinste. »Brisa hat den größten Teil des Tages damit verbracht, aber schließlich haben wir einen aus der Bruderschaft der Zerlumpten gefunden –«

»Was?«

»Die Diebe«, meinte Brisa. »So nennt man sie hier. Sind hauptsächlich Bettler und ein paar Taschendiebe. Doch die wirklich guten Diebe arbeiten für sich allein, oder werden von den Männern des Oberherrn gejagt und getötet.«

Nicholas sagte: »Harry, hol doch mal Calis und Marcus.«

Harry ging los, und nachdem er verschwunden war, fragte Nicholas: »Gibt es noch etwas von Interesse?«

Brisa zuckte mit den Schultern. »Ich kenne mich mit Städten nicht so genau aus. Ich habe mein ganzes Leben in Frihaven verbracht, aber ich schätze, das hier ist das mieseste Pestloch von ganz Midkemia, Durbin eingeschlossen.«

Sie runzelte die Stirn, und Nicholas fragte: »Was noch?«

»Nur … etwas, was einer der Bettler gesagt hat. Während ich ihn davon überzeugte, daß ich keine von der ›Schwarzen Rose‹ des Oberherrn sei, sagte er, er würde nur dort stehlen, wo es erlaubt sei.«

»Erlaubt?«

»Später habe ich einen anderen Dieb gefragt, was damit gemeint sei, und der sagte mir, es gibt einige geheime Regeln, wie man stehlen dürfe und ohne Strafe davonkäme. Ansonsten landet man in einem der Käfige auf dem Basar«. Sie schüttelte sich. »Geht hier ganz schön zur Sache. Wenn du dort hängst, frierst du nachts und am Tag wirst du geröstet, kannst weder sitzen noch stehen und mußt allen, die da unten ihren alltäglichen Geschäften nachgehen, zuschauen.«

»Hört sich an, als hättest du dir richtig Gedanken darüber gemacht«, meinte Nicholas.

»Zeig mir einen Dieb, der noch nie darüber nachgedacht hat, wie es ist, wenn man geschnappt wird, und dann hast du einen dummen Dieb vor dir.« Sie verzog das Gesicht. »Um die Wahrheit zu sagen, sind wir alle dumm. Wir denken darüber nach, wie es ist, wenn man geschnappt wird, aber niemals daran, wie es ist, wenn wir selbst erwischt werden.«

Nicholas lächelte milde. »Du gehst hart mit dir ins Gericht.«

Brisa zuckte mit den Schultern. »Vielleicht war ich einfach zu viel mit Harry zusammen.« Sie grinste. »Er will einen anständigen Menschen aus mir machen.«

In diesem Moment ging die Tür auf, und Harry, Calis und Marcus traten ein. Nicholas erzählte Calis und Marcus, was er gerade erfahren hatte, dann sagte er: »Wartet bis spät in der Nacht und versucht, ob ihr ungesehen über den Fluß kommen könnt. Ich weiß nicht, wie nah man unbemerkt an diesen Ort herankommt.«

Calis sagte: »Ich komme sehr nah heran.«

»– aber vielleicht erfahrt ihr, wo unsere Leute gefangengehalten werden.«

Calis sagte: »Wenn ich allein gehe, komme ich besser zurecht.«

Nicholas zog eine Augenbraue hoch. Dann erinnerte er sich an die Jagd im Wald von Crydee und sah Marcus an.

»Wahrscheinlich stimmt das«, meinte Marcus. Er blickte Calis an, der ihn böse anlächelte. »Oh, ja. Natürlich stimmt das.«

Nicholas zögerte einen Augenblick. »Du kannst ihn bis auf halben Weg begleiten. Ich möchte jemanden in seiner Nähe wissen, falls er Hilfe braucht oder rasch verschwinden muß.«

Calis lächelte. »Schön, daß Ihr Euch Sorgen um mich macht. Ich hoffe, sie werden sich nicht bewahrheiten.« An Marcus gewandt sagte er: »Wir sollten gleich aufbrechen und uns bei den niedergebrannten Bauernhäusern verstecken. Von dort aus kann ich allein kundschaften.«

Sie verschwanden. Nicholas wandte sich wieder Harry und Brisa zu. Die beiden standen Arm in Arm in vertraulicher Pose da. »Oh«, sagte Nicholas.

Harry fragte: »Was, oh?« Dann wurde ihm klar, was seine Arme taten, und er sagte »Oh!« und ließ Brisa los.

Brisa lächelte nur trocken und meinte: »Nichts, was irgend etwas zu bedeuten hätte, Nicholas. Ich trage nur etwas zu Harrys Bildung bei.«

Sie schlenderte aus dem Zimmer, schloß die Tür hinter sich und ließ die beiden allein. Nichols sah seinen tiefroten Freund an. »Ich muß mich doch sehr über dich wundern.«

Das Rot von Harrys Gesicht wurde noch tiefer. »Nun, wir haben soviel Zeit miteinander verbracht, und sie ist wirklich sehr hübsch, wenn man sich die schrecklichen Kleider, die sie trägt, einmal wegdenkt.«

Nicholas hob die Hände. »Du mußt mir nichts erklären.« Er starrte auf die Tür, als könnte er hindurchsehen. »Ich kann mich in letzter Zeit kaum mehr an Abigail erinnern.« Er schüttelte den Kopf. »Komisch, nicht?«

Harry zuckte mit den Schultern. »Ich glaube nicht. Wir haben Abigail und Margaret seit Monaten nicht mehr gesehen und ...« Er zuckte abermals mit den Schultern.

»Und Brisa in deinem Bett ist besser als Margaret in deinen Träumen?« ergänzte Nicholas.

»So in etwa vielleicht.« Dann wirkte Harry so, als würde er wütend. »Nein, es ist noch mehr. Sie ist ein anständiges Mädchen, Nicky. Wenn du oder ich es als Kind so schwer wie sie gehabt hätten, wäre nicht annähernd soviel dabei herausgekommen wie bei ihr. Und ich weiß, ich werde ihr das Stehlen noch abgewöhnen.« Nicholas hob erneut die Hände. Harry sagte: »Und außerdem ist Anthony in Margaret verliebt, und zwar richtig.«

»Das hast du herausgefunden?«

Harry grinste. »Hab eine Weile gebraucht, doch schließlich

habe ich gemerkt, daß er seine Aufmerksamkeit immer auf eins der Mädchen richtet, wenn er seinen Zauber benutzt. Und dann habe ich mich daran erinnert, wie ruhig er immer war, wenn Abigail in der Nähe war, und wie aufgeregt, wenn Margaret dabei war.«

»Wo ist Anthony eigentlich?«

»Er wollte nach Nakor suchen«, meinte Harry.

Nicholas grunzte verärgert. »Und wo ist Nakor? Er ist jetzt schon zwei Tage fort.«

Harry hatte darauf keine Antwort.

»Ich wünschte, sie würden damit aufhören«, sagte Abigail.

Margaret nickte. »Ich weiß. Es fällt auf die Nerven.«

Die beiden Kreaturen saßen in der Nähe und ahmten die Bewegungen der beiden Mädchen nach, während sie Abendbrot aßen. Wenn Margaret ihr Fleisch schnitt, machte eine der Kreaturen die Bewegung an einem imaginären Tisch nach.

Die beiden Kreaturen hatten sich den ganzen Tag in angenehmem Abstand von den beiden Mädchen gehalten. Doch sie beobachteten die Mädchen ohne Unterlaß, und seit kurzem machten sie alles nach.

Margaret schob ihren leeren Teller zur Seite und sagte: »Ich weiß gar nicht, wieso ich soviel esse; wir machen doch gar nichts. Und trotzdem nehme ich offensichtlich nicht zu.«

Abigail sagte: »Ich weiß. Ich möchte auch nicht soviel essen, aber sonst kommen sie wieder, halten uns fest und füttern uns mit Gewalt.« Sie kaute pflichtbewußt auf ihrem Essen herum und schluckte. »Und hast du je gesehen, wie diese Dinger etwas essen?«

»Nein«, sagte Margaret. »Ich dachte, sie würden vielleicht gefüttert, während wir schlafen.«

Abigail sagte: »Und ich habe auch nicht gesehen, wie sie … du weißt schon.«

Margaret lächelte trocken. »Den Nachttopf benutzen«, sagte sie.

Abigail nickte. »Ich glaube, sie schlafen auch nicht.«

Margaret erinnerte sich an das eine Mal, als sie eine der Kreaturen erwischt hatte, wie sie sich über ihr Bett beugte. »Ich denke, du hast recht.«

Margaret stand auf und drehte sich um. Sie sah, wie die Kreatur, die sie als ihre betrachtete, das gleiche tat. Sie hörte, wie Abigail stöhnte.

Margaret drehte sich wieder um. Der Körper der Kreatur hatte sich ein wenig verändert. Sie war jetzt schlanker, hatte ungefähr Margarets Größe. Ihre Hüften und die Brust waren fülliger geworden, während sie in der Taille abgenommen hatte.

Margaret flüsterte: »Was geht hier bloß vor?«

Nicholas sah auf, als die Tür der Herberge plötzlich aufgestoßen wurde. Drei bewaffnete Männer stürmten herein, und ehe einer der Soldaten im Gemeinschaftsraum reagieren konnte, hatten sich hinter ihnen sechs Bogenschützen aufgestellt.

Nach den Bogenschützen trat ein großer, grauhaariger Mann ein, der jeden im Raum abschätzend ansah. »Wer hat hier den Befehl?« verlangte er zu wissen.

Nicholas stand auf und sagte: »Ich.«

Der alte Mann kam zu Nicholas und sah ihn von oben herab an. Er schüttelte den Kopf. »Ich werde deinen Mut deinem Hauptmann gegenüber erwähnen, Junge, aber du machst ihm keine Ehre, wenn du ihn vor mir versteckst.«

Nicholas meinte: »Großväterchen, komm mit mir raus, und ich werd dir zeigen, daß ich wirklich der Hauptmann dieser Truppe bin.«

Der stämmige alte Mann sagte: »Großväterchen? Was willst du, Kleiner –«

Doch da hatte Nicholas schon sein Schwert gezogen und dem

Mann die Spitze so schnell an die Kehle gesetzt, daß die Bogenschützen nicht genug Zeit zum Schießen hatten. »Falls du glaubst, deine Männer wären schnell genug und könnten mich töten, bevor diese Klinge ihr Ziel gefunden hat, dann kannst du ja den Befehl zum Schießen geben.«

Der alte Mann hob die Hände und gab den Bogenschützen ein Zeichen, ruhig zu bleiben. »Wenn Ihr der Hauptmann seid, dann haben wir etwas zu besprechen. Wir können beide innerhalb von Sekunden tot sein, aber lügt mich nicht an. Es macht keinem Mann Ehre, wenn er mit Falschheiten auf den Lippen das Haus der Lady Kal betritt.«

Nicholas' Leute hatten sich inzwischen im Raum verteilt und zum Kampf bereit gemacht. Amos brüllte: »Wenn mir hier jetzt einer eine Dummheit anstellt, sind die meisten von uns tot, ehe irgendwer weiß, was zum Teufel hier eigentlich los ist!«

Der alte Mann blickte Nicholas an. »Seid Ihr sicher, daß nicht er der Hauptmann ist?«

Nicholas sagte: »Das ist der Kapitän meines Schiffes.«

Der alte Mann fragte: »Ein Schiff? Ihr habt ein Schiff?«

Nicholas beachtete die Frage nicht. »Also, wenn Ihr mir jetzt vielleicht sagen würdet, warum Ihr hier reinplatzt, meine Männer in Aufruhr versetzt und mich sprechen wollt?«

Der alte Mann schob die Klinge an seinem Hals langsam mit der behandschuhten Hand beiseite. »Ich wollte wissen, wer die Männer sind, die meine Söhne getötet haben.«

Nicholas betrachtete den Mann von oben bis unten; er war groß und hatte breite Schultern. Er trug das lange Haar wie ein Krieger als Zopf zusammengebunden und den Narben auf seinem Gesicht nach nicht aus Eitelkeit. Das Schwert an seinem Gürtel sah wohlgepflegt aus. »Großväterchen, ich habe noch nicht so viele Leute umgebracht, daß ich mich nicht an alle erinnern würde. Wer waren Eure Söhne, und warum denkt Ihr, ich wäre der Mann, der für ihren Tod verantwortlich ist?«

Der alte Mann sagte: »Ich bin Vaslaw Nacoyen, der Hauptmann der Löwenclans. Meine Söhne hießen Pytur und Anatol. Ich glaube, Ihr wißt über ihren Tod Bescheid, weil einer meiner Männer gesehen hat, wie Ihr in die Stadt kamt. Bei Euch war ein Mädchen aus Kilbar.«

Nicholas warf Ghuda und Amos einen Blick zu, dann steckte er sein Schwert ein. »Hier kann man nicht besonders gut reden«, sagte er.

»Wir können uns draußen unterhalten«, sagte der alte Mann.

Nicholas machte Amos und Ghuda ein Zeichen, sie sollten ihn begleiten. Die beiden Männer erhoben sich. Als Nicholas die Tür erreichte, sagte er: »Niemand soll den Raum verlassen, bis wir wieder da sind.«

Vaslaw gab seinen Bogenschützen Befehl, niemanden durch die Tür zu lassen, und trat nach draußen. Dort wartete ein Dutzend Reiter, und hinter ihnen noch einmal ein Dutzend Krieger zu Fuß. Nicholas sagte: »Sieht so aus, als wärt Ihr auf jede Antwort vorbereitet.«

Der alte Mann grunzte. In der Kälte konnte man seinen Atem vorm Gesicht sehen. Er machte Nicholas und den anderen ein Zeichen, sie sollten ihm folgen, und sie begaben sich in die Mitte der bewaffneten Truppe. »Hier kann uns niemand hören, der nicht von meinem Blut ist. Wißt Ihr etwas über meine Söhne?«

Nicholas sagte: »Wenn sie in einen sehr dummen Überfall bei Shingazis Anlegestelle verwickelt waren, ja, dann weiß ich etwas über sie.«

»Sind sie tot?«

»Wenn sie zu dieser Truppe gehörten, sind sie tot.«

»Habt Ihr sie getötet?«

Nicholas redete um den heißen Brei herum. »Ich glaube kaum. Wir haben einige Clanmänner getötet, die eine Wagenkarawane überfallen haben, doch wir haben nur die Zeichen von Wölfen und Bären gefunden.« Er verschwieg wohlwissend das Zeichen der Schlange. »Die anderen waren unerfahrene Söldner, die nicht einmal daran gedacht haben, eine Wache aufzustellen.« Nicholas erzählte ihm die ganze Geschichte.

Der alte Mann fragte: »Ihr seid nur zufällig vorbeigekommen?«

Nicholas wollte seine Herkunft nicht verraten. »Wir sind nur zufällig vorbeigekommen.«

Vaslaw war noch nicht zufrieden. »Warum sollte ich Euch glauben?«

»Weil Ihr keinen Grund habt, es nicht zu tun«, erwiderte Nicholas. »Weshalb sollte ich diese Wagenkarawane überfallen?«

»Wegen des Goldes«, sagte der Mann unvermittelt.

Nicholas seufzte. Wenn man der Prinz von Krondor war, dachte man als letztes an Habgier. »Sagen wir mal, daß Gold ganz unten auf meiner Liste steht. Ich habe andere Sorgen.«

Amos sagte: »Seht, Ihr habt gehört, wie er sagte, ich sei der Kapitän seines Schiffes. Sein Vater besitzt eine ganze Flotte.«

»Wer ist Euer Vater?« fragte Vaslaw.

Ghuda antwortete: »Er herrscht in einer fernen Stadt. Der hier ist sein dritter Sohn.«

Der alte Mann nickte. »Ach, Ihr beweist Eure Männlichkeit im Krieg. Jetzt verstehe ich den Grund.«

»So in etwa«, sagte Nicholas. »Vielleicht solltet Ihr Euch die Frage stellen, wer vom Tod Eurer Söhne einen Vorteil hat.«

Der alte Mann sagte: »Niemand. Das ist das Verfluchte daran. Der Überfall war Teil eines Komplotts gegen den Oberherrn, das sich meine Söhne und einige Hitzköpfe der anderen Clans ausgedacht hatten. Das Vertrauen zwischen den Clans und dem Oberherrn sollte erschüttert werden.«

Nicholas sagte: »Nun, vieles an diesem Vorfall ergibt keinen Sinn. Was sagt Ihr, wenn ich Euch erzähle, daß die Banditen genug Gold zurückließen, um eine ganze Stadt auszulösen? Und was sagt Ihr dazu, daß einer der Toten den Helm eines Roten Kämpfers umklammerte?«

»Unmöglich«, sagte der alte Mann.

»Wieso?» fragte Nicholas.

»Weil noch nie ein Roter Kämpfer die Stadt ohne den Oberherrn verlassen hat. Sie sind seine persönliche Leibwache.«

Nicholas wägte ab, was er als nächstes sagen sollte. Etwas an diesem Mann war sehr einfach, etwas, das aus den Zeiten geblieben war, als die Menschen hier noch lebten wie die Jeshandi. Die Clans waren vielleicht seit Generationen in der Stadt ansässig, doch sie pflegten ihr Erbe. Sie waren Herrscher und Krieger, und bei ihnen galt ein Wort immer noch etwas. »Und was würdet Ihr dazu sagen, daß noch eine Abteilung Reiter kam, um die zu töten, die entkommen konnten und um die Randschana zu töten, und wenn diese zur Leibwache des Strahlenden Oberherrn gehörten?«

»Welchen Beweis habt Ihr?«

»Ich habe einen Mann namens Dubas Nebu getötet.«

»Ich kenne diesen Hund. Er ist Hauptmann der Zweiten Kompanie. Warum habt Ihr ihn getötet?«

Nicholas erklärte ihm in allen Einzelheiten, was sie bei Shingazis Anlegestelle vorgefunden hatten und ließ wieder nur den Talisman mit dem Schlangenzeichen aus. Als er geendet hatte, sagte der alte Mann: »Jemand will uns gegeneinander und gegen den Oberherrn aufbringen.«

»Wer hätte davon einen Vorteil?« fragte Amos.

Vaslaw sagte: »Das muß ich mit den anderen Clanoberhäuptern besprechen. Wir führen vielleicht Fehden gegeneinander – das gehört zur Tradition –, doch so etwas könnte unser Bündnis mit dem Oberherrn gefährden.«

»Ihr habt ein Bündnis mit dem Oberherrn?« fragte Nicholas.

»Ja,«, sagte der alte Mann. »Aber ich kann Euch unsere Geschichte nicht erklären, während wir hier in der Kälte stehen. Kommt morgen abend in mein Haus im westlichen Viertel der Stadt und eßt mit uns – bringt ruhig Eure Gefährten mit, falls Ihr um Eure Sicherheit fürchtet. Dann kann ich Euch mehr erzählen.«

Er machte ein Zeichen, und ihm wurde ein Pferd gebracht. Trotz seines Alters schwang er sich locker in den Sattel, während ein Mann die Tür öffnete und die Bogenschützen holte. Vaslaw sagte: »Ich werde Euch morgen einen Führer schicken. Bis dann.« Er wendete sein Pferd und führte seine Truppe davon. Amos, Ghuda und Nicholas sahen den Männern vom Löwenclan hinterher, bis sie verschwunden waren, und gingen danach zurück in die Herberge.

Als sie wieder an ihrem Tisch saßen, fragte Harry: »Worum ging es eigentlich?«

»Um eine Einladung zum Essen«, meinte Nicholas. Amos und Ghuda brachen in schallendes Gelächter aus.

Calis machte Marcus ein Zeichen, er solle warten. Sie hatten schweigend eine Stunde lang in einem der ausgebrannten Bauernhäuser gewartet, falls hier irgendwelche Wachposten patrouillierten. Es war schwieriger als erwartet gewesen, über den Fluß zu kommen, denn auf der Brücke hatten Wachen gestanden. Deshalb hatten sie sich in den Hafen gestohlen, wo sie ein kleines Boot gefunden hatten. Damit hatten sie übergesetzt und das Boot dann im Gebüsch am Ufer versteckt.

Calis hielt zwei Finger hoch, und Marcus nickte. Wenn Calis nicht in zwei Stunden wieder da war, hatte man ihn entweder gefangengenommen, oder er war irgendwie anders an der Rückkehr gehindert worden. Dann sollte Marcus ohne ihn zu Nicholas zurück.

Calis lief geduckt über die offene Straße bis zu einer Baumgruppe. Zwischen den Stämmen konnte er schneller laufen, denn hier fand er immer ein Versteck, wenn es notwendig sein sollte. Wälder waren ihm vertraut. Er spähte in die Dunkelheit, und wo ein menschliches Auge nichts mehr erkennen konnte, entdeckte er die Umrisse von Büschen und Zweigen – er brauchte kaum Licht zum Sehen. Nur in völliger Dunkelheit war er blind.

Er erreichte den Rand des Waldes und blieb stehen. Er lauschte. In der Nähe raschelten Tiere, Hasen oder Eichhörnchen. Calis schickte den Tieren einen beruhigenden Gedanken, und das Rascheln hörte auf.

Calis war unter den Sterblichen von Midkemia einzigartig. Seine Mutter war eine Elbin, sein Vater ein Mensch, der viele der Kräfte der legendären Valheru, der Drachenlords, besaß. Nur die Magie seines Vaters hatte seine Geburt möglich gemacht, und die Magie seines Vater hatte dem Sohn Fähigkeiten vererbt, die ebenfalls magischer Natur waren. Calis lächelte, als er daran dachte, was Nakor jetzt sagen würde. Er hatte auf dem Schiff viele der Gespräche zwischen Nakor und Anthony mithören können – Nakor würde sagen, daß es keine Magie gibt und die Welt aus Stoff gemacht sei. Calis wußte, Nakor war näher an der Wahrheit, als ihm klar war, und er fragte sich, ob er Nakor mit nach Elvandar nehmen sollte, wo er die Zauberwirker kennenlernen könnte – vorausgesetzt, er und Nakor würden jemals wieder nach Hause zurückkommen.

Calis rannte vom Wald über die Straße, die zum Anwesen führte. Er bewegte sich unnatürlich leise, so wie es Elben nun einmal angeboren war. Als er hinter einer einzelnen Eiche stehenblieb, ging sein Atem immer noch ruhig.

Calis betrachtete die Mauer und wartete. Er besaß eine übermenschliche Geduld und blieb unbeweglich eine halbe Stunde an der gleichen Stelle stehen. Es gab keine Anzeichen von Bewegung auf der mit Zinnen versehenen Mauer. Sie war vielleicht fünf Meter hoch und bot wenig Halt, wollte man hinaufklettern. Bis jetzt hatte Calis seinen Bogen in der Hand getragen, doch nun hängte er ihn sich über die Schulter und ging in die Knie. Mit aller Kraft sprang er hoch und packte mit beiden Händen die Kante der Mauer.

Leise zog er sich weit genug hoch, um hinüberspähen zu können. Der Wehrgang war leer. Er zog sich hoch, schwang sich über die Kante und duckte sich in den Schatten einer Mauerzacke, damit sich seine Gestalt nicht gegen den nächtlichen Himmel abhob.

Er sah sich um. Auf der Mauer war keine Wache. Das Anwesen war riesig. Zwischen Gärten und Außengebäuden führten Wege hin und her. Das mittlere Gebäude war noch weiter als eine Viertelmeile entfernt und hatte eine eigene Schutzmauer.

Gewöhnlich verfluchte Calis weder das Schicksal noch bat er die Götter um eine besondere Gunst. Doch die Suche auf diesem Anwesen würde viele Nächte in Anspruch nehmen, wenn er nicht Glück hatte. Er wußte, er hatte kaum mehr als eine Stunde Zeit, dann mußte er wieder bei Marcus sein. Er machte sich keine Sorgen, ohne Boot über den Fluß zu kommen – er konnte gegen die starke Strömung genauso leicht anschwimmen, wie er auf die Mauer gesprungen war –, doch er machte sich Sorgen um Marcus' Sicherheit. Er war sein einziger richtiger Freund. Marcus nahm Calis so, wie er war, während selbst seine besten Freunde in Elvandar immer einen gewissen Abstand hielten. Calis war deswegen weder traurig noch verbittert – so war es einfach unter Elben. Sein Vater hatte im eigentlichen Sinn auch sehr wenig Freunde, dafür wurde er jedoch durch die Liebe seiner Frau entschädigt. Und durch den Respekt, den man ihm als Kriegsherrn zollte. Calis wußte, sein eigenes Schicksal würde ihn vielleicht von Elvandor fortführen, und auch nur deshalb hatte er Marcus auf dieser Reise begleitet.

Calis prägte sich ein, wie das Gelände terrassenförmig bis zum Haupthof anstieg. Er sprang direkt vom Waffengang hinunter und folgte dem Pfad, wobei er ständig lauschte, ob sich ihm jemand näherte.

Margaret wurde wach. Ihr Kopf schmerzte dumpf, und ihr Mund war trocken. Als sie zum ersten Mal an der Tafel ihres Vater hatte Wein trinken dürfen, hatte sie sich so ähnlich gefühlt, doch gestern abend war zum Essen kein Wein gereicht worden.

Das Licht war grau, es dämmerte langsam, Sie setzte sich mühsam auf, holte tief Luft und bemerkte plötzlich diesen würzigen Geruch, der fremd, aber nicht aufdringlich in der Luft hing.

Im schwachen Licht erkannte sie Abigails stille Gestalt im anderen Bett. Die dünne Decke hob und senkte sich bei jedem Atemzug über ihrer Brust. Abigails Gesicht war verzerrt, als träume sie schlecht.

Dann erinnerte sich Margaret: es war ein Traum gewesen, der sie geweckt hatte. Sie war von irgendwelchen Wesen festgehalten worden ... sie konnte sich nicht mehr recht an sie erinnern.

Sie sah, wie sich eine der beiden seltsamen Kreaturen in ihrem Zimmer bewegte. Das Ding machte mit der Hand eine Bewegung, als würde es sich bürsten.

Margaret stieg aus dem Bett und zwang ihre wackeligen Beine, sich zu bewegen. Benommen schwankte sie durch das Zimmer zu den beiden Kreaturen, die die Köpfe zusammengesteckt hatten und miteinander tuschelten. Margaret fühlte sich plötzlich alarmiert. Die Kreaturen hatten sich verändert. Als die Dämmerung durch das Fenster hereinkam, konnte sie sehen, daß die Haut der Kreaturen jetzt weicher und heller war, und daß auf ihren Köpfen Haar sproß. Das der einen Kreatur hatte die Farbe von Abigails blonden Locken, das der anderen ihre eigene.

Marcus nahm den Bogen herunter. Das mußte Calis sein. Nur wenige Männer, vielleicht Martins Vater und einige seiner Förster aus Natal, hätten in der frühen Dämmerung überhaupt bemerkt, daß sich jemand näherte.

»Nimm den Bogen weg«, flüsterte Calis.

Marcus stand auf und tat wie gesagt. Sie hätten es geschafft, wenn sie jetzt unbemerkt zurück über den Fluß kamen. Waren sie erst einmal zwischen den anderen Booten, würden sie nicht mehr auffallen, doch jemand, der sie vom Grundstück des Ersten Beraters ablegen sah, würde Verdacht schöpfen.

Als sie im Boot saßen, begann Martin zu rudern. Er fragte: »Hast du irgendwas entdeckt?«

»Wenig. Nur eins ist seltsam: es scheint keine Wachen und nur sehr wenig Diener zu geben.«

»Bei einem Anwesen dieser Größe?« fragte Marcus.

Calis zuckte mit den Schultern. »Ich kenne mich mit den Anwesen der Menschen nicht so gut aus.« Mit einem leichten Lächeln fügte er hinzu: »Das war das erste, das ich gesehen habe.«

Marcus sagte: »Soweit, wie sich die Mauern ausdehnen, könnte man bald eine Stadt darin unterbringen.«

»Es sind hauptsächlich Gärten, leere Gebäude und seltsame Spuren.«

»Spuren?«

»Fußabdrücke, wie ich sie noch nie zuvor gesehen habe; kleiner als die von Menschen, aber irgendwie menschenähnlich geformt. Und mit Krallen an den Zehen.«

»Schlangenmenschen?«

»Ich habe ihre Spuren noch nie gesehen«, sagte Calis.

»Gehst du noch einmal hin?«

»Ich muß. Es gibt viele Stellen, die ich noch erkunden muß, wenn wir die Gefangenen finden und herausbekommen wollen, was dort eigentlich vor sich geht.« Er lächelte seinen Freund zuversichtlich an. »Ich werde vorsichtig und planmäßig vorgehen. Zuerst erkunde ich das gesamte äußere Anwesen, ehe ich mich in das Innere wage. Und das erkunde ich, bevor ich in das große Haus gehe.«

Marcus fühlte sich längst nicht so zuversichtlich wie Calis, aber er wußte, sein Freund war stark und flink, und ruhig und schnell von Begriff. »Wie lange brauchst du?« fragte er, und meinte die Zeit für die Erkundung.

»Drei, vielleicht vier Nächte. Weniger, falls ich sie finde, ehe ich in das große Haus muß.«

Marcus seufzte und sagte nichts, während er auf den Hafen am anderen Ufer des Flusses zuruderte.

Erkundungen

Ein Führer erschien.

Nicholas hatte Amos und Ghuda ausgewählt, ihn zu begleiten, während Harry und Brisa in der Stadt nach weiteren Hinweisen auf das Schicksal der Gefangenen suchten. Calis' Bericht hatte Nicholas besorgt gemacht; die Abwesenheit von Wachen und Dienern auf dem Anwesen war wieder etwas, das keinen Sinn ergab. Für den Geschmack des Prinzen gab es einfach zu viele Geheimnisse. Das einzig Verheißungsvolle war die Spur, die vielleicht die eines pantathianischen Schlangenpriesters war. Und Calis' Plan, noch einmal dorthin zurückzukehren, gefiel Nicholas ebenfalls nicht sehr gut, obwohl er dagegen keine schlagkräftigen Einwände vorzubringen hatte.

Anthony würde mit Praji, Vaja und den anderen Männern in der Herberge bleiben und versuchen, möglichst viel aus dem Gerede der hiesigen Leute herauszuhören. Praji und Vaja hatten sich entschieden, für gutes Geld weiter bei Nicholas zu bleiben. Praji glaubte fest, daß sich mindestens noch ein halbes Dutzend Spione anderer Truppen, der Schwarzen Rose und der anderen Clans im Gemeinschaftsraum aufhielten und in aller Stille ihre Fragen stellten.

Nicholas verließ die Herberge mit seinen beiden Gefährten. Sie brauchten zu Fuß fast eine Stunde für den Weg, und in dieser Zeit konnte sich Nicholas einen weiteren Teil der Stadt am Schlangenfluß ansehen.

Der Basar und die Geschäftsviertel drumherum wie auch der Hafen waren sozusagen offener Grund, wo sich Männer aller Clans und Bündnisse frei bewegen konnten; der Frieden wurde durch die Garnison der Leibwache des Oberherrn gewahrt.

Diese schwarzgekleideten Soldaten waren, jeweils zu zweit, überall zu sehen, und gelegentlich drängte sich auch eine Patrouille von zwölf Männern rücksichtslos durch die Menge.

Doch nachdem sie den Basar und die umgebenden Viertel hinter sich gelassen hatten, betraten sie sozusagen Kriegsgebiet. Am Ende der Straße waren Barrikaden errichtet worden, um die Wagen und Reiter langsam herumkurven mußten. Männer waren nur zu mehreren unterwegs. Und Frauen wurden stets von bewaffneten Eskorten begleitet. Oft wechselten Vorbeigehende die Straßenseite, wenn sie Nicholas begegneten, weil sie offensichtlich niemandem trauten.

Nicholas hatte bemerkt, daß alle Leute hier Abzeichen trugen. Die meisten waren Tierköpfe, und Nicholas hielt sie für die Abzeichen der Clans, von denen sowohl Tuka als auch Praji erzählt hatten. Die anderen trugen Abzeichen von Söldnertruppen. Nicholas dachte daran, auch für seine Truppe Abzeichen anfertigen zu lassen, doch er hoffte, sie hätten die Stadt längst verlassen, bis dieser Schritt notwendig würde. Für seinen Geschmack hielten sie sich schon zu lange hier auf.

Als sie sich dem Haus ihres Gastgebers vom Löwenclan näherten, bekam Nicholas eindrucksvoll vor Augen geführt, wie das Leben der Bewohner dieser Stadt aussah: Der Wohnsitz war einer Festung ähnlich, und schon mehrere Blocks, bevor man das Haus sehen konnte, waren Wachen aufgestellt. Das Haus war zweistöckig, und auf dem zweiten Stock thronte ein Aussichtstürmchen. Auf Plattformen hockten Bogenschützen, und die Außenmauer war über zwei Meter hoch. Als sie durch das Tor gingen, meinte Amos: »Das ist ja fast so befestigt wie eine kleine Burg.«

Tatsächlich folgte nach der Außenmauer noch eine Innenmauer, und dazwischen war freies Gelände. Die Innenmauer war mindestens drei Meter hoch. Ihr Führer sagte: »Vor zwei Jahrhunderten hat der Rattenclan mit seinen Verbündeten sich den Weg ins Haus erkämpft. Der Anführer der Löwen wurde damals deswegen verbannt; seine Nachfolger haben die beiden Mauern errichten lassen, damit so etwas nie wieder vorkommt.«

Vaslaw Nacoyen empfing sie am Eingang, wo ein Dutzend seiner Krieger Wache hielten. Nicholas konnte nun deutlich die Ähnlichkeit dieser Menschen mit den Jeshandi erkennen. Die Clanmänner der Städte trugen zwar Gewänder aus feinster Seide und badeten in mit duftenden Ölen versetztem Wasser, doch in der Machart glichen Waffen und Kleidung denen der Jeshandi. Die Männer auf dem Dach trugen kurze Bögen, wie Reiter sie benutzten; Armbrüste oder Langbögen entdeckte Nicholas nicht. Die Männer trugen den gleichen Haarknoten der Krieger wie Mikola ihn in seiner Jurte getragen hatte, und die meisten hatten lange Schnurrbärte oder kurzgeschnittene Vollbärte.

Vaslaw führte sie in einen großen Raum, der als Versammlungs- und Speisesaal diente. In der Mitte war ein großer Tisch zum Essen gedeckt. Diener warteten. Vaslaw bedeutete Nicholas und seinen Gefährten mit einer Geste, sie sollten sich setzen. Der alte Mann stellte seinen einzigen ihm noch verbliebenen Sohn, Hatonis, und seine beiden Töchter vor. Yngya, die ältere, schien hochschwanger zu sein, und sie stand neben einem Mann, den Nicholas für ihren Ehemann hielt. Das jüngere Mädchen, Tashi, war vielleicht fünfzehn Jahre alt, errötete und senkte den Blick. Dann stellte Vaslaw Regin, Yngyas Gemahl, vor.

Als alle Platz genommen hatten, brachten die Diener nacheinander kleine Portionen verschiedener Gerichte, zu denen jeweils ein anderer Wein gereicht wurde. Nicholas wartete, bis sein Gastgeber das Gespräch beginnen würde. Während des ersten Gangs schwieg der alte Mann. Dann fragte Regin: »Ihr kommt von weit her, Hauptmann?«

Nicholas nickte: »Von sehr weit. Ich bin einer der ersten meines Volkes, der diese Stadt besucht, nehme ich an.«

»Seid Ihr aus den Westlanden?« fragte Yngya.

Der Kontinent Novindus wurde grob in drei Teile gegliedert.

Die Ostlande, wo sie gelandet waren, bestanden aus den Heißen Landen, wie die Wüste genannt wurde, der Großen Steppe und der Stadt am Schlangenfluß. Die Flußlande bildeten das Herz des Kontinents und waren der bevölkerungsreichste Teil von Novindus. Die Vedra floß südöstlich vom Sothugebirge her durch dieses reiche Bauernland. Im Westen des Flusses schloß sich die Ebene von Djams an, eine unwirtliche Steppe, die von Nomaden bewohnt wurde, die wesentlich primitiver als die Jeshandi waren. Danach folgte eine riesige Gebirgskette, das Ratn'gary – der Pavillon der Götter –, welche sich vom Norden durch den Wald von Irabek bis in den Süden zog. Jenseits dieser Nord-Süd-Barriere lagen die Westlande. Noch unbekannter war das Inselkönigreich Pa'jkamaka, welches fünfhundert Meilen weit entfernt im Meer lag. Die fernen Städte dieses Reiches hatten nur wenige mutige Händler je besucht.

Ghuda fragte: »Wann wird es soweit sein?«, damit Nicholas die Frage nicht beantworten mußte.

»Bald«, antwortete Yngya und lächelte.

Nachdem das Geschirr des ersten Gangs abgeräumt war, sagte Nicholas: »Vaslaw, Ihr habt gestern gemeint, ich müßte einiges über Eure Geschichte erfahren.«

Der alte Mann nickte, schlürfte eine Muschel aus und legte sie auf den Teller, den ein Diener abräumte. »Ja«, sagte er. »Wißt Ihr über die Geschichte dieser Stadt Bescheid?«

Nicholas erzählte ihm, was er bisher erfahren hatte, und der alte Mann nickte. »In den Jahrhunderten, nachdem wir uns der Könige entledigt hatten, regierte der Rat der Clanoberhäupter, und es herrschte Frieden in der Stadt. Viele alte Fehden wurden beigelegt, und zwischen den Clans wurde geheiratet. Mit der Zeit wurden wir zu einem richtigen Volk.« Er machte eine Pause und sammelte seine Gedanken. »Wir leben sehr stark nach der Tradition. In unserer eigenen Sprache nennen wir uns Pashandi, was soviel wie ›Volk der Rechtschaffenen‹ bedeutet.«

»Ihr seid mit den Jeshandi verwandt«, merkte Amos an.

»Das bedeutet ›Volk der Freien‹. Aber wir sind beide Shandi, was einfach ›Volk‹ heißt. Wir geben unsere alten Sitten nicht gern auf. Wir verstehen uns immer noch vor allem anderen als Jäger und Krieger. Ich bin ein reicher Händler, ich besitze Schiffe und viele Flußboote. Zweimal in meinem Leben habe ich Handel mit den Westlanden getrieben, und einmal bin ich bis zum Königreich Pa'jkamaka gekommen. Ich habe jede Stadt an der Vedra besucht, doch im Rat meines Clans zählt dieser Reichtum nichts; nur mein gutes Auge und meine Fähigkeiten mit dem Bogen, meine Pirsch, mein reiterisches Können und meine Stärke mit dem Schwert geben mir das Recht zum Herrschen.«

Sein Sohn betrachtete ihn mit Stolz, und das gleiche taten seine Töchter und sein Schwiegersohn. »Aber nur, weil man der beste Fechter, Bogenschütze oder Reiter ist, ist man noch lange kein weiser Herrscher«, sagte Vaslaw. »Viele Oberhäupter haben im Laufe der Jahre aus Stolz und Ehrgefühl Dummheiten begangen, und viele Male mußten die Clans darunter leiden. Der Rat hatte das letzte Wort in der Stadt, doch innerhalb eines Clans hatte immer der jeweilige Anführer das Sagen.« Er schüttelte den Kopf. »Und dann fingen vor fast dreißig Jahren diese bösen Ereignisse an.«

»Böse Ereignisse?«, fragte Nicholas.

»Aus Rivalitäten wurden Fehden, viel Blut wurde vergossen, und zwischen den Clans herrschte offener Krieg. Es gibt vierzehn Clans der Pashandi, Nicholas. Und auf dem Höhepunkt der Kämpfe hatten sich sechs Clans – Bären, Wölfe, Raben, Löwen, Tiger und Hunde – gegen fünf andere verbündet – Schakale, Pferde, Stiere, Ratten und Adler. Die Elche, Büffel und Dachse hatten versucht, sich aus dem Streit herauszuhalten, doch auch sie wurden schließlich mit hineingezogen.

Dann besetzte ein Söldnerhauptmann namens Valgasha mit seiner Truppe das Haus des Rats. Er erklärte, er würde für die Menschen der Stadt sprechen, die zu keinem Clan gehörten und stellte den Basar und den Hafen unter seinen Schutz. Er tötete jeden Mann aus einem Clan, der sich bewaffnet in dieses Gebiet wagte. Beinahe hätten sich die Clans gegen ihn zusammengeschlossen, doch ehe wir unseren Angriff beginnen konnten, schickte er Kuriere mit der Bitte um Waffenstillstand aus. Es gab ein Treffen, und ich und die anderen Oberhäupter der Clans wurden überzeugt, die Kämpfe einzustellen; er gab sich den Titel Oberherr. Seitdem ist er eine Art Schiedsmann und Friedensstifter zwischen den Clans, obwohl während der Jahre viele Angelegenheiten unerledigt blieben. Und manche Fehden gingen weiter.«

Nicholas sagte: »Ich dachte, er sei der absolute Herrscher dieser Stadt.«

»Das ist er, doch zu jener Zeit erschien das vernünftiger als die ständigen Kämpfe. Und im Frieden konnte der Oberherr seine Stellung in der Stadt festigen. Als erstes machte er seine Söldnertruppe zur Stadtwache, die auf dem Basar und im Hafen patrouillierte und schließlich auch in den Geschäftsvierteln. Als nächstes schuf er ein stehendes Heer. Seine ältesten und treuesten Soldaten bildeten seine persönliche Leibwache, und er baute den Palast der alten Könige wieder auf und nahm ihn für sich in Anspruch. Dann tauchte Dahakon auf.« Vaslaw spuckte den Namen fast aus. »Dieser kaltherzige, mörderische Hund ist dafür verantwortlich, daß die Stadt zu einem Fürstentum mit Valgasha als Prinzen wurde. Er schuf die Roten Kämpfer, die, wenn sie einmal losgeschickt werden, nur aufzuhalten sind, indem man sie in kleine Teile zerhackt.«

»Und wann ist das alles geschehen?« fragte Amos.

»Vor siebenundzwanzig Jahren begann der ganze Ärger. Und vor vierundzwanzig Jahren wurde der Oberherr zum Herrscher über alles.«

Nicholas blickte Amos an, und der nickte. Nicholas fragte: »Was ist mit diesem Überfall, in den wir hineingestolpert sind?«

Vaslaw nickte seinem Schwiegersohn zu. Regin sagte: »Einige

der jüngeren Krieger wollten die Herrschaft des Oberherrn unterwandern, indem sie seine Verträge mit dem nördlichen Handelsbündnis gefährdeten. Sie taten dies jedoch ohne die Erlaubnis ihrer Oberhäupter.«

Der alte Mann seufzte. »Es war eine dumme Sache, wie tapfer die Männer auch immer gewesen sein mögen. So etwas setzt Valgasha kaum zu.«

Nicholas sagte: »Ich glaube, die Sache betrifft uns beide gleichermaßen. Wie ich schon sagte, denke ich, daß der Oberherr oder jemand von hohem Rang für den Tod Eurer Söhne verantwortlich ist.« Nicholas erzählte noch einmal die Geschichte, die er schon gestern abend erzählt hatte, nur heute schmückte er sie mit mehr Einzelheiten aus.

Schließlich fragte Hatonis: »Eine Sache wüßte ich gern: was hattet Ihr dort oben zu tun?«

Nicholas blickte Ghuda an, der zuckte mit den Schultern, und Amos machte Nicholas ein Zeichen, er sollte weitererzählen. Nicholas sagte: »Ihr müßt mir schwören, daß das, was ich Euch jetzt erzähle, diesen Raum nicht verläßt.«

Vaslaw nickte. Nicholas sagte: »Ich bin der Sohn des Prinzen von Krondor.«

Hatonis sagte: »Vater hat uns schon erzählt, Ihr wäret der Sohn des Herrschers einer Stadt. Doch von Krondor habe ich noch nie etwas gehört. Liegt das in den Westlanden?«

»Nein«, antwortete Nicholas. Die nächste Stunde verbrachte er mit einem Bericht über das Königreich der Inseln und das Kaiserreich Groß-Kesh und über ihre Fahrt über das große Meer und die Überfälle.

Als er seine Erzählung beendet hatte, waren sie mit dem Essen fertig und tranken Branntwein und gesüßten Kaffee. Vaslaw sagte: »Ich werde einen Gast meines Hauses nicht als Lügner bezeichnen, Nicholas, doch Eure Geschichte kann ich kaum glauben. Das klingt wie ein Märchen – große Königreiche und Armeen mit Zehntausenden von Kriegern. Doch in der Wirklichkeit gibt es so etwas nicht. Bei uns wollten auch Eroberer das Land in ihre Hände bekommen. Der Priesterkönig von Lanada versuchte zum Beispiel, die anderen Städte am Fluß zu erobern. Aber solche Männer wurden stets zurückgeschlagen.«

»Nicht immer«, sagte Nicholas. »Meine Vorfahren waren Eroberer, und heute sind sie die Helden unserer Geschichte.«

Amos grinste. »Nicholas hat die Wahrheit gesprochen. Eines Tages müßt Ihr an Bord eines Schiffes gehen und uns besuchen, Vaslaw. Es wird Euch alles sehr fremd vorkommen, doch es stimmt.«

Regin fragte: »Nun gut, aber warum sollte jemand Krieg jenseits eines so riesigen Ozeans führen – wir nennen ihn das Blaue Meer –, wo es doch hier genug Beute und Sklaven gibt?«

Nicholas sagte zu Vaslaw: »Ihr habt gesagt, es gäbe vierzehn Clans. Gab es je einen fünfzehnten?«

Vaslaws Gesicht versteinerte. Er bedeutete den Dienern, sie sollten den Raum verlassen. Dann sagte er zu seinen Töchtern: »Ihr müßt leider auch gehen.«

Tashi sah aus, als wollte sie dagegen protestieren, doch ihr Vater schnitt ihr das Wort ab und schrie sie fast an: »Geh.«

Als nur noch Nicholas und seine Freunde und Vaslaw, sein Sohn und sein Schwiegersohn im Zimmer waren, sagte der alte Mann: »Hatonis ist mir als einziger Sohn geblieben, und Regin wird das nächste Oberhaupt unseres Clans, wenn ich sterbe. Doch niemand sonst darf etwas darüber erfahren. Was meintet Ihr, Nicholas?«

Nicholas holte den Talisman aus seinem Beutel und reichte ihn Vaslaw. Der alte Mann machte ein ernstes Gesicht und sagte: »Die Schlangen sind zurück.«

Hatonis fragte: »Die Schlangen, Vater?« Regin wirkte ebenfalls verwirrt.

Der alte Mann legte den Talisman auf den Tisch. »Als ich noch ein Junge war, hat mir mein Vater, der vor mir Anführer des Clans war, über den Schlangenclan erzählt.« Er machte eine Pause. »Einst gab es noch weitere Clans. Drei von ihnen starben aus, die Marder, die Drachen und die Otter, und andere, die Falken und die Wildschweine, gingen in Fehden unter. Zu Zeiten meines Urgroßvaters lebten auch die Schlangen noch in der Stadt. Dann kam es zu einem großen Verrat, einer Ehrlosigkeit, über die niemand sprechen durfte, weil sie so unsagbar groß war. Die Schlangen wurden gejagt und bis zum letzten Mann getötet. So dachte man.« Er senkte die Stimme. »Wißt Ihr, was wir mit ›bis zum letzten Mann‹ meinen?« Nicholas sagte nichts. »Jeder Mann, jede Frau, jedes Kind, die Schlangenblut in sich hatten, wurden gejagt und getötet, egal wie jung oder wie unschuldig sie sein mochten. Brüder mußten die eigenen Schwestern töten, wenn diese Schlangen geheiratet hatten.« Er legte sich seine Worte zurecht. »Ihr seid fremd hier, deshalb versteht Ihr viele Angelegenheiten der Clans nicht. Wir sind eins mit den Totems unserer Clans. Diejenigen von uns, die Magie benutzten, übernahmen ihre Form, und sie kennen ihre Weisheit. Wir sprachen mit ihnen, und sie führten unsere jungen Männer auf der Suche. Plötzlich passierte etwas mit dem Schlangenclan, der einst zu den mächtigsten gehört hatte. Etwas führte die Schlangen in die Dunkelheit, zum Bösen, und sie wurden verflucht.«

Nicholas sagte: »Seht Euch das hier an.« Er holte den Ring hervor. »Dieser Ring wurde einem Moredhel abgenommen – die Moredhel sind, wie Ihr es nennt, Langlebende –, und zwar in der Nähe der Heimat meines Onkels.«

Vaslaw blickte Nicholas an. »Was verbergt Ihr noch vor mir?«

Nicholas sagte: »Es gibt eine Sache, über die ich niemals reden dürfte, auch wenn es mich das Leben kosten sollte. Ich habe darauf einen Eid geschworen. Doch uns verbindet etwas. Wir haben einen gemeinsamen Feind, und der steckt hinter all diesen Vorkommnissen.«

»Wer?« fragte Hatonis. »Der Oberherr und Dahakon?«

»Vielleicht, aber vermutlich sind auch sie nicht die wirklichen Hintermänner. Was wißt Ihr über die pantathianischen Schlangenpriester?«

Vaslaw fuhr auf. »Unmöglich! Jetzt erzählt Ihr wieder Märchen. Sie sind Geschöpfe der Legenden. Sie leben in einem geheimnisumwitterten Land, Pantathia, irgendwo im Westen – und sie sind Schlangen, die aufrecht gehen und sprechen können wie Menschen. Solche Geschöpfe gibt es nur in den Märchen, die Mütter ihren ungehorsamen Kindern erzählen.«

Amos sagte: »Sie sind keine Geschöpfe der Legende.« Vaslaw sah den alten Kapitän an. »Ich habe schon einmal einen Schlangenmenschen gesehen.« Kurz erzählte er die Geschichte der Belagerung von Armengar, als Murmandamus gegen das Königreich in den Krieg gezogen war.

»Und wieder bin ich versucht, einen Gast der Lüge zu bezichtigen«, sagte Vaslaw.

Amos grinste, doch in diesem Grinsen lag keine Wärme. »Widersteht der Versuchung, mein Freund. Ich spinne gern einmal ein wenig Seemannsgarn, doch hierauf gebe ich Euch mein Wort: es stimmt. Und niemand hat je erlebt, daß ich mein Wort breche.«

Nicholas sagte: »Ich kenne mich mit Euren Sitten nicht gut aus, wie Ihr bemerkt haben werdet. Aber könnte es nicht sein, daß der Schlangenclan den Einflüssen der Pantathianer in alten Zeiten erlegen ist, weil sie das gleiche Totem haben?«

»Kein Lebender weiß um die Greuel, die die Vernichtung des Schlangenclans herbeigeführt haben, Nicholas. Dieses dunkle Geheimnis starb mit den Oberhäuptern der Clans, die die Schlangen ausgelöscht haben.«

Nicholas fragte: »Doch egal, wie schrecklich ihre Taten waren, es kann etwas mit den Pantathianern zu tun gehabt haben, richtig?«

Der alte Mann wirkte niedergeschlagen. »Aber wenn die

Schlangenmenschen die Wurzel unserer heutigen Probleme sind, wie können wir uns dann wehren? Sie sind Hirngespinste, die nie jemand zu Gesicht bekommen hat. Sollen wir in alle Richtungen aufbrechen und sie suchen?«

»Wir haben eine gewisse Hoffnung«, meinte Amos.

»Inwiefern?« fragte Regin.

»Weil ich gesehen habe, wie ein Pantathianer starb.«

Nicholas sagte: »Sie sind sterbliche Wesen. Ich weiß bis jetzt noch nicht, welchen Plan sie verfolgen, und der eigentliche Zweck meines Aufenthaltes ist, daß ich die Entführten finden und in meine Heimat zurückbringen muß. Doch ich denke, wenn ich das tue, werden die Pantathianer sich mir zeigen.«

Vaslaw fragte: »Und was wollt Ihr vom Löwenclan?«

»Im Augenblick nichts anderes als Frieden«, sagte Nicholas. »Ich würde es gern sehen, wenn Ihr Euch an denen rächt, die für den Tod Eurer Leute verantwortlich sind. Das würde auch meinen Zwecken dienen, da bin ich sicher. Und vielleicht brauche ich Eure Hilfe.«

»Wenn wir helfen können, werden wir das tun«, sagte der alte Mann. »Jedes Oberhaupt eines Clans muß eine Menge Eide ablegen, wenn er sein Amt antritt, doch einer steht über allen bis auf den, den Clan bis in den Tod zu schützen. Und dieser Eid besagt, jede Schlange zu jagen und zu töten. Der Eid wird heute nur noch als Ritual betrachtet, und kein Oberhaupt in den letzten vier Generationen hatte die Ehre.« Er nahm den Schlangentalisman in die Hand. »Bis heute.«

Calis duckte sich hinter einer Hecke, und betrachtete das Gebäude vor sich. Er hatte bereits einige Gebäude durchsucht, und dabei eine Waffenkammer, ein Vorratslager, den Küchentrakt und die Quartiere der Dienstboten entdeckt. Das alles hatte er verlassen vorgefunden, doch offensichtlich waren die Gebäude bis vor kurzem noch benutzt worden. Ein weiterer Küchentrakt wurde ebenfalls noch benutzt, und dort wurde viel Essen vorbereitet, was den Halbelben verdutzte, da das Hauptgebäude fast vollkommen dunkel war. Nur in einem Teil brannten Lichter.

Er war zwei schwarzgekleideten Männern gefolgt, die rote Tücher um den Kopf gebunden hatten. Sie hatten heißen Eintopf in Eimern aus der Küche getragen und waren damit in das große Gebäude gegangen, wo ihnen gleichgekleidete Wachen mit Schwerten und Bogen Einlaß gewährt hatten.

Calis untersuchte die Mauer von seinem Versteck aus. Das Gebäude hatte keine Fenster. Es sah eher aus wie ein großes Lagerhaus. Er sah sich um, ob jemand in der Nähe war, und rannte zur Wand. Mit einem einzigen Sprung landete er auf dem Ziegeldach.

Das Gebäude war ein leeres Viereck, in dem sich ein großer offener Hof befand. Das Dach war schmal, kaum fünf Meter breit, und die roten Ziegel überdachten eine Art Lagerbereich.

Calis duckte sich und spähte in die Dunkelheit. Obwohl er ein Elb war und seine Gefühle beherrschen konnte, war er trotzdem von dem Anblick, der sich ihm jetzt bot, erschüttert. Seine Hand packte den Bogen fester, bis die Knöchel weiß wurden.

Mehr als hundert Gefangene lagen auf Holzpritschen unter freiem Himmel. Obwohl es Frühling war, waren die Nächte noch sehr kalt. Die Menschen da unten litten offensichtlich darunter, sich immer im Freien aufhalten zu müssen. Sie waren hager und ausgemergelt, und viele schienen krank zu sein. Der Zahl der leeren Pritschen nach war die Hälfte der Verschleppten von der Fernen Küste gestorben.

Doch was Calis so entsetzt hatte, waren die Kreaturen, die um die Gefangenen herumschwärmten. Sie waren groteske Nachbildungen von Menschen. Sie machten Bewegungen und Gesten wie Menschen, bewegten die Lippen, als würden sie sprechen, doch die Stimmen paßten nicht, und meist brachten sie nur unsinnige Silben hervor. Die beiden Männer mit dem Eintopf betraten den Hof und verteilten an jeden Gefangenen eine volle Schüssel.

Calis bewegte sich langsam am Rand des Daches entlang. Er wollte sich soviel wie möglich einprägen, und vielleicht würde er sogar Margaret undAbigail entdecken. Es würde schwierig werden, die Leute zu retten. Es gab zwar nicht viele Wachen, doch das Gelände war riesig, und die meisten Gefangenen sahen aus, als könnten sie nicht selbst gehen, geschweige denn laufen.

Calis umrundete das Gebäude einmal und versuchte sich alles zu merken. Einen Augenblick lang betrachtete er zwei Kreaturen, die neben zwei Gefangenen hockten. Die eine Kreatur strich der anderen über die Haare, und diese versuchte, sich dem zu entziehen. Die Geste sah fast tröstend aus. Und dann wurde es Calis klar: die Kreatur ähnelte einem der Gefangenen! Wieder suchte er den Hof ab, und jetzt entdeckte er, daß es für jeden Gefangenen, der an eine Pritsche gekettet war, eine Kreatur gab, die dem Mann oder der Frau entfernt ähnelte! Calis setzte seinen Gang über das Dach des Gebäudes fort. Er vergewisserte sich noch einmal, daß er sich nicht getäuscht hatte. Als er die Stelle erreichte, an der er heraufgesprungen war, sprang er wieder nach unten, eilte zur der Hecke und duckte sich. Von den beiden Adelsfrauen aus Crydee hatte er kein Zeichen gesehen.

Calis wußte nicht recht, was er tun sollte. Sollte er zu Marcus zurückkehren und ihm alles berichten, oder sollte er seine Suche fortsetzen.

Vorsicht setzte sich gegenüber der Neugier durch; Calis war nicht ungeduldig. Er machte sich auf den Weg zur Außenmauer.

Nakor betrachtete die bewegungslose Gestalt auf dem Stuhl schon einen halben Tag lang fasziniert. Sie hatte sich kein einziges Mal bewegt.

Seit er den Palast betreten hatte, war Nakor ungehindert durch die Gänge und Galerien spaziert. Im Palast standen nirgends Wachen, außer in der Eingangshalle, und den wenigen Dienern, die er bemerkt hatte, war er mit Leichtigkeit ausgewichen. Die meisten Zimmer wurden nicht benutzt – und nicht geputzt, wie man aus der dicken Staubschicht schließen konnte. Es war leicht, in die Küche hineinzuschlüpfen und sich dort alles zu nehmen, was er brauchte. Und Äpfel hatte er ja sowieso immer dabei. Ein wenig fehlten ihm die Orangen. Er hatte sich doch sehr an sie gewöhnt.

Er hatte in weichen Betten geschlafen und sogar ein Bad genommen und eine neue Robe angezogen, die allerdings für einen weitaus größeren Mann gemacht worden war. Jetzt strahlte er in einer an Knien und Ellbogen abgeschnittenen, lavendelfarbenen Robe, die von einer purpurnen, goldgesäumten Schärpe zusammengehalten wurde. Er überlegte, ob er sich nicht in Zukunft Nakor der Purpurne Reiter nennen sollte, doch irgendwie fehlte dem Namen der Glanz. Wenn er wieder im Königreich wäre, würde er sich eine neue blaue Robe besorgen.

Am frühen Morgen hatte er die wunderschöne dunkle Lady Clovis vorbeieilen gesehen und war ihr gefolgt. Sie war in die tiefen Kammern des Palasts unter der Erde gegangen. Dort hatte sie sich mit dem Oberherrn getroffen, und die beiden hatten sich kurz unterhalten. Nakor war zu weit entfernt gewesen, er hatte weder etwas verstehen noch von den Lippen ablesen können – ein Trick, der oft sehr hilfreich war –, doch als der Oberherr gegangen war, hatte sich Nakor entschlossen, der Frau zu folgen. Irgend etwas an ihr war verwirrend vertraut.

Sie hatte einen langen unterirdischen Gang betreten, und er mußte weit zurückbleiben, um nicht gesehen zu werden. Fast eine halbe Stunde brauchte er, bis er das andere Ende des Ganges erreicht hatte, wo er vor einer verschlossenen Tür gestanden hatte. Es dauerte nicht lang, bis er das Schloß geöffnet hatte. Hinter der Tür hatte eine Treppe nach unten geführt. Ohne Zögern war er anfangs die Stufen hinunter geeilt, nachdem er die Tür hinter sich geschlossen und in völliger Dunkelheit gestanden hatte. Schließlich hatte er doch gezögert. Die Dunkelheit machte ihm keine angst, doch er war nicht mit besonderen Sehfähigkeiten begabt, und irgendwelche Lichttricks wollte er auch nicht anwenden, weil sie aus Versehen für Magie gehalten werden könnten, und dann würde ihn Dahakon aufessen – falls das wirklich stimmte. Nakor zweifelte inzwischen daran. Immerhin war es eine gute Geschichte, und Nakor stand mit beiden Beinen zu fest im Leben, um nicht zu ahnen, daß die Folgen einer Entdeckung von Magie nicht so angenehm sein würden wie das Anhören der Geschichte. Er griff in seinen Rucksack und fühlte nach dem zweiten Schlitz, den er hineingemacht hatte, einer, der nicht zu diesem Obsthändler in Ashunta führte. Er steckte seinen Arm bis zur Schulter in den Rücksack und tastete auf dem Tisch herum, den er noch vor zwei Jahren vorbereitet hatte, ehe er aufgebrochen war, um Ghuda zu suchen. Er hatte eine Menge nützlicher Gegenstände in einer Höhle in den Bergen bei Landreth, nicht weit von Stardock, gelagert und dann Felsen vor den Höhleneingang gerollt, damit sie niemand entdeckte. Danach hatte er mit aller Vorsicht einen Riß im Stoff – wie er es nannte – gemacht, und zwar so, daß er alles auf dem Tisch erreichen konnte, wenn er den Arm durch den Rucksack steckte.

Er fand, was er suchte, und zog die Lampe ungeschickt hervor. Er schloß den Schlitz im Stoff und wartete einen Augenblick lang. Er machte die Augen zu und richtete seine Sinne auf die Kraftlinien, die er über sich entdeckt hatte. Nichts in der Beschaffenheit des Stoffs ließ seine magischen Alarmglocken schrillen. Nakor zuckte mit den Schultern und grinste in die Dunkelheit. Offensichtlich bekam es der Zauberer doch nicht mit, wenn in der Stadt Magie benutzt wurde. Während seines Herumlaufens im Palast hatte er viele Lügen aufgedeckt, und sicherlich würden noch einige dazukommen, bis diese Reise vorbei war. Er griff in den Beutel an seinem Gürtel und holte ein Feuerzeug hervor, und mit Feuerstein und Stahl hatte er die Lampe bald entzündet.

Jetzt, wo er sehen konnte, untersuchte er erst einmal seine Umgebung. Der unterirdische Gang führte weiter nach unten und verschwand in der Dunkelheit. Nakor folgte ihm, bis er wieder ebenerdig verlief. Er betrachtete die Wände, an denen grüner Schimmel wuchs und von denen Wasser tropfte, das sich zu seinen Füßen in Pfützen sammelte. Er schloß die Augen und schätzte, wie weit er sich wohl schon vom Palast entfernt hatte. Anscheinend stand er unter dem Fluß. Er grinste. Nun war ihm klar, wohin der Gang führte. Das Ziel gefiel ihm, also eilte er weiter.

Nachdem er eine weitere halbe Stunde unterwegs war, kam er zu einer Leiter, die nach oben führte. Es waren Eisenringe, die in die Wände einen Brunnenschachts geschlagen worden waren. Nakor blies die Lampe aus und machte sich gemächlich an den Aufstieg. Als er oben ankam, stieß er mit dem Kopf gegen etwas Hartes. Er rieb sich den Schädel, fluchte leise und tastete in der Dunkelheit herum. Er entdeckte einen Riegel, zog ihn zurück und hörte ein Klicken. Er drückte sich gegen die Falltür, die sich knarrend bewegte. Nach der Dunkelheit blendete ihn das Licht. Vorsichtig spähte er nach oben. Er befand sich in einem gut abgedeckten Brunnen in der Nähe eines der abgebrannten Bauernhäuser. Von der Entdeckung entzückt, ließ er die Falltür wieder herunter, machte den Riegel jedoch nicht zu, falls er einmal schnell einen Fluchtweg brauchte.

Wieder im Gang, zündete er die Lampe an und ging weiter. Schließlich erreichte er abermals eine Treppe, die ihn zur nächsten verschlossenen Tür brachte. Er öffnete das Schloß vorsichtig und spähte durch die Tür. Da er keine Bewegung sah, eilte er hindurch und machte sie hinter sich zu. Da an den Wänden Fackeln brannten, blies er die Lampe aus und steckte sie zurück in den Rucksack. Dann spazierte er durch den Keller von – wie er annahm – Dahakons Anwesen. Nakor mochte Geheimgänge, und dieser Tag begann vielversprechend. Außerdem begeisterte ihn die schöne Frau, die nicht die war, die sie zu sein schien.

Den größten Teil des Morgens schlenderte er herum und suchte nach ihr, doch er sah nur einige schweigende Diener, die schwarze

Gewänder und rote Kopftücher trugen. Gegen Mittag roch er Essen, und er schlich sich zur Küche auf der Rückseite des Hauptgebäudes. Drei Männer traten gerade heraus, von den zwei einen Topf mit heißem Essen trugen. Er versteckte sich in der Küche und beobachtete zwei Köche, die hart arbeiteten. In der Nähe der Tür nahm er sich etwas heißes Brot und verdrückte sich wieder nach draußen. Als er um eine Ecke bog,wäre er fast mit zwei schwarzgekleidetn Männern zusammengestoßen, die ihm jedoch glücklicherweise den Rücken zuwandten. Er eilte in die andere Richtung und versteckte sich eine Weile hinter einer Hecke.

Dort aß er das Brot und entschied sich, zunächst das Hauptgebäude zu erkunden. Gerade als er sich erheben wollte, bemerkte er etwas Seltsames im Gras. Er bückte sich und entdeckte eine Fußspur. Sie war kaum noch zu erkennen, da sich das Gras bereits wieder aufgerichtet hatte. Er grinste, denn so vorsichtig konnte kein Mensch auftreten. Calis war letzte Nacht hiergewesen.

Das freute Nakor, denn nun war er nicht mehr so besorgt, weil er eigentlich zurückkehren und Nicholas Bericht erstatten müßte. Außerdem war er sich nicht ganz sicher darüber, was er eigentlich entdeckt hatte, und deshalb mußte er noch eine Weile weiter suchen.

Als er wieder im Haus war, kam er zu einer Reihe von Räumen in der Mitte des Gebäudes. In ihnen fanden sich Spuren jener Rituale, die man Dahakon nachsagte. An den Wänden hingen die Überreste einiger Unglücklicher. Ein sehr bedauernswerter Mann hing an einem Haken durch die Brust und hatte keinen Zoll Haut mehr auf dem Körper. Ein großer Tisch war mit braunen Flecken übersät. Das konnte nur Blut sein. Der Raum stank nach Weihrauch und Verwesung. Im nächsten begann Nakors Herz fast zu hüpfen. Es war eine Bibliothek. So viele Bücher, die er noch nicht gelesen hatte. Einige kannte er dem Namen nach, doch die meisten waren ihm fremd. Die meisten Sprachen konnte er lesen. Einige waren ihm jedoch unbekannt.

Er wollte gerade nach einem der Bücher greifen, als er innehielt. Er kniff die Augen zusammen, so daß er kaum noch etwas sehen konnte, und starrte die Bücher durch die flatternden Lider an. Er wußte nicht, wieso dieser Trick immer klappte, doch damit konnte er Zeichen anderer Tricks erkennen, solche, die die Leute unbedingt Magie nennen wollten.

Und sofort bemerkte er ein schwaches blaues Glühen. »Eine Falle«, flüsterte er. »Gar nicht nett.«

Er wandte sich von den Büchern ab und ging ins nächste Zimmer. Als er die Tür aufmachte, wollte sein Herz aussetzen, denn er starrte in die Augen eines Mannes, der auf einem Stuhl saß. Es war Dahakon!

Der Mann rührte sich nicht. Nakor schlüpfte durch die Tür hinein. Der Magier bewegte sich nicht, und seine Augen waren starr auf einen Punkt gerichtet. Nakor ging zu ihm hin und sah ihm geradewegs in die Augen. In ihnen bewegte sich etwas, doch zumindest beachtete der Magier Nakor nicht.

Dann entdeckte Nakor noch einen Dahakon, und er mußte grinsen. Er eilte zu der Gestalt hinüber, die bewegungslos an der Wand stand, und untersuchte sie. Das Ding roch nach Parfüm. Nakor berührte es und zog seine Hand sofort wieder zurück; das Ding war tot. Nakor sah in seine Augen und dachte darüber nah, was er in den beiden anderen Zimmern gesehen hatte. Jetzt wußte er, wo die Haut des einen Toten geblieben war.

Hinter dem richtigen Dahakon stand ein Studiertisch, auf dem Pergamentrollen und andere interessante Dinge herumlagen. Nakor begann, darin herumzuschnüffeln.

Die Stunden vergingen. Nakor untersuchte alles im Zimmer, was ihm wichtig erschien. Im Schreibtisch fand er eine Kristalllinse, und als er hindurchsah, konnte er die Energien von Tricks sehen. Der blaue Nimbus um die Bücher erschien wieder, obwohl er durch die offene Tür nur einige wenige sehen konnte. Und um Dahakon leuchtete ein rubinrotes Licht, das sich nach oben bis zur Decke erstreckte. »Pug?« flüsterte Nakor. Und plötzlich ergab alles einen Sinn. Jetzt wußte er, was Dahakons Aufmerksamkeit fesselte. Er schob die Linse in seinen Rucksack.

Er stand auf, eilte an dem bewegungslosen Magier vorbei und machte sich auf den Rückweg zur Stadt. Wenn er durch den Brunnen bei dem abgebrannten Haus ausstieg, brauchte er nicht noch einmal durch den Palast, obwohl er dann den Fluß durchschwimmen mußte. Es tat ihm nur um seine schöne neue Robe leid.

Margaret wollte rennen, doch ihre Füße bewegten sich nicht. Sie sah über die Schulter, doch sie konnte nicht erkennen, was sie verfolgte. Vor sich sah sie ihren Vater; sie wollte um Hilfe rufen, doch sie bekam keinen Laut heraus. Panik ergriff sie, und wieder wollte sie rufen. Das Ding hinter ihr hatte sie fast erreicht.

Sie erwachte mit einem Schrei. Die beiden Kreaturen erschraken und wichen zurück. Margaret war schweißgebadet. Das Nachthemd klebte ihr am Körper. Sie schlug die Bettdecke zurück und ging zu Abigails Bett. Sie war zwar unsicher auf den Beinen, doch zum ersten Mal seit Tagen war ihr Kopf klar.

Sie setzte sich auf die Kante von Abigails Bett und schüttelte ihre Freundin wach. »Abby!« zischte sie leise.

Abigail bewegte sich, wachte jedoch nicht auf. »Abby!« wiederholte Margaret und schüttelte sie erneut.

Dann legte sich eine Hand auf Margarets Schulter, und ihr blieb fast das Herz stehen. Sie drehte sich um, um die Kreatur zu verscheuchen, doch statt der stand Abby hinter ihr. Margaret erhob sich und drückte sich rückwärts an die Wand. Sie hatte die Augen vor Schreck weit aufgerissen. Die zweite Abby war nackt und in jeder Einzelheit vollkommen. Margaret hatte oft genug mit ihrer Freundin gebadet, sie kannte das kleine Muttermal über dem Nabel und die Narbe am Knie, die von einem Sturz herrührte, als Abbys Bruder sie als Kind einmal geschubst hatte.

Die zweite Abby war einfach vollkommen, nur die Augen nicht.

Sie waren tot. »Geh zurück ins Bett«, sagte die zweite Abby. Es klang, als würde das Flüstern aus weiter Ferne kommen.

Margaret sah sich um, als sie zu ihrem Bett zurückging, und entdeckte die zweite Gestalt. Margaret riß abermals die Augen auf, als sie sich selbst sah, ebenfalls nackt. Einsam gellte ihr Schrei durch die Nacht.

Pläne

Nicholas sah auf.

Nakor betrat die Herberge. Er war tropfnaß, weil er gerade durch den Fluß geschwommen war. Der kleine Mann setzte sich an den Tisch, an dem bereits Nicholas, Amos, Harry und Anthony saßen. Praji, Vaja, Ghuda und Brisa saßen am Tisch daneben. Grinsend fragte Nakor: »Gibt es hier irgend etwas Heißes zu essen?«

Nicholas nickte und sagte: »Harry, würdest du Nakor bitte etwas zu essen holen?«

Harry stand auf, und Nicholas fragte: »Wo habt Ihr gesteckt?«

»Hier und da. Hab eine ganze Menge gesehen. Interessante Dinge. Doch die sollten wir nicht hier besprechen. Aber erst will ich etwas essen.«

Nicholas nickte. Harry kam mit einem Teller und einem Becher Bier zurück, und die ganze Gesellschaft saß schweigend da und sah dem kleinen Mann beim Essen zu. Als er fertig war, stand er auf und sagte: »Nicholas, wir haben etwas zu besprechen.«

Nicholas erhob sich und sagte: »Amos?«

Amos nickte und kam mit. Sie betraten Nicholas' Zimmer, und Nakor sagte: »Ich glaube, ich weiß, wo die Gefangenen sind.«

»Calis hat sie schon gefunden«, sagte Nicholas. Er berichtete, was Calis ihm erzählt hatte.

»Nur Margaret und Abigail hat er nicht entdeckt«, sagte Amos.

Nakor nickte heftig und grinste breit. »Ich weiß, daß Calis dort war. Hab seine Fußspur gesehen. Er ist sehr gut. Selbst ein guter Fährtensucher hätte die Spur übersehen, aber ich mußte mich verstecken und bin mit der Nase draufgestoßen.« Er kicherte.

»Wie seid Ihr in dieses Anwesen gekommen?« fragte Nicholas.

»Ich habe einen unterirdischen Gang vom Palast aus entdeckt, der unter dem Fluß durchführt.«

Amos und Nicholas sahen sich mit offenem Mund an. Amos fragte: »Und wie seid Ihr in den Palast gekommen?«

Nakor erzählte ihnen, wie er ihn betreten hatte und was er dort gesehen hatte. »Dieser Oberherr ist ein seltsamer Mann. Er beschäftigt sich mit dummen Sachen: Zeremonien und hübschen Mädchen.«

Amos grinste. »Nun, da habt Ihr zur Hälfte recht. Zeremonien sind dumm.«

Nakor sagte: »Ich glaube, er ist nur ein Werkzeug. Ich glaube, dieser Dahakon und seine Dame stecken hinter der Sache. Dieser Oberherr benimmt sich wie jemand, dessen Verstand von außen beeinflußt wird. Er hat eine Rolle zu spielen. Die Frau bei Dahakon, die ist sehr interessant.«

Nicholas sagte: »Das ist mir egal. Was ist mit Margaret und Abigail?«

Nakor zuckte mit den Schultern. »Sie müssen irgendwo in dem großen Haus sein. Ich habe nicht nach ihnen gesucht. Ich kann aber noch einmal hingehen.«

Nicholas schüttelte den Kopf. »Wartet, bis Calis wieder da ist. Sonst stolpert Ihr doch noch übereinander.«

Nakor grinste. »Würden wir bestimmt nicht. Calis hat ganz besondere Fähigkeiten, und ich kann mich sehr gut verstecken.«

Nicholas sagte: »Nichtsdestotrotz, wartet bis morgen. Wenn er sie gefunden hat, braucht Ihr nicht noch einmal hinzugehen.«

Nakors Gesichtsausdruck wurde ernst. »Nein. Ich werde noch einmal zurückgehen.«

»Wieso?« fragte Amos.

»Weil ich der einzige bin, der Dahakons Freundin gegenübertreten kann und es überlebt.«

»Ist sie eine Hexe?« fragte Nicholas.

»Nein«, antwortete Nakor. »Wie kommen wir wieder nach Hause?«

Amos rieb sich das Kinn. »Im Hafen liegen zwei Schiffe, die beide dafür geeignet wären – es sind Nachbauten von Schiffen aus dem Königreich.«

Nakor sagte: »Das ist alles sehr seltsam. Dahakon macht auch Menschen nach.«

»Er macht Menschen nach?« fragte Nicholas.

»Ja. Er hat zum Beispiel sich selbst noch einmal gemacht. Das habe ich schon bemerkt, als der Oberherr seine Hochzeit mit der Randschana verkündete. Der Doppelgänger war sehr gut, wenn man ihn nicht aus der Nähe betrachtete, doch er war dumm. Es konnte nicht sprechen, deshalb sprach seine Freundin für ihn. Und er riecht sehr schlecht. Ich schätze, er muß bald einen neuen machen.«

»Wie macht er diese Doppelgänger?« fragte Amos.

Nakor erinnerte sich an das Zimmer mit den Leichen und sagte: »Aus toten Menschen. Ich erspare euch die Einzelheiten lieber.«

Nicholas fragte: »Aber die Gefangenen sind noch nicht tot?«

Nakor nickte. »Das ist seltsam. Verschiedene Tricks. Dahakon ist ein Totenbeschwörer. Die Tricks, die Calis gesehen hat, waren keine Tricks mit Toten, doch« – er zuckte mit den Schultern – »irgend etwas anderes. Es sind Tricks, mit denen man lebende Kreaturen beeinflussen kann. Diese Doppelgänger werden nicht dumm sein, und sie werden auch nicht schlecht riechen. Das ist kein Trick von Dahakon.«

Amos sagte: »Nun, eine Sache ist doch auffällig.«

Nicholas sagte: »Mir fällt nichts auf. Was meinst du?«

»Sie wollen sie wieder nach Hause bringen.«

»Die Gefangenen?« fragte Nicholas.

»Nein«, sagte Nakor, »die Doppelgänger.«

Amos strich sich durch den Bart. »Aber wir wissen nicht, warum.«

»Als Spione?« fragte Nicholas.

Amos sagte: »Das wäre sehr viel Aufwand für wenig Gewinn. Wenn die *Königliche Möwe* in einen Hafen des Königreichs einläuft, werden sehr viele Fragen gestellt werden, und diese Doppelgänger würden einer tiefgehenderen Überprüfung nicht standhalten. Viel einfacher wäre es doch, einige Leute nach Krondor, Crydee oder sonstwo einzuschmuggeln, so wie meinetwegen den queganischen Händler, der kurz vor dem Überfall nach Crydee kam. Nein, da muß etwas anderes dahinterstecken.«

Nakor sagte: »Wir werden es herausfinden. Wir brauchen nur ein bißchen Zeit.«

Nicholas meinte: »Ich glaube, wir haben nicht mehr viel Zeit.«

Amos fragte: »Wieso?«

»Das sagt mir mein Gefühl. Calis meinte, viele der Gefangenen wären bereits gestorben. Wir wissen nicht, ob das wegen der Doppelgänger geschehen ist, doch wenn wir noch jemanden retten wollen, müssen wir es bald tun«.

Amos zuckte mit den Schultern. »Nach dem, was Calis gesagt hat, werden sie kaum fliehen können.«

»Nakor, wie weit ist das Gebäude mit den Gefangenen von dem unterirdischen Gang entfernt?« fragte Nicholas.

»Nicht weit», antwortete der kleine Mann. »Doch es wäre schwierig, sie dorthin zu bringen. Die Gefangenen müßten durch das große Haus, durch die Küche und nahe an Dahakons Zimmern vorbei.«

»Wie viele Diener und Wachen habt Ihr gezählt?« fragte der Prinz.

»Nicht viele, aber es könnten noch mehr in der Gegend sein.«

»Calis meinte nein«, sagte Nicholas. »Der Oberherr und sein Berater scheinen ihre Macht mehr auf ihrem Ruf als auf Hunderten von Soldaten zu begründen.«

»Vielleicht wollen sie keine Zeugen, oder sie haben nur so wenig Männer, denen sie vertrauen können«, vermutete Amos.

Nicholas sagte: »Sobald Calis die Mädchen ausfindig gemacht hat, sollten wir aus der Stadt verschwinden. Wenn wir die Gefangenen bis zu dem ausgebrannten Haus schaffen und sie von dort aus auf Flußschiffe bringen, können wir damit bis zum Meer runterfahren und an Bord gehen.«

»Dann müßten wir das Schiff also schon gekapert haben«, meinte Amos.

»Kannst du das erledigen?«

Amos wirkte grimmig. »Wir haben nicht genug Männer. Mit fünfunddreißig Leuten ... Ich brauche mindestens zwei Dutzend, um das Schiff aus dem Hafen zu bringen, und damit komme ich auch nur aus, wenn an Bord nur einige Wachen sind und der Rest der Mannschaft auf Landgang ist. Sollte auch nur ein Dutzend Männer auf dem Schiff sein, habe ich nicht genug Leute, um loszusegeln, ehe andere an Bord kommen.«

»Dann hätte ich noch elf, um die Gefangenen zu befreien«, meinte Nicholas.

»Du könntest noch Hilfe bekommen«, sagte Nakor.

»Vielleicht würde uns Vaslaw helfen«, sagte Nicholas.

Amos meinte: »Diese Männer sind womöglich gute Kämpfer, wenn sie offen vom Pferd aus angreifen, doch wir brauchen ein paar erfahrene Schleicher, die unbemerkt rein und wieder raus kommen.«

»Vielleicht könnte Brisa mit den Dieben reden?« schlug Nicholas vor.

Amos rieb sich niedergeschlagen das Gesicht.

»Vielleicht, aber nach dem, was sie gesagt hat, sind sie eher ein armseliger Haufen und nicht so wie unsere Spötter. Könnte sein, das Praji und Vaja noch ein halbes Dutzend verläßlicher Kerle auftreiben, die für ein hübsches Sümmchen Gold entsprechenden Mut zeigen.«

Nakor sagte: »Da wird sich schon jemand finden. Das wird schon gut werden.« Er wandte sich zur Tür.

»Wohin geht Ihr?« fragte Nicholas.

»Ich gehe schlafen«, antwortete Nakor grinsend. »Bald wird es hier sehr laut und geschäftig werden.«

Er verließ sie, und Amos schüttelte den Kopf. »Er ist der seltsamste Vogel, dem ich je begegnet bin, und ich habe schon einige kennengelernt.«

Nicholas mußte lachen. »Aber er ist uns eine große Hilfe.«

Amos erinnerte sich an Aruthas Zurückhaltung, als es darum ging, auf Nakor zu hören, und sein Lächeln verblaßte. Da kam etwas Dunkles auf sie zu, und noch dazu rasch, und Amos wußte, wenn er dieses Gefühl hatte, dann würden gute Männer sterben. Er sagte nichts weiter, und sie gingen wieder in den Gemeinschaftsraum.

Anthony fragte: »Nicholas, kann ich mit Euch sprechen?«

Nicholas, der gerade auf sein Zimmer gehen wollte, nickte und bedeutete dem jungen Magier, er solle ihm folgen. Anthony schloß die Tür zu seinem Zimmer, kam über den Flur und trat hinter Nicholas ein.

»Was gibt's?« fragte Nicholas und unterdrückte ein Gähnen. Das Warten auf Calis war ermüdend. Er setzte sich auf das Bett und deutete auf einen Stuhl neben einem kleinen Tisch, auf den Anthony sich setzen sollte.

Anthony schien der Anfang nicht leichtzufallen, und Nicholas gab sich geduldig. Er zog sich die Stiefel aus und rieb sich das linke Bein.

»Tut es noch weh?« fragte Anthony.

Nicholas zog die Zehen seines linken Fußes an. »Nein. Ja. Ich meine, nicht sehr. Er ist ... ein bißchen steif, das ist alles. Es ist kein richtiger Schmerz ... Es ist, als würde der Fuß den Schmerz erwarten, falls das einen Sinn ergibt.«

Anthony nickte. »Das ergibt Sinn. Alte Gewohnheiten vergißt man nicht leicht, und alte Ängste sind Gewohnheiten.«

Nicholas war nicht in der Stimmung, über seine eigenen Sorgen zu sprechen. »Worüber wolltet Ihr mit mir sprechen?«

»Ich komme mir nutzlos vor.«

»Wir fühlen uns alle beim Warten manchmal so –«

»Nein, ich meine, selbst wenn es losgehen wird, werde ich keine große Hilfe sein.«

»Dürfte ich Euch daran erinnern, daß wir ohne Euch noch immer draußen auf dem Meer herumirren würden und vermutlich verhungert und verdurstet wären?«

Anthony seufzte. »Und seitdem?«

»Ihr habt mindestens drei Männern das Leben gerettet. Reicht das nicht?«

Anthony seufzte abermals. »Vielleicht habt Ihr recht.« Er griff in sein Gewand und zog den Talisman hervor, den Pug ursprünglich Nicholas gegeben hatte. »Ich frage mich manchmal, ob es an der Zeit ist, ihn zu benutzen. Pug sagte, ich wüßte, wann.«

»Wenn Ihr Euch nicht sicher seid, benutzt ihn nicht«, erwiderte Nicholas. »Er sagte, er solle nur benutzt werden, wenn es nicht anders geht.«

Anthony nickte. »Das hat er gesagt. Aber wir haben Margaret und Abigail immer noch nicht gefunden.«

Nicholas beugte sich vor und legte Anthony die Hand auf die Schulter. »Wir haben schon so vieles durchgemacht, um die Gefangenen zu finden, Anthony. Ich weiß, wie Ihr für meine Cousine fühlt ...«

Anthony senkte den Blick und schien sehr verlegen zu sein. »Ich wollte es nicht zeigen.«

»Ist Euch auch meistens gelungen.« Nicholas lehnte sich zurück. »Ich fühle auch etwas für Abigail, obwohl es mir in der letzten Zeit mehr wie eine kindische Zuneigung vorkam.« Er blickte Anthony an und fügte hinzu: »Doch Eure Gefühle gehen tiefer. Habt Ihr sie ihr offenbart?«

»Ich habe es nicht gewagt«, sagte Anthony fast flüsternd. »Sie ist die Tochter des Herzogs.«

Nicholas lächelte. »So? Wir haben schon früher Magier in der Familie gehabt, und Margaret ist nun auch nicht die beispielhafte Hofdame.«

»Ich fühle mich schrecklich, wenn ich daran denke, daß ich es ihr vielleicht niemals sagen kann.«

Nicholas nickte. »Ich kann Euch verstehen. Trotzdem, wenn wir auch nur einen der armen Kerle wieder nach Hause zur Fernen Küste bringen können, dann haben wir unsere Pflicht denen gegenüber, die bei der Krone Schutz suchen, erfüllt.« Verbittert fügte er hinzu: »Auch wenn wir Margaret und Abigail nicht retten konnten.«

»Habt Ihr einen Plan?«

Nicholas seufzte. »Ich hatte die ganze Zeit nichts anderes zu tun, als herumzusitzen und zu planen. Ich glaube, die Zeit läuft uns davon. Ich kann Euch nicht sagen wieso, doch ich habe so ein … Gefühl.«

»Eine Eingebung?«

»Mag sein. Ich habe keine magischen Fähigkeiten. Ich weiß nur, daß wir bald handeln müssen, sonst wird es zu spät sein.«

»Wann soll es losgehen?«

Nicholas erwiderte: »Ich muß morgen früh noch mit Praji und Vaja reden. Wenn wir zwanzig verläßliche Männer gefunden haben, werden wir morgen nach Einbruch der Dunkelheit das Schiff kapern und vor der Morgendämmerung die Gefangenen befreien. Wenn wir die zwanzig Männer nicht haben, müssen wir es in der Nacht danach machen.«

Anthony sagte: »Es wird gut sein, wenn wir endlich handeln können.«

Nicholas nickte. Anthony erhob sich und verließ das Zimmer.

Nicholas legte sich hin, starrte auf die Holzdecke und grübelte. Würde seine Ungeduld sie alle ins nächste Unglück stürzen? Wenn er mit Amos und Ghuda und mit den anderen redete, war er sich seiner Entscheidungen sicher. Nur wenn er allein war, tauchten plötzlich Zweifel auf und mit ihnen die Angst. Ehe er einschlief, spürte er immer ein Ziehen im Fuß, und er wußte, es sich einfach fortzuwünschen, würde nicht helfen. Er mußte recht behalten. Davon hingen die Leben vieler ab. Am liebsten hätte er geweint, doch selbst dazu war er zu müde.

Calis lauschte und wartete. Zwei Männer gingen unter ihm vorbei, unterhielten sich leise und ahnten nichts von ihm. Er hielt sich auf einem Baum versteckt. Das dichte Laub und die Dunkelheit verbargen ihn. Er wartete, bis die Männer hinter einer Ecke verschwunden waren, dann ließ er sich ins Innere des Hofes hinunter. Er wartete und lauschte. Auch wenn er auf der anderen Seite der Mauer war, konnten ihn die beiden Männer gehört haben.

Seine Vorsicht war übertrieben; kein Mensch konnte die leisen Geräusche hören, die er verursachte, wenn er sich bewegte. Er sah sich im Garten um. Er war klein, hatte nur ein einziges Becken zum Baden in der Mitte. Darüber hatte man ein halbdurchsichtiges Tuch gespannt, welches tagsüber die Strahlen der heißen Sonne milderte. Große Türen und Fenster gingen auf den kleinen Zufluchtsort hinaus. Calis hatte bereits zwei ähnliche Gärten durchforscht, die beide verlassen waren. In beiden hatte Unkraut gewuchert, und die Becken waren mit abgestandenem Regenwasser vollgelaufen gewesen. Dieser Garten war sauber und gepflegt.

Calis hastete über das offene Gelände und spähte in eines der Fenster. Davor war ein Fensterladen, doch durch die Zwischenräume sah er eine Gestalt auf einem Bett. Ihr Haar war im Lampenlicht gelblich, doch Calis konnte ihre Gesichtszüge nicht erkennen. Es konnte Abigail sein. Er kannte sie nur der Beschreibung nach, begegnet war er ihr nie. Ein weniger umsichtiges Wesen wäre einfach davon ausgegangen, daß sie es sei, aber Calis war mit der Geduld einer Art ausgestattet, deren Leben in Jahrhunderten gezählt wurde.

Er verließ das Fenster und untersuchte die Tür. Sie war aus Holz, hatte eine Klinke und offensichtlich kein Schloß. Er lauschte einige Minuten lang, hörte jedoch kein Geräusch.

Er griff nach der Klinke, doch irgend etwas ließ ihn innehalten. Er ging wieder zum Fenster und spähte noch einmal hinein. Er hatte ein Geräusch gehört, mehr unterbewußt als bewußt. Jetzt sah er dessen Quelle. Auf dem Bett neben dem ersten saß noch ein Mädchen, und Calis riß die Augen auf. Es war eine Doppelgängerin des ersten.

Calis trat einen Schritt zurück. Er erinnerte sich an den entsetzlichen Anblick in dem großen ummauerten Hof, wo sich fremdartige Kreaturen mit dunklen Kräften in Doppelgänger der Gefangenen verwandelten. Und offensichtlich geschah das auch mit Abigail.

Dann konnte er auch Margaret sehen. Doch augenblicklich erkannte er mit seinen scharfen Sinnen, daß dies nicht die Tochter von Herzog Martin war. Sie bewegte sich anders, sie hielt sich anders, und ihr Gesichtsausdruck war nicht der eines Menschen.

Calis wußte nicht, was er tun sollte, also wartete er erst einmal.

Nicholas stand auf. Es war eine Stunde vor Sonnenaufgang, doch er konnte nicht schlafen. Er ging in eins der großen Zimmer, wo sich ein Dutzend Männer auf den zwölf Pritschen ausgestreckt hatte, von denen jeweils sechs an einer Wand standen, und suchte sich durch sie hindurch den Weg zu Praji. Vaja lag auf der anderen Seite des Gangs. Nicholas schüttelte Praji leicht, und der Söldner wurde augenblicklich wach.

Nicholas machte ihm ein Zeichen, er solle mitkommen, und Praji folgte ihm. Da Nicholas barfuß war und kein Obergewand trug, verzichtete Praji ebenfalls darauf, sich anzuziehen. Im verlassenen Gemeinschaftsraum sagte Nicholas: »Wir beide müssen ein paar Entscheidungen treffen.«

Praji sagte: »Also werdet Ihr mir jetzt die Wahrheit sagen?«

Nicholas erwiderte: »Das ist eine lange Geschichte. Setzt Euch.«

Praji zog sich einen Stuhl heran, räkelte sich und gähnte. Nachdem er sich gesetzt hatte, sagte er: »Hoffentlich ist die Geschichte spannend, Hauptmann. Ich werde nicht gern so früh geweckt. Meistens ist damit Töten verbunden.« Sein Grinsen war im Dämmerlicht kaum zu erkennen.

Nicholas erzählte ihm alles, ließ nur den Stein des Lebens und das Orakel von Aal aus. Doch er erzählte ihm von seinem Vater, vom Königreich und von dem Überfall auf Crydee. Als er seinen Bericht beendet hatte, war der Morgen angebrochen, und Keeler tauchte im Gemeinschaftsraum auf und begann mit der Arbeit. Von einer Bäckerei zwei Häuser weiter wurde heißes Brot gebracht, und einige Zeit danach lieferte ein anderer Mann Obst und Käse. Nicholas und Praji bekamen Frühstück, wonach Keeler rasch wieder verschwand. Wenn man es mit Söldnertruppen zu tun hatte, war es bessers fürs Geschäft, nichts zu hören; manchmal rettete es auch das Leben.

Nicholas sagte: »Ich brauche ein Dutzend Männer – zwanzig wären besser; sie müssen vertrauenswürdig sein, und ich werde sie gut bezahlen. Allerdings müssen sie mit uns hinaussegeln, und wir setzen sie dann draußen irgendwo an der Küste ab. Könnt Ihr mir solche Männer besorgen?«

»Es ist nicht die Frage, ob ich das kann, die Frage ist, ob ich will. Wieviel wäre Euch das wert?«

»Wieviel wäre es Euch wert, dem Oberherrn und seinem Zauberer etwas zu stehlen, was ihnen eine Menge bedeutet?«

Praji grinste. »Das wäre mir ein Vergnügen. Dieser Schweinehund steht immer noch auf meiner Liste. Wenn ich ihn schon nicht töten kann, möchte ich ihm wenigstens schaden. Doch wenn man Kerle sucht, die gegen seine Soldaten und vor allem gegen seine Roten Kämpfer antreten, dann muß man schon etwas auf den Tisch legen.«

»Wieviel?«

»Den Jahreslohn eines Karawanenwächters, würde ich sagen. Hundert Golddraks – mehr wäre besser.«

Nicholas dachte nach, wieviel Gold sie bei Shingazi gefunden hatten. Er sagte: »Wenn Ihr für sie die Hand ins Feuer legt, sollen sie jeder zweihundert bekommen, und hundert dazu für Euch und Vaja. Aber sie müssen vertrauenswürdig sein und alle Befehle ausführen. Ich möchte keine Leute der Schwarzen Rose dazwischen haben.«

Praji nickte. »Ich habe viele Jahre auf der Straße verbracht, und ich kenne doppelt so viele Männer, wie Ihr braucht. Von denen ist mit Sicherheit keiner ein Spion. Vielleicht brauche ich den ganzen Tag, um sie zusammenzubekommen, und denen, die ich nicht dabei haben will, muß ich eine gute Lüge auftischen.«

Nicholas nickte. »Sagt ihnen, wir würden einen reichen Händler und seine Familie flußaufwärts bringen. Zehn Boote mit Haushalt und Dienern.« Dann fragte Nicholas: »Wie würdet Ihr Euch als Hauptmann fühlen?«

»Hauptmann von meiner eigenen Truppe?« Praji kratzte sich am Kinn. »Würde meinem Ruf nicht gerade schaden.«

»Gut, erzählt also jedem, der Händler würde Euch genug bezahlen, damit Ihr eine eigene Truppe bilden könnt, und Ihr würdet nur Männer nehmen, die Ihr gut kennt.«

Praji lächelte und nickte. »Ihr seid ein gerissener Hund, Hauptmann. Wenn man eine neue Truppe sammelt, will kaum jemand dabei mitmachen, außer alten Freunden. Nun, wo soll ich die Jungs hinbringen?«

»Sagt Ihnen, sie sollen in der Nähe bleiben. Bringt sie in Herbergen unter, die nicht weit von hier entfernt sind, immer zu zweit oder zu dritt zusammen, damit sie sich sammeln können, sobald ich den Befehl gebe.«

»Nun, ich sollte jetzt besser Vaja wecken und ihm etwas zum Frühstück gönnen – ohne Frühstück ist er den ganzen Tag so lahm wie eine alte Frau, weshalb er auch für Belagerungen nicht besonders geeignet ist.«

»Schickt Tuka zu mir herunter«, meinte Nicholas.

Praji nickte und ging davon. Der Gemeinschaftsraum füllte sich langsam mit Männern, und als Tuka erschien und sich verschlafen am Kopf kratzte, saßen Harry und Amos bereits an Nicholas' Tisch beim Frühstück.

Nicholas sagte: »Ich werde dich heute brauchen.«

Tuka fragte: »Was kann ich für Euch tun, Encosi?«

»Wie schwierig ist es, zehn Flußschiffe für eine Reise nach Norden zusammenzubringen?«

»Nicht besonders schwierig, Encosi.«

»Wie lange dauert es?«

»Ich kann Euch die Schiffe bis Mittag besorgt haben. Und bis abends habe ich überprüft, ob sie auch für die Reise taugen.«

»Du machst das in der halben Zeit. Bei Sonnenuntergang möchte ich die Schiffe mit Proviant beladen im Hafen liegen haben.«

Amos stützte das Kinn in die Hand. »Brechen wir auf?«

»Bald«, sagte Nicholas. »Würdest du für Harry und Brisa eine Liste von Dingen machen, die wir brauchen?« An Harry gewandt sagte er: »Geh und weck Brisa. Ihr beide geht mit Tuka los. Prüft die Boote mit ihm; danach geht ihr einkaufen. Alles soll bis zum Nachmittag in den Hafen geliefert und bis zum Abend an Bord verladen sein. Ich werde einige Soldaten Wache schieben lassen. Ansonsten möchte ich, daß wir von heute abend an jederzeit innerhalb einer Stunde aufbrechen können.«

Harry nickte. Er hatte die Gabe, alles, was er suchte, aufstöbern zu können, und mit seiner Feilscherei brachte er fast jeden Händler zum Wahnsinn.

Nicholas wandte sich an Amos. »Du gehst mit Marcus fischen, sobald er und Calis zurückgekehrt sind.«

Amos nickte und stemmte sich am Tisch hoch. »Ich denke, wir sollen diese beiden Kriegsschiffe im Auge behalten?«

»Genau. Wenn wir sie nicht bekommen, brauchen wir gar nicht mit der Befreiung der Gefangenen anzufangen.«

»Hast du die Männer?«

»Praji wird uns bei Sonnenuntergang noch zwanzig bringen.«

»Das ist immer noch nicht viel. Ich werde die meisten Männer aus Crydee brauchen, um das Schiff zu entern. Auf Söldner kann man sich nicht verlassen, und die haben vielleicht noch nie ein Schiff geentert.«

Nicholas nickte. »Ich behalte Ghuda, Marcus und Calis, und du nimmst dir so viele der anderen, wie du brauchst. Ich werde Harry auf den Flußschiffen Wache schieben lassen.«

Amos sah sich um. »Nun, die meisten dieser Kerle werden froh sein, etwas zu tun zu bekommen. Das Warten geht einem am meisten auf die Nerven.«

Calis und Marcus betraten die Herberge eine Stunde später, und Calis sagte: »Wir haben sie gefunden.«

Nicholas machte Amos, Ghuda und den anderen beiden ein Zeichen, sie sollten mit in sein Zimmer kommen. »Wo sind sie?«

In diesem Moment ging die Tür auf, und Nakor trat verschlafen ein. »Ich habe euch aus dem Nebenzimmer gehört.«

Calis sagte: »In der südöstlichen Ecke des Anwesens gibt es eine kleine Wohnung, zwei Zimmer und ein kleiner Garten. Eins der Zimmer ist leer. Margaret und Abigail sind in dem anderen.«

Nicholas fragte: »Geht es ihnen gut?«

»Schwer zu sagen. Ich habe zwei Abigails gesehen.«

»Sie machen Doppelgänger«, sagte Nicholas. »Aber warum sind sie nicht bei den anderen.«

Calis zuckte mit den Schultern. Nakor meinte: »Vielleicht brauchen sie die beiden für einen besonderen Zweck.«

»Die beiden Mädchen oder die beiden Doppelgänger?« fragte Marcus.

»Sowohl als auch.« Nakor zuckte mit den Schultern. »Nehme ich an. Sie sind doch die beiden einzigen Adligen unter den Gefangenen, richtig?« Die anderen stimmten zu. »Dann sollen ihre Doppelgänger sicherlich auch näherer Untersuchung standhalten.«

Nicholas sagte: »Ihr habt recht. Aber wie wollen sie die ganzen Doppelgänger hinüberbringen?«

Amos sagte: »Sie haben zwei Nachbauten von Schiffen des Königreichs.« Er schüttelte den Kopf. »Das hier ist alles von langer Hand geplant worden. Nicholas, wenn entweder die *Möwe* oder die *Adler* plötzlich in Krondor ankäme, und die Leute an Bord würden erzählen, die Offiziere wären tot, dann könnten sie deinen Vater überzeugen, sie wären nach Kesh verschleppt worden, wo ihnen schließlich die Flucht gelungen sei. Arutha hätte keinen Grund, ihnen nicht zu glauben, und da die meisten Rückkehrer von der Fernen Küste stammten, wer würde ihr Verhalten schon komisch finden?«

Nicholas meinte: »Aber früher oder später würde jemand aus Carse oder Crydee kommen und Abigail oder Margaret sehen wollen.« Er erwähnte Martin nicht mit Namen, denn, wie er und Marcus beide wußten, konnte er längst tot sein.

Ghuda sagte: »Wenn man von Sklavenhändlern verschleppt wird, verändert man sich, deshalb würde ein wenig seltsames Verhalten zunächst nicht auffallen. Ich habe Leute gesehen, die sich nicht mehr an ihre Familien erinnern konnten, nachdem sie einen Überfall überlebt hatten.«

»Aber nur eine Weile«, wandte Marcus ein. Nachdenklich

fügte er hinzu: »Früher oder später würde einer der Doppelgänger einen Fehler machen. Also sollen sie ihre Aufgabe vermutlich innerhalb einiger Wochen, höchstens Monate erledigen.«

»Aber was haben sie vor?« fragte Nicholas. »Wozu diese Doppelgänger von unseren Leuten?«

»Darüber können wir uns später Gedanken machen«, sagte Amos. »Jetzt müssen wir erstmal sehen, daß wir eins dieser Schiffe in unsere Hand bekommen.«

Nicholas nickte. »Marcus, ich weiß, du bist müde, doch geh mit Amos. Und nehmt Ghuda mit.«

Sie brachen auf. Nicholas sagte: »Calis, ruht Euch eine Weile aus. Und dann werden Ihr, Nakor und ich einen Plan machen, wie wir die Gefangenen befreien können.«

Calis meinte: »Sehr gut.« Er ging ebenfalls.

Nakor sagte: »Ich habe mich schon ausgeruht. Ich werde ein wenig einkaufen gehen.«

»Was denn?«

»Einige Dinge, die ich brauche. Dahakon wird von Pug beschäftigt. Doch diese Lady Clovis wird uns Schwierigkeiten machen.«

»Wieso?« fragte Nicholas.

»Praji hat doch erzählt, sie sei eine Seelenfängerin.«

Nicholas nickte, und auf seinem Gesicht machte sich Sorge breit. »Und? Ist sie das wirklich?«

Nakor schüttelte heftig den Kopf. »Nein, nein. Damit sollen nur die Leute in Angst und Schrecken versetzt werden.«

Nicholas sagte: »Welche Erleichterung.«

»Sie ist aber etwas anderes.«

»Was?«

»Ich weiß es nicht. Aber ich habe eine Idee. Doch ich werde es nicht genau wissen, bis ich nicht mit ihr gesprochen habe.«

»Ihr wollt mit ihr sprechen?« fragte Nicholas verblüfft.

Nakor grinste. »Vielleicht. Ich würde es lieber vermeiden, doch man kann nie wissen. Könnte sein, ich habe keine andere Wahl. Aber sie ist gefährlich.«

»Wieso?«

»Weil sie die Sache vorantreibt.«

»Diesen Überfall?«

Nakor schüttelte den Kopf. »Nein, alles. Sie beherrscht Dahakon und den Oberherrn. Sie ist die wahre Macht hinter all den seltsamen Vorgängen in der Stadt. Sie ist die wahre Gefahr. Wahrscheinlich steht sie auch mit den Pantathianern in Verbindung.«

Nicholas fragte: »Könnt Ihr ihr gegenübertreten?«

Nakor lachte. »Das ist nicht schwer. Überleben ist schwer.«

Nicholas mußte ebenfalls lachen. »Was braucht Ihr?«

»Ach, einige Sachen. Und ich brauche Anthony.«

»Fragt ihn nur. Er wird sicherlich mitkommen.«

»Wahrscheinlich«, sagte Nakor. »Ich werde vor Einbruch der Dunkelheit zurück sein.«

Er verließ den Raum, und Nicholas setzte sich und dachte nach. Er ließ sich noch einmal alle Teile seines Plans durch den Kopf gehen. Das Schiff mußte gekapert und durch den äußeren Hafen bis zur Mündung des Flusses gebracht werden, wo es auf die Flußschiffe mit den Vorräten und Passagieren warten sollte. Die Flußschiffe mußten vom Hafen zum Strand in der Nähe des abgebrannten Bauernhauses gebracht werden, wo die Gefangenen sie besteigen konnten, und dann den Fluß hinunter zum Schiff gebracht werden. Die Gefangenen mußten befreit und verteidigt werden, bis die Flußschiffe ankamen.

Er ließ sich aufs Bett fallen. In seinem linken Fuß begann das Ziehen wieder. »Das wird niemals gutgehen«, stöhnte er.

Ghuda stand auf dem Dach der Herberge, auf einer Aussichtsplattform, die als Wachtturm für den kleinen Gebäudekomplex gedacht war. Praji und Nakor kletterten die kleine Leiter zu ihm herauf.

»Was macht Ihr hier oben?« fragte Praji. »Nicholas will mit uns den Plan besprechen.«

Ghuda hob die Hand. »Einen Augenblick noch.«

Nakor sagte: »Oh.«

Ghuda zeigte auf den Sonnenuntergang. »Nakor, weißt du noch, wie du zu mir gesagt hast, es gäbe auch an anderen Meeren Sonnenuntergänge? ›Es gibt viele erhabene Anblicke und großartige Wunder zu bestaunen.‹ Erinnerst du dich noch?«

Nakor grinste. »Damit wollte ich dich nur überreden.«

Ghuda lächelte. »Hab mir in letzter Zeit keinen mehr anschauen können. Vielleicht ist das meine letzte Gelegenheit.«

Praji meinte: »Dummes Gerede.«

Ghuda zuckte mit den Schultern. »Ich habe keine Vorahnungen oder so, doch bei unserer Lebensart ...«

Praji nickte und sagte nichts.

Die Sonne senkte sich über die Stadt. Vor ihnen breitete sich in alle Richtungen ein Meer von Dächern aus. Die Stadt zog sich auf der einen Seite an der Bucht entlang, auf der anderen lag die Flußmündung. Hinter den Häusern im Westen konnte man das Meer als schmalen blauen Streifen erkennen.

Die Sonne sank tiefer und tauchte wie ein orangefarbener Ball in den Abenddunst ein. Niedrige Wolken wurden von silbernen, goldenen und rosafarbenen Lichtsäumen umgeben, und der Himmel war mit rot-goldenen Streifen überzogen.

Die Sonne verschwand langsam, und im letzten Moment sahen sie einen grünen Blitz. Ghuda lächelte. »Das habe ich noch nie gesehen.«

Nakor sagte: »Haben die meisten Menschen noch nicht. Man muß eine ganze Menge Sonnenuntergänge über dem Wasser angucken. Die Wolken müssen richtig stehen, und das Wetter muß das richtige sein, und selbst dann kann man es noch verpassen. Ich habe es auch erst einmal in meinem Leben gesehen.«

Praji sagte. »Lohnt sich aber.« Er lachte. »Jetzt kommt schon Das war das letzte Vergnügen vorläufig.«

Ghuda zögerte noch einen Augenblick lang, dann sagte er »Wunder zu bestaunen.« Er wandte sich ab und folgte den anderen nach unten.

Flucht

Harry kam in den Raum gelaufen.

Nicholas fragte: »Was ist los?«

Atemlos meinte Harry: »Da ist eine Abteilung von Soldaten des Oberherrn im Anmarsch.«

»Hierhin?« fragte Marcus, stand auf und schob seinen Stuhl zurück.

»Vielleicht. Ich weiß es nicht. Sie durchqueren den Basar und kommen diese Straße entlang. Und sie sehen nicht besonders freundlich aus.«

Nicholas sagte: »Brisa, lauf hoch aufs Dach und gib uns Bescheid, wenn sie hierhin kommen.« Er rief den Männern aus Crydee Befehle zu, und die eilten los, um sie auszuführen. Es war Mittag, und im Gemeinschaftsraum hielt sich vielleicht ein halbes Dutzend Fremde auf. Nicholas schrie: »Jeder, der nicht plötzlich mitten in einem Kampf stehen möchte, sollte jetzt lieber gehen!«

Einige der Männer rannten zur Tür, während sich andere eher lässig bewegten. Plötzlich rief Nakor: »Nicholas! Dieser Mann da! Laß ihn nicht gehen!«

Nicholas wirbelte herum und entdeckte einen dünnen Kerl in unbeschreiblicher Arbeitskleidung, der gerade auf die Tür zueilte. Nicholas sprang auf ihn zu und zog seinen Dolch. Der Mann zog ebenfalls seinen Dolch und stach damit nach Nicholas. Vaja trat hinter den Mann, hob sein Schwert und schlug dem Kerl mit dem Griff auf den Kopf. Der Mann brach auf dem Boden zusammen, und der Dolch fiel ihm aus den tauben Fingern. Ghuda und Praji zerrten den Kerl rasch auf die Beine. Er blutete leicht aus einer Kopfwunde.

»Bringt ihn hier raus«, sagte Amos.

Ghuda und Praji schleppten den Halbbewußtlosen in eines der Hinterzimmer.

Nicholas fragte Nakor: »Was ist denn eigentlich los?«

»Ich sag's dir, wenn die Soldaten wieder fort sind«, sagte Nakor und eilte ins Hinterzimmer.

Nicholas sagte: »Marcus, du, Calis und Harry, ihr wartet hinten mit Praji und Ghuda. Vaja, Ihr bleibt hier. Alle sollen überrascht wirken, wenn die Soldaten hereinkommen, doch wenn ich den Befehl gebe ...«

»Sind wir bereit«, beendete Marcus den Satz, während er sich ins Hinterzimmer aufmachte.

Sie setzten sich in den Gemeinschaftsraum und hielten die Hände nah bei ihren Schwertern. Vier Männer standen am Tresen und starrten in ihre halbleeren Krüge. Keeler hatte hinter dem Tresen eine schwere Armbrust bereitliegen.

Nicholas hörte eine zeternde Frauenstimme. Die Randschana beschwerte sich offensichtlich mal wieder über etwas. Er war schon halb aufgestanden, um sich darum zu kümmern, als die Tür aufflog und ein Offizier mit vier Soldaten hereinkam. Der Offizier trug eine ähnliche Uniform wie die zwanzig Soldaten, die Nicholas bei Shingazis Anlegestelle niedergemacht hatte.

»Wer hat hier den Befehl?« fragte er laut.

Nicholas stand vollends auf und sagte: »Ich. Ich bin Hauptmann Nicholas.«

Der Blick des Mannes schweifte augenblicklich zu Nicholas' Füßen. Der Prinz spürte, wie sich seine Nackenhaare sträubten, zwang sich jedoch zur Ruhe. Der Hauptmann bekam nur zwei normale Stiefel zu sehen.

»Wir haben gehört, Ihr hättet ein Mädchen bei euch«, sagte der Hauptmann langsam und mit tiefer Stimme, als würde er seine Worte vorsichtig wählen. »Wenn sie die ist, die wir suchen, könntet Ihr Euch eine Belohnung verdienen.«

Nicholas grinste gezwungen. »Mädchen? Wir haben keine Mädchen bei uns.«

Der Hauptmann gab seinen Männern ein Zeichen, sie sollten sich verteilen. »Durchsucht jedes Zimmer.«

Nicholas wollte sich ihnen in den Weg stellen. »Da hinten liegen einige kranke Männer. Sie sollen nicht gestört werden. Ich habe gesagt, wir haben kein Mädchen bei uns.« Er sprach mit lauter Stimme und betonte jedes Wort. Seine linke Hand lag auf dem Griff seines Messers.

Die Soldaten sahen ihren Offizier an und warteten auf Befehle. Der Hauptmann wandte sich an den Mann, der am nächsten an der Tür stand, und nickte. Dieser Soldat öffnete die Tür, und ein weiteres Dutzend Männer kam herein. »Wir würden uns lieber selbst davon überzeugen«, meinte der Hauptmann.

Nicholas meinte: »Und ich würde es vorziehen, wenn Ihr das nicht tätet.«

»Was soll denn dieser ganze Lärm?« fragte eine weibliche Stimme von hinten.

Nicholas wandte sich um. Brisa stand in der Tür des Hinterzimmers. Statt ihrer gewohnten Männerkleidung trug sie nur eine knappe Weste ohne Bluse oder Hemd darunter. Die Weste stand offen. Brisas Busen war wesentlich größer, als Nicholas vermutet hatte. Das Mädchen hatte eine schlanke Taille und einen flachen Bauch. Sie trug einen dünnen Rock, der mit einem großen Knoten auf der einen Seite zusammengebunden war und bei jedem Schritt ihre Oberschenkel freigab. Das Haar war zerzaust, und Brisa gähnte. Sie ging auf Nicholas zu, und als sie ihn erreicht hatte, hakte sie sich bei ihm ein. »Was hat das ganze Geschrei zu bedeuten, Nicky?«

Der Hauptmann der Soldaten sagte: »Du hast mich angelogen!«

Nicholas entgegnete: »Ich habe gesagt, wir hätten keine Mädchen bei uns. Das hier ist meine Frau.« Als einer der Soldaten sich zum Hinterzimmer aufmachte, sagte Nicholas: »Ich will immer noch nicht, daß dort jemand rumschnüffelt.«

Brisa meinte: »Mir macht es nichts aus.« An den Hauptmann gewandt, fügte sie hinzu: »Aber unser Zimmer ist nicht aufgeräumt, also seid bitte vorsichtig.«

Nicholas sah sie an, und sie nickte kaum merklich. »Sehr gut«, sagte er.

Ein halbes Dutzend Soldaten verschwand im hinteren Teil der Herberge und erschien einige Minuten später wieder. »Keine Spur von weiteren Frauen, Hauptmann. Nur ein paar kranke Männer, die hinten in einem großen Schlafsaal liegen.«

Der Hauptmann blickte Nicholas lange in die Augen, drehte sich schließlich um und verließ ohne eine weitere Bemerkung die Herberge. Nicholas nickte einem seiner Männer zu, und der sah durch die Läden vor den Fenstern. »Sie hauen ab, Hauptmann« berichtete er.

Nicholas wandte sich an Brisa. »Wo sind sie?«

»Oben auf dem Dach«, meinte sie mit erleichterter Miene. »Nakor und Calis sind bei ihnen.«

Nicholas grinste. »Großartig.«

»War allerdings nicht meine Idee«, sagte Brisa. Ihre Stimme klang ärgerlich, nachdem sie mitbekommen hatte, wie sie jeder Mann im Raum anstarrte. Sie zog die winzige Weste vorn zusammen und verschränkte die Arme vor der Brust, da das Kleidungsstück ihre weiblichen Attribute nicht ausreichend bedeckte. »Nakor hat gehört, wie du den Hauptmann angeschrien hast. Der kleine Mann zerrte mich von der Leiter, als ich, wie du gesagt hast, aufs Dach klettern wollte. Dann schob er mich ins Zimmer der Randschana und sagte Calis, Marcus und Harry, sie sollten die Mädchen aufs Dach bringen und die Leiter durch die Falltür in der Decke hochziehen. Als nächstes riß er mir das Hemd vom Leib – dabei hat er mir alle Knöpfe abgerissen! Und ehe ich mich noch wehren konnte, hatte er mir schon die Hose runtergezogen! Dann meinte er, ich sollte von den Sachen dieser Hexe etwas besonders Knappes anziehen, damit ich die Kerle hier unten ein paar Minuten ablenken würde.«

Amos grinste. »Nun, mein Mädel, das ist dir sicherlich gelungen.«

Brisa wurde feuerrot, drehte sich um und machte sich zum Zimmer der Randschana auf. »So bin ich noch nie in meinem Leben gedemütigt worden – herumzustolzieren wie eine Wirtshaustänzerin in Kesh! Ich werde diesen kleinen Affen umbringen.«

Nicholas lächelte kurz, danach wurde sein Gesichtsausdruck wieder ernst. Er wandte sich an Amos: »Wir müssen heute nacht aufbrechen. Hast du mitbekommen, wie dieser Hauptmann auf meinen Fuß gestarrt hat, als ich ihm meinen Namen genannt habe?«

»Ja. Sie suchen nach dir und nach jedem anderen, der von Crydee hierhergekommen sein könnte.« Er rieb sich das Kinn. »Sie erwarten vielleicht, daß die Überlebenden der gesunkenen *Raubvogel* sie verfolgen. Wenn Nakor recht hat, und diese Lady Clovis hinter allem steckt, hält sie dich vielleicht für einen Mann von dem Verfolgerschiff. Ihre Banditen haben von diesem Händler Vasarius aus Queg eine Beschreibung von allen wichtigen Leuten aus Crydee bekommen. Sie wissen, wer während des Überfalls getötet wurde. Wenn Martin uns hierhergeführt hätte ...« Er schüttelte den Kopf. »Wer weiß, was dann passiert wäre.«

Nicholas sagte: »Glücklicherweise haben sie Marcus und Harry nicht gesehen. Zwei Cousins, die wie Brüder aussehen und ein rothaariger junger Mann im gleichen Alter, und die alle an einem Ort, das wäre für sie vermutlich kein Zufall gewesen. Aber sie könnten zurückkommen.«

»Und jemand muß ihnen von der Randschana berichtet haben«, sagte Amos. »Vielleicht wollte dieser Anward Nogosh Pata einiges wiedergutmachen, was zwischen seinem Meister und dem Oberherrn schiefgelaufen ist.«

Ein Ruf ließ Nicholas und Amos in eins der hinteren Zimmer laufen. Dort stand Brisa vor Nakor, schlug ihm mit einer Hand auf den Kopf, während sie sich mit der anderen die Weste zuhielt. Der kleine Mann lachte und rief: »Ich nähe alle Knöpfe wieder an! Ich mache es jetzt sofort!«

Die Randschana hatte kaum bessere Laune als Brisa. Sie warf Nicholas einen bösen Blick zu. »Dieser Mann hat Hand an mich gelegt!« Sie zeigte auf Calis, der breit grinste – zum ersten Mal, wenn Nicholas sich recht erinnerte. »Er hat mich die Leiter hinaufgeschoben und mich am Hintern angefaßt!« beschwerte sich das Mädchen. »Ich will, daß er von Elefanten zertrampelt wird!«

Calis zuckte mit den Schultern. »Sie war einfach so langsam, und ich hörte, wie der Hauptmann eine Durchsuchung anordnete.«

Nicholas sagte: »Randschana, diese Männer hätten Euch mit zum Palast des Oberherrn genommen, und ich glaube, Ihr hättet den Sonnenuntergang nicht mehr erlebt. Jetzt seid ruhig, geht in Euer Zimmer und packt.«

»Reisen wir ab?«

Nicholas nickte. »Morgen, aber in aller Frühe. Eure Dienerinnen sollen bis zum Abendessen alles eingepackt haben. Jetzt geht!«

Brisa schob Nakor von sich und sagte: »Ich nähe sie mir selbst an, aber die Sache ist für dich noch nicht ausgestanden.«

Sie verschwand im Zimmer der Randschana und knallte die Tür zu. Nakor grinste. »Was für ein Spaß.«

Nicholas starrte auf die Tür und dachte einen Moment lang daran, wie anziehend Brisa war, wenn sie nicht diese allesverhüllende Männerkleidung trug. »Das kann ich mir vorstellen.«

»Ihr seid ein seltsamer Mann«, sagte Amos zu Nakor und lachte.

»Wie habt Ihr den Mann erkannt?« fragte Nicholas, während Marcus und Harry die Leiter vom Dach herunterstiegen.

»Ich habe ihn gerochen«, meinte Nakor und machte ihnen ein Zeichen, sie sollten mitkommen. Er führte sie zurück in den Gemeinschaftsschlafsaal, wo Ghuda und Praji den bewußtlosen Kerl bewachten. Nakor öffnete das Hemd des Mannes und zog einen kleinen Beutel hervor, der an einem Band um dessen Hals hing. »Siehst du?«

Nicholas nahm den Beutel und roch daran. »Nelken?«

Nakor nickte. »Ich habe es schon vorher gerochen, als ich ihn zum ersten Mal im Gemeinschaftsraum gesehen habe. Und dann habe ich es wieder gerochen, als er abhauen wollte.«

Amos öffnete den Beutel und nahm einige Nelken heraus. »Und was hat es damit auf sich?«

»Nelken. Eben Gewürznelken. Ist doch ganz klar.«

»Ich verstehe immer noch nicht«, sagte Amos.

»Weißt du nicht, wie Nelken im Dialekt der Delkianer heißen?«

Amos sagte: »Nein.«

»Schwarze Rose. Kannst du jeden Gewürzhändler südlich des Rings von Kesh fragen«, fügte Nakor hinzu. »Ich habe auch erst nicht begriffen, warum dieser Mann nach Nelken roch. Und dann ist es mir wie Schuppen von den Augen gefallen.« Er nahm Amos den Beutel ab. »Wenn sie irgendwo eine Nachricht für einen anderen Spion hinterlassen, legen sie einfach Gewürznelken dazu, und der andere weiß, daß die Nachricht echt ist. Einfach, nicht?«

Nicholas nickte. »Sehr einfach.«

Amos sagte: »Zu einfach.«

Nicholas sagte: »Vielleicht wenn man erobern und herrschen will. Aber den Zweck unserer Feinde scheint es zu erfüllen.«

Amos nickte. Er erinnerte sich daran, was Nicholas ihm über die Schlacht von Sethanon erzählt hatte, und an das, was er selbst miterlebt hatte. Die Pantathianer wollten weder erobern noch herrschen. Sie waren ein Kult des Todes, der nur seine Göttin mit Hilfe des Steins des Lebens wieder in diese Welt holen wollte.

Wenn es nur um den Tod ging, brauchte man sich nicht besonders schlau anzustellen.

»Was machen wir mit dem hier?« fragte Ghuda und zeigte auf den bewußtlosen Spion.

Nicholas sagte: »Fesselt ihn und bewacht ihn gut. Keeler kann ihn befreien, nachdem wir ein oder zwei Tage fort sind. Dann sind wir entweder in Sicherheit ... oder es spielt sowieso keine Rolle mehr.«

Die anderen nickten. Sie wußten, was er damit sagen wollte.

Brisa zog ihre Hose an, band sich die Kordel fest und setzte sich auf den Boden, wobei sie die finsteren Blicke der Randschana nicht beachtete. Sie weigerte sich, den Raum halb angezogen zu verlassen, und deshalb wollte sie die Knöpfe im Zimmer der Adligen wieder annähen.

»Du bist die groben Hände dieser gewöhnlichen Kerle vielleicht gewohnt«, meinte die Randschana schnippisch. »Ich allerdings nicht.«

Brisa sagte: »Laß doch deine schlechte Laune an einem der anderen Mädchen aus.« Sie biß den Faden ab und prüfte, ob der erste Knopf festsaß. »Und wenn du nicht gar so blöd wärst, hättest du gemerkt, daß Calis keine groben Hände hat.«

Die Randschana vergaß ihr Schmollen einen Moment lang. »Er ist so stark. Er hat mich mit solcher Leichtigkeit nach oben geschoben.«

»Und noch dazu nur mit einer Hand und auf einer Leiter.«

Die Zofen warfen sich staunende Blicke zu, denn sie waren alle schon auf dem Dach gewesen und hatten es nicht mitbekommen. Die Randschana sagte: »Er sieht nicht schlecht aus, nur irgend etwas an ihm ist so fremdartig.«

»Mehr, als du jemals erfahren wirst«, spottete Brisa.

Die Randschana sagte: »Ich will es auch gar nicht wissen. Meine Mädchen können sich mit gewöhnlichen Kerlen abgeben, und du bist sie sicher auch gewohnt, aber ich bin für einen Mann von Rang, Macht und Reichtum bestimmt.«

»Und du glaubst ernsthaft, die fünfzehnte Ehefrau des Oberherrn wäre etwas Besonderes?« Sie schüttelte den Kopf. »Manche Leute ...«

Die Randschana lächelte. »Euer Hauptmann ist auch ein toller Kerl, vielleicht ein bißchen streng, aber ich mag es, wenn er lächelt.« Sie merkte, wie Brisa sie belustigt ansah, und fuhr fort: »Doch er ist ebenfalls zu gewöhnlich für so eine wie mich.«

Brisa konnte sich nicht mehr halten und lachte laut heraus.

»Was ist denn daran so lustig?« wollte die Randschana wissen.

»Ach, nichts«, erwiderte Brisa. Sie hatte den zweiten Knopf wieder angenäht.

»Nun sag schon«, quengelte die Randschana, während Brisa mit dem dritten anfing.

Brisa beachtete sie eine Weile nicht; sie nähte zuerst den dritten Knopf an und begann dann mit dem vierten. »Mädchen«, quengelte die Randschana, »was ist daran so lustig?«

Brisa legte die Nadel zur Seite und zog das Männerhemd über. Sie stand auf und meinte: »Nur, wie einige Leute zwischen gewöhnlichen und adligen Männern unterscheiden. Du würdest einen Prinzen doch nicht einmal erkennen, wenn er wochenlang vor deiner Nase stehen würde.« Ohne ein weiteres Wort ging sie hinaus.

Die Randschana stand auf, stemmte die Hände in die Hüften, blieb einen Moment lang so stehen, stürmte zur Tür und riß sie auf. Davor stand eine Wache, und als sie um sie herumgehen wollte, sagte der Mann: »Tut mir leid, meine Dame, doch Ihr sollt in Eurem Zimmer bleiben und das Einpacken beaufsichtigen.«

»Ich muß mit diesem Mädchen reden –«

Der Soldat unterbrach sie. »Tut mir leid, meine Dame. Der Hauptmann hat sich da sehr deutlich ausgedrückt.«

Die Randschana ging zurück in ihr Zimmer und schloß die Tür.

Mit nachdenklicher Miene sagte sie: »Prinz?« Plötzlich meinte sie: »Beeilt euch! Worauf wartet ihr denn? Bis Mittag muß alles eingepackt sein!«

Als die Mädchen aufsprangen und mit der Arbeit begannen, setzte sich die Randschana auf ihr Bett und dachte nach. »Ein Prinz?« Schließlich fing sie an zu lächeln und summte eine kleine Melodie vor sich hin.

Als die Sonne im Westen unterging, stand Harry nervös da und betrachtete die Wagen und Karren, die in den Hafen fuhren. Die Flußschiffe warteten schon. Sie waren mit angeheuerten Männern besetzt, die gut bezahlt wurden, damit sie sich jederzeit bereithielten. Tuka war an der Anlegestelle und achtete darauf, daß sich keiner von ihnen verdrückte oder betrank, während sie warteten. Praji, Vaja und vierundzwanzig Söldner paßten auf, daß den Befehlen des kleinen Wagenführers nachgekommen wurde.

Harry führte vier Wachen zur Spitze des kleinen Zuges, während Brisa sich um die Randschana und ihre Zofen kümmerte. Nicholas hatte beschlossen, die Mädchen noch eine Weile bei der Gruppe zu behalten und sie erst später mit genug Geld für die Rückfahrt irgendwo auszusetzen. Harry machte sich Sorgen; die Randschana benahm sich auf einmal so freundlich, selbst Brisa gegenüber.

Brisa wurde jedes Mal mißtrauisch, wenn die Adlige ihr eine Frage stellte, aber sie zog das Geschwätz dem ewigen Streiten vor. Die meisten Fragen betrafen Nicholas, und Brisa tat sie mit ausweichenden Antworten ab.

Harry beobachtete, wie der letzte Wagen vom Basar her ankam, als er plötzlich einen Ruf und verwirrtes Gemurmel hörte. Eine Abteilung Soldaten kam angeritten. Hinter ihnen folgte ein Zug mit Wagen, auf denen scheinbar Gefangene hockten. Und dann riß Harry die Augen weit auf.

Er wandte sich an den Fahrer seines Wagens. »Du bekommst

eine Zulage, wenn du dich darum kümmerst, daß alle Wagen den Hafen erreichen. Ich muß meinem Meister eine Nachricht bringen.«

Während der Wagenführer noch fragte: »Wieviel?«, war Harry schon in Richtung Basar davongerannt und drängelte sich durch das Gewimmel von Käufern und Händlern. Er konnte die Federn der beiden Wachoffiziere über den Köpfen der Leute sehen, die sich versammelt hatten, um das Spektakel anzuschauen. Und er konnte auch die Köpfe von einigen Gefangenen auf den Wagen sehen.

Harry drängte sich nahe genug heran, bis er alles gut überblicken konnte, dann wandte er sich um und rannte durch die Menge zurück, wobei er jeden, der im Weg stand, zur Seite schob. Flüche und Verwünschungen wurden ihm hinterhergerufen.

Ein paar Minuten später trat er in den Gemeinschaftsraum, schob sich an einem Dutzend neugieriger Soldaten vorbei und ging zu Nicholas' Zimmer. Ohne anzuklopfen trat er ein. Nicholas sprach mit Amos, Ghuda, Marcus und Calis noch einmal den Plan für die kommende Nacht durch. Anthony und Nakor waren bereits aufgebrochen, um etwas sehr Geheimnisvolles zu tun, was angeblich von herausragender Wichtigkeit war.

»Was gibt es?« fragte Nicholas. »Du solltest doch bei den Wagen sein.«

»Sie verlegen die Gefangenen!« platzte Harry atemlos heraus.

»Wohin?« fragte Amos.

Harry holte tief Luft. »In Richtung Südwesten. Es sieht aus, als sollten sie zum Seehafen gebracht werden!«

»Verdammt!« fluchte Nicholas und drängte sich zwischen den anderen hindurch, die alle sofort hinter ihm her liefen. Im Gemeinschaftsraum drehte sich Nicholas um und sagte: »Calis, Marcus, ihr beide geht zum Hafen am Fluß. Wenn ihr nichts von uns hört, dann macht alles wie geplant. Falls sich etwas ändert, schicken wir euch einen Boten.«

Vor der Herberge teilten sie sich. Harry, Amos, Ghuda und Nicholas eilten hinter den Wagen her. Sie duckten sich hinter Gaffern. Zwei berittene Wachen flankierten die Wagen. Nicholas sagte: »Ich kann jemanden erkennen – es ist Edward, einer der Pagen aus der Burg.«

Er zeigte auf einen jungen Mann, der auf dem letzten Wagen saß und mit abwesendem Gesichtsausdruck ins Leere starrte.

Amos sagte: »Er sieht aus, als würde etwas mit ihm nicht stimmen.«

Ghuda sagte: »So sehen die anderen auch aus.«

Nicholas ging zum Straßenrand und rannte los, um etwas aufzuholen, wobei er fast eine Frau mit einem Korb voller Früchte umgestoßen hätte. Sie schrie ihn an, und eine der Wachen drehte sich um und sah nach, was los war.

Nicholas wandte sich an die Frau und entschuldigte sich. Ghuda packte ihn am Arm und zog ihn mit sich.

Sie folgten weiter den Wagen. Als sie aus dem größten Gedrängel heraus waren, mußten sie ein wenig zurückbleiben, um nicht entdeckt zu werden. Schließlich, als die Wagen am Hafen angekommen waren, fanden sie eine Stelle, von der aus sie alles recht gut beobachten konnten. Beiboote warteten, um die Gefangenen zu einem Schiff im Hafen zu bringen.

Amos zog Nicholas, Harry und Ghuda zwischen zwei Schuppen. »Was hat das zu bedeuten?« fragte Amos.

Nicholas erwiderte: »Ich weiß es nicht. Mit unseren Leuten stimmt etwas nicht.«

»Vielleicht sind das gar nicht unsere Leute«, schlug Harry vor. »Vielleicht sind das die Doppelgänger.«

Nicholas fluchte. »Wenn das wahr ist, müssen wir trotzdem in das Anwesen.« Er dachte einen Moment lang nach. »Harry, du gehst zurück zum Flußhafen und sagst Marcus und Calis, sie sollen sofort aufbrechen. Ich möchte, daß Calis nachsieht, ob unsere Leute immer noch auf dem Anwesen sind. Falls sie noch da sind, bringst du Praji und Vaja eine Nachricht, und wir gehen weiter nach Plan vor. Falls nicht … oder falls unsere Leute tot sind … es ergibt keinen Sinn, das Anwesen nur aus Rache zu überfallen. Sie sollen mit den Flußschiffen im Hafen bleiben, bis ich ihnen mitteile, was sie zu tun haben. Wenn unsere Leute noch da sind, übernimmst du den Befehl über die Flußschiffe. Ihr nehmt die Gefangenen am Treffpunkt an Bord, und dann fahrt ihr flußabwärts.«

Harry sagte: »Alles klar«, und rannte los.

»Harry!« rief Nicholas ihm hinterher.

Harry blieb stehen. »Was noch?«

»Und laß dich nicht umbringen.«

Harry grinste. »Du auch nicht, Nicky«, antwortete er und machte sich davon.

Die drei Zurückgebliebenen sahen zu, wie die erste Gruppe von Beibooten das erste Schiff erreichte. Amos fluchte. »Sie laufen mit beiden Schiffen aus!«

»Wann?« fragte Nicholas.

Amos hatte sich nach den Tidezeiten erkundigt. »Ich würde sagen, zwischen Mitternacht und Morgen, wann immer das Wasser abläuft.«

»Gibt es noch ein anderes Schiff, das wir kapern könnten?«

Amos sah sich in der Bucht um. »Hier kommen viele Schiffe an. Aber …« Er zeigte auf eins. »Dieser kleine Zweimaster. Das ist ein Küstenschiff, aber es ist schnell. Wenn wir vor diesen Kriegsschiffen aus dem Hafen sind, können wir später eins abfangen. Sie werden hart am Wind segeln müssen, bis sie sich nach Südosten wenden, um die Halbinsel östlich von hier zu umschiffen. Dann kapern wir einfach das Schiff, welches als zweites kommt. Das erste kann nicht rechtzeitig wenden und ihm zu Hilfe kommen. Doch wir müssen es machen, kurz bevor sie wenden, oder beide Schiffe segeln uns davon.«

Ghuda fragte. »Kann dieses kleine Schiff denn alle aufnehmen?«

»Nein«, sagte Amos. »Wir werden zurückkommen müssen, das Schiff beladen, und dann hinter dem anderen her segeln.«

Nicholas sagte: »Wir müssen erst einmal das eine bekommen, ehe wir uns über das andere Gedanken machen. Kommt. Wir gehen zur Herberge und geben den anderen über die Änderung des Plans Bescheid.«

Sie gingen los, und plötzlich sagte Nicholas: »O Götter!«

»Was ist?« fragte Amos.

»Nakor.«

Ghuda sagte: »Dann würde ich auch sagen: ›O Götter!‹«

»Weiß jemand, was er und Anthony vorhaben?«

»Nein«, sagte Nicholas. »Hoffentlich machen sie das Hornissennest nicht wild, ehe wir aus der Stadt sind.«

Sie eilten zur Herberge zurück.

Sobald es dunkel war, kletterte Calis über die Mauer des Anwesens. Er beeilte sich und machte sich keine Gedanken darüber, ob er beobachtet wurde. Nachdem die Gefangenen fortgebracht worden waren, fand er es kaum wahrscheinlich, daß die Wachen noch verstärkt worden wären.

Er bog um die Ecke einer langen Hecke und hätte fast eine Wache umgerannt. Doch ehe der Mann noch reagieren konnte, hatte Calis ihn mit einem Handkantenschlag niedergestreckt, bei der Gurgel gepackt und ihm den Kehlkopf eingedrückt. Calis eilte weiter, er hatte keine Zeit, dem Mann beim Sterben zuzusehen.

Zeit war wichtiger als Heimlichkeit. Die Gefangenen waren beim letzten Mal schon in einem erbärmlichen Zustand gewesen, und seit die Doppelgänger fertig waren, gab es für den, der sie hierhergeschleppt hatte, keinen Grund mehr, sie am Leben zu erhalten.

Calis hörte das Knirschen von Stiefeln auf Kies vor sich und duckte sich hinter einem kleinen Gartenhäuschen. Als der Soldat vorbei war, stand Calis auf und packte ihn an Kinn und Nacken.

Ehe der entsetzte Mann auch nur die Hände heben konnte, hatte Calis ihm das Genick gebrochen.

Er rannte weiter. Er erreichte die Mauer des Hofes, in dem die Gefangenen festgehalten wurden, und sprang. Unten sah er die Gefangenen auf den Pritschen liegen. Ihre Wärter und die Kreaturen, aus denen Doppelgänger werden sollten, waren verschwunden.

Calis bemerkte, daß sie zwar ausnahmlos nicht bei Bewußtsein, aber am Leben waren. Er sprang hinunter und näherte sich einem der Gefangenen. Er kniete sich neben den abgemagerten jungen Mann und versuchte, ihn aufzurichten. Der Mann stöhnte leise, wachte jedoch nicht auf.

Der Elb sah auf. Irgend etwas hatte sich verändert, seit er das letzte Mal hier gewesen war. Er ging zur gegenüberliegenden Seite des Vierecks. Dort stand eine lebensgroße Statue, die auf den ersten Blick wie ein Elb, bei näherem Hinsehen jedoch vollkommen anders aussah. Dann sträubten sich Calis die Haare im Nacken und auf den Armen, und Angst durchflutete ihn. Noch nie in seinem Leben hatte er solchen Schrecken verspürt, aber er war auch noch nie einem solchen Wesen begegnet. Die Figur war ein Valheru, ein Abbild jener vor langer Zeit verbannten Herren von Midkemia. Calis mochte nur ein Halbelb sein, doch seine elbische Seite schrie vor Entsetzen auf. Kein Lebender hatte ein solches Wesen je gesehen. Nur sein Vater, Tomas, kannte die Valheru, und das nur, weil er ihr Erbe angetreten hatte. Eine Zeit lang war er sowohl Drachenlord als auch Mensch gewesen, und er hatte die Erinnerungen eines Wesens besessen, welches seit Tausenden von Jahren tot war.

Calis umrundete die Statue und untersuchte sie. Es war ein weiblicher Valheru und mit Rüstung und Helm. Auf Schild und Helm war das Schlangenzeichen abgebildet. Also hatten sich Nicholas' schlimmste Befürchtungen bewahrheitet: die pantathianischen Schlangenpriester steckten hinter allem. Das hier war

Alma-Lodaka, jene Valherufrau, die die Pantathianer vor ewigen Zeitaltern geschaffen hatte, den Schlangen Bewußtsein und Verstand gegeben hatte, damit sie ihr dienen sollten. Doch in den Jahrhunderten, seit die Valheru Midkemia verlassen hatten, war aus den Pantathianern ein Kult des Todes geworden, der die verlorene Göttin Alma-Lodaka verehrte. Die Pantathianer glaubten, daß, wenn sie ihre Göttin in diese Welt zurückholten, sie alle sterben und zu Halbgöttern erhoben in ihre Dienste treten würden.

Calis verließ den ummauerten Hof. Er schob eine der Türen auf und betrat zum ersten Mal das viereckige Gebäude. Es war leer, abgesehen von Ketten und verschiedenen Werkzeugen.

Calis eilte los, denn er mußte mit Marcus rasch über den Fluß zu Harry zurückkehren. Er wußte, wenn er den Gefangenen nicht bald Hilfe brachte, würden sie sterben.

Margaret befreite sich aus dem Bettzeug, das sich um Knöchel und Handgelenke gewickelt hatte. Sie versuchte zu schreien, vor Angst genauso wie vor Wut, doch auch ihr Mund war mit dem seidigen Stoff gefüllt. In der Dunkelheit näherte sich ihr eine Gestalt.

»Ah!« brachte sie heraus und saß aufrecht im Bett. Das Bettzeug war schweißgetränkt. Das Zimmer war dunkel. In ihrem Kopf tobte der schlimmste Schmerz, den sie in ihrem jungen Leben je kennengelernt hatte.

Abigail lag in ihrem Bett und stöhnte fragend.

Margaret holte tief Luft und versuchte sich zu beruhigen. Ihr Herz klopfte heftig, und sie fühlte sich, als wäre sie gelaufen. Sie stand auf, ihr war schwindlig, und sie stützte sich mit der Hand an der Wand ab. In ihren Ohren rauschte das Blut, und mit dumpfem Pochen hallte ihr Herzschlag in ihrem Kopf wieder.

Sie griff nach dem Wasserglas auf dem Tisch zwischen ihrem und Abigails Bett. Es war leer. Das kam ihr seltsam vor.

Sie ging zu Abigail hinüber und sagte: »Abby?« Ihre Stimme klang wie ein hohles Krächzen.

Sie setzte sich und schüttelte die stöhnende Abigail, die im Schlaf vor sich hin murmelte. Margaret versuchte, die Stimme zu heben, als sie noch einmal »Abby!« sagte und ihre Freundin erneut schüttelte.

Abigail setzte sich auf und fragte: »Was –?«

Margaret starrte ihre Freundin an. Unter ihren Augen saßen dunkle Ringe, und ihr Gesicht war noch blasser als gewöhnlich. Ihr Haar war zerzaust und dreckig, und sie blinzelte, als versuche sie, wach zu werden.

Margaret sagte: »Du siehst schrecklich aus.«

Abigail blinzelte noch heftiger, schüttelte den Kopf und sagte: »Du siehst auch nicht gerade gut aus.« Ihre Stimme krächzte genauso wie Margarets.

Margaret zwang sich aufzustehen und trat vor den Spiegel. Sie sah älter aus als vorher. Ihr Gesicht wirkte genauso erschöpft wie Abigails.

Ihr Nachthemd war feucht und stank. Sie zog eine Grimasse. »Ich rieche, als hätte ich seit Tagen nicht gebadet.«

Abigails Gesichtsausdruck war immer noch leer. Sie fragte: »Was?«

»Ich habe gesagt …« Margaret blickte sich im Zimmer um.

»Wo sind sie?«

»Sie?«

Margaret ging zu ihrer Freundin zurück, faßte sie an den Schultern und sah ihr in die Augen: »Abby?«

»Was?« fragte Abigail gereizt und schob sie von sich.

»Diese Kreaturen. Wo sind sie?«

»Welche Kreaturen?«

»Kannst du dich nicht mehr erinnern?«

»An was erinnern? Wo ist das Frühstück? Ich habe Hunger.«

Margaret wich vor ihrer Freundin zurück. Abigails Nachthemd war genauso fleckig wie ihr eigenes, und ihr Bett stank. »Du bist dreckig.«

Abigail sah sich um und fand sich immer noch nicht zurecht. »Dreckig?«

Margaret bemerkte, daß es draußen dunkel war. Dem Dreck nach, und so wie sie sich fühlte, hatten sie lange Zeit geschlafen. Wahrscheinlich zwei oder drei Tage. Margaret ging zum Fenster und sah hinaus in den Garten. Er war verlassen. Sie lauschte einen Moment lang – es war nichts zu hören. Normalerweise hörte sie nachts immer, wie jemand draußen hin und her ging, und gelegentlich in der Ferne Stimmen oder einen Schrei.

Sie eilte zur Tür und drückte die Klinke herunter. Sie ließ sich öffnen. Sie spähte in den Gang, doch nirgends bemerkte sie auch nur eine Spur von Leben. Sie wandte sich an Abigail und sagte: »Niemand da.«

Abigail stand schweigend auf. Ihr Blick hing an einem Punkt in der Luft. Margaret stellte sich vor sie und sagte: »Abby!«

Das andere Mädchen blinzelte, sagte jedoch nichts. Während Margaret sie ansah, schien Abigail ohnmächtig zu werden und sackte wieder auf das Bett. Ihre Augen schlossen sich. Margaret packte sie wieder an den Schultern. Sie kämpfte gegen ihre eigene Benommenheit an, schüttelte ihre Freundin und rief ihren Namen.

Doch sie hatte keinen Erfolg. Margaret verfluchte das leere Wasserglas. Sie hob Abigail hoch und schob sie halb, halb trug sie sie zu der Tür, die in den Garten hinausging. Sie machte die Tür auf, zerrte ihre Freundin hindurch und schleifte sie zu dem kleinen Wasserbecken in der Mitte des Gartens.

Dann warf Margaret Abigail ins Wasser. Spuckend und hustend tauchte das Mädchen auf. »Was soll das? Warum hast du das gemacht?« fragte Abigail wütend.

Margaret zog sich das schmutzige Nachthemd aus und setzte sich neben ihre Freundin in das Becken. Sie wusch sich den tagealten Schweiß und Dreck ab. »Weil du genauso stinkst wie ich, und ich habe dich nicht wachbekommen.«

Abigail rümpfte die Nase. »Sind das wirklich wir?«

»Wir sind es«, erwiderte Margaret und tauchte unter. Sie kam hoch und prustete. »Wenn wir hier rauskommen, möchte ich, daß man uns nicht so stinkend findet.«

»Herauskommen?« fragte Abigail, jetzt wach.

Margaret wusch sich das Haar. »Die Tür wird nicht mehr bewacht, und sonst ist auch niemand mehr in der Nähe, und die bei den Kreaturen sind verschwunden.«

Abigail hielt den Kopf unter die kleine Skulptur, aus der das Wasser floß. »Wie lange haben wir geschlafen?«

»Ich weiß es nicht«, sagte Margaret. »Dem Schmutz in unseren Betten nach mehrere Tage, vielleicht eine Woche. Ich fühle mich entsetzlich und habe Hunger und Durst.«

Abigail trank von dem Wasserstrahl. »Ich fühle mich schrecklich.« Sie hielt den Kopf noch einmal unter den Strahl. »Jetzt bin ich so sauber, wie es ohne Seife geht.« Sie versuchte aufzustehen, doch ihre Beine gaben unter ihr nach.

»Vorsichtig«, sagte Margaret und trank ebenfalls von dem Wasserstrahl aus der Skulptur. »Du bist viel wackeliger auf den Beinen als ich.«

»Ich frage mich nur, wieso?« sagte Abigail, strich ihr nasses Haar zurück und stand vorsichtig auf.

Margaret beendete ebenfalls ihr Bad und stieg aus dem Becken. Sie reichte ihrer Freundin die Hand, und sie gingen zurück ins Zimmer. »Ich weiß es nicht. Ich habe wahrscheinlich härter gekämpft gegen ... gegen was auch immer–« Sie verstummte. »Sie haben Doppelgänger von uns gemacht.«

Abigail blinzelte. »Wovon redest du?«

»Von den beiden Kreaturen, die bei uns waren.«

»Du meinst diese Eidechsendinger?« fragte Abigail angeekelt.

»Sie haben sich verwandelt, sie haben Haare bekommen, und ihre Körper haben sich verändert – am Ende sahen sie genauso aus wie wir!«

Abigail war entsetzt. »Margaret, wie kann jemand so etwas tun?«

»Ich weiß es nicht. Aber wir müssen hier verschwinden. Anthony und die anderen sind irgendwo dort draußen und suchen nach uns. Wir müssen sie warnen, damit sie diese Dinger nicht für uns halten.«

Margaret machte die Korbtruhe auf, in der ihre sauberen Kleider waren, und zog ein Unterhemd heraus. Sie warf es Abigail zu. »Trockne dich damit ab.« Sie nahm sich ebenfalls eins und warf es aufs Bett, als sie sich abgetrocknet hatte. Sie suchte zwei Kleider aus und reichte Abigail eins. »Zieh keinen Unterrock an. Wir müssen uns so frei wie möglich bewegen können. Vielleicht müssen wir über Mauern klettern.«

Sie zog weiche Schuhe an, und als sie fertig war, blickte sie zu Abigail. Das andere Mädchen zog sich etwas träge an, war jedoch fast fertig. Margaret half ihr in die Schuhe.

Dann stand sie auf und ging zur Tür. Sie spähte hinaus und vergewisserte sich, daß in der Zwischenzeit niemand gekommen war. Als sie keine Menschenseele entdeckte, führte sie Abigail in den Gang. Am Ende des Flurs öffnete sie die Tür nach draußen. Niemand war zu sehen. Sie machte Abigail ein Zeichen, sie solle leise sein, und führte sie hinaus in die Nacht.

»Brauche ich den wirklich?« fragte Anthony und deutete auf den Beutel, den er trug.

»Ja«, meinte Nakor. »Man weiß nie, was man alles so gebrauchen kann. Diese Frau, die sich Clovis nennt, ist gefährlich, und sie benutzt Tricks. Vielleicht ist sie nicht so mächtig wie Pug, aber sie kann uns mit einem Blick töten. Wir müssen auf alles vorbereitet sein. Was wir in dem Beutel haben, wird sie nicht erwarten.«

»Aber ...« fing Anthony wieder an und brach dann ab. Es hatte keinen Zweck, sich mit dem kleinen Mann zu streiten. Der Inhalt der Tasche, die er trug, verwirrte ihn; er konnte sich nicht vorstellen, wofür er gut sein sollte.

Sie waren im unterirdischen Gang zwischen dem Palast und Dahakons Anwesen. Nakor war einfach in den Palast gegangen, während ein großer Teil der Soldaten zum Hafen marschierte. Er hatte eine leere Kiste getragen, und Anthony einen Sack mit Äpfeln. Ehe die Wache sie noch hatte ansprechen können, hatte Nakor sie gefragt, wo die Küche sei.

Der Wachtposten war verwirrt gewesen, doch da nichts an den beiden bedrohlich aussah, hatte er ihnen den Weg gezeigt. Sie waren losgeeilt. Nakor ging am Eingang zur Küche vorbei und umrundete den Palast, bis er eine unbewachte Tür gefunden hatte. Dort hatten sie die leere Kiste einfach in einem Seitengang abgestellt, und Nakor hatte die Äpfel sorgfältig in seinen Rucksack zurückgelegt. Danach hatte er Anthony in die unteren Stockwerke und in den unterirdischen Gang geführt.

Sie erreichten die Treppe zu Dahakons Anwesen. Nakor fragte: »Hast du verstanden, was du tun sollst?«

»Ja, ich meine, nein. Ich weiß, was Ihr mir gesagt habt, aber ich habe keine Ahnung, wozu das gut sein soll.«

»Das ist auch nicht wichtig«, sagte Nakor grinsend. »Mach es nur einfach.«

Sie kamen in das Hauptgebäude. Nirgends war eine lebende Person zu sehen. Die Dunkelheit war schon vor einigen Stunden hereingebrochen, und Anthony wußte, daß Calis und die anderen Retter laut Plan innerhalb der nächsten beiden Stunden in das Anwesen eindringen würden. Ihre Aufgabe war es nun, den Magier und seine seelenfangende Freundin davon abzuhalten, die Befreiung zu verhindern.

Sie gingen durch eine Reihe dunkler Gänge, die nur dort, wo sie sich kreuzten, von einzelnen Fackeln beleuchtet wurden. Schließlich führte Nakor Anthony in Dahakons Zimmer. Der junge Magier erschauderte beim Anblick der verfaulenden Leichen an der Wand. Als er den bewegungslosen Körper des Magiers im Stuhl sitzen sah, erstarrte er.

Nakor ging hinüber zu Dahakon und sagte: »Er ist immer noch beschäftigt.«

»Pug?« fragte Anthony.

Nakor nickte. Er holte eine der Linsen heraus, die er beim letzten Besuch mitgenommen hatte, und sagte: »Sieh hier durch.« Anthony tat wie geheißen, und Nakor sagte: »Sie kämpfen. Ich glaube, Pug könnte leicht gewinnen, doch das würde uns große Schwierigkeiten bereiten. Es ist besser, wenn er ihn uns vom Leibe hält.«

»Nun, was ist hier eigentlich los?« fragte eine Stimme hinter ihnen.

Anthony und Nakor wirbelten herum. Lady Clovis stand mit zusammengekniffenen Augen in der Tür und betrachtete die beiden Eindringlinge.

Ihr Gesicht verzerrte sich. »Du!« schrie sie.

Nakor riß die Augen auf. »Jorna?« Mit offenem Mund stand er da, während sie nickte. »Ich dachte mir schon, daß du es bist. Du hast einen neuen Körper!«

Die Frau kam auf sie zu, und Anthony mußte schlucken. Alles in ihr sprach seine niedersten Triebe an. Er mußte sich zusammenreißen. Sie war die dunkle Macht, die hinter all diesen schrecklichen Ereignissen steckte. Jeder Tote, jede Minute des Leidens, jeder Verlust eines Freundes war ihr Machwerk. Und doch, der Schwung ihrer Hüften, die einladenden Lippen, die Wölbung ihres Busens, die tiefen schwarzen Augen – alles sprach ihn oder vielmehr seinen Körper an.

Nakor sagte: »Hör mit dem Unsinn auf.« Er kniff Anthony fest in den Arm.

Anthony schrie vor Schmerz auf, und die Tränen schossen ihm in die Augen. Sofort war jedes Verlangen nach der Frau verschwunden. »Diese Düfte, die du benutzt, um Männer zu betören, wirken bei mir schon seit hundert Jahren nicht mehr, Jorna.« Nakor holte eine Zwiebel aus seinem Rucksack und stach mit dem Daumen hinein. Er hielt sie Anthony unter die Nase und meinte: »Mein Freund wird nicht besonders angezogen werden, wenn seine Augen tränen und seine Nase läuft.«

»Ich heiße jetzt Lady Clovis«, sagte sie und blickte Nakor an. »Du hast dich dagegen wenig verändert.«

Nakor zuckte mit den Schultern. »Du hast schon immer Ärger gemacht, doch nie so schlimm wie diesmal. Wann hast du dich mit den Schlangen eingelassen?«

Sie zuckte ihrerseits mit den Schultern. »Als sie mir meine Jugend zurückgegeben haben.« Sie ging ein Stück davon und posierte wie eine Kurtisane vor ihrem Geliebten. »Ich wurde langsam alt ... Wie nennst du dich jetzt?«

»Ich bin Nakor.«

»Nakor?«

»Nakor, der Blaue Reiter!« verkündete er stolz.

»Wie auch immer.« Sie zuckte erneut mit den Schultern.

Anthony mußte an der Zwiebel riechen, damit er nicht beim Anblick ihres sich hebenden und senkenden Busens den Verstand verlor. Die knappe Weste verbarg fast nichts. »Macht nichts. Der Auftrag, der mich hierhergeführt hat, ist erledigt; ich kann noch eine Weile bleiben und Valgasha auf dem Thron halten, bevor ich ihn den Clans überlasse. Aber wenn meine Freunde ihre Sache zu Ende gebracht haben, sollte ich aufbrechen.«

»Was haben sie dir angeboten?« fragte Nakor und bewegte sich sachte auf Anthony zu. »Du bist reich, oder du warst es zumindest, als ich dich das letzte Mal gesehen habe. Du hast großartige Fähigkeiten. Du kennst viele Tricks. Und du siehst jung aus.«

»Ich sehe jung aus, doch ich bin es nicht«, sagte sie und spuckte die Worte Nakor fast entgegen. »Ich muß zwei oder drei Liebhaber im Jahr töten, um normal zu altern, und fünf oder sechs weitere, damit ich jünger werde. Weißt du, wie anstrengend das ist, wenn man dem mächtigsten Magier der Gegend gegenüber den Anschein der Treue wahren muß? Dahakon war zu nützlich, um ihn zu verärgern, und in mancherlei Hinsicht war er sehr dumm –«

»Zum Beispiel, was seinen Geschmack an Frauen betrifft?« stichelte Nakor.

Sie lächelte. »Ja, stimmt. Er hat mich die meiste Zeit bewachen lassen. Es war ein schwieriges Jahrzehnt für mich, Nakor. Treue war noch nie meine Stärke.«

Sie tätschelte dem bewegungslosen Magier den Kopf. »Ist dir schon einmal aufgefallen, daß diejenigen, die sich zu viel mit den Toten beschäftigen, den Blick für die wesentlichen Dinge im Leben verlieren? Dakahon kann mit Toten erstaunliche Dinge anstellen, doch sie sind eine langweilige Gesellschaft, weißt du.«

»Was haben sie dir angeboten?«

Sie lachte. »Unsterblichkeit! Besser: unendliche Jugend!« Sie hatte die Augen weit aufgerissen, und Anthony glaubte fest, sie wäre verrückt.

Nakor schüttelte den Kopf. »Und du hast ihnen geglaubt?« Er schüttelte erneut den Kopf. »Ich hätte dich für schlauer gehalten. Sie wollen mehr, als du ihnen jemals geben kannst.«

Die Frau sagte: »Willst du behaupten, du wüßtest, was ihr eigentliches Ziel ist, oder willst du mich nur aushorchen?«

»Ich weiß, was sie machen. Du nicht, oder du hättest dich nicht mit den Pantathianern eingelassen. Pug weiß auch, was sie vorhaben.«

»Pug«, sagte sie leidenschaftlich. »Der Erbe von Macros' Mantel. Der größte Magier unserer Zeit.«

Nakor zuckte mit den Schultern. »Sagen viele. Ich weiß, er hätte dieses Schauspiel in einer Minute beenden können.« Er zeigte auf Dahakon.

»Und warum hat er es nicht getan?«

»Weil wir herausfinden müssen, was die Pantathianer wirklich vorhaben. Damit wir sie aufhalten können. Wenn er Dahakon getötet hätte, wärest du mit den Gefangenen verschwunden, oder wenn er hierhergekommen wäre, hättet ihr die Gefangenen ermordet. Und wir kennen den Plan der Pantathianer noch nicht.« Nakor winkte ab. »Statt dessen beschäftigt er Dahakon, während wir kommen und die Gefangenen befreien, den Plan herausfinden und schließlich dich bekämpfen.« Seine Stimme klang fast entschuldigend. »Ist nicht persönlich gemeint.«

Sie schüttelte den Kopf. »Ich hätte dich am Leben gelassen, wenn ich könnte, der alten Zeit wegen, aber leider geht es nicht.«

»Du willst doch nicht, daß wir dir wehtun«, warnte Nakor.

Sie lachte. »Wie willst du das anstellen?«

Nakor zeigte auf Anthony, der sein Zittern kaum verbergen konnte und mit feuchten Augen und laufender Nase Nakor anblickte.

»Er ist der wahre Erbe von Macros' Mantel!« sagte Nakor theatralisch. »Er ist der Sohn von Macros!«

Die Frau sah Anthony an. »Er?«

Nakor sagte theatralisch: »Anthony, wir müssen sie vernichten. Benutze deine wütenden Kräfte!«

Anthony nickte. Das war der Satz, den Nakor ihm eingeschärft hatte. Jetzt sollte er das kleine Beutelchen benutzen. Clovis begann, einen Zauberspruch zu intonieren, und Anthony spürte, wie sich seine Haare auf Armen und Nacken aufstellten. Er erkannte ihre Worte. Sie baute eine Schutzmauer gegen magische Angriffe auf. Aber er hatte keinerlei Fähigkeiten, einen solchen Schutzzauber zu durchbrechen.

Plötzlich stand sie in einem Nimbus aus silbernem Licht. Anthony griff in die Tasche und warf das kleine Papier, das Nakor ihm gegeben hatte, auf den Boden. Schwarzer Rauch erhob sich und füllte rasch den Raum.

»Was ist das?« kreischte Clovis. Sie begann mit einem neuen Zauberspruch, und Anthony wußte, jetzt beschwor sie die dunklen Mächte herauf, um sie beide zu vernichten. Er betete, daß Nakor wußte, was er tat, machte den kleinen Beutel auf und warf ihn mit aller Kraft auf Clovis.

Sie warf die Hände in die Luft, als das Beutelchen durch die silberne Barriere flog und sie im Gesicht traf. Schwarzes Pulver breitete sich um sie aus. Alle drei erstarrten einen Augenblick lang, dann nieste sie. Sie öffnete den Mund und wollte etwas sagen, nieste abermals. Ihre Augen begannen zu tränen, und sie nieste zum dritten Mal. Sie hustete, und mußte noch einmal, heftiger als zuvor, niesen. Anthony mußte ebenfalls niesen.

Die Frau versuchte zu sprechen, ihre Beschwörung fortzusetzen, doch sie konnte nicht aufhören zu niesen. Nakor griff in seinen Rucksack und holte eine große Stofftasche heraus. Er holte aus und schlug sie der Frau so stark er konnte auf den Hinterkopf.

Sie sackte zu Boden.

Anthony schneuzte sich die Nase und fragte mit tränenden Augen: »Pfeffer?«

Nakor nieste. »Man kann keinen Zauberspruch aufsagen, wenn man niesen muß. Ich wußte, sie rechnete mit einem magischen Angriff, deshalb würde sie sich vor dem Naheliegenden nicht schützen. Sie hat die großen Dinge immer den gewöhnlichen vorgezogen.« Er maß die Entfernung, dann schlug er noch einmal mit der Tasche zu. »Sie wird eine Weile bewußtlos sein.«

»Womit habt Ihr sie geschlagen?«

»Eine Tasche mit Äpfeln. Fürchte, das hat wehgetan.«

»Lassen wir sie hier liegen?« fragte Anthony.

»Wir könnten sie sowieso nicht töten, auch wenn wir wollten. Wenn wir ihr den Kopf abschneiden würden, wäre sie hinterher nur noch wütender. Wenn sie glaubt, wir wären fortgelaufen, wird sie sich zwar aufregen, sich aber einreden, sie hätte gewonnen. Sie hat keinen Grund, uns zu folgen, bis sie herausgefunden hat, daß wir eins ihrer Schiffe gestohlen haben.«

Er sah sich in dem Zimmer um, gab Anthony die Tasche mit den Äpfeln und sagte: »Wenn sie sich rührt, schlägst du noch einmal zu.«

Er lief in Dahakons Studierzimmer und kam mit einem braunbefleckten Messer zurück.

»Ich dachte, wir könnten sie nicht töten«, sagte Anthony.

»Können wir auch nicht. Aber wir können ihr ein wenig lästig sein.« Er ging zu Dahakon und schnitt dem Magier die Kehle durch. Das Messer hinterließ eine schwach rote Spur, Blut floß jedoch nicht. Dann schnitt er mit dem Messer einige Kordeln von den Gardinen ab und fesselte damit Clovis die Hände und Füße. Nakor warf das Messer auf den Boden. »Komm, wir gehen. Calis und die anderen sollten inzwischen bei den Gefangenen sein.«

Sie eilten durch die Zimmer, und Anthony fragte: »Was habt Ihr mit Dahakon gemacht?«

»Wenn er seinen Kampf mit Pug abbricht, wird er etwas zu tun haben. Er muß sich nämlich darum kümmern, nicht zu verbluten, und das wird ihn eine Weile von uns ablenken. Aber anders als Jorna – ich meine Clovis – wird er uns trotzdem verfolgen.«

»Woher kennt Ihr sie?«

»Aus meiner Zeit in Kesh. Liegt schon lange zurück.«

»Wart Ihr Freunde?«

»Sie war meine Frau.« Er grinste. »Nun, so etwas Ähnliches. Wir haben zusammengelebt.«

Anthony errötete. »Ihr habt mit einer Mörderin zusammengelebt?«

Nakor grinste. »Ich war noch jünger. Sie war ganz außergewöhnlich schön. Und sehr gut im Bett. Als ich ein junger Mann war, haben mich an Frauen eben andere Dinge interessiert als heute.«

Anthony fragte: »Wie habt Ihr sie erkannt?«

»Manche Dinge an Leuten ändern sich nie. Wenn du deine Tricks besser kannst, dann wirst du irgendwann auch die wahren

Personen erkennen, egal welche Form sie annehmen. Das ist gut zu wissen.«

»Falls wir das alles hier überleben, solltet Ihr nach Stardock zurückgehen und den Magiern dort einige Eurer Tricks beibringen.«

»Ich könnte dir einige beibringen, und dann gehst du zurück nach Stardock. Ich kann den Ort nicht ausstehen.«

Sie erreichten eine Tür, die auf den Hof hinausging. An der Tür lag ein toter Diener. Nakor sah ihn sich im Vorbeigehen an. »Sie war noch fleißig, ehe sie uns gefunden hat.«

Anthony wandte sich ab. Der Mann war nackt, und sein Körper war verschrumpelt, als hätte man jeden Tropfen Flüssigkeit herausgezogen. Der Gestank schwarzer Magie hing in der Luft, und Anthony war verwirrt, weil er kurz zuvor noch solches Verlangen nach dieser Frau gespürt hatte. Sein Respekt vor Nakor, der ihren Verführungskünsten widerstanden hatte, wuchs noch.

Sie kamen in die Nähe des Hofes, in dem die Gefangenen festgehalten worden waren, und Nakor blieb stehen. »Sieh«, flüsterte er.

Zwei Gestalten kauerten in der Dunkelheit. Anthony konnte sie von seinem Standort aus kaum erkennen. Nakor machte ihm ein Zeichen, und er folgte dem kleinen Mann.

Leise schlichen sie sich hinter die Gestalten, die sich versteckt hielten, und plötzlich spürte Anthony, wie Hitze seinen Körper durchflutete. »Margaret!« keuchte er, und die beiden Gestalten sprangen auf.

Margaret drehte sich mit aufgerissenen Augen um. »Anthony?« fragte sie. Und dann flog sie ihm in die Arme. Vor Erleichterung schluchzend stieß sie hervor: »Noch nie in meinem ganzen Leben war ich so glücklich, jemanden zu sehen.«

Abigail kam ebenfalls heran und berührte den jungen Magier am Arm, als wollte sie sich vergewissern, ob er echt sei. »Wo sind die anderen?«

Nakor sagte: »Sie müßten eigentlich gerade die übrigen Gefangenen befreien. Kommt.«

Anthony hielt Margaret immer noch im Arm und wollte sie kaum gehen lassen. Er sah jedoch die Notwendigkeit ein und trat zurück. »Wie freue ich mich, Euch in Sicherheit zu sehen.«

Sie sah ihn mit Tränen in den Augen an. »Mehr hast du mir nicht zu sagen?« Sie warf ihm die Arme um den Hals und küßte ihn.

Er stand einen Augenblick bewegungslos da, bis er sie abermals in seine Arme schloß. Als sie sich voneinander lösten, sagte sie: »Wie konntest du mich monatelang Tag für Tag erreichen und nicht merken, was ich für dich fühle?« Tränen rannen über ihr Gesicht. »Ich kenne dich, Anthony. Ich weiß, wie du fühlst, und ich liebe dich auch.«

Nakor wischte sich eine Träne aus den Augen und sagte: »Wir müssen gehen.«

Er nahm Abigail am Arm und führte sie auf den ummauerten Hof zu. Man konnte hören, wie Hämmer auf Metall schlugen, und als sie den Hof betraten, sahen sie Söldner, die die Ketten der Gefangenen aufsprengten.

Abigail entdeckte eine bekannte Gestalt und rief: »Marcus!« Marcus sprang mit einem Satz über zwei Pritschen hinweg, drückte Abigail an sich und hob sie in die Luft. Nachdem er sie lange geküßt hatte, setzte er sie ab.

Der sonst so verschlossene Marcus sagte: »Ich habe geglaubt, ich würde dich nie wiedersehen.« Er nahm Margaret in die Arme und gab ihr einen Kuß auf die Wange. »Oder dich.«

Nakor meinte: »Hebt euch die Begrüßung für später auf. Wir müssen hier schnellstens weg. Wie lange dauert es noch?«

Marcus antwortete: »Noch zehn Minuten. Wir haben hier Werkzeuge gefunden« – er zeigte auf eine Tür – »aber es waren nur zwei Meißel dabei.«

»Wie geht es den Gefangenen?« fragte Nakor.

Bei diesen Worten wurde in Anthony der Heiler wach. Widerwillig ließ er Margaret los und begann, die Gefangenen zu untersuchen. Nachdem er sich einige angesehen hatte, sagte er: »Sie sollen soviel Wasser trinken wie möglich, aber langsam. Sie sollen immer nur nippen. Und dann müssen wir sie zu den Flußschiffen bringen.«

Plötzlich entdeckte er die Statue. Er verspürte einen seltsamen Stich und rief: »Nakor?«

Der kleine Mann kam angelaufen und betrachtete die Statue. Er ging um sie herum und wollte sie gerade anfassen, als Anthony sagte: »Tut das nicht!«

Nakor zögerte und nickte schließlich. Anthony drehte sich um und fragte die Gefangenen: »Hat jemand diese Statue berührt?«

Ein Mann in seiner Nähe antwortete: »Nein, aber diese Wechseldinger.«

»Wechseldinger?« fragte Nakor.

»Diese Schlangendinger.« Der Mann hustete. »Sie haben uns hier angekettet und mit diesen Schlangen, die gehen können, alleingelassen. Sie haben sich ständig verwandelt, bis sie so aussahen wie wir«, sagte er. Er schien noch ein junger Mann zu sein, doch seine Augen lagen in tiefen Höhlen, und seine Haut war zerfurcht wie die eines Alten. In seinen Haaren sah Anthony graue Strähnen. »Die haben alle dieses Ding umarmt und etwas in einer schrecklichen Sprache gemurmelt. Und dann hat sich jeder mit einer Nadel in den Arm gestochen und das Blut auf die Statue geschmiert.«

»Wohin haben sie die Toten gebracht?« fragte Anthony. Auf seinem Gesicht hatte sich Entsetzen breitgemacht.

Der Mann zeigte auf eine Tür. »Dort drüben. Sie haben alle von uns, die gestorben sind, dort drüben hingebracht.«

Anthony sprang über eine Pritsche und rannte zu der Tür. Er drückte die Klinke runter, doch sie war verschlossen. An Marcus gewandt sagte er: »Könnt Ihr sie aufbrechen?«

Marcus kam mit Hammer und Meißel angelaufen und schlug auf das Schloß ein. Nach einigen Hieben fiel es ab, und Anthony schob die Tür auf. Marcus machte einen Schritt zurück und schlug die Hand vor den Mund. »Götter!« schrie er, wandte sich ab und würgte.

Anthony rief: »Nakor, bringt ein Licht. Alle anderen bleiben zurück!«

Nakor lief mit einer Fackel herbei und trat zu Anthony. Hinter der Tür lagen sowohl die Leichen von Menschen als auch die der jeweils dazu passenden Eidechsenkreaturen. Die menschlichen Leichen sahen schauerlich aus, doch vor allem die Eidechsenkreaturen erregten Anthonys Aufmerksamkeit.

Sie waren aufgebläht und schwarz, die Haut war aufgebrochen, und Eiter und Blut waren hervorgetreten. Ihre Lippen waren grün und aufgeplatzt, während die Augen wie schwarze Rosinen in ihren Höhlen lagen. Ihren Gesichtzügen nach waren sie unter großen Schmerzen gestorben. Sie hatten sich die Hände an den Mauern wundgekratzt.

Anthony flüsterte: »Spürt Ihr das auch?«

Nakor erwiderte: »Ich spüre es. Etwas Finsteres und Böses.«

Anthony schloß die Augen und begann einen Zauberspruch. Er malte mit den Händen Zeichen in die Luft, öffnete plötzlich die Augen wieder. »Geht hinaus«, flüsterte er heiser.

Nakor verließ den Raum, und Anthony folgte ihm. An Marcus und Calis gewandt sagte er: »Bringt alle hinaus, dann legt Feuer.« Mit einer Bestimmtheit, die man von ihm nicht gewohnt war, fuhr er fort: »Brennt auch die anderen Gebäude nieder, die Außengebäude, die Ställe, die Küche; das Hauptgebäude steckt erst an, wenn wir hindurchgegangen sind. Brennt alles nieder!«

Marcus rief: »Bringt alle hinaus!«

Als der letzte Gefangene in Sicherheit war, wurde eine Fackel auf die verfaulenden Leichen geworfen. Einige Öllampen und Lumpen, die jemand gefunden hatte, wurden ebenfalls darauf geworfen. Marcus sagte den Söldnern, sie sollten Fackeln anzünden und die anderen Gebäude in Brand setzen. Innerhalb von Minuten loderten überall Flammen auf.

Als Calis wieder zu den anderen kam, fragte er Anthony: »Was habt Ihr in diesem Raum gefunden?«

»Leichen«, antwortete Anthony.

Marcus fragte: »Anthony, was war es?«

Anthony wartete einen Augenblick ab, bis die Söldner die Gefangenen in das große Gebäude gebracht hatten. Er folgte Nakor, der sie zu dem unterirdischen Gang brachte. Mit Tränen der Wut in den Augen sagte Anthony: »Sie schicken die Pest ins Königreich, Marcus. Sie schicken eine magische Krankheit, und es wird eine Epidemie geben wie noch niemals zuvor. Wir müssen sie aufhalten!«

Marcus riß die Augen auf, schluckte, nahm Abigails Hand und lief, Margaret und Anthony hinter sich, mit ihr zum Hauptgebäude des Anwesens.

Hinterhalt

Harry zeigte auf etwas.

»Was ist das?« fragte Brisa.

»Feuer«, antwortete Praji. »Und zwar ein großes, so wie es den Himmel erhellt.«

Sie saßen im ersten der Flußschiffe, die unterwegs zu dem ausgebrannten Bauernhaus waren, wo, wenn die Götter ihnen gnädig waren, die Gefangenen auf sie warten würden. Harry spürte, wie ihm der kalte Schweiß ausbrach. »Gleich wird hier einiges los sein.«

Praji meinte: »Kein Zweifel. Soldaten werden kommen und nachsehen, was vor sich geht. Wenn sie zufällig hier herunterschauen, wird es zum Kampf kommen.«

Einer der Flußschiffer sagte etwas zu Tuka, und der sagte zu Harry: »Sab, wir legen jetzt an.«

Harry nickte und machte dem folgenden Flußschiff Zeichen. In jedem Boot saß an Heck und Bug ein Ausguck. Das erste Boot schob sich leise knirschend aufs Ufer, und die anderen folgten in kurzen Abständen.

Harry sprang an Land und lief zu dem Bauernhaus. Die Abdeckung des Brunnens war beiseite genommen worden, und gerade stieg ein Mann unter Schwierigkeiten heraus. Harry packte den Mann am Arm und half ihm. »Harry!« rief jemand aus der Ruine des Bauernhauses, und Calis erschien und winkte ihn zu sich. Harry half dem schwachen Mann noch auf die Beine und setzte ihn in dem Bauernhaus auf den Boden.

»Seid ihr gerade erst angekommen?« fragte Harry.

»Es dauert länger, als wir geplant haben«, sagte Calis. »Marcus und die anderen sind noch unten und helfen Befreiten beim

Aufstieg, doch es geht nur langsam voran. Sie sind schwach, und einige müssen heraufgezogen werden.«

Praji gesellte sich zu den beiden, und Harry sagte: »Holt Seile und macht eine Schlinge, und dann sollen vier starke Männer die schwächeren Gefangenen durch den Brunnen hochziehen.«

Praji eilte davon, und Harry sagte: »Es ist gehupft wie gesprungen; entweder warten wir hier oder draußen in der Bucht.«

Calis nickte. »Nicholas und Amos müßten das Schiff inzwischen gekapert haben.«

»Ich wünsche ihnen viel Glück.« Harry sah zum Himmel hinauf, wo gerade der zweite von Midkemias drei Monden aufging. Der dritte wäre in einer Stunde dran. »Es wird hier draußen bald sehr hell werden.« Es war selten, daß die drei Monde zur gleichen Zeit voll waren, und der Ausdruck »hell wie drei Monde« bedeutete, daß es fast taghell war. »Ist nicht gerade die richtige Nacht, wenn man ungesehen herumschleichen will. Warum das Feuer?«

»Schlechte Neuigkeiten, fürchte ich«, antwortete der Halbelb. »Anthony sagt, dort hätte jemand eine magische Pest geschaffen und durch das Feuer würde sie zerstört. Wenn wir das Anwesen nicht niedergebrannt hätten, wäre jeder Bewohner dieser Stadt innerhalb eines Monats tot, meint er. Höchstens nach zwei Monaten. Und jeder, der die Stadt verläßt, würde die Seuche verschleppen. Er glaubt, diese Pest könnte die Hälfte der Menschen auf diesem Kontinent töten.«

»Götter! Das ist schlimm!« Harry schüttelte angeekelt den Kopf. Er betrachtete das Feuer in der Ferne und meinte: »Nun, ich denke, da werden bald einige neugierige Soldaten auftauchen.« Er ließ seinen Blick über die vielleicht zwanzig befreiten Gefangenen schweifen, die schon oben waren, und erkannte einen, einen Pagen, mit dem er Fußball gespielt hatte. Er kniete sich neben ihm nieder und fragte: »Edward, wie geht es dir?«

»Nicht sonderlich gut, Junker«, sagte der Junge und versuchte tapfer zu lächeln. »Aber ich werd's schon überleben, jetzt wo wir frei sind.« Sein Gesicht war blaß, und nicht nur sein Körper, sondern auch seine Seele war krank. Er hatte als Gefangener Greueltaten miterlebt, die die schlimmsten Alpträume übertrafen. Und die Befreiung aus den Ketten löschte die Erinnerungen daran noch lange nicht aus.

Harry sagte: »Ich könnte deine Hilfe gebrauchen. Würdest du das schaffen?« Der Page nickte, und Harry sagte: »Hilf den anderen zu den Booten.«

Der Junge stand auf und half einem der anderen Gefangenen, einem jungen Mädchen, das mit abwesendem Blick ins Leere starrte. Der Page sagte: »Auf die Beine, allesamt; ihr habt gehört, was der Junker gesagt hat. Wir müssen zu den Booten. Es geht nach Hause.« Den letzten Satz schluchzte er fast, doch er erzielte die gewünschte Wirkung.

Die anderen Gefangenen erhoben sich und taumelten zu den Flußschiffen. Aus dem Brunnen stieg der nächste Mann aus, und Harry lief hin und schickte ihn gleich zum Ufer.

Dann rief er in den Brunnen hinunter: »Wir sind mit den Booten da! Geht es vielleicht schneller?«

Marcus rief aus der Dunkelheit nach oben: »Wir tun, was wir können, aber sie sind schwach.«

»Wir lassen ein Seil runter und ziehen die nach oben, die nicht klettern können.«

»Gut.«

Die Zeit verstrich. Nach und nach kletterten die befreiten Gefangenen die Leiter hoch. Praji, Vaja und zwei weitere Männer kamen mit einem Seil, ließen es hinunter und zogen die Schwächsten herauf.

Harry ging zu den Flußschiffen und sagte zu Tuka: »Wenn ich das Zeichen gebe, brichst du mit den schon vollbesetzten Booten auf und fährst zum Hafen. Fahr in Richtung Flußmündung und warte dort auf Nicholas.«

Der kleine Mann fragte: »Ich dachte, wir wollten flußaufwärts fahren, Sab?«

»Später, mein Freund, später.« Fast abwesend fügte er hinzu: »Wir müssen noch einen Zwischenhalt einlegen.«

Beide standen einen Augenblick lang schweigend da und betrachteten das brennende Anwesen von Dahakon dem Magier, dem Ersten Berater des Oberherrn.

»Was ist das?« fragte Amos.

Nicholas sagte: »Sieht aus wie ein Brand auf der anderen Seite der Bucht.«

»Hoffentlich sind unsere Freunde nicht in Schwierigkeiten.«

»Darüber können wir uns später Gedanken machen. Sieh mal!«

Amos blickte in die Richtung, in die Nicholas zeigte und sagte: »Alle Mann bereithalten!«

Die Yacht war ein Vergnügungsboot und gehörte einem Händler, der sie sowohl fürs Geschäft benutzte als sich auch eine schöne Zeit darauf machte. In den drei kleinen Kabinen konnte man bequem sieben bis acht Passagiere unterbringen, und dann war immer noch genug Platz für Fracht. Hart am Wind war die Yacht langsam, doch hinter dem Wind schoß sie los. Und Amos brachte sie so in den Wind, daß sie das zweite Schiff, welches gerade den Hafen verließ, einholen würde.

Das erste war vor kurzem in Sicht gekommen, es war der Nachbau der *Königliche Möwe* gewesen. Jetzt tauchte die *Königlicher Adler* auf, und Amos wendete die Yacht. Er hatte sich überlegt, wie ein erfahrener Kapitän die Schiffe aus dem Hafen bringen und wie er die lange Halbinsel umrunden würde. Und während das Licht der drei Monde es schwierig machte, sich verstohlen zu nähern, half es Amos wenigstens bei der Navigation.

Die Mannschaft ging an die Arbeit. Sie kannten dieses Schiff nicht, doch sie waren erfahrene Seeleute und hatten sich, seit sie an Bord gekommen waren, mit der Yacht vertraut gemacht. Die beiden Männer, die das Schiff bewacht hatten, waren unverletzt überwältigt worden und lagen gefesselt unter Deck.

Die Yacht schoß los wie ein Raubtier. Ghuda stand mit einem Enterhaken am Bug, drei Soldaten waren bei ihm. Insgesamt ein Dutzend der dreißig Männer sollte die Schiffe aneinanderziehen, während die anderen enterten. Nicholas betete, daß die Überraschung gelingen würde und sie dadurch die Mannschaft des anderen Schiffs besiegen könnten, ehe sie sich in Aufstellung bringen konnte. Sie hatten keine Ahnung, wie viele Männer zur Mannschaft gehörten, aber Amos ging von mindestens dreißig Seeleuten aus. Dazu kamen noch die Wachen.

Der Ausguck stieß einen Warnschrei aus, als die Yacht unvermittelt an der Breitseite anlegte. Einer der Bogenschützen am Bug brachte ihn zum Schweigen. Ghuda warf den Enterhaken, und die anderen folgten seinem Beispiel. Ein halbes Dutzend Männer sprang aus der Takelage der Yacht auf das höher gelegene Deck des Schiffes, zog die Messer und Schwerter und sah sich nach Gegnern um. Nicholas kletterte an der Webeleine hoch, überwand die anderthalb Meter zwischen den Schiffen mit einem Sprung und zog sich über die Reling.

Und schon kam einer der Seeleute mit dem Entermesser auf ihn zu. Nicholas tötete den schwarzgekleideten Mann, ehe der zuschlagen konnte. Um ihn herum erhob sich Kampflärm, und aus der Ferne konnte er Rufe vom ersten Schiff her hören.

Nicholas rannte zur Kajütstreppe am Heck. Falls die Pantathianer oder ihre mächtigen Speichellecker an Bord waren, würden sie sich hier aufhalten. Er trat die Tür der Kapitänskabine auf und hörte das dumpfe »Plock« eines Armbrustbolzens, der neben ihm in das Holz des Türrahmens einschlug. Der Kapitän legte in aller Ruhe die Armbrust beiseite und zog das Schwert. »Übergebt Euer Schiff!« befahl Nicholas, doch der Kapitän sagte nichts, als er hinter seinem Schreibtisch hervorkam.

Und plötzlich mußte sich Nicholas gegen den wilden Angriff des Mannes wehren. Er wich zurück, startete eine Konterattacke, und der Kampf ging los. Nicholas war jünger und schneller, doch auch der ältere Kapitän konnte fechten und hatte vor allem mehr Erfahrung. Nicholas versuchte sich auf seinen Gegner zu konzentrieren, mußte jedoch ständig daran denken, wie der Kampf draußen wohl stehen mochte.

Nicholas schlug zu und erwischte den Kapitän am Arm, und der ließ sein Schwert fallen. Er richtete seine Schwertspitze auf den Kapitän und sagte: »Ergebt Euch!«

Der Mann zog ein Messer aus dem Gürtel und warf es nach Nicholas, der ohne nachzudenken zustieß. Die Schwertspitze drang unterhalb des Brustbeins ein und traf genau ins Herz. Der Kapitän brach zusammen.

Nicholas zog sein Schwert zurück und wandte sich um. Es gab hier noch zwei weitere Kabinen, deren Türen einander gegenüberlagen. Nicholas wählte die rechte Tür. Er trat mit dem Fuß dagegen und duckte sich sofort – er hatte seine Lektion gelernt. Als kein Bolzen angeflogen kam, blickte er hinein.

Die Kabine war leer. Er wiederholte das Vorgehen an der anderen Tür, und diesmal flog ihm wieder ein Armbrustbolzen entgegen und verfehlte ihn nur knapp. Wenn er sich nicht geduckt hätte, wäre er jetzt tot gewesen.

Er sprang durch die Tür hinein. Der Erste Maat stürmte ihm entgegen und rammte ihm die Schulter in den Bauch. Nicholas hörte Stoff reißen, spürte, wie etwas über seine Rippen strich, und schlug dem Mann mit dem Schwertgriff hart auf den Kopf. Doch der grunzte nur, und Nicholas spürte erneut, wie etwas über seine Rippen kratzte. Er hämmerte dem Mann auf den Kopf, und plötzlich sackte der Erste Maat vor seinen Füßen zusammen.

Nicholas fühlte ein Brennen an seiner linken Seite. Er griff an die Stelle. Seine Hand wurde feucht. Er sah zu Boden und entdeckte die blutige Klinge des Messers, mit dem ihn der Erste Maat hatte töten wollen. Glücklicherweise waren die Schnitte nicht tief gegangen. Nicholas atmete durch und verdrängte ein Schwindelgefühl; seine Seite begann zu brennen und zu pochen.

Er kehrte aufs Hauptdeck zurück, wo Ghuda und die Soldaten die Oberhand gewonnen zu haben schienen. Die schwarzgekleideten Verteidiger waren erfolgreich überrascht und überwältigt worden. Die meisten von ihnen lagen tot am Boden.

Nicholas blickte nach rechts, wo Amos von zwei Männern zurückgedrängt wurde. Nicholas rannte ihm zu Hilfe, doch während der eine Mann Amos' Klinge abblockte und in die Höhe riß, stieß der andere mit dem Schwert zu und trieb es Amos in den Bauch.

»Amos!« schrie Nicholas, schlug zu und tötete den Kerl, der die Klinge des Admirals abblockte. Dann griff er den zweiten Mann an, schlug ihn nieder und ließ den verwundeten Gegner liegen.

Nicholas kniete sich neben Amos hin. Der war bewußtlos und atmete nur flach und mühsam. Nicholas sah auf und beobachtete, wie Ghuda einen Mann tötete. In diesem Kampf gab es keine Gnade.

Nicholas ließ Amos liegen und eilte los, doch eine Hand packte seinen Knöchel. Nicholas stürzte und trat dem verwundeten Seemann ins Gesicht. Es gab ein Geräusch, als würden Knochen brechen, und der Mann schrie auf.

Nicholas kam wieder auf die Beine und trieb dem Mann die Schwertspitze in die Kehle. Er drehte sich um, und Ghuda rief ihm zu: »Das sind Fanatiker! Die werden nicht aufgeben!«

Grimmig erwiderte Nicholas: »Keine Gefangenen!« Er verspürte einen bitteren Geschmack im Mund, spuckte aus und stürzte sich auf den nächsten der schwarzgekleideten Seeleute.

Der Kampf schien sich endlos hinzuziehen, und zweimal hätte Nicholas schwören mögen, er hätte Männer vor sich, die er schon einmal getötet hatte. Dann war plötzlich Stille.

Ghuda sagte: »Das waren alle.«

Nicholas nickte benommen. Er war schweißgebadet und blutig, seine Knie zitterten vor Erschöpfung. Sein linker Fuß schmerzte heftig, und seine Seite brannte. Dann erinnerte er sich: »Amos!«

Er rannte zu der Stelle, wo der Admiral lag, und erleichtert sah er, daß er noch atmete. Ghuda kniete sich neben Nicholas nieder und sagte: »Er ist in einem schlechten Zustand. Wir brauchen Anthony.«

Zwei Seeleute hoben Amos vorsichtig auf und brachten ihn in die Kabine des Kapitäns. Nicholas sah sich um und bemerkte, wie ihn alle anstarrten. Plötzlich wurde es ihm klar. Jetzt mußte er den Befehl an Bord übernehmen. »Wer ist der älteste Mann hier?«

»Pickens, glaube ich, Hoheit.«

»Pickens!« rief Nicholas, und eine Stimme antwortete vom Vorderdeck. »Hier!« Ein Mann Ende dreißig kam angelaufen und sagte: »Ja, Hauptmann.«

»Ihr seid jetzt Erster Maat, Pickens. Laßt die Leichen dieser Kerle über Bord werfen.«

»Aye, Hauptmann«, sagte der beförderte Seemann. Er wandte sich an die Mannschaft, die erschöpft und blutig dastand, und sagte: »Ihr habt gehört, was der Hauptmann gesagt hat. Worauf wartet ihr noch? Werft die Leichen über Bord!«

Ghuda fragte: »Alles in Ordnung?«

Nicholas warf einen Blick auf sein blutiges Hemd. »Ach, das ist nur ein Kratzer. Aber ich mache mir Sorgen um Amos.«

»Er ist ein zäher Kerl«, meinte Ghuda, doch in seiner Stimme schwang ebenfalls Sorge mit.

Nicholas meinte: »Ich habe auf dieser Reise viel von Amos gelernt, und ich bin auch schon früher gesegelt; ich hoffe nur, ich werde mich als Kapitän genauso bewähren wie als Söldnerhauptmann.«

Ghuda senkte die Stimme. »Ihr braucht nur Mr. Pickens zu sagen, was Ihr wollt, und dann soll er sich Gedanken darum machen.«

Nicholas lächelte halb: »Hört sich schlau an.«

Ein Seemann kam an Deck und sagte: »Ho- äh, Hauptmann, unten sind Gefangene.«

Nicholas folgte ihm und rief: »Mr. Pickens!«

»Ja, Hauptmann?«

»Wenn Ihr hier Ordnung geschafft habt, wendet das Schiff und segelt zur Stadt zurück.«

»Aye, Hauptmann.«

Nicholas grinste und meinte zu Ghuda: »Scheint zu klappen.«

Sie gingen zur Hauptluke und blickten nach unten. Ein Dutzend Gesichter blickte sie von unten an. Keine der Gestalten sagte ein Wort.

Ghuda fragte: »Sind das unsere Leute oder die Doppelgänger?«

Nicholas antwortete: »Ich weiß es nicht.« Er fühlte sich überfordert. »Schließt sie ein. Wir klären das, wenn wir die anderen an Bord haben.«

Er stand auf und spürte, wie das Schiff unter ihm schaukelte. Ghuda nickte ihm zu, und Nicholas verstand. Widerwillig begab er sich zurück zum Achterdeck, wo er nun den Befehl über das Schiff übernehmen mußte.

Pickens stand am Steuerrad. Der Maat rief: »Setzt die Segel.«

In der Takelage taten die Seeleute wie geheißen. Pickens sagte: »Dieses Schiff ist ein verdammt guter Nachbau, Hauptmann. Ich könnte sie vom richtigen kaum unterscheiden, und ich war zehn Jahre an Bord der *Adler*.«

»Wie stehen die Dinge?« fragte Nicholas.

»Sechs Verwundete, drei Tote. Noch zehn Minuten, und wir wären auf Grund gelaufen. Warum geht Ihr nicht nach unten und laßt Eure Wunde behandeln?«

Nicholas nickte. »Übernehmt das Steuer, Mr. Pickens!«

»Aye, Sir!« erwiderte der und salutierte.

Nicholas verließ das Achterdeck und ging zu den Soldaten, die sich um die Verwundeten kümmerten. Einer sah ihn, und ohne lange zu fragen half er ihm aus dem Hemd. Nicholas blickte zur Seite, während der Mann die Wunde säuberte, dann hielt er die Arme hoch, als sie verbunden wurde.

Im stillen betete er, daß Harry und die anderen den anderen Teil des Plans genauso erfolgreich durchgeführt hatten.

Harry duckte sich hinter der niedrigen Kajüte des Flußschiffes, als die Pfeile über ihn hinwegflogen. Calis erhob sich ruhig und schoß selbst einen Pfeil ab, dann hockte er sich wieder hinter die Kajüte. Ein Schrei verkündete, daß er sein Ziel getroffen hatte.

Praji lag flach auf dem Deck und sagte: »Das waren vier. Glaubt Ihr, sie haben begriffen und ziehen sich zurück?«

Harry rief über Praji hinweg Tuka zu: »Wie weit noch?«

»Ich denke, noch hundert Meter, Sab.«

Sie trieben den Fluß hinunter und wurden von berittenen Bogenschützen beschossen, die gekommen waren, um die Ursache des Feuers zu untersuchen. Einer der Flußschiffer war im ersten Pfeilhagel gestorben, und danach hatten alle irgendwo Deckung gesucht. Harry rief: »Marcus!«

»Was ist?« antwortete der vom zweiten Boot.

»Wie geht es bei euch?«

Einen Moment lang war Stille, dann rief Marcus herüber: »Ein Mann ist verwundet, aber nicht schlimm.«

Calis rief: »Marcus – seht Ihr die beiden Gestalten im Mondlicht?«

»Ich nehme den linken.«

»Bei drei«, rief Calis. »Eins, zwei«, und bei »drei« stand er auf und schoß. Harry hörte einen Moment später Marcus' Bogensehne zischen. Zwei Schreie gellten durch die Nacht, und vom Ufer kamen keine Pfeile mehr.

Harry zählte bis zehn, dann rief er: »An die Ruder! Sofort!«

Flußschiffer nahmen sich die Riemen, die eingezogen worden waren, als der Beschuß begonnen hatte. Sie fingen an, hart zu pullen, während der Mann am Steuerruder sie zurück in die Mitte des Flusses brachte. Kurz danach fuhren die Flußschiffe wieder in einer Reihe hintereinander. Harry rief: »Sind alle in Ordnung?«

Die Frage wurde von Boot zu Boot weitergegeben, und rasch kam die Antwort: ein Toter; zwei Verwundete, doch keiner von beiden schwer. Harry ging zurück zum Bug und sah Brisa an, die immer noch hinter der Kajüte kauerte. »Alles in Ordnung mit dir?«

»Ich habe mich zu Tode gefürchtet«, schnauzte sie. »Ansonsten geht es mir gut.«

Er kniete sich neben ihr nieder. »Bald ist alles vorbei.«

»Wenn dein Freund und seine Bande es geschafft haben, ein Schiff unter vollen Segeln zu kapern … Ich bin zwischen Schiffen aufgewachsen, weißt du das nicht mehr?« Sie schüttelte den Kopf. »Ich sollte mich zusammenreißen.«

Er legte seine Hand auf ihre. »Es wird schon klappen.«

Sie versuchte zu lächeln. »Hoffe ich doch.«

Sie kamen in die Bucht und bewegten sich in raschem Tempo voran. Die breiten Flußschiffe schaukelten auf den Wellen. Harry sagte: »Glücklicherweise brauchen wir mit diesen Booten nicht aufs Meer hinaus.«

Praji und Vaja hielten sich an der Reling fest, die um die niedrige Kajüte ging. Praji sagte: »Müßte doch eigentlich Spaß machen.«

Vaja sagte: »Falls Ihr es noch nicht bemerkt habt, mein Freund hat einen etwas eigentümlichen Sinn für Humor.«

»Kam mir doch gleich etwas komisch vor«, meinte Harry.

Vom letzten Flußschiff konnte man einen Ruf hören, und Harry drehte sich um. Der Ruf wurde weitergegeben, und dann schrie Marcus: »Wir werden verfolgt!«

»Verdammt«, sagte Harry und schob sich an Praji vorbei zum Ruder. Er rief Marcus zu: »Wie viele, und wie weit sind sie entfernt?«

Marcus gab die Frage weiter, und einen Moment später antwortete er: »Drei Boote, vielleicht zweihundert Meter hinter uns. Es sind Beiboote mit bewaffneten Männern.«

Harry wog kurz seine Möglichkeiten ab. »Wir haben die meisten Soldaten und Söldner in den beiden ersten Booten.« Marcus rief er zu: »Laßt Euer Boot zur Seite ausscheren, und die anderen sollen passieren. Ihr und Calis müßt diese Kerle ein wenig entmutigen.«

Praji sah sich um. »Hier ist nicht viel Platz zum Kämpfen. Das kleine Mädchen soll auf eins der vorbeifahrenden Boote springen.«

Harry sagte: »Gute Idee.« Und ehe Brisa etwas einwenden konnte, rief er Marcus zu: »Margaret und Abigail sollen in eins der vorbeifahrenden Boote springen, und alle anderen, die nicht kämpfen können, auch.«

Harry beachtete die rüde Bemerkung von Margaret über ihre Fechtkünste nicht. Er schrie nur: »Du bist zu schwach, also sei still.«

Brisa kam zu ihm. Ehe sie noch etwas sagen konnte, winkte er ab. »Du gehst auch von Bord. Ich habe keine Zeit zum Streiten.«

Sie blieb stehen, zwinkerte ihn an und warf schließlich die Arme um ihn. Sie küßte ihn leidenschaftlich, ließ ihn los und sprang auf die Kajüte. »Ich liebe dich, du Dummkopf. Laß dich nicht umbringen!« Mit Leichtigkeit überbrückte sie den Meter bis zu dem vorbeifahrenden Boot und landete auf dessen Deck.

»Ich liebe dich auch«, sagte Harry.

Er zog sein Schwert und ging zum Heck. Dort sah er, wie Margaret und Abigail ebenfalls zu einem vorbeifahrenden Flußschiff hinübersprangen. Er hörte Schreie vom letzten Boot. Marcus rief: »Sie beschießen das letzte Boot.«

Calis kletterte auf das Dach der Kajüte. »Sie haben keine Langbögen.«

Marcus tat es ihm gleich. Die anderen Boote zogen an ihnen vorbei, die Männer an den Riemen pullten mit aller Kraft. Die beiden Bogenschützen ließen ihre Pfeile gleichzeitig fliegen, und zwei Männer in einem der Verfolgerboote fielen um. Augenblicklich ruderten die Männer in den Beibooten in die andere Richtung. Harry lachte. Calis sagte: »Das sollte sie eine Weile von uns fernhalten.« Er klopfte auf seinen Köcher. »Wenn sie nicht herausfinden, wie wenig Pfeile wir noch haben«, fügte er leise hinzu.

Von vorn rief jemand: »Das Schiff!« Harry drehte sich um und verspürte Erleichterung. Er sagte: »Wir müssen uns diese Kerle vom Leib halten, solange wir die Leute und die Fracht an Bord bringen.«

Tuka fragte: »Sab, was wird aus uns?«

Harry sagte: »Wir werden euch hier nicht zurücklassen; ihr kommt mit, und wir setzen euch irgendwo an der Küste ab.«

Tuka nickte, doch er schien den Verlust der Boote, mit denen er sich seine Zukunft als Flußschiffer aufbauen wollte, nicht zu verwinden. Harry bemerkte das und sagte: »Macht euch keine Sorgen. Es wird sich für dich lohnen. Du bekommst eine Menge Geld, damit du die Randschana flußaufwärts zu ihrem Vater bringst.«

Tuka schien nicht wirklich überzeugt zu sein.

Das erste Boot erreichte die Breitseite des Schiffes, und ein Frachtnetz wurde heruntergelassen. Wie besessen luden die Söldner und Flußschiffer die Vorräte für die lange Reise in das Netz, und als das Boot leer war, kletterten sie an Leinen hoch aufs Schiff. Harry rief: »Einige von euch können auf das zweite Boot warten und beim Ausladen helfen.«

Die Beiboote, die sie verfolgten, warteten eine Weile, dann drehte eins bei. »Verschwinden sie?« fragte Harry.

»Nein«, erwiderte Calis, »ich glaube nicht. Ich glaube, sie holen Verstärkung.«

Ein Flußschiff nach dem anderen wurde so schnell wie möglich entladen. Oben auf Deck beobachtete Nicholas alles mit Sorge. Die letzten Ereignisse wurden ihm von den Leuten, die bereits an Bord geklettert waren, berichtet. Pickens hatte ihm mitgeteilt, sie könnten Minuten, nachdem er den Befehl geben würde, unterwegs sein, doch sie würden eine Weile brauchen, um aus der Hafeneinfahrt herauszukommen.

Nicholas sah, wie Margaret und Abigail an Bord kletterten und zwei schwächeren Männern über die Reling halfen. Er eilte dazu und half zuerst den Männern, dann den Mädchen. Beide begrüßten ihn glücklich, doch Abigail wandte sich sofort von ihm ab und sah zu den Booten nach unten: »Marcus? Alles in Ordnung?«

In Nicholas prallten Eifersucht und Erleichterung aufeinander; doch beide Gefühle wurden von der Meldung des Ausgucks verdrängt: »Hauptmann! Im Hafen lichtet ein Schiff den Anker!«

Nicholas stieg zum Achterdeck hoch und eilte zum Heck. Von dort konnte er sehen, wie bei einem Schiff die Segel gesetzt wurden. Er fragte Pickens: »Wie lange brauchen sie noch?«

»In zehn Minuten sind sie unterwegs, in der doppelten Zeit haben sie uns erreicht.«

Nicholas rief: »Wie viele Flußschiffe müssen noch ausgeladen werden?«

»Zwei«, war die Antwort.

Er eilte zur Seite des Schiffs, wo Söldner und Seeleute mit aller Kraft die Fracht aus dem Netz räumten, damit es für das vorletzte Boot wieder heruntergelassen werden konnte. Er ging zur Reling und rief: »Harry!«

»Was ist?«

»Wer hat das Gold?«

»Es ist hier, bei mir!«

»Komm hoch und bring es mit. Laßt den Rest der Ladung zurück. Alle sollen an Bord kommen. Wir müssen los.«

Die Randschana beschwerte sich lautstark: »Meine Kleider und Sachen sind noch in den Booten.«

Nicholas sagte: »Wir werden Euch neue Kleider kaufen, wenn wir das hier überleben.« Er sah Margaret und Brisa an. »Ich weiß, auf euch beide kann ich mich verlassen. Margaret, das ist Brisa, Brisa – Margaret. Würdet ihr beiden die Randschana bitte unter Deck bringen, in die Kabine neben der von Amos?«

Sie nahmen die Randschana und ihre vier Zofen in die Mitte und gingen. Kurz danach kletterten Harry, Calis und Marcus an Bord. Danach wurde die schwere Truhe mit Shingazis Gold heraufgezogen. Als letztes kamen Nakor und Anthony an Bord. Nicholas rief: »Mr. Pickens! Bringt uns hier raus!«

Befehle wurden gegeben, und Nicholas sah sich um. Die Seeleute und die Soldaten von Crydee beeilten sich, Mr. Pickens Anordnungen zu befolgen. Die Söldner, die Praji angeheuert hatte, standen an der Seite, während sich die Flußschiffer aus der Stadt am Schlangenfluß an der Hauptluke drängten. Nicholas sagte zu den Flußschiffern: »Haltet euch einfach aus dem Weg.« An Praji gewandt sagte er: »Jetzt bekommen Eure Leute noch einen richtigen Kampf geliefert.«

Einige von ihnen murrten, doch Nicholas sagte bloß: »Dafür wurdet ihr schließlich bezahlt!« Er drehte sich um und ging zum Achterdeck.

Dort angekommen rief er: »Mr. Pickens, werden wir es schaffen?«

»Es wird eng«, antwortete der Seemann. Er sah hinter sich und grinste. »Aber sie werden in unserem Kielwasser zurückbleiben.«

Nicholas kehrte auf das Hauptdeck zurück, wollte den anderen etwas sagen, doch unvermittelt sackte er zusammen.

Nicholas wachte in der Kabine des Ersten Maats auf. Durch das Bullauge an der Backbordseite schien die Sonne. Er hatte lange geschlafen. Als er sich zu bewegen versuchte, spürte er, wie heiß und steif seine Seite war. Nicholas untersuchte sich. Jemand hatte ihn frisch verbunden.

Er zog seine Hose an und machte die Truhe auf, die vor dem Bett stand. Der vorherige Besitzer hatte nur ein schwarzes Hemd zurückgelassen, also zog er das an. Es paßte recht gut. Nachdem er seine Stiefel angezogen hatte, ging er zur Tür und öffnete sie.

Ehe er an Deck ging, sah er noch kurz nach Amos. Der Admiral atmete wieder tiefer, war jedoch noch sehr blaß. Nicholas betrachtete ihn einen Augenblick, dann ließ er ihn allein.

Auf dem Hauptdeck standen einige Männer in Gruppen zusammen, während sich andere so gut es ging zum Schlafen hingelegt hatten. Marcus, Anthony, Harry und Ghuda standen in der Nähe der Leiter zum Achterdeck, während Praji und Vaja auf der anderen Seite des Hauptdecks standen und mit den Söldnern redeten.

Nicholas ging zu Marcus und fragte: »Was ist los?«

Harry sagte: »Wir haben da einige Probleme.«

»Die da wären?« fragte Nicholas.

Ghuda sah sich um. »Nun, Calis ist auf dem Achterdeck hinter uns, nur für den Fall, daß Praji und seine Freunde unbedingt an Land gebracht werden wollen.«

Nicholas blickte sich um. »Wann haben wir die Halbinsel umrundet?«

»Gestern, kurz vor Sonnenuntergang.«

»Und wie lange habe ich geschlafen?« fragte Nicholas.

»Wir haben die Stadt am Schlangenfluß vorgestern nacht verlassen. Und jetzt ist es kurz nach Mittag«, erwiderte Marcus.

Harry sagte: »Deine Wunde war schlimmer als du gedacht hast. Anthony hat sie behandelt und dich ins Bett gebracht. Und fünf Minuten später ging der Ärger los.«

»In Kürze?« sagte Nicholas und beobachtete die Söldner.

»Die Flußschiffer fingen an«, sagte Ghuda. »Sie jammerten wie Fischweiber, weil sie ihre Familien zurücklassen müßten und für die Fahrt über das Meer nicht bezahlt worden wären.«

»Warum habt ihr sie nicht einfach ausgesetzt, nachdem wir den Hafen hinter uns hatten?«

Marcus machte eine wütende Geste. »Das wollte ich, aber Anthony und Calis bestanden darauf, daß Pickens das andere Schiff verfolgen sollte.«

»Und dann begannen die Söldner zu murren«, setzte Ghuda die Geschichte fort. »Sie behaupteten, wir würden sie entführen. Und gestern abend wurde die Lage noch angespannter, nachdem wir etwas Wein ausgegeben hatten. Ich dachte, es würde die Gemüter beruhigen, aber da hatte ich mich getäuscht.«

Nicholas sagte: »Ich will sehen, was ich tun kann.«

Er kletterte zum Achterdeck hoch, wo sich Calis auf seinen Bogen stützte. »Warum habt Ihr die Flußschiffer und die Söldner nicht an Land gehen lassen?«

Calis sagte: »Fragt lieber Anthony, der kann es besser erklären. Ich bleibe hier, für den Fall, daß Prajis Freunde noch gereizter werden.«

Nicholas fragte: »Was ist mit Praji?«

»Der ist in Ordnung. Wenn er seine Freunde nicht beruhigt hätte, wäre längst der Teufel los.« Calis lächelte. »Ich glaube, er hält Euch für einen anständigen Hauptmann und wartet ab, was Ihr tun werdet.«

Nicholas stieg die Leiter wieder hinunter und ging zu Praji. »Hauptmann«, sagte der Söldner als Gruß.

»Ich weiß noch nicht, was hier vor sich geht, aber ich gebe Euch mein Wort; alle, die an Land wollen, werden noch vor Sonnenuntergang in ein Boot gesetzt – mit einer Zulage für den Ärger.«

Augenblicklich entspannten sich die Männer, und Nicholas

machte Calis ein Zeichen, er solle zu ihnen kommen. Dabei sah er seinen erschöpften Ersten Maat am Steuer stehen. »Mr. Pickens!« rief er.

»Aye, Sir!«

»Wart Ihr anderthalb Tage auf Wache?«

»Aye, Sir!«

»Geht nach unten und schlaft Euch aus. Jemand anders soll das Steuer übernehmen. Ich werde noch eine Weile an Deck sein.«

»Aye, Sir«, sagte der Erste Maat erleichtert.

»Harry!«

»Ja, Nicholas?«

»Geh aufs Achterdeck und sorg dafür, daß wir nicht auf Grund laufen. Du bist jetzt Zweiter Maat.«

Mit einem jämmerlichen Gesichtsausdruck sagte der frühere Junker: »Aye, Sir.«

Nicholas machte Marcus und Ghuda ein Zeichen, sie sollten mitkommen, und alle gingen hinunter in die Quartiere der Mannschaft. Anthony kümmerte sich um die befreiten Männer und Frauen, die in den Kojen schliefen oder sich leise unterhielten. Abigail und Margaret halfen ihm.

»Wie geht es ihnen?« fragte Nicholas.

Anthony sagte: »Ihr seid wieder wach?«

Nicholas wollte gerade einen Witz darüber machen, als er Anthony ins Gesicht sah. Er hatte dunkle Ringe unter den Augen, und seine Wangen waren eingefallen. »Wann habt Ihr das letzte Mal geschlafen?«

Anthony zuckte mit den Schultern. »Einen Tag, ehe wir ausgelaufen sind. Ich weiß nicht mehr. Es gibt soviel zu tun.«

Margaret meinte: »Ich habe ihm gesagt, er solle sich etwas ausruhen, aber auf mich hört er nicht.«

»Wie geht es unseren Leuten?«

»Es geht ihnen gut«, sagte Anthony. »Das Schlimmste haben sie hinter sich. Sie müssen sich nur ausruhen und essen. Wir haben zwar den meisten Proviant an Bord holen können, doch wir müssen sparsam damit umgehen.«

»Wie geht es Amos?« fragte Nicholas und senkte die Stimme.

»Schlecht«, sagte Anthony. »Ich habe alles getan, was ich konnte; doch er hat viel Blut verloren, und die Wunde ist tief. Er ist trotz seines Alters sehr kräftig, und er wird durchkommen.

Aber selbst dann wird er das Schiff nicht nach Hause segeln können; damit werdet Ihr Euch noch wenigstens einen Monat lang beschäftigen müssen, Nicholas.«

Nicholas nickte: »Weshalb habt Ihr die Flußschiffer und Söldner nicht an Land gehen lassen?«

Anthony und Calis wechselten einen Blick. »Ich weiß nicht recht, wo ich anfangen soll.« Nicholas ließ ihm Zeit, seine Gedanken zu sammeln. »Wir dürfen das andere Schiff nicht zu weit vorfahren lassen. Ich wollte keine Zeit verlieren.«

Etwas in seiner Stimme verriet Nicholas, daß dahinter schwere Sorgen stecken mußten. »Fahrt fort.«

»Es ist schlimmer, als wir gedacht haben, Nicholas«, sagte der junge Magier. »Nakor hat mir einige Dinge erzählt, von denen Ihr sicherlich nicht ahnt, daß ich sie weiß.« Er blickte Marcus an, und der nickte. »Ich kenne nicht die ganze Geschichte – einiges weiß nur die königliche Familie –, doch was ich weiß, macht mir mehr angst, als irgend etwas anderes.

Die Pantathianer haben eine Pest geschaffen. Und die ist schlimmer als jede Krankheit, die ich kenne.«

»Wieso?«

»Weil man sie nicht heilen kann«, sagte er barsch. »Sie haben dazu die dunkelste Magie benutzt. Diese Kreaturen, diese Doppelgänger, wurden nur gemacht, um die Krankheit ins Königreich einzuschleppen.«

Nicholas schloß die Augen. »Das … ergibt Sinn. Sie sind ein Kult des Todes, und sie würden nur zu gern sterben, wenn … sie damit ihr Ziel erreichen könnten.«

Anthony fuhr fort. »Ich weiß nicht, wie diese Krankheit wirkt. Ich habe nur die Opfer gesehen. Es war schrecklich.«

»Und Ihr seid sicher, man kann sie nicht heilen?«

»Das sagt Nakor jedenfalls, und der kennt sich mit Magie« – er lächelte schwach – »oder Tricks besser aus. Vielleicht kann Pug helfen, oder die erfahreneren Priester von Dala oder Kilian, oder die Ishapianer ... Ich weiß es nicht. Doch ich glaube, wir haben keine Zeit.«

»Wieso?«

»Eine ... Ahnung. Nach dem, was ich gesehen habe, lebt man nur noch wenige Tage, wenn die Krankheit ausgebrochen ist. Ich habe keine Ahnung, wie man sich ansteckt; Nakor ist bei den Kreaturen und versucht es herauszubekommen.«

»Ist das nicht gefährlich?« fragte Nicholas.

»Er ist nicht mehr in Gefahr als wir alle«, erwiderte Anthony.

»Wo sind sie?«

»Im großen Frachtraum. Wir können durch diesen Gang dorthin kommen«, sagte Anthony und zeigte auf eine kleine Tür.

Nicholas ging zu der Tür und machte sie auf. Nach einem kurzen Gang folgte eine weitere Tür. Von hinten hörte er, wie Anthony die anderen anwies, zurückzubleiben.

Nicholas fand sich plötzlich auf dem zweiten Ladedeck wieder. Durch die vergitterte Ladeluke fiel Licht herein. Das unterste Deck war in ein Quartier umgewandelt worden. Nicholas sah, daß die meisten Vorräte auf dem zweiten Ladedeck untergebracht worden waren. »Wo ist der Rest der Fracht?«

Anthony sagte: »Oben auf Deck. Es erschien uns zu gefährlich, sie dort unten zu lagern.«

»Ach, Nicholas«, sagte eine bekannte Stimme von unten. Nicholas sah hinunter und entdeckte Nakor, der auf einem leeren Bett saß und die Leute dort unten beobachtete. An ihnen war nichts Ungewöhnliches festzustellen, und Nicholas war entsetzt, weil er einige der Gesichter aus Crydee kannte.

»Ich … es ist erstaunlich«, sagte er leise.

»Versteht Ihr langsam?« fragte Anthony. »Wenn diese Kreaturen ins Königreich zurückkehren würden, könnten sie sich frei unter uns bewegen und die Krankheit verbreiten, bis das halbe westliche Reich angesteckt wäre. Selbst wenn der Einfluß Eures Vaters die Magier in Stardock und die Priester der Tempel zur Hilfe bewegen könnte, im Königreich würde für Jahre ein Chaos herrschen.«

»Nakor«, rief Nicholas nach unten. »Habt Ihr schon etwas feststellen können?«

»Ja«, sagte der kleine Mann. »Laß das Seil herunter.«

Nicholas sah sich um und entdeckte ein Seil, das an einem Eisenring in der Wand befestigt war. Er ließ es hinab, und der kleine Mann hangelte sich nach oben.

Als er neben Nicholas stand, zog er das Seil hoch und sagte: »Sie sind sozusagen harmlos, bis die Krankheit ausbricht.«

Nicholas starrte in die nach oben gewandten Gesichter. Einige lächelten schwach. Manche riefen ihm ein paar Worte der Begrüßung zu. Der Prinz wandte sich ab. »Ich kann ihren Anblick nicht ertragen.« Er ging in die Mannschaftsquartiere zurück, wo Marcus und Ghuda warteten. Hier bei den abgemagerten und kranken echten Menschen war ihm wohler zumute.

Anthony sagte: »Das ist das Problem.«

»Was?«

»Wir müssen diese Dinge töten.«

»Wie bitte?« fragte Nicholas.

Nakor nickte zustimmend. »Sie werden krank werden. Nicht innerhalb der nächsten Wochen, sonst würden sie das Königreich ja nicht erreichen. Aber vielleicht können sie uns jetzt schon anstecken. Ich weiß nicht wie; wir wissen nur, irgendwie wird sich diese Seuche ausbreiten. Manche Tempel glauben, so etwas geschehe durch böse Geister, während andere meinen, es käme durch die Luft. Ich hingegen glaube –«

Nicholas unterbrach ihn: »Warum müssen wir sie töten? Warum können wir sie nicht einfach auf einer Insel aussetzen?«

»Wir wissen nicht, ob wir verfolgt werden«, meinte Marcus. »Es hätte keinen Sinn, wenn wir sie auf einer Insel aussetzten, von der sie unsere Verfolger am nächsten Tag wieder herunterholen. Sie könnten vielleicht keine falsche Abby oder Margaret im Palast deines Vaters einführen, doch mit Leichtigkeit könnten sie dreißig Pestträger nach Krondor einschmuggeln.«

Nicholas fragte: »Und wie machen wir es?«

Nakor sagte: »Das ist schwierig. Ich bin nur schwer umzubringen – ich überlebe diese Krankheit länger als jeder andere auf dem Schiff – und deshalb sollte ich auch derjenige sein, der hinuntergeht. Ich werde ihnen ein Schlafmittel ins Wasser mischen. Dann lassen wir ein Netz hinunter, bringen sie nach oben und werfen sie über Bord.«

»Könnt Ihr ihnen nicht Gift ins Wasser mischen, durch das sie einen angenehmen Tod haben?« fragte Nicholas.

Nakor erwiderte: »Das wäre zu gefährlich. Der Tod dieser Kreaturen könnte die Krankheit freisetzen. Wie sollen wir das wissen. Wir müssen sehr vorsichtig sein. Am liebsten würde ich sie verbrennen lassen, doch das ist hier auf See unmöglich.«

»Hört sich grausam an«, meinte Nicholas. »Sie im Schlaf zu ertränken.«

Ghuda sagte: »Natürlich ist es grausam. Aber das Leben ist oft grausam. Wenn es Euch an Entschlossenheit mangelt, so erinnert Euch nur an die armen Toten und Verletzten in Crydee.«

Nicholas seufzte. »Ich bezweifle, daß diese armen Kreaturen wußten, was mit ihnen geschieht. Trotzdem habt Ihr recht.« Er blickte Nakor an. »Tut es.«

Nakor ging. Nicholas sagte: »Wir müssen anhalten und die Flußschiffer und Söldner an Land bringen.«

»Dabei gibt es ein Problem«, sagte Ghuda.

»Wieso?«

Marcus antwortete: »Weil wir ohne sie nicht genügend Leute haben, um das andere Schiff zu kapern.«

Nicholas sagte: »Wir sollten vielleicht mal mit ihnen reden.«

Sie gingen an Deck, wo Nicholas die Randschana vorfand, die mit ihren Zofen und Brisa frische Luft schnappte. Sie lächelte Nicholas breit an und fragte ihn, wie es ihm gehe. Er antwortete etwas Nichtssagendes und eilte weiter zum Hauptdeck. Dort machte er Tuka ein Zeichen, er solle die Flußschiffer versammeln, und ging zu den Söldnern. Als sich alle versammelt hatten, sagte er: »Meine Name ist Nicholas. Ich bin der Sohn von Arutha, dem Prinzen von Krondor.«

Die Flußschiffer und Söldner blickten ihn fragend an. Die Namen sagten ihnen nichts. Praji meinte: »Wir haben uns über die Zulage unterhalten, und wann wir endlich an Land gehen können.«

Nicholas sagte: »Ihr wißt, wir verfolgen ein Schiff. Wir haben keine Zeit anzuhalten, doch wir können etwas langsamer fahren und euch mit einem Beiboot aussetzen.« Gemurmel erhob sich. »Ich werde jedem die Belohnung bezahlen, die ich versprochen habe.« Über die Schulter sagte er zu Marcus: »Holst du bitte die Truhe mit dem Gold.«

Marcus und Ghuda gingen davon. Nicholas fuhr fort: »Wer allerdings bei uns bleibt, wird noch viel mehr bekommen.«

»Wieviel mehr?« fragte Praji.

»Paßt auf«, sagte Nicholas. Ghuda und Marcus kamen zurück und schleppten die Truhe. Sie setzten sie ab, und Nicholas machte sie auf. Beim Anblick der Juwelen und des Goldes verdrehten die Flußschiffer die Augen, und die Söldner brummten erfreut. Nicholas sagte: »Tuka, nimm aus der Truhe, was ich deinen Männern versprochen habe.«

Der kleine Wagenführer zögerte, dann griff er in die Truhe. Er suchte sich einige kleine Silbermünzen und einige der kleineren Goldmünzen heraus. Schließlich stand er auf und hielt Nicholas eine Handvoll Münzen hin. »Das schulde ich den Flußschiffern, Encosi.«

Nicholas nickte. »Praji, nehmt, was ich Euren Männern schulde.«

Praji zögerte nicht, doch auch er nahm nur eine Handvoll Münzen. Nicholas sagte: »Verteilt sie.«

Tuka und Praji taten wie geheißen. Nicholas nahm eine weitere Handvoll Gold heraus und sagte: »Verteilt das auch.« Praji nahm die Münzen und gab jedem seiner Männer den entsprechenden Anteil. Die Söldner waren überrascht und hocherfreut.

Nicholas sagte: »Praji, haltet Eure Hände auf.«

Praji machte es, und Nicholas füllte sie abermals mit Münzen. Praji riß die Augen auf, und die Flußschiffer standen vor Staunen stumm da. »Was ich Euch jetzt gegeben habe, war die zusätzliche Belohnung. Alle, die von Bord gegen wollen, können das jetzt tun.« Er zeigte auf das Gold in Prajis Händen. »Aber wer mich bis in meine Heimat begleitet, der bekommt das noch, und noch viel mehr.«

Die Flußschiffer und Söldner besprachen sich miteinander. Praji fragte: »Wo, Prinz, liegt Eure Heimat?«

»Jenseits des Blauen Meeres, Praji. Die Fahrt dauert drei Monate. Meine Heimat liegt auf der anderen Seite der Welt.«

Rasch spaltete sich eine Gruppe der Flußschiffer ab. Tuka sagte: »Encosi, diese Männer sind von Eurer Großzügigkeit überwältigt, doch sie haben Frauen und Kinder und würden lieber sterben, als von ihnen getrennt zu werden. Sie möchten Euch bitten, von Bord gehen zu dürfen.«

»Einverstanden.« Er sah sich um. »Ihr bleibt?«

»Bis zur anderen Seite der Welt, Prinz«, sagte Praji.

Das Boot wurde zu Wasser gelassen. Nicholas fragte Praji: »Ich hätte nicht gedacht, daß es bei euch so viele ledige Männer gibt.«

»Gibt es auch nicht«, sagte der Söldner, »aber nicht alle von ihnen sterben lieber, als sich von ihrer Familie zu trennen.«

Nicholas schüttelte den Kopf. Er ging zur Randschana und ihren Mädchen, die sich mit Margaret und Abigail unterhielten. Nicholas sagte: »Meine Dame, ich lasse ein Boot zu Wasser, welches an Land fährt. Neun Flußschiffer und fünf Söldner werden zur Stadt am Schlangenfluß zurückkehren. Sie werden Euch als Eskorte dienen. Ich werde sie bezahlen, damit Ihr zu Eurem Vater zurückkehren könnt.«

»Nein«, sagte das Mädchen.

Nicholas hatte sich schon halb abgewandt und blieb abrupt stehen. »Nein?«

»Ich lasse mich so fernab jeglicher Zivilisation nicht absetzen. Außerdem, wenn ich nach Hause käme, würde mein Vater mich schlagen und an einen Kameltreiber verkaufen.«

Nicholas sagte: »Seht, ich weiß nicht, was für ein Spiel Ihr treibt, doch Andres Rusolavis Vertreter, Anward Nogosh Pata, hat mir versichert, Euer Vater wäre ein freundlicher Mann, der Euch liebt, und Ihr würdet bei Eurer Rückkehr nicht bestraft.«

Das Mädchen nickte. »Ihr habt recht. Ich habe gelogen. Ich habe einen anderen Grund.«

»Und der wäre?« fragte Nicholas. Er war mit seiner Geduld fast am Ende.

Plötzlich drückte sich das Mädchen an ihn und warf ihm die Arme um den Hals. »Ihr habt mein Herz erobert, mein tapferer Hauptmann.« Sie küßte Nicholas leidenschaftlich. Während der überraschte Prinz sich zu befreien suchte, sagte sie: »Ich werde Eure Gemahlin werden.«

Nicholas blickte über die Schulter der Randschana. Margaret und Abigail, Marcus und Ghuda mußten sich arg zusammenreißen. um nicht lauthals in Gelächter auszubrechen.

Verfolgungsjagd

Der Ausguck rief: »Schiff ahoi!«

Nicholas befreite sich aus den Armen der Randschana, die ihm ihre unsterbliche Liebe beteuerte, und rief: »In welcher Richtung?«

»Achteraus.«

Er legte dem Mädchen die Hände auf die Schultern und schob sie zurück, und zwar so heftig, daß ihre Zofen sie auffangen mußten, damit sie nicht hinfiel. Er rannte zum Heck und kletterte zum Achterdeck hoch, wo er den Horizont absuchte. Schließlich entdeckte er einen kleinen schwarzen Fleck.

»Mr. Pickens«, fragte er, »wie lange dauert es, die Flußschiffer und Söldner an Land zu bringen?«

Der Erste Maat suchte die Küste ab und sagte: »Wenn wir anhalten, eine Stunde oder etwas länger, wenn wir nur langsamer werden, vielleicht fünfzehn Minuten.«

Nicholas zeigte auf die Leute an Deck. »Können wir alle in ein Boot setzen?«

»Nein, es würde in der Brandung überschwemmt werden. Wenn wir drei- oder viermal fahren, wäre es besser.«

Nicholas fluchte. »Wann wird uns das Schiff eingeholt haben?«

»Schwer zu sagen«, meinte der Seemann. »Wenn es das Schiff ist, das uns in der Nacht im Hafen aufhalten wollte, vielleicht in einer Stunde. Wenn es ein anderes ist, dann Käpt'n …« Die Männer nannten Nicholas jetzt nicht mehr Hauptmann, sondern, wie sie es auf See gewöhnt waren, Kapitän.

»Gut.« Nicholas traf eine Entscheidung. »Macht alles bereit zum Anhalten, Mr. Pickens.« Den Männern auf dem unteren Deck rief er zu: »Laßt eine Jolle zu Wasser.«

Seeleute liefen zu einem der großen Boote, die kopfüber auf den hinteren Ladeluken lagen. Ein Ladebaum wurde herumgeschwenkt, und das Boot wurde angehoben, über die Seite geschwenkt und hinuntergelassen. Die Flußschiffer und Söldner, die am meisten darauf brannten, das Schiff zu verlassen, kletterten zwei Strickleitern hinunter. Zwei Seeleute begleiteten sie. Als sie im Boot waren, fingen sie mit aller Kraft an zu rudern, und Nicholas sah sorgenvoll zu, wie sie die Brandungslinie erreichten und dann auf den Wellen zum Strand glitten. Zwei der Flußschiffer schoben das Boot zurück ins Wasser, und die beiden Seeleute legten sich in die Riemen.

»Das dauert zu lange«, sagte Nicholas mit einem Blick auf das Verfolgerschiff, das am Horizont größer wurde. Das Boot erreichte die *Adler* wieder, und die zweite Gruppe von Flußschiffern und ein Söldner kletterten hinunter.

Als die Jolle den Strand erreichte, rief der Ausguck: »Käpt'n, ich kann die Flagge erkennen!«

Nicholas blickte zu dem sich nähernden Schiff und sah die schwarzen Segel. »Was für ein Wappen ist es?«

»Eine schwarze Fahne mit einer goldenen Schlange.«

Praji rief ihm zu: »Das ist ein Schiff des Oberherrn.«

Nicholas sah genau hin. »Mr. Pickens, ich bin auf hoher See nicht so erfahren, aber sie scheinen gegen den Wind zu segeln.«

Der Seemann sagte: »Käpt'n. Es segelt tatsächlich gegen den Wind.«

Einen Augenblick später rief der Ausguck herunter: »Käpt'n, das Schiff ist mit einer Ramme am Bug bestückt.«

»Eine Kriegsgaleere. Damit brauchen sie auf den Wind keine Rücksicht zu nehmen und können geradewegs auf uns zu rudern«, sagte Nicholas. »Ich habe das Schiff im Hafen nicht gesehen.«

Praji rief vom Hauptdeck her: »Der Oberherr hat für seine Flotte einen eigenen Hafen. Das ist eine *Droman*. Sie hat auf jeder Seite zwei Ruderbänke, eine Ramme am Bug und ein Katapult am Heck.«

»Laßt die Segel setzen, Mr. Pickens«, befahl Nicholas. »Ich werde diese Galeere nicht nahe genug herankommen lassen, daß sie uns beschießen kann.« Er sah hinunter zum Hauptdeck und rief: »Wenn die Jolle längsseits angelegt hat, bringt die Randschana und ihre Zofen von Bord, und alle, die sonst noch hineinpassen. Der Rest von euch muß schwimmen. Wir fahren weiter.«

Marcus sah sich um und sagte: »Nicholas, das Mädchen ist nicht hier.«

»Such sie!« schrie Nicholas. »Wir haben keine Zeit für ihre Spielchen.«

Marcus eilte zur Kabine der Mädchen, und als die Jolle angelegt hatte, kletterten der letzte der Flußschiffer und zwei Söldner rasch die Strickleitern hinunter. Aus der Kabine unter dem Achterdeck hörte man Schreie, und Calis und Ghuda liefen hin. Die Randschana wurde von Marcus herausgezerrt, wobei sie wild um sich trat, biß und kratzte. Margaret, Abigail und Brisa scheuchten die Zofen hinter ihr her. »Gebt ihr etwas Gold für die Reise und setzt sie in das Boot!« befahl Nicholas.

»Ich werde nicht nach Hause gehen!« kreischte das Mädchen und gab sich alle Mühe, sich aus Marcus' Griff zu befreien. »Der Radsch wird mich umbringen.«

»Soweit das mit der unsterblichen Liebe«, meinte Brisa und sah Margaret feixend an.

Aus der Jolle ertönte ein Ruf, und einer der Seeleute sah über die Reling hinunter. »Käpt'n«, rief er, »die Söldner haben die Jolle genommen.«

Zwei von Prajis Leuten sahen über die Reling, sprangen hinunter und schwammen der Jolle hinterher. »Sollen wir ein anderes Boot zu Wasser lassen, Käpt'n?« fragte Pickens.

Mit einem Blick auf die Kriegsgaleere erwiderte Nicholas: »Nein, wir haben keine Zeit.«

Marcus rief: »Soll ich sie über Bord werfen?«

Das Mädchen kreischte: »Nein! Ich kann nicht schwimmen! Ich werde ertrinken!«

Nicholas warf entmutigt die Hände in die Luft. »Nein. Laß sie los.« Mit einem verärgerten Seufzer sagte er: »Bringt uns hier raus, Mr. Pickens. Volle Segel.«

»Macht die Segel bereit!« schrie der Erste Maat. »Anker lichten!«

Langsam kam die *Adler* in Fahrt, und als die Segel richtig vor dem Wind standen, glitt sie wie ein Delphin durch das Wasser.

Nicholas blickte zum Verfolgerschiff hinüber. »Sind sie schon nahe genug, um uns mit den Katapulten zu erreichen?«

Als Antwort flog von der Galeere ein Feuerball zu ihnen herüber und landete zischend ein Dutzend Meter hinter dem Schiff. In aller Ruhe meinte Pickens: »Nun, wollen wir hoffen, daß der Wind hält, bis die Ruderer erschöpft sind.«

Über das Wasser hinweg hörte Nicholas die Trommel, mit der den Ruderern der Takt vorgegeben wurde. Er wandte sich ab und sagte: »Sie können die Angriffsgeschwindigkeit nicht lange halten. Die Sklaven werden bald schwächer werden.«

Pickens nickte. »Aber sie haben auch noch das Segel, Käpt'n.«

Nicholas sah noch einmal hinüber, wo sich das unheilverheißende schwarz-goldene Segel im Wind blähte. »Damit können sie uns nicht einholen.«

»Nein, Käpt'n, aber nur solange es keine Flaute gibt.«

»Dann betet für guten Wind, Mr. Pickens. Bis nach Hause ist es noch weit.«

»Aye, Käpt'n.«

Nicholas ging zurück aufs Hauptdeck. Die Randschana trat ihm mit in die Hüften gestemmten Händen entgegen. »Ihr werdet mich nicht an Land bringen lassen!« fauchte sie.

Nicholas blieb stehen, wollte etwas sagen, ließ es und stöhnte. Er drehte sich um und ging zu seiner Kabine.

Marcus untersuchte die Kratz- und Bißspuren, die das Mädchen auf seinen Armen hinterlassen hatte, und meinte: »Glücklicherweise hat er mir nicht den Befehl gegeben, Euch über Bord zu werfen.«

Die Randschana drehte sich um und zog einen kleinen, mit Juwelen besetzten Dolch aus der breiten Schärpe um ihre Hüfte. Sie richtete ihn auf Marcus und sagte: »Ja, glücklicherweise.«

Dann warf sie den Dolch, der zitternd zwischen Marcus' Stiefeln im Holz stecken blieb. Daraufhin machte sie auf dem Absatz kehrt und winkte ihren Zofen zu, sie sollten ihr in die Kabine folgen. Brisa lachte. »Sie steckt voller Überraschungen, was?«

Harry sagte: »Ich schätze, Nicholas wird das ebenfalls bald herausfinden.«

Abigail fragte: »Was meinst du damit?«

Brisa antwortete an seiner Stelle. »Na, irgendwie wird sie Nicholas dazu bringen, das zu tun, was sie will.«

Harry nickte. »Und Nicholas hat keinesfalls genug Erfahrungen mit Frauen, um mit ihr fertig zu werden.«

»Aber du. Du bist doch rot geworden, als ich dich im Garten verführen wollte«, meinte Margaret.

Marcus sagte: »Es ist einiges passiert, seit wir uns das letzte Mal gesehen haben, Schwesterchen.«

Harry sagte: »Mein Freund, du kannst ganz schön untertreiben.« Er brach in Gelächter aus. Einen Moment später stimmte Ghuda ein, und nach und nach die ganze Gruppe, bis sich alle vor Lachen schüttelten.

Nicholas versuchte zu schlafen. Er zog die Stiefel aus und legte sich in die Koje. Obwohl er vollkommen erschöpft war, konnte er seine Sorgen nicht verdrängen. Das Schiff des Oberherrn war ihm auf den Fersen. Wer immer dort den Befehl hatte, es war jedenfalls ein erfahrener Mann, der den Wind und die Ruder einzusetzen wußte. Pickens hatte gesagt, sie würden die Galeere erst loswerden, wenn sie die Küstengewässer verließen und aufs offene Meer hinausfuhren.

Nicholas hatte allein in seiner Kabine gegessen, nachdem er eine Weile bei Amos gesessen hatte. Dabei hatte er versucht, die Notizen und Abkürzungen im Logbuch des Admirals zu entziffern. Nicholas wußte genug über die Seefahrt. Sie würden den Weg nicht genau zurückverfolgen können – sie mußten einfach eine ähnliche Route finden, eine, die ihnen jedoch für die Heimfahrt bessere Winde bescherte. Sonst müßten sie Hunderte von Meilen gegen den Wind kreuzen.

Nicholas war gerade eingedöst, als ihn das Quietschen der Tür erneut weckte. »Hä?« fragte er und riß verschlafen das Schwert aus der Scheide.

»Tut das nicht«, sagte eine weibliche Stimme. Jemand setzte sich zu ihm aufs Bett.

»Abby?« fragte Nicholas und suchte nach der Lampe.

»Sie ist bei Marcus«, sagte die Stimme. »Sie ... kommen sich gerade etwas näher, wenn ich es so sagen darf.« Er schlug einen Funken und machte die Lampe an. Neben ihm saß die Randschana.

»Was macht Ihr hier?« fragte er, wegen ihres Eindringens gereizt.

»Wir müssen miteinander reden«, sagte sie. Sie trug ein Seidenkleid, welches ihre Formen betonte, und ihr Haar hatte sie mit gold- und perlenbesetzten Nadeln hochgesteckt.

»Worüber?« fragte er.

»Diesen Ort, zu dem wir fahren. Seid Ihr wirklich ein Prinz?«

Nicholas sagte: »Randschana – wie ist eigentlich Euer Name?«

»Iasha.«

»Iasha, ich bin ein Prinz. Mein Onkel ist König. Mein Bruder wird sein Nachfolger werden.«

Das Mädchen sah zu Boden, als sei sie verlegen. »Es tut mir leid, daß ich Euch soviel Ärger gemacht habe. Ich habe mit dem

Mädchen geredet, welche Margaret heißt. Ich hatte wirklich keine Ahnung, wieviel Tod und Leid es gegeben hat, und daß Ihr von so weit hergekommen seid, um dieses Mädchen namens Abigail zu finden.«

Nicholas seufzte, legte sich wieder hin und verschränkte die Arme hinter dem Kopf. »Als ich zu dieser Reise aufgebrochen bin, habe ich geglaubt, ich würde sie lieben. Aber das kommt mir heute albern vor.«

»Liebe ist niemals albern«, sagte Iasha.

»Nun, das habe ich auch nicht gemeint. Aber zu glauben, meine Gefühle seien Liebe gewesen, war albern.«

»Oh?«

»Seid Ihr nur gekommen, um Euch zu entschuldigen?«

»Ja – nein.« Sie seufzte. »Als ich gesagt habe, ich würde Euch lieben, wollte ich nur nicht nach Kilbar zurückgeschickt werden.«

»Das habe ich mir schon gedacht«, sagte Nicholas und versteckte seine Gereiztheit nicht.

»Aber ich habe nicht gelogen, als ich sagte, es ginge um mein Leben.«

»Würde Euch Euer Vater wirklich wegen etwas töten oder verkaufen, wofür der Oberherr verantwortlich ist?«

Sie seufzte abermals tief. »Nein, es ist wegen etwas anderem, was ich getan habe. Oder eher, was die Randschana getan hat.«

»Wie bitte?« fragte Nicholas verwirrt.

»Ich bin nicht die Randschana von Kilbar.«

»Und wer seid Ihr dann?«

»Ich bin ihre Zofe, Iasha. Die anderen Mädchen haben bei der List auch mitgemacht.«

»Das solltet Ihr mir besser erklären«, meinte Nicholas.

»Die Randschana hatte kein Verlangen danach, die fünfzehnte Ehefrau des Oberherrn zu werden. Sie ist seit ihrer Kindheit in einen weniger hochgestellten Prinzen aus Hamsa verliebt. Also bestach sie Andres Rusolavi, er solle mich an ihrer Stelle mitnehmen, und ging nach Hamsa, um ihren Prinzen dort in aller Heimlichkeit zu heiraten. Zwischen Hamsa und der Stadt am Schlangenfluß gibt es fast keine Verbindungen, und so bekäme meine Herrin ihren Prinzen, und der Oberherr hätte mit mir ein genauso hübsches Gesicht erhalten. Ich hätte in Luxus gelebt, und die anderen Zofen wären von mir reich belohnt worden.«

Nicholas grunzte verärgert. »So habt Ihr Euch das also gedacht?«

»Ich fürchte ja, mein Prinz. Und jetzt muß ich mich Eurer Gnade unterwerfen und Euch bitten, mich und die anderen nicht als Sklaven zu verkaufen.«

Nicholas sah sie mit zusammengekniffenen Augen an. »Ich denke, Margaret wird Euch schon gesagt haben, daß wir im Königreich keine Sklaverei haben?«

Auf die Lippen des Mädchen trat ein schwaches Lächeln, doch sie sagte nur: »Ach?«

Nicholas rieb sich die Augen. »Ich sollte besser mal nach Amos sehen.«

Als er sich aufrichten wollte, beugte sie sich vor, und ihre Lippen fanden die seinen. Einen Augenblick lang saß er bewegungslos da, und als sie sich zurückzog, fragte er: »Womit habe ich das verdient?«

»Auch wenn ich Euch nicht liebe, mein tapferer Hauptmann, denke ich, Ihr würdet eine Zofe genauso anständig wie eine Randschana behandeln.«

Nicholas sagte: »Gut gesagt, meine Dame.« Er stand auf. »Doch es wird noch eine Weile dauern, bis ich irgend etwas, was jemand aus Eurem Land sagt, unbesehen glaube.«

Sie stand ebenfalls auf. »Erzählt mir von Eurem Königreich.«

»Erst werde ich nach Amos sehen. Kommt mit.«

Er nahm die Lampe und führte sie in Amos' Zimmer. Der verwundete Admiral schlief. Er war immer noch sehr bleich.

»Wird er durchkommen?«

»Ich hoffe es doch«, erwiderte Nicholas. »Er soll bei seiner Rückkehr meine Großmutter heiraten. Wir – meine Familie – mögen ihn sehr gern.« Er ließ seinen Blick auf Amos' friedlichen Gesichtszügen ruhen.

Dann wandte er sich dem Kartenschrank zu und stellte die Lampe ab. Er sah die Karten durch, die die Pantathianer dem ursprünglichen Kapitän des Schiffes zur Verfügung gestellt hatten. Mit ihrer Hilfe und der von Amos' Logbuch hoffte er, den Weg nach Hause finden zu können. Er nahm eine Karte des Bitteren Meeres und entrollte sie. Er zeigte auf Krondor. »Dort habe ich gelebt.«

Sie blinzelte. »Ich kann nicht lesen, Hauptmann. Was haben diese Linien zu bedeuten?«

Nicholas erzählte ihr von Krondor, und er zeigte ihr, wie weit sie schon von der Stadt am Schlangenfluß entfernt waren. Das Mädchen staunte. »Ein so großes Land gehört allein einem Mann?«

»Es gehört ihm nicht«, berichtigte er sie. »Ich werde es Euch später einmal in allen Einzelheiten erklären, doch das Wichtigste in Kürze. Also, mein Onkel ist dem Recht seiner Geburt nach König, doch er hat auch die Pflicht, alle seine Untertanen zu beschützen. In meinem Land hat der Adel nicht nur Rechte, sondern auch Pflichten. Wir herrschen, aber wir dienen auch.«

Er erzählte ihr ein wenig über seine Familie.

Anschließend fragte das Mädchen: »Demnach wird man Euch keine Stadt zur Herrschaft übergeben?«

Nicholas zuckte mit den Schultern. »Ich weiß nicht, was mein Vater und mein Onkel für mich planen. Eine Staatshochzeit, nehme ich an, mit einer Prinzessin aus Roldem oder aus Kesh. Oder mit der Tochter eines wichtigen Herzogs. Vielleicht werde ich auch nach Rillanon gerufen, um meinem Bruder zu dienen, wenn er König wird.«

»Wo ist Rillanon?«

Er entrollte eine weitere Karte und legte sie über die erste. Dann zeigte er ihr die See des Königreichs. »Diese Insel hier ist die Heimat meines Volkes. Dort hat unsere Geschichte ihren Anfang genommen, und deshalb heißt unser Land auch Königreich der Inseln.«

»Ihr müßt mir dieses Rillanon zeigen«, sagte das Mädchen und hakte sich bei ihm unter. Er errötete, als er ihren Busen an seinem Arm spürte.

»Äh, vielleicht«, sagte er, befreite sich von ihr und rollte die Karten wieder zusammen. »Ich glaube allerdings, Ihr werdet keine Schwierigkeiten haben, jemanden zu finden, der Euch alles zeigt, was Ihr sehen möchtet.«

Sie zog einen Schmollmund, und Nicholas spürte, wie sein Herz einen Sprung machte. »Ich bin doch nur eine arme Zofe. Welcher Mann von Rang würde mich eines Blickes würdigen?«

Nicholas grinste. »Ich denke, eine ganze Menge. Ihr seid wirklich wunderschön.«

Sie strahlte. »Meint Ihr das wirklich?«

Er versuchte es herunterzuspielen. »Wenn Ihr nicht gerade Marcus die Augen auskratzen wollt oder wie am Spieß kreischt.«

Sie lächelte und legte die Hand vor den Mund. »So benimmt sich die Randschana immer, mein Hauptmann. Ich dachte, ich müßte mich genauso benehmen, damit ich meine Rolle glaubhaft spiele.«

Plötzlich kehrte Schweigen ein. Nicholas wußte nicht, was er als nächstes sagen sollte. Das Mädchen stand im schwachen Licht der Lampe da und sah ihn an. Ihre Blicke trafen sich, und sie trat näher und küßte ihn noch einmal. Diesmal zog er sie ohne nachzudenken an sich.

In diesem Moment sagte eine leise Stimme: »Nicky, kannst du dir nicht mit deinem Mädchen einen anderen Platz suchen?«

Nicholas fuhr herum. »Amos!«

Er ging zwei Schritte auf Amos zu und wandte sich dann wieder an Iasha. »Geht und holt Anthony!« Das Mädchen eilte davon.

»Hilf mir, ich will mich aufsetzen«, sagte Amos.

Nicholas half Amos und schob ihm Kissen in den Rücken.

»Nun, Ghuda schuldet mir fünf Goldsouvereigns«, sagte Amos.

»Wieso?« fragte Nicholas.

»Ich hab mit ihm gewettet, einer von euch jungen Lüstlingen würde sie mitnehmen. Und scheinbar teilst du das Bett mir ihr.«

»Nein, ich schlafe nicht mit ihr«, sagte Nicholas.

»Götter, Sohn, was ist bloß mit dir los?« Er hustete. »Ach, verdammt, es tut weh.«

»Du kannst von Glück reden, daß du noch lebst«, sagte Nicholas.

»Da bist du nicht der erste, der mir so etwas sagt«, meinte Amos. »So, was ist denn alles passiert, seit ich weggetreten bin?«

Nicholas setzte ihn über alles in Kenntnis, und kurz danach erschien Anthony. Der Heiler untersuchte Amos und sagte: »Ihr solltet noch eine Weile das Bett hüten. Ich werde Euch etwas Brühe bringen lassen. Diese Bauchwunde ist gefährlich, deshalb müßt Ihr zunächst noch darauf achten, was Ihr eßt.«

»Wäre nicht ein bißchen Wein in Ordnung?« fragte Amos und grinste.

»Ein kleines Glas, zusammen mit der Brühe«, sagte Anthony. »Danach werdet Ihr besser schlafen können.«

Anthony ging davon, und Nicholas sagte: »Morgen werden wir –«

»Diese Dinger da unten umbringen müssen«, sagte Amos. »Ja, ich habe mich schon gefragt, warum ihr das noch nicht gemacht habt.«

»Es fällt mir schwer, Amos. Nakor und Calis haben mir alles erzählt, aber die Dinger sehen wie Menschen aus.«

»Sind sie aber nicht«, erwiderte Amos nur. »Du bist ein Prinz von königlichem Geblüt, wie dein Vater und deine Brüder, und du mußt deine Pflicht erfüllen. Und da muß man eben manchmal Leben auslöschen, um das eigene zu schützen. Es ist nicht gerecht, aber es ist notwendig. So sind die Dinge nun einmal.«

Nicholas nickte. »Ich werde dich jetzt schlafen lassen. Morgen werden wir versuchen, diese Kritzeleien in deinem Logbuch zu entziffern, damit wir den Weg nach Hause finden.«

Amos sagte: »Morgen.« Er sah aus, als wollte er gleich wieder einschlafen. »Eine Sache noch.«

»Was denn?«

»Dieses kleine Mädchen. Laß sie nicht zu nah an dich heran.«

»Eben hast du noch gefragt, was mit mir los wäre …«

Amos sagte: »Nein, ich meine nicht das Bett. Sie könnte dir bestimmt das eine oder andere beibringen. Nein, denk nur immer schön daran, wer du bist und was deine Bestimmung ist. Du kannst lieben, wen du möchtest, doch der König wird dir sagen, wen du heiraten sollst.«

Nicholas nickte. »Das hat man mir mein ganzes Leben lang erzählt, Amos.«

»Dann denk dran, ehe sie dich wie einen Fisch an der Angel hat. Die meisten Männer können dann nämlich nicht mehr klar denken; mach ihr keine Versprechungen.« Er grinste, und Nicholas hatte wieder den Amos vor sich, den er kannte.

»Nur, weil du ihr nicht erlauben darfst, dein Leben in die Hände zu nehmen, heißt das ja nicht gleich, daß du es nicht genießen sollst, wenn sie es versucht.«

Nicholas errötete. »Gute Nacht, Amos. Wir sehen uns morgen früh.«

Er kehrte in seine Kabine zurück, wo er sich daran erinnerte, daß er seine Lampe bei Amos vergessen hatte. Im Dunkeln zog er sich Hemd und Hose aus und setzte sich aufs Bett. Als sich darin etwas bewegte, zuckte er zusammen. Iasha sagte: »Komm unter die Decke. Es ist kalt!«

Er zögerte und legte sich schließlich zu dem Mädchen. Er spürte ihre warme Haut. Zuerst lag er einen Moment lang starr da und wußte nicht, was er tun sollte. Dann fanden ihre Lippen die seinen. Er erwiderte den Kuß. Plötzlich mußte er lachen.

»Was ist?« fragte sie, gleichermaßen erheitert und besorgt. »Machst du dich über mich lustig?«

»Nein«, sagte Nicholas. »Ich habe nur gerade an etwas gedacht, was Amos mir erzählt hat.«

»Was denn?«

»Ich erzähl es dir später.«

Harry sagte: »Sie sind immer noch hinter uns, Käpt'n.«

Nicholas war gerade an Deck gekommen. Der Himmel war blau, und es wehte eine frische Brise. »Wie lange können sie das noch durchhalten? Sie können doch nicht genügend Vorräte für eine lange Reise an Bord haben.«

»Vielleicht ist ihnen das egal«, meinte Harry. »Ist deine Kabine jetzt frei?« Da sie Frauen an Bord hatten, mußten die Offiziere und Adligen sich die Quartiere teilen. Pickens und der neue Bootsmann Gregory teilten sich eine Koje. Harry und Nicholas waren ebenfalls für verschiedene Wachen eingeteilt und schliefen abwechselnd in der Kabine des Ersten Maats. Die Randschana, Margaret, Abigail und die Zofen mußten in zwei kleinen Kabinen für Gäste oder Passagiere schlafen.

Harry sagte: »Du wärst als Kommandant vermutlich etwas überzeugender, wenn du nicht dauernd so dümmlich grinsen würdest.«

Nicholas fragte: »Grinsen?«

Harry nickte. »Ich weiß, wie du dich fühlst.« Er lächelte, während er mit dem Kopf auf Brisa deutete, die gerade über das Deck ging.

»Hör mal, es hört sich vielleicht ein bißchen seltsam an ...«

»Was?«

Nicholas errötete. »Wir sollten uns über diese Angelegenheit vielleicht einige Gedanken machen.«

Harry fragte: »Wieso? Ich habe Brisa, du hast die Randschana, Marcus hat Abigail und Anthony Margaret. Hört sich doch so ganz vernünftig an.«

»Das solltest du besser den anderen neunundvierzig Männern auf diesem Schiff erklären«, sagte Nicholas. Harry warf einen Blick auf ein paar Söldner, die auf einer der Ladeluken saßen und Brisa hinterherschauten. »Unseren eigenen Männern können wir trauen. Das sind Soldaten und Seeleute des Königs. Aber was ist mit den Angeheuerten? Ich möchte, daß bei den Mahlzeiten nicht übermäßig Wein und Bier ausgegeben wird, und daß jemand ein Ohr offenhält, ob es Ärger gibt. Wir sind noch drei Monate oder länger auf diesem Meer unterwegs.«

Harry seufzte. »Du hast recht. Ich werde es den anderen sagen.«

»Die Zofen könnten zu einem Problem werden«, meinte Nicholas. »Ein bißchen Wortgeplänkel ist eine Sache, aber wenn es zu einer Messerstecherei wegen eines der Mädchen kommen sollte, wäre das übel.«

Harry meinte: »Da hast du allerdings recht. Ich werde den anderen sagen, sie sollen aufpassen.«

Ein Fluch vom Hauptdeck her erregte Nicholas' Aufmerksamkeit. Amos stand dort und wiegelte Anthonys Einwände ab. »Ihr mögt vielleicht ein Heiler sein, aber es ist mein Körper, und ich weiß, wann ich etwas frische Luft brauche! Geht!«

Nicholas eilte zu ihm und fragte: »Warum bist du aus dem Bett gekommen?«

»Ich habe solange im Bett gelegen, daß ich rieche wie abgestandenes Bier. Ich brauche frische Luft und saubere Sachen zum Anziehen.«

Nakor kam von unten herauf. »Anthony, Käpt'n.« Als er Amos entdeckte, fügte er hinzu: »Admiral! Schön, dich zu sehen.«

»Auch schön, Euer dummes Grinsen mal wieder zu sehen«, erwiderte Amos.

An Nicholas gewandt sagte Nakor: »Diese Kreaturen sind alle eingeschlafen. Das Mittel wird einige Zeit wirken, doch bei diesen nichtmenschlichen Dingern kann man nie sicher sein. Wir müssen es jetzt tun.«

Nicholas schloß für einen Moment die Augen. Schließlich sagte er: »Tut es.«

Nakor machte Ghuda ein Zeichen, und der führte die Leute an. Sie schoben die Abdeckung der Luken beiseite und brachten ein großes Netz in Position. Nakor sprang auf das Netz und wurde damit hinuntergelassen. Die Zeit zog sich dahin, während Nakor unten im Frachtraum die dreißig bewußtlosen Kreaturen ins Netz lud. Er behauptete, bei ihm bestünde von allen am wenigsten Gefahr, sich anzustecken, weil er ein paar gute Tricks dagegen kannte.

Sie hörten von unten einen Ruf, und Ghuda machte den Männern ein Zeichen. Langsam hob sich das Netz aus dem Frachtraum. Nakor hing außen daran und sprang auf das Deck, als es hoch genug war. Zwei Männer schwenkten den Ladebaum über das Wasser. Die Körper in dem Netz sahen friedlich aus, wie schlafende junge Männer und Frauen.

Dann schnitt Nakor das Seil durch, und das Netz mit den Körpern fiel ins Wasser. Gewichte zogen es rasch nach unten.

Anthony legte Nicholas die Hand auf die Schulter. »Es mußte getan werden. Es gab keine andere Möglichkeit. Denkt daran, daß diese Kreaturen zum Sterben erschaffen wurden.«

»Das macht den Mord auch nicht leichter«, sagte Nicholas leise.

Anthony sagte: »Ich werde mit Nakor unter Deck gehen. Wir beide werden alles entfernen, was die Krankheit übertragen könnte. Danach haben die Söldner auch einen Platz zum Schlafen.«

Nicholas nickte.

Amos fragte: »Was ist mit dem Schiff, das uns verfolgt?«

Nicholas sagte: »Praji hat es eine Droman genannt. Es ist so eine Art queganische Galeere mit Katapult; außerdem hat es eine Ramme und eine Rampe zum Entern. Am Hauptmast führt es ein Lateinsegel, und dahinter ist, glaube ich, ein Besansegel. Allerdings waren wir nicht nahe genug dran, um das erkennen zu können.«

»Der Kapitän ist entweder sehr mutig oder wahnsinnig. Mit so einem Schiff sollte man sich nicht so weit auf die offene See hinauswagen. Wenn es Sturm gibt, werden sie alle ertrinken.«

»Aber du weißt ja, mit wem wir es zu tun haben«, sagte Nicholas.

Amos nickte. »Das weiß ich besser als du, Junge. Ich habe gesehen, was für Gemetzel sie anrichten. So etwas kann sich keiner vorstellen.« Er blickte in die Takelage und sagte: »Die Männer scheinen sich um ihre Arbeit zu kümmern.«

»Pickens hat sich als ein sehr guter Erster Maat herausgestellt, und Harry lernt auch immer mehr dazu.« Nicholas lächelte. »Geht mir genauso.«

»Manchmal lernt man die Dinge am besten, wenn man sie einfach macht. Pickens war schon immer ein guter Seemann; er ist bisher nur noch nicht auf der Brücke gelandet, weil er in den Hafenkneipen gerne mal zu tief ins Glas schaut.«

Amos taumelte ein wenig und hielt sich an der Reling fest. Nicholas sagte: »In Ordnung. Es reicht. Ab zurück ins Bett. Ich werde dir den Befehl mit größtem Vergnügen wieder übergeben, wenn du gesund bist. Aber bis dahin wird es noch etwas dauern.«

Während Nicholas Amos zurück in seine Kabine half, sagte Amos: »Nicky, würdest du mir einen Gefallen tun?«

»Was denn?«

»Wenn wir zu Hause ankommen, erzählst du deiner Großmutter aber nichts von dieser Sache. Wir brauchen sie ja nicht unnötig aufzuregen.«

Nicholas sagte: »Ich denke, sie wird die Stichwunde in deinem Bauch so oder so bemerken, Amos.«

»Bis dahin habe ich mir eine gute Geschichte ausgedacht«, erwiderte der.

Nicholas half ihm in seine Koje, und noch ehe er die Kabine wieder verlassen hatte, war Amos bereits eingeschlafen.

Die Zeit verging. Nicholas' Angst, was Streitigkeiten zwischen den Männern wegen der Frauen anging, hatte sich als unbegründet herausgestellt. Jedenfalls, solange die sie verfolgende Kriegsgaleere in Sicht war. Manchmal gab es stundenlang keine Zeichen von der Droman, bis sie kurz vor Sonnenuntergang oder in der Morgendämmerung wieder auftauchte.

Die befreiten Gefangenen von der Fernen Küste hatten sich inzwischen genug erholt, um an Deck spazieren zu gehen. Das Dutzend Frauen und Iasha mit ihren vier Mädchen gaben sich alle Mühe, den Groll der Söldner und Flußschiffer zu zerstreuen. Zweimal hatte Nicholas schon Streit schlichten müssen, doch diese Vorfälle beurteilte er kaum ärger als die Auseinandersetzungen zwischen Lehrjungen, wie er sie so oft in Krondor beobachtet hatte.

Die Flußschiffer lernten die Arbeiten auf Deck rasch. Die Soldaten aus Crydee übernahmen wieder die gleichen Aufgaben, wie schon auf der Hinfahrt. Nicholas, Marcus und Harry sammelten Erfahrungen, wie man ein Schiff führt.

Jeden Tag besprach Nicholas sich mit Amos, der ihm mit Hilfe seiner Karten und seines Logbuches versuchte, das Navigieren beizubringen. Sie näherten sich einer Stelle, von der Amos annahm, daß dort ein günstiger Wind wehen würde. Sie hatten Novindus bereits hinter sich gelassen, und jetzt wurde das Wasser dunkelblau, was einen Wechsel in der Strömung versprach. Nicholas wollte an diesen Wechsel noch nicht recht glauben, doch Amos tat es, und der hatte sich schließlich bereits vierzig Jahre länger auf Schiffen herumgetrieben.

Das Leben auf dem Schiff wurde zum Trott, allerdings gab es immer Spannungen. Die wenigsten Menschen können jedoch dauernd mit schlechter Laune leben; also wurde auch viel gelacht. Harry und Brisa stritten sich zwar ständig, konnten sich allerdings auch kaum voneinander trennen.

Margaret und Anthony sah man oft am Bug, wo sie so allein wie unter diesen Umständen möglich sein konnten. Sie fielen längst nicht so auf wie Brisa und Harry, aber das tun ja auch nur die wenigsten Pärchen.

Marcus und Abigail hatten sich in stille Zufriedenheit zurückgezogen. Marcus legte jedes Mal die Stirn in tiefe Falten, wenn Abigail erwähnte, wie gern sie Krondor und Rillanon besuchen würde. Nicholas glaubte, sein Cousin würde sich in Zukunft nie wieder weiter als eine Tagesreise von Zuhause entfernen, wenn es nicht unbedingt notwendig oder er auf der Jagd wäre.

Sein eigenes Leben fand Nicholas erstaunlich befriedigend. Iasha war leidenschaftlich und brachte ihm viele Dinge bei, und er war ein mehr als williger Schüler. Die Pflichten als Kapitän auf dem Schiff, die Aufsicht beim Drill der Soldaten für den bevorstehenden Kampf, die Zeit, die er mit Amos verbrachte – das alles machte ihn mehr als glücklich. Er wußte, daß es einen Kampf geben würde und daß das Schicksal seiner Heimat auf Messers Schneide stand, doch er zog es vor, diese Probleme zu verdrängen, solange es noch nicht so weit war. Und gerade der bevorstehende Kampf vergrößerte noch seine Dankbarkeit für die guten Dinge, die ihm auf dieser Reise bisher begegnet waren. Bis es soweit sein würde, gab er sich mit der Arbeit, dem Zusammensein mit seinen Freunden und der Zuneigung einer schönen Frau zufrieden.

Nicholas verliebte sich nicht in das Mädchen, auch wenn er eine tiefe Zuneigung für Iasha fühlte. Sie hatte sich als gewiefte und schlaue junge Frau entpuppt, die genauso gerissen war wie Brisa. Was Brisa bei ihrer ersten Begegnung als Kälte bezeichnet hatte, war im Grunde nichts anderes als ein starker Überlebenstrieb. Iashas Mangel an Bildung konnte nicht über ihre Klugheit hinwegtäuschen. Doch während Nicholas von verzauberter Liebe träumte, wie es junge Männer in seinem Alter häufig tun, wußte er doch seit seiner Kindheit, daß er in seinem Leben nie die Freiheit haben würde, eine Frau seiner Wahl zu nehmen.

Doch dieses Zwischenspiel, diese Segelfahrt nach Nordosten, diese heißen Nachmittage am Äquator und die Gegenwart jener, um derentwillen er aufgebrochen war, gaben ihm das größte Gefühl von Freiheit, das der junge Prinz je kennengelernt hatte.

Gegen Ende des zweiten Monats kamen sie in bekannte Gewässer; Amos erschien bei Nacht auf Deck und suchte den Himmel ab. »Die Sterne stehen wieder dort, wo sie hingehören«, sagte er grinsend. »Wir sind auf dem Weg nach Hause.« Das letzte sagte er mit einer Wehmut, wie sie Nicholas bei ihm noch nie bemerkt hatte.

»Was ist denn los?« fragte Nicholas.

»Nichts, eigentlich«, sagte Amos. Er lehnte sich an die Reling des Hauptdecks und blickte in das dunkle Wasser. »Ich dachte nur, vielleicht ist dies tatsächlich meine letzte Reise.«

»Es ist doch nicht so, als würdest du im Palast eingemauert werden«, sagte Nicholas. »Großmutter hat ihr Anwesen, und sie reist gern. Womöglich möchtest du bald lieber in Krondor bleiben, wenn du erst einmal eine Zeitlang mit ihr herumgefahren bist – Rillanon, Bas-Tyra, dann mal nach Salador, um nach Tante Carline zu sehen, vielleicht noch ein Besuch in Finstermoor, um die neuen Weine zu probieren, und jedes zweite Jahr eine Fahrt hoch nach Yabon.«

Amos schüttelte den Kopf. »Großgrundbesitzer. Daran werde ich mich nie gewöhnen.«

Nicholas grinste. »Wirst du schon.«

Amos meinte: »So wie du jetzt einfach wieder an den Hof deines Vaters zurückkehrst?«

Nicholas' Lächeln verschwand.

»Hab ich mir doch gedacht.«

Nicholas wechselte das Thema und fragte: »Glaubst du, sie wollen wirklich nach Krondor?«

Amos brauchte nicht zu fragen, wen Nicholas mit »sie« meinte, und Nicholas kannte die Antwort selbst. Das hatten sie schon etliche Male besprochen. Aber trotz der Erfahrungen, die Nicholas auf dieser Reise gesammelt hatte, war er dennoch in vielerlei Hinsicht ein junger Mann, und manchmal wurde er unsicher.

Amos dachte einen Moment lang nach, dann sagte er: »Es ist ihre logischste Wahl.« Er sah sich um, ob ihnen jemand zuhörte, und fuhr fort: »Wir kennen doch ihr eigentliches Ziel: Sethanon und der Stein des Lebens. Die Pest ist nur ein Mittel zum Zweck; wenn das Königreich ins Chaos gestürzt wird, können sie mit Leichtigkeit nach Sethanon gelangen und ihre ›Göttin‹ befreien.«

»Sehr dumme Kreaturen«, sagte Nakor.

Beide drehten sich abrupt um, und Amos sagte: »Macht so etwas nicht. Wo kommt Ihr her?«

Nakor grinste. »Wo soll ich schon herkommen? Wir sind auf einem Schiff, nicht wahr?«

Nicholas fragte: »Wieviel habt Ihr mit angehört?«

»Genug. Aber nichts, was ich nicht schon gewußt hätte.«

Nicholas schalt sich. Man durfte das Wissen des kleinen Mannes niemals unterschätzen. »Und was haltet Ihr davon?«

»Die Schlangen sind sehr seltsame Kreaturen. Das denke ich schon seit vielen Jahren.«

»Ihr seid ihnen schon einmal begegnet?« fragte Amos.

»Beim letzten Mal, als ich in Novindus war.«

Amos und Nicholas fragten gleichzeitig: »Ihr wart schon in Novindus?«

»Einmal, aber das ist schon lange her – und damals wußte ich nicht, daß es sich um Novindus handelt; es ist eine lange Geschichte, bei der es um einen Trick ging, der nicht so wollte wie ich. Jedenfalls habe ich einige Tempelruinen entdeckt und eine geheime Priesterschaft, die überhaupt keinen Sinn für Humor hatte. Diese Pantathianer sind ausgesprochen dumm. Sie würden für ihre falsche Göttin diese ganze Welt zerstören; doch am Ende würden sie nicht das erreichen, was sie im Sinn haben.«

Amos ahnte, wieviel Nakor wußte. »Nun, man kann aus den dümmsten Gründen genauso leicht töten wie aus guten.«

»Das ist der springende Punkt«, sagte Nakor. »Man ist so gut wie tot. Mit religiösen Fanatikern kann man sich nicht unterhalten.«

Ghuda kam herbeigeschlendert und hatte die letzte Bemerkung gehört. »Oh, man kann sich mit ihnen unterhalten«, meinte er. »Aber das hilft einem auch nicht weiter. Ich kannte mal einen Wüstenmenschen, der nannte so etwas: ›Sand in ein Rattenloch schütten‹.«

Alle lächelten. »Wie geht es mit dem Drill voran?« fragte Nicholas.

»Gut. Einige der Leute von der Fernen Küste haben sich genügend erholt und wollen mitkämpfen. Sie brennen richtig darauf, ein Schwert in der Hand zu haben, wenn wir das andere Schiff einholen.«

Nicholas hatte den Lehrlingen und Pagen nur widerwillig erlaubt, Waffen zu tragen, weil er fürchtete, sie würden mehr im Weg stehen als wirkliche Hilfe leisten. Ghuda hatte ihn jedoch überzeugt. Sie brauchten jeden Mann, der ein Schwert halten konnte, und der Drill beschäftigte die Männer und auch die Söldner während der langen Fahrt.

Den Abend verbrachten sie schweigend; schließlich meinte Amos, er sei müde, und ging in seine Kabine. Harry hatte die Wache auf der Brücke übernommen, also konnte Nicholas sich ebenfalls hinhauen. Als er seine Kabine erreichte, fand er dort Brisa und Iasha, die sich unterhielten. Brisa sprang auf, als sie Nicholas sah. »Ich wollte gerade gehen.«

Nicholas lächelte sie an, als sie sich an ihm vorbeischob. Seit es heißer geworden war, trugen die Frauen nur noch Unterhemden, und Brisas war oben ausgesprochen tief ausgeschnitten, dafür unten jedoch um so kürzer. Nicholas sah ihr nach, als sie hinausging, und Iasha räusperte sich deutlich. Nicholas wandte sich grinsend zu ihr um.

»Komm her«, sagte sie, »und du wirst dies magere Flittchen sofort vergessen.«

Nicholas legte seinen Schwertgürtel ab und zog sich die Schuhe aus. Als er sie auf den Boden fallen ließ, fragte er: »Mager? Brisa?«

Iasha löste die Bändchen ihres Unterhemdes und ließ es auf die Taille fallen. »Mager«, wiederholte sie.

Nicholas lachte und vergrub sein Gesicht zwischen ihren Brüsten. Dann küßte er sie und fragte: »Worüber habt ihr beide euch unterhalten? Ihr habt die Köpfe wie zwei Diebe zusammengesteckt.«

Sie zog ihm das Hemd aus und sagte: »Sie hilft mir, eure barbarische Sprache zu lernen, wenn du es wissen willst. Sie ist eigentlich ganz nett. Als sie herausbekommen hat, daß ich keine Adlige bin, wurde sie sehr umgänglich.«

»Für jemanden, der mit Adligen nicht auskommt, versteht sie sich allerdings ziemlich gut mit Margaret.«

»Deine Cousine ist ja auch eine außergewöhnliche Frau. Ich habe schon viele reiche und adlige Frauen gesehen, aber sie ist nicht wie die.«

Nicholas seufzte und liebkoste ihren Hals. »Schade, daß du ihre Mutter nicht kennenlernen konntest.« Es fiel ihm schwer, sich Briana vorzustellen. Wehmut überfiel ihn.

»Was ist?« fragte Iasha.

Nicholas zuckte mit den Schultern. »Nichts. Die Menschen

sterben, dann betrauert man sie, und dann geht das Leben weiter. So ist das nun mal.« Etwas fröhlicher sagte er: »Gut, daß du die Sprache des Königreichs lernst.«

Iasha lächelte. »Wenn ich mir einen reichen Mann an Land ziehen will, muß ich das wohl.«

Nicholas richtete sich auf. »Mann?«

Iasha sagte: »Könnte doch sein. Deine Gemahlin möchte vielleicht keine Geliebte neben sich dulden. Und kannst du dir vorstellen, dein Vater erlaubt uns zu heiraten?«

Nicholas wollte protestieren; doch eigentlich sprach sie das aus, was er sich selbst schon überlegt hatte. Er mochte es nur nicht, diese Dinge aus ihrem Munde zu hören.

»Verletzt?« fragte sie halb spöttisch. Sie stand auf. »Ich weiß etwas, womit du dich besser fühlst«, sagte sie und machte den Gürtel um ihr Unterhemd auf. Der Stoff fiel zu Boden.

Nicholas grinste. Sie schmiegte sich in seine Arme.

Sie hatten die Galeere seit einer Woche nicht mehr gesehen, und Amos glaubte, daß die Verfolger inzwischen aufgegeben hätten. Er kam gerade an Deck und holte tief Luft. Auf der nördlichen Halbkugel wurde es Frühling.

Amos ging zu Nicholas aufs Achterdeck und sagte: »In den nächsten Tagen werde ich vielleicht mein Kommando zurückverlangen.«

»Jederzeit.«

Amos klopfte Nicholas auf die Schulter. »Du hast dich wacker gehalten.«

Nicholas sagte: »Ich würde mich besser fühlen, wenn ich wüßte, wo dieses andere Schiff ist.«

»Wenn dessen Kapitän sein Handwerk versteht, befinden sie sich südlich der Fregattenfelsen, eine Woche südlich der Dreifingerinsel. Dort werden sie wenden und geradewegs zur Straße der Finsternis segeln.«

»Werden wir sie noch einholen?«

»Ich weiß es nicht«, sagte Amos. »Dieses Schiff ist fast so schnell wie die richtige *Adler*, und die richtige *Möwe* war nur wenig langsamer. Es ist schwer zu sagen, weil wir die Gewässer im Süden auch nicht so gut kennen wie der andere Kapitän.« Er rieb sich die Hände. »Doch die nördlichen Meere kennt niemand so gut wie ich, und wenn wir erst das Bittere Meer erreicht haben, werden wir sie ohne Zweifel einholen.«

Nicholas fragte: »Wann werden wir sie frühestens sehen?«

»Jederzeit«, meinte Amos. »Wir könnten sie unterwegs sogar überall überholt haben.«

Zwei Stunden später rief der Ausguck: »Segel in Sicht!«

Nicholas ließ so viel Segel wie möglich setzen, damit das Schiff seine höchste Geschwindigkeit erreichte. Nach einer Weile rief der Ausguck: »Ich kann sie ausmachen, Käpt'n. Es ist die *Königliche Möwe*!«

Amos rief: »Alle Mann auf ihre Posten!«

»Nein«, sagte Nicholas.

»Nein?« fragte Amos.

»Wir werden sie jetzt noch nicht angreifen.«

»Warum nicht, um der Götter willen?«

Ghuda kam an Deck. Praji und Vaja folgten ihm. Nicholas wandte sich an sie alle. »Wir haben keine Ahnung, wieviele Männer sie an Bord haben. Und wir haben auch die Überraschung nicht auf unserer Seite. Ich werde sie nicht eher angreifen, bis wir die Straße der Finsternis durchquert haben und fast zu Hause sind.«

»Warum das?« wollte Harry wissen, der vom Hauptdeck zur Brücke hochstieg.

Nicholas erwiderte: »Weil ich keine dieser Kreaturen bis nach Krondor kommen lassen will. Falls ich muß, binde ich die Schiffe zusammen und brenne sie nieder. Und wenn wir dann schwimmen müssen, haben wir es nicht mehr so weit bis zur Küste.«

Amos fluchte. »Nun, dann müssen wir sie verfolgen und können nur hoffen, daß ihr Kapitän nicht allzu phantasievoll ist.«

Nicholas sagte: »Gebt den Befehl aus, daß wir fliehen, falls sie uns angreifen wollen.«

Amos sagte: »Das gefällt mir gar nicht –«

»So lautet mein Befehl«, sagte Nicholas. »Wir greifen sie nur an, falls sie sich den Freien Städten oder Kesh zuwenden. Ansonsten werden wir sie nach Hause verfolgen.«

»Aye, Käpt'n«, sagte Amos und salutierte. Auf seinem Gesicht spiegelten sich gleichermaßen Stolz und Zweifel wider.

Gefecht

Nicholas sah hinüber.

Der Nachbau der *Königlichen Möwe* trimmte die Segel und wurde langsamer. Es war eine Einladung für die *Adler*, ein Entermanöver zu versuchen. Amos stand auf der Brücke. In den letzten zwei Wochen war er ständig hier gewesen, doch den Befehl über das Schiff hatte er immer noch nicht von Nicholas zurückverlangt.

Nicholas hatte seine Wissenslücken, was die Seefahrt betraf, zunächst mit Pickens' und schließlich mit Amos' Hilfe schließen können. Amos hatte ihm im Scherz gesagt, in ein oder zwei Jahren würde er einen hervorragenden Schiffsjungen abgeben, doch das hatte nur Nicholas' Zweifel bestärkt, ob nicht seine Glückssträhne irgendwann zu Ende sein könnte.

Amos sagte nachdenklich: »Sie fragen uns gar nicht erst, ob wir uns mit ihnen schlagen wollen.«

Nicholas stimmte zu. »Sie wissen, daß wir es jetzt noch nicht wollen. Aber ich kann mir beim besten Willen nicht vorstellen, was sie eigentlich vorhaben.«

Amos rief nach oben: »Ist achtern irgend etwas in Sicht?«

Der Ausguck rief zurück: »Nichts, Admiral!«

Sie hatten die Straße der Finsternis vor einer Woche hinter sich gelassen und hielten jetzt Kurs auf Durbin. Nicholas fragte: »Du glaubst doch nicht wirklich, daß hinter uns irgend etwas auftaucht?«

»Man kann nie wissen«, meinte Amos. Er spuckte über die Reling. »Diesen Schlangen ist es mit Magie gelungen, diese pesttragenden Kreaturen zu erschaffen. Sie hatten Jahre Zeit, dies alles zu planen; vielleicht haben sie schon in dem Moment damit angefangen, als Murmandamus in Sethanon starb.« Er lächelte. »Genauer gesagt, würde es mich nicht wundern, falls sie irgendwo auf dem Bitteren Meer ein Schiff in Reserve hätten. Und dann würde es auch Sinn machen, daß sie langsamer werden.«

Nicholas sagte: »Dieses Risiko müssen wir wohl eingehen.«

In diesem Augenblick rief der Ausguck: »Segel in Sicht!«

»In welcher Richtung?« fragte Nicholas.

»Geradewegs Steuerbord, Käpt'n!«

Nicholas und Amos gingen zur Reling, und nach einer Weile hatten sie das Segel entdeckt. »Das Schiff kommt rasch näher«, sagte Nicholas.

Amos sagte: »Hm-hm. Es ist ein Kutter aus Kesh. Freibeuter aus Durbin. Zeit, daß wir Flagge zeigen.«

Der Nachbau des königlichen Kriegsschiffs hatte alle möglichen Flaggen und Hoheitszeichen an Bord. Nicholas rief: »Hißt die Fahne des Königreichs und das fürstliche Wappen von Krondor.«

Amos sagte: »Und laß meinen Stander dazusetzen, wenn du schon mal dabei bist.«

Nicholas ließ den Flottenstander des Admirals ebenfalls hissen, und bald wehten die großen bunten Flaggen vom Haupt- und Besanmast.

Der keshianische Kutter näherte sich ihnen rasch, drehte jedoch plötzlich nach Backbord bei. Amos lachte. »Der Kapitän hat uns vermutlich für zwei Kriegsschiffe des Königreichs auf der Heimreise von einer Patrouille gehalten. Und auf dem einen sind auch noch der Admiral der Flotte und ein Mitglied der fürstlichen Familie an Bord. Er wird einen weiten Bogen um uns machen.«

Der Tag verstrich, und Nicholas ließ den Abstand zum anderen Schiff nicht kleiner werden.

Die *Möwe* setzte kurz vor Sonnenuntergang noch mehr Segel, und Amos meinte: »Der Bastard wird versuchen, uns in der Dunkelheit zu entkommen. Er hat wohl noch nicht mitbekommen, daß ich diese Gewässer wie meine Westentasche kenne. Ich weiß, wo er lang muß, wenn er nach Krondor will.«

»Und wenn er nicht nach Krondor will?« fragte Nicholas.

»Er will«, erwiderte Amos. »Sonst könnte er nur nach Sarth oder nach Endland, nur warum sollte er das tun? Dein Vater treibt sich sicherlich an der Fernen Küste herum. Ich glaube fast, darin bestand der Zweck dieses sinnlosen Überfalls auf Carse, Tulan, Crydee und Barran. Bei einer solchen Zerstörung mußte dein Vater den größten Teil der Flotte von Krondor zur Fernen Küste führen, sobald die Straße der Finsternis passierbar war. Und dann wird er sich nach Frihaven aufgemacht haben.« Er überlegte. »Vermutlich entscheidet er gerade, ob er zurückkehrt oder uns folgt.«

Nicholas sagte: »Sie wenden nach Norden!«

Amos meinte: »Das ist sicher nur ein Täuschungsmanöver. Wir folgen ihnen, doch sobald es dunkel ist, setzen wir wieder Kurs auf Krondor. Ich wette, morgen sehen wir sie kaum eine Meile weiter nördlich als uns.«

Nicholas sagte: »Ich bin doch nicht verrückt, mit dir zu wetten.« Er legte Amos die Hand auf die Schulter und fragte: »Möchtest du etwas essen?«

»Warum nicht?« erwiderte Amos.

Der alte Admiral war immer noch ein wenig unsicher auf den Beinen, obwohl Anthony erklärt hatte, er habe sich von der Schwertverletzung vollständig erholt. Bis sie Krondor erreicht hätten, würde er auch seine Kräfte wieder zurückgewonnen haben. Während sie zum Hauptdeck hinunterstiegen, brummelte Amos: »Wenn wir geradewegs durchsegeln würden, wären wir in vier Tagen zu Hause. Doch bei diesem Hin- und Herkreuzen verschwendet man den ganzen schönen Wind.«

Nicholas stimmte zu. »Mir wäre auch lieber, wenn alles vorbei wäre, doch ich fürchte, diese mörderischen Hunde werden sich nicht um unsere Wünsche scheren.«

Von oben rief der Ausguck: »Rauch, Käpt'n!«

»In welcher Richtung?«

»Geradewegs achtern!«

Nicholas und Amos eilten zurück auf die Brücke und blinzelten in die untergehende Sonne. Eine Rauchsäule erhob sich wie eine zerrissene Fahne in die Luft. »Der keshianische Kutter hat doch noch eine Prise aufgebracht.«

»Ja, aber wen?« fragte Nicholas.

Amos' Voraussage war eingetroffen. In der Morgendämmerung entdeckten sie die *Königliche Möwe* kaum eine Meile weiter nördlich. Nicholas sah, wie das Schiff langsam wieder größer wurde, und ließ die *Adler* leicht nach Backbord abfallen.

Amos kletterte auf die Brücke. »Gibt's was Neues?«

»Ja«, meinte Nicholas. »Sie machen etwas offensichtlich Unsinniges, sie werden langsamer. Ich frage mich, ob sie wenden und uns angreifen?«

Amos blickte zu dem anderen Schiff hinüber. »Falls sie das vorhaben, wird es sich ... jetzt herausstellen!« Das andere Schiff wendete.

»Alle Mann an Deck!« rief Nicholas. »Mr. Pickens, wendet nach Backbord und seht zu, daß wir ihnen gegen den Wind entkommen.«

Nakor kam auf Deck gelaufen und schrie: »Da ist etwas! Da ist etwas!«

Nicholas fragte: »Wovon sprecht Ihr?«

»Ich weiß nicht«, sagte der kleine Mann und hüpfte von einem Fuß auf den anderen. »Irgend jemand benutzt einen Trick. Ich kann es fühlen.«

Anthony folgte ihm einen Augenblick später und sagte: »Nicholas, etwas Seltsames geht mit uns vor. Ich kann es spüren.«

»Habt Ihr eine Ahnung, was es sein könnte?« fragte Nicholas.

In diesem Moment hörten sie ein Geräusch wie von reißendem Stoff, und ein Klingen wie von Glocken erfüllte die Luft.

Nicholas spürte, wie sich seine Nackenhaare sträubten. Dann zeigte Anthony auf etwas. »Dort!«

Im schimmernden Dunst am Horizont tauchte plötzlich wie aus dem Nichts die Galeere auf. »Es ist ein Trick!« schrie Nakor. »Sie haben das Schiff verborgen, und das andere Schiff hat uns gebremst.«

Anthony sagte: »Ein Unsichtbarkeitszauber.«

Amos sagte: »Jetzt wissen wir auch, mit wem es der keshianische Kutter gestern zu tun hatte.«

»Und wer den Kampf gewonnen hat.« Nicholas schätzte die Position der beiden Schiffe ab. »Fertigmachen zum Gefecht!« rief er. »Mr. Pickens, dreht das Schiff wieder nach Steuerbord. Wir greifen die *Möwe* an.«

Befehle wurden gerufen, und Ghuda und Praji formierten ihre Söldner, die eine Truppe in der Takelage, die andere auf Deck. Diejenigen der befreiten Gefangenen aus Crydee, die bereits wieder dazu in der Lage waren, nahmen Waffen, doch die meisten von ihnen griffen auch zu Seilen mit Enterhaken. Die Seeleute brachten die Segel neu in Stellung; die Segel, die gerade eingeholt worden waren, wurden wieder gesetzt, und andersherum.

Marcus und Calis kletterten mit einem halben Dutzend anderer Bogenschützen zu den Plattformen hinaus. Sie suchten sich ihr Ziel und schossen. Ihre Langbögen hatten eine größere Reichweite als die Bögen der Schützen auf den beiden anderen Schiffen. Die Seeleute auf der *Möwe* gingen in Deckung, und als Calis den Steuermann traf, begann das Schiff zu schlingern.

Die *Adler* näherte sich ihrem Schwesterschiff, und Amos rief Nicholas die notwendigen Manöver zu, da er sie mit seiner größeren Erfahrung besser einschätzen konnte. In der Mitte des Decks zündeten Margaret, Brisa und Iasha zusammen mit einigen der Frauen aus der Stadt und den Flußschiffern Feuertöpfchen an und fächerten die Kohlen darin zum Glühen.

»Hart Backbord!« rief Amos, und Pickens drehte das Steuerrad so schnell er konnte herum. Die *Adler* näherte sich der *Möwe*, und die Männer auf beiden Schiffen machten sich auf den Zusammenstoß gefaßt. Doch als sich der Bug der *Adler* fast in die Reling der *Möwe* bohren wollte, drehte die *Adler* schwerfällig bei. Die Sparren des Bugspriets brachen, und ein Hagel von Spänen flog wie Geschosse durch die Luft. Dann stießen die Rümpfe aneinander, und zwar mit solcher Wucht, daß einer der Soldaten von seinem Sitz in der Takelage der *Adler* geschleudert wurde, während ein zweiter, dessen Schwert krachend auf Deck fiel, an einem Seil baumelte.

An Bord des anderen Schiffes standen Männer bereit, um die Angreifer zu empfangen. Nicholas rief: »Nakor, wenn Ihr irgendwelche hilfreichen Tricks auf Lager habt, wäre jetzt die richtige Zeit, sie anzuwenden!«

Nakor griff in seinen schwarzen Rucksack und zog etwas heraus, das wie eine Kugel aus Rauch aussah und schwarz in seiner Hand wallte. Dann erkannte Nicholas es als einen Schwarm irgendwelcher Insekten.

Nakor warf die Kugel in Richtung der *Möwe*, und ein lautes verärgertes Summen erfüllte die Luft. In den Reihen der Verteidiger ertönten entsetzte Schreie wegen der stechenden Insekten.

Nakor sagte: »Es wird nicht lange dauern. Beeilt euch!«

Nicholas gab das Zeichen. »Jetzt!« schrie Harry, der die Männer aus Crydee mit den Enterhaken anführte. Zwei Haken prallten von der Bordwand ab, ein dritter landete nutzlos auf dem Deck des anderen Schiffes, doch die anderen hielten. Die Männer zogen die Schiffe zusammen, und die beiden Rümpfe drängten sich knirschend aneinander.

Die Schiffe wurden vertäut, und dann zog jedermann die Waffen. Das Entern begann. Auf Nicholas' Veranlassung hin trug jeder Mann aus Crydee ein schwarzes Stirnband, damit man ihn von einem möglicherweise vorhandenen Doppelgänger unterscheiden konnte. Alle waren gewarnt worden: Wenn man dieses

Stirnband abnahm, konnte man von Freunden getötet werden, sollte man es verlieren, mußte man auf die *Adler* zurückkehren und sich aus dem Weg halten.

Prajis Söldner schwärmten auf Deck aus, während sich die von Ghuda aus der Takelage nach drüben schwangen. Nicholas sah zum Hauptdeck, wo Tuka, seine Flußschiffer und einige Frauen aus Crydee bereitstanden. Sie würden entweder Brände löschen, die auf der *Adler* entstünden, oder heißes Pech auf die Galeere schleudern, wenn diese die *Adler* erreichte.

Nicholas sah, wie alles nach seinen Befehlen ausgeführt wurde. Er zog sein Schwert und setzte mit einem Sprung auf das andere Schiff hinüber. Nakors stechende Insekten waren verschwunden, aber sie hatten ihre Aufgabe erfüllt.

Ein schwarzgekleideter Offizier griff Nicholas an, und der Prinz parierte den ersten Hieb. Der Mann benutzte eine einfache Hiebfolge, die Nicholas bald durchschaute. Er tötete den Gegner mit einem Stich in die Brust.

Nicholas sah sich um und entdeckte, wie einer seiner Männer über die Reling gedrückt wurde. Er half dem Mann, wieder an Deck zu kommen. Da sie allein auf dem Vorderdeck waren, rief Nicholas: »Amos, hierher!«

Amos nahm ein kleines Faß, wie es für Branntwein benutzt wurde, und warf es zu Nicholas herüber. Nicholas sackte fast zusammen, als er es fing.

Nicholas schrie dem Soldaten zu: »Macht diese kleine Luke da auf, aber gebt auf Überraschungen acht!«

Der Mann schob die Luke mit dem Fuß zur Seite, und ein Armbrustbolzen kam herausgeschossen. Nicholas wartete nicht, er warf das Fäßchen hinunter in die Dunkelheit. Von dort hörte er das zufriedenstellende Zersplittern von Holz und einen Schmerzschrei. »Das da!« rief er Amos zu.

Amos warf ihm das nächste Fäßchen zu, und Nicholas warf es hinter dem ersten her, dann schloß er die Luke wieder.

Nicholas ergriff sein Schwert wieder und sah hinab zum Hauptdeck. Die Kämpfe hatten sich jetzt überall ausgebreitet. Zwischen den gegnerischen Parteien gab es jedoch keine klare Frontlinie.

Nicholas sprang hinunter und trat dabei einem Mann in den Rücken, der gerade einem von Prajis Söldnern gegenüberstand. Der schwarzgekleidete Seemann stolperte vorwärts, und der Söldner tötete ihn.

Nicholas ging jedem Kampf aus dem Wege, bis er an der zu seinem eigenen Schiff gelegenen Reling angekommen war. Ghuda, Praji und Vaja hielten dort einen Bereich frei, und Nicholas gesellte sich zu ihnen. Sie erzwangen sich den Weg zu Hauptladeluke. Sobald sie dort angekommen waren, drehte sich Nicholas um und rief: »Das nächste Faß!«

Amos und Harry trugen ein größeres Faß heran und mußten es kurz auf der schwankenden Reling abstellen, wo Nicholas es festhielt. Harry kletterte herüber und half seinem Freund, das schwere Faß hochzuheben. Es waren zehn Gallonen Öl, und so, wie das Deck unter ihnen schaukelte, war es für sie schwierig, das Faß bis zur Luke zu schaffen. Nicholas zählte bis drei, und sie ließen es fallen.

Es war Lampenöl, das unter normalen Umständen nicht ohne Docht brennen würde, doch Nakor hatte gemeint, es würde das Feuer anheizen, wenn es nur heiß genug wäre. Dann würde auch das Pech zwischen den Schiffsplanken schmelzen, und das Schiff würde entweder verbrennen oder sinken.

Nicholas wandte sich von der Luke ab. Die Luke zum Hauptfrachtraum war gerade frei. »Hol noch eins!« rief er Harry zu, während er schon dorthin losrannte.

Wie aus dem Nichts tauchten vor ihm zwei Seeleute der *Möwe* auf, und er mußte es mit beiden gleichzeitig aufnehmen. Das hatte er oft genug geübt, doch niemals zuvor war es dabei um sein Leben gegangen. Er erinnerte sich, was ihm sein Vater und seine

Fechtmeister immer wieder gesagt hatten: Wenn die Gegner nicht zusammen geübt hatten, war es wahrscheinlich, daß sie sich genausoschr im Wege standen wie sich gegenseitig halfen.

Als wollte das Leben den Unterricht seines Vater bestätigen, trat der linke Mann vor den rechten. Der zweite Mann stieß ihn an, wodurch er aus dem Gleichgewicht kam, und er starb durch Nicholas' Schwert, noch ehe er sich wieder richtig gefangen hatte. Dann trieb Nicholas den zweiten Mann zurück und traf ihn in die Kehle. In diesem Moment kam Ghuda mit einem großen Faß an. Er ließ es in die Luke fallen und rief: »Das war alles!«

»Laßt Feuer bringen, und alle sollen das Schiff verlassen!« rief Nicholas.

Wenn auf der *Möwe* Feuer ausbrach, sollten sich alle sofort auf die *Adler* zurückziehen.

Tukas Flußschiffer standen um einem kleinen Kochtopf auf einem offenen Kohlenbecken herum. In dem Topf wurde Pech erhitzt. Oben auf den Rahen hockten Männer. Derweil versuchten sich die Enterer zurückzuziehen.

Die Mannschaft der *Möwe* versuchte, die Seile durchzuschneiden, anstatt ihren Vorteil auszunutzen. Nicholas sah, wie seine Männer über die Reling auf die *Adler* zurückkletterten.

»Jetzt«, rief Nicholas.

Von oben schossen Calis und Marcus brennende Pfeile in die Segel der *Möwe*. Die anderen Männer ließen Seile herab, an denen die Töpfe mit dem blubbernden Pech hingen.

Nicholas sah beklommen zu: an Bord eines Schiffes mit Feuer umzugehen, war gefährlich – und vor allem während eines Gefechts. Sie saßen geradezu auf einem Pulverfaß.

In der Takelage brachten Männer aus Crydee mit einem Feuerholz Zunder zum Brennen. Sie gaben das Feuer an die Männer weiter, die am Ende der Rahen warteten. Als die Eimer mit dem Pech angezündet waren, schleuderten die Männer sie rasch in die Takelage des anderen Schiffes.

Nicholas stand als letzter seiner Männer auf dem Deck der *Möwe*, wo er sich vergewisserte, daß alle seine Leute wieder in Sicherheit waren. Als er selbst jedoch zurückklettern wollte, packten ihn zwei Seeleute, und er konnte sich nicht mehr bewegen. Jemand stürzte sich von der *Adler* aus über die Reling und landete auf den beiden Männern. Nicholas sah, wie sich Ghuda aus dem Knäuel erhob. Der große Söldner grinste Nicholas an. »Wollen wir mal lieber …«, sagte er, dann riß er plötzlich überrascht die Augen auf.

Er machte einen Schritt auf Nicholas zu und griff hinter sich, als wollte er sich am Rücken kratzen. »Verdammt!«

Nicholas, der inzwischen wieder auf die *Adler* geklettert war, sah Ghuda über der Reling zusammenbrechen. Aus seinem Rücken ragte ein Messer. Nicholas zerrte den großen Söldner mit einer Kraft, die man ihm nie zugetraut hätte, auf die *Adler.*

Tuka kam mit einen Topf Pech in der Hand angerannt. Er wollte den Topf gerade hinüberschleudern, als ihn ein Pfeil in die Brust traf. Mit einem glucksenden Kreischen stolperte er vorwärts über die Reling, wo er zwischen den beiden Rümpfen landete, die mit einem knirschenden Krachen aneinanderstießen. Sein Schrei wurde augenblicklich abgeschnitten.

Nicholas fühlte sich miserabel. Anthony eilte zu ihm, und Nicholas sagte: »Seht nach ihm«, wobei er auf Ghuda zeigte.

Prajis Söldner hackten die Seile durch, die die beiden Schiffe zusammenhielten. Gelegentlich mußten sie sich wegen eines Pfeils ducken. Auf die *Möwe*, die sich immer noch gefährlich nah an der Adler befand, regnete Feuer herunter.

Nicholas sah, wie die Mannschaft der *Möwe* jetzt aufgeregt damit beschäftigt war, die Flammen in der Takelage zu bekämpfen. Er befahl Pickens, sie von dem feindlichen Schiff wegzubringen.

Pickens rief zurück: »Wir können nicht, Käpt'n! Wir müssen zuerst wenden!«

Nicholas rief die Flußschiffer zusammen. Sie sollten das Schiff mit Rudern von der *Möwe* stoßen. Ein Dutzend Ruder wurde zur Reling gebracht, und die Männer gaben ihr Bestes, hatten jedoch keinen Erfolg.

Die beiden Schiffe drehten sich im Wind, kamen aber nicht voneinander los. Dann begannen die Rümpfe, aneinander entlangzugleiten. Es knirschte und krachte, als Holz und Metall markerschütternd aneinander entlangkratzten.

Dann hatte die *Adler* das Heck der *Möwe* erreicht, und mit einem letzten donnernden Stoß trennten sich die beiden Schiffe.

An Deck und in der Takelage flammten kleine Feuer auf, die jedoch rasch gelöscht wurden.

Nicholas eilte zum Achterdeck. Marcus schwang sich aus der Takelage nach unten und legte seinem Cousin die Hand auf die Schulter. »Wir haben es geschafft.«

Nicholas erwiderte: »Ich hoffe doch.«

Er bemerkte, wie der Griff von Marcus' Hand fester wurde. Dann sah er, was Marcus sah. Während sich die Flammen in den Segeln der *Möwe* ausbreiteten, kamen Gestalten an Deck gerannt. Zwischen den herabregnenden Glutstücken rannten Margaret und Abigail herum und schrien vor Entsetzen auf.

Nicholas und Marcus standen vor Schreck starr da. Nicholas sah hinunter zum Hauptdeck, wo Margaret in einem einfachen Kleid stand, während die Margaret auf der *Möwe* das Gewand einer Prinzessin trug.

Die Margaret auf der *Möwe* rief: »Marcus! Hilf mir!«

Die Abigail dort drüben kreischte: »Nicholas! Rette uns!«

Mit einem leisen Knall fing etwas unter Deck der Möwe Feuer, und Flammen schossen aus den Luken. Das Gewand der Margaret auf der *Möwe* fing Feuer, und sie kreischte, während sie versuchte, die Flammen auszuschlagen.

Aus der Takelage flog ein Pfeil hinüber und traf sie in die Brust, warf sie um, und sie war nicht mehr zu sehen. Ein zweiter Pfeil traf Abigail in die Brust, und auch sie fiel hin.

Calis schwang sich aus der Takelage zu ihnen herunter und landete neben Nicholas und Marcus. »Ich wußte nicht, warum ich dieses Elend noch verlängern sollte. Sie sind vielleicht falsch, aber der Anblick war trotzdem entsetzlich.«

Nicholas nickte. Er drehte sich um. Hinter ihnen kam die Galeere auf sie zu, und er schrie. »Macht euch bereit! Wir sind noch nicht fertig! Hart nach Steuerbord, Mr. Pickens!«

Amos rief: »Seht!«

Nakor und Praji kamen an Deck und liefen zu Nicholas. »Was ist?« fragte Praji.

»Wer ist das da im Bug?«

Nicholas wurde schwer ums Herz, als Nakor sagte: »Es ist Dahakon.«

Ein Mann in einer braunen Robe, der die Hände in den Ärmel des jeweils anderen Arms gesteckt hatte, stand dort und betrachtete ausdruckslos die *Adler* und die brennende *Möwe*.

»Er muß seine Künste benutzt haben, um das Schiff hierherzubringen«, meinte Praji.

»Nein«, sagte Nakor. »Es war kein Trick. Es ist uns einfach den ganzen Weg gefolgt. Nur, daß er sein Schiff vor uns verborgen hielt, war ein Trick.«

»Unmöglich«, sagte Amos. »Auf dem Schiff kann man gar nicht genügend Vorräte für die Mannschaft und die Sklaven unterbringen!«

»Seht«, meinte Nicholas und zeigte auf etwas.

Eine Gestalt stellte sich neben Dahakon, Valgasha, der Oberherr. Seine Haut war blaß, aufgedunsen und fleckig, seine Bewegungen waren eckig. Auf seinem Handgelenk breitete ein Adler seine Schwingen aus, wie zum Spott auf Valgashas früheren Glanz.

»Totenbeschwörung«, sagte Nakor. »Er ist ein bösartiger Schurke.«

Dann hob Dahakon die Hand, und Nicholas spürte auf seinem ganzen Körper eine Gänsehaut. »Er beschwört einen Zauber«, sagte Anthony.

Calis legte einen Pfeil auf und schoß, doch er schien von einer unsichtbaren Wand Zentimeter vor dem Magier abzuprallen und fiel zu Boden.

Auf Deck versammelten sich die Männer und riefen ihre Götter um Gnade an, während sich das Totenschiff näherte. Jenseits des Wassers versammelte sich an Deck eine schweigende Macht von lebenden Leichen.

Nakor schloß die Augen und machte eine Geste, dann öffnete er die Augen wieder. »Das ist sehr schlecht.«

Nicholas fragte: »Schlecht?«

»Er benutzt sehr mächtige Tricks, damit sich diese Männer bewegen, aber noch schlimmer, auch sie tragen die Seuche.«

»Wir können dieses Schiff nicht auch noch verbrennen«, sagte Amos, »wir haben nicht mehr genug Pech und Öl.«

»Wir werden es rammen«, sagte Nicholas.

»Nie im Leben«, sagte Amos. Er zeigte hinüber. Die Segel der Galeere wurden gestrichen, während sich die Ruder hoben und senkten. »Die Ruderer rudern, tot oder nicht.«

»Mächtige Künste«, sagte Praji und spuckte über die Schulter.

»Wie besiegt man tote Gegner?« fragte Marcus.

»Am besten so, wie es am besten geht«, antwortete Nicholas und zog sein Schwert. Er sah hinüber zur fernen Küstenlinie und fragte: »Amos, wo befinden wir uns?«

»Wir sind weniger als einen halben Tag von Endland entfernt, und bis Krondor sind es noch drei Tage.«

»Wir werden sie nahe herankommen und uns rammen lassen, und stecken die *Adler* in Brand. Dann sollen die, die es schaffen, bis zur Küste schwimmen.«

»Es ist weiter als drei Meilen«, sagte Amos leise. »Das wird kaum jemand von uns schaffen.«

Fast noch leiser erwiderte Nicholas: »Ich weiß.«

Harry kam vom Hauptdeck herbeigerannt. »Werden wir gegen sie kämpfen?«

Nicholas nickte.

Nakor sagte: »Anthony!«

Der junge Magier fragte: »Was?«

»Es ist an der Zeit!« meinte Nakor grinsend.

»Wofür?« fragte Anthony und blinzelte verwirrt.

»Benutz das Amulett!«

Anthony kniff die Augen zusammen, dann griff er in sein Gewand und zog den Talisman hervor, den Pug ursprünglich Nicholas gegeben hatte. Er schloß die Hand darum und rief: »Pug!« Einen Moment lang passierte nichts, und Anthony schloß die Augen und rief Pugs Namen noch einmal.

Als er den Namen zum dritten Mal aussprach, erfaßte ein tosender Wind das Schiff, als wäre es von einem Donnerschlag getroffen worden. Die *Adler* neigte sich leicht zu einer Seite. Aufgeregt schrien die Männer durcheinander und zeigten auf etwas. Genau vor der Galeere hing ein Wesen, so groß wie das Schiff selbst, in der Luft.

»Ein Drache!« sagte Amos.

Der Drache war golden und hatte einen silbernen Kamm. Rubinrote Augen, größer als Schilde, glitzerten im Sonnenuntergang, während das Wesen schwarze Krallen ausfuhr. Dahakon keuchte, und für einen Augenblick stand er bewegungslos da. Der Drache schlug mit den Flügeln, hielt seine Stellung vor der Galeere und riß das riesige Maul auf.

Flammen, glutweiß und blendend, wischten über das Schiff hinweg. Die Segel und das Holz des Decks fingen Feuer, genauso wie die tote Mannschaft. Der Oberherr und sein Adler standen statuengleich da, als die Flammen sie erfaßten. Der Vogel verkohlte und fiel vom Arm seines Meisters, der Sekunden später zusammenschrumpfte. Der Herrscher der Stadt am Schlangenfluß war endgültig tot.

Einen schrecklichen Augenblick lang stand die Mannschaft der Galeere bewegungslos da. Ihre Haut verbrannte, während sie sich von dem Angriff duckte. Als leblose Krieger, die ihre eigene Zerstörung nicht begriffen, erwarteten sie die Befehle des Magiers, auszuschwärmen und dic *Adler* einzunehmen. Doch die Schwerter fielen ihnen aus den Händen, und einer nach dem anderen kippte um.

Die *Königlicher Adler* bewegte sich ziellos, niemand leistete irgendeine Anstrengung, das Schiff auf Kurs zu halten, während sich alle Augen auf das majestätischste Geschöpf von Midkemia richteten, eines, von dem man nur noch aus Sagen und Legenden wußte.

Dann zeigte Anthony auf etwas. »Seht!«

Inmitten der Feuersbrunst stand Dahakon bewegungslos da, von einem rubinfarbenen Lichtschein umgeben, welcher ihn gegen die Wut des Drachen abschirmte. Nicholas fragte: »Können wir nicht etwas tun?«

Calis legte einen weiteren Pfeil auf und schoß ihn ab, doch er prallte an dem rubinfarbenen Schild ab. Nakor sagte: »Ich glaube ...« Er nahm einen Pfeil aus Calis' Köcher und brach die Spitze ab. Er hielt den abgebrochenen Pfeil hoch und sagte: »Sein Trick hält nur Stahl ab. Kannst du damit schießen?«

Calis nahm den Schaft, der nun drei Viertel seiner ursprünglichen Länge maß. »Ich werde es versuchen.« Er legte den Pfeil auf und schoß. Anders als die beiden anderen Pfeile traf dieser den Magier in die Brust, und der schrie auf; der rubinfarbene Schild verschwand, und das Feuer des Drachen versengte ihn.

Mit einem Kreischen, das noch an Bord der *Adler* gehört werden konnte, ging der Magier in Flammen auf und fiel zu Boden, wo er nicht mehr zu sehen war.

Der Drache besah sich das brennende Schiff, und dann machte er sich mit einem einzigen Flügelschlag davon. Segelnd glitt er über den Wellen hinweg in den Sonnenuntergang. In einem weiten Bogen erhob er sich und flog über das Schiff, wandte sich nach Nordwesten und schoß davon.

Harry flüsterte: »Ryana.«

Nicholas nickte.

»Sieh mal!« sagte Harry.

Nicholas blinzelte, um zu erkennen, worauf sein Freund zeigte, und dann entdeckte er auf dem Rücken des Drachen eine winzige Gestalt.

»Ist das Pug?« fragte Harry.

Nakor grinste und meinte: »Ich denke doch.« Er lachte. »Jetzt haben wir alles hinter uns.«

Vaja rief vom Hauptdeck: »Nakor!«

Alle drehten sich um. Vaja kniete neben Ghuda. Nicholas und die anderen folgten Nakor und Anthony nach unten. Der Kopf des verwundeten Söldners war auf einen Sandsack gebettet, aus seiner Nase lief Blut.

Anthony drehte ihn auf die Seite, untersuchte die Wunde und blickte Nicholas mit Schmerz in den Augen an. Er schüttelte den Kopf.

Nakor nahm Ghudas Hand. »Was gibt es, alter Freund?«

Ghuda hustete, und Blut lief ihm aus den Mundwinkeln. »Freund?« fragte er mit dünner Stimme. »Ich liege hier und ersticke an meinem eigenen Blut, nur weil du mich unbedingt um die halbe Welt schleppen mußtest, und du nennst mich Freund?« Er drückte Nakors Hand fest, und Tränen rannen über die wettergegerbten Wangen. »Sonnenuntergänge an anderen Meeren und erhabene Anblicke und großartige Wunder, Nakor.« Er hustete heftig und spuckte Blut. »Ein Drache aus Gold!« Mit seinem letzten Atem sagte er: »Mein Freund.« Er keuchte erstickt, schüttelte sich und bewegte sich nicht mehr.

Nicholas schluckte seinen Schmerz hinunter und sah sich auf Deck um. Andere verwundete Männer lagen in der Nähe, und er sagte: »Anthony.«

Der junge Magier folgte Nicholas Geste und eilte davon, um denjenigen, die Hilfe brauchten, diese zu leisten.

Nicholas spürte eine Hand auf seiner Schulter und sah auf. Iasha stand neben ihm. Er erhob sich, und sie sagte: »Fahren wir jetzt in deine Heimat?«

Nicholas unterdrückte seine Tränen nicht, ließ sie über die Wangen rinnen und nahm das Mädchen in den Arm. Er hatte Angst, seine Stimme würde versagen, deshalb nickte er nur. Er schluchzte, halb erleichtert, halb traurig, und sagte: »Wir fahren nach Hause.«

Schließlich riß Nicholas sich zusammen und schob Iasha sanft zur Seite. Er wandte sich zum Achterdeck und sagte: »Mr. Pickens, Kurs auf Krondor!«

Amos rief: »In die Takelage, ihr Hafenratten!«

Die *Königlicher Adler* wendete langsam; und als der Wind die Segel füllte, ließ sie die beiden brennenen Rümpfe majestätisch hinter sich zurück. Nicholas sah zu, wie zuerst der Nachbau der *Königliche Möwe* und dann die Galeere des Oberherrn versank.

Amos stellte sich neben Nicholas und legte ihm die Hand auf die Schulter. »Hab ich dir eigentlich schon gesagt, wie sehr du mich neuerdings an deinen Vater erinnerst?«

Nicholas wandte sich Amos zu, und in seinen Augen glitzerten Tränen. »Nein«, gab er heiser zurück.

Amos drückte seine Schulter und flüsterte: »Nun, du erinnerst mich jedenfalls an ihn. Und ich bin so stolz auf dich, wie ich auf meinen eigenen Enkel wäre.«

Nicholas holte tief Luft. »Danke.« Mit einem gezwungenen Lächeln fügte er hinzu: »Großvater.«

Amos packte Nicholas im Nacken und schüttelte ihn leicht. »Verdammt! Du bist wirklich genauso wie er. Du versuchst, einem jeden Spaß im Leben zu verderben!«

Nicholas lächelte. Er legte Amos die Hand auf die Schulter. »Niemand hat es je geschafft, dir den Spaß am Leben zu verderben, Amos.«

Amos schenkte ihm ein trauriges Lächeln. »Das ist wirklich wahr, nicht? Obwohl man nur an Tagen wie diesen versteht, warum der Spaß so wichtig ist.«

Amos nahm Nicholas unerwartet in die Arme und drückte den Jungen, der nun bald durch Heirat zu seinem Enkelkind werden sollte. »Wir wollen die Toten begraben, Nicky, und auf ihr Andenken ein Glas trinken. Und dann fahren wir nach Hause.«

Die Stimmung bei der Feier war gedämpft. In der Mannschaft mischten sich Erleichterung, Erstaunen über den Anblick des Drachen und Trauer über den Verlust von Freunden.

Ghuda und Tuka waren nicht die einzigen. Fünf weitere Söldner und drei von den Flußschiffern hatten ihr Leben gelassen. Desweiteren war ein Dutzend Männer aus Crydee für das Königreich gefallen.

Nicholas hatte Branntwein verteilen lassen. »Manche von euch«, sagte er, »haben das alles von Anfang an mitgemacht, während andere erst kürzlich zu uns gestoßen sind. Doch ohne jeden einzelnen von euch wüßte ich nicht, ob wir das geschafft hätten, was nun hinter uns liegt. Die Krone steht in eurer Schuld. Ich habe entschieden, daß die gesamte Beute, die sich noch in der Truhe befindet, zu gleichen Teilen unter euch aufgeteilt wird.« Die Söldner grinsten, während die Seeleute und Soldaten des Königreichs überraschte Blicke wechselten, dann aber ebenfalls zustimmend grinsten. Er gab selten Prämien in den Diensten des Königs. »Wir haben einige gute Freunde verloren«, fuhr Nicholas fort. »Auf daß wir sie niemals vergessen.« Er hob sein Glas und sagte: »Für Ghuda, und für die anderen.«

Sie tranken, und dann sagte Nicholas: »Für diejenigen unter euch, die von jenseits des riesigen Meeres stammen, werden wir alles tun, damit ihr euch zu Hause fühlt.«

Die Mannschaft jubelte, und die Männer gingen wieder an ihre Arbeit. Endlich waren sie auf dem Weg heim.

Drei Tage später liefen sie gegen Mittag in den Hafen von Krondor ein. Amos hatte das fürstliche Wappen setzen lassen, und der nervöse Hafenlotse näherte sich in seinem Boot. Während er mit seinen beiden Gehilfen an Bord kletterte, begrüßte er Amos und Nicholas mit einer Mischung aus Staunen und Verwunderung.

Nicholas sagte: »Amos, willst du das Schiff beim letzten Mal nicht selbst steuern?«

Amos zuckte mit den Schultern. »Es ist nicht dasselbe. Wenn das hier die richtige *Adler* oder meine *Königlicher Drache* wäre, dann vielleicht.« Der Hafenlotse blickte verwirrt vom Prinzen zum Admiral. Amos fügte mit einem bösen Grinsen hinzu: »Du solltest üben, unter Segeln in den Hafen einzulaufen. Damit kann man nicht früh genug anfangen.«

Nicholas erwiderte das Grinsen. »Macht euch fertig, die Segel zu setzen!« rief er.

Der Hafenlotse sagte: »Hoheit, ich beschwöre Euch; laßt die Segel einholen, und wir schleppen Euch in den Hafen.«

Nicholas sagte: »Harry!«

»Was ist?« fragte sein Freund.

»Geh mit zum Bug und achte drauf, daß der Gehilfe des Hafenlotsen nicht in Ohnmacht fällt.« Und freudig herausfordernd fügte er hinzu: »Wir laufen unter Segeln ein.«

Kleinere Boote versuchten eilig, ihnen aus dem Weg zu gehen. Das fürstliche Wappen gab der *Adler* den Vorrang, und die meisten Menschen im Hafen wußten um die Vorliebe des Admirals, unter Segeln zur Anlegestelle zu fahren.

Harry rief: »Refft die Segel! Leinen fertig!«

Die Seeleute in der Takelage holten schnellstens die Segel ein. Das Schiff bewegte sich vorwärts, geradewegs auf die Anlegestelle zu. Nicholas sah erwartungsvoll zu und wartete auf den richtigen Moment, um den Hafenarbeitern die Leinen zuwerfen zu lassen.

Das Schiff wurde langsamer, und Nicholas wartete, und wartete, und wartete, bis Harry sich schließlich umdrehte und meinte: »Es … äh … reicht nicht ganz, Nicky.«

Nicholas senkte den Kopf und sagte: »Hafenlotse, würdet Ihr bitte ein Boot kommen lassen?«

Amos lachte. Er klopfte Nicholas auf die Schulter. »Irgendwann wirst du den Dreh schon rausbekommen.«

Nicholas meinte nur: »Wie war das mit dem Spaßverderben?«

Vermählung

Die Gäste jubelten.

Lyam, König der Inseln, trank, nachdem er der Braut und dem Bräutigam einen Toast ausgebracht hatte. Amos stand grinsend da. In seiner formellen Hoftracht hätte man ihn fast nicht wiedererkennen können; Seidenhemden und Frack bildeten die Mode des Jahres im Königreich. Und nur aus Liebe zu seiner geliebten Alicia hatte er das angezogen, was er sonst als »diese blödaussehende Wäsche« abtat. Ansonsten hätte er noch seine Admiralsuniform anziehen können, doch die verabscheute er noch mehr.

Nicholas saß mit anderen Gästen am Kopf der Tafel im großen Saal des Prinzenpalastes von Krondor. Zu seiner Rechten saß Elena, seine Schwester, und ihr Gemahl unterhielt sich mit Erland, einem von Nicholas' Brüdern und dessen Gemahlin, der Prinzessin Genevieve. Borric, Erlands Zwillingsbruder, sprach mit seiner Gemahlin, Yasmine, während Alicia zusah.

Nicholas' Mutter war von Freude überwältigt gewesen, als sie ihr jüngstes Kind in den Hof kommen sah, und noch dazu hinkte es nicht mehr.

Es hatte monatelang gedauert, bis die Hochzeit geplant war und alle Gäste in Krondor eingetroffen waren. Der König hatte von seinem Hof in Rillanon kommen müssen und war noch vor Arutha erschienen. Die Nachricht hatte den Prinzen von Krondor in Frihaven erreicht, wohin Baron Bellamy von Carse ein kleines Boot geschickt hatte. Arutha hatte dort mit seiner Flotte gelegen. Amos hatte recht behalten: Arutha hatte sich dagegen entschieden, Nicholas und seinen Gefährten zu folgen.

Als Arutha nach Krondor zurückgekommen war, hatten

Nicholas und Amos ihm und dem König alles – angefangen vom Überfall auf Crydee bis hin zur Zerstörung der beiden Schiffe nördlich von Endland – erzählt. Lyam hatte einen Boten zum Eiland des Zauberers geschickt, um zu sehen, ob man Pugs Aufenthaltsort ausfindig machen könnte. Nicholas und Borric waren nach Sethanon gesandt worden, schließlich konnte man nur Mitgliedern der königlichen Familie vertrauen.

Nicholas und sein Bruder waren zwei Wochen später mit der Nachricht zurückgekehrt, daß in Sethanon alles seine Ordnung hatte, und Nicholas hatte erzählt, wieviel Ehrfurcht das Orakel von Aal in ihm erzeugt hatte. Zu seiner Überraschung war der Stein des Lebens nicht zu sehen gewesen, da er von einer magischen Zeitverschiebung verborgen wurde, die Pug erschaffen hatte. Trotzdem, das Wissen um seine Anwesenheit und seine Verletzlichkeit ungeachtet seiner Beschützer hatte in Nicholas einen tiefen Eindruck hinterlassen, nach allem, was er im vergangenen Jahr hatte durchmachen müssen.

Der Bote zum Eiland des Zauberers war mit einer Nachricht von Pug zurückgekommen. Der Magier würde zur Vermählung eintreffen. Alle Gäste hatten sich rechtzeitig eingefunden, und die Zeremonie hatte vonstatten gehen können.

Nun dauerte die Feier an, und Nicholas konnte sich zum ersten Mal seit langer Zeit richtig entspannen. Er blickte seine Begleiterin an und lächelte. Iasha hatte sich gut am Hofe eingelebt, und ihr Wortschatz in der Sprache des Königreichs wuchs von Tag zu Tag. Die anderen Mädchen, ihre früheren Zofen, waren längst der Mittelpunkt der Aufmerksamkeit der jüngeren Männer am Hof geworden. Über sie gingen Gerüchte, sie wären fünf Schwestern aus einem fernen Land, Töchter eines mächtigen Prinzen, und die Mädchen zeigten keinerlei Neigung, diese Gerüchte zu zerstreuen.

Marcus saß bei seinem Vater und seiner Schwester, die Anthony immer fest an der Hand hielt, während Marcus Abigails

Interesse für die Höflinge schlicht übersah. Nicholas bemerkte, wie Abigail fast unverhüllt mit dem Sohn des Herzogs von Ran, dem Schwager von Elena, liebäugelte.

Herzog Martin war stark gealtert, sein Haar war nunmehr fast grau, und seine aufrechte Haltung und sein kräftiges Auftreten waren verschwunden. Daran war nicht nur das Alter schuld, sondern auch die Trauer. Mit der Gemahlin war ihm die Lebensfreude verlorengegangen, dachte Nicholas. Martin hatte schon davon gesprochen, sich zu Marcus' Gunsten von seinem Amt als Herzog zurückzuziehen. Nicholas wußte, es würde lange Streitgespräche zwischen dem König, Arutha und Martin geben, ehe dieser Schritt genehmigt werden würde.

Martin war sehr erleichtert gewesen, als seine Kinder zurückgekommen waren, und zwischen Nicholas und ihm hatte es eine peinliche Situation gegeben, als Martin seinen Dank hatte ausdrücken wollen. Nicholas wurde bewußt, welche Folter es für Martin während seiner Genesung gewesen sein mußte, auf Nachricht von seinen Kindern zu warten. Alles, was Nicholas sagen konnte, war: »Das hättest du an meiner Stelle auch so gemacht.«

Martin hatte nur mit Tränen in den Augen genickt und schließlich seinen Neffen umarmt. Nicholas wußte, wie schwer ihm diese Geste fiel.

Abigails Lachen riß Nicholas aus der Grübelei. Er lehnte sich zurück und sagte hinter Iashas Rücken zu Harry: »Na, was glaubst du, wie lange wird Marcus sich das bieten lassen?«

Harry grinste: »Ich glaube, er wäre froh, wenn ihn jemand von Abigail befreien würde.«

Brisa schlug Harry unter dem Tisch. »Hört jetzt auf damit.«

Iasha lächelte. »Abby will sich nur vergewissern, daß Marcus seiner Sache nicht zu sicher ist. Er war ihr erster Geliebter, aber er soll nicht denken, daß er die einzig mögliche Wahl für sie ist.« Sie lachte. »Sie werden bestimmt heiraten; sie liebt ihn wirklich.« Sie betrachtete Marcus einen Augenblick lang. »Er ist ein stattlicher Kerl, auch wenn er sehr ernst ist, wie dein Vater.« Sie sah Nicholas an. »Beiden fehlt dein lebensfroher Charakter.« Dann fügte sie scherzhaft hinzu: »Außerdem fehlt deinem Cousin … Phantasie.«

Nicholas hatte den Anstand zu erröten. Plötzlich verdüsterte sich seine Miene. »Woher –«

Brisa grinste. »Abby redet viel. Nach ihrem ersten Mal mußte sie es allen erzählen. Ihr Männer habt wirklich keine Ahnung, worüber sich Frauen unterhalten, wenn sie allein sind.«

Nicholas legte die Hände vors Gesicht. »Armer Marcus.« Dann riß er vor Schreck die Augen auf, als Brisa fragte: »Und was für Pläne habt ihr beiden?«

Brisa grinste ihn breit an. Schließlich konnte Nicholas nicht anders und mußte ebenfalls grinsen. Das Straßenmädchen sah einfach umwerfend aus. Ihr dunkelrotes Haar war inzwischen gewaschen, und Anita und ihre Zofen hatten es mit silbernen, perlenbesetzten Kämmen hochgesteckt. Sie trug ein maßgeschneidertes tiefgrünes Kleid, das gut zu ihrem Teint und ihrer Augenfarbe paßte.

Iasha hatte ein dunkelblaues Kleid gewählt und gehörte sicherlich zu den bestaussehenden Frauen am Hofe. Sie redete zwar immer noch darüber, sich einen reichen Ehemann zu angeln, doch Nicholas schien es, als hätte sie es damit nicht gerade eilig.

Das Mahl ging dem Ende zu, und Borric kam herüber und legte seinem Bruder die Hand auf die Schulter. »Deine Gegenwart, kleiner Bruder, und die deiner Dame werden in den Gemächern der Familie verlangt.« Er blickte Harry an und sagte: »Für Euch, Junker, und Eure Dame gilt das gleiche.«

Während die Gäste aufbrachen, versammelte sich die Familie des Königs in den Gemächern des Fürsten. Als jeder Cousin, jede Tante, jeder Onkel und alle Angeheirateten anwesend waren, war die Gruppe, die an dem Familientreffen teilnahm, fast so groß wie die gesamte Hochzeitsgesellschaft.

Als Nicholas den Raum betrat, nickte er seiner Tante Carline zu, einer immer noch wunderschönen Frau mit silbergrauem Haar. Ihr Gemahl, Laurie, Herzog von Salador, lächelte und zwinkerte Nicholas zu. Nicholas wußte, im Verlauf des Abends würde Laurie sicherlich noch im Mittelpunkt stehen, wenn er zu singen und auf seiner alten Laute zu spielen begänne. Laurie war ein Sänger, der seine Zuhörer für Stunden in seinen Bann schlagen konnte. Die Tochter und die beiden Söhne der beiden saßen in der Ecke und planten ihre Flucht in die Stadt, wohin sie, sobald es sich geziemte, mit einigen jüngeren Höflingen des Palastes verschwinden wollten. Nicholas konnte nicht glauben, daß er nur wenig älter war als sie; er fühlte sich, als wäre er während des letzten Jahres um zehn Jahre gealtert.

Gunther, der älteste Sohn des Herzogs von Ran, hielt die Hand von Elena, die neben ihrer Mutter saß. Sie stand kurz vor der Niederkunft und strahlte vor Lebensfreude.

Borric und seine Frau, Prinzessin Yasmine, betraten den Raum, und die Türen wurden hinter ihnen geschlossen.

Außer der Familie waren noch Harry und Brisa, Iasha sowie Abigail und ihr Vater, Baron Bellamy, anwesend. Bellamys zwei Söhne waren in Carse und Crydee geblieben, wo sie den Wiederaufbau überwachten.

Eine zweite Tür ging auf, und Nakor trat ein. Er trug eine eigentümliche blaue Robe und darüber einen prunkvollen Umhang mit einem komplizierten Muster aus weißen und silbernen Fäden. Ihm folgte ein schwarzgekleideter Mann, der eine Schönheit mit goldenem Haar am Arm führte.

Nicholas und Harry standen beide auf, und sie konnten kaum mehr die Münder schließen. Nicholas sagte: »Pug, Ryana!« Er riß sich zusammen. »Lady Ryana, welch ein Vergnügen.«

Die wunderschöne, doch fremdartig aussehende Frau nickte in Nicholas' Richtung, und die beiden wechselten ein Lächeln. Als nächstes trat Prajichetas ein, der ausgesprochen selbstbewußt wirkte, und ihm folgte Vajasiah, der sich überaus elegant gekleidet hatte. Als letztes kam Calis herein, und nach ihm wurde die Tür geschlossen.

Der König, seinem Alter zum Trotz immer noch ein kräftiger Mann, stand vor einem riesigen Kamin, in dem an diesem Sommerabend jedoch kein Feuer brannte. Lyams blondes Haar war im Laufe der Jahre weiß geworden, und sein Gesicht spiegelte die Last seines Amtes wider. Er sah zu seiner Frau, Königin Magda, und sagte: »Wir leben für diese nichtformellen Augenblicke« – er grinste, und die Jahre schienen von ihm abzufallen – »und heute können Wir mal eine Weile ›ich‹ sein.« Martin und Arutha gingen zu ihrem Bruder. Martin hinkte immer noch ein wenig wegen seiner Verletzung.

Ein Diener trat ein und hielt die Tür auf, durch die eine Reihe weiterer Diener kam, die Wein hereinbrachten. Lyam wartete, bis jeder im Saal ein Glas in der Hand hielt, und sagte schließlich: »Viele von euch wissen etwas darüber, was sich im letzten Jahr an der Fernen Küste ereignet hat. Die wenigsten kennen jedoch die ganze Geschichte. Aber von einer Sache möchte ich, daß ihr alle sie wißt: Mein Neffe, Prinz Nicholas, hat Erstaunliches geleistet.« Er wartete einen Moment lang, und alle Augen wandten sich Nicholas zu. »Auf der Suche nach seiner Cousine und den anderen Verschleppten ist er um die halbe Welt gesegelt, und obwohl kaum Hoffnung bestand, hat er viele der Entführten sicher wieder in die Heimat zurückgebracht.

Ich hätte diesen Toast am liebsten schon während der Hochzeitsfeier ausgebracht, damit ihn alle im Reich vernehmen könnten, doch das war das Fest von Amos und Alicia. Deshalb habe ich gewartet, bis wir im Kreise der Familie unter uns sind. Und jetzt möchte ich auf Nicholas das Glas heben, weil er dem Namen conDoin große Ehre gemacht hat.«

»Auf Nicholas«, sagten alle und tranken.

Die Diener verließen den Saal wieder. Nicholas spürte, wie

noch immer alle Blicke auf ihm ruhten. Er errötete und konnte kaum schlucken, und in seinen Augen sammelten sich bedrohlich Tränen. Er räusperte sich und sagte: »Ich danke euch allen.« Während er Iashas Hand drückte, fuhr er fort: »Doch was ich vollbracht habe, wäre ohne die Hilfe vieler Männer und Frauen, von denen etliche heute nicht mehr unter uns weilen, nie gelungen.« Er hob das Glas. »Auf die Freunde, die nicht mehr unter uns sind.«

»Auf die Freunde, die nicht mehr unter uns sind«, wiederholten die anderen und tranken.

Die Gesellschaft teilte sich in kleine Gruppen auf, in denen die Leute über Familie und Freunde miteinander redeten, nach der Gesundheit der älteren Familienmitglieder oder nach der Größe der Kinder fragten. Nicholas war verblüfft, denn abgesehen von der Anzahl der Personen und der Macht, die die Anwesenden besaßen, unterschied es sich wenig von jedem anderen Familientreffen.

Pug kam zu ihm herüber und führte ihn in eine Ecke. »Du hast wirklich alles getan, worum dich jemand hätte bitten können, und noch viel mehr.«

»Danke.«

Pug sagte: »Ich denke, du hast noch ein paar offene Fragen.«

»Dahakon?« fragte Nicholas.

»Endgültig tot«, sagte Pug. »Er war gefährlich, und dadurch, daß ich ihn während der Monate eurer Reise beschäftigt habe, wurde er geschwächt. Er mußte fast seine ganze Kraft einsetzen, um euch mit dieser Galeere zu folgen. Ryana war schließlich zu viel für ihn, nachdem Calis ihn mit dem Holzpfeil getroffen hatte.«

»Nakor hat Calis diesen Trick gezeigt.« Nicholas lächelte. »Ich bin überrascht, daß du Ryana mitgebracht hast.«

Pug lächelte ebenfalls. Leise sagte er: »Gehört zu ihrer Ausbildung. Es ist für eine ihrer Art nicht leicht, als Mensch durchzugehen.«

Nicholas sah hinüber zu Vajasiah, der sich mit Ryana unterhielt und versuchte, so charmant wie möglich zu wirken. »Scheint, daß sie gerade eine Menge lernt.«

Pug lächelte. »Aber er wird eine gehörige Überraschung erleben, falls sie sich mit ihm zurückzieht. Manche Feinheiten des menschlichen Verhaltens versteht sie noch nicht ganz.«

»Eine Frage«, sagte Nicholas.

»Ja?«

»Als ich zum ersten Mal auf dein Eiland kam, was hast du damals schon über die Ereignisse gewußt, die kommen würden?«

Pug antwortete: »Manches.« Er senkte die Stimme noch mehr. »Ich hatte eine Nachricht vom Orakel von Aal bekommen, eine Warnung, daß etwas bevorsteht.

Ich hätte die Piraten vernichten können, wenn ich ihren Überfall geahnt hätte, doch dann hätte ich nichts über die Rolle der Pantathianer in diesem Spiel erfahren, und nichts über die drohende Pest. Wenn ich den Gefangenen gefolgt wäre, wären selbst die wenigen, die du gerettet hast, verloren gewesen, und die Pantathianer hätten sich andere Träger für ihre Pest gesucht.«

»Eine Sache verstehe ich noch nicht so recht. Warum das alles? Warum haben sie nicht einfach Pestträger nach Krondor geschickt?«

»Wäre die Pest in der Stadt ausgebrochen, hätten die Magier aus Stardock und die Priester der Tempel den Prinzen und seine höchsten Minister gerettet. Diese Leute sind für die Führung des Landes zu wichtig. Wäre die Pest jedoch im Palast ausgebrochen, wären sie als erste gestorben.«

Nicholas nickte. »Deshalb hast du uns ihnen folgen lassen und so ihren wahren Plan aufgedeckt.«

»Ich hielt es für das beste, ihren mächtigsten Magier zu beschäftigen, während du den Rest ihres Plans zunichte gemacht hast. Ich spürte, daß du irgendwie im Mittelpunkt dieser dunklen Machenschaften standst, und Nakor hat mich darin bestärkt.«

Pug sah über die Schulter. »Er ist ein ausnehmend kluger Kopf. Ich werde versuchen, ihn zu überreden, mit mir auf das Eiland des Zauberers zurückzukommen.«

Nicholas seufzte. »Und was ist mit dieser Lady Clovis?«

Pug sagte: »Nach dem, was Nakor mir erzählt hat, wird sie vermutlich weiter da unten leben und ihre Ränke schmieden. Vielleicht werden wir es irgendwann wieder mit ihr zu tun bekommen.«

Nicholas sagte: »Oder mit den Pantathianern.«

Pug sah den jungen Prinzen an und sagte: »Ich kenne diese Miene, ich habe sie bei deinem Vater oft genug gesehen. Hör mal zu: Jemand wird diese Bedrohung eines Tages endgültig beenden, aber niemand hat gesagt, das wäre deine Aufgabe.« Er lächelte. »Für dein Leben hast du bereits genug getan.« Er warf einen Blick auf eine Gruppe junger Frauen, die sich unterhielten, und fragte: »Wirst du diese Dame heiraten?«

Nicholas grinste. »Manchmal denke ich ja, manchmal nein. Sie redet immer darüber, sich einen reichen Ehemann zu suchen, weil sie nicht glaubt, daß Vater oder der König dieser Heirat zustimmen würden.« Er senkte die Stimme. »Und um die Wahrheit zu sagen, manchmal möchte ich sie heiraten, und manchmal suche ich nach einem reichen Ehemann für sie.«

Pug lachte. »Ich kann dich verstehen. Als ich noch sehr jung war, habe ich deiner Tante Carline die gleichen Gefühle entgegengebracht.«

Nicholas riß die Augen auf. »Weiß Onkel Laurie das?«

Pug sagte: »Wer, glaubst du, hat die beiden einander vorgestellt?«

Der König sagte: »Ich habe etwas bekanntzugeben.« Alle Augen wandten sich in seine Richtung. Er sagte: »Mein Lord Henry von Ludland hat mir mitgeteilt, daß sein Sohn Harry sich vermählen wird.«

Jubel und Applaus gellten durch den Saal, und Brisa stand auf einmal im Mittelpunkt vieler Frauen, die sie umarmten. Nicholas und Pug gingen zu Harry hinüber, der mit rotem Kopf Gratulationen entgegennahm, und Nicholas schüttelte ihm die Hand. »Du Schweinehund«, sagte Nicholas lachend. »Du hast nie ein Wort gesagt.«

Harry beugte sich vor, damit nur Nicholas hören konnte, was er sagte. »Ich bin der mittlere Sohn eines niedrigen Adligen; ich mußte einfach um ihre Hand anhalten, ehe mich irgendein reicher Herzogssohn ausstechen konnte. Hast du etwa geahnt, wie schön sie ist, als wir sie kennengelernt haben?«

Nicholas konnte ihm nicht widersprechen. Harry flüsterte ihm zu: »Und außerdem werden wir ein Kind bekommen.«

Nicholas sagte: »Soll ich Onkel Lyam bitten, das auch noch bekanntzugeben?«

Harry schnitt eine Grimasse und hob abwehrend die Hände. »Das würde meinen Vater ins Grab bringen. Wir warten lieber bis ein oder zwei Wochen nach der Hochzeit.«

»Wann ist es soweit?«

»Sobald wie möglich, unter diesen Umständen.«

Nicholas stimmte lachend bei. »Unter anderen Umständen ...«

Dann sagte Lyam: »Mein Bruder Arutha möchte etwas sagen.«

Arutha lächelte, was man nicht oft bei ihm sah. »Mein Sohn und Harry haben es« – Amos räusperte sich auffallend, und Arutha fügte hinzu: »... mit der Hilfe von Admiral Trask als erste, seit mein Großvater die Ferne Küste eroberte, geschafft, neue Ländereien zu erobern. Und das ohne viel Blutvergießen, wie ich hinzufügen möchte.« Er hob sein Glas. »Und deshalb ernenne ich hiermit im Namen meines Bruders Harry zum Gouverneur von Frihaven und den Inseln des Sonnenuntergangs.«

Lyam sagte: »Und er wird in den Rang eines Barons am Hofe des Prinzen erhoben.«

Wieder gratulierten alle Harry, und Arutha winkte Nicholas zu sich. »Was ist mir dir?« fragte er seinen jüngsten Sohn. »Hast du dir schon Gedanken darüber gemacht, was du gern tun würdest? Ich kann dich schließlich nicht wieder als Junker nach Crydee schicken.«

Nicholas erwiderte: »Ich habe schon darüber nachgedacht. Ich würde gern wieder zur See fahren. Gib mir ein Schiff.«

Amos lachte: »Ich habe Arutha schon gesagt, daß du daran gedacht hast, meinen Posten zu übernehmen, wo ich mich doch jetzt zurückziehe.«

Nicholas lachte ebenfalls. »Vielleicht bin ich noch nicht ganz so weit, um mich Admiral zu nennen, Amos.«

Amos sagte: »Es wird in Zukunft viel Handel mit Frihaven geben, und Carse wird sicherlich der bedeutendste Hafen an der Fernen Küste werden. Und viele schwarze Seelen werden versuchen, als Piraten reich zu werden, also werden wir dort einen starken Mann brauchen.«

Arutha sagte: »Wir werden auch in Frihaven eine Schwadron brauchen. Amos hat schon recht, bei dem dummen Abkommen, das du mit ihnen geschlossen hast, wird es dort bald von Händlern, Piraten und Schmugglern nur so wimmeln. Dieser Patrick von Grauburg scheint mir zwar ein tauglicher Hoher Sheriff zu sein, aber wir brauchen dort eine gute Verwaltung, und deshalb schicke ich ja auch Harry hin. Amos sagte, er würde sicherlich mit Händlern und Dieben zurechtkommen.«

»Bestimmt«, warf der Admiral ein. »Wenn ich noch einmal auf große Fahrt gehen würde, dann nähme ich ihn sofort an Bord.«

»Also gut«, sagte Arutha zu Nicholas. »Ich werde die *Adler* losschicken, um euch beide nach Frihaven zu bringen. Du wirst Kapitän auf dem Schiff und übernimmst den Befehl über die Schwadron der Piraten, die William Swallow gerade aufbaut. Nach allem, was ich gehört habe, würdest du gut zu diesen Seeräubern passen, schließlich hast du ihr Handwerk jüngst selbst noch ausgeübt.«

Nicholas grinste. »So könnte man es sagen.«

»Lyam wird Marcus zum Marschall des Westens ernennen, wenn sich Martin von den Amtsgeschäften zurückzieht, also wirst du ihm Rechenschaft ablegen müssen.« Spöttisch-ernst fügte er hinzu: »Ich wollte dich ja zum Baron am Hofe des Prinzen ernennen, womit du deinem Range nach über Harry gestanden hättest, und ihm ein wenig auf die Finger hättest sehen können, doch vielleicht sollte ich Lyam bitten, da er einen neuen Titel für dich schafft – so etwas wie ›der Bukanier des Königs‹?«

Nicholas lachte und sagte: »Kapitän würde mir fürs erste schon genügen. Ich werde es dir schon sagen, wenn ich gern Admiral werden möchte.«

Arutha lachte und legte seinem Sohn den Arm um die Schulter. »Du machst mich wirklich stolz, Nicky.«

Anita gesellte sich zu ihnen und umarmte ihren Sohn. »Deine Dame ist wirklich nett, Nicholas. Sie hat eine Art, wie man sie selten findet.«

Nicholas sagte: »Sie ist eben irgendwie … anders.«

Sie lachten und gesellten sich zu den anderen, und im Laufe des Abends wurden viele Geschichten erzählt und gute Wünsche ausgetauscht – kurz: eine Familie, die gleichermaßen Leid und Freude kennengelernt hatte, genoß das einfache Vergnügen, wieder einmal beisammen zu sein.

Danksagung

Dieses Buch würde es ohne die reiche Phantasie der ursprünglichen »Thursday Nighters« und späteren »Friday Nighters« nicht geben. Steve A., April, Jon, Anita, Rich, Ethan, Dave, Tim, Lori, Jeff, Steve B., Conan, Bob und Dutzende von anderen, die über die Jahre zu uns gestoßen sind, gaben Midkemia jene Vielfalt, die ein Autor alleine nicht zustande bringen könnte. Ich möchte mich für die wunderbare Welt, in der wir gespielt haben, bei allen bedanken.

Des weiteren möchte ich mich auch bei Janny Wurts bedanken, von der ich in den sieben Jahren, in denen wir jetzt schon zusammenarbeiten, viel gelernt habe. Und bei Don Maitz, für seine Visionen, seine Geschicklichkeit und seine Kunstfertigkeit.

Über die Jahre hinweg habe ich bei Doubleday und Grafton und jetzt bei HarperCollins mit den verschiedensten Lektoren zusammengearbeitet. Besonderer Dank geht an Janna Silverstein bei Bantam Doubleday Dell, weil sie sich um alles gekümmert hat, und an Malcom Edwards bei HarperCollins, der dort weitergemacht hat, wo seine Vorgänger aufgehört haben. Und natürlich an diejenigen bei beiden Verlagen, die ich schon an früherer Stelle erwähnt habe und die jetzt ihre Aufgaben woanders erledigen. Ich werde niemanden von ihnen je vergessen. Mein Dank gilt weiterhin all jenen, die sich sonst noch mit dem Buch beschäftigt haben – vom Verkauf über Marketing und Werbung bis hin zu denen, die es einfach nur gelesen und den Mitarbeitern nette Dinge darüber gesagt haben. Viele von euch trugen dazu bei, daß dieses Buch so erfolgreich wurde.

Außerdem würde ich mich gern bei jenen Leuten bedanken, die ich vorher noch nie erwähnt habe: Tres Anderson und sein

Team, Bob und Phylis Weinberg, Rudi Clark und seine Leute; sie haben mehr getan, als einfach nur Bücher zu verkaufen – sie haben wahre Begeisterung gezeigt und dafür gesorgt, daß mein Buch von Anfang an nicht in der großen Masse unterging.

Und, wie immer, möchte ich mich bei Jonathan Matson und allen in der Harold Matson Company bedanken, weil sie viel mehr als nur eine gute Geschäftsberatung geleistet haben.

Am meisten gilt mein Dank allerdings Kathlyn S. Starbuck, die sich Zeit nahm und sich stets vergewisserte, daß dieses Buch auf dem richtigen Kurs blieb. Ohne ihre Liebe, Unterstützung und Weisheit hätte ich es nie beendet.

RAYMOND FEIST

San Diego, CA., Februar 1992